LA

POÉSIE DE PINDARE

ET LES LOIS DU LYRISME GREC

6

2329

PARIS. — IMPRIMERIE ÉMILE MARTINET, RUE MIGNON, 2.

LA

POÉSIE DE PINDARE

ET

LES LOIS DU LYRISME GREC

PAR

ALFRED CROISET

Maître de Conférences à la Faculté des lettres de Paris

PARIS

LIBRAIRIE HACHETTE ET Cie

79, BOULEVARD SAINT-GERMAIN, 79

1880

AVANT-PROPOS

———

« Pindare, disait Quintilien, est le premier de beaucoup
des poètes lyriques grecs [1]. » Ce mot exprime le jugement
de toute l'antiquité, qui a salué unanimement dans Pindare
le plus grand génie lyrique de la Grèce.

Il ne suit pas de là pourtant qu'un lecteur moderne,
pour comprendre et goûter Pindare, n'ait qu'à ouvrir le
recueil de ses Odes triomphales et à en aborder la lecture
de plain-pied. Dans les œuvres des grands écrivains il y a
toujours deux parts à faire : l'une éternellement vivante et
intelligible, qui se livre d'emblée à tout homme d'un goût
délicat, quels que soient le temps où il vit et le pays où il est
né ; l'autre qui se rattache par des liens si étroits aux
circonstances dans lesquelles l'œuvre d'art s'est produite,
que, si ces circonstances ont disparu ou sont oubliées, le
charme même de l'œuvre échappe en grande partie. Cela
est vrai de tous les anciens, et en particulier des Grecs ;
mais, parmi les Grecs, cela est surtout vrai des poètes

1. Novem lyricorum Pindarus longe princeps. (*Instit. orat.*, x, 1, 61.)

a

lyriques et doriens. Athènes, en effet, malgré tout ce qui la
sépare de nous, est beaucoup plus près de nos esprits, soit
par les tendances générales de sa pensée, soit par les conditions de son art, que Pindare et que ses prédécesseurs.
Quoique la tragédie attique soit bien différente du drame
moderne, elle est comme traversée d'un large souffle d'éloquence et de passion dont tous les siècles se sont sentis
émus. Il en est de même d'Homère, malgré les railleries
de Perrault. On a parfois chicané Homère sur des détails ;
mais il a repris promptement sa place incontestée au premier rang des poètes éternels, des éducateurs permanents
de l'humanité.

Pindare, au contraire, est probablement le moins lu des
grands poètes grecs ; et, même dans l'éducation classique
de la jeunesse, il tient en France une place restreinte. Ce
monde dorien dont il est la dernière grande voix est bien
plus loin de nous qu'Athènes et que l'Ionie ; le fond et la
forme, les idées et l'art nous en sont étrangers ; nous avons
besoin, pour en jouir, de quelque étude. Il n'est pas rare,
sans doute, à la lecture des Odes triomphales, qu'un trait
brillant, qu'un mot bref et sublime fasse tressaillir d'admiration le lecteur le moins préparé. Mais presque aussitôt
quelque passage nous arrête et nous déconcerte. Cette
langue éclatante et vigoureuse est singulièrement obscure ;
des allusions rapides, presque insaisissables, s'y croisent
à chaque instant ; les personnages dont le poète s'occupe
nous sont inconnus. Où nous mène-t-il ? Où l'entraîne son
inspiration ? L'esprit méthodique des modernes cherche de
la logique dans Pindare, et se plaint de n'en pas trouver.
Quel est le sens, quel est l'intérêt de ces mythes greffés

parfois les uns sur les autres, et qui ne nous éloignent d'un
vainqueur inconnu que pour nous jeter en apparence dans
des digressions? Ces victoires mêmes qui sont le sujet, ou
au moins l'occasion des chants de Pindare, quels sentiments aujourd'hui réveillent-elles dans nos âmes? Quels
tableaux présentent-elles à nos imaginations? D'ailleurs
nous n'avons plus de Pindare que des paroles. Or, ces paroles s'associaient jadis à la musique et à la danse. Réduits
aujourd'hui à le lire, que savons-nous vraiment de son
génie? Quelle part nous en reste?

On voit combien de difficultés et d'obscurités empêchent
aujourd'hui de goûter Pindare tout d'abord sans aucune
réserve. Une sorte d'initiation préalable est nécessaire.
On ne peut l'apprécier qu'à la condition d'avoir appris à le
bien comprendre; et pour le comprendre il ne suffit pas
d'acquérir, tant bien que mal, l'intelligence littérale de ses
odes; il faut entrer peu à peu dans l'esprit même de son art.
C'est seulement quand on en aura reconquis patiemment
l'intelligence et comme l'instinct, qu'on pourra trouver aux
œuvres de Pindare, je ne dis pas toute la saveur qu'y sentait
la Grèce antique, mais du moins un intérêt assez vif pour
que les grandes beautés qui, par intervalles, y éclatent à
tous les yeux ne soient plus gâtées à chaque instant pour
notre goût par les demi-ténèbres environnantes.

J'ajoute que cette initiation préliminaire n'est pas moins
indispensable pour discerner avec précision, autant du
moins que cela nous est aujourd'hui possible, ce qu'il y a
dans l'art de Pindare de véritablement original et ce qui
n'est, au contraire, que l'effet des obligations imposées à
tout poète lyrique indistinctement par la nature même et

les traditions de son art. Il ne faut pas croire, en effet, que
tout ce qu'on lit dans Pindare puisse également servir à
caractériser son génie. C'est là une illusion où il est facile
aujourd'hui de se laisser aller, à cause de la disparition
presque complète de toutes les œuvres du lyrisme hellénique ; Pindare, qui était pour les anciens le plus grand des
poètes lyriques grecs, est pour nous le seul, ou peu s'en
faut. Il en résulte que, faute d'un terme de comparaison,
on inclinerait volontiers de nos jours, si l'on n'y prenait
garde, à mettre sur le compte particulier de Pindare tout
ce qui n'est parfois, dans sa poésie, que l'application bril-
ante de certaines règles traditionnelles, suivies peut-être
par lui avec plus ou moins d'indépendance et d'originalité,
mais qu'il n'a ni créées de toutes pièces, ni rejetées non
plus avec dédain. L'unique moyen de bien savoir ce
qu'était au juste le génie de Pindare, c'est donc de commencer par étudier le lyrisme grec en général, au moins
dans ses principaux traits.

Or le lyrisme grec, à son tour, est une création complexe,
dont les lois sont l'effet d'une foule de causes, les unes
purement techniques et intrinsèques, pour ainsi dire, les
autres plutôt morales ou historiques, et extérieures au
lyrisme lui-même. Pour comprendre et goûter cet art, il
est nécessaire d'avoir présentes à l'esprit les causes qui
l'ont créé.

De là l'idée fondamentale de l'ouvrage que je publie aujourd'hui.

Je me suis efforcé, d'une part, en étudiant la poésie de
Pindare, d'avoir toujours devant les yeux l'image de ce
qu'avait été la poésie lyrique grecque en général, afin de

faire mieux comprendre par où précisément l'une différait de l'autre, et par où aussi toutes deux se ressemblaient.

D'autre part, dans l'étude de ce qu'on pourrait appeler la Poétique du lyrisme grec, j'ai attaché une grande importance à bien marquer en vertu de quelle logique naturelle cette poétique était sortie des circonstances.

J'ai donc parlé d'abord, quoique brièvement, des rythmes lyriques et de l'association qui unissait la poésie d'un Pindare ou d'un Simonide avec la musique et avec la danse. J'ai essayé de montrer ensuite comment la nature même de l'instrument lyrique, jointe aux habitudes intellectuelles et sociales de la race grecque, avait réglé les divers emplois de cet instrument, ou, en d'autres termes, avait fixé la poétique du lyrisme. C'est seulement après cette sorte d'introduction que j'ai abordé l'étude particulière de Pindare.

Il convient d'ailleurs de prévenir à ce sujet toute confusion : quoique ce volume contienne des pages assez nombreuses consacrées à des questions de rythmique et de métrique, c'est avant tout une étude littéraire que j'ai voulu faire; et quoiqu'il y soit longuement parlé du lyrisme en général, c'est Pindare que je n'ai cessé d'avoir en vue. Tout le reste, par conséquent, comme aussi le chapitre biographique qui est en tête de ce volume, n'est qu'une sorte de préface, mais une préface qui m'a semblé indispensable pour aider le lecteur moderne, d'une part à mieux voir en quoi Pindare est original, et de l'autre à pénétrer par le sentiment et par le goût dans l'intelligence familière de son art.

Je n'ai pas la prétention, on le comprend, d'apporter sur

tous les sujets que j'aborde dans cette étude des solutions
jusqu'ici ignorées. Le lyrisme grec et Pindare ont été
déjà l'objet, soit en France, soit à l'étranger, d'une incroyable multitude de travaux, dont beaucoup ont une
grande valeur; il va sans dire que j'en ai profité de mon
mieux. J'ai donc à faire connaître, en quelques mots, ce que
je leur dois, et pourquoi néanmoins je n'ai pas cru inutile
de présenter au public un nouveau volume sur les mêmes
sujets.

L'ancienne Académie des inscriptions, au XVIIIe siècle,
a consacré plusieurs mémoires à la poésie lyrique grecque
et à Pindare. Les noms de Massieu, de Fraguier, de Chabanon méritent, dans cet ordre de recherches, de n'être
pas oubliés : il n'y a pas un seul de ces savants dont les
écrits ne présentent quelques judicieuses et fines observations. Cependant tous ces travaux sont beaucoup trop brefs
pour suffire aujourd'hui à notre curiosité. J'en dirai autant,
à plus forte raison, des observations parfois utiles, mais
plus souvent insuffisantes et superficielles, qu'on peut recueillir dans les écrits des littérateurs proprement dits, des
Marmontel et des la Harpe. Le meilleur de ces écrits du
XVIIIe siècle est l'*Essai sur Pindare* de Vauvilliers, réim-
primé de nos jours, et qui méritait cet honneur[1]. C'est un

---

1. La première édition est de 1772; celle qui a été donnée de nos jours
est de 1859. Dans cette réimpression, l'ouvrage a reçu des additions de différentes sortes, et le titre en particulier s'est allongé d'une manière démesurée (*Traduction poétique des odes les plus remarquables de Pindare, avec
des analyses raisonnées et des notes historiques et grammaticales, précédée
d'un discours sur ce poëte et sur la vraie manière de le traduire*, etc., etc.). —
Je ne dois pas omettre, parmi ces écrits du XVIIIe siècle, le chapitre XXXIV
du *Voyage d'Anacharsis*, où Barthélemy, en quelques pages, a donné une
idée agréable et en somme assez exacte de la poésie de Pindare.

travail élégant et judicieux, plus étendu que ceux dont je
viens de parler, et qui touche avec goût à plusieurs des
questions purement littéraires que soulève la poésie de Pindare. Cela ne veut pourtant pas dire qu'il puisse aujourd'hui
nous contenter sans réserve. L'étude philologique de l'antiquité a été poussée si loin depuis la fin du xviiie siècle, que
la plupart des travaux antérieurs ont rapidement vieilli à
bien des égards. Le champ des recherches s'est agrandi;
une foule de questions nouvelles ont été soulevées; la curiosité scientifique est devenue de plus en plus exigeante.
Le public du xviiie siècle s'accommodait de quelques
touches rapides et nettes; nous voulons aujourd'hui des
catalogues minutieux, des inventaires exacts et complets.
L'ancienne méthode pouvait avoir ses avantages et la nouvelle a certainement ses défauts; peu importe : si nous devons
nous tenir en garde contre les inconvénients de celle-ci,
nous ne pouvons plus revenir à celle-là, pas plus que nous
ne pouvons faire abstraction des faits nombreux et importants qui ont été postérieurement mis en lumière. J'aurai
plus d'une fois l'occasion, dans le cours des pages qui vont
suivre, de signaler avec éloge les observations de nos
académiciens du xviiie siècle; mais il est évident que leurs
travaux ont aujourd'hui besoin d'être repris et complétés.

Quelques additions, dont plusieurs excellentes, ont été
apportées à ces travaux de l'ancienne critique par l'érudition française contemporaine. La tâche pourtant n'a jamais
été remplie dans son ensemble.

Tout ce qui concerne en particulier la constitution technique du lyrisme a été peu étudié. M. Vincent, qui s'est
occupé de la musique grecque avec succès, n'a écrit qu'un

petit nombre de pages sur la rythmique, plus intéressante peut-être encore que la musique quand il s'agit du lyrisme. Depuis ses *Lettres à M. Rossignol* (auxquelles il faut joindre les réponses de son savant contradicteur), le seul ouvrage étendu qui ait paru en France sur la rythmique grecque est celui de M. Benlœw intitulé : *des Rythmes grecs, et particulièrement des modifications de la quantité prosodique amenées par le rythme musical* (Paris, 1863). M. Benlœw se proposait avant tout de faire connaître en France les principaux résultats des travaux allemands. Quoique je n'admette pas pour ma part toutes les idées de l'auteur (ce sont ordinairement celles de Westphal), je suis heureux de rendre hommage à sa tentative, si utile et si méritoire; ce n'est pas la faute de M. Benlœw si cette branche de la philologie grecque ne s'est pas mieux acclimatée parmi nous [1].

Le texte même des odes de Pindare ne pouvait manquer d'attirer davantage l'attention des érudits et des lettrés.

On les a plusieurs fois traduites, et ces traductions, quoique fatalement condamnées par la nature de l'entreprise à demeurer imparfaites, présentent pourtant des qualités diversement heureuses. Je rappellerai seulement la

---

1. Je citerai encore quelques indications de M. Magnin sur les chœurs et les danses de l'antiquité, dans son volume sur *les Origines du Théâtre antique et du Théâtre moderne* (Paris, 1868); un article de M. Havet sur la discussion de MM. Vincent et Rossignol, dans le *Journal général de l'Instruction publique* (année 1848); enfin une *Étude sur la métrique grecque et latine* publiée par M. Courtaud-Divernéresse en 1877, où ne sont d'ailleurs abordées que quelques questions de détail relatives surtout à Homère. — La musique proprement dite a suscité peut-être plus de recherches: mais je ne crois pas devoir entrer ici dans le détail de cette bibliographie, ayant à peine effleuré moi-même ce sujet, qui sortait de ma compétence.

plus récente, la traduction posthume de Boissonade, publiée en 1867 par M. Egger d'après les papiers de ce savant, et à laquelle une brève notice de l'éditeur donne un surcroît d'intérêt.

Les études littéraires et morales n'ont pas non plus fait défaut. En 1847, M. Sommer publiait une thèse estimable sur *le Caractère et le génie de Pindare*. En 1858, M. Villemain donnait son *Essai sur Pindare et le génie lyrique*. Puis cet essai devenait à son tour l'occasion de plusieurs travaux. M. Vitet dans la *Revue des Deux-Mondes*[1], M. Martha dans la *Revue européenne* (15 novembre 1859) ajoutèrent quelques nouveaux traits à la peinture de M. Villemain. Plus récemment encore M. Chassang, dans un chapitre de son volume intitulé *le Spiritualisme et l'idéal dans l'art et la poésie des Grecs* (Paris, 1868, p. 302-362), et M. Jules Girard, dans son livre sur *le Sentiment religieux en Grèce d'Homère à Eschyle*, ont eu l'occasion de consacrer quelques pages au génie poétique de Pindare, à son caractère, à sa morale[2].

Tous les amis de l'antiquité ont lu et apprécié ces divers ouvrages. Je n'ai pourtant pas cru devoir m'abstenir de revenir à mon tour sur un sujet déjà traité par tant de plumes érudites et élégantes. Ma justification est, je crois, dans la différence du point de vue où je me suis placé. Parmi les travaux que je viens d'énumérer, plusieurs sont des ar-

---

1. Cet article a été recueilli dans ses *Études sur l'histoire de l'art* (première série), sous ce titre : *Pindare et l'art grec*.

2. La seconde édition de cet ouvrage a paru pendant l'impression de mon propre travail ; c'est donc à la première édition que se rapportent toujours mes citations et mes renvois.

ticles de *Revues,* d'une étendue forcément restreinte, et
d'où il était nécessaire de bannir toute discussion trop minutieuse, tout détail trop technique. L'intéressant morceau
de M. Chassang est plus étendu et plus précis ; mais l'auteur
n'a voulu en faire encore qu'un résumé agréable et juste
de ce qu'on peut dire sur Pindare. Quant à M. Jules Girard,
il n'a parlé de Pindare qu'incidemment ; sur le grand récit
de la IVe Pythique, sur la morale des Odes triomphales, sur
les idées de Pindare relatives à la vie future, il a quelques
pages pénétrantes, où tous les mots, selon l'habitude de ce
maître d'un goût si sûr, sont à retenir ; mais le plan même
de son livre lui interdisait de s'arrêter sur tous les points
qui doivent, au contraire, solliciter notre attention. Restent
la thèse de M. Sommer et le livre de M. Villemain. Le premier de ces deux livres, malgré sa destination spécialement universitaire et académique, touche trop rapidement
à trop de sujets pour n'être pas un peu superficiel. D'un
autre côté, l'*Essai* de M. Villemain est moins une étude
précise et méthodique de toutes les parties du sujet qu'un
brillant discours sur les caractères les plus frappants de
l'inspiration pindarique. Le grand mérite du livre de
M. Villemain est d'avoir exprimé avec force et fait sentir à
ses nombreux lecteurs quelques-unes des qualités saillantes
de Pindare. Son défaut peut-être, comme il arrive aux
orateurs les plus éloquents, est de n'avoir pas tenu assez
de compte des différents aspects de la réalité, et d'avoir
sur certains points quelque peu dépassé la mesure.

A l'étranger, c'est surtout l'Allemagne qui, depuis trois
quarts de siècle, a consacré au lyrisme grec et à Pindare
une infatigable activité. Presque toutes les parties du sujet

que j'ai entrepris de traiter ont été déjà explorées par l'érudition allemande : sur la rythmique et sur la métrique grecques, sur l'esprit de Pindare, sur l'art de ses poèmes, les recherches abondent. On me permettra de ne point énumérer en ce moment tous les ouvrages qui en contiennent les résultats : j'ai cité si souvent, dans le cours de mon travail, à propos d'une ou de plusieurs de ces questions, les noms de G. Hermann, de Bœckh, de Thiersch, de Westphal, de Christ, de J.-H. Schmidt, de Dissen, de Welcker, d'Otfried Müller, de Tycho Mommsen, de Rauchenstein, de L. Schmidt, de Buchholz et d'autres encore, que je crois superflu d'y insister ici; d'autant plus que je ne me suis pas borné d'ordinaire à de simples renvois, mais que j'ai eu l'occasion de caractériser au moins brièvement la part prise par chacun de ces érudits à l'ensemble et au progrès général des investigations relatives à Pindare [1]. J'aurais plutôt presque à m'excuser d'ajouter un nouveau volume au nombre vraiment immense des livres, des mé-

---

1. Je profiterai pourtant de cette occasion pour donner le titre complet d'un ouvrage de Tycho Mommsen que j'ai partout ailleurs cité en abrégé ; le voici : *Pindaros, zur Geschichte des Dichters und der Parteikämpfe seiner Zeit* (Kiel, 1845). — Je rappellerai aussi que les deux ouvrages de J.-H. Schmidt, *die Eurhythmie in der Chorgesängen der Griechen*, et *Griechische Metrik*, auxquels je renvoie souvent, font partie d'une importante série d'études publiées par ce savant à Leipzig, de 1868 à 1872, sous ce titre général : *Die Kunstformen der Griechischen Poesie und ihre Bedeutung.* — Peut-être enfin ne sera-t-il pas inutile d'ajouter ici, sur les principales éditions du texte de Pindare et des scolies, quelques indications sommaires qui n'ont pas trouvé place dans le corps de mon travail.

Le nombre des éditions de Pindare est considérable. Celles de Bœckh, de Tycho Mommsen et de Bergk restent les principales à consulter pour la constitution du texte. Mais il faut mentionner aussi celle que W. Christ a donnée en 1873 dans la *Bibliothèque grecque* de Teubner, et qui est une

moires, des dissertations déjà consacrés à tout cet ordre
de problèmes. Cependant, quels que soient les mérites de
beaucoup de ces ouvrages (et plusieurs sont d'un ordre tout
à fait supérieur), je dois faire observer que presque aucun
n'est conçu selon le plan que je me suis tracé. La plupart
s'enferment, par le libre choix de leurs auteurs, dans un
sujet très circonscrit. D'autres, plus complets, plus littéraires aussi, ne traitent pourtant pas dans son ensemble le
sujet que j'avais en vue. L'ouvrage même qui, par le plan
et par le fond des idées, a le plus de ressemblance avec le

œuvre de beaucoup de goût et de savoir. On y trouvera de bonnes leçons
du nouvel éditeur et un choix judicieux parmi les anciennes. Cette petite
édition se recommande aussi, au point de vue métrique, par certaines dispositions typographiques qui ont permis à l'éditeur de rendre sensible la
distinction des *cola* sans briser l'unité des *vers* (ou, comme disent les Allemands, des *périodes)* de Pindare.

Quelques scolies nouvelles, trouvées à Patmos et publiées par M. Sémi-
télos (Σχόλια Πινδάρου Πατμιακά, Athènes, 1875) sont aussi venues depuis
peu s'ajouter aux anciennes, ainsi qu'à celles de Schneidewin et de Tycho
Mommsen. — Je ne puis d'ailleurs parler des scolies de Pindare sans rappeler au moins le titre du savant travail de K. Lehrs (*die Pindarscholien*,
Leipzig, 1873), où cet helléniste éminent essaie de fixer d'une manière
approximative l'âge respectif des différentes parties de ces annotations, et
indique suivant quels principes il faudrait entreprendre de les distinguer et
de les classer.

Pour le commentaire exégétique, l'édition monumentale de Boeckh, par
l'abondance des informations, défie toujours toute comparaison. Celle de
Dissen, si utile, demeure malheureusement inachevée depuis près d'un
demi-siècle, malgré plusieurs essais de continuation.

En dehors des indications contenues dans les notes du présent volume,
je rappelle qu'on trouvera sans difficulté les éléments d'une bibliographie
plus complète de Pindare, soit dans le recueil d'Engelmann (*Bibliotheca
scriptorum classicorum et græcorum et latinorum*, 1858; avec les continua-
tions d'Hermann et de Klussmann), soit, pour les années postérieures à
1874, dans le *Jahresbericht* de Conrad Bursian, dans le *Philologus* de E. von
Leutsch, ou enfin dans l'excellente Revue des Revues publiée par la *Revue
de Philologie* de MM. E. Tournier, L. Havet et C. Graux.

mien, l'*Introduction* de Rauchenstein (*Einleitung in Pindar' s Siegeslieder*, Aarau, 1843), est loin de toucher à
toutes les questions. Enfin, à côté des idées justes et utiles,
il y a naturellement dans certains de ces ouvrages, sans en
excepter les plus répandus, quelques affirmations qui me
paraissent inexactes et qu'il s'agissait par conséquent de
redresser. Il m'a donc semblé qu'il y avait encore une étude
d'ensemble à composer sur Pindare. Sur un certain nombre
de points, j'ai cru pouvoir apporter plus de justesse ou plus
de précision ; sur d'autres, j'avais principalement à faire
un choix entre des idées déjà émises, sauf à en donner, s'il
était possible, de meilleures raisons ; mais, dans tous les
cas, il m'a paru que ce n'était pas une entreprise superflue
de rassembler les résultats que je considérais comme acquis, et d'en présenter une exposition complète et suivie
qui permît à un lecteur français de trouver aisément sous
sa main, en un seul volume, des faits d'histoire littéraire
jusqu'ici dispersés dans un grand nombre de livres ou de
travaux, la plupart étrangers.

Je me suis efforcé d'être précis, en tâchant pourtant de
n'être ni systématique, ni subtil. Ma préoccupation constante, tout en cherchant les lois d'un art qui fut le produit
d'une habileté consciente d'elle-même, a été de n'oublier
jamais que j'étudiais des œuvres inspirées par la Muse, et
que le trop de rigueur, en certaines matières, est un défaut
tout aussi grave que l'excès contraire. En parlant des lois
qui présidaient au lyrisme grec, je n'ai nullement prétendu
dire que la liberté du poète fût enchaînée, ni qu'on pût
donner, pour l'interprétation des odes de Pindare, des
règles tellement précises que le critique ou le lecteur fussent

dispensés par elles d'avoir du goût. Rien n'est plus contraire à ma pensée. C'est au goût seul, bien entendu, qu'il
appartient presque toujours de trancher en dernier ressort
(autant qu'il est possible) les problèmes d'interprétation
que l'érudition soulève et agite. Mais afin que le goût lui-
même prononce avec autorité, il importe qu'il ait acquis,
par l'examen prudent des faits et des circonstances, assez de
largeur et de souplesse pour ne pas s'étonner hors de propos.
Il faut, en un mot, qu'un peu d'érudition l'ait préparé à son
rôle de juge. C'est cette sorte d'érudition préalable que
j'ai essayé de rendre plus accessible au lecteur.

ERRATA

P. 4, ligne 21, *au lieu de* Euritimos, *lire* Éritimos.

P. 47, — 6, — remplit, — remplissait.

P. 163, — 5, — Buchholtz, — Buchholz.

P. 249, note 1, — Waltz, — Walz.

Voici encore quelques corrections ou additions à signaler :

J'ai employé par mégarde tantôt la forme épique *Héré* (Junon) et tantôt la forme usuelle *Héra*, qu'il vaut mieux rétablir partout.

P. 141. A côté du peu de fixité des croyances grecques, il convient de rappeler au moins d'un mot l'immutabilité relative, dans chaque cité, des rites religieux. Voy. à ce sujet Fustel de Coulanges. (*Cité antique*, liv. III, ch. VIII.)

P. 150, note 1, ligne 2. Les mots Κοινὸν λόγον doivent être effacés de cette énumération ; j'en ai expliqué le véritable sens à la page 363, note 1.

P. 183. Un endroit de cette page a besoin d'être complété : c'est à propos de la Destinée, ordinairement identifiée par Pindare avec la volonté de Zeus. Il faut ajouter qu'il y a pourtant un mythe dans les Odes triomphales (Isthm. VII [VIII], 26 et suiv.) où l'on voit Zeus lui-même averti par Thémis du danger fatal auquel il s'exposait en recherchant l'hymen de Thétis. On pourrait, à ce qu'il semble, tirer de là cette double conclusion que ni l'omniscience de Zeus, ni sa toute-puissance ne sont tout à fait sans limites aux yeux de Pindare. Mais il est bien certain que Pindare n'a pas attaché tant d'importance à ce récit : il a simplement voulu raconter, à l'honneur de Thétis (et par conséquent d'Achille, son fils), cette rivalité si glorieuse pour elle des deux divinités les plus puissantes de l'Olympe. Les poètes lyriques, je l'ai dit maintes fois, ne sont pas tenus à la précision de doctrine et de langage qui convient à la philosophie. En réalité, d'ailleurs, Thémis elle-même, selon Pindare, n'est pas distincte de Zeus : elle est sa propre pensée, identifiée avec les lois éternelles sur lesquelles repose l'ordre du monde. C'est ce que Pindare exprime à sa manière, en poète, quand il fait de Thémis, conformément à la tradition hésiodique (*Théog.*, 901), l'épouse de Zeus et la mère des Heures (fragm. 7 de Bergk ; Clément d'Alexandrie, *Strom.*, VI, 731).

N. B. — Bien que je cite toujours Pindare, pour le chiffre des *vers*,
d'après l'édition de Bergk, je dois faire observer que, pour le classement
des poèmes, je me sépare de lui sur deux points : d'abord, j'intervertis
l'ordre des Xᵉ et XIᵉ Olympiques; ensuite, je considère comme formant
un seul poème les strophes à Mélissus, dont on fait parfois les IIIᵉ et
IVᵉ Isthmiques, de sorte que les chiffres des odes suivantes s'en trouvent
un peu modifiés.

J'ai traduit moi-même tous les passages que je cite, sauf deux ou trois
dont j'indiquerai les auteurs à l'occasion.

LA
POÉSIE DE PINDARE

ET LES LOIS DU LYRISME GREC

INTRODUCTION

BIOGRAPHIE DE PINDARE; SES OEUVRES

La vie de Pindare, comme celle de la plupart des poëtes grecs, nous est assez mal connue. De savants écrivains pourtant, dès l'antiquité, l'avaient étudiée et racontée, notamment Chamæléon, Ister, Callimaque, Plutarque; mais le résultat de leurs recherches n'est arrivé jusqu'à nous que d'une manière très imparfaite; nous n'en savons que ce que nous en disent quelques biographies grecques de basse époque, où un petit nombre de faits positifs se mêlent à des légendes, à des anecdotes plus ou moins suspectes, à des digressions sans intérêt. Ces biographies sont aujourd'hui au nombre de cinq[1]. Il faut ajouter à ces

---

1. Les quatre premières ont été publiées par Bœckh en tête du volume des scholies, dans son édition de Pindare; deux d'entre elles sont dues au Byzantin Thomas Magister et à Suidas; les deux autres sont anonymes, et parmi celles-ci l'une est en vers; c'est la biographie en vers qui paraît la plus ancienne. A ces quatre biographies s'en est ajoutée, en 1832, une cinquième, qui formait le préambule du commentaire, aujourd'hui perdu, d'Eustathe sur Pindare; elle se trouve reproduite notamment en tête de l'édition de M. Christ : c'est la plus complète des cinq.

1

documents quelques rares indications éparses dans les écrivains anciens, et celles qu'on peut tirer des œuvres mêmes de Pindare. En somme, la biographie de Pindare présente beaucoup de lacunes qui ne seront probablement jamais comblées. Nous n'avons pas à discuter de nouveau minutieusement les problèmes qu'elle soulève. Dans l'état actuel de nos informations, ce genre de questions est à peu près épuisé[1]. Mais il est nécessaire de rappeler et de mettre en lumière les faits les plus certains de cette biographie, et en particulier ceux qui ont quelque importance pour l'appréciation du rôle, du génie, du caractère de Pindare, ou pour l'étude des influences qu'il a subies. Nous dirons ensuite brièvement quelles œuvres il avait composées, et ce qui nous en reste.

I

L'un des plus grands événements de l'histoire grecque, la lutte contre les Perses, partage la vie de Pindare en deux parties à peu près égales. Il a vécu, pour ainsi dire, sur la limite de deux périodes distinctes. Il a vu finir ce qu'on peut appeler la période dorienne de l'esprit grec, et commencer la période attique. Placé néanmoins par les circonstances en dehors du mouvement qui entraînait alors le monde grec, spectateur plutôt qu'acteur, il est resté, dans cette révolution profonde, comme un grave témoin du passé, sans haine, il est vrai, pour le présent et pour l'avenir, mais aussi sans enthousiasme bruyant, fidèle aux vieilles traditions éolo-doriennes sobrement tempérées d'atticisme et d'esprit nouveau, poète lyrique avant tout, mais poète essentiellement original, jusque dans sa soumission aux lois de son art.

1. La dissertation de Schneidewin *de Vita et Scriptis Pindari* (en tête de la seconde édition du Pindare de Dissen) est un bon résumé des recherches faites sur ce sujet. Il faut signaler en outre tout particulièrement le judicieux chapitre qui ouvre le livre de L. Schmidt sur la vie et les poésies de Pindare (*Pindars'Leben und Dichtung*, Bonn, 1862).

Il est probable que Pindare naquit en 521[1]. Un de ses biographes affirme qu'il vécut quatre-vingts ans; c'est donc en l'année 441 qu'il faudrait placer la date de sa mort, si du moins l'indication qui précède n'est pas une de ces évaluations approximatives dont les biographes grecs sont coutumiers. Ce qui est plus certain, c'est qu'il naquit au temps des fêtes Pythiques; il mentionnait lui-même quelque part « la fête quinquennale aux nombreuses victimes durant laquelle pour la première fois il avait été placé, tendre enfant, dans un berceau[2] ». Cette coïncidence était d'un heureux augure pour le futur poète des odes triomphales, et ses biographes n'ont pas manqué d'en faire la remarque.

Pindare aimait à se dire Thébain. Il n'était pourtant pas né dans la ville proprement dite, mais à Cynoscéphales, village ou bourg situé aux portes de Thèbes, sur la route qui menait à Thespies, au pied des collines qui viennent de l'Hélicon; quoi qu'il en soit, il était citoyen de Thèbes. Dans une ode, il appelle Thèbes sa mère[3]. « Enfant de l'illustre Thèbes, dit-il ailleurs[4], j'y fus nourri dans le culte des muses. » Il continua d'y résider habituellement, et il a plusieurs fois parlé avec un patriotique orgueil de la cité de Cadmus, « dont les sources le désaltéraient[5] ».

On sait que les Athéniens appelaient volontiers « pourceaux de Béotie[6] » les habitants de cette riche plaine de Thèbes où le

1. Telle est la date généralement adoptée; c'est celle de Bœckh, de Schneidewin, de Bernhardy et de L. Schmidt. Tycho Mommsen et Bergk préfèrent 517. Toute solution d'ailleurs est douteuse à quelques années près, soit pour la naissance, soit pour la mort de Pindare. Les biographes grecs ne sont d'accord ni entre eux ni parfois avec eux-mêmes. Eustathe et Suidas varient d'une page à l'autre dans leurs indications. La discussion la plus complète de cette question est celle de T. Mommsen (*Pindaros*, p. 28-33) mais il faut lire aussi la réponse de L. Schmidt (*op. cit.*, p. 9).

2. Fragm. 175. J'indique pour les fragments le chiffre de Bergk.

3. Isthm. I, 1 (édition de Bergk).

4. Fragm. 180. Cf. Isthm. VII (VIII), 15.

5. Olymp. VI, 85.

6. Βοιωτία ὖς.

bien-être matériel semblait émousser la finesse de l'esprit. Pindare, à qui sa renommée permettait de parler haut, a plusieurs fois rappelé lui-même l'injurieux proverbe, et s'est fait gloire de le démentir[1]. Il ne faudrait pas croire d'ailleurs que la pratique des beaux-arts fût étrangère à Thèbes, et que la vocation lyrique de Pindare y ait été une exception. Précisément à cette époque, Thèbes semble avoir eu toute une école de poètes lyriques. La flûte surtout y était en honneur. Les beaux roseaux du lac Copaïs servaient à faire des flûtes excellentes, et les Béotiens, qui les fabriquaient, ne le cédaient à personne, sinon peut-être aux Argiens, dans l'art de s'en bien servir. Selon Plutarque[2], les flûtistes recevaient à Thèbes des honneurs particuliers. Les lois mêmes de la cité donnaient à leur art une très grande place dans la vie publique et privée; ils devaient adoucir et régler les âmes, ou, comme disaient les Grecs, les soumettre au rythme (ῥυθμίζειν τὰς ψυχάς).

On dispute sur le nom du père et de la mère de Pindare. L'opinion la plus vraisemblable est que son père se nommait Daïphante et sa mère Cléodice[3]. Une biographie versifiée appelle son père « le belliqueux Daïphante »; le même document parle encore d'un frère de Pindare qu'il appelle Euritimos, et qu'il signale comme « habile à la chasse, habile aussi dans la lutte douloureuse ». Il n'est pas rare de voir, dans la Grèce de ce temps, le courage du soldat, la vigueur de l'athlète et le talent du poète lyrique réunis dans une même famille. Les odes triomphales, à plusieurs reprises, en font foi. Cette rencontre, si les

1. Olymp. vi, 90; et fragm. 60.
2. *Pelopid.*, 19.
3. D'autres témoignages les appellent Skopélinos et Myrto (ou Myrtis); mais ce sont là des noms de musiciens qui paraissent n'avoir été attribués aux parents de Pindare que par suite d'une confusion facile à faire entre ses parents et ses premiers maîtres. Je suis le témoignage de la biographie versifiée, corroboré d'ailleurs par ce fait que le fils de Pindare s'appelait aussi Daïphante; or on sait que souvent en Grèce le petit-fils portait le nom de l'aïeul. Quant à la tradition qui fait du musicien Skopélinos un *oncle* de Pindare, il ne faut probablement y voir qu'un essai de conciliation entre les deux précédentes généalogies.

affirmations du biographe sont exactes, s'était donc aussi produite dans la famille de Pindare lui-même.

Qu'était-ce que cette famille? avait-elle une histoire, un passé, des traditions? ou bien était-ce une famille obscure et de condition modeste, illustrée pour la première fois par le génie du grand poète lyrique? Les biographes gardent à ce sujet le plus complet silence. Heureusement Pindare lui-même y supplée. Il descendait d'une race illustre, à moitié dorienne, et dont l'histoire légendaire était toute remplie de religieux souvenirs. Les Égides, comme il le dit lui-même avec fierté [1], étaient « ses pères ». Cette famille des Égides faisait remonter ses origines à un des compagnons de Cadmus. On trouve son nom mêlé aux plus vieilles légendes de Thèbes et de la race dorienne. Une branche des Égides, sollicitée par les Héraclides sur le conseil d'un oracle, les avait suivis dans le Péloponnèse. De cette branche, devenue spartiate, se détacha un nouveau rameau qui alla coloniser l'île de Théra et y porter le culte d'Apollon Carnéen. De Théra, ces Égides se répandirent jusqu'à Cyrène [2]. D'autres pourtant étaient sans doute restés à Thèbes, car une tradition nous les montre venant de Thèbes au secours des Spartiates dans une guerre contre Amyclès [3]. Pindare devait descendre de cette branche demeurée thébaine.

La plupart des critiques modernes ont attribué à cette descendance de Pindare, non sans raison, quelque importance. Les Égides sont de pieux héros, en relations fréquentes et étroites avec les sanctuaires, avec les oracles, avec certaines divinités

---

1. Pyth. v, 72 et suiv. — J'adopte la leçon d'Hermann (τὸ δ'ἐμὸν γαρύεν) et l'interprétation qu'il en donne, malgré l'autorité de T. Mommsen et de Westphal, qui lisent γαρύεται, et celle de Thiersch, qui rapporte aux Cyrénéens ce que G. Hermann rapporte à Pindare. Mais sur ce dernier point, le seul qui soit vraiment intéressant, T. Mommsen est d'accord avec G. Hermann; il combat vivement l'interprétation de Thiersch (op. cit., p. 10 et suiv.) et remarque que le nom même de Pindare semble témoigner de sa parenté avec les Égides (p. 18-19). C'est l'opinion généralement adoptée aujourd'hui.

2. Éphore, ap. Schol. ad Pyth. v, 72 (101 des anciennes éditions).

3. Schol. ad Pyth. v, 72. Cf. Isthm. vi (vii), 14 et suiv.

dont ils semblent avoir été les ministres héréditaires. Ils sont
prêtres d'Apollon Carnéen à Théra[1]. Ils ont une dévotion spéciale à Zeus Ammon. Peut-être sont-ils, à Thèbes, prêtres
d'Apollon ou de Cybèle[2]. On a quelquefois supposé que Pindare
avait exercé, comme Égide, quelque sacerdoce de ce genre. Sa
piété pour Zeus Ammon est attestée. A Delphes, dans le grand
sanctuaire d'Apollon, il jouissait d'honneurs exceptionnels, et
ses descendants en jouirent après lui. Selon Plutarque[3], il avait
part au festin sacré des théoxénies, et le prêtre, au dire de ses
biographes, l'y invitait nominativement à haute voix. A Delphes
également, Pausanias[4] put voir encore un siège d'airain qu'on
appelait le siège de Pindare, et où le poète s'asseyait, dit-on,
pour chanter les péans qu'il venait offrir au dieu. Sa piété envers
Cybèle n'est pas moins certaine. Dans une ode à Hiéron[5], il
promet d'invoquer pour lui la déesse, qui a un temple près de
sa demeure, à Thèbes : « Je veux invoquer la mère des dieux,
que les nymphes, auprès de ma demeure, célèbrent avec Pan
par de fréquentes chansons, déesse auguste, aux heures de la
nuit. » Suivant les scholiastes, c'est Pindare lui-même qui
avait bâti cette chapelle à la mère des dieux, à la suite d'une
apparition miraculeuse de la déesse. Pausanias, qui vit à Thèbes
les ruines de la maison de Pindare et celles de la chapelle, dit
qu'il s'y trouvait une statue de Cybèle, et nomme les deux artistes
thébains dont cette statue était l'œuvre[6]. S'il ne résulte pas de
tout cela que Pindare, comme on l'a quelquefois supposé, fût
prêtre de Cybèle ou d'Apollon, ni qu'il le fût à titre héréditaire,
du moins le caractère religieux de la famille des Égides est manifeste, et ce caractère s'accorde bien avec les récits que les
anciens nous font des sanctuaires fondés par Pindare, des

1. Corp. Inscr. Græc. 2467. Cf. Schœmann, *Griech. Alterth.*, II, p. 424.
2. Voy. Bœckh, *ad Fragm.*, p. 591 ; O. Müller, *Dor.*, I, p. 345 ; Cf. Schneidewin, *de Vita*, etc., p. 75, et L. Schmidt, p. 13.
3. *De Ser. numin. vindic.*, 13.
4. Pausanias, X, 24, 4.
5. Pyth., III, 77 et suiv.
6. IX, 25.

honneurs qu'on lui rend à Delphes, des apparitions et des
légendes miraculeuses qui sont, dans sa biographie, l'accompagnement ordinaire des faits réels[1]. On nous parle encore de
deux ou trois autres statues élevées par Pindare à des divinités,
à Apollon Boédromios, à Hermès Agoraeos[2]. Tous ces traits conviennent à merveille au descendant des Égides. Il n'est pas
difficile non plus d'imaginer quel esprit et quelles traditions,
dans cette famille aristocratique et à demi dorienne, durent
entourer ses premières années.

Pindare s'adonna de bonne heure à l'art lyrique, car il composa la dixième Pythique à vingt ans selon les uns, à seize ans
selon les autres.

Nous n'avons pas besoin de nous demander pourquoi un descendant des Égides songeait à se faire poète lyrique. Il arrivait
souvent que, dans le monde grec, le métier de poète lyrique
fût exercé par des hommes appartenant aux premières familles.
Peut-être Pindare trouva-t-il des exemples parmi les siens :
quelques traditions l'affirment, sans qu'on puisse, il est vrai,
s'y fier absolument. La légende, ici encore, embellissait l'histoire[3] : tout jeune, Pindare un jour chassait sur l'Hélicon ;
c'était en été, par une forte chaleur ; vers le milieu du jour,
étant las, il s'endormit ; des abeilles volèrent aussitôt vers lui
et firent leur miel sur ses lèvres ; les dieux par là lui faisaient
connaître sa vocation.

Mais la vocation ne suffisait pas pour faire un poète lyrique.
L'art du poète lyrique, à l'époque de Pindare, était difficile et

1. Schneidewin a très bien montré comment ces légendes, favorisées d'ailleurs par ce qu'on savait ou ce qu'on imaginait de la piété de Pindare,
ont dû naître pour la plupart d'une interprétation trop littérale de certains
passages de ses odes.

2. Pausanias, IX, 17, 1, et Eustathe, p. 27.

3. Chamæleon et Ister, ap. Eustath., p. 27. Cf. Pausan, IX, 23, 2. Suivant
une variante non moins gracieuse, des abeilles l'avaient nourri de leur
miel dans sa première enfance. Une peinture le représentait couché, tout
enfant, sur un lit symbolique de myrte et de laurier, et l'on y voyait les
abeilles de la légende qui volaient dans la maison de Daïphante son père
(Philostrate, *Imag.*, II. 12; p. 71, Jacobs)

compliqué. Pour diriger les chants et les danses de tout un
chœur dans une fête publique ou privée, pour être, selon l'expression de Pindare, « un digne messager de la muse, » il fallait
connaître la musique, l'orchestique, la poésie, dans leur constitution traditionnelle et dans leurs règles inviolables. Il fallait se
mettre d'abord à l'école de quelque maître habile, avant d'oser
se livrer à ses propres inspirations.

La Béotie fournit probablement à Pindare ses premiers
maîtres. Skopélinos, que certaines traditions lui donnaient
pour père, lui apprit, dit-on, la flûte [1]. Les poétesses Myrto et
Corinne, qui paraissent avoir été surtout pour lui des émules,
lui donnèrent peut-être aussi, pendant quelque temps au
moins, des exemples et des leçons; car elles étaient toutes
deux plus âgées que lui. S'il fallait accepter à la lettre les affirmations d'un biographe [2], Corinne lui aurait enseigné *les règles
des mythes*. Il est probable que cet enseignement se borna à
quelques conseils, à quelques railleries salutaires. Pindare avait
composé, dit-on, à ses débuts, un poème où les mythes manquaient. Corinne l'en blâma. Le jeune poète, touché du reproche,
crut réparer sa faute en tombant bientôt après dans l'excès
contraire, et s'attira de sa rivale cette observation « qu'il fallait
semer à pleine main, mais non à plein sac [3] ».

Thèbes ne fut pas la seule école de Pindare. Athènes préludait,
dès cette époque, par l'éclat de ses dithyrambes, au prochain
épanouissement de sa gloire dramatique. Là vivaient des poètes
dithyrambiques renommés, Lasus d'Hermione, Agathocle,
Apollodore. Lasus d'Hermione n'était pas moins célèbre pour
la finesse de son esprit et de son goût que pour sa science musicale [4]. Agathocle aussi, à sa réputation comme poète et musi-

1. Eustathe, p. 25.
2. *Vita metrica*, v. 9.
3. Plut., *de Glor. Ath.*, xiv, p. 347 F. Le morceau qui valut à Pindare
cette critique est cité par Lucien dans l'*Éloge de Démosthène*, ch. xix.
Il forme dans l'édition de Bergk le fragm. 6.
4. Voy. sur Lasus d'Hermione la dissertation de Schneidewin, *de Laso
Hermionensi*, Götting., 1842.

cien, joignait celle d'être un moraliste et un penseur [1]. Apollodore, qui ne nous est plus connu que par les biographes de
Pindare, semble, d'après ces textes, avoir eu pourtant quelque
célébrité. Athènes réunissait donc alors un groupe distingué de
musiciens habiles et d'hommes d'esprit. Pindare, ayant sans
doute épuisé toutes les ressources que Thèbes était en état de
lui offrir, ne pouvait trouver une meilleure école : il se rendit
à Athènes.

Bien qu'on ne soit pas habitué à parler beaucoup de l'influence d'Athènes sur Pindare, il est probable que ce séjour fut
dans sa vie un fait assez considérable. Cela ne veut pas dire assurément que Pindare soit un Attique, ni même que l'atticisme
soit bien sensible dans son esprit et dans son art. Cependant,
s'il n'est pas un Attique, il n'est pas non plus un pur Thébain. Il
est plus loin de Corinne par le dialecte et par la pensée que des
grands Ioniens et des grands Attiques, les Simonide, les Eschyle, les Sophocle. Sans vouloir exagérer les conséquences de
son séjour à Athènes, il nous sera, je crois, plus d'une fois
permis de nous en souvenir, quand nous étudierons ses sentiments, ses idées, son art.

On ne sait pas très exactement quels furent les rapports de
Pindare avec les personnages dont je viens de rappeler les noms.
Certains récits le faisaient élève de Lasus; d'autres, à ce qu'il
semble, d'Agathocle et d'Apollodore. Quoi qu'il en soit, on racontait qu'un jour son maître, obligé de s'absenter, lui avait
confié, malgré sa jeunesse, la direction d'un chœur cyclique, et
qu'il s'en était tiré de manière à faire dès lors bien augurer de
son avenir. Il est difficile, pour ne pas dire impossible, de distinguer en tout cela la vérité de la légende. Certaines traditions
le mettaient aussi dès cette époque en relation avec Simonide.
Il est possible en effet que Pindare ait entendu vers ce temps à
Athènes quelques poèmes de Simonide, plus âgé que lui d'une
trentaine d'années au moins, et alors dans toute sa gloire. Mais

---

1. Μέγας ὢν σοφιστής, dit Platon (*Protagoras*, p. 316 E).

il est plus que douteux qu'il ait été à proprement parler son disciple. On sait avec quelle facilité, en Grèce, les biographes cédaient au désir de mettre en relation les uns avec les autres les hommes célèbres d'une même époque.

Le premier fait entièrement certain de la vie poétique de Pindare, c'est la composition de la dixième Pythique en 501. Pindare avait alors, selon toute apparence, à peu près vingt ans. C'est la plus ancienne des poésies qui nous restent de lui. À partir de ce moment, et malgré les progrès que son talent devait faire encore, il est vraiment d'écolier devenu maître. Pindare avait dès lors probablement une certaine notoriété, due soit à sa naissance, soit à quelques succès antérieurs dont le souvenir s'est perdu; car les jeux Pythiques étaient au nombre des plus grands jeux de la Grèce, et les vainqueurs qu'il chante dans son ode appartenaient à la puissante famille thessalienne des Aleuades : il est permis de croire que Pindare, quand il composa ce poème, n'était pas un inconnu.

Il semble pourtant avoir encore éprouvé, même à Thèbes, quelques échecs. Corinne, dit-on, le vainquit cinq fois dans des concours musicaux. Les partisans de Pindare, et peut-être Pindare lui-même, soutenaient que la beauté de sa rivale avait été pour beaucoup dans ces victoires répétées [1]. Quelle que soit la valeur de cette raison, il faut dire que Corinne employait le dialecte de Thèbes, probablement agréable à des juges thébains, tandis que Pindare, selon l'expression de sa rivale elle-même, *atticisait* [2]. Le souvenir des luttes poétiques de Pindare contre Myrto s'est également conservé, mais celle-ci ne paraît pas l'avoir emporté sur lui. Corinne, dans une pièce de vers dont il

1. Pindare, suivant un scholiaste, avait appliqué assez peu galamment à Corinne le dicton βοιωτία ὕς. La grossièreté de ce propos a fait rejeter cette tradition avec indignation par plusieurs critiques. D'autres, moins scrupuleux, la défendent. Voy. L. Schmidt, p. 17 et 18.

2. Fragm. 31 de Corinne, dans Bergk, avec la correction de Geel adoptée par Bergk (ad Pind. Fragm. 80). Quelque lecture qu'on adopte d'ailleurs, le sens de ce passage n'est pas douteux.

ne nous reste que quelques mots, blâmait Myrto d'avoir osé, faible femme, lutter contre Pindare[1].

Sur les trente-deux odes triomphales de Pindare dont la date nous est connue avec une certitude à peu près complète, quatre seulement sont d'une époque antérieure au début des guerres médiques[2]. Il est remarquable que ces quatre poèmes ont tous été composés pour des victoires pythiques. C'est seulement en 484 que nous rencontrons dans le recueil de ses odes une Olympique. Malgré les trop nombreuses lacunes produites par le temps dans la série des poèmes de Pindare, il est difficile de ne voir qu'un effet du hasard dans ce fait particulier. On est tenté d'y reconnaître la preuve que la gloire du poète a pris, pour ainsi dire, son essor à Delphes, et que c'est de là que peu à peu, et de proche en proche, elle s'est répandue sur le reste du monde grec. Les relations personnelles de Pindare avec Delphes, dont nous avons déjà parlé, donnent de la vraisemblance à cette explication, qui convient bien d'ailleurs à l'ensemble de sa physionomie.

Pindare avait un peu moins de trente ans quand éclata la première guerre médique; il en avait environ quarante au temps de la bataille de Salamine. On sait quel fut, dans ces circonstances, le rôle de Thèbes. Entre toutes les villes grecques qui trahirent la cause nationale, Thèbes fut au premier rang. D'autres cités embrassèrent la cause des barbares par peur. Mais Thèbes, sous la direction de l'oligarchie qui la dominait, fut empressée dans la trahison; elle y mit une véritable ardeur. Elle se battit pour les ennemis de la Grèce avec un courage et une persévérance dignes d'une meilleure cause. Que fit Pindare à cette époque? Poète lyrique, c'est son art qui remplit sa vie; il a vécu surtout pour la Muse; aucun indice ne nous fait soupçonner qu'il ait joué alors soit comme politique, soit comme soldat, un rôle vraiment actif. Mais personne, en ces temps troublés,

---

1. Fragm. 21 (Bergk).
2. Quatre, selon L. Schmidt; trois seulement, si l'on recule la date de la VIIe Pythique (voy. L. Schmidt, p. 79 et suiv.).

ne pouvait rester entièrement étranger aux grands intérêts de la vie nationale. Sans se mêler directement à la politique, il était bien difficile que la muse lyrique n'y touchât pas par quelque endroit, quand la liberté même de la Grèce était en jeu et quand les préoccupations les plus vives étaient partout excitées par les événements. Polybe accuse formellement Pindare d'avoir dans ces circonstances encouragé les dispositions antipatriotiques de ses concitoyens. D'autre part, nous verrons qu'il célébra le rôle d'Athènes, qu'il applaudit à son triomphe, et qu'Athènes l'en récompensa. Comment expliquer ces contradictions ? C'est ce que nous tâcherons d'éclaircir dans un autre chapitre. La question que nous venons d'indiquer se rattache trop directement à l'étude de l'esprit même de Pindare pour être ici traitée d'une manière incidente ; elle mérite un examen spécial et détaillé. Revenons donc pour le moment à la suite de la vie de Pindare.

Dans la liste de ses odes datées, nous n'en trouvons que cinq pour la période qui s'étend de la bataille de Marathon à la bataille de Salamine (490-480). Ce sont d'abord deux odes adressées à un Locrien de la Grande-Grèce, Agésidamos, à l'occasion d'une victoire olympique (484), et ensuite trois odes composées de 483 à 480 pour divers membres d'une famille d'Égine, vainqueurs à Némée et à l'Isthme. Plusieurs de ces odes sont belles ; aucune n'a l'importance des grandes odes à Hiéron ou à Arcésilas. Cette persistance de Pindare à chanter des Éginètes, la connaissance très minutieuse et manifestement très personnelle qu'il a de tous les membres de cette famille, plus tard sa sympathie durable et plusieurs fois exprimée pour l'île d'Égine, sont de nature à laisser croire qu'il y fit à cette époque un séjour assez prolongé. M. L. Schmidt suppose qu'il y vécut vers le temps des batailles livrées aux Thermopyles et à Salamine, et encore un peu au delà. Il ne serait pas impossible qu'il y eût obtenu, soit à ce moment, soit un peu plus tard le titre de proxène [1].

1. Voy. Ném. VII, 65, où les mss. donnent καὶ προξενίᾳ πέποιθ'. Hermann

C'est vers ce temps sans doute, peu d'années après Salamine, qu'il composa coup sur coup pour les Athéniens plusieurs dithyrambes, notamment celui qui renfermait la belle peinture du printemps conservée par Denys d'Halicarnasse [1] ; puis celui où il célébrait Athènes comme le rempart de la Grèce [2]. Il reçut des Athéniens, en récompense de ses éloges, la proxénie et divers autres avantages ou honneurs. On peut croire que ces poèmes et ces récompenses mirent le comble à sa renommée. Ce qui est certain, c'est qu'à partir de ce temps, durant les quinze ou vingt années qui suivirent Salamine, nous le voyons, dans le plein éclat de sa gloire, en relations avec les princes et les grands de toutes les parties du monde grec, et composant ses plus beaux ouvrages. C'est le temps des odes à Hiéron de Syracuse, à Théron d'Agrigente, à Arcésilas de Cyrène, à Chromios d'Agrigente et à tant d'autres.

Il est aisé de se représenter ce que dut être à cette époque la vie de Pindare : il dut parcourir à peu près toutes les cités grecques. Sans doute, l'exécution d'une ode ne réclamait pas toujours la présence du poète. Nous en avons la preuve dans Pindare lui-même : il compare un de ses poèmes à une marchandise phénicienne qu'il envoie au delà des mers sans l'accompagner personnellement [3]. Il dut pourtant faire de nombreux voyages. Nous en connaissons quelques-uns avec certitude, et nous avons le droit d'en supposer beaucoup d'autres. En Grèce, tout le monde voyage. Les grands jeux attirent périodiquement des foules considérables. Les oracles sont sans cesse visités. Le commerce amène des déplacements encore plus nombreux. Il en est de même des arts et de la science : les artistes, comme plus tard les sophistes, passent perpétuellement d'une ville dans une autre. Les poètes lyriques

---

et Bergk suppriment καί, qui fausse le mètre ; mais ils gardent προξενίᾳ. Christ, il est vrai, écrit καὶ ξενίᾳ.

1. Fragm. 53 (Dion. Halic., de Composit. Verb., 22).

2. Fragm. 56.

3. Pyth. II, 67 et suiv. (quel que soit d'ailleurs le sens complet de ce morceau, dont certains détails sont obscurs).

ne pouvaient faire autrement. Aussi ne serons-nous pas surpris de
voir Pindare, dans ses odes, désigner à maintes reprises comme
ses hôtes les personnages dont il fait l'éloge : il s'est assis à leur
table, il a reposé sous leur toit, il a pris part en personne aux
concours institués par eux. Il les connaît, eux et leurs proches,
familièrement et *de visu*. Il sait comment leur ville est faite,
les aspects pittoresques qu'elle présente, les traits précis qui la
caractérisent. Le voyageur se trahit souvent chez Pindare par
un mot qui fait image, par une épithète exacte et colorée.

Nous n'avons pas à parler de ses voyages nécessaires aux
grands jeux, ni dans les principales villes de la Grèce propre ;
mais d'autres méritent quelque attention.

Le plus important, soit par les œuvres qui en sont sorties,
soit, à ce qu'il semble, par sa durée, est celui qu'il fit en Sicile,
vers 473[1], pour se rendre à Syracuse auprès de Hiéron. Depuis
plusieurs années déjà il était en relations avec Hiéron de Syracuse et Théron d'Agrigente. Il leur avait envoyé des odes triomphales, des hyporchèmes, des poèmes de divers genres[2]. Mais
il avait reculé devant le voyage de Sicile, ne jugeant pas sans
doute que le séjour de Syracuse, à la cour d'un prince brillant,
mais orgueilleux et dur, fût de nature à le dédommager des
fatigues subies et de son indépendance temporairement aliénée.
On citait un mot de lui qui se rapportait à cette époque de sa
vie. Quelqu'un lui demandait pourquoi il ne voulait pas aller en
Sicile, comme Simonide : « C'est, dit-il, qu'il me plaît de vivre
à mon gré, et non au gré des autres[3]. » Ces refus et ces dé-
fiances finirent pourtant par céder à de nouvelles instances de

---

1. L. Schmidt dit 472 (p. 239) ; mais je croirais plutôt que Pindare a fait
exécuter lui-même en Sicile la première Pythique, vu son importance.
Elle était destinée à un concours, comme on le voit par les vers 42-45.

2. Il nous reste de ces poèmes, outre divers fragments, deux Pythiques
(II et III) adressées à Hiéron, deux Olympiques (III et II) adressées à Théron,
et une Néméenne (IX) adressée à Chromios, beau-frère de Hiéron. Tous ces
poèmes ont été presque certainement composés de 477 à 472.

3. Eustathe, qui rapporte ce mot, paraît embarrassé de le concilier avec
le fait de son voyage en Sicile.

Hiéron. Il vit Syracuse et l'Etna, et parcourut les principales villes de la Sicile, Agrigente, Himère, Camarine. Il ne put voir l'éruption du volcan, s'il est vrai, comme Thucydide semble l'indiquer, qu'elle ait eu lieu en 476 [1]; mais il vit du moins « la colonne égale au ciel, le neigeux Etna, éternel nourricier des frimas piquants [2] ». Son séjour en Sicile dura probablement plusieurs années, sans qu'on puisse en fixer les limites avec certitude [3].

En 465, il composait pour le roi de Cyrène, Arcésilas, la quatrième et la cinquième Pythique, qu'il porta très probablement lui-même au descendant des Battides. Diverses raisons devaient l'engager à faire ce voyage. La famille des Égides avait d'antiques relations avec Cyrène; elle y avait introduit le culte d'Apollon Carnéen, et peut-être aussi celui de Zeus Ammon, dont le sanctuaire était relativement voisin de Cyrène et dont la volonté avait présidé à la fondation de cette ville [4]. Les souvenirs de cette époque légendaire étaient encore très vivants. Pindare se plaît à les rappeler [5]. Plusieurs circonstances avaient contribué à les ranimer. En 477, Pindare avait célébré à Thèbes les victoires et l'hyménée du Cyrénéen Télésicrate. Plus récemment, il avait donné lui-même l'hospitalité, semble-t-il, à un autre Cyrénéen, Démophile, descendant peut-être des Égides, et alors forcé de s'expatrier parce qu'il s'était attiré l'inimitié d'Arcésilas ; à la fin de la quatrième Pythique, Pindare intercède pour lui avec éloquence.

---

1. Thucyd., III, 116. Les marbres de Paros la placent même en 479-478 (Olymp., LXXV, 2). Cf. Bœckh, *Corpus Inscript. gr.*, II, p. 302.

2. Pyth. I, 19 et suiv. (Cf. Olymp., IV, 5-6). Lui-même semble indiquer (v. 26) qu'il ne vit pas personnellement l'éruption, qu'il l'entendit seulement raconter par des témoins oculaires (je lis παρεόντων ἀκοῦσαι, correction de Christ pour παριόντων).

3. Schneidewin croit qu'il y resta quatre ans, jusqu'à l'année 467, où il composa la VI° Olympique en l'honneur d'Agésias. Mais la VI° Olympique ne paraît pas avoir été composée à Syracuse. L'opinion de Schneidewin est donc contestable.

4. Pyth. IV, 16. Sur l'origine grecque du culte de Zeus Ammon, voy. P. Decharme, *Mythologie de la Grèce antique*, p. 49-50 (Paris, 1879).

5. Pyth. V, 72 et suiv.

Nulle part dans ces deux poèmes on ne trouve la mention d'un simple envoi. Plusieurs détails, au contraire, semblent indiquer sa présence à Cyrène. Nous pouvons encore nous représenter, grâce à l'image frappante que ses vers nous en ont transmise, la côte sablonneuse jadis peuplée par les lions : « le blanc mamelon [1] » où s'élevait la cité; puis, dans la ville même, la longue route pavée de blocs solides que les ancêtres d'Arcésilas avaient bâtie au milieu des sables en la conquérant sur le désert, et tout au bout, à l'extrémité de l'Agora, isolé des autres sépultures où reposaient les rois de sa race, le monument solitaire de Battus, ancêtre d'Arcésilas [2]. L'exécution d'un poème aussi considérable que la quatrième Pythique devait exiger et méritait des soins exceptionnels. La présence du poète à Cyrène, rendue très vraisemblable par tant de raisons, serait même tout à fait certaine, si l'on prenait à la lettre ce passage capital de la cinquième Pythique où le poète, après avoir rappelé les institutions religieuses que Cyrène doit aux Égides ses aïeux, s'associe ensuite d'une manière plus étroite encore à ses hôtes et, parlant à la fois pour lui-même et pour eux, continue en ces termes : « C'est de là que nous est venu le festin riche en victimes, et que dans ton banquet, ô Apollon Carnéen, *nous célébrons* la ville auguste de Cyrène [3]. »

Les anciens nous parlent encore d'un roi de Macédoine, Alexandre Ier, fils d'Amyntas, comme d'un admirateur et d'un hôte de Pindare [4]. Cet Alexandre, surnommé le Philhellène, et qui paraît avoir mérité son nom autant par de secrets et importants services rendus à la cause grecque contre Xerxès que par son goût déclaré pour la civilisation hellénique, attira Pindare à sa cour et lui fit de riches présents. Pindare lui avait consacré des chants dont il ne reste plus aujourd'hui que deux fragments

1. Pyth. IV, 8.
2. Pyth. V, 93.
3. Pyth. V, 77-81. — Je lis au v. 80 σεδίζομεν, que donnent les mss., et qu'il est absolument inutile de corriger.
4. Solin, *Polyhist.*, 14; Dion Chrysost., or. *de Regno*, II, p. 25; Eustath., p. 28; Dion. Halic., *de Admir. vidicendi Demosth.*, 26.

très courts[1]. On sait que c'est en souvenir de ces relations de
Pindare avec Alexandre Ier, son ancêtre, que le grand Alexandre,
au siècle suivant, épargna dans le sac de Thèbes la maison du
poète lyrique[2]. La date exacte du séjour de Pindare en Macédoine nous est inconnue, mais il est probable que l'invitation
d'Alexandre le Philhellène s'adressait au poète en possession
de toute sa gloire, et qu'elle dut prendre place vers le temps où
les rois de Syracuse, d'Agrigente et de Cyrène se le dispu-
taient.

La septième Olympique, à Diagoras de Rhodes, est de l'année
462, et fut certainement exécutée à Rhodes. Pindare s'y rendit
peut-être en personne. S'il en est ainsi, c'est le dernier voyage
lointain dont la trace nous soit restée. Dans les années suivantes, les circonstances le conduisent d'abord à Corinthe[3].
Puis il célèbre des Thébains, des Éginètes. Une victoire du
Camarinéen Psaumis ramena encore une fois vers la Sicile sa
pensée et ses vers, mais non sa personne[4]. Enfin la dernière
de ses odes dont nous puissions fixer la date est de l'année 449.
Elle est adressée à un Éginète[5]. Après cette date, aucun indice
ne nous permet plus de suivre, même de loin, les dernières pé-
régrinations de Pindare, ni de marquer le moment où elles
cessent.

Il mourut dans un âge avancé, à quatre-vingts ans, dit un
biographe[6], par conséquent, vers l'année 441. Une vieille épigramme, citée par Eustathe, dit que la mort le surprit à Argos ; il
s'y était sans doute rendu pour quelque fête. Peu de temps auparavant, des théores qui se rendaient au temple de Zeus Ammon
(d'autres disent de Delphes) avaient demandé pour lui au dieu
le plus beau présent qui pût être accordé à un mortel par la

---

1. Fragm. 97 et 98.
2. Voy. notamment Arrien, *Exp. Alex.*, I, 9.
3. Olymp. XIII.
4. Ce n'est là, je dois le dire, qu'une opinion personnelle ; T. Mommsen
est d'un avis contraire.
5. Pyth. VIII.
6. *Vit. metr.*, v. 31.

faveur divine ; la réponse des dieux ne se fit pas attendre : ils traitèrent Pindare comme ils avaient traité parfois d'autres pieux personnages : ils lui envoyèrent la mort, qui le prit doucement dans cette année même [1].

Pindare s'était marié. Sa femme s'appelait Mégaclée [2]. Il eut d'elle deux filles, que de nombreux témoignages appellent Eumétis et Prôtomachè, et un fils, appelé Daïphante comme son aïeul. Ses deux filles rapportèrent d'Argos l'urne qui contenait ses cendres. Son fils avait été choisi, du vivant de Pindare, pour figurer, comme daphnéphore, dans la procession qui se faisait tous les neuf ans à Thèbes en l'honneur d'Apollon. On ne prenait, pour remplir ce rôle, que des jeunes gens beaux de visage, de noble famille, et ayant encore leurs parents [3]. C'était une distinction fort enviée. Pindare, pour mieux s'associer à la fête où son fils tenait cette place honorable, avait composé l'hymne destiné à être chanté par le chœur de jeunes filles qui accompagnait la procession.

La postérité du grand poète se prolongea au moins jusqu'au siècle suivant : mais nous n'avons rien de certain à en dire, sinon qu'elle continua de jouir à Delphes d'honneurs exceptionnels, et qu'elle dut au souvenir de Pindare la bienveillance d'Alexandre, lors de la prise de Thèbes par les Macédoniens.

Pindare avait pu jouir de sa gloire. Elle fut immense de son vivant. Nous avons parlé des honneurs qui lui vinrent en foule de toutes les parties de la Grèce. Ajoutons qu'une de ses odes, celle qu'il fit pour Diagoras, fut gravée en lettres d'or dans le

1. Eustath., 29; Plut., *Consol. Apoll.*, p. 103 D. On peut ajouter à cette légende celle que raconte Pausanias (IX, 23, 2) : Proserpine n'avait pas encore été célébrée par Pindare; elle lui apparut en songe et lui demanda un hymne; Pindare s'empressa de le composer, et mourut quelques jours après. Suidas le fait mourir au théâtre, appuyé sur les genoux du beau Théoxène; il y a peut-être là quelque souvenir obscur et altéré par la légende du scolie adressé par Pindare à ce Théoxène, et dont il nous reste un fragment plein de passion.

2. Mégaclée, suivant Eustathe; Timoxène, suivant la biographie versifiée.

3. Pausan., IX, 10, 4. Nouvelle preuve, par parenthèse, de la naissance illustre de Pindare.

temple d'Athènè, à Lindos, par l'ordre de la cité reconnais-
sante [1]. Les dieux eux-mêmes, suivant une légende, avaient partagé l'admiration générale. On racontait que le dieu Pan, un
jour, au pied du Cithéron, avait chanté un des péans du grand
lyrique, et que le poète, pour remercier le dieu, lui avait consacré de nouveaux chants [2].

II

Les œuvres de Pindare devinrent classiques, pour ainsi dire,
aussitôt après sa mort. Hérodote le cite déjà. Athènes adopte
sa gloire. Les comiques du ve siècle, les Aristophane, les Eu-
polis, tantôt le louent et tantôt le parodient, ce qui est encore
une manière de lui rendre hommage. Platon lui emprunte de
belles pensées et de belles paroles. Il est évident que tous les
gens de goût à Athènes lisaient les poèmes de Pindare et y prenaient un vif plaisir. C'est Athènes sans doute qui les a publiés
pour la première fois dans leur ensemble, et qui a rangé définitivement Pindare, en lui donnant son suffrage, dans le groupe
des maîtres de la poésie grecque, où les Alexandrins n'eurent
qu'à le maintenir.

Les poèmes de Pindare étaient nombreux. Les premiers éditeurs de ses œuvres les avaient réparties en dix-sept livres qui
embrassaient toutes les variétés du genre lyrique. Voici quel
était, d'après Suidas, le contenu de ces dix-sept livres [3] : les

---

1. *Schol. Olymp.* VII. Pausanias parle aussi (IX, 16,1) d'une ode de Pindare
en l'honneur d'Ammon qui avait été gravée dans le temple du dieu sur
une stèle triangulaire. Mais il n'est pas certain que cette gravure fût contemporaine de Pindare. Bergk (*Gr. Litt.*, I, p. 211, note 70) exprime cette
supposition que c'était peut-être un présent offert par Ptolémée Lagide au
temple de Zeus Ammon.

2. Eustathe, p. 27, et *Vit. metr.*, v. 19-20.

3. Suidas signale encore, en dehors des dix-sept livres, quelques autres
écrits de Pindare, qu'il désigne ainsi ἐπιγράμματα ἐπικά (?) καί καταλογάδην
παραινέσεις τοῖς Ἕλλησι καὶ ἄλλα πλεῖστα. Bergk corrige ἐπικά en ἔπη κ, β
ce qui voudrait dire que toutes ces œuvres formaient un total de vingt-
quatre mille vers (ou, plus exactement, de vingt-quatre mille *cola*). Quant
à la mention des prétendus écrits en prose (καταλογάδην de Pindare, il n'y
a pas lieu de s'y arrêter.

quatre premiers renfermaient les Olympiques, les Pythiques, les Néméennes et les Isthmiques; venaient ensuite les poèmes qu'on appelait en grec προσόδια, παρθένια, ἐνθρονισμοί, βακχικά, δαφνηφορικά, παιᾶνες, ὑπορχήματα, ὕμνοι, διθύραμβοι, σκολιά, ἐγκώμια, θρῆνοι, δράματα τραγικά [1]. On voit que les odes triomphales, dans cette liste, sont au premier rang. Cela tenait sans aucun doute à leur célébrité toute particulière. Il est facile de s'apercevoir aussi que cette classification manque de méthode. Tantôt, en effet, à la différence des livres correspond une différence de genres, par exemple lorsqu'il s'agit des thrènes et des dithyrambes; tantôt, au contraire, la différence des livres n'implique qu'une différence tout à fait secondaire dans l'occasion du poème ou dans quelque circonstance accessoire de son exécution; c'est ainsi que les quatre premiers livres renferment tous en réalité des poèmes du même genre, des *épinicies*. En outre, tous les genres, dans cette liste, sont mêlés sans ordre et se suivent au hasard, sans aucune distinction entre ceux qui célèbrent des hommes par exemple et ceux qui célèbrent des dieux. Si cette classification, comme c'est probable, est la plus ancienne qui ait été faite des œuvres de Pindare, il était naturel que l'esprit méthodique des Alexandrins ne s'en contentât pas et cherchât quelque chose de mieux. C'est ce qui fut fait. Aristophane de Byzance (ou peut-être quelque autre de ses savants émules), tout en gardant la division traditionnelle en dix-sept

1. On a beaucoup discuté sur les δράματα τραγικά de Pindare. Bœckh en fait une variété d'hyporchèmes; Lobeck (*Aglaoph.*, 977) les range parmi les thrènes; Bergk, parmi les dithyrambes (p. 283). Je crois que l'opinion de Bergk est la plus vraisemblable. Quoi qu'il en soit, la seule chose importante est de ne voir dans ces drames rien qui ressemble à une tragédie proprement dite. Sur l'existence d'une tragédie et d'une comédie lyriques distinctes à la fois du drame et du lyrisme proprement dits, péloponnésiennes ou doriennes d'origine, et antérieures au drame attique, Bœckh avait fini par accumuler beaucoup d'hypothèses peu solides (voy. surtout *Staatshaush. d. Athen.*, II, p. 362). Ces hypothèses, attaquées d'abord par G. Hermann (de *Tragœdia Comœdiaque lyrica*, Leipzig, 1836; Opusc. t. VII) ont été depuis, sur plusieurs points essentiels, réfutées d'une manière décisive par M. P. Foucart, dans sa thèse de *Collegiis scenicorum artificum apud Græcos*, p. 71-73 (Paris, 1873).

livres, groupa ces livres, selon les genres, sous des chefs moins
nombreux, mieux choisis et mieux rangés. Au lieu de quatre
groupes entièrement distincts d'Olympiques, de Pythiques, de
Néméennes et d'Isthmiques, il y eut un seul groupe d'odes
triomphales en quatre livres, et ainsi de suite. Il en résulta que
dans la nouvelle classification les dix-sept livres formèrent neuf
groupes sous les titres suivants : ὕμνοι, παιᾶνες, διθύραμβοι (2 livres),
προσόδια (2 livres), παρθένια (3 livres), ὑπορχήματα (2 livres),
ἐγκώμια, θρῆνοι, ἐπινίκιοι (4 livres) [1]. On remarquera aussi que dans
cette liste les premiers poèmes étaient consacrés aux dieux, et
que les derniers au contraire étaient destinés à des fêtes plus
particulièrement humaines; ceux du milieu participaient à ce
point de vue des deux autres groupes. Cette dernière classification est celle que suivent toujours les grammairiens qui citent
Pindare, quand ils donnent l'origine exacte de leur citation. Il
est évident qu'elle avait remplacé l'autre, dont la trace ne s'est
conservée que dans Suidas, et on s'explique sans peine cette
préférence de toute l'antiquité [2].

Ces dix-sept livres, si l'on adopte une ingénieuse correction
introduite par Bergk dans un passage de Suidas [3], formaient un
total de vingt-quatre mille vers [4]. Ce chiffre est vraisemblable,
car la proportion qui en résulte entre le nombre des livres et celui
des vers dans l'ensemble des œuvres de Pindare est à peu près
exactement celle que nous trouvons pour les odes triomphales.

---

1. *Vit. Vratislav.*
2. Je suis, pour toute cette bibliographie pindarique, le système exposé
par Bergk dans son édition de Pindare (p. 280-285). Nous ne pouvons pas
établir avec une entière certitude dans tous les détails la concordance des
deux classifications. Cette concordance se reconnaît sans difficulté pour
la plupart des livres; elle est douteuse pour deux ou trois; mais le principe n'en est pas contestable, et les détails sur lesquels on dispute sont de
peu d'importance.
3. Voy. p. 19, note 3.
4. En prenant ce mot au sens de κῶλα. Les nouvelles éditions de Pindare, qui divisent ses strophes en *périodes* et non en *cola*, ne donnent plu
pour les odes triomphales qu'un total de quatre mille vers environ, au lieu
de cinq mille cinq cents (en chiffres ronds). Pour l'explication de tous ces
termes, voy. le chapitre suivant.

De toute cette poésie, un quart à peu près nous reste, à savoir quatre livres complets (les quatre livres des ἐπινίκιοι) sur dix-sept; et, sur vingt-quatre mille vers, environ six mille, dont cinq cents formés de fragments.

Il est assurément très regrettable, pour la connaissance de Pindare, que non seulement les trois quarts de son œuvre aient péri, mais qu'en outre le dernier quart ne comprenne qu'une seule sorte de poèmes. Nous ne voyons pas clairement son génie sous toutes ses faces. La possession de ses parthénies, où régnaient une douceur et une grâce presque étrangères à ses autres œuvres, celle de ses scolies ou de ses hyporchèmes, d'un ton parfois si libre et si familier, serait pour nous, sans parler de ses thrènes et de ses dithyrambes, d'un très grand prix. Ces lacunes doivent nous inspirer une prudente réserve dans nos appréciations ; craignons de généraliser trop vite et sur des données insuffisantes. Il ne convient pourtant pas d'exagérer ces regrets ou cette réserve. La connaissance de ces poèmes aujourd'hui disparus ne serait certainement pas de nature à modifier gravement l'idée que nous pouvons nous faire de Pindare. Les fragments, interrogés avec attention, nous font pénétrer dans l'intelligence des œuvres perdues beaucoup plus avant qu'on ne le croirait peut-être au premier abord. D'ailleurs, entre les divers genres lyriques il y avait plus de ressemblances que de différences. Un seul livre de Pindare peut nous donner quelque idée de tous les autres. Ajoutons enfin que cela est surtout vrai, selon toute apparence, des odes triomphales. En effet, outre qu'elles étaient dans l'antiquité la partie la plus célèbre de l'œuvre de Pindare[1], elles présentent, grâce à la diversité des circonstances où elles ont été composées, une variété de ton

---

1. Eustathe l'atteste expressément pour l'époque byzantine : on les lisait plus que les autres poèmes de Pindare, parce qu'ils étaient plus humains et moins chargés de mythes (ἀνθρωπικώτεροι, ὀλιγόμυθοι). Mais cela ressort aussi, pour l'époque antéalexandrine, de la classification mentionnée par Suidas, ainsi que nous le disions plus haut. C'est grâce à cette préférence durable de l'antiquité que les odes triomphales, dans la perte de tout le reste, sont arrivées jusqu'à nous.

et de couleur qu'on aurait sans doute difficilement trouvée
dans ses autres œuvres. Les odes triomphales ne sont pas tout
Pindare, mais elles sont une image fidèle et harmonieuse
quoique abrégée, des aspects les plus notables de son génie ;
elles en font entrevoir la riche flexibilité. C'est ce que nous
aurons à mettre en lumière dans la suite de nos études.

Mais d'abord, qu'est-ce que la poésie lyrique grecque ? Quel
est au juste cet instrument dont Pindare a fait usage ? Avant
de chercher à déterminer comment lui-même s'en est servi,
il importe de faire connaître avec précision quels en sont les
caractères essentiels et les qualités propres.

PREMIÈRE PARTIE

LES LOIS DU LYRISME GREC

CHAPITRE PREMIER

LA CONSTITUTION TECHNIQUE DU LYRISME GREC

I

Le terme de poésie lyrique a changé de sens depuis l'antiquité grecque. Ce que nous appelons de ce nom dans les littératures modernes n'est en général qu'une poésie d'une inspiration plus hardie, d'un tour plus libre, d'un rythme plus varié, destiné à traduire des émotions plus fortes. Encore pourrait-on citer bien des poèmes, véritablement lyriques au sens moderne du mot, qui sont écrits d'un bout à l'autre dans le même rythme qu'une épître, une épopée ou une tragédie.

Il en était tout autrement chez les Grecs. Leur poésie lyrique était essentiellement destinée à être chantée. La voix d'un soliste ou celle d'un chœur faisaient entendre les paroles « ailées » du poète. La cithare ou la flûte, quelquefois l'une et l'autre, accompagnaient les voix. Souvent même à ces chants s'ajoutaient des danses ; la beauté de la forme humaine, animée d'un mouvement cadencé, complétait la beauté des pensées et de la mélodie. Quelquefois la danse manquait, mais c'était là un amoindrissement accidentel de la poésie lyrique parfaite[1], qui était chantée et dansée[2].

Cette sorte de poésie était fort ancienne en Grèce. Il en est souvent question dans Homère et dans Hésiode. On chante dans l'Iliade les louanges des dieux pour invoquer leur faveur, ou pour les remercier de leur appui (après une victoire, par exemple). Des mouvements cadencés (marches ou danses) accompagnent fréquemment ces chants. On chante pour pleurer les morts, pour célébrer les fêtes de l'hyménée. On chante aussi au temps de la moisson et de la vendange : un enfant joue de la cithare et fait entendre en même temps la chanson de Linus, tandis que les jeunes gens et les jeunes filles l'accompagnent de leurs refrains et de leurs danses[3]. Dans l'Odyssée, un aède fait danser les jeunes Phéaciens en leur chantant l'histoire d'Arès et d'Aphrodite surpris par Héphæstos[4]. Hésiode et les hymnes homériques ont des peintures toutes semblables. En cela l'épopée ne faisait assurément que reproduire des coutumes bien antérieures par leur origine au temps d'Hésiode et à celui d'Homère. Chez cette race artiste, le chant et la danse ont dû éclore pour ainsi dire spontanément, et de toute antiquité. La mélodie et le rythme sont en Grèce des fruits naturels de l'instinct populaire. La religion, les fêtes publiques et privées, toutes les occasions de s'attrister et de se réjouir ont fait appel dès le début à la musique, à la danse, à la poésie, et leur ont donné une place de plus en plus grande dans la vie intellectuelle et morale de la nation. Il n'est donc pas douteux que la poésie lyrique, sous cette forme primitive, ne soit beaucoup plus ancienne que l'épopée déjà savante de l'âge homérique. Les traditions helléniques ne se trompaient qu'à demi quand elles plaçaient Orphée,

1. Τελεία ᾠδή.

2. Le lyrisme grec, suivant la remarque de Westphal, associait les trois arts qui réalisent l'harmonie dans la durée, comme certains temples, où s'associaient l'architecture, la sculpture et la peinture, offraient en spectacle le concert (moins étroit pourtant) des trois arts qui réalisent l'harmonie dans l'espace.

3. Il., XVIII, 569-572.

4. Od., VIII, 256-384.

Linus et les autres fondateurs mythiques de la musique grecque avant Homère lui-même.

Cependant cette poésie si ancienne n'a laissé d'autres traces que de vagues souvenirs défigurés par la légende. Tandis que l'épopée, depuis longtemps déjà, avait créé des œuvres immortelles, le lyrisme s'attardait encore soit à des compositions improvisées et éphémères, soit à des formes traditionnelles d'une excessive simplicité. La Grèce a chanté pendant de longs siècles des péans, des thrènes, des hyménées, des hyporchèmes, avant d'avoir un véritable poète lyrique. L'histoire proprement dite du lyrisme grec ne commence qu'au viiie siècle, avec les perfectionnements de la musique, avec les combinaisons de mètres nouveaux, avec l'alliance de jour en jour plus étroite d'une mélodie plus riche et d'une poésie plus savante. Terpandre, Clonas, Olympus, Thalétas, qui sont surtout des musiciens, Archiloque, qui est un grand poète et un grand inventeur de formes rythmiques, sont les vrais créateurs du lyrisme grec ; or ils appartiennent au siècle qui suit le commencement des Olympiades. La plupart de ces musiciens viennent de l'Asie ou des îles : Terpandre est de Lesbos, Olympus est Phrygien, Thalétas est Crétois ; mais tous (sauf Archiloque), quelle que soit leur patrie, se rendent à Sparte. C'est Sparte, à cet âge reculé, qui est le centre musical de la Grèce. C'est là que les traditions particulières se rencontrent, que les idées s'échangent, que l'art nouveau se constitue et se définit. Jusque-là, il semble que chaque peuple, que chaque canton presque de la Grèce, avait eu, en matière de chant et de musique, ses habitudes héréditaires, sa routine obscurément locale et presque inconsciente. A ce moment, au contraire, grâce à la primauté de Sparte, ces traditions précédemment isolées se rapprochent ; elles prennent conscience d'elles-mêmes ; elles se complètent et se corrigent réciproquement ; et peu à peu l'art lyrique va se dégager de ce qui n'avait guère été encore qu'un heureux instinct [1].

1. Ces progrès successifs forment ce qu'on appelle la première et la

C'est un peu après cette période de formation et de préparation, vers le milieu ou dans la seconde moitié du VIIe siècle, que
parut Alcman.

Alcman, lui aussi, est Asiatique de naissance (il venait de la
Lydie) et Spartiate d'adoption. Il était esclave, dit-on, du Spartiate Agésidas, et il vécut à Lacédémone. Son rôle fut considérable. Après les musiciens du siècle précédent, qui mettaient
ordinairement en musique des vers hexamètres ou des distiques
élégiaques[1] ; après Archiloque, qui avait moins chanté parfois
que récité ses vers si mordants et si personnels, Alcman fut le
premier qui joignit habituellement à des mélodies aussi riches
que le comportait la science musicale de son temps des formes
métriques nouvelles, heureusement adaptées aux progrès de la
musique[2]. Par là Alcman est le premier en date des grands poètes
lyriques de la Grèce. Ses successeurs ont porté plus loin que
lui son art ; mais c'est de lui que tous relèvent.

Le second des grands lyriques est Stésichore[3]. Je ne parle
pas de la brillante école de Lesbos, que représentaient à la
même époque Alcée et Sappho, parce que ces poètes, malgré
leurs admirables qualités, ou plutôt en raison même de ces qualités, sont en dehors de la voie qui mène à Pindare. Leurs rythmes
vifs et brillants, mais d'un élan un peu court, leur véhémence,
leur grâce, leur pathétique, leur inspiration si fréquemment
personnelle, n'ont que peu de traits communs avec le grand art
dorien dont Pindare est le dernier représentant. Je ne parle
pas non plus d'Arion, qui vers le temps aussi de Stésichore
amenait le dithyrambe à une forme régulière ; les innovations
d'Arion paraissent en effet s'être renfermées strictement dans le
dithyrambe, qui est une branche très particulière du lyrisme, et

seconde constitution de la musique grecque (πρώτη, δευτέρα κατάστασις,
Plut., *de Mus.*, ch. IX, p. 1134 B), attribuées l'une à Terpandre et l'autre à
Thalétas.

1. Plut., *de Mus.*, ch. III, p. 1132 C ; ch. IV, p. 1132 D, E ; etc.
2. C'est sans doute là ce que Plutarque (ou l'auteur, quel qu'il soit, du
de Musica) appelle ἡ Ἀλκμανικὴ καινοτομία (*de Mus.*, ch. XII, p. 1135 C).
3. Vers 600.

n'avoir pas eu d'influence bien marquée sur le progrès général
des autres genres lyriques. Le véritable prédécesseur des Simonide et des Pindare, c'est Stésichore d'Himère.

Le caractère des innovations techniques de Stésichore est
frappant. Il a donné à l'instrument lyrique une ampleur de son
et d'accent, une richesse, une puissance que les âges précédents n'avaient pas connues. Les poètes de Lesbos, envisagés à
ce point de vue, semblent, quoique contemporains de Stésichore, appartenir à une époque antérieure. Denys d'Halicarnasse, dans une phrase curieuse[1], les range en effet parmi les primitifs, à côté d'Alcman, tandis qu'il met Stésichore, qui a vécu
en même temps qu'eux, tout à côté de Pindare. Le lyrisme
d'Alcman avait encore quelque peine à secouer l'influence de
ses origines populaires ; son inspiration était d'une simplicité
élégante, mais qui allait parfois jusqu'à une sorte de bonhomie
naïve ; il parlait un dialecte où dominaient les formes locales ;
ses rythmes, plus souples que ceux de l'épopée, plus nobles
que ceux des chants populaires, manquaient cependant de grandeur et de variété. Avec Stésichore, au contraire, toutes ces imperfections disparaissent : le lyrisme aborde les grands sujets
et ne s'en trouve pas accablé ; son style s'élève et affermit[2] ;
son dialecte, par une épuration savante, se rapproche de la noblesse épique ; son rythme surtout prend une ampleur et une
variété toutes nouvelles ; chaque strophe s'étend et se diversifie ;
puis des strophes différentes se mêlent, s'entre-croisent, de manière à tripler, pour ainsi dire, la puissance de développement
du lyrisme.

Après Stésichore, c'est à peine si quelques progrès en ce
sens restaient encore à accomplir. Ces derniers progrès furent
l'œuvre de ce qu'on peut appeler le troisième âge du lyrisme
grec, l'âge de Simonide et de Pindare, c'est-à-dire l'âge de la
pleine maturité et de la perfection. Il était sans doute possible,
même après Pindare, d'aller encore plus loin dans la même

1. Dion. Halic., de Comp. Verb., ch. XIX.
2. Quintil., X, 1, 62.

voie; c'est en effet ce qui arriva. Mais, au jugement des connaisseurs, c'était dépasser la limite où finit la perfection et tomber dans
l'excès. L'époque de Pindare marque, dans l'histoire des développements techniques du lyrisme, le point culminant après lequel, aux
yeux des Grecs, avaient commencé l'exagération et la décadence.

Examinons donc le lyrisme, et notamment le lyrisme *parfait*,
celui qui associe la musique et la danse avec la poésie, tel qu'il
était à l'époque de Pindare. Par quels procédés ces trois arts,
la poésie, la musique, la danse, s'unissaient-ils en un ensemble
harmonieux? Quels étaient dans cet ensemble la place et le rang
de chacun d'eux? Que donnait en particulier et que recevait la
poésie? Et spécialement pour nous, modernes, qui ne possédons
plus de Pindare que des paroles, dans quelle mesure, dans quelle
proportion le génie du poète nous est-il encore sensible et appréciable? A ces questions essentielles d'autres se rattachent
qui ne manquent pas d'intérêt, par exemple : quelle est la véritable nature rythmique de ce qu'on appelle vulgairement les
vers de la poésie pindarique? Puis, relativement à l'exécution,
comment cette poésie arrivait-elle au public grec? quel était le
rôle du poète dans cette exécution?

Plusieurs de ces problèmes sont encore, en certaines parties
au moins, fort obscurs pour les modernes, et le seront probablement toujours, par l'insuffisance des documents. Sur beaucoup
de points cependant il est possible de jeter assez de lumière
pour que la poésie même de Pindare, par l'intelligence des
conditions techniques auxquelles elle était soumise, y gagne
quelque surcroît de clarté. Je vais essayer, sans entrer dans des
controverses aisément fastidieuses, d'exposer ce qui me paraît
à peu près prouvé. Ce n'est pas que, même sur ces points, tous
les érudits soient entièrement d'accord : la rythmique grecque
est un champ de bataille où une foule de combattants s'entrechoquent encore; mais il y a jusque dans cette mêlée des lignes
générales, des courants plus suivis que d'autres; il y a enfin des
positions dominantes et solidement occupées; tâchons de les reconnaître et de nous diriger en conséquence.

II

Ce qui associe ensemble dans le lyrisme la poésie, la musique et la danse, ce qui est l'âme, pour ainsi dire, de ce corps
formé d'une triple matière, c'est le rythme. Qu'est-ce donc que
le rythme, et à quelles lois était-il soumis dans le lyrisme grec?

§ 1

Les Grecs définissaient le rythme une suite régulière des
temps[1]. Les temps du rythme, rigoureusement mesurés, se
distinguaient les uns des autres, pour les Grecs comme pour
nous, par des oppositions, par l'intensité plus ou moins grande
des mouvements ou des sons qui correspondaient à chacun
d'eux : c'étaient comme des alternatives de lumière et d'ombre.
Le temps *fort* s'appelait en grec θέσις, et le temps *faible* ἄρσις[2],
parce que le pied du musicien battant la mesure s'abaissait sur
l'un et s'élevait sur l'autre[3].

La mesure du rythme se marquait ordinairement avec force.
Il y avait à cet égard une différence assez notable entre les habitudes des Grecs et les nôtres. Ce qu'on appelle aujourd'hui *mélodie continue* était tout à fait étranger à leurs habitudes. Il y
a aujourd'hui des œuvres musicales très savantes et très belles
dans lesquelles le rythme n'est guère, pour ainsi dire, qu'un

---

1. Χρόνων τάξις ἀφωρισμένη (Aristox., *Fr. Rhythm.*, p. 272, ed. Morelli).
— Le mot ῥυθμός (de ῥέω), exprime proprement le courant régulier, l'écoulement des temps successifs.

2. Les métriciens latins, et à leur exemple la plupart des modernes, in-
tervertissent le sens des deux mots *arsis* et *thèsis*. Je les prends, ainsi que
l'a fait Westphal, dans leur antique acception grecque. — Aristoxène, au
lieu du mot θέσις, emploie βάσις, ὁ κάτω χρόνος, et il appelle quelquefois
l'ἄρσις, par une locution analogue, ὁ ἄνω χρόνος.

3. C'est ce que les Latins appelaient *scandere*. Quant au rythme, ils l'appellent ordinairement *nombre*. C'est le rythme, en effet, qui rend sensible
dans la durée le nombre et la mesure, d'où résulte la beauté. Aristote déjà
disait avec précision (*Rhét.*, III, 8, 2) : τοῦ σχήματος τῆς λέξεως ἀριθμὸς
ῥυθμός ἐστιν.

cadre abstrait où le génie du musicien répand librement des mélodies souples et ondoyantes. La Grèce antique n'avait que des rythmes nets et bien marqués, des rythmes de danse, comme on dit maintenant. Non seulement la mesure se marquait avec netteté, mais encore le pied du musicien était parfois armé d'un brodequin de bois[1] destiné à frapper le sol avec bruit sur chaque temps fort. Une suite alternante de temps forts et de temps faibles formait le rythme.

Il va de soi que cette suite de temps était en général régulière, c'est-à-dire que les temps forts, séparés les uns des autres par les temps faibles, revenaient à des intervalles égaux. Cicéron dit qu'un son est rythmé lorsqu'il présente *à des intervalles égaux* des renforcements qui permettent de le mesurer[2]. « Le rythme, dit Quintilien, court toujours du même pas[3]... Il n'a dans sa structure aucune diversité; il se développe jusqu'à la fin avec la même alternative uniforme de temps forts et de temps faibles[4]. » Denys d'Halicarnasse, dans son traité de l'*Arrangement des mots*, dit explicitement que les poètes lyriques cherchent à dissimuler l'*uniformité* essentielle des rythmes par l'inégalité et la diversité des groupes métriques que forment les

1. Τὰ κρούπαλα ou αἱ κρούπεζαι. Cf. Lucien, *de Salt.*, 10, sur le flûtiste qui, tout en jouant, frappe du pied au milieu du chœur (κτυπῶν τῷ ποδί).

2. Cic., *de Orat.*, III. XLVIII, 185 : « Numerosum est in omnibus sonis atque vocibus quod habet quasdam impressiones et quod metiri possumus intervallis æqualibus. » Cicéron ajoute (186) : « Numerus autem in continuatione nullus est; distinctio *et æqualium et sæpe variorum* intervallorum percussio numerum conficit. » Westphal a voulu voir dans ces mots *sæpe variorum* une atténuation de la définition précédente. C'est une erreur, comme l'a très bien compris B. Brill (*Aristoxenus' rhythmische und metrische Messungen*, p. 76; Leipzig, 1870) : *variorum* n'est pas synonyme d'*inæqualium;* il s'oppose non pas à *æqualium*, mais à l'idée exprimée par le mot *continuatio*. Cicéron parle ici de la distinction sensible des éléments qui entrent dans des intervalles d'ailleurs égaux.

3. Quintil., IX, 4, 50 : « Illi (rhythmi) quomodo cœperunt currunt usque ad μεταβολήν, id est transitum in aliud genus rhythmi. »

4. Id., ibid., 55 (Cf., ibid., 114) : « Nam rhythmi, ut dixi, neque finem habent certum nec ullam in contextu varietatem, sed qua cœperunt sublatione ac positione ad finem usque decurrunt. »

paroles [1]. Parlant également des poètes lyriques, le même Quintilien se moque de ces grammairiens fâcheux qui se sont amu-
sés à noter dans leurs rythmes, d'après des apparences purement verbales, toutes sortes de mesures différentes, au lieu d'y
reconnaître l'uniformité qui en est le caractère nécessaire et fondamental [2]. Rien de plus clair, rien de plus décisif que tous ces
textes. Le rythme chez les Grecs est essentiellement uniforme.
Il se recommence sans cesse. Il est engendré par une certaine
alternative de force et de faiblesse dans l'intensité des sons
et des mouvements, par une certaine opposition qui va se répétant à l'infini.

Chacune de ces oppositions forme comme un couple indissoluble qui est la véritable unité, la véritable *mesure* du rythme.
Ce couple, fait d'un temps fort et d'un temps faible, s'appelle un
pied [3]. Tous les pieds d'un même rythme sont égaux entre
eux.

Il ne faut pourtant rien exagérer. M. Bourgault-Ducoudray a
rapporté d'Orient des mélodies grecques populaires où l'on
trouve accidentellement une mesure hétérogène interrompant

1. Dion. Halic., *de Comp. Verb.*, ch. XXVI : Δι' ἕτερα ταῦτα οὐκ ἐδόντες
ἡμᾶς ὁμοειδοῦς ἀντιληφθαι λαβεῖν ῥυθμοῦ. Je m'étonne de ne voir citée nulle
part cette affirmation si importante. Denys a dit plusieurs fois la même
chose; mais comme le sens des autres textes, quoique certain selon moi,
pourrait être contesté, je m'abstiens de les citer ici pour éviter une discussion subtile et fatigante.

2. Tel est le sens incontestable de cette phrase (*ibid.*, 53) : « Sed incidimus
in adeo molestos grammaticos quam fuerunt qui Lyricorum quaedam carmina
in varias mensuras coegerunt. » Il s'agit ici de ces métriciens d'Alexandrie
qui, au lieu de voir tout simplement dans Pindare, par exemple, des rythmes
à trois ou à quatre temps, y découvraient des antispastes, des hégémons
et autres monstruosités de cette sorte, qu'ils alignaient consciencieu-
sement dans le désordre le plus barbare, pêle-mêle avec des iambes, des dactyles, des anapestes, et autres pieds de toute forme et de toute provenance
qui jamais ne se sont rencontrés ensemble dans un même rythme.

3. L'emploi de ce mot, comme celui de la locution ἐκθλιβῶν ῥυθμῶν pour
dire *marquer la mesure d'un rythme*, indique suffisamment que la mesure
des rythmes, dans la Grèce ancienne, se marquait plutôt avec le pied qu'avec
la main.

la suite uniforme du rythme [1]; la même particularité a pu se
produire dans l'antiquité en vue d'un effet spécial et rare.

Il paraît également certain que les changements de rythme [2]
étaient d'un usage plus fréquent dans l'antiquité que chez les
modernes. Les Grecs y trouvaient une riche source d'émotions.
La continuité régulière d'un rythme longtemps prolongé exprimait un sentiment plus calme. Le passage brusque d'un rythme
à un autre marquait le trouble de l'âme et la passion [3]. L'importance même du rythme dans le lyrisme grec explique la fréquence de ces changements. En effet, comme le rythme était à
la fois très accusé et très expressif, il fallait qu'il changeât avec le
sentiment à exprimer, et qu'il traduisît par son désordre même le
désordre de l'âme d'où il jaillissait; au contraire, dans la musique moderne, où il est plus abstrait et moins sensible, le caractère de la mélodie peut changer sans que l'uniformité rythmique soit altérée. C'était naturellement dans les genres lyriques
passionnés, tels que le dithyrambe, que les changements de
rythme devaient surtout trouver place. Quelques savants néanmoins ont cru en découvrir les traces jusque dans les odes
triomphales de Pindare [4]. Ce point reste au moins douteux.

Les anciens nous parlent aussi d'un rythme *dochmiaque* ou
tortueux, qui paraît avoir consisté dans l'alternance indéfiniment
renouvelée de deux mesures appartenant à des rythmes différents : une mesure à trois temps et une mesure à cinq temps y
alternaient, nous dit-on, sans interruption. Il reste encore, à
vrai dire, bien de l'incertitude sur la vraie forme de ce rythme [5].
Ce qui est certain, c'est que cette espèce de rythme composite
et anormal était le rythme passionné par excellence, et qu'en

1. *Mélodies populaires de Grèce et d'Orient*, recueillies et harmonisées par
L.-A. Bourgault-Ducoudray; Paris, 1877.
2. Μεταβολαὶ ῥυθμικαί.
3. Aristide Quintil., p. 99 (Meyb.).
4. Voy. H. Schmidt, *die Eurhythmie in den Chorgesängen der Griechen*
(Leipzig, 1868), p. 123 et suiv.
5. On peut lire sur le rythme dochmiaque une savante dissertation de
M. Rossignol (Paris, 1846).

outre, même en admettant pour rigoureusement exactes les valeurs traditionnellement attribuées à ce rythme bizarre, l'uniformité rythmique, bannie de chacun des couples élémentaires qui le composaient, reparaissait du moins dans l'ensemble du rythme, puisque la même alternative allait se répétant jusqu'au bout. L'irrégularité, en se reproduisant, devenait ainsi presque régulière. Le retour périodique du même contraste produisait une sorte d'harmonie et d'uniformité.

Quoi qu'on doive penser de ces inégalités apparentes ou réelles, ce serait aller beaucoup trop loin que d'en conclure que le rythme, en Grèce, pouvait essentiellement se passer d'uniformité. M. Westphal est allé jusque-là. En accordant aux exceptions qui précèdent une importance démesurée, et en ajoutant à ces faits plus ou moins certains d'autres affirmations qui sont, je crois, en désaccord avec les faits, M. Westphal finit par supprimer tout à fait la règle générale de l'uniformité rythmique[1]. Le principe véritable, parfaitement vu par Bentley, avait été proclamé en Allemagne par Bœckh et en France par Vincent. Il a été maintenu dans ces dernières années par l'école de M. Lehrs. Je crois qu'il faut y revenir sans hésitation, malgré l'autorité considérable de Westphal, appuyé encore récemment (bien qu'avec timidité) par un métricien de grand mérite, M. Christ; ce qui ne veut pas dire d'ailleurs que, tout en proclamant la règle générale de l'uniformité rythmique, on ne doive admettre certaines atténuations ou exceptions à la rigueur de cette loi fondamentale.

---

1. Notamment par sa théorie des pieds irrationnels, M. Westphal introduit dans les rythmes grecs un véritable chaos. Quant aux textes sur lesquels il s'appuie pour nier le principe de l'uniformité rythmique (t. 1, p. 503-506, et 683 et suiv.), ils ne disent en aucune façon ce que M. Westphal leur fait dire. J'ai déjà rappelé celui du *de Oratore* (III, XLVII, 186); qui croirait aussi que le passage précédemment cité de Quintilien sur les μεταβολαὶ ῥυθμικαί ait fourni un argument à M. Westphal en faveur de sa thèse, comme si les changements de rythme avaient rien de commun avec l'irrégularité essentielle du rythme?

Les Grecs distinguaient plusieurs sortes de pieds rythmiques, et par conséquent plusieurs sortes de rythmes.

Les différences qui séparaient les pieds rythmiques les uns des autres [1] résultaient soit de leur durée totale, soit du rapport de leurs deux parties, soit de la place relative occupée par ces deux parties, soit enfin de la vitesse avec laquelle on les exécutait.

La durée totale d'un pied, sa *grandeur* [2], se déterminait par son rapport avec l'unité de temps. Durant de longs siècles, on prit en Grèce pour unité de temps, en matière de rythme, la durée normale d'une syllabe brève, ou, comme on disait aussi, d'une *syllabe* tout court. Cette expression parut manquer de précision à Aristoxène, et comme la même syllabe pouvait se trouver en effet, dans les œuvres des lyriques, correspondre à des valeurs très différentes, il substitua au terme précédemment usité celui de *temps premier* [3]. Plus tard on se servit du mot σημεῖον qui veut dire (entre beaucoup d'autres significations) un point géométrique, et qui servit à désigner par analogie un *instant rythmique* réputé indivisible [4]. En somme, d'ailleurs, le temps premier et l'instant rythmique expriment la même valeur que la syllabe brève ordinaire, et ces différents termes peuvent se prendre les uns pour les autres. Nous emploierons de préférence le terme d'Aristoxène, mais sans y attacher trop d'importance.

Pour en revenir à la durée des temps rythmiques, cette durée était très variable. Le pied le plus court, suivant Aristoxène,

1. Διαφοραὶ ποδικαί.
2. Μέγεθος.
3. Χρόνος πρῶτος.
4. A moins que le mot σημεῖον n'implique ici l'idée du signe, du mouvement visible par lequel on marquait cet instant rythmique. Σημεῖον signifie déjà dans Aristoxène le plus petit mouvement orchestique possible, celui qui est l'élément primordial de tous les autres (p. 282); il correspond en ce sens aux syllabes de la poésie et aux notes de la musique. Mais la signification la plus ordinaire du mot σημεῖον chez Aristoxène est celle d'un temps rythmique (χρόνος ποδικός), c'est-à-dire d'un temps fort ou d'un temps faible.

valait trois temps premiers ; d'autres au contraire en valaient
jusqu'à vingt-cinq. Cette disproportion, à vrai dire, est plus apparente que réelle ; elle tient à ce qu'Aristoxène désigne sous le
nom de pied des choses en réalité assez différentes les unes des
autres. Nous y reviendrons tout à l'heure, mais il est certain
qu'il y avait de véritables pieds rythmiques, au sens propre de
ce mot, qui valaient jusqu'à dix temps premiers [1].

Une différence beaucoup plus importante est celle qui résultait du rapport entre la durée du temps fort et celle du temps
faible. On peut dire que c'est là, pour les Grecs, la différence fondamentale, celle qui a le plus d'influence sur l'effet du rythme,
sur son caractère sensible et expressif.

Ce rapport [2] pouvait être : ou un rapport d'égalité, ou un rapport du double au simple, ou enfin un rapport sescuple (ratio
sescuplex), c'est-à-dire égal au rapport de $1\frac{1}{2}$ à 1 (ou, ce qui
revient au même, de 3 à 2) [3]. Ces trois rapports, les seuls qui

1. Le παιὼν ἐπίβατος.

2. Λόγος.

3. Λόγος ἴσος, λόγος διπλάσιος, λόγος ἡμιόλιος. — Je ne parle pas du rapport triple (3 : 1) ni du rapport épitrite (4 : 3), assez souvent mentionnés,
mais qui n'étaient pas des rapports rythmiques proprement dits. On ne formait pas avec ces rapports des rythmes suivis (συνεχὴς ῥυθμοποιία). Ils
n'étaient les uns et les autres que des accidents, des combinaisons plus
apparentes que réelles résultant de la ῥυθμοποιία, c'est-à-dire de la forme
concrète et sensible du rythme, et qu'une analyse plus méthodique aurait
fait évanouir. — Je ne parle pas non plus de l'ἀλογία, qui me semble être
à peu près dans le même cas. On sait en effet qu'outre les rapports réguliers
et fondamentaux qui s'expriment par deux nombres entiers, égaux ou consécutifs (1 : 1, 1 : 2, 2 : 3), et qu'on appelle rapports rationnels (λόγος),
il y en a d'autres, appelés irrationnels par les anciens, dont la véritable
nature a provoqué chez les métriciens modernes des controverses sans
nombre, chacun presque ayant son système sur cette question. En
deux mots, je crois que les pieds irrationnels (πόδες ἄλογοι) ont fort
peu d'importance au point de vue rythmique, et que ce que l'on appelle
le rapport irrationnel des deux temps (σημεῖα) n'est qu'une altération
apparente du rapport rationnel, cette altération n'existant que dans la
traduction du rythme par les syllabes, par les notes, par les pas. Je crois
aussi que l'extrême obscurité de la question vient surtout du mauvais
procédé d'analyse rythmique employé par les Grecs, lesquels, au lieu de
faire commencer toujours le pied par le temps fort, le faisaient indifféremment commencer par le temps faible. Je m'explique :

parussent à l'oreille des Grecs agréables et faciles à saisir, étaient les seuls par conséquent qui fussent considérés comme rythmi-

Supposons, par exemple, que la valeur vraie des deux syllabes d'un trochée irrationnel, dans une dipodie trochaïque ordinaire, pût s'exprimer par les nombres suivants : 1 1/2 + 1 1/2. J'incline pour ma part à penser qu'il en était ainsi; mais je propose ici cette évaluation à titre de simple hypothèse. Dans cette supposition, voici la suite des valeurs syllabiques fournies par un trimètre trochaïque :

$$2:1 \mid 1\,^{1}/_{2} : 1\,^{1}/_{2} \| 2:1 \mid 1\,^{1}/_{2} : 1\,^{1}/_{2} \| 2:1 \mid 1\,^{1}/_{2} : 1\,^{1}/_{2}.$$

Pour avoir un trimètre iambique, il suffit d'ajouter une valeur de $1\,^{1}/_{2}$ avant le premier temps fort de ce trimètre trochaïque et de retrancher la valeur égale qui le termine :

$$1\,^{1}/_{2} \| 2:1 \mid 1\,^{1}/_{2} : 1\,^{1}/_{2} \| 2:1 \mid 1\,^{1}/_{2} : 1\,^{1}/_{2} \| 2:1 \mid 1\,^{1}/_{2}.$$

Pour les modernes, qui font toujours commencer le pied rythmique avec le temps fort, rien n'est plus simple que de saisir théoriquement dans ce vers iambique l'uniformité essentielle et persistante du rythme. Rien, au contraire, n'était plus difficile pour les Grecs, qui faisaient commencer indifféremment le pied rythmique par le temps fort ou par le temps faible. Aristoxène, en présence d'un vers de cette sorte, devait forcément arriver à l'analyse suivante :

$$1\,^{1}/_{2} : 2 \mid 1 : 1\,^{1}/_{2} \| 1\,^{1}/_{2} : 2 \mid 1 : 1\,^{1}/_{2} \| 1\,^{1}/_{2} : 2 \mid 1 : 1\,^{1}/_{2}.$$

On voit ce qui résulte de là : l'uniformité rythmique disparait: l'égalité des pieds successifs s'évanouit. Du même coup, voici un pied irrationnel exactement conforme à la définition d'Aristoxène : ($1\,^{1}/_{2} : 2$), et un autre ($1 : 1\,^{1}/_{2}$) qui paraît appartenir à la catégorie de ceux qu'Aristide Quintilien appelle στρογγύλοι, et qu'il oppose aux περίπλεῳ (p. 34, Meyb.), c'est-à-dire à ceux de la première forme. Les uns en effet sont plus longs, et les autres plus courts que le pied rationnel correspondant. Les métriciens modernes ne se sont jamais, à ma connaissance, sérieusement préoccupés de la vraie nature du ποὺς ἄλογος στρογγύλος, malgré la relation étroite qu'Aristide établit entre les στρογγύλοι et les περίπλεῳ. En revanche, ils ont accumulé les conjectures sur les περίπλεῳ. J'imagine que les deux sortes de pieds sont inséparables, et qu'elles n'ont l'une et l'autre d'existence théorique qu'en raison d'une mauvaise analyse des rythmes employés par les musiciens.

Aristoxène, avec son système d'analyse rythmique, ne pouvait donner des pieds irrationnels une autre définition que celle qu'il en a donnée; mais pour les modernes, qui analysent les rythmes d'une manière plus juste, l'*irrationalité* n'existe, selon moi, que dans le ῥυθμιζόμενον, dans la *matière rythmique*; c'est-à-dire qu'elle se produit non dans le rythme lui-même, mais dans la manière dont le rythme s'exprime par les syllabes, par les notes, par les mouvements.

ques [1]. Ils donnaient naissance à trois *genres* de pieds, qu'on appelait le genre dactylique, le genre iambique et le genre péonien, parce que le dactyle, l'iambe et le péon étaient les pieds les plus usités de chacune de ces trois catégories. Dans le genre dactylique, le temps fort et le temps faible étaient égaux. Dans le genre iambique, le temps fort avait une durée double de celle du temps faible. Dans le genre péonien enfin, c'était le temps faible qui était le plus long : il dépassait l'autre de moitié [2].

La place relative du temps fort et du temps faible constituait une troisième différence entre les pieds. Le genre égal et le genre double se subdivisaient en deux variétés, selon que c'était le temps fort ou le temps faible qui commençait. On distinguait dans le genre égal le dactyle et l'anapeste, dans le genre double le trochée et l'iambe. Dans le genre sescuple, les différentes formes du péon n'avaient pas de nom particulier.

A toutes ces variétés rythmiques correspondaient des effets différents; chacune avait son caractère propre [3]. Musiciens, poètes, orateurs, tous les artistes en fait de langage étaient obligés d'en tenir compte; Cicéron et Quintilien s'en sont préoccupés presque autant que les rythmiciens de profession. Les moralistes mêmes n'y étaient pas indifférents : Platon et Aristote reviennent souvent sur ces questions. Aussi nul sujet ne nous est mieux connu [4].

---

1. Aristide Quintil., p. 309. M. Brill a essayé d'établir que toute cette théorie ainsi présentée était inexacte, et que, dans toute espèce de pied, on battait les deux temps égaux, l'inégalité n'étant que dans la matière rythmique, et non dans le rythme. Le système de M. Brill ne repose que sur une interprétation manifestement fautive d'un passage d'Aristoxène. M. Brambach l'a déjà réfuté (*Rhythmische und metrische Untersuchungen*, p. 34 et suiv.; Leipzig, 1871).

2. Mais il faut ajouter que ce temps faible n'était pas, à ce qu'il semble, parfaitement homogène, et qu'il y avait peut-être en réalité dans la durée totale du péon *quatre* temps plus ou moins distincts, dont deux plus forts et deux plus faibles, qui alternaient les uns avec les autres. C'est là, du reste, une question difficile et complexe, sur laquelle nous ne pouvons nous appesantir.

3. Son ἦθος.

4. Voy. surtout Arist. Quintil., p. 97 et suiv. — Lire aussi le passage

Les rythmes du genre égal, dactyles et anapestes, donnaient l'oreille et à l'esprit le sentiment d'un équilibre particulièrement agréable : l'allure en était régulière et harmonieuse. Au contraire, dans les pieds du genre péonien, les deux parties, à peu près égales, trompaient par une irrégularité légère, par un manque presque insaisissable d'équilibre, l'attente de l'imagination. Cette incertitude du rythme troublait l'âme. C'était le rythme de l'enthousiasme, des émotions fortes. Entre les dactyles et les péons, les rythmes iambiques tenaient une place moyenne. Par l'inégale durée de leurs deux temps, ils participaient au caractère tumultueux du péon ; mais par la simplicité nette et frappante du rapport qui existait entre ces deux temps inégaux, ils empruntaient au genre dactylique un peu de sa fermeté et de son équilibre.

Dans chaque genre d'ailleurs les rythmes qui commençaient par le temps faible et se terminaient sur le temps fort avaient plus de vigueur : ceux qui présentaient la disposition contraire convenaient à l'expression des sentiments plus calmes. L'opposition de notre rime masculine et de notre rime féminine, l'une d'un son final plus plein et plus soutenu, l'autre d'une cadence plus molle et comme tombante, peut donner quelque idée de cette différence [1].

Une même sorte de pied pouvait en outre être exécutée avec un mouvement [2] plus ou moins rapide. Le mouvement, selon qu'il était plus rapide ou plus lent, donnait au rythme plus de véhémence ou plus de sérénité.

capital de Platon, *de Rep.*, liv. III, ch. xi, p. 399-400, sur l'ἦθος des rythmes dactylique et iambique, et sur l'influence considérable d'un mouvement plus ou moins rapide.

1. Cf. Quintil., ix. 4, 136.
2. Ἀγωγή.

§ 2

Les pieds rythmiques ne sont par eux-mêmes que des cadres vides. Mais dans ces cadres le poète lyrique mettait des syllabes, des notes musicales, des pas de danse. Suivant quelles lois cette matière rythmique se distribuait-elle entre les temps du rythme? Et pour commencer par les syllabes, quel rapport y avait-il entre les temps rythmiques et ce qu'on appelle syllabe longue ou syllabe brève?

On voit tout de suite quel est l'intérêt de ce problème. Si dans l'antiquité grecque le rythme lyrique, comme il arrive chez les modernes, faisait des paroles ce qu'il voulait ou à peu près, s'il allongeait ou raccourcissait les syllabes sans autre règle que ses propres convenances, il est clair que toute la poésie de Pindare n'est plus pour nous, au point de vue rythmique, qu'une matière inerte, privée à jamais de ce principe de vie qui faisait d'elle une musique; si au contraire on peut établir que la prosodie naturelle des syllabes était respectée au moins en partie par les rythmes lyriques de la Grèce, il en résulte que les paroles des odes de Pindare doivent conserver encore un certain écho du rythme même qui les animait à l'origine; non pas sans doute que, même dans ce cas, on puisse sans quelque ridicule s'imaginer sentir ce rythme, mais on peut du moins en concevoir quelque idée.

On sait que les syllabes, en grec comme en latin, se divisaient en syllabes longues et syllabes brèves, et que, quand ces syllabes entraient dans la poésie, les longues y étaient considérées comme exactement équivalentes à deux brèves. Toute la versification des anciens est fondée sur ce principe.

A vrai dire, si l'on allait bien au fond des choses, il ne serait pas difficile de s'apercevoir que sous cette forme absolue la loi ne correspond pas à tous les faits : toutes les longues du vers pentamètre par exemple ne valaient pas également deux brèves. Néanmoins, à titre de règle générale, on peut dire qu'elle est

juste. Aussi a-t-elle force d'axiome; et personne, quelque atténuation ou correction qu'il convienne d'y apporter pour être
tout à fait exact, ne songe à la mettre en doute quand il s'agit
de vers non chantés, d'épopée ou de dialogue dramatique. La
question est de savoir si elle s'applique de la même manière
à la poésie chantée, au lyrisme.

La réponse n'est pas douteuse : oui, dans la poésie lyrique,
comme dans l'épopée, comme dans l'élégie, comme dans les
iambes, la règle générale est que la longue vaut deux brèves.
Ajoutons seulement que dans la poésie lyrique, comme ailleurs,
et plus encore qu'ailleurs, il y a des exceptions à la règle. Ces
exceptions limitent la règle, mais elles ne la suppriment pas;
car elles sont elles-mêmes régulières dans une certaine mesure
et soumises à des lois.

Sur ce point comme sur celui de l'uniformité rythmique, nous
avons des témoignages aussi précis qu'autorisés.

Le premier en date et le plus important vient d'Aristoxène.
Dans un passage conservé par Psellus, et consacré à justifier sa
théorie du *temps premier* pris comme unité de durée pour la
mesure des rythmes, Aristoxène combattait l'emploi qu'on
avait fait avant lui de la syllabe pour le même usage, et il s'exprimait ainsi : « Les syllabes, en effet, n'ont pas toujours la
même durée; c'est seulement le rapport entre la valeur des
syllabes qui est constant, la brève étant la moitié et la longue
le double[1]. » Quintilien s'exprime exactement de la même manière dans un passage où il parle, non de la mesure des vers
ordinaires, mais spécialement des vers lyriques : « Que la longue, dit-il, vaille deux temps et la brève un seul, c'est ce que
savent même les enfants[2]. » Le témoignage de Quintilien nous
fait donc connaître, outre le rapport de la brève à la longue, cet
autre détail précis que la valeur de la brève était régulièrement
égale au *temps premier* d'Aristoxène. On pourrait apporter

1. Voy. p. 4 des *Fragmente der Rhythmiker* publiés par Westphal en
appendice au premier volume de sa *Métrique*, 2e édition.
2. *Inst. Or.*, IX, 4, 17.

encore d'autres preuves à l'appui de la règle en question ;
mais celles-ci suffisent. Nous tenons donc pour acquis que, d'un
bout à l'autre d'un même rythme, la valeur normale de toutes
les syllabes brèves peut se représenter par 1, et celle des longues par 2.

Je dis d'un bout à l'autre d'un même rythme[1]. Il est clair, en
effet que si le mouvement du rythme vient à changer, s'il se
ralentit par exemple ou s'accélère du double, comme toutes les
valeurs changeront proportionnellement, il arrivera que les
longues du mouvement le plus vif seront justement égales aux
brèves du mouvement le plus lent. Qu'on accélère encore le
mouvement du rythme, et les syllabes longues de ce rythme
pourront être même beaucoup plus brèves que les brèves d'un
rythme très lent[2]. Mais il n'existe, bien entendu, aucune contradiction entre ces faits et la règle générale. Ce n'est même pas
là une exception ; c'est un fait d'un autre ordre, que nous men-
tionnons uniquement pour prévenir une confusion qu'on a quelquefois faite.

Il y a cependant des exceptions à la règle d'Aristoxène et de
Quintilien. On n'a pour s'en convaincre qu'à ouvrir Pindare au
hasard. Nous savons, en effet, que tous les rythmes grecs sont
fondés sur un des trois rapports mentionnés plus haut. Or si
l'on essaie de scander une strophe de Pindare sans faire autre
chose que de donner à toutes les longues une valeur double de

1. Westphal dit : dans le même pied. C'est dire à la fois trop et trop
peu : trop, car la règle, ainsi restreinte, est soumise encore à des exceptions incontestables ; et trop peu, car la valeur des syllabes ne change pas
arbitrairement d'un pied à l'autre, comme la règle de Westphal pourrait le
laisser croire.

2. En ce sens particulier, on peut presque dire que le rythme fait des
syllabes ce qu'il lui plaît. Quelques anciens en effet l'ont dit (voy. ces
textes dans les *Fragm. Rhythm.* de Westphal, p. 22-24), notamment Denys
d'Halicarnasse (*de Comp. Verb.*, 11) et Longin (*ad Hephæst.*, 114, Gaisf.).
De là des méprises. Au premier abord, il semble que ces affirmations détruisent radicalement par avance toute théorie métrique appliquée au
lyrisme. A les regarder d'un peu plus près, elles ne disent absolument rien
de plus que ce que nous venons de dire nous-même.

celle des brèves, on trouvera des combinaisons de syllabes longues et de syllabes brèves qu'il sera complètement impossible de faire rentrer dans un rythme régulier. On pourra bien, si l'on veut, donner des noms à ces combinaisons, et les appeler des pieds, comme faisaient les grammairiens raillés par Quintilien; mais ce ne seront pas plus des rythmes que si l'on divisait en pieds une ligne de prose. Il est donc certain que la mesure rythmique des paroles dans les odes de Pindare n'était pas réglée uniquement par la loi énoncée plus haut.

Un premier point à noter, c'est que tous les temps du rythme n'étaient pas remplis nécessairement par des syllabes. A côté des temps *pleins*, il y avait des temps *vides* [1], c'est-à-dire des pauses et des silences. Ces silences, d'une durée variable, se mesuraient comme les autres temps et entraient au même titre dans la formation du rythme. La poésie ordinaire, à vrai dire, n'ignorait pas l'usage des silences; mais elle s'en servait moins souvent, et surtout elle ne les mesurait pas avec la même rigueur. Dans la poésie lyrique, au contraire, on les comptait très exactement [2]. Ajoutons, suivant une curieuse remarque du traité *de Musica* attribué à saint Augustin [3], que ces temps vides ne se plaçaient jamais qu'après une longue, et non après une brève, parce qu'ils l'auraient allongée et en auraient faussé la prosodie. Cette remarque nous fournit incidemment une preuve nouvelle et frappante du respect de la musique ancienne pour la valeur naturelle des syllabes.

Il y avait pourtant, en dehors même de l'emploi des silences, des altérations proprement dites de la quantité syllabique.

On peut ramener ces altérations à trois sortes : il y avait d'abord des longues plus longues que les autres; puis des brèves plus brèves que les brèves ordinaires [4]; et enfin des syllabes

1. Χρόνοι κενοί.
2. Quintil., IX, 4, 51.
3. August., *de Mus.*, p. 139 (éd. Gaume, 1836). Voy. l'analyse de ce traité par Vincent, dans le *Journal général de l'Instruction publique*, février-mars 1849.
4. Voy. surtout Marius Victorin., 2481 (Westphal, *Fr. Rhythm.*, p. 24).

intermédiaires, irrationnelles, comme disaient les Grecs (ἄλογοι),
qui n'étaient ni tout à fait longues, ni tout à fait brèves, qui ne
valaient ni deux temps, ni un, mais par exemple un temps et
demi.

Les longues allongées pouvaient valoir trois, quatre ou cinq
temps. Les valeurs irrationnelles d'un temps et demi, n'étant
ni tout à fait longues ni tout à fait brèves, pouvaient s'exprimer
indifféremment par une syllabe longue de nature ou par une syllabe brève ; cependant c'étaient de préférence les syllabes longues
qui prenaient cette sorte de valeur, surtout dans les temps rythmiques forts. Enfin l'abréviation des syllabes brèves était souvent, à ce qu'il semble, dans un étroit rapport avec l'emploi des
longues irrationnelles. Deux brèves, abrégées et réduites, par
exemple, à ne valoir ensemble qu'un temps et demi au lieu de
deux, formaient avec une longue irrationnelle une valeur totale
de trois temps. En apparence, ces trois syllabes formaient un
dactyle ; en réalité, c'était presque un trochée. C'est ce qu'on
appelait un dactyle cyclique [1]. Peut-être faut-il ajouter encore à
cette première sorte d'abréviation des syllabes brèves une autre
combinaison, assez semblable aux triolets de la musique moderne, et d'après laquelle une longue jointe à une brève, ou
trois brèves, auraient pu valoir, dans certains cas, deux temps
seulement. Quoi qu'il en soit, voilà en quelques lignes, à très peu
près, toutes les irrégularités prosodiques du lyrisme grec : on voit
qu'elles se réduisent, en somme, à peu de chose.

1. Le rythme exact du dactyle cyclique est, à vrai dire, très diversement
évalué par les métriciens modernes. On s'accorde sur la valeur de la syllabe longue ; mais sur la manière d'abréger les deux brèves il y a de nombreux systèmes. Le plus généralement admis aujourd'hui n'est pas celui que
je propose. Ordinairement on donne à la première des deux brèves une
valeur d'un demi-temps, et on laisse à la seconde sa valeur normale ; la
brève d'un demi-temps forme alors avec la longue le premier σημεῖον du
dactyle cyclique. Ce système a, je crois, un inconvénient sérieux : c'est de
ne pas rendre compte de l'anapeste cyclique, donné par Denys d'Halicarnasse comme l'ἀντίστροφος de ce dactyle, et qui ne le serait nullement
dans ce système. L'antistrophos de la forme -ᴗ | ᴗ serait ᴗ | -ᴗ, ce qui ne
répond pas à l'exemple de Denys : κέχυται πόλις ὑψίπυλος κατὰ γῆν.

Cependant, les valeurs diverses des syllabes introduisaient dans l'uniformité rythmique un élément de variété notable. Un dactyle rythmique, par exemple, pouvait se traduire en syllabes de cinq manières au moins, sans compter les combinaisons créées par l'usage des silences : on pouvait le traduire par une longue et deux brèves, par deux longues, par quatre brèves, par une longue de trois temps et une brève, par une longue de quatre temps. On pouvait même, à la rigueur, mettre les deux brèves d'abord et la longue ensuite, de manière à lui donner l'apparence d'un anapeste. Je ne mentionne pourtant cette sixième manière qu'avec réserve, parce que l'habitude de la poésie grecque est de représenter les temps forts du rythme plutôt par des longues que par des brèves. Un trochée rythmique pouvait également se représenter par une longue et une brève, par trois brèves, par une longue de trois temps, enfin par un dactyle irrationnel ou cyclique formé de deux parties valant chacune un temps et demi.

Chacune de ces formes produisait sur la sensibilité un effet différent. Sans nous perdre dans les détails, disons seulement que le pied métrique était d'autant plus vif et rapide que les brèves y dominaient davantage, et d'autant plus majestueux au contraire, qu'il renfermait plus de syllabes longues. Des silences fréquents et courts manquaient de noblesse, mais des pauses prolongées donnaient au rythme une allure grave et noble [1].

Sur les applications du rythme aux notes de la musique et aux pas de la danse, nous n'avons qu'un mot à dire. Ici, nous sommes en présence d'une matière infiniment plus docile que n'était la parole. Les syllabes, en effet, avant d'entrer dans les cadres du rythme, ont leur durée propre déterminée par l'usage journalier de la langue. Au contraire les sons de la musique et les mouvements de la danse n'ont, par eux-mêmes, aucune fixité; ils prennent entre les mains de l'artiste la forme qu'il lui

1. Arist. Quint., p. 97-98. Je n'insiste pas sur les effets propres aux valeurs irrationnelles, parce que les anciens eux-mêmes ne semblent pas s'en être rendu un compte parfaitement précis.

plait de leur donner. En Grèce, notes et mouvements durent se régler à peu près sur les paroles. Non que, pour chaque temps rythmique, la parole chantée, l'accompagnement musical et la danse se comportassent exactement de la même manière : il arrivait souvent que le chant se taisait tandis que la musique continuait de se faire entendre, ou que la danse remplît d'un seul mouvement une durée que les paroles ou la musique marquaient de plusieurs sons distincts, et réciproquement; les trois arts se mouvaient dans un même rythme, mais avec une complète indépendance réciproque [1]. Ce que je veux dire, c'est que le rapport normal des notes entre elles était probablement aussi du simple au double, et que des exceptions analogues à celles qui s'appliquaient aux syllabes devaient aussi leur permettre de s'allonger parfois ou de se raccourcir un peu au delà des limites ordinaires. On ne s'étonnera pas de voir l'élasticité rythmique des notes musicales se renfermer dans des limites aussi étroites, si l'on songe que l'instrument par excellence du lyrisme grec était la cithare, aussi incapable de soutenir longtemps un son que de le répéter avec une grande rapidité. Quant aux pas de la marche et de la danse, il va de soi que le pied se posait en général sur le temps fort et s'élevait sur le temps faible.

§ 3

Nous n'avons considéré jusqu'ici que les mesures rythmiques isolées; il nous reste à voir comment elles se groupaient.

Tous les pieds d'un même rythme, avons-nous dit, sont égaux et semblables entre eux. On conçoit pourtant sans peine que dans cette suite uniformément alternante de temps forts et de temps faibles, certains temps forts aient pu prédominer et servir ainsi de points d'appui à des groupes nouveaux, plus étendus que les couples élémentaires du rythme. C'est ce qui arrivait dans les rythmes grecs. Ces nouveaux groupes avaient un cer-

1. Aristoxène, p. 286-288, Morell. (9 Westph.)

tain rapport avec les pieds rythmiques, puisqu'ils devaient leur
unité à la prédominance d'un temps fort. Aussi les appelait-on
souvent pieds composés[1]. On appelait alors pieds simples[2] les
pieds proprement dits, ceux qui déterminaient le *genre* de
rythme. Les pieds composés avaient encore avec les pieds simples une autre ressemblance : c'était d'être formés d'un nombre
d'éléments tel qu'on pût les diviser en deux parties, et que ces
deux parties fussent entre elles, quant à leur durée, dans un des
trois rapports considérés comme rythmiques, c'est-à-dire dans
le rapport de 1 à 1, ou de 1 à 2, ou de 2 à 3. Seulement, dans
les pieds simples, les éléments constitutifs étaient des unités de
temps; dans les pieds composés, c'étaient les pieds simples tout
entiers, ou même des groupes de pieds simples (dipodies, tri-
podies)[3]. Il y avait, par exemple, des pieds composés qui étaient
formés de deux dactyles : c'étaient pour ainsi dire des dactyles
de dactyles. Il y avait de même des dactyles d'iambes et des
dactyles de trochées[4]; et aussi des trochées de dactyles, c'est-à-
dire des groupes de trois ou six dactyles, dont un tiers était
regardé comme formant le temps faible du pied composé, et les
deux autres tiers comme formant le temps fort.

Ces pieds composés s'appelaient ordinairement *membres*[5],
parce qu'ils entraient à leur tour dans la formation de certains
groupes supérieurs dont ils étaient comme les parties inté-

---

1. Πούς σύνθετος.

2. Πούς ἁπλοῦς.

3. Ἀπλοῖ μὲν γάρ εἰσιν οἱ εἰς χρόνους διαιρούμενοι, σύνθετοι δὲ οἱ καὶ εἰς
πόδας ἀναλυόμενοι . Arist. Quint., p. 34 Meib. (30 Westph.)

4. Δάκτυλος κατὰ ἰαμβόν, κατὰ χορεῖον. Arist. Quint., p. 39-40 Meib.
(38 Westph.)

5. Κῶλον. Il est difficile de dire laquelle de ces deux expressions, κῶλον
et πούς σύνθετος, est la plus ancienne; mais toutes deux sont certainement
antérieures à Aristoxène. Πούς a déjà le sens de pied rythmique dans Aristophane (*Ran.* 1323). Quant au mot κῶλον, on sait qu'il fut dès l'origine un
des termes techniques de la rhétorique, qui l'oppose, comme la rythmique,
au mot περίοδος. Il y a donc eu un emprunt fait par l'une de ces deux
sciences à l'autre. Or il n'est pas probable que la prêteuse ici soit la rhétorique, beaucoup plus nouvelle en Grèce que la science des rythmes. Voy. à
ce sujet Westphal, I, p. 669, et Christ, *Metrik*, p. 117.

grantes. Aristoxène, dans ce qui nous reste de ses ouvrages, ne se sert que de l'expression *pied composé*. Elle présente pourtant un inconvénient : c'est de rapprocher à l'excès, par la ressemblance des noms, deux espèces de groupes rythmiques qui sont séparés malgré leur analogie par une différence essentielle. En effet, tandis que tous les pieds simples d'un même rythme sont égaux entre eux et semblables, les pieds composés ne présentent nullement ce caractère ; ils se groupent ensemble suivant des lois toutes différentes[1]. J'ose dire que cette confusion de noms est une des causes principales de l'obscurité qui nous embarrasse parfois dans la théorie d'Aristoxène. Désignant par le même mot deux choses profondément distinctes, il a été fort empêché quand il a voulu caractériser en général la réalité complète qu'il avait en vue[2]. Aussi nous servirons-nous de préférence du mot *membre* (ou κῶλον), qui ne prête pas à la confusion.

Le *membre* joue un rôle considérable dans la poésie grecque. Ce n'est pas seulement par sa constitution rythmique, c'est-à-dire par la prédominance d'un temps fort ; c'est aussi parce qu'il est, au point de vue de la mélodie et de la danse, un des facteurs essentiels de la phrase musicale et de l'évolution orchestique. Il est la véritable unité de ces groupes supérieurs.

Ce qui marque ordinairement pour le lecteur moderne l'individualité du membre rythmique, c'est une certaine uniformité dans la constitution syllabique des pieds qui le composent, et

---

1. M. Moriz Schmidt, dans une longue introduction à sa traduction en vers des *Olympiques* de Pindare (Iéna, 1869), a essayé d'établir l'égalité rythmique des *membres*, et de les grouper conformément aux lois de la musique moderne. Cette hypothèse, qu'aucun texte ancien ne confirme, se heurte à d'invincibles difficultés d'application.

2. C'est ainsi, par exemple, qu'Aristoxène, parlant de la différence de grandeur des pieds, semble mettre sur la même ligne un pied composé qui vaut vingt-cinq temps et un pied simple qui en vaut trois. Ces deux pieds cependant ne jouent nullement la même sorte de rôle dans les rythmes où ils figurent. On peut attribuer aussi en partie à cette cause son silence sur l'uniformité essentielle des pieds rythmiques, sans oublier d'ailleurs que sa mauvaise analyse des pieds irrationnels suffisait pour le conduire à ce résultat.

souvent aussi, à la fin, l'emploi d'une valeur irrationnelle ou exceptionnelle. Mais pour l'auditeur ancien des odes de Pindare,
pour cet auditeur qui était en même temps un spectateur, il
n'est pas douteux que la mélodie et la danse ne lui fissent sentir bien mieux encore le lien vrai de ces mesures rythmiques
ainsi réunies entre elles.

Au-dessus du κῶλον, il ne faut plus chercher de groupes rythmiques à proprement parler, c'est-à-dire de groupes dont l'u-
nité consiste, soit essentiellement, soit en partie, dans la prédominance d'un temps fort sur un temps faible. Il n'y a plus que
des groupes poétiques, mélodiques ou orchestiques. En d'autres
termes, c'est le développement de la pensée poétique ou musicale, c'est l'harmonie des pas et des mouvements qui associe
les *membres* les uns aux autres et qui les groupe en des unités
plus vastes.

Les combinaisons qui président à ces arrangements sont très
diverses. Il n'est pas nécessaire de les énumérer complètement,
mais il est utile d'en bien saisir le principe.

La combinaison la plus simple consistait évidemment à réunir
ensemble deux membres seulement, et deux membres à peu près
semblables. Cette combinaison s'appelle proprement un *vers*[1].
C'est celle qui devait se présenter la première à l'esprit des Grecs.
Aussi la voyons-nous réalisée dans la plus ancienne forme de
poésie que les Grecs aient pratiquée, dans l'épopée. Le vers héroïque n'est pas autre chose que la réunion de deux membres
égaux, formés chacun de trois dactyles[2]. A l'origine la poésie
épique était certainement chantée. Chaque vers correspondait à

---

1. Μέτρον ou στίχος. Mar. Victor., 2514 : « Cola duo quibus *omnis versus*
constat. » Le mot στίχος n'a cependant pas toujours ce sens rigoureux.

2. De trois dactyles rythmiques, bien entendu : lesquels peuvent être représentés syllabiquement par des dactyles ou par des spondées. La première
tripodie est catalectique ou incomplète (– ∪∪ – ∪∪ – …) : la seconde se
soude à la première, pour ainsi dire, en lui fournissant le temps faible qui
lui manquait (∪∪ | – ∪∪ – ∪∪ – ∪) et qui ne compte pas, à proprement
parler, dans la mesure de cette seconde tripodie : ce temps faible est là comme
une pierre d'attente.

une phrase mélodique en deux parties; phrase très simple,
bornée à très peu de notes, et toujours la même pour chaque
vers. Le chanteur respirait à la fin du vers; cela produisait une
légère suspension du rythme. Il fallait donc que le vers se
terminât avec un mot. Cette suspension n'était pas d'ailleurs un
silence à proprement parler; elle ne se mesurait pas avec rigueur;
mais elle suffisait à prévenir l'hiatus entre deux vers consécutifs,
et elle avait en outre pour effet de hâter un peu la prononciation de la dernière syllabe. Aussi pouvait-on, même quand le
rythme eût exigé à la rigueur une syllabe longue, mettre à la
dernière place du vers une syllabe brève : la dernière syllabe
d'un vers, suivant l'expression des métriciens, était indifférente
ou ambiguë[1].

Le vers iambique, très ancien aussi, est également formé de
deux membres, mais de deux membres inégaux : le premier est
une dipodie et le second une tétrapodie[2].

On comprend que ces combinaisons si simples, d'une régularité si visible, pussent aisément se passer de musique. La simple récitation en faisait ressortir la symétrie et les rendait
agréables. Aussi vit-on de très bonne heure les hexamètres et
les iambes se dégager de tout accompagnement musical.

Il en fut à peu près de même du distique élégiaque, chanté
d'abord et accompagné de la flûte, puis destiné à la simple récitation. Ici cependant quelques particularités nouvelles se présentent. En premier lieu, voici au second vers du distique, à la
fin de chacun des deux κῶλα, deux temps vides ou silences[3].

---

1. Ἀδιάφορος, *anceps*. On reconnaît donc la fin d'un vers à trois signes
principaux : 1° elle coïncide avec la fin d'un mot; 2° elle admet une syllabe indifférente; 3° elle comporte un hiatus entre le mot qui termine le
vers et celui qui commence le vers suivant.

2. Le premier membre (ᴗ | -ᴗ-ᴗ) est une dipodie trochaïque précédée
d'un temps faible qui la rattache au vers précédent; le second (-ᴗ-ᴗ-ᴗ —)
est une tétrapodie à laquelle un temps faible manque à la fin. Ainsi
chaque vers se rattache à celui qui précède et à celui qui suit sans solution apparente de la continuité rythmique, c'est-à-dire sans pause ni
silence.

3. -ᴗᴗ-ᴗᴗ-‥ | -ᴗᴗ-ᴗᴗ-‥

Il n'y avait encore rien de pareil, ni dans l'hexamètre, ni dans l'iambe. Ensuite le retour régulier de cet arrangement rythmique groupe deux par deux les vers des poèmes élégiaques, tandis que dans l'épopée les vers, tous semblables, étaient indépendants les uns des autres. Ce retour régulier ou périodique, cette période ou strophe[1], comme disaient les Grecs, est l'indice d'une composition mélodique plus riche, d'un développement musical plus étendu.

Avec l'épanouissement du lyrisme, à partir du septième siècle, les combinaisons deviennent bien plus riches encore, et ne cessent de se développer.

Quelquefois elles échappaient presque à toute symétrie : les rythmes se déroulaient à travers une suite capricieuse de membres diversement groupés, sans autre règle apparente que la fantaisie du poète musicien[2].

Cette liberté pourtant était rare; en général, c'est dans les limites de la strophe, c'est-à-dire du retour régulier de certaines combinaisons, que le lyrisme a renfermé la variété de ses effets. Tout au plus est-il allé jusqu'à combiner entre elles, suivant de certaines règles de symétrie, plusieurs strophes différentes. Le retour régulier des mêmes formes rythmiques est en effet parfaitement conforme à l'esprit d'une poésie plus contemplative que narrative, qui au lieu de s'épancher librement en de longs récits impersonnels, ramène sans cesse l'âme sur elle-même, et jaillit d'une émotion perpétuellement entretenue et renouvelée.

Cette symétrie d'ailleurs comportait encore une grande diversité. Il y avait bien des manières de construire une strophe. On pouvait la faire plus ou moins étendue, plus ou moins variée dans ses éléments.

Les plus anciens lyriques l'avaient faite en général très simple et très courte. Alcman avait écrit plusieurs hymnes dont cha-

---

1. Περίοδος ἣν καλοῦσιν οἱ μουσικοὶ στροφήν. Dion. Halic., de Adm. vi dicendi Dem., c. L.

2. Ἄτακτοι ῥυθμοί.

que strophe se composait de trois vers seulement [1], ou pour mieux dire de trois membres [2]. Dans l'un de ces hymnes, les trois membres de chaque strophe étaient métriquement tout à faits semblables : c'étaient trois groupes de quatre dactyles [3]. Dans l'autre, sans être exactement semblables, ils étaient encore fort simples : deux étaient dactyliques, le troisième trochaïque [4]. Les deux strophes qui portent les noms d'Alcée et de Sappho ne sont ni beaucoup plus compliquées, ni beaucoup plus longues. L'une et l'autre comprennent quatre membres; dans la strophe sapphique, trois d'entre eux sont pareils, tandis que le quatrième, plus court, marque la fin de la strophe; dans la combinaison d'Alcée, il y a un peu plus de variété, mais deux membres encore sur quatre sont tout à fait semblables, et d'ailleurs d'un bout à l'autre de la strophe, comme dans Alcman et dans Sappho, il n'y a ni pause, ni silence; le chanteur respirait à la fin de chaque membre, mais sans que le cours des paroles s'interrompît d'une manière notable.

A l'époque même de la perfection du lyrisme, on se servait souvent encore de strophes aussi simples que celles-là, sinon aussi courtes. Par exemple on formait des strophes anapestiques avec une longue série de membres tous composés de quatre anapestes. Une modification légère dans la forme métrique du dernier membre, ou l'introduction d'un membre différent parmi les autres, marquaient la fin du groupe ou en rendaient l'unité sensible. C'est ce qu'on appelait un système de membres semblables [5]. Ces systèmes pouvaient ensuite se répéter indéfiniment. Néanmoins la simplicité de ces strophes n'est plus, au cin-

1. Voy. Maxime Planude, dans les Rhéteurs grecs de Waltz, t. V, p. 510.
2. Ces membres devenaient d'ailleurs de véritables vers par leur indépendance réciproque; ils se terminent en effet, comme les vers proprement dits, avec la fin d'un mot complet, et ils ont souvent à cette place une syllabe indifférente ou un hiatus.
3. Voici le premier : Μῶσ'ἄγε Καλλιόπα θύγατερ Διός. (fr. 45 de Bergk).
4. Je ne parle ici que de l'apparence métrique, nullement du rythme vrai, qui s'en distingue très clairement.
5. Σύστημα ἐξ ὁμοίων.

quième siècle, l'effet d'un art encore à ses débuts : elle répond à
certaines convenances particulières qui la font préférer excep-
tionnellement à une complication plus grande. S'il s'agissait
d'accompagner une marche, une entrée du chœur sur la scène
dramatique, les systèmes semblables étaient parfaitement à leur
place. En dehors de ces circonstances spéciales, la strophe de
cette époque était beaucoup plus riche.

Une grande strophe de Pindare forme un ensemble très
compliqué. D'abord elle comprend un grand nombre de membres : elle en a souvent plus de dix, et quelquefois plus de
quinze. Puis les membres peuvent être assez différents les uns
des autres ; ils sont inégaux en étendue et diversement constitués
quant à la prosodie. Ce n'est pas tout encore ; leur diversité est
savamment réglée. Entre le membre et la strophe, il y a plusieurs sortes de groupes intermédiaires parmi lesquels ils se
distribuent suivant des lois longtemps oubliées, mais qui peu à
peu sortent des ténèbres, et que nous commençons à entrevoir.
Il y a d'abord ce qu'on peut appeler des vers lyriques, bien plus
souples que les vers de la poésie ordinaire, bien plus variés par
leur étendue et leur composition. Tandis que le vers ordinaire
comprend toujours deux membres, le vers lyrique en comprend
de un à six ; tandis que le vers ordinaire n'associe que des
membres ou égaux, ou de formes à peu près semblables, le vers
lyrique en réunit de très inégaux et de très différents[1]. A cause

---

1. Ce que j'appelle vers lyrique est appelé par Westphal *période*. Le mot
περίοδος se rencontre quelquefois avec ce sens dans l'antiquité. Denys d'Halicarnasse divise la strophe (qu'il appelle aussi *période*) tantôt en μέτρα et
κῶλα, tantôt en περίοδοι et κῶλα (notamment *de Comp. Verb.*, ch. XIX, où
la περίοδος est distinguée clairement de la στροφή, dont elle fait partie). Les
métriciens grecs ont souvent aussi employé ce mot. Mais la vérité est que
d'ordinaire il a un sens très vague. Περίοδος signifie proprement un circuit,
un cercle ; l'idée d'une collection de trois parties au moins s'y rattachait
naturellement ; de là l'expression de πούς σύνθετος κατὰ περίοδον opposée à
πούς σύνθετος κατὰ συζυγίαν (Arist. Quintil., p. 33, Westph.), celui-ci comprenant deux pieds seulement, l'autre trois au moins, et trois pieds de nature
parfois différente : ἐκ γὰρ τριῶν περίοδος ὡς ἐκ δυοῖν συζυγία, — ἡ
διαφόρων σύνθεσις ποδῶν κατὰ τοὺς ἄλλους, dit Tzetzès (*de Metr. Pind.*

de cette diversité même, le vers lyrique, dans les manuscrits
de Pindare, avait fini par se résoudre en ses membres constitutifs, dont l'unité métrique était beaucoup plus visible, et par disparaître presque sans laisser de traces. C'est l'honneur de Bœckh
de l'avoir retrouvé [1].

Mais ce n'est là même encore qu'un premier degré d'organi-
sation, pour ainsi dire. Ces vers lyriques sont très inégaux et
très divers, et si l'on se borne à les considérer les uns après les
autres, on ne voit pas bien quel principe d'harmonie gouverne
l'arrangement des membres dans la strophe. M. H. Schmidt a
essayé d'aller beaucoup plus loin. Il a eu l'idée de mesurer
exactement l'étendue proportionnelle de tous les membres d'une

p. 64 et 87 des *Anecd. de Cramer*, cité par Christ). En fait, le mot περίοδος
s'appliquait à toute espèce de groupe rythmique, qu'il fût formé de pieds
simples, de pieds composés, de vers, ou même de strophes. — Quant au
vers lyrique proprement dit, c'est-à-dire à ce groupe de κῶλα qui se termine par un mot complet, une syllabe indifférente et souvent une voyelle
faisant hiatus avec le vers suivant, on l'appelle quelquefois μέτρον et quelquefois περίοδος, sans que les règles (d'ailleurs contradictoires) énoncées
à ce sujet par les métriciens semblent le moins du monde rationnelles (voy.
les textes dans Christ, p. 102-103). Je crois que ce qui distingue le mieux
le vers lyrique du vers ordinaire, ce n'est pas le nombre maximum de ses
temps, comme les métriciens grecs cherchaient vainement à l'établir, mais
que c'est la souplesse avec laquelle tantôt il associe plus de deux membres,
et tantôt, au contraire, il se réduit à un seul, tandis que le vers ordinaire en
a toujours deux.

1. La fin du vers lyrique, comme celle du vers ordinaire, coïncide toujours avec la fin d'un mot, conformément à la règle générale énoncée par
Héphestion : πᾶν μέτρον ἐς τελείαν περατοῦται λέξιν (ch. 4). Mais il n'en est
pas de même des membres qui composent le vers lyrique, et qu'on prenait
autrefois pour des vers distincts. De là tant de plaisanteries faciles sur la
versification de Pindare, qui partageait souvent un mot, disait-on, entre
deux vers consécutifs; en réalité, il n'en est rien. Le membre n'est plus
chez Pindare, à la différence de ce qui avait lieu chez Alcman ou chez les
Lesbiens, qu'une partie intégrante d'un vers plus vaste. On sent dans cette
transformation la puissance et l'ampleur grandissantes du souffle lyrique.
Quant à l'emploi du mot μέτρον appliqué aux vers de Pindare, je rappellerai seulement qu'il y en a de nombreux exemples chez Denys d'Halicarnasse (voy. notamment *de Comp. verb.*, ch. XIX, où le μέτρον et le κῶλον
sont clairement désignés comme des parties de la strophe lyrique, que
Denys appelle en cet endroit περίοδος).

même strophe. Pour cela, il a compté les pieds rythmiques qui
entraient dans chacun d'eux. Il s'est alors aperçu que les nombres par lesquels se trouvait représentée l'étendue de chaque
membre, bien loin de se suivre au hasard, formaient une suite
de groupes symétriquement organisés dont l'ensemble constituait
la strophe. Ces groupes étaient plus vastes que les vers lyriques.
Ils ne les détruisaient pas; mais ils se superposaient à eux, et
introduisaient dans la strophe un élément de régularité harmonieuse que les vers seuls n'offraient pas encore. Rien d'ailleurs
de plus varié que le dessin de chacun de ces groupes ou périodes [1]. Tantôt deux étendues égales se faisaient équilibre;
tantôt une troisième les séparait, ou les précédait, ou les suivait; d'autres fois encore des étendues inégales s'entrelaçaient
diversement, mais de telle sorte qu'il était toujours aisé de
saisir la symétrie de ces figures.

On a contesté un certain nombre des figures rythmiques de
M. Schmidt. Il est possible en effet que certaines applications particulières de ses vues générales soient erronées; mais la plupart
sont frappantes de justesse, et M. Christ, médiocrement favorable
aux *périodes* de M. Schmidt, les rétablit lui-même en grande
partie sous le nom de *pericopæ*. Je crois pour ma part le système de M. Schmidt (au moins dans son principe) aussi solide
qu'ingénieux. Comment d'ailleurs en serait-il autrement? Les
strophes du lyrisme dorien étaient accompagnées des danses d'un
chœur. Peut-on concevoir les évolutions d'un chœur autrement
que comme des mouvements symétriques? Il était donc nécessaire que cette symétrie, d'une manière ou d'une autre, se reproduisît dans le rythme destiné à les diriger.

C'est la danse par conséquent qui devait faire avant tout
l'unité de ces périodes. Mais il est bien évident que la musique s'y
conformait aussi. Il ne faut pas en effet vouloir retrouver à tout
prix dans les développements de la mélodie grecque cette forme
carrée qui est ordinaire dans la musique moderne. Le groupe-

---

1. *Périodes* est le nom que leur donne M. Schmidt.

ment mélodique des mesures quatre par quatre nous est devenu si familier que nous inclinons parfois à le considérer comme nécessaire. Il n'en est rien pourtant, et les Grecs certainement ne l'ont pas connu. La mélodie des odes antiques suivait docilement les évolutions du chœur. Les phrases musicales se modelaient sur ces périodes d'une symétrie si souple et si variée. Quant à la poésie, avec une liberté extrême, elle déroulait ses phrases à travers les cadres du rythme sans jamais s'y asservir minutieusement [1].

Un poème lyrique se composait quelquefois d'une suite de strophes toutes semblables. Dans ce cas toutes les strophes, étant chantées sur le même air et accompagnées des mêmes danses, présentaient exactement la même combinaison de syllabes longues et de syllabes brèves, depuis le premier mot jusqu'au dernier [2]. Deux strophes semblables se correspondent dans tous les détails. Il arrive même quelquefois qu'on trouve dans les paroles, à quelqu'une des places qui se correspondent ainsi, un retour évidemment intentionnel de mots analogues soit par le son, soit par l'idée. C'est là, selon l'heureuse expression de M. H. Schmidt, comme une espèce de rime lyrique [3].

Le plus souvent, au sixième et au cinquième siècle, des strophes différentes s'entremêlaient dans une même ode.

C'est Stésichore, dit-on, qui avait imaginé le premier d'interrompre de deux en deux la série des strophes semblables, par

---

1. L'importance des vers lyriques de Bœckh semble au premier abord un peu réduite par celle des périodes de M. Schmidt. Il est probable qu'en effet leur rôle, soit dans la mélodie, soit dans le dessin orchestique, était moins considérable. Cependant, outre que les périodes finissent toujours avec un vers lyrique, il est à remarquer que la fin du vers, même à l'intérieur d'une période, représente toujours un léger temps d'arrêt dans le déroulement de la phrase musicale, et devait coïncider par conséquent avec la fin de quelqu'une des divisions mélodiques de cette phrase. M. Schmidt, bien loin d'opposer sa théorie à celle de Bœckh, la donne comme le complément nécessaire de celle-ci, et tient le plus grand compte de la fin du vers lyrique dans la construction de ses périodes (voy. *Eurhythmie*, p. 78-107).

2. Dion. Halic., *de Comp. Verb.*, c. XIX.

3. *Metrik*, p. 603-636. Cf. Christ, p. 629.

l'introduction d'une strophe différente. Cette nouvelle strophe, autrement construite quant au mètre, chantée sur un autre air que les précédentes, et accompagnée d'une danse également nouvelle [1], s'appela l'*épode*. Les deux strophes qui la précédaient s'appelèrent *strophe* et *antistrophe*. Le groupe formé par la strophe, l'antistrophe et l'épode est souvent appelé par les métriciens grecs la *triade* de Stésichore [2]. Certaines odes de Pindare sont composées d'une seule triade ; beaucoup en ont de quatre à six ; une même, la quatrième Pythique, en a jusqu'à treize. L'introduction de l'épode dans la suite des strophes permettait, en variant le dessin rythmique et mélodique du poème, d'en reculer les limites sans tomber dans la monotonie et sans fatiguer l'auditeur.

On ne s'en tint pas toujours à la triade de Stésichore. Il arriva parfois aussi que des triades dissemblables se combinèrent ensemble [3]. J'ai déjà parlé des rythmes dits irréguliers ou libres (ἄτακτοι). Le dithyrambe, surtout à partir de Lasus d'Hermione, semble avoir fait usage de ces procédés [4]. Dans la *parabase* de la comédie, sept morceaux lyriques tout à fait différents de caractère et de rythme formaient un ensemble plein de mouvement et de variété. Bien plus anciennement, quelques vieux airs, où l'habileté des exécutants avait cherché l'occasion de briller, présentaient une disposition analogue ; plusieurs parties absolument différentes de rythme [5], de mouvement, de caractère, s'y succédaient comme dans une symphonie moderne, et offraient tour à tour à l'imagination des auditeurs les divers moments, les diverses phases, pour ainsi dire, d'une action continue [6].

---

1. Dion. Halic., *de Comp. Verb.*, c. XIX.

2. Τὰ τρία Στησιχόρου. Cette *triade* porte aussi le nom de περίοδος, que nous retrouvons, comme on le voit, à tous les degrés du développement rythmique.

3. Voy. le tableau de ces diverses formes dans Christ, p. 641.

4. Cf. Volkmann, ad Plut., *de Mus.*, c. XXX, p. 123.

5. Voy. Christ, p. 644.

6. Voy., sur la construction rythmique des nomes comparée avec celle des pièces triadiques, le curieux passage d'Aristote, *Probl.*, XIX, 15.

Mais toutes ces formes étaient exceptionnelles et étrangères à
la grande tradition lyrique du sixième siècle. Chez la plupart des
maîtres du lyrisme grec, c'est ou la strophe simple, ou la triade
de Stésichore qui règne sans contestation. Cette belle forme
de la triade leur a suffi. Elle joignait à une flexibilité gracieuse
dans les détails une grande fermeté de dessin dans l'ensemble.
Elle associait dans une juste proportion la variété et l'unité,
la richesse qui plaît à l'imagination et la symétrie qui la domine ;
elle offrait enfin ce mélange de liberté et d'harmonie qui semble
dans l'histoire de l'art le signe le plus certain d'une vigoureuse
maturité.

§ 4

Il est à propos d'ouvrir ici une parenthèse. Jusqu'ici nous
avons donné seulement des définitions et exposé des règles générales. Nous avons dit ce qu'était le rythme pour les Grecs. Nous
en avons énuméré les différents genres. Passant ensuite aux combinaisons métriques à l'aide desquelles l'uniformité rythmique
se diversifie et se divise selon les exigences de la mélodie, de la
danse, de la phrase poétique, nous avons défini le membre, le vers,
la période, la strophe, la triade. Mais nous n'avons décrit aucune
des formes concrètes réalisées par les grands poètes lyriques de
la Grèce, et notamment par Pindare, au moyen de ces éléments.

Si l'on compare entre elles, au point de vue du détail métrique,
les odes de Pindare, on s'aperçoit qu'il n'y en a pas deux qui
soient tout à fait semblables. Non seulement les poètes lyriques
de ce temps ne s'empruntent jamais l'un à l'autre la combinaison métrique d'une strophe entière, mais ils ne font même jamais
d'emprunt de ce genre à leurs propres œuvres ; ils ne se répètent
pas. Dans l'extrême souplesse métrique auquel le lyrisme est
alors parvenu, il y a une telle variété de combinaisons possibles
que chacune, ainsi que la mélodie qui l'accompagne, est une
création artistique personnelle, ayant sa physionomie originale,
et nullement une sorte de passe-partout, de prétexte banal à des
mélodies différentes les unes des autres. Ce premier point est

curieux ; car les strophes plus simples des lyriques primitifs,
celles d'Alcée et de Sappho par exemple, ne présentaient pas ce
caractère de la strophe pindarique ; chez les poètes de Lesbos, une
même combinaison métrique pouvait servir à un nombre illimité
de poèmes différents. Il en est tout autrement chez Pindare.

Cependant cette variété même n'est pas non plus tout à fait
capricieuse. Elle se ramène au contraire très facilement à trois
types principaux qui se caractérisent au point de vue métrique
par des différences assez tranchées.

Dans l'un, le pied métrique dominant est le péon.

Dans les deux autres, on trouve des dactyles et des trochées
associés ensemble, mais suivant deux dispositions différentes :
tantôt, en effet, c'est dans l'intérieur même de chaque membre
que les dactyles et les trochées se rapprochent, et tantôt au contraire des membres formés exclusivement soit de trochées, soit de
dactyles, se succèdent les uns aux autres[1]. La réunion de ces
deux sortes de pieds dans un même membre forme ce que les
Grecs appelaient un mètre *logaédique*[2]. Les mètres où des membres dactyliques sont mêlés avec des membres trochaïques sont
souvent appelés *dactylo-épitritiques*[3]. Mais il est plus simple de
désigner ces deux sortes de mètres par les noms de leurs pays
d'origine, et de dire mètres *éoliens* pour les mètres logaédiques,
et mètres *doriens* pour les mètres dactylo-épitritiques. Les premiers en effet se rattachent directement à ceux d'Alcée et de Sap-

1. C'est là, du moins, la forme typique des deux genres de mètres, qui, en
fait, sont loin de se présenter toujours dans Pindare avec cette netteté.

2. Λογαοιδικός. Voici comment un scholiaste de Pindare (ad Olymp. IV,
Schol. metr.), à propos d'un mètre *logaédique*, s'exprime sur le sens de ce mot :
ῥυθμός, ἐν λογογράφοις οἰκείως καὶ ἀοιδοῖς συγκείμενος· ὁ δάκτυλος ἀοιδοῦ, ὁ
τροχαῖος λογογράφου. La phrase est incorrecte, mais on en devine le sens.

3. Les métriciens grecs appellent ἐπίτριτος le groupe métrique — ◡ — —
qui est la forme ordinaire du membre trochaïque dans les rythmes dactylo-
épitritiques. Un rapport épitrite (λόγος ἐπίτριτος) est un rapport de 3 à 4.
Tel est en effet, dans le membre trochaïque que nous venons de citer, le
rapport apparent de la première partie — ◡ à la seconde — —. Je dis le
rapport apparent, car nous allons voir tout à l'heure que le rapport vraiment rythmique de ces deux parties n'est nullement celui-là.

pho, dont ils ne sont qu'une forme amplifiée; de même que les seconds ont leurs premiers modèles dans les poètes lyriques du Péloponnèse.

Voilà donc trois types bien distincts. Ils sont d'ailleurs fort loin de tenir dans les odes triomphales de Pindare une place égale. Le premier, celui qui est caractérisé par la présence du péon, ne s'y trouve employé que deux fois[1]. Les deux autres au contraire se partagent à peu près également tout le reste du recueil.

Le caractère expressif de chacun d'eux paraît assez facile à déterminer.

Les deux odes péoniennes ont un caractère religieux et grave très marqué.

Quant aux mètres éoliens et aux mètres doriens, leur histoire suffirait à les caractériser. Il est évident que les premiers étaient plus vifs et plus passionnés, les seconds plus graves, plus impersonnels, plus épiques pour ainsi dire. Ce que nous voyons dans Pindare est tout à fait conforme à ces données. Bien que chacun de ces deux types admette une multitude de combinaisons différentes, et par conséquent aussi une multitude de nuances délicatement graduées, on peut dire qu'en général les odes composées en mètres éoliens ont plus de vivacité hardie dans les paroles, et les autres plus de solennité magnifique.

Ces diversités s'expliquent jusqu'à un certain point par le mètre lui-même. Il y a en effet plus de syllabes longues dans les odes péoniennes de Pindare que dans celles qui se rapportent aux deux autres types[2]; et parmi celles-ci, les doriennes en ont

1. Dans la IIᵉ Olympique et dans la Vᵉ Pythique. Encore a-t-on contesté dans cette dernière la présence de véritables péons. Suivant Christ, ces péons apparents ne sont que des dipodies trochaïques *syncopées*. J'en doute, mais la question est au moins fort obscure.

2. Ceci ne serait pas vrai de certains fragments dithyrambiques de Pindare où l'on trouve aussi des péons, mais avec plus de brèves que de longues, et qui devaient avoir en effet, si l'on en juge par les paroles, un caractère surtout vif et passionné.

plus que les éoliennes[1]. Or on sait que le même rythme, selon qu'il est représenté par des syllabes brèves ou par des syllabes longues, prend un caractère assez différent. Les brèves lui donnent de la vivacité, et les longues de la gravité. Par conséquent, à supposer même que le rythme fût identique dans les trois sortes de mètres, on s'expliquerait encore en partie leur caractère différent.

Mais quel était leur rythme véritable? La question a de l'intérêt; car le mètre, nous le savons, n'est qu'une apparence; ce n'est que le vêtement du rythme.

Sur ce point malheureusement l'apparence aujourd'hui nous reste presque seule, et il est bien difficile d'arriver à la certitude. Voici pourtant l'opinion qui tend à prévaloir, et qui me paraît, sinon tout à fait certaine, du moins extrêmement vraisemblable.

On est assez généralement disposé à croire aujourd'hui que, dans ces trois types de mètres, nous avons précisément aussi les trois genres rythmiques fondamentaux d'Aristoxène, à savoir le genre égal, le genre double et le genre sescuple.

S'il en est ainsi, il n'est pas difficile d'établir la concordance des trois sortes de rythmes et des trois sortes de mètres. Et d'abord, pour ce qui est du rythme sescuple ou péonien, personne n'hésitera à le reconnaître dans les deux odes de Pindare où l'on trouve des péons[2]. Quant aux deux autres, il est presque évident que les rythmes égaux ou dactyliques sont ceux des mètres doriens, et les rythmes doubles ou trochaïques ceux des mètres éoliens; si bien qu'en réalité les trochées apparents des mètres doriens vaudraient quatre temps, et que les dactyles apparents

---

1. La forme ordinaire du membre trochaïque dans les mètres doriens est, comme je le disais tout à l'heure, celle d'un épitrite (— ∪ — —). On voit que dans l'épitrite il n'y a qu'une brève pour trois longues. Il est donc évident que des mètres où dominaient les épitrites devaient avoir beaucoup de gravité.

2. Ou dans une seule de ces deux odes, si l'on admet, avec M. Christ, que l'autre renferme non des péons, mais des dipodies trochaïques syncopées.

des mètres éoliens seraient des dactyles cycliques de trois temps.
Ce qui justifie cette attribution, c'est ce que nous savons du caractère des deux genres rythmiques et de celui aussi des deux
espèces de mètres auxquels nous les appliquons. Les rythmes
doubles sont plus vifs que les rythmes égaux; ceux-ci au contraire sont les rythmes calmes et graves par excellence : or, le
même rapport existe entre les mètres éoliens et les mètres
doriens. S'imagine-t-on d'ailleurs qu'Alcée et Sappho eussent
été choisir pour leurs chansons la grave mesure dactylique à
quatre temps, et Stésichore, pour ses odes à moitié épiques, le
rythme vif du trochée à trois temps? Évidemment non[1]. On peut
attribuer avec quelque confiance aux mètres éoliens et aux
mètres doriens de Pindare les rythmes qui paraissent avoir été
presque certainement ceux de ses modèles.

Resterait à s'expliquer, si l'on admettait ces mesures rythmiques, quelle serait dans chaque type la valeur exacte des syllabes brèves et des syllabes longues. Je n'entrerai pas dans cette
recherche, qui nous entraînerait beaucoup trop loin. Autant de
savants, autant de systèmes, sans compter ceux qui ont successivement proposé deux manières de voir, comme G. Hermann et
Westphal. Je croirais volontiers que les deux parties du dactyle
cyclique étaient égales et valaient chacune un temps et demi[2], et
que, dans le trochée apparent des rythmes doriens, la longue valait
trois temps et la brève un seul; mais ce sont là, je le répète, des
problèmes très délicats, hérissés de difficultés, et sur lesquels
nous sommes condamnés à n'avoir probablement jamais que

1. Il est à remarquer en outre que les mètres des poètes éoliens sont
remplis de trochées contre quelques rares dactyles, tandis que les mètres
de Stésichore présentent la proportion inverse. Il est infiniment probable
que ce fait métrique est un indice fidèle du rythme vrai. On sait aussi que
le mètre stésichoréen par excellence s'appelle dans l'antiquité τὸ κατὰ
δάκτυλον εἶδος. Je n'hésite pas à croire que le mot δάκτυλος ici est pris
dans son sens rythmique, et que cela veut dire : le rythme qui se scande
par dactyles, c'est-à-dire dont l'élément constitutif est un dactyle indéfiniment répété.

2. De cette façon : 1 $^1/_2$, $^3/_4$, $^3/_4$.

des demi-certitudes. Je renvoie donc pour le détail de ces questions (dont l'importance littéraire est d'ailleurs très faible) aux ouvrages spéciaux [1].

III

Quelle que fût l'importance du rythme dans le lyrisme grec (et elle était très considérable)[2], il y avait pourtant autre chose encore dans la poésie, dans la musique et dans la danse lyriques que cette participation de chacune à un rythme commun. Ces trois arts ont leurs qualités propres, leurs aptitudes particulières, qu'ils associent à l'aide du rythme, mais qui ne sont pas le rythme lui-même. La poésie a l'idée et le style; la musique a la mélodie; la danse enfin a la beauté expressive et plastique des mouvements. Il nous reste à étudier ces éléments nouveaux du lyrisme, à voir ce que chacun d'eux apporte à l'ensemble, ce qu'il en reçoit, et comment ils se subordonnent les uns aux autres. Je n'ai pas besoin de dire que cette étude ne saurait être en aucune manière un traité de chacun de ces trois arts. Ce sont seulement leurs traits essentiels, leur physionomie, pour ainsi dire, que je voudrais esquisser très rapidement, surtout en vue de faire mieux comprendre la place de la poésie dans cet ensemble, et par conséquent l'importance relative de ce qui nous reste de Pindare [3].

1. Voy. notamment J. Cæsar, p. 220; Westphal, I, p. 635 et suiv.; II, p. 603 et suiv.; H. Schmidt, *Eurhythmie*, p. 25 et suiv.; p. 39 et suiv.; *Metrik*, p. 477; Christ, p. 55 et 64.

2. Le rythme, dit Aristide Quintilien (p. 43 Meyb., 40 Westphal), a ses modes comme la mélodie : il y a le mode qui resserre le cœur, celui qui le dilate et celui qui l'apaise. Le premier brise et énerve l'âme, le second l'excite et l'exalte, le troisième la maintient dans cette ferme et virile modération que recommandait la sagesse grecque. Le rythme unissait et gouvernait les paroles, les notes, les pas. Les musiciens grecs abondent en termes énergiques pour caractériser cette puissance du rythme : τινὲς δὲ τῶν παλαιῶν τὸν μὲν ῥυθμὸν ἄρρεν ἀπεκάλουν, τὸ δὲ μέλος θῆλυ · τὸ μὲν γὰρ μέλος ἀνενέργητόν τέ ἐστι καὶ ἀσχημάτιστον, ὕλης ἐπέχον λόγον διὰ τὴν πρὸς τουναντίον ἐπιτηδειότητα · ὁ δὲ ῥυθμὸς πλάττει τε αὐτὸ καὶ κινεῖ τεταγμένως, ποιοῦντος λόγον ἐπέχων πρὸς τὸ ποιούμενον (Aristide Quintil., *loc. cit.*).

3. L'étude des rythmes méritait une étude plus détaillée (quoique très

§ 1

Les Grecs donnaient à la danse une place très élevée parmi
les arts. On se rappelle que Cornélius Népos, au début de sa vie
d'Épaminondas, en présentant son héros à ses compatriotes, l'excuse presque d'avoir été un habile danseur. En Grèce, personne
n'eût songé à s'en étonner. L'étude de la danse faisait partie de
l'éducation. Les philosophes et les législateurs constatent son importance, et s'occupent surtout de la bien régler; mais ils n'ont
garde de la proscrire, et ils n'ont pas non plus à la recomman-
der. Déjà au temps d'Homère la danse est en honneur parmi les
Grecs. Elle a toujours eu sa place dans la vie religieuse, dans la
vie privée, dans la vie publique de la nation. Des mouvements
rythmés, souples, expressifs, ravissaient ce peuple artiste. Le
lyrisme d'abord, ensuite le drame, associèrent la danse à leurs
pompes, en lui demandant un surcroît d'éclat. Nous connaissons, par Athénée surtout et par Lucien [1], les noms d'une foule
de danses traditionnelles. Il y en avait de toutes sortes : les unes
exécutées par des danseurs isolés, les autres par des chœurs;
les unes tristes, les autres gaies; les unes pacifiques, les autres
guerrières. En dehors des danses proprement dites, il y avait des
marches, qui étaient encore parfois presque des danses. On ferait des énumérations interminables de tous les genres de mouvements rythmés que les Grecs ont pratiqués. Bornons-nous à
l'essentiel.

Que demandait-on à toutes ces danses? Deux choses : en
premier lieu la beauté plastique; ensuite l'expression claire de
certains sentiments ou de certaines idées.

sommaire encore) à cause du rapport étroit qui existe entre les paroles et
le rythme qui les animait. Mais le rapport de la poésie avec la musique et
avec la danse n'est pas de même nature : ce sont là trois arts parallèles et
jusqu'à un certain point indépendants. Entre le rythme et les paroles, au
contraire, il y avait en Grèce une telle union, que celles-ci, nous venons de
le voir, gardent encore quelque trace du rythme.
1. Lucien, de Saltatione; Athénée, xiv, p. 629 D, et suiv.

La beauté plastique d'une danse résidait d'abord dans chaque
danseur pris à part. « Il y a, nous dit Platon, des danses qui ont
surtout en vue le corps lui-même ; elles servent à développer sa
vigueur, sa souplesse, sa beauté ; elles exercent chaque membre
à se plier et à s'étendre, à se prêter docilement, par des mouvements faciles et harmonieux, à toutes les figures, à toutes les
attitudes qu'on peut exiger [1]. » C'était là une espèce de gymnastique, mais une gymnastique rythmée et musicale. Non seulement il y avait des danses qui avaient pour principal objet de
développer la beauté du corps, mais on peut dire que toutes la
supposaient implicitement. Les écrivains grecs qui ont parlé de
la danse s'expriment à cet égard avec beaucoup de force. Les
comparaisons avec les chefs-d'œuvre de la sculpture, les
noms de Phidias et d'Apelle se présentent d'eux-mêmes à la
pensée de Lucien quand il veut faire comprendre la beauté
des attitudes que présente la danse [2]. Il faut que le danseur ne
soit ni trop petit, ni trop grand, ni trop gros, ni trop maigre ;
son corps doit avoir les proportions réglées par le canon de Poly-
clète [3]. Les mouvements doivent être beaux et bien réglés [4]. S'il
agite les mains, ce doit être avec la grâce et la force d'un Hermès,
d'un Hercule, d'un Pollux se livrant au pugilat [5]. Les anciens,
dit Athénée, cherchaient même dans le pugilat des mouvements
beaux et nobles ; ils transportaient les mouvements de la palestre dans leurs chœurs, et ceux des chœurs dans la palestre [6].
Dans la gymnopédie, les enfants de Sparte dessinaient de beaux
mouvements et des gestes gracieux ; c'était comme une image
de la palestre et du pancrace, figurée à l'aide d'une marche
rythmée [7].

A la beauté des individus pris à part s'ajoutaient, dans le lyrisme

1. *Lois*, VII, p. 795 E.
2. *De Salt.*, 35.
3. *Ibid.*, 25.
4. *Id.*, ibid.
5. *Ibid.*, 78.
6. *Dipnos.*, XIV, p. 629 B.
7. *Ibid.* p. 631 B. Cf. Libanius, *pro Saltator.*, t. III, p. 392.

choral, la grâce des évolutions accomplies par le chœur, les lignes
tour à tour droites et sinueuses, les mouvements parallèles, opposés, symétriques, combinés et diversifiés de mille manières,
parfois la présence simultanée d'un demi-chœur de jeunes
hommes et d'un demi-chœur de jeunes filles, l'entrelacement des
groupes, les figures simples ou compliquées qu'ils exécutaient
avec mesure et avec ordre. Lucien décrit agréablement deux de
ces danses chorales. Ce sont des danses spartiates, c'est-à-dire
des danses doriennes par excellence, et en outre des danses
lyriques, car il est question du chant qui les accompagne. L'une
est dansée par des jeunes gens seuls. Ceux-ci commencent par
une lutte à laquelle la danse se rattache sans interruption. « Le
flûtiste alors s'assoit au milieu du chœur et joue en frappant du
pied. Les danseurs se suivent par files, et marchent en mesure
en dessinant les figures les plus variées, d'abord des figures
belliqueuses, mais bientôt après des figures inspirées par Dionysos et par Aphrodite [1]. » L'autre danse s'appelle le Collier. Le
chœur se composait par moitié d'éphèbes et de jeunes filles :
« Tous les danseurs, dit Lucien, se suivent à la file de manière à
former comme un collier; un jeune homme mène la danse avec
des attitudes martiales, du genre de celles qu'il devra prendre
à la guerre; une jeune fille suit avec grâce, donnant l'exemple à
à ses compagnes; de façon que le collier est tressé de modestie
virginale et de force virile [2]. » La belle régularité d'un chœur
cyclique, c'est-à-dire du chœur qui chante et danse le dithyrambe, est plusieurs fois prise comme terme de comparaison par
les écrivains grecs pour exprimer la perfection d'un arrangement
harmonieux [3].

La danse n'est pas seulement belle, elle est en outre expressive.
La danse, suivant Platon, « imite les paroles de la Muse [4] »

1. *Op. cit.*, 10.
2. *Ibid.*, 12.
3. Voy. notamment Xénophon, *Econom.*, ch. VIII, 20. Cf. Platon, *Protagoras*, p. 315 B.
4. *Lois*, VII, p. 795 E.

Aristote en parle presque dans les mêmes termes : « Elle imite,
dit-il, par des mouvements rythmés, les mœurs, les passions, les
actions [1]. » — « Elle est, dit Lucien, une science imitative, qui
fait voir les idées, qui les exprime et qui donne un corps à la
pensée invisible [2]. » Lesbonax de Mitylène appelait les danseurs d'un mot intraduisible : χειρόσοφοι [3], littéralement des sages
ou des savants qui ont leur science, pour ainsi dire, dans leurs
mains et qui enseignent par les gestes. La Pythie elle-même, s'il
faut en croire Lucien, disait qu'on devait comprendre les danseurs rien qu'à les regarder, fussent-ils muets [4]. Suivant le même
écrivain, les sujets que la danse peut et doit exprimer sont
ceux mêmes qui alimentent l'histoire et la poésie : tout le passé,
toutes les légendes lui appartiennent [5] ; elle rivalise avec la parole.

Que faut-il entendre par ces expressions ? S'agit-il ici d'une
sorte de pantomime, c'est-à-dire d'une reproduction fidèle des
mouvements propres aux situations exprimées par les paroles,
ou bien s'agit-il d'une imitation plus générale ?

Il n'est pas douteux que la danse, en Grèce, ne fût très souvent imitative dans le sens le plus rigoureux de ce mot. Nous
voyons par de nombreux passages des anciens que, dans la pyrrhique, par exemple, les danseurs faisaient le simulacre d'un
combat ; ils exécutaient en mesure tous les mouvements qu'on
faisait dans une bataille ; ils avaient l'air tour à tour de lancer
et d'éviter un trait, de frapper avec la lance et de parer ; on les
voyait courir en avant, reculer, se baisser, tomber à terre comme
blessés ou morts, se relever brusquement et changer de front [6].
Dans le *Banquet* de Xénophon [7], deux personnages, un jeune

1. *Poét.*, ch. I.
2. *De Salt.*, 36.
3. *Ibid.*, 69.
4. *Ibid.*, 62.
5. *Ibid.*, 37 et suiv.
6. Platon, *Lois*, VII, p. 815 A. Cf. la belle description d'une danse guer-
rière des Thraces dans l'*Anabase* de Xénophon (v, 1, 5-13), et celle de
l'ένόπλιον ἔρμα des Arcadiens, qui vient aussitôt après.
7. Ch. IX.

homme et une jeune fille, représentent en dansant la réunion de
Dionysos et d'Ariadne. Ils dansent et chantent au son de la flûte.
Leurs poses, leurs mouvements, leurs gestes reproduisent toute
la scène ; c'est un véritable petit drame qui se joue devant les
convives. Xénophon ne nous dit pas le nom de cette danse si
expressive, mais il est probable que c'est un hyporchème. L'hyporchème avait en effet pour caractère, plus encore qu'aucune
autre danse, de reproduire ainsi par une mimique expressive le
sens exact des paroles[1]. A Délos, dit Lucien, quand on exécutait un hyporchème, les plus habiles danseurs, en petit nombre,
se détachaient du reste du chœur, et tandis que les autres
faisaient leurs évolutions en troupe, ceux-là représentaient par
leurs gestes tous les détails de l'action[2]. La danse était donc,
dans un grand nombre de circonstances, une véritable *représentation* de l'action exprimée par les paroles.

Mais il n'en était pas toujours ainsi. La danse a une autre
manière d'imiter les paroles. Elle peut, par la lenteur ou la
vitesse des mouvements, par leur harmonie plus ou moins
sévère, éveiller simplement dans l'âme des émotions conformes
au caractère général de ces mouvements. A ce titre encore, elle
est une imitation. Une danse grave, noble, imite par là même la
beauté morale, la noblesse, la gravité d'une âme que les passions ne troublent pas. Au contraire, des mouvements très variés
qui se succèdent avec vivacité expriment l'excès de la joie ou
des passions, quel que soit d'ailleurs le sujet particulier de ces
passions ou de cette joie[3]. Même dans les danses décrites plus
haut, l'imitation ne résulte pas seulement des gestes particuliers
à l'aide desquels les danseurs figuraient l'action dans sa réalité
et la mettaient, en quelque sorte, toute vivante sous les yeux des

1. Athénée, I, p. 15 D.
2. Lucien, *de Salt.*, 16. Les hyporchèmes de Délos sont déjà mentionnés
et décrits dans la fin de l'hymne homérique à Apollon Délien.
3. Platon, *Lois*, VII, p. 815 E et 816 A. La danse du Collier, mentionnée
plus haut, n'a rien d'une pantomime ; c'est une danse qui plaisait uniquement,
à ce qu'il semble, par la beauté des attitudes et des évolutions, et par
l'impression noble qui s'en dégageait.

spectateurs : elle résulte encore et surtout du caractère général
de ces mouvements, et de l'émotion triste ou gaie, douce ou
violente, qu'ils excitaient dans les âmes par leur harmonie propre,
indépendamment de toute application spéciale à tel ou tel événement particulier.

Il y avait donc des *modes* dans la danse comme dans le rythme
et dans la mélodie. Au milieu de la diversité illimitée des danses
particulières, on distinguait un petit nombre de types principaux
auxquels toutes les diversités secondaires se rapportaient. Il y
avait la danse grave, calme, religieuse; puis la danse vive et
gaie; enfin la danse passionnée, rapide, entraînante. Dans le
drame, ces trois types fondamentaux étaient représentés par
l'*emmélie*, par la *cordace* et par la *sicinnis*. Dans le lyrisme
proprement dit, ils s'appelaient la *gymnopédie*, l'*hyporchème*
et la *pyrrhique*[1]. L'emmélie était dansée par le chœur tragique;
elle respirait la noblesse et la dignité; la gymnopédie spartiate
n'en était sans doute qu'une variété. La cordace, dansée par le
chœur de la comédie, ressemblait à l'hyporchème par son allure
vive et légère; mais elle était souvent licencieuse, ce qui tenait
à l'esprit général de la comédie grecque, tandis que l'hyporchème ne l'était nullement. De même, la pyrrhique et la sicinnis
se ressemblaient par la rapidité enivrante de leur élan; mais l'une,
toute belliqueuse, n'inspirait que de fières passions[2]; l'autre,
réservée au chœur du drame satyrique, exprimait souvent une
ivresse d'une tout autre nature.

Tous les poèmes n'étaient pas dansés. Parmi les hymnes il y
avait des genres, à ce qu'il semble, qui ne l'étaient jamais et
d'autres qui l'étaient toujours; puis d'autres encore, comme le
péan, que la danse accompagnait quelquefois, sans que ce fût une
règle invariable[3]. Mais les plus belles œuvres lyriques, suivant

1. Athénée, XIV, p. 630 C, D (cf. Platon, *Lois*, VII, p. 816 A). Voy. aussi
Lucien, *de Salt.*, 22 et 26. Sur l'hyporchème cf. Plutarque, *Quæst. conviv.*,
IX, 15, 2, avec les curieuses citations de Simonide (fr. 29, 30, 31 de Bergk).

2. Cela est vrai du moins de l'ancienne Pyrrhique. Athénée (XIV, p. 631 A)
dit que de son temps la Pyrrhique était devenue une danse dionysiaque.

3. Athénée, XIV, p. 631 D.

Athénée [1], étaient celles que la danse accompagnait. « Quand la
danse est telle qu'elle doit être, dit Lucien [2], elle est utile à ceux
qui la voient ; elle est propre à cultiver l'esprit et à l'instruire ;
elle règle (ῥυθμίζει) les âmes des spectateurs, qu'elle forme à la
fois par ce qu'ils voient et par ce qu'ils entendent, leur offrant une
sorte de beauté qui participe également de l'âme et du corps. »
Telles étaient les odes triomphales de Pindare. Le début de la
première Pythique nous montre la cithare donnant le signal du
chant et de la danse, et les danseurs, qui semblent être ici les
mêmes que les chanteurs, attentifs à ce signal et tout prêts à lui
obéir. Pour avoir une idée complète de l'art de Pindare, il faudrait imaginer, s'il était possible, cette beauté sculpturale et
expressive d'un chœur dansant, ces attitudes élégantes, ces évolutions régulières et gracieuses. Tout cela nous échappe aujour-
d'hui d'une manière irréparable. Hâtons-nous d'ajouter pourtant, pour laisser chaque chose à sa place, que la danse, malgré
l'éclat qu'elle donnait à l'ensemble lyrique, n'y était en somme
qu'au troisième rang ; qu'elle y faisait parfois défaut sans que
son absence parût compromettre le sort des deux autres arts ; et
qu'enfin, réduits que nous sommes aujourd'hui à lire Pindare
sans voir les danses qui rehaussaient l'exécution de ses poésies,
nous avons du moins la certitude de ne perdre à cela qu'un
ornement, qu'une parure extérieure de ses œuvres, mais non
pas une partie essentielle de son art et de son génie.

§ 2

La question est plus délicate en ce qui concerne les rapports
de la poésie et de la musique. Qu'était-ce que la musique
d'une ode de Pindare, et quelles impressions les auditeurs en re-
cevaient-ils ? Je n'ai pas la prétention de résoudre complètement
ce problème : la compétence manquerait à mes recherches, et

1. Athénée. XIV, p. 631 D.
2. *De Salt.*, 6.

aussi, jusqu'à un certain point, les documents dignes de foi. Mais
la musique grecque ancienne était quelque chose de si différent
de notre musique moderne, qu'il est nécessaire de prévenir du
moins toute confusion à ce sujet, à cause des conséquences
erronées qu'on en pourrait tirer, relativement à la poésie même
de Pindare. C'est là, à vrai dire, le principal et presque le seul
objet des observations qui vont suivre.

Les Grecs ont souvent parlé de leur musique et de la puissance de ses effets. Il n'est pas contestable qu'ils n'y fussent
extrêmement sensibles, et que les mélodies de leurs musiciens
n'eussent pour toute la nation un charme pénétrant. Mais il est
également certain que cette musique si goûtée de toute la Grèce
était d'une étonnante simplicité. De quelque point de vue qu'on
l'examine, si on la compare à celle des modernes, elle fait l'effet
d'une esquisse très pure, mais très légère, qu'on mettrait à côté
d'un tableau vigoureux et riche de ton.

La musique grecque se divisait, comme la nôtre, en musique
vocale et musique instrumentale.

Parmi les voix, on distinguait d'abord les voix d'hommes et
les voix de femmes; puis chacune de ces deux sortes de voix se
partageait à son tour entre trois *régions*, qu'on appelait région
hypatoïde (la plus élevée), région nétoïde (la dernière et la plus
basse), et région mésoïde (moyenne). Mais comme les Grecs
appelaient élevées les notes graves, et basses les notes aiguës
(à l'inverse de ce que nous faisons), la région nétoïde correspondait à peu près au registre de ténor ou de soprano, la région
mésoïde au registre de baryton ou de mezzo-soprano, et la
région hypatoïde au registre de basse ou de contralto. C'étaient
les voix les plus aiguës qui semblaient aux anciens exprimer le
mieux les sentiments plaintifs ou tendres; les voix les plus
graves exprimaient l'enthousiasme, les sentiments exaltés et
violents; les voix moyennes donnaient l'impression du calme et
de la gravité[1]. Notre manière de sentir à cet égard se rapproche

1. Gevaërt, *Histoire et théorie de la musique de l'antiquité*, t. I, p. 240.

de celle des anciens, surtout si l'on admet que ces divisions n'étaient pas absolument rigoureuses et fixes.

Leurs instruments, au contraire, sont tout à fait différents des nôtres. Rien de plus simple, rien de plus incolore, au point de vue des timbres et de la force des sons, que les instruments dont se servaient les Grecs [1]. Si nous laissons de côté les instruments à percussion, dont l'emploi était très restreint, les instruments de cuivre, réservés aux armées, et enfin les orgues pneumoniques ou hydrauliques, d'origine relativement récente, nous voyons qu'on n'employait au temps de Pindare dans l'exécution musicale du lyrisme que deux sortes d'instruments : c'étaient d'abord des instruments à cordes du type de la cithare, et ensuite des instruments à vent du type de la flûte.

Qu'est-ce que la cithare [2]? C'est un des instruments les plus pauvres, les moins expressifs qu'on puisse imaginer. Westphal la compare à une harpe sans pédale. Elle est sèche, monotone, peu sonore; elle ne peut ni accentuer les temps forts, ni assourdir les temps faibles; elle est aussi incapable de soutenir une note que de l'accélérer. Elle n'a, en un mot, ni variété, ni mouvement, ni puissance de son. Que lui reste-t-il donc? Une seule chose, mais capitale aux yeux des Grecs : une netteté pure et grave [3], et je ne sais quel air de sérénité vraiment virile. Les Grecs ne demandaient pas à leur cithare l'image brillante ou passionnée des plaisirs, des luttes, des souffrances qui remplissent la vie, ni le reflet changeant des rêves où se plonge parfois notre joie ou notre mélancolie, mais des impressions sereines et simples, et comme l'écho de cet Olympe où règne une éternelle félicité. Platon proscrit de sa République les instruments trop

---

1. Sur les instruments de musique des Grecs, on peut consulter notamment de très utiles et très précises indications de R. Volkmann, servant d'appendice à son édition du *de Musica* de Plutarque.

2. Les mots *cithare*, *lyre* et *phorminx*, qui désignaient proprement sans doute trois variétés d'un même genre, se prennent d'ordinaire les uns pour les autres. Voy. à ce sujet Volkmann, *loc. cit.*

3. C'est ce que Platon appelle ἡ σαφήνεια τῶν χορδῶν (*Lois*, VII, p. 812 D).

riches et trop expressifs[1]; il garde la cithare. C'était l'instrument
national par excellence. Elle était particulièrement consacrée à
Apollon, le dieu de toute harmonie et de toute beauté. C'est au
son de la cithare qu'Apollon menait le chœur des Muses ou qu'il
conduisait à son sanctuaire de Delphes les pieux Crétois destinés à devenir ses prêtres. Les antiques héros chantaient sur la
lyre leurs regrets et leurs prières. La lyre accompagnait la voix
des aèdes. C'est elle enfin que Pindare invoque au début d'une de
ses odes comme la source de cette harmonie toute-puissante qui
prépare aux amis des dieux un doux repos et à leurs ennemis
l'horreur et l'épouvante[2]. Rien ne prouve mieux que ce règne
incontesté de la cithare à quel point le goût musical des Grecs
différait du nôtre. « La musique citharédique, dit excellemment
Westphal[3], atteignait d'aussi près que possible à l'idéal de l'art,
tel que les Doriens le concevaient de préférence; ils y trouvaient
la sérénité et la paix, mais unies à la grandeur et à la majesté,
et les âmes s'élevaient, grâce à cette musique, jusqu'à la pure
région où préside le dieu Pythien. »

La flûte avait plus d'éclat, plus de variété, plus de souplesse.
Elle était plus agréable[4]. Platon, qui proscrit la flûte, l'appelle
l'instrument de Marsyas, tandis que la lyre est l'instrument
d'Apollon[5]. C'est surtout de la flûte que se servaient les solistes
virtuoses; elle se prêtait mieux que la cithare à se faire entendre
seule. Jointe à la cithare, elle soutenait mieux les voix d'un
chœur, se fondait avec elles, en dissimulait même au besoin les
légères imperfections[6]. Les fêtes brillantes la réclamaient; elle
accompagnait ordinairement les chants voluptueux et passionnés.
Ne nous y trompons pas pourtant : la flûte elle-même, qui semblait à Platon si expressive, l'était surtout par comparaison avec

1. Ὅσα πολύχορδα καὶ πολυαρμόνια. *Rép.*, III, p. 399 D.
2. Pyth. I, début.
3. Vol. I, p. 261.
4. Aristote. *Probl.*, XIX, 43.
5. *Rép.*, II, p. 399 E.
6. Aristote, *Probl.*, XIX, 43.

la cithare. Cette flûte passionnée n'était guère qu'une clarinette comprenant moins de notes aiguës que celle des modernes[1]. Plus tard on fit des flûtes plus fortes, vraies rivales de la trompette; Horace nous dit que de son temps on les doublait d'airain. Mais la flûte ancienne, celle de Pindare, celle même des tragiques grecs, c'était encore la flûte « mince et grêle, percée de peu de trous, bonne seulement pour diriger et pour soutenir le chant des chœurs[2] ».

Si nous passons maintenant des instruments à la musique elle-même, les différences ne sont pas moins frappantes entre l'art des anciens et celui des modernes.

D'abord, l'harmonie est presque étrangère à la musique grecque. Je n'ai pas besoin de faire ressortir l'importance de ce point : il est clair que cette différence est capitale, et qu'une musique homophone présente un caractère absolument particulier.

Ce n'est pas que la connaissance ni même la pratique des accords manquât tout à fait aux Grecs. Ils en connaissaient et en pratiquaient quelques-uns. Mais rien de plus limité, rien de plus élémentaire que cette harmonie[3]. Elle se réduisait à très peu de chose dans l'accompagnement et presque à rien dans le chant lui-même.

Le seul accord que les Grecs paraissent avoir admis dans le chant des chœurs est celui qu'ils appelaient *antiphonie*, c'est-à-dire l'accord d'octave. Des voix d'hommes et des voix de femmes ou d'enfants, associés dans un même chœur, produisaient cette

---

1. Voy. Westphal, t. I, p. 260-261.
2. *Ars Poet.*, v. 202-204 :

> Tibia non ut nunc orichalco vincta tubæque
> Æmula, sed tenuis simplexque foramine pauco,
> Adspirare et adesse choris erat utilis.

3. Sur toutes ces questions, voy. principalement Westphal, I, p. 704 et suiv.; et Gevaërt, I, p. 356 et suiv. — Cf. aussi Christ, p. 644 et suiv. — Notons tout de suite qu'en grec le mot ἁρμονία s'applique proprement à une suite de notes, c'est-à-dire à ce que nous appelons *mélodie ;* et que l'*harmonie* au sens moderne du mot s'appelle selon les cas συμφωνία ou ἀντιφωνία.

antiphonie, qui leur paraissait le plus beau de tous les accords.
Il est à remarquer que nous en jugeons assez différemment : ce
qui leur paraissait noble et grand nous paraît dur. Ce n'est pas
le seul point sur lequel le sentiment des modernes soit en désaccord manifeste avec celui des Grecs. Nous avons déjà vu tout à
l'heure leur prédilection pour la cithare. Il est évident que leur
goût musical était dominé d'une manière très frappante par des
idées religieuses ou morales, par des habitudes d'esprit et d'imagination qui ne sont plus les nôtres et que nous avons quelque
peine à bien saisir. Les Grecs ne sont, en aucune sorte d'art,
des coloristes au sens moderne du mot. En musique comme en
tout, ils aiment une clarté pure et tranquille, plutôt fine de ton
que richement colorée. Ils chantent ordinairement à l'unisson.
S'ils relèvent l'unisson par un accord, c'est par le plus simple
et le plus clair de tous, par l'antiphonie. Ils aiment les impressions nettes; ils les préfèrent comme artistes, et aussi comme
moralistes; ils se défient des délicatesses d'une harmonie trop
riche et trop sensible, qui leur semble voluptueuse et peu virile.

Dans le jeu des instruments toutefois, ils faisaient à l'harmonie
une place un peu plus large. A l'*antiphonie* ils ajoutaient la
symphonie; à l'accord d'octave, les accords de quarte et de
quinte, et peut-être quelques autres encore [1]. Ces accords se
faisaient quelquefois entre les divers instruments, plus souvent
entre les instruments et les voix. Avant Archiloque, dit-on,
l'unisson régnait seul, dans l'accompagnement comme dans le
chant; c'est lui qui le premier apprit aux cithares et aux flûtes
à jouer d'autres notes que celles que chantaient les voix [2]. Des
textes d'Aristote et de Platon témoignent de cet usage [3]. Un
certain développement pratique de l'harmonie paraît même
pouvoir être attribué à Lasus d'Hermione, le maître de Pindare [4].
Mais tout cela était encore très simple. Quelques intervalles peu

---

1. Westphal, I, p. 259 et 706; 709 et suiv.
2. Plut., *de Mus.*, ch. xxviii, p. 1141 B.
3. Aristote, *Probl.*, xix, 39; Platon, *Lois*, vii, p. 812 D.
4. Westphal, I, p. 707.

étendus, peu variés, voilà à quoi se bornait toute cette harmonie. Elle ne ressemblait en aucune manière à ce que la musique moderne a réalisé. Ce n'étaient là que de timides essais
dans une voie évidemment peu conforme au génie même de
l'antiquité, et qui ne fut jamais suivie par elle que d'une manière hésitante. Les textes qui nous apportent des témoignages
relatifs à l'emploi de certains accords trahissent en même
temps une préférence persistante pour la beauté plus sévère de
l'unisson, qui n'avait d'ailleurs jamais cessé d'être en usage
même dans les accompagnements. Surtout à l'époque de Pindare, il est probable que l'homophonie instrumentale était encore
de règle plutôt que d'exception. L'auteur du *de Musica* attribué
à Plutarque oppose sans cesse à la richesse de la musique telle
qu'on la pratiquait de son temps l'extrême simplicité de celle
des vieux maîtres classiques, c'est-à-dire des Simonide et des
Pindare. Si l'on songe que la musique la plus compliquée de l'antiquité, même au temps où le *de Musica* fut écrit, n'était encore
arrivée qu'à des combinaisons qui nous paraîtraient élémentaires, on se fera aisément une idée de ce qu'elle devait être
au sixième et au cinquième siècle avant l'ère chrétienne.

Cette simplicité se retrouvait aussi dans la mélodie, bien
qu'avec plus de finesse et plus de nuances.

C'est encore l'auteur du *de Musica*, écrivant d'après des sources excellentes, qui signale dans les vieilles mélodies l'emploi
d'un très petit nombre de cordes; ce qui veut dire que les notes
extrêmes entre lesquelles les airs étaient compris se trouvaient
fort peu éloignées les unes des autres. Il en résultait, dit-il, une
simplicité très majestueuse [1]. Sans aller jusqu'à croire avec la
tradition que les Grecs avant Terpandre n'avaient connu que le
tétracorde, on ne peut nier que la constitution définitive de l'octave n'ait été tardive parmi eux. M. Volkmann, qui croit la lyre
à sept cordes fort antérieure à Terpandre, et qui recule le plus

---

1. Τὴν γὰρ ὀλιγοχορδίαν καὶ τὴν ἁπλότητα καὶ σεμνότητα τῆς μουσικῆς
ἀρχαικὴν εἶναι συμβέβηκεν (*de Mus.*, ch. XII, p. 1135 D; cf. ch. XVIII, p. 1137,
A, B; etc.). — On trouve d'ailleurs des expressions analogues dans Platon.

possible les longs tâtonnements de la période archaïque, n'ose
pourtant faire remonter au delà du septième ou du huitième siècle
l'invention de la lyre donnant l'octave [1]. Admettons, contrairement
à la tradition la plus générale, l'opinion de M. Volkmann sur
l'ancienneté de la lyre heptacorde : on voit combien, même dans
cette hypothèse, nous sommes encore, au temps de Pindare, près
des débuts et des essais. En effet, c'est seulement au cinquième
et au quatrième siècle que se placent, d'après des témoignages
nombreux et indiscutables, les grandes transformations de la
musique grecque; transformations qui paraissaient excessives
dans l'antiquité aux connaisseurs d'un goût sévère, tels qu'Aristoxène, et aux moralistes de l'école de Platon, mais qui nous
causeraient certainement, à nous modernes, une impression
toute différente.

Quoi qu'il en soit, ces mélodies si simples ravissaient les Grecs.
Ces airs avaient pour eux non seulement un charme très vif,
mais encore une grande variété d'effets et une puissante action
sur les âmes. Il est sans cesse question chez les moralistes et
les philosophes de la beauté calme du mode dorien, de la douceur du mode lydien, de l'énergie fière du mode éolien, des
accents pathétiques du mode phrygien; ils parlent aussi de la
fermeté du genre diatonique, des nuances du genre chromatique,
des délicatesses plus exquises encore du genre enharmonique.
Sans entrer sur tout cela dans de longs détails, rappelons d'abord
ce qu'on appelle dans la musique ancienne *modes* et *genres*.
Nous dirons ensuite quelques mots de leurs principaux effets et
du caractère général de toutes les mélodies de la Grèce ancienne.

Les Grecs avaient distingué de très bonne heure l'intervalle

---

1. Ad Plut., *de Mus.*, p. 158. On peut voir dans Athénée (xiv, p. 635,
D et F) que déjà les anciens n'étaient pas d'accord entre eux sur la date de
l'invention des instruments pourvus de beaucoup de notes (πολύχορδα ὄργανα).
Il semble bien probable, d'après les textes d'Athénée, que l'opinion vulgaire, qui faisait cette invention très récente, était exagérée; mais on
peut supposer aussi que l'exagération avait sa cause dans l'usage longtemps
exceptionnel et rare de ces instruments, et dans l'emploi beaucoup plus
fréquent de la cithare proprement dite, à sept ou à huit cordes.

de quarte. C'est cet intervalle qui servit de principe à l'établissement du tétracorde. Entre les deux cordes extrêmes de cet instrument, séparées l'une de l'autre par un intervalle de quarte, ils intercalèrent d'abord, dit-on, une corde, puis deux. Mais tandis que l'intervalle des deux cordes extrêmes était constant, la position des cordes intermédiaires fut variable, et par conséquent aussi la grandeur des intervalles secondaires entre lesquels se divisa l'intervalle de quarte. Ces variations des intervalles secondaires formèrent les modes et les genres.

Ce qui constitue le genre, c'est l'étendue de ces intervalles inégaux ; ce qui constitue le mode, c'est l'ordre dans lequel ils sont disposés.

Les Grecs distinguaient trois genres : le diatonique, le chromatique et l'enharmonique. Dans le genre diatonique les trois intervalles étaient formés par deux tons et un demi-ton ; dans le genre chromatique, il y avait deux demi-tons et un intervalle d'un ton et demi ; dans l'enharmonique enfin, deux quarts de ton et une tierce [1].

Les modes primitifs étaient également au nombre de trois : le dorien, le phrygien et le lydien. Le mode dorien était celui qui, dans le genre diatonique, avait son demi-ton au grave ; le mode phrygien l'avait au milieu, et le mode lydien à l'aigu. Les Grecs, contrairement à notre habitude, prenaient pour gamme type une gamme descendante ; de telle sorte que la tonique de leurs modes était la note la plus élevée de chacun d'eux. Le ton le plus grave de chaque mode servait de finale aux mélodies composées dans ce mode [2].

---

1. Nous n'avons pas à parler ici de la question si obscure des χροαί, de ces nuances qui modifiaient d'une quantité minime ces rapports fondamentaux, et produisaient assurément des effets particuliers. L'emploi des χροαί ne pouvait appartenir qu'à l'art des virtuoses, mais non au lyrisme choral, qui nous occupe particulièrement. Voy. sur les χροαί, outre les ouvrages déjà cités, une analyse très claire, par M. Riemann, d'une étude de M. Bernardakis, dans la *Revue archéologique* du mois de septembre 1876 (compte rendu de la première séance de l'Institut de Correspondance hellénique d'Athènes).

2. Gevaërt, t. I, p. 130.

Après s'être longtemps contentés du tétracorde simple, les Grecs eurent l'idée de le doubler. Ils ajoutèrent un second tétracorde à l'aigu du premier, de telle sorte que tous les deux eussent une note commune. De cette façon les sept notes de l'heptacorde ne comprenaient pas encore un intervalle d'octave. On obtint d'abord l'octave en élevant d'un ton la corde la plus aiguë du second tétracorde; puis, comme l'intervalle entre cette note et la suivante se trouvait être ainsi d'un ton et demi, on partagea cet intervalle en un demi-ton et un ton, en y intercalant une note nouvelle. La gamme diatonique grecque se trouva alors définitivement constituée avec cinq tons et deux demi-tons. Par suite de cette extension de la gamme, en même temps que les trois modes primitifs subsistaient, trois autres prirent naissance. La note la plus élevée de chacun des trois modes anciens se trouva être la plus grave de l'un des trois modes nouveaux. De telle sorte que chaque octave comprenait deux modes complémentaires l'un de l'autre, pour ainsi dire : un mode ancien et un mode nouveau. Par exemple, dans le tétracorde dorien primitif, la note la plus aiguë (dont les Grecs faisaient la tonique) était le *la* ; ce *la* forma la note la plus grave de l'un des nouveaux modes, le mode éolien, qui s'appelait aussi, pour cette raison, hypodorien [1]. Le mode phrygien fut complété d'une manière analogue par le mode hypophrygien ou ionien, et le mode lydien par l'hypolydien [2].

Les textes abondent sur le caractère expressif de chacun de ces modes et de chacun de ces genres. On peut les trouver

---

1. Nous dirions plutôt *hyperdorien*, mais nous devons nous rappeler que les Grecs appelaient hautes les notes que nous considérons comme basses, et réciproquement. Les modes étant entre eux dans le rapport que nous venons d'indiquer, on comprend pourquoi Platon n'appelle jamais le mode éolien que dorien (*Rep.*, III, p. 399 A ; Lachès, p. 188 D ; etc.), et pourquoi Pindare appelle lyre dorienne la lyre sur laquelle il chante dans le mode éolien (Olymp. I, 18 et 105). Cf. Aristote, *Polit.*, VIII, 7, où la même confusion est faite.

2. Voy. Gevaërt, t. I, p. 159 et suiv. — Aristote (*Polit.*, IV, 3, 4) cite et paraît approuver l'opinion de certains musiciens qui n'admettaient que deux modes fondamentaux, le dorien et le phrygien.

réunis dans Westphal. Je veux seulement à ce propos présenter ici quelques observations qui se rattachent plus directement à l'objet spécial de notre étude, c'est-à-dire aux odes triomphales de Pindare.

La première porte sur l'emploi du genre diatonique. Ce genre, le plus simple et le plus naturel, nerveux et sévère [1], paraît avoir été le seul usité dans les chœurs lyriques [2]. Les deux autres genres, avec leurs intervalles très inégaux et leur caractère délicatement raffiné, étaient d'une exécution plus difficile et d'un emploi plus rare [3]. C'étaient surtout, à ce qu'il semble, des formes à l'usage des solistes, et particulièrement des joueurs de flûte.

Parmi les modes aussi, un petit nombre seulement paraissent avoir été employés par Pindare dans les odes triomphales. Il n'en mentionne que trois : le dorien, l'éolien et le lydien. Le dorien avait une grandeur simple et grave ; Pindare lui-même l'appelait quelque part le plus noble des modes [4] ; Platon le regardait comme le seul qui fût vraiment grec [5]. L'éolien, souvent confondu avec le dorien, n'en différait que par plus d'énergie et de hardiesse [6]. Le lydien était souvent plaintif et tendre ; nous voyons cependant qu'Aristote trouvait à certaines mélodies lydiennes un genre de beauté qui les rendait particulièrement propres à

---

1. Εὔτονον, σεμνόν.

2. Westphal, t. I, p. 264, et Gevaërt, loc. cit. — Thiersch, dans l'Introduction qui précède sa traduction des odes de Pindare, p. 37, essaie de prouver le contraire en s'appuyant sur un texte de Plutarque (de Mus., p. 1137 F) qu'il me paraît interpréter à contre-sens. On lit aussi dans les Problèmes d'Aristote (XIX, 15) que les anciens chanteurs de dithyrambes chantaient ἐναρμόνια μέλη. Mais je crois qu'il faut lire ἐναρμόνιαι avec un esprit rude (par opposition à πολυκαμπύλω), sans quoi ce passage n'offre pas un sens satisfaisant, ni une suite d'idées qui soit acceptable.

3. Westphal, t. I, p. 420.

4. Δώριον μέλος σεμνότατον (fragm. 45).

5. Lachès, p. 188 D.

6. Sans que cette énergie pourtant devînt passionnée. Voy. Aristote (Probl., XIX, 48) : ἡ δὲ ὑποδωριστὶ μεγαλοπρεπὲς καὶ στάσιμον, διὸ καὶ κιθαρῳδικωτάτη ἐστὶ τῶν ἁρμονιῶν. On remarquera en passant cette indication sur le caractère de la cithare.

ducation de l'enfance[1] ; c'est sans doute en raison de cette convenance que Pindare a plusieurs fois employé ce mode dans des
odes triomphales adressées à des enfants[2] ; mais nous ne savons
pas exactement en quoi consistait le caractère signalé par Aristote.
On comprend sans peine que la muse sévère et grave de l'ode
triomphale se soit volontairement restreinte à l'emploi de ces
trois modes. Le mode phrygien était trop pathétique pour elle ;
il convenait mieux aux passions du drame ; quant au mode ionien
et à quelques autres encore dont nous avons omis les noms dans
cette revue sommaire, ils étaient trop efféminés ou trop voluptueux.

Si chaque mode, comme chaque rythme, avait son caractère
propre, il est clair que certains modes devaient être liés naturellement avec certains rythmes correspondants. Les rythmes doriens,
par exemple, répondent assez, par la nature générale de leurs
effets, aux mélodies également appelées doriennes pour qu'on
puisse supposer sans invraisemblance qu'ils les accompagnaient
ordinairement. Cet accord est plus d'une fois attesté par Pindare
lui-même, de même que celui des rythmes éoliens et des modes
de même nom. Ce n'est pourtant pas là peut-être une règle sans
exception. Il y a dans Pindare des rythmes doriens qui accompagnent des mélodies lydiennes, très différentes à coup sûr des
mélodies doriennes. Il résulte de là que le caractère même de
chaque mode pouvait se diversifier, et que le choix du rythme,
celui des mètres, les détails de la versification et du style en
modifiaient les effets de mille manières[3].

---

1. Εἴ τις ἐστὶ τοιαύτη τῶν ἁρμονιῶν ἣ πρέπει τῇ τῶν παίδων ἡλικίᾳ διὰ τὸ
δύνασθαι κόσμον τ᾽ ἔχειν ἅμα καὶ παιδείαν, οἷον ἡ Λυδιστὶ φαίνεται πεπονθέναι
μάλιστα τῶν ἁρμονιῶν (Polit., VIII, 7, 11).

2. Olymp. XIV, Ném. IV, Ném. VIII.

3. Gevaërt, I, p. 205-207. — Il y avait, d'ailleurs, des μεταβολαί pour
es modes comme il y en avait pour les rythmes. On pouvait dans une
même composition passer d'un mode à un autre. Mais il va de soi que
l'emploi des *métaboles* appartenait à un art plus raffiné ou plus pathétique
que celui du lyrisme *hésychastique* de Pindare. C'est surtout dans le dithyrambe, et à partir du milieu du v⁰ siècle, que ces procédés furent mis en

Il est bien vraisemblable aussi que ce qui faisait l'originalité des différents modes, ce n'était pas seulement la note qui servait de finale à leurs mélodies, mais en outre certaines cadences, certains motifs mélodiques propres aux divers pays dont ces modes étaient originaires, et qui s'associaient ensuite plus ou moins à l'emploi des gammes à l'aide desquelles on les avait d'abord exécutés[1]. Tout cela aujourd'hui nous échappe, et de là vient peut-être en partie la difficulté qu'éprouvent les musiciens modernes à se rendre compte de certains effets signalés par les anciens. Ils s'étonnent par exemple que le dorien, qui correspond à notre mineur, fût renommé pour sa gravité ferme et virile[2]. Mais il faut ajouter que le changement des idées morales et philosophiques est sans doute aussi pour beaucoup dans ces diversités d'appréciation, et que ce que les Grecs entendaient par l'accent vraiment viril d'une mélodie n'était certainement pas tout à fait conforme à l'idée que ces mêmes mots représenteraient aujourd'hui pour nous.

A ce sujet, je signalerai encore, sans y insister, quelques différences importantes entre les mélodies de la Grèce antique et celles de nos musiciens.

La première, qui tient à ce grand nombre de modes, c'est le caractère vague, incertain, que devaient présenter des cadences terminées par les toniques les plus diverses[3].

La seconde, tout à fait d'accord avec la précédente, c'est l'al-

usage, malgré quelques essais appartenant, semble-t-il, à la période des premiers maîtres du lyrisme (voy. Plut., de Mus.. ch. VIII, p 1134, A, B, sur le τριμελὴς νόμος attribué à Sacadas). — Quoi qu'il en soit, le caractère propre à chacun des modes fondamentaux était si tranché, suivant Aristote (Polit., VIII, 7, 9), que le musicien Philoxène, ayant essayé de composer un dithyrambe dans le mode dorien, ne put y parvenir, et retomba malgré lui dans le mode phrygien.

1. H. Schmidt, Metrik, p. 556 et suiv.

2. Gevaërt, I, p. 202 et suiv.

3. Voy. sur ce point Tiron, Études sur la musique grecque, le plain-chant et la tonalité moderne, p. 25; Paris, 1866. — Ce caractère se rencontre encore d'une manière frappante dans la plupart des mélodies grecques populaires rapportées d'Orient par M. Bourgault-Ducoudray.

lure souple et flexible de la phrase mélodique grecque, qui ne
s'astreignait nullement, ainsi que nous l'avons déjà fait observer
en parlant des divisions mélodiques du rythme, au développement
carré des mélodies modernes. Tandis que dans celles-ci les pieds
ou mesures se groupent quatre par quatre, rien de pareil, je le
répète, n'avait lieu dans la musique grecque. Il est facile de voir
que cette liberté de composition devait contribuer, non moins
que la nature des cadences employées, à effacer, pour ainsi dire,
la ponctuation à la fin des phrases, et à laisser l'auditeur en
suspens, attentif encore à la voix du poète lorsque celui-ci déjà
ne chantait plus [1].

Par là s'explique peut-être en partie un fait qui a frappé tous
les rythmiciens modernes et qui leur a arraché l'expression d'une
vive surprise [2]. Je veux parler du désaccord qui se produit si
fréquemment dans la poésie lyrique grecque entre le développement de la phrase poétique et celui de la phrase mélodique.
Sans qu'il faille exagérer ce désaccord, il est incontestable.
Non seulement la phrase poétique enjambe d'un vers sur l'autre, mais les enjambements se produisent aussi entre la strophe
et l'antistrophe, entre l'antistrophe et l'épode, et même entre
deux triades consécutives. Que faut-il conclure de ce fait, sinon
que le commencement et la fin de la phrase mélodique, au moins
dans cette musique grave et calme du lyrisme choral, n'étaient
pas assez nets pour enfermer la pensée du poète dans des limites infranchissables? Dans les chœurs lyriques des tragiques
athéniens, ce désaccord semble moins fréquent que chez
Pindare. On voit pourquoi : c'est que le caractère passionné
de la tragédie, en imposant à la mélodie une expression plus
vigoureuse, lui avait donné un dessin plus accusé [3].

1.   Autour du demi-dieu les princes rassemblés
            Aux accents de sa voix demeuraient suspendus,
            Et l'écoutaient encor quand il ne chantait plus.

comme disait André Chénier des héros grecs embarqués avec Orphée sur
le navire *Argo*.

2. Voy. notamment Westphal, II, p 295.

3. Les vers d'Homère, qui à l'origine se chantaient, présentent déjà la

Quoi qu'il en soit, la musique du lyrisme choral, du lyrisme
à la façon de Pindare, ne pouvait manquer d'être particulièrement simple et grave; d'abord parce que ce caractère était conforme à son rôle; ensuite parce qu'un chœur n'était jamais
comparable, pour la sûreté et la finesse de l'exécution, à un soliste [1]. Ces deux causes réunies avaient maintenu dans le lyrisme
dorien l'usage persistant des triades de Stésichore et l'avaient
empêché d'adopter une marche plus compliquée [2]. Outre que la
régularité des triades avait un caractère plus sévère, le retour
fréquent des mêmes motifs les rendait plus faciles à exécuter.
Dans une ode de Pindare, si longue qu'elle fût, il n'y avait en
somme que deux airs, celui de la strophe et celui de l'épode.
L'air de la strophe se répétait de huit à dix fois en moyenne,
celui de l'épode quatre ou cinq fois. Il était donc bien plus facile
de faire chanter à un chœur une composition de ce genre
qu'une œuvre d'une facture plus variée.

On voit en même temps par là à quoi se réduisait au juste,
pour un Pindare ou un Simonide, dans son double rôle de
poète-musicien, la part du compositeur. L'étendue de son
œuvre musicale était en réalité sept ou huit fois moindre que
celle de son œuvre poétique.

De tous ces faits, nous pouvons maintenant tirer quelques
conséquences relativement à la hiérarchie des trois arts dans
l'ensemble lyrique, et à la place qu'y tenait la poésie.

---

même singularité. Ils en offrent même une autre; c'est que, chantés évidemment sur le même air, ils n'ont pourtant pas à la même place les
mêmes pieds métriques. On peut conclure de là que l'air sur lequel ils se
chantaient méritait à peine le nom d'air, que c'étaient quelques notes, cinq
ou six peut-être, destinées à soutenir les points saillants du vers, les temps
forts du rythme, avec une modulation à peine esquisée. Il n'en était pas
de même dans le lyrisme proprement dit, puisque la correspondance des
mètres était rigoureuse d'une strophe à l'autre; mais cependant une partie
de cette explication subsiste. Même chez Pindare, la mélodie était probablement très simple et d'une signification assez vague.

1. Aristote, *Probl.*, xix, 15.
2. Id., *ibid.*

IV

Les instruments de musique, avons-nous dit, manquaient de puissance et de souplesse. Il résultait de là que l'instrumentation dans le lyrisme n'avait qu'un rôle secondaire, et que le chant était le principal. La cithare en effet était incapable de lutter avec la beauté de la voix humaine, et surtout de la voix multipliée et renforcée par l'usage des chœurs. Quant à la flûte, ses sons étaient plus forts que ceux de la voix et plaisaient extrêmement à l'oreille des Grecs [1]; mais son domaine était restreint; sa douceur même la rendait suspecte. La cithare, au contraire, avait pour elle les plus vieilles traditions musicales de la Grèce et les instincts populaires les plus persistants. Aussi, pendant de longs siècles, « le chant fut roi, » selon l'expression du poète Pratinas. Il l'était encore au temps de Pindare. C'est seulement vers cette époque que sa domination fut menacée, non par la cithare, bien entendu, mais par la flûte. On vit alors pour la première fois les chanteurs accompagner la flûte, pour ainsi dire, au lieu que ce fût la flûte qui les accompagnât selon l'antique l'usage [2]. Pratinas, le célèbre poète d'hyporchèmes, le rival d'Eschyle dans le genre du drame satirique, se fit le défenseur de la tradition et rappela les flûtistes à leur rôle : « Quel est ce désordre? que veulent ces danses? quelle violence audacieuse s'attaque à l'autel de Bacchus?... C'est le chant que la Muse a fait roi; la flûte doit suivre, car elle n'est qu'une servante [3]. »

Elle ne devait pas rester toujours une servante. Dès le temps de la guerre du Péloponnèse, elle était près de passer au premier rang. Au milieu du siècle suivant, la révolution était ac-

---

1. Aristote, *Probl.*, XIX, 43.

2. Athénée, XIV, p. 617 B : ... ἀγανακτεῖν τινὰς ἐπὶ τῷ τοὺς αὐλητὰς μὴ συναυλεῖν τοῖς χοροῖς καθάπερ ἦν πάτριον, ἀλλὰ τοὺς χοροὺς συνᾴδειν τοῖς αὐληταῖς...

3. Dans Athénée, XIV, p. 617 C-F.

complie. Nous voyons dans les concours dithyrambiques du quatrième siècle, par une innovation qui eût indigné Pratinas, le joueur de flûte victorieux nommé, dans les actes publics d'Athènes, avant le poète qui avait composé les paroles et le chant. C'était la consécration légale et définitive de ce que le vieux poète d'hyporchèmes signalait cent ans plus tôt comme une usurpation. Mais au temps de Pindare le chant n'était pas encore déchu de son antique royauté. Les joueurs de flûte, suivant le mot de Plutarque, obéissaient au maître du chœur[1]; et c'est celui-ci qui, dans la proclamation des victoires musicales, figurait au premier rang.

La prédominance du chant sur l'instrumentation avait pour conséquence que les paroles, au lieu de passer presque inaperçues, comme il arrive si souvent dans la musique moderne, devaient frapper bien davantage l'oreille et l'esprit des auditeurs. On chantait à l'unisson. La prononciation des paroles en était d'autant plus distincte. De plus, le rythme musical respectait dans une certaine mesure la prosodie ordinaire des paroles. L'accentuation, il est vrai, disparaissait; mais on sait quelle était, en dehors de l'accentuation, l'importance de la prosodie même dans la prononciation usuelle, puisque les règles que donnent les rhéteurs pour construire harmonieusement les phrases roulent presque exclusivement sur des considérations prosodiques, et que l'accent n'y joue aucun rôle. La musique, par conséquent, n'ôtant guère aux mots que leur accentuation, n'en altérait pas trop la physionomie, et ne les rendait pas méconnaissables, comme il arrive si souvent dans certains chœurs modernes où les mots sont brisés, mutilés, mis en pièces sans miséricorde. Si l'on ajoute à cela que l'auteur de la musique était également l'auteur des paroles, on comprendra que le poète-musicien n'avait aucun motif de sacrifier à sa musique, ordinairement si courte, sa poésie beaucoup plus longue, et

---

1. Plut., de Mus., c. XXX, p. 1141 D : τῶν δ'αὐλητῶν ὑπηρετούντων τοῖς διδασκάλοις.

que, si celle-ci lui semblait être un instrument plus riche que l'autre, il devait au contraire s'arranger pour la faire valoir.

Or qui ne sait ce qu'était la poésie grecque au temps de Pindare? Depuis Homère, elle savait charmer et captiver toutes les parties de l'âme humaine : la raison, par la netteté de ses pensées, par la limpidité de son style, par la finesse et la précision de ses analyses; l'oreille, par l'harmonie du vers et par la grâce d'une langue merveilleusement sonore et musicale; l'imagination, par le mouvement et le pathétique de ses récits, par l'éclat de ses peintures, par la beauté presque visible des tableaux qu'elle savait composer et animer. A l'époque où le lyrisme arrive à sa perfection, c'est-à-dire à la fin du sixième siècle, la poésie était depuis trois cents ans en possession de toute sa puissance. Elle avait été à l'origine, même dans l'épopée, associée avec la musique; mais il y avait alors bien longtemps qu'elle était émancipée, et que les poètes se sentaient capables de charmer leurs auditeurs par la seule douceur de leurs harmonieuses paroles. Tandis que la musique purement instrumentale semblait encore, au quatrième siècle, à des juges tels que Platon, une invention d'un mérite contestable et une espèce de charlatanisme [1], la poésie pure n'avait plus, depuis Hésiode, à plaider sa cause; elle n'avait besoin d'aucun soutien et se suffisait pleinement à elle-même. En s'unissant de nouveau à la musique dans le lyrisme, ce n'était donc pas le concours subordonné d'un art par lui-même incomplet qu'elle apportait pour sa part dans cette association : c'était un élément de puissance et de force plus nécessaire à la musique que celle-ci ne lui était utile à elle-même.

Qu'arriva-t-il de là ? C'est que la poésie fut au premier rang dans l'ensemble des trois arts lyriques. Elle y jouait le premier

---

1. *Lois*, liv. II, p. 669 E, 670 A. Ce qui ne veut pas dire que la musique purement instrumentale ne fût très anciennement connue et pratiquée : mais au lieu d'être comme aujourd'hui la forme principale de la musique, ou tout au moins la rivale de la musique vocale, elle était manifestement considérée comme une forme moins parfaite de l'art.

personnage, selon l'expression de Plutarque [1]. C'est exactement
le contraire de ce qui se produit aujourd'hui quand la poésie
et la musique s'associent. Dans nos opéras, par exemple, la
poésie proprement dite est peu de chose, et la musique est presque tout. C'est à peine si l'oreille y reconnaît les paroles, si
l'esprit en saisit le sens. C'est une sorte de règle, il est vrai,
même chez les modernes, que le temps fort du rythme tombe
autant que possible sur la syllabe accentuée du mot ; mais la
règle est sans cesse violée, et peu nous importe. Nous ne nous
soucions guère des paroles, à vrai dire, dans une œuvre musicale : que le style en soit plat et médiocre, nous nous y rési-
gnons volontiers, si la musique est belle. Nous demandons au
poème de nous faire connaître en gros les situations, les sentiments des personnages ; mais l'expression puissante, les accents
qui remuent le cœur ou ébranlent l'imagination, la poésie, en
un mot, ce n'est pas au poète que nous les demandons, c'est au
musicien. Le poète fait le cadre, et c'est le musicien qui fait le
tableau. Les paroles peuvent être médiocres sans grand inconvénient, car nous ne les entendons pas. Ce qui remplit notre
oreille et notre âme, ce ne sont pas les vers du poème, que
la musique étouffe ou met en pièces ; c'est la musique elle-
même, riche, sonore, expressive ; c'est le charme des voix
qui tantôt s'unissent et tantôt se séparent ; c'est la délicatesse exquise ou la puissance des instruments ; c'est l'harmonie des timbres divers se fondant en une merveilleuse unité ;
c'est une mélodie pénétrante, souple et variée, qui surnage,
pour ainsi dire, et flotte au-dessus du concert des voix et
des instruments, et qui, toujours rehaussée par ce riche fond
harmonieux, s'y appuie à la fois et s'en détache. Aussi, que
seraient les paroles d'un opéra ou celles d'une cantate, si on
les séparait de la musique ? Un texte inanimé le plus souvent,
des mots incolores, vulgaires et froids. Mais le style des lyriques

---

1. Πρωταγωνιστούσης της ποιήσεως, dit Plutarque (de Mus., ch. XXX.
p. 1141 D).

grecs est tout différent. Il n'est pas besoin de beaucoup d'études pour reconnaître à quel point leur langue est riche et forte, pleine de sens et d'images, tout ensemble concentrée et brillante. Il est évident que les Simonide et les Pindare, s'il sont des musiciens, sont encore plus peut-être des poètes. C'est comme poètes autant que comme musiciens, qu'ils ont charmé leurs contemporains. C'est comme poètes aussi qu'ils ont été goûtés et admirés par les Denys d'Halicarnasse, les Horace et les Quintilien. La meilleure part de l'âme d'un Pindare a passé dans ses paroles. Un écho même du rythme primitif y demeure comme attaché. Il nous est donc permis d'étudier ces poèmes comme des œuvres littéraires, c'est à dire comme des œuvres de pensée et de style.

A une condition pourtant : c'est que nous ne perdions pas de vue l'autre aspect de la réalité, je veux dire l'influence que la musique à son tour, dans cette association, a exercée sur la poésie. La poésie, il est vrai, possède la primauté dans le lyrisme ; mais elle n'échappe pas à l'action des arts qu'elle s'associe. Elle ne devient lyrique qu'en devenant aussi, dans une certaine mesure, musicale et dansante. Laissons de côté, si l'on veut, l'influence de la danse, qui se confond avec celle de la musique ; car elle ne s'exerce sur la poésie qu'indirectement, par l'intermédiaire de la mélodie. Mais l'action de la musique est directe et considérable. L'essence de la musique est d'arriver à l'âme par le chemin de la sensibilité. Une poésie vraiment musicale doit être aussi une poésie plus sensible que logique, vive et hardie, où les idées s'appellent les unes les autres suivant des lois que la froide raison ne connaît pas, où les détails s'enchaînent non par des raisonnements, mais par de rapides convenances, par des associations soudaines et inattendues.

Je ne fais qu'indiquer ici tous ces traits ; nous retrouverons plus tard l'occasion de les étudier plus à loisir. Pour le moment, j'essaie de donner une idée sommaire de l'instrument lyrique ; je tâche de faire comprendre cette alliance harmonieuse de trois arts, aujourd'hui trop indépendants pour se prêter de bonne grâce à une association aussi étroite ; cette union intime des paroles, du rythme, des notes chantées ou jouées, des pas de la danse, combinés ensemble suivant des lois dont nous ne connaissons plus tous les détails, mais que nous pouvons pourtant entrevoir, çà et là, dans leurs principales lignes et dans leurs effets cent fois attestés. Des mots éclatants offrant un beau sens et un beau son, marqués d'un rythme fort et expressif, soutenus et non étouffés par le chant ; des mélodies simples et légèrement esquissées ; un jeu exquis des instruments ; quelques beaux accords appuyant çà et là le rythme et la mélodie ; des mouvements gracieux aidant à faire saisir le sentiment exprimé déjà par la musique et par les paroles, voilà ce qui charmait les Grecs et ce qui, jusqu'au quatrième siècle, leur parut être la forme de l'art la plus achevée, la plus digne d'Apollon et des Muses [1]. Qu'en devons-nous croire ? L'antiquité grecque a-t-elle réellement possédé, du quatrième au cinquième siècle, le secret tant cherché de cette union parfaitement harmonieuse de la poésie et de la musique qui semble aujourd'hui perdu ? Ce secret n'était-il pas dans la subordination d'une musique encore élémentaire à une poésie déjà parfaite, l'art le moins déterminé, le plus vague par l'expression, se bornant à renforcer les indications précises d'une poésie aussi lumineuse que vive et colorée ? Quelques-uns sont disposés à le croire. Ce qui est certain, c'est l'admiration sans réserve que les Grecs ont ressentie pour leurs grands lyriques, et la puissance avec laquelle cet art lyrique, à l'aide d'une musique très simple, agissait sur les âmes.

V

Nous n'avons plus, pour achever la description de l'instrument lyrique, que peu de mots à ajouter sur quelques détails accessoires de composition et d'exécution.

Dans le lyrisme parfait, c'est-à-dire chanté par un chœur et

1. Voy. en particulier Athénée, XIV, p. 623 E, 624 B.

dansé, les danseurs étaient les mêmes que les chanteurs. Au
contraire les joueurs d'instruments étaient distincts du chœur.
Il va de soi que les choreutes, qui chantaient et dansaient, ne
pouvaient en même temps jouer de la cithare ou de la flûte.

Le nombre ordinaire des choreutes qui prenaient part à
l'exécution d'une ode n'est pas connu. Probablement ce nombre
était très variable. Nous savons que le chœur dithyrambique à
Athènes en comprenait jusqu'à cinquante. Le drame, divisant
en quatre troupes le chœur dithyrambique primitif, ne donna
plus à chacune des pièces d'une tétralogie que douze, puis quinze
choreutes. Je parle des choreutes vraiment actifs, chantant et
dansant; car il n'est pas certain que les trois troupes momen-
tanément muettes ne fissent pas parfois l'office de figurants.
Relativement au lyrisme choral, nous ne savons rien de précis,
mais il est permis de supposer que le nombre des choreutes dépendait en grande partie des circonstances, de l'éclat de la fête,
de la longueur de l'ode elle-même.

Les choreutes ne chantaient pas toujours tous à la fois. On
faisait souvent alterner le chant d'un chœur avec celui d'une
seule voix, ou des voix d'hommes avec des voix d'enfants. Le
chœur dans ce cas se partageait le plus souvent en deux demi-
chœurs. Nous ne trouvons pas de demi-chœurs dans Pindare;
mais il est possible que dans plusieurs de ses odes triomphales
le début de chaque strophe fût entamé par une seule voix, celle
du chorège ou chef de chœur, et que la suite fût reprise par tous
les choreutes ensemble [1].

Quel que fût le nombre des chanteurs, celui des musiciens

---

1. C'est ce qui paraîtrait résulter d'une indication qui accompagne la célèbre notation musicale des premiers vers de la première Pythique. Mais on
sait que cette musique est d'une authenticité très controversée. — On peut
entendre dans le même sens Ném. III, 10. Cf. Aristote. *de Mundo*, 6 (cité
par le *Thesaurus*, 1595 A, au mot χοροδιδάσκαλος). — Quant au système de
Thiersch sur le partage des parties plus particulièrement épiques ou lyriques
entre le chœur et le chorège (voy. l'Introduction qui précède sa traduction
de Pindare, p. 143), nous ne pouvons y voir qu'une conjecture sans aucun
fondement.

paraît avoir été toujours moindre, au moins dans la période classique. Les anciens étaient préoccupés de ne pas étouffer les voix par les instruments [1]. Les textes nous montrent à plusieurs reprises des chœurs lyriques dirigés par un seul citharriste [2] ou un seul flûtiste [3]. Ce n'était pas là certainement l'usage le plus répandu. Nous voyons dans Pindare la flûte et la cithare souvent réunies, et rien ne prouve que dans ce cas encore il n'y eût pas plusieurs exécutants de chaque sorte. Le pluriel, fréquemment employé par Pindare, semblerait même indiquer avec clarté la présence de plusieurs musiciens, si nous ne savions que le pluriel, dans le style lyrique, est souvent mis emphatiquement pour le singulier.

Les instrumentistes étaient sans doute des musiciens de profession. Le jeu des instruments en effet devait être très pur. Ce sont les instruments qui guidaient les chanteurs, qui les soutenaient, qui déguisaient même au besoin, suivant Aristote, les imperfections de leur chant. La flûte surtout, plus encore que la cithare, demandait une grande habileté d'exécution qui ne pouvait s'acquérir que par une longue pratique. L'art des flûtistes était par excellence un art de virtuoses, et devenait pour beaucoup une profession.

Il n'en était pas de même de l'art du chant. Les chœurs lyriques, au dire du même Aristote, étaient anciennement composés de chanteurs libres [4] ou, comme nous dirions aujourd'hui, d'amateurs, et non de chanteurs de profession. De son temps, cet usage n'existait déjà plus, au moins pour le dithyrambe ; mais il résulte du texte même où Aristote nous donne ces indications, que la disparition de cet usage était une conséquence des changements introduits dans la musique dithyrambique par les Timothée et les Philoxène, ce qui nous en fait connaître la date à quelques années près. C'est vers la fin du cinquième siècle

1. Aristote, *Probl.*, XIX, 9.
2. Homère, *Iliade*, XVIII, 569-572.
3. Lucien, *de Salt.*, ch. 10.
4. Ἐλεύθεροι. *Probl.*, XIX, 15.

que les exécutants volontaires du dithyrambe ont dû faire place
à des choreutes de profession. Au temps de Pindare, par conséquent, les choreutes étaient ordinairement encore des amateurs [1]. Cela n'a rien d'étonnant. Outre que la musique de ce
lyrisme choral était relativement facile, il ne faut pas oublier
que dans la plupart des cités grecques l'éducation préparait tous
les jeunes gens à tenir au besoin leur place dans un chœur. Les
fêtes publiques les réclamaient souvent et les tenaient en haleine.
Nous voyons les jeunes gens des plus grandes familles chanter
et danser dans certaines occasions solennelles. Sophocle chanta,
dit-on, et dansa un péan en l'honneur de la victoire de Salamine.
Daïphante, fils de Pindare, parut de la même manière dans
une fête d'Apollon pour laquelle Pindare avait fait une ode.

Il résulte de là que les différentes odes d'un poète lyrique étaient
exécutées, non pas par le même chœur se déplaçant à la suite
du poète et allant avec lui de ville en ville, mais par des troupes
locales. On voit par plusieurs passages de Pindare que le
chœur chargé d'exécuter une ode triomphale se composait souvent des compatriotes du vainqueur. L'ode au thessalien Hippoclès
est chanté par des Thessaliens d'Éphyra [2]. L'ode à Aristoclide
d'Égine est exécutée par des jeunes gens qui habitent les bords de
l'Asopus, c'est-à-dire par des Éginètes [3]. Dans la sixième Olympique, Pindare mentionne expressément les *concitoyens* du
vainqueur, Agésias de Stymphale, et leurs agréables chants [4];
la fin de l'ode, dont le sens a été souvent controversé, ne s'explique bien que dans cette hypothèse [5].

Il est donc extrêmement probable qu'un poète lyrique n'avait

1 Ordinairement, mais non peut-être toujours. On ne saurait affirmer que
des princes amis des arts, les Hiéron, par exemple, et les Arcésilas, n'eussent pas à leur service des chœurs permanents et gagés.

2. Pyth. x, 55 et suiv.

3. Ném. iii, 4.

4. Voy. v. 7 : ἀγαθόνων ἀστῶν ἐν ἱμερταῖς ἀοιδαῖς. Cf. Ném. ii, 24.

5. Il faut, pour expliquer le mot γνῶναι (au vers 89), que les *compagnons*
d'Énéas (ὅτρυνον νῦν ἑταίρους, v. 87), c'est-à-dire les choreutes qu'il dirige, soient des habitants de Stymphale, et non des Béotiens comme Pindare

en général nul besoin d'envoyer avec sa pièce un chœur pour
l'exécuter. Thiersch suppose que cela pouvait se faire lorsque
plusieurs poètes lyriques concouraient ensemble; c'est possible,
mais ce n'est pas certain; en tout cas, le contraire était, sans aucun doute, d'un usage bien plus fréquent.

Le poète lyrique était à la fois poète, musicien et chorège :
voyons comment il remplissait ce triple rôle, et jusqu'à quel
point, dans ses poèmes, c'était sa propre personne ou celle
des choreutes qu'il faisait parler.

Je laisse de côté le lyrisme monodique, à propos duquel le
problème est plus simple. Ordinairement en effet, dans ce genre
lyrique, le poète composait à la fois les paroles, l'air des paroles
et celui de l'accompagnement, puis exécutait lui-même tout cet
ensemble. Il n'y a de difficulté que lorsque le chant devait être
accompagné par la flûte. Le poète chanteur ne pouvait alors s'accompagner lui-même. Composait-il malgré cela l'air que devait exécuter le joueur de flûte, ou bien celui-ci était-il compositeur en même temps qu'exécutant, dans les limites étroites,
bien entendu, où l'auteur d'un accompagnement pouvait en
Grèce être original? Nous allons retrouver cette question à propos du lyrisme choral, et nous essaierons d'y répondre. Pour
le moment bornons-nous à la poser. Il va de soi d'ailleurs que
ce poète lyrique, chantant lui-même sa poésie, devait y parler
en son propre nom, et que le *moi*, dans ses œuvres, ne pouvait
représenter que sa personne, exactement comme dans Horace
ou chez les lyriques modernes.

Dans le lyrisme choral, le problème est moins simple.

Le poète faisait le chant avec les paroles. Sur ce point nulle
difficulté. La prosodie des paroles et l'air sur lequel on les chantait étaient, au temps de Pindare, beaucoup trop étroitement
liés l'un à l'autre pour qu'on puisse imaginer un seul instant
que le poète et l'auteur de la mélodie fussent deux personnages distincts. Les témoignages anciens d'ailleurs ne laissent
aucun doute à ce sujet. On peut en dire à peu près autant de
la danse, dont les mouvements, très simples en général, étaient

en accord si intime avec la construction même du rythme et de
la mélodie, qu'ils en étaient la conséquence presque forcée[1].

Les paroles, le chant et la danse une fois composés, il restait à
les enseigner au chœur et à les faire exécuter. Celui qui instrui-
sait le chœur s'appelait proprement *chorodidascale*[2]. On nommait *chorège*[3] celui qui le dirigeait pendant l'exécution. Quand
le poète était présent, c'est à lui que revenaient naturellement ces
deux fonctions de chorodidascale et de chorège. Primitivement
surtout, quand les poètes voyageaient moins, ces fonctions
étaient inséparables du métier même de poète[4]. Mais à l'époque
de Pindare, il ne pouvait plus en être tout à fait de même. La
Muse d'un poète lyrique devait satisfaire à de nombreuses de-
mandes, venues souvent de pays éloignés. Pour une fête très brillante, pour l'exécution d'un poème considérable, le poète sans
doute se déplaçait en personne. Simonide, Pindare, Bacchylide
furent ainsi les hôtes de beaucoup de princes et de beaucoup de
cités. Mais ces déplacements n'étaient pas toujours nécessaires;
quelquefois ils n'étaient pas possibles. Il fallait alors que le
poète eût un suppléant[5]. C'était sans doute le rôle ordinaire
des jeunes gens qui s'attachaient aux grands poètes lyriques
et qui formaient autour d'eux comme une école. Nous avons vu
que Pindare, dans sa jeunesse, avait fréquenté plusieurs poètes
lyriques, qu'il était venu s'instruire auprès d'eux dans leur art,

1. Les premiers poètes tragiques, les Thespis et les Phrynichus, sont parfois appelés ὀρχηστοδιδάσκαλοι, littéralement *maîtres de danse*.

2. Χοροδιδάσκαλος.

3. Χορηγός. C'est seulement plus tard, à l'époque attique, qu'on a appelé
chorège, non plus le chef du chœur (nommé aussi κορυφαῖος, ἔξαρχος, etc.),
mais le citoyen qui en payait la dépense. Voy. Démétrius de Byzance (περὶ
ποιημάτων, ὅ), dans Athénée, xiv, p. 633 A-B.

4. *Chorodidascale* était presque synonyme de poète lyrique Stésichore est
plus d'une fois appelé ainsi par les biographes et les scoliastes.

5. Un scoliaste (Olymp. vi, 88 [148]) dit que Pindare, ayant la voix faible,
ne pouvait chanter en plein air, et qu'il se faisait alors suppléer. Eustathe
va plus loin : il prétend que Pindare ne savait pas chanter, et rapporte un
mot qu'on lui attribuait à ce sujet. Il est difficile de savoir quelle part de
vérité peuvent renfermer ces affirmations, dont la seconde est manifestement
exagérée.

et qu'un jour, en l'absence de son maître, ayant été chargé de
la direction d'un chœur dithyrambique, il s'était acquitté de sa
tâche avec un grand succès. Voilà précisément un exemple de
cette sorte de suppléance dont nous parlions tout à l'heure.
Plus tard, ce fut au tour de Pindare de se faire ainsi aider. Il
nous a lui-même transmis les noms de deux de ses auxiliaires :
il les appelle Nikésippos et Énéas. Nikésippos, qui nous est d'ailleurs inconnu, fut chargé par lui de porter à Thrasybule d'Agrigente la deuxième Isthmique[1], et sans doute aussi d'en surveiller l'exécution. Énéas, mentionné dans la sixième Olympique[2],
dut faire exécuter ce poème considérable d'abord à Stymphale,
chez le vainqueur Agésias, ensuite à Syracuse, où il semble
qu'il y ait eu, en présence de Hiéron, une deuxième *représentation*, si l'on peut ainsi parler, de la même ode triomphale.
Pourquoi Pindare n'a-t-il nommé ainsi que deux de ses auxiliaires? Il a dû pourtant se faire aider bien des fois de la même
façon[3]. C'est peut-être que ces deux personnages n'étaient pas
de simples lieutenants de Pindare, et qu'il avait quelque motif
particulier de leur faire honneur. Cet Énéas, selon Bœckh, était
de la famille d'Agésias, le héros de la sixième Olympique[4]. On
comprend, dans cette hypothèse, que Pindare l'ait nommé avec
tant d'éloges. C'est à lui que Pindare confie le soin de sa propre
gloire; il le charge de justifier la Béotie des reproches injurieux
que la malignité populaire lui adresse[5]; « Va, lui dit-il encore,
car tu es un légitime messager, un digne ambassadeur de la

---

1. Isthm. II, 47.

2. Olymp. VI, 88.

3. L'emploi de ces chorèges ressemble beaucoup à celui de ces acteurs
qui remplaçaient ou aidaient les Euripide et les Aristophane dans la représentation de leurs pièces. Céphisophon et Callistrate sont des χορηγοί dramatiques, comme Énéas et Nikésippos sont des χορηγοί lyriques. Le drame,
sorti du lyrisme, avait hérité de lui nombre de ses usages.

4. Bœckh, *Introd. ad Olymp.* VI. Le scoliaste, au contraire, fait d'Énéas
le chorège ordinaire de Pindare. Mais l'opinion de Bœckh est plus vraisemblable. Le nom d'Énéas a été porté à Stymphale par des personnages historiques; c'est notamment celui d'un écrivain militaire du quatrième siècle.

5. Voy. v. 87-90.

Muse aux belles tresses[1], habile à mélanger le doux breuvage
des hymnes éclatants[2].

Quand le chant d'un poème lyrique était accompagné par
la cithare, il est certain que l'accompagnement était écrit par
le poète lui-même, et il est probable qu'il était même exécuté
d'ordinaire, soit par le poète, soit par son suppléant. Tout poète
lyrique est en même temps un cithariste. La cithare est son
instrument propre, son insigne traditionnel, pour ainsi dire, et
l'emblème de son art. Les compositions musicales d'un Simonide
ou d'un Pindare ne se bornaient donc pas au chant; elles comprenaient en général aussi, sans aucun doute, l'accompagnement
citharique.

En ce qui concerne la flûte, on ne saurait être tout à fait aussi
affirmatif. Relativement à l'exécution d'abord, il est évident que
la poète n'était pas ordinairement joueur de flûte. Les grands
flûtistes grecs sont de purs virtuoses, et pas un d'eux n'est connu
comme poète. Quant à la composition, il est bien certain que le
joueur de flûte, quel qu'il fût, se trouvait enchaîné d'avance par
la mélodie même du chant qu'il devait accompagner, et dont il
n'était pas l'auteur. Il était même à cet égard dans une dépen-
dance d'autant plus étroite que l'harmonie était moins développée, et qu'il avait par conséquent moins de ressources pour
échapper à la nécessité de reproduire simplement avec sa flûte
l'air chanté par les voix. Il lui restait encore pourtant une certaine part de liberté. Nous avons reconnu, d'après des témoignages formels, que le chant et l'accompagnement n'étaient pas
à l'unisson. De plus il pouvait y avoir, même dans le cours d'une
composition lyrique, des préludes, des finales, des parties plus
ou moins étendues réservées à la musique purement instrumentale. La question est de savoir qui réglait l'étendue de ces parties,
et qui les écrivait : si c'était le poète, ou bien si c'était le joueur
de flûte, ordinairement distinct du poète. La réponse devrait va-

1. Cf. Pyth. iv, 278-279.
2. Olymp. vi, v. 90-91. Les éditeurs ont quelquefois torturé tout ce passage
fort inutilement.

rier peut-être suivant les époques. Nous voyons en effet, au temps
de Pindare et durant tout le cours du cinquième siècle, le joueur
de flûte subordonné au poète; tandis que, cent ans plus tard,
c'est le joueur de flûte qui, dans les concours dithyrambiques,
passe avant le poète. On est tenté d'en conclure qu'à l'origine le
joueur de flûte n'était qu'un simple exécutant, et que par la
suite au contraire il acquit plus d'indépendance. Cela n'implique
d'ailleurs aucune transformation brusque, aucune révolution.
Le changement de son rôle a dû se faire d'une manière presque
insensible, par un usage de plus en plus étendu de la part de
liberté qui lui avait été laissée dès l'origine.

Ajoutons enfin, pour en finir avec toutes ces questions techniques préliminaires, que dans le lyrisme choral c'est presque
toujours le poète, fût-il absent de sa personne lors de l'exécution
lyrique, qui est censé parler. C'est toujours Pindare qui s'a-
dresse au vainqueur. Le chœur, dans les odes triomphales, n'a
pas d'existence propre. Ce n'est pas un groupe de personnes;
c'est un ensemble de voix. Il y avait sans doute des exceptions
à cette règle. Par exemple, dans plusieurs parthénies d'Alcman,
ce sont les jeunes filles du chœur qui parlent pour leur compte,
et la personne du poète s'évanouit [1]. Dans le dithyrambe surtout
et dans l'hyporchème, l'élément dramatique paraît avoir tenu
de bonne heure une assez grande place. C'est du dithyrambe,
ne l'oublions pas, que le drame est sorti. Il était naturel que
l'art s'acheminât graduellement vers cette dernière forme. Mais
ce sont-là des exceptions. Bien que Pindare dise quelquefois
nous en parlant de lui-même et de ses choreutes [2], le plus
souvent, c'est lui seul qui se met en scène [3]. Le chœur n'est
ici qu'un écho de la voix du poète, un interprète anonyme

---

1. Voy. notamment le fr. 2 (Bergk), tiré de l'hymne à Zeus Lycæos (avec la
correction de Bergk ἀρχομένα pour ἀρχόμενα), et surtout, dans l'hymne
aux Dioscures, le vers 27 de la seconde page du papyrus : ὀρθρία φάρος
φεροίσαις (où φεροίσαις se rapporte à ἁμίν du vers précédent).

2. Par exemple, Olymp. xi, 12; Pyth. iii, 2; Ném. iii, 1; etc. Cf. les remarques des scoliastes sur ces passages.

3. Cf. Otfried Müller, *Hist. de la litt. gr.*, trad. fr., t. II, p. 145 et 206.

et abstrait de ses pensées et de ses sentiments. C'est Pindare
en réalité qui loue et qui blâme, qui juge et qui admire. Les
voix humaines qui accompagnent ou qui suppléent la sienne
ne sont que des instruments, et rien de plus. La personne
des choreutes grecs n'a pas plus d'existence dramatique que
n'en a aujourd'hui, dans un opéra, celle des musiciens composant l'orchestre. Quelquefois même, nous venons de le
voir, Pindare dans ses vers interpelle son chorège, celui qui
chante à sa place, et qui prononce, comme étant Pindare, les
vers du poète. Celui-ci alors l'apostrophe, comme ailleurs il
s'apostrophe lui-même, s'adressant à son âme, à son cœur, ou
bien encore à sa Muse. Nulle part dans les odes triomphales
nous ne trouvons un seul exemple du contraire. Le *moi*, si fréquent, y représente toujours le poète. Tout au plus, par une
hardiesse poétique qui n'a rien de commun avec le dédouble-
ment dramatique dont nous parlions tout à l'heure, Pindare se
met parfois à la place de son héros : il exprime alors à la première personne des sentiments et des idées qui conviennent
mieux en réalité à celui dont il fait l'éloge qu'à lui-même, ou
bien il énonce comme lui étant personnelles des idées tout à
fait générales[1]. Il va quelque part jusqu'à appeler Égine sa
mère, quoiqu'il soit Thébain[2]. Mais cela ne signifie pas qu'ici
ce soit le chœur, composé d'Éginètes, qui parle en son propre
nom. C'est une simple hardiesse de style lyrique par laquelle le
poète s'identifie avec ceux qui l'écoutent[3].

---

1. Par exemple, Pyth. XI, 50. Virgile dit de même dans les *Géorgiques*
(I, 456) :

> Non illa quisquam *me* nocte per altum
> Ire neque a terra moneat convellere funem.

2. Pyth. VIII, 98.

3. Dans la même ode, en effet, Pindare s'exprime à maintes reprises de
manière à nous bien faire voir que nous entendons le poète lui-même, et
non les choreutes. C'est ainsi encore qu'on trouve souvent dans une même
ode un vers où il *envoie* son poème, et un autre vers où, par métaphore, il
vient lui-même jusqu'à la demeure de son hôte et de son ami (par exemple,
Pyth. II, 4 et 68; Isthm. IV (V), 21 et 63; Olymp. VII, 8 et 13). Ailleurs, par
une hardiesse semblable, il dit : *J'ai vu*, quand il n'a pas vu en réalité les

Le poëte d'une ode triomphale parle donc toujours pour son propre compte. Mais que dit-il, et de quelle manière? Quel esprit anime le lyrisme? Quelle sorte de composition et de style le caractérise? C'est ce que nous avons maintenant à étudier, avant de revenir à Pindare spécialement et de nous renfermer dans l'étude particulière de son originalité distinctive.

choses dont il parle (Pyth. IX, 98). Ces métaphores sont permises à un poëte, et ce serait tomber dans une grande erreur que de prendre à la lettre toutes les façons de dire. Cf. à ce sujet Rauchenstein, *zur Einleitung in Pindar's Siegeslieder* (Aarau, 1843), p. 19 (note), et T. Mommsen, *Pindaros*, p. 10. Il ne faut faire aucune exception, pas même pour le célèbre passage de la cinquième Pythique (v. 72 et suiv.), que Thiersch d'abord, et plus récemment Donner, sur la foi d'un scoliaste, ont voulu entendre comme s'il s'agissait du chœur des Cyrénéens et non de Pindare même. Les fragments de Pindare confirment entièrement cette loi, autant qu'il est permis d'en juger d'après des débris aussi mutilés. Il suffira de signaler, dans des genres différents, le beau fragment dithyrambique conservé par Denys d'Halicarnasse (Fragm. 53), où δεύτερον (v. 8) se rapporte au poëte, et le fragment d'hyporchème relatif à une éclipse de soleil (Fragm. 81, v. 17), où la personne du poëte se montre clairement. Les scoliastes sont souvent peu nets ou peu exacts sur ces questions.

CHAPITRE II

I

Puisque la poésie était en Grèce une poésie toute musicale, animée d'un rythme expressif, et à laquelle s'ajoutaient souvent des danses, il est clair que cette poésie devait exprimer avant tout des émotions et des sentiments, la joie ou la douleur, l'admiration sereine ou l'enthousiasme exalté. Tandis que l'épopée, de bonne heure séparée de la musique, raconte des aventures, la poésie lyrique chante des émotions. C'est une occasion présente qui l'éveille ; c'est un sentiment actuel et contemporain, vif ou modéré, tendre ou énergique, qu'elle traduit par les accents qui lui sont propres. Si elle s'occupe du passé, c'est moins pour en représenter une image idéale que pour en saisir le reflet sensible, le contre-coup joyeux ou douloureux dans les sentiments mêmes de l'heure présente [1].

Quelquefois ces sentiments sont étroitement personnels au poète. L'amour et le vin, par exemple, sont souvent, en Grèce comme partout, des sources d'inspiration lyrique. Le poète alors, dans des compositions généralement vives et courtes, chante ses propres soucis : ce sont là, à proprement parler, des *chansons*. Il va de soi que ces sortes de poèmes s'exécutaient

---

1. Aussi, tandis que le poète épique disparaît sans cesse derrière ses héros, et revêt, pour ainsi dire, toutes sortes de personnages, le chanteur lyrique, au contraire, reste toujours en scène et ne parle d'un bout à l'autre que de lui-même et de ce qu'il sent. C'est la distinction très clairement établie par Platon (*Rep.*, III, p. 394 B, C). Aristote exprime la même idée au début du III° chapitre de la *Poétique*, où les mots ἢ ὡς τὸν αὐτὸν καὶ μὴ μεταϐάλλοντα (quelquefois mal interprétés) ont précisément ce sens.

en général simplement, sans grand appareil, et surtout sans
chœur de danse[1]. Tout au plus les convives, quand le poème
était exécuté dans un festin, soutenaient-ils par un refrain, à la
fin de chaque strophe, la voix du chanteur. Mais ce lyrisme était
en général *monodique*. Il ne formait d'ailleurs que la moindre
partie du lyrisme grec. C'en est aussi la moins curieuse à notre
point de vue, en ce sens que cette sorte de poésie lyrique, qui
reparaît avec de légères transformations à toutes les époques,
trouve toujours dans la naïveté même et dans la spontanéité de
son inspiration des règles à peu près identiques et immuables.
Une chanson, qu'elle soit ancienne ou moderne, grecque ou
française, présente toujours les mêmes caractères essentiels.
Nous n'avons pas à nous arrêter sur ce genre de composition.

La grande et vraiment curieuse poésie lyrique de la Grèce,
c'est la poésie chorale, c'est-à-dire celle qui est chantée par un
chœur et dansée. On comprend que si cette poésie, comme
toute poésie lyrique, exprimait des sentiments et des émotions,
ce n'étaient pourtant pas des sentiments aussi particuliers,
aussi personnels que ceux qui d'ordinaire inspiraient les chansons proprement dites, chansons d'amour ou chansons à boire.
Avec l'éclat de sa musique, avec les harmonieuses évolutions de
ses danseurs, le lyrisme choral ne pouvait évidemment servir à
exprimer les doux transports d'un poète amoureux ou ami du
vin. Cette magnificence d'exécution appelait d'autres emplois.

Les grandes cérémonies du culte, les fêtes publiques ou privées trouvaient dans le lyrisme un instrument approprié à leurs
besoins. Le rôle naturel de la poésie chorale était d'animer ces
grandes réunions, de leur prêter une âme et une voix, d'en
exprimer les émotions.

---

1. Il n'y a d'ailleurs rien d'absolu dans toutes ces distinctions. Certaines
chansons à boire (σκολιά) étaient en Grèce de véritables odes d'apparat,
seulement d'un ton plus libre que celles des autres genres. Plusieurs des
σκολιά de Pindare ont été exécutées comme des odes triomphales, avec le
même appareil, et n'avaient effectivement, quant aux idées qui s'y trouvaient exprimées, rien de plus intime ni de plus personnel.

De là les différents genres entre lesquels on divisait dans l'antiquité grecque la grande poésie lyrique. Il y en avait autant que d'occasions de se réunir. Un écrivain grec en compte plus de vingt[1]. Sans entrer à ce sujet dans de longs détails, disons que tous ces genres, dont les limites en somme étaient à bien des égards un peu flottantes, peuvent se ramener à un petit nombre de groupes.

Il y a d'abord, par exemple, des chants lyriques composés pour les fêtes des dieux, et d'autres au contraire dont les événements de la vie humaine sont l'occasion. Les premiers s'appellent proprement des *hymnes*[2], les seconds des *encomia*[3]. On faisait ensuite toutes sortes de distinctions dans chacune de ces deux grandes catégories. Il y avait les hymnes proprement dits, dans le sens le plus restreint du mot, qui se chantaient en place, en général avec accompagnement de cithare, et qui comprenaient, entre autres variétés, le *péan* et le *nome*[4]; puis les *prosodies* (προσόδια μέλη) ou chants de procession, qui se chantaient en marche, souvent au son de la flûte, et qui se subdivisaient encore en une foule de genres secondaires (*parthénies*, chants *daphnéphoriques*, *oschophoriques*, etc.); puis deux autres genres bien plus nettement séparés des précédents par le caractère même de leur musique et par la nature de leur danse : l'*hyporchème*, accompagné d'une musique rapide et expressive;

---

1. Proclus (cité par Photius, *Biblioth.*, p. 319).

2. Ὕμνοι.

3. Ἐγκώμια. L'*encomion* est, selon l'étymologie du mot, le chant du κῶμος. Le κῶμος, c'est tantôt le banquet lui-même (surtout cette dernière partie du banquet où le vin coule plus librement et où la gaieté s'éveille), tantôt a troupe des convives qui, pendant ou après le festin, chantent et parfois aussi dansent. En fait, l'*encomion* est souvent chanté et dansé par un chœur distinct des convives. Comme l'*encomion* était naturellement un chant d'éloge en l'honneur de l'hôte, le mot ἐγκώμιον a fini par devenir à peu près synonyme d'ἔπαινος. — Ajoutons que les *encomia* s'appellent très souvent des hymnes. La réciproque pourtant ne serait pas vraie, d'où il résulte que le mot ὕμνος est le mot le plus ancien et le plus compréhensif, et que l'acception de ce terme avait dû se restreindre peu à peu par l'usage.

4. Il n'est ici question que du nome ancien et lyrique, et non du nome dramatique de la période attique.

dithyrambe, au chœur circulaire et tumultueux[1]. De même aussi, parmi les chants consacrés à des événements de la vie humaine, on rencontrait toutes sortes de différences. Les uns étaient tristes et les autres joyeux, les uns familiers et les autres solennels. Il y en avait pour la naissance et pour la mort, pour le mariage, pour l'entrée en charge des magistrats, pour les victoires remportées aux jeux, enfin pour tous les événements heureux ou malheureux qui pouvaient remplir la vie d'un Grec. Les noms du *thrène* et du *chant funèbre*, de l'*hyménée* et de l'*épithalame*[2], de l'*éloge*[3] et de l'*ode triomphale*[4] expriment assez clairement l'objet des chants ainsi désignés.

Chaque art a ses règles propres, ses lois nécessaires, qui dérivent à la fois de la nature spéciale de ses moyens d'expression et du rôle auquel ses productions sont destinées, des convenances auxquelles elles doivent satisfaire. Nous avons vu dans le précédent chapitre ce que c'était que l'instrument lyrique, quelles aptitudes résultaient pour lui de sa constitution technique. Nous avons maintenant à étudier comment ces aptitudes du lyrisme, combinées avec la nature des fêtes auxquelles on l'employait et avec les exigences ou les besoins de la pensée grecque, ont engendré, pour ainsi dire, toute une poétique lyrique. C'est cette poétique, distincte de celle de l'épopée ou de la tragédie, que nous allons essayer de résumer. Pour cela les éléments d'information ne nous font pas défaut. En nous appuyant tour à tour, ou tout ensemble, sur l'étude des condi-

---

1. On sait que le dithyrambe, comme le nome, finit par devenir, au temps des Timothée et des Philoxène, un véritable drame lyrique. Je ne parle ici que du dithyrambe ancien.

2. Θρῆνος, ἐπικήδειος ὕμνος.

3. Ὑμέναιος, ἐπιθαλάμιος. Le thrène et l'hyménée ne sont pas tout à fait la même chose que le chant funèbre et l'épithalame. Ce sont des chants d'origine populaire, d'une forme plus strictement traditionnelle, et destinés à embellir la cérémonie même des funérailles ou du mariage. Au contraire le chant funèbre et l'épithalame sont des chants d'invention savante et d'origine postérieure, plutôt commémoratifs que destinés à accompagner l'acte même à l'occasion duquel ils sont composés.

4. Ἐγκώμιον, ἐπίνικος (ou ἐπινίκιος ὕμνος, ἐπινίκιον ᾆσμα).

tions imposées au lyrisme par les circonstances extérieures,
et sur celle des œuvres lyriques; en procédant à la fois par syn-
thèse et par analyse, nous pouvons arriver à une connaissance
solide des lois auxquelles le génie d'un Pindare lui-même se
trouvait soumis quand il écoutait les inspirations savantes de la
Muse. Comme le genre lyrique qui nous est le mieux connu
aujourd'hui est celui de l'ode triomphale, et que ce genre d'ailleurs, à cause des œuvres de Pindare, est aussi le plus intéressant pour nous, c'est la poétique de l'ode triomphale que nous
essayerons surtout d'esquisser. Nous verrons d'ailleurs qu'il est
assez facile de reconstituer en grande partie, d'après la poétique
de l'ode triomphale, celle des autres genres lyriques.

II

L'importance des jeux publics en Grèce remonte à une très
haute antiquité. Les jeux d'Olympie, de Delphes, de Némée, de
l'Isthme, sans compter les innombrables fêtes locales qui repro-
duisaient avec moins d'éclat les principaux traits des grands
jeux, acquirent très vite une brillante illustration.

Selon Pindare, l'usage de célébrer les vainqueurs par des odes
triomphales n'était pas moins ancien. Dans le beau passage où
il raconte la fondation des jeux Olympiques par Hercule, il décrit
le bois sacré de Pise retentissant dès lors pour la première fois
du doux bruit des chants de victoire [1]. Ailleurs il dit en propres
termes : « L'hymne du comos a commencé de résonner avant
la querelle d'Adraste et des Cadméens [2]. » Mais on ne saurait
prendre évidemment ces poétiques affirmations tout à fait à
la lettre. Il est probable que pendant longtemps les vainqueurs
se bornèrent après leur succès à remercier par quelque sacrifice les dieux qui leur avaient accordé la victoire. Quelques
brefs refrains, traditionnels ou improvisés, pouvaient s'y join-

1. Olymp. x, 76-77.
2. Ném. viii, 50-51.

dre. Un hymne d'Archiloque en l'honneur d'Hercule et d'Iolas
servait souvent encore pour cet usage, du temps même de
Pindare, aux vainqueurs d'Olympie. Ce chant, très court, n'é-
tait qu'un poème d'action de grâce, et n'avait rien d'une
ode triomphale proprement dite. On peut supposer que
d'assez bonne heure les parents et les amis de l'athlète victorieux, réunis après sa victoire en un joyeux festin, durent
prendre l'habitude de célébrer son triomphe par des chants
d'une inspiration toute spontanée. Mais il y a loin de ces chants
brefs et imparfaits à des œuvres telles que les grandes odes de
Pindare.

Il semble que l'ode triomphale ait mis longtemps à passer de
sa forme primitive et populaire à la dignité d'un genre savant.
S'il y a eu des poètes d'*épinicies* avant Simonide, ils n'ont laissé
aucune trace. Ceux qui les premiers firent entendre l'hymne
du comos en l'honneur des athlètes victorieux n'étaient sans doute
que des poètes d'une notoriété toute locale, comme ces poètes
d'Égine, Timocritos et Euphanès, dont Pindare nous a transmis
les noms dans une de ses odes [1]. C'est seulement dans la seconde
moitié du sixième siècle, à l'époque de Simonide, que l'ode
triomphale paraît avoir pris sa forme définitive, et conquis dans
la littérature poétique de la Grèce le rang élevé où les chefs-
d'œuvre de Pindare nous la montrent parvenue.

A ce moment en effet toutes les circonstances concouraient à
favoriser l'essor de l'ode triomphale. La poésie lyrique était arrivée à sa perfection. Les grands progrès introduits par Stésichore
dans l'art dorien étaient désormais acquis et définitifs. La dignité
soutenue, la noblesse du style, une magnificence de bon goût
dans l'union de la poésie et de la musique, une variété agréable,
une élégance sévère, telles étaient les qualités nouvelles de l'art
lyrique. De plus, l'éclat des jeux allait grandissant. Le monde
grec était riche et généralement prospère. Des colonies floris-
santes couvraient les côtes de la Méditerranée. La facilité et la

1. Ném. IV, 13 et 89. Cf. Ném. VI, 30.

sûreté relatives des communications attiraient aux jeux de la
Grèce une foule de plus en plus considérable. Les prix à disputer
s'étaient multipliés. Les courses de chars particulièrement provoquaient l'émulation fastueuse des riches. De la Thessalie, de
la Sicile, de l'Afrique même, des princes ou des tyrans d'origine grecque se faisaient gloire d'envoyer aux fêtes nationales
des théories capables de donner une haute idée de leur puis
sance et de leurs richesses. Dans les villes libres, les descendants des nobles familles cherchaient à rivaliser avec ces rois
et avec ces tyrans.

Rien n'était trop magnifique pour célébrer la gloire des vainqueurs. L'opinion publique, sur ce point, était d'accord avec
la vanité des particuliers ; on sait quelle admiration s'attachait
à ce genre de victoires. Les amis, la famille, la patrie du vainqueur prenaient une part enthousiaste à son succès. Une
ville, un jour, pour recevoir un héros d'Olympie, abattit un pan
de murailles comme devant un conquérant[1]. Cicéron avait raison
de dire qu'une victoire olympique était aux yeux des Grecs
quelque chose de plus grand et de plus glorieux que le triomphe
même ne l'était pour les Romains[2]. La poésie lyrique fut donc
appelée à embellir les fêtes de toutes sortes que provoquaient les
victoires remportées aux jeux publics. Les chants d'un Simonide
ou d'un Pindare devinrent l'accompagnement presque obligé de
toutes les grandes solennités de ce genre, et ajoutèrent un nouveau lustre à la gloire des riches vainqueurs.

Quelquefois c'était à l'endroit même de la victoire, le dernier
jour des jeux, que le vainqueur célébrait son succès. A Olympie
les jeux duraient cinq jours. Les couronnes d'olivier se distri-
buaien aussitôt après. Le soir venu, le vainqueur, avec un cortège d'amis, tous portant des couronnes, s'acheminait vers la
colline sainte du *Kronion* et vers les autels des douze grands
dieux en faisant entendre un chant d'actions de grâces. On choi-

1. Plutarque, *Sympos.*, II, 5.
2. *Pro Flacco*, 13.

sissait souvent pour cette circonstance l'hymne d'Archiloque dont
nous avons parlé tout à l'heure. Après chaque strophe, le chœur
répétait en guise de refrain un appel à Hercule vainqueur. A
défaut de flûte ou de cithare, le chœur chantait une sorte de ritournelle qui suppléait aux instruments[1].

Souvent ensuite un festin réunissait sous une tente[2], jusqu'à
une heure avancée de la nuit, le vainqueur et ses compagnons.
A ce moment de l'année, la lune était dans son plein, la nuit
chaude et claire. « Quand vint le soir, dit Pindare, l'aimable
lumière de la lune à la face brillante éclaira le ciel; et tout le
bois sacré retentissait du bruit des fêtes, des chants joyeux du
comos[3]. » Les poètes lyriques composaient souvent pour ces
festins des chants nouveaux. Ces chants, faits à la hâte, ne pouvaient être que courts. Quelquefois pourtant le séjour du vainqueur à Olympie se prolongeait assez pour permettre au poète
de composer une ode plus étendue[4]. Mais ce n'étaient là en
général, on le comprend, que des préliminaires plus ou moins
importants de la fête principale.

C'est surtout au retour du vainqueur dans sa patrie, et plus
tard encore, que s'exécutaient les plus belles odes triomphales,
celles qui avaient demandé au poète le plus de temps, et où il
pouvait à son aise étendre et varier ses inspirations.

L'entrée même du vainqueur dans sa ville natale était une
première occasion de chanter sa gloire. Cette entrée se faisait

1. Voy. surtout Pindare (début de la ıxᵉ Olympique) et les scoliastes. Le
refrain et la ritournelle imitative étaient formés des mots τήνελλα
καλλίνικε, répétés probablement trois fois. Les explications des scoliastes
ne sont d'ailleurs ni concordantes ni claires.

2. Sur ces tentes, appelées τὰ ἐστιατόρια, cf. Schœmann, Griechische Alterth., t. II, p. 54.

3. Olymp. x (xi), 73-77. Cf. Ném. vi, 37-38 : Χρυσέων ἑσπέριος ὁμάδον ἔλεγεν.

4. La vıııᵉ Olympique, par exemple, qui comprend quatre triades, paraît avoir été exécutée à Olympie. Or la composition d'une ode de cette
étendue, malgré la facilité si ordinaire aux poètes grecs, n'allait pas sans
un sérieux travail; témoin ce début de la première Isthmique où Pindare lui-
même s'excuse de négliger pour quelque temps les Déliens, à qui il doit une
ode, afin de se consacrer tout entier à celle que Thèbes réclame de lui.

souvent avec la solennité d'un triomphe. Le héros de la fête était
porté sur un char et revêtu d'un brillant costume. Ses parents
et ses amis, à cheval ou sur des chars, lui faisaient cortège. La
foule se pressait sur son passage. On se rendait au temple, où
le vainqueur consacrait sa couronne [1]. Quelques odes de Pindare ont été composées pour des marches de ce genre très
probablement [2]. La plupart néanmoins sont évidemment destinées
à des banquets. Il n'y avait point de grande fête en Grèce sans
un banquet. La religion même en consacrait l'usage : les sacrifices étaient souvent suivis d'un repas. Un festin accompagné de
chants et de danses était la fête la plus brillante qui pût être
offerte à un vainqueur. Tantôt le chœur s'arrêtait à la porte de
sa demeure [3], et chantait en plein air [4] ou sous des portiques ;
tantôt c'était dans la salle même du festin, autour de la table [5],
que la voix des jeunes gens et les sons de la phorminx [6] s'élevaient en l'honneur de l'hôte victorieux. Une demeure privée,
les parois d'un temple [7], le prytanée d'une ville, une place
publique pouvaient selon les cas servir de théâtre à ce genre de
fêtes. Quand le vainqueur était un très riche personnage, un
roi, un tyran, il n'était pas rare qu'il fît composer plusieurs
odes pour célébrer un seul succès. Deux des odes les plus considérables de Pindare, la quatrième et la cinquième Pythique,
sont ainsi consacrées à une même victoire pythique remportée

---

1. Sur tout cela voy. Schœmann, II. p. 64.

2. Par exemple, la xiv⁰ Olympique et la ii⁰ Néméenne, où il n'y a pas
d'antistrophes ni d'épodes. Dans l'une et l'autre, d'ailleurs, on trouve des
allusions à une marche triomphale de cette sorte. Pindare nous montre le
chœur, dans le premier de ces deux poèmes, *marchant d'un pas léger*
(κοῦφα βιβῶντα, v. 15). Dans le second il est question du *retour glorieux*
que célèbre le comos (τὸν, ὦ πολῖται, κωμάξατε Τιμοδήμῳ σὺν εὐκλεῖ νόστῳ,
v. 24). Le comos de la xiv⁰ Olympique se dirigeait probablement vers le
temple des Charites.

3. Ἐπ' αὐλείαις θύραις (Ném. I, 19) ; παρὰ πρόθυρον (Isthm. vii, viii), 3).

4. Cf. Scol. ad Olymp. vi, 88 (148).

5. Ἀμφὶ τράπεζαν (Olymp. I, 17).

6. Ὑπωρόφιαι φόρμιγγες (Pyth. I, 97).

7. La xi⁰ Pythique semble, d'après le début, avoir été chantée à Thèbes,
au temple d'Apollon Isménien.

par le roi de Cyrène Arcésilas. Il en est de même des deux odes adressées à Agésidamos de Locres, et de plusieurs autres encore. En pareil cas ces différents poèmes pouvaient être plus ou moins séparés les uns des autres, soit par l'époque, soit par le lieu, soit enfin par les autres circonstances de leur célébration.

Tel était donc le cadre du poème : une fête publique ou privée, amenée par une victoire agonistique. Arrivons maintenant au poème lui-même.

III

Une ode triomphale était avant tout un poème de circonstance. Il en résulte que le poète n'était pas aussi libre dans le choix de ses matériaux que l'auteur d'une composition tout idéale, telle qu'une épopée, par exemple. Il devait utiliser ceux que les circonstances lui fournissaient. Et à ce sujet il importe de nous prémunir contre une illusion fréquente.

Un lecteur moderne est presque toujours disposé à croire, sur l'apparence de ce mot même d'ode triomphale, que le sujet du poète était chétif et maigre. C'est là une complète erreur. Aux yeux du poète et de son auditoire, il était au contraire vaste et riche; il était digne de l'assemblée la plus nombreuse, et capable d'inspirer la poésie la plus haute. Cette victoire agonistique, qui semble à première vue un fait mesquin, prosaïquement renfermé dans les limites de la réalité la plus individuelle et la plus actuelle, confine à tous les domaines du présent le plus vaste et du passé le plus lointain. Le poète part de là, et sans effort, sans violence, tantôt effleure l'infinie diversité des choses réelles, tantôt s'élance hardiment vers le mythe et vers l'idéal. Examinons en effet ce qui se produit.

Le point de départ du poème, je le répète, c'est la victoire remportée par le héros, avec le cortège nécessaire des mentions afférentes à cette victoire : le nom des jeux, la nature du com-

bat; parfois, si c'est une victoire équestre, le nom du cheval
vainqueur; si c'est une victoire curule, le nom du cocher;
presque toujours, si le vainqueur est un enfant, le nom de son
maître, de son *aliptes;* enfin les divers détails qui se rattachent
immédiatement à la mention même de la victoire remportée, et
qui servent à la désigner. Ces indications, on le conçoit, ne
manquaient jamais. Il fallait bien que le poète commençât par
rappeler l'occasion de ses chants. Mais ordinairement il se bornait sur ce point à quelques paroles très brèves. Les descriptions
proprement dites de la victoire paraissent avoir été très rares
dans la poésie lyrique. D'abord toutes ces descriptions auraient
couru grand risque d'être monotones; ensuite cette peinture
servile de la réalité n'était pas dans le goût de la poésie grecque,
toujours éprise de l'idéal mythique. Quelques mots rapides suffisent donc au poète sur tous ces points.

Mais voici, dès les premiers noms qu'il prononce, son sujet
qui s'étend et qui s'élève.

Quel est le théâtre des jeux? C'est Olympie, c'est Delphes,
c'est l'Isthme de Neptune, c'est Némée illustrée par Hercule.
Tous les plus grands noms de la Grèce, des noms consacrés par
la religion, par la poésie, par l'histoire, se pressent en foule
sur les lèvres du poète. A défaut de ces noms illustres entre
tous, ce sont ceux des différentes cités grecques où se célébraient
des jeux analogues, et souvent aussi les noms des divinités ou
des héros à qui ces jeux, par leur appellation même, étaient
doublement consacrés. Or l'honneur d'une victoire est d'autant
plus grand que les jeux eux-mêmes sont plus illustres. La mention de la victoire amène donc naturellement l'éloge des jeux où
elle a été remportée, c'est-à-dire l'histoire de leur fondation
divine, le tableau de leur gloire passée, les poétiques merveilles des légendes qui se groupent autour de leur nom.

Puis la religion, en Grèce, est partout. Il n'y a pas d'événement de la vie publique ou privée où quelque dieu n'ait son rôle.
Les fêtes qu'on célèbre en l'honneur d'une victoire remportée
aux jeux ne sont pas en général des fêtes religieuses au sens

strict de ce mot. Mais cette victoire même est un don de quelque
divinité. C'est Zeus, c'est Posidôn, c'est Apollon qui choisissent
le vainqueur parmi la foule des concurrents et qui font descendre sur son front, à la voix des hellénotamies, la couronne
glorieuse. Il convient donc de les remercier. Il est juste de remercier aussi les dieux de la cité, les dieux de la famille, tous
les protecteurs divins dont le vainqueur est entouré.

Il faut faire également l'éloge du vainqueur. Sa victoire a mis en
lumière son bonheur, ou sa vertu, ou ses richesses, ou son
habileté, ou plusieurs de ces qualités à la fois, selon la nature
de son succès et selon les circonstances qui l'ont accompagné.
L'éloge d'un exploit évoque le souvenir des autres. Toute la vie
du vainqueur se déroule aux regards du poète. Il est libre d'y
choisir les traits qui lui paraîtront les plus propres à rehausser
l'éclat de la fête présente.

Avec le vainqueur lui-même, il importe de louer tous les siens.
Il faut glorifier sa race, sa cité natale, sur lesquelles rejaillit
sa gloire récente, et qui l'éclairent à leur tour du reflet de leur
propre illustration; il faut rattacher l'individu à son groupe naturel, et embarquer, selon la vive image de Pindare, l'éloge
personnel du héros sur le navire qui porte la gloire de sa race
et de sa patrie [1]. Le vainqueur en effet, aux yeux des Grecs, et
surtout au temps de Pindare, n'est qu'un des rameaux d'une
tige florissante. Les générations successives sont solidaires les
unes des autres. Remonter du présent au passé, c'est expliquer
l'un par l'autre. Le poète lyrique qui, ayant à célébrer un vainqueur, célèbre en même temps et les ancêtres de qui il tient
sa vertu et la cité qui est fière de lui, ne fait que se conformer
à la vraie nature des choses, telle que tout le monde alors la
concevait. Quand on a proclamé le vainqueur, on a fait retentir
en même temps devant les Grecs assemblés le nom de la ville
où il est né. Le poète doit s'en souvenir. Il ne faut pas qu'il

1. Tel est en effet le sens de cette locution pindarique (Olymp. XIII, 49) ἔπος;
ἐν κοινῷ στάλᾳ, quelquefois rapprochée, bien à tort, du mot d'Horace :
proprie communia dicere.

sépare ce que la pensée de tous réunissait[1]. La victoire remportée par un particulier dans les jeux n'est pas la propriété du
seul vainqueur ; elle est le bien commun de tous ceux qui le
touchent de près. La fête même où on la célèbre n'est pas seulement sa fête à lui ; c'est celle aussi des parents, des amis, des
concitoyens, qui s'y pressent en foule et qui l'entourent de leur
allégresse. On raconte[2] qu'un jour Simonide mécontenta les
Scopades de Thessalie par une ode où il était plus question de
Castor et de Pollux que d'eux-mêmes. L'anecdote est-elle bien
authentique? Dans tous les cas, le fait qu'elle rapporte serait
isolé. Il ne paraît pas que les personnages chantés par les
poètes lyriques se soient jamais plaints de voir associer à leur
propre gloire les divinités et les héros de leur race, ni qu'ils se
soient crus oubliés ou négligés par le poète à cause d'un partage
assurément très glorieux pour eux.

Les éloges appellent les conseils. L'âge des lyriques, ne l'oublions pas, est en même temps celui des gnomiques, des poètes
sentencieux et réfléchis qui, ayant les premiers tourné leurs
regards sur la vie, non pour la peindre uniquement, mais pour
en raisonner, y ont trouvé des leçons que l'épopée négligeait,
les ont condensées avec force et précision, et ont donné à la
Grèce, charmée de s'éveiller ainsi à la sagesse, les plus anciens
exemples d'une virilité intellectuelle déjà consciente d'elle-même.
Les lyriques sont du même pays et du même temps. Ils ont beaucoup vécu et beaucoup vu. L'expérience politique et morale de
la race grecque, à cette époque, est déjà grande. Les royautés
sont tombées presque partout, les aristocraties chancellent et la
démocratie s'élève. Comment la réflexion, qui concentre ses
observations en maximes, comment la sagesse pratique et l'ex-

1. C'est l'abbé Massieu, au XVIIIe siècle, qui a fait le premier cette remarque : le poète, dit-il, en célébrant la famille et la patrie du vainqueur,
ne faisait que développer, pour ainsi dire, la formule dont le héraut s'était
servi pour proclamer sa victoire (*Histoire de l'Académie des Inscriptions*, t. V,
p. 95).

2. Cicéron, *de Orat.* II, 86.

périence de la vie, comment la morale enfin, soit publique, soit
privée, n'auraient-elles pas tenu leur place dans les préoccupations du poète lyrique et de son auditoire?

Rien d'ailleurs de plus varié que les circonstances au milieu
desquelles le poète devait chanter. Il arrivait souvent que la
célébration d'une victoire agonistique coïncidait avec un anniversaire agréable ou glorieux, ou avec quelque autre fête. C'est
ainsi que, parmi les odes de Pindare, la septième Néméenne
paraît avoir été composée pour l'anniversaire d'un jour de naissance [1], et la neuvième Pythique à l'occasion des fêtes d'un mariage. Il y a une autre ode de Pindare dont le héros semble être
déjà mort à l'époque où le poème fut composé, de telle sorte qu'on
pourrait y voir une sorte d'oraison funèbre [2]. La vie publique de la
cité aussi bien que la vie privée du vainqueur, offraient en abondance des coïncidences de tout genre au choix discret du poète.
C'était à lui de voir dans quelle mesure ces circonstances environnantes coloraient, pour ainsi dire, de leur reflet brillant ou
sombre la fête à laquelle il était convié, et quelle place il devait
leur donner dans ses hymnes. Telle ode triomphale se rapproche
d'un épithalame, telle autre d'un scolie, telle autre encore d'un
péan. Il y a des épinicies d'une inspiration vive et brillante [3]; il y
en a de graves et de solennels; il y en a même de tristes, et qui
ressemblent davantage à des thrènes. La troisième Pythique,
écrite pour Hiéron malade, n'a presque d'une ode triomphale
que le nom; c'est une consolation et une exhortation. La huitième, adressée à un Éginète, est si mélancolique que certains
critiques anciens l'en blâmaient : « Quelques-uns, dit le scoliaste, blâment Pindare de ce qu'ayant à écrire un encomion, il
a composé un thrène sur la destinée de l'homme [4]. » D'autres

1. Ou peut-être pour le passage du vainqueur de la classe des enfants dans
celle des éphèbes. Voy. surtout v. 1-8, et 54. Cf. L. Schmidt, p. 486 et suiv.
2. C'est sans doute dans quelque fête commémorative de Xénocrate que
son fils Thrasybule fit chanter l'ode de Pindare (II Isthmique).
3. La IXe Néméenne en est un remarquable exemple.
4. Schol. ad Pyth. VIII, 96 (136) : ἐπιμέμφονται δέ τινες τῷ Πινδάρῳ ὅτι ἐγκώμιον γράφων θρηνεῖ τὸν ἀνθρώπινον βίον.

sont assombries par des malheurs publics ou privés, des guerres
civiles ou étrangères, des menaces de sédition, des morts sur-
venues dans la famille du vainqueur. Quelques-unes sont d'un
son plus profane, plus purement humain; d'autres au contraire
sont plus religieuses et ressemblent davantage à des hymnes [1].

Enfin, à côté de la personne du vainqueur, à côté de toutes ces
circonstances qui modifient le caractère de son triomphe, il y a
encore à tenir compte du poëte lui-même, dans la mesure du
moins où il peut être intéressant pour les auditeurs qu'il leur livre
le secret de ses propres sentiments. Si l'ode est composée pour
un concours, le poëte pourra exprimer son désir de vaincre et
juger ses rivaux. Dans tous les cas, ses préoccupations particulières, la disposition d'esprit où il se trouve, ses relations avec
le vainqueur, peuvent introduire dans son œuvre un dernier
élément de variété.

Voilà donc sept ou huit groupes d'idées, sept ou huit sources
d'invention qui s'offrent naturellement à l'auteur d'une ode
triomphale. Ce sont là, pour ainsi dire, les *lieux communs* de
la poétique du lyrisme [2]. Il n'y a d'ailleurs rien d'arbitraire dans
cette extension indéfinie de la donnée primitivement proposée à
l'inspiration du poëte lyrique. Ce sont des convenances impérieuses qui l'obligeaient à traiter tous ces sujets.

Les poëtes avaient pleinement conscience de ces obligations.
On en trouverait aisément chez Pindare lui-même l'expression
formelle et fréquente. « Quel dieu, quel héros, quel mortel ma
lyre doit-elle chanter? s'écrie Pindare au début d'une de ses
odes; Pise appartient à Zeus, mais Hercule a donné à Olympie
le trophée de sa victoire [3]. » Voilà, en style poétique, l'indica-

1. Par exemple, la III⁰ Olympique et la XI⁰ Pythique. Je rappellerai à ce
propos ce que j'ai déjà dit précédemment (p. 22) : c'est que cette flexibilité
extrême des épinicies ajoute encore à l'intérêt qu'ils ont aujourd'hui pour
nous : grâce à la variété des circonstances où ces poèmes se sont produits,
ils peuvent mieux que d'autres nous donner quelque idée de ce qu'était la
diversité des genres lyriques.

2. Τόποι, comme diront plus tard les rhéteurs.

3. Olymp. II, 2-3.

tion très exacte de plusieurs des *lieux communs* que nous avons
tout à l'heure signalés. Ailleurs il dit que ses chants, à Égine, ne
sauraient oublier les grands héros Éginètes, les Éacides [1] ; et, à ce
propos, il expose encore poétiquement sa théorie : le poète
ne doit pas marchander aux héros de la cité l'honneur de ses
éloges ; il doit leur verser, en retour de leurs glorieux travaux,
le doux breuvage de ses chants ; il doit célébrer chez les Éoliens
les fils d'Œnée, à Thèbes l'habile cavalier Iolas, Persée à Argos,
à Égine les fils d'Éaque [2]. C'est pour lui une loi, une règle inviolable [3]. Le poète désigne encore ici à sa manière un des
groupes d'idées dont la liste précède.

Cela ne veut pas dire, bien entendu, que le poète soit tenu
de puiser également à toutes ces sources d'invention. C'est le
contraire qui est vrai. Selon les circonstances, l'un ou l'autre de
ces détails prend une importance plus grande. Si l'ode est exécutée aussitôt après le succès, au lieu même de la victoire, il y a
quelque chance pour que cette victoire et les jeux qui en ont
été l'occasion y tiennent plus de place. Plus tard, au contraire,
cette proportion pourra changer. Selon que la fête sera publique
ou privée, religieuse ou profane, accompagnée ou non d'autres
événements qui en modifient le sens et le caractère, ce seront
tels ou tels dieux, ou la cité, ou la famille, ou la personne même
du vainqueur qui pourront attirer davantage l'attention du poète.

Pourtant les convenances générales qui peuvent amener le
poète à toucher ces divers sujets sont si impérieuses et si naturelles, qu'ordinairement il n'en néglige aucun tout à fait. Ce qui
change à cet égard d'une ode à l'autre, c'est surtout la proportion des développements donnés à chacun d'eux, outre la manière particulière de les traiter. Mais il est rare que le poète en
oublie un seul complètement. Rien ne prouve mieux à quel point
cette extension du sujet primitif, qui a paru choquante à certains

1. Isthm. IV (V), 19-20 (τὸ δ'ἐμὸν οὐκ ἄτερ Αἰακιδᾶν κέαρ ὕμνων γεύεται).
2. *Ibid.*, 22-25.
3. Τέθμιον σαφέστατον (Isthm. V (VI), 20). Cf. Lucien, *Demosth. encom.*, 10:
ἐν νόμῳ τοῖς ἐπαίνοις ὃν ἐκ τῶν πατρίδων ἐπικοσμεῖν τοὺς ἐπαινουμένους.

modernes, était cependant légitime et nécessaire aux yeux de la Grèce antique.

Si nous prenions pour sujet d'étude, au lieu du genre de l'ode triomphale, toute autre sorte d'*encomion*, quelle qu'elle fût, nous aurions peu de chose à changer à l'énumération que nous venons de faire des lieux communs du lyrisme. Que les chants du poëte fussent tristes ou joyeux, que ce fussent des thrènes, des épithalames ou des épinicies, c'était toujours un éloge, l'éloge d'un mort ou d'un vivant, qui en formait la donnée première. Et toujours aussi, autour de cet éloge, venaient se grouper celui de la famille à laquelle le héros de l'ode appartenait, puis celui de sa patrie, puis encore celui des dieux associés à l'événement qu'on célébrait. Dans tout cela, il n'y a véritablement que l'occasion qui changeait, ainsi que le détail des circonstances; mais l'économie générale du poëme restait toujours à peu près la même. Quand on connaît les éléments nécessaires d'une ode triomphale, on connaît à peu de chose près ceux de tous les autres genres d'*encomia*: ou s'il reste quelques lacunes, elles sont faciles à combler. La onzième Néméenne de Pindare, qui n'est en réalité, ni une Néméenne, ni même une ode triomphale, et qui s'est introduite dans ce recueil par hasard, en fournirait au besoin la preuve. Ce poëme, qui n'est qu'un encomion en l'honneur d'un magistrat prenant possession de sa charge, ne se distingue en rien d'une ode triomphale quant à l'entente du sujet et quant aux lois essentielles de l'invention.

Dans les chants destinés à des fêtes religieuses, hymnes, péans, hyporchèmes, dithyrambes, c'était naturellement la légende du dieu qui fournissait la matière principale du poëme[1]. Mais ces chants eux-mêmes étaient encore, à certains égards, des œuvres de circonstance. Il s'agissait de faire honneur non seulement au dieu qu'on fêtait, mais encore à la ville qui lui rendait hommage. Les traits particuliers de la fête, les

---

1. C'est pour cela que, suivant une observation d'Eustathe citée plus haut (p. 22), il y avait plus de mythes dans ce genre de poèmes que dans les odes triomphales.

événements contemporains, les succès ou les revers de la cité
qui la célébrait, mille faits, en un mot, et mille idées accessoires pouvaient enrichir et modifier le thème primitif. Un
fragment d'un dithyrambe de Pindare contient un admirable
tableau du printemps, pendant lequel se célébrait la fête de
Dionysos [1]. Dans un autre, c'est la fête de Cybèle, avec l'éclat
retentissant des cymbales et des castagnettes, avec la lueur
brillante des torches de cire blonde, que le poète met sous nos
yeux [2]. Dans tous ces chants, l'éloge du dieu, avec les récits
mythiques qui s'y rattachent, forme le fond du tableau. Les
prières proprement dites, l'éloge de la cité, les descriptions de
la fête en sont comme le cadre et la bordure brillante, qui rehausse l'image principale.

Revenons à l'ode triomphale.

On voit quelle était l'abondance des matériaux que le poète
avait à sa disposition.

On voit aussi quelle place les mythes pouvaient y tenir. Il
n'y a pas une des sources d'invention proposées au poète
lyrique par les lois de son art qui ne pût lui en fournir une
ample récolte. Soit qu'il remerciât les dieux, soit qu'il racon-
tât l'origine des jeux où son héros avait concouru, soit qu'il
glorifiât la race et la cité qu'une nouvelle victoire venait d'illustrer, il rencontrait partout des mythes. Même la morale pouvait lui en fournir, car le mythe en Grèce prend toutes les
formes. Il est à la fois religion, histoire, allégorie. La religion
peuple la nature d'âmes divines toujours en action et raconte
leurs légendes ; elle se mêle d'ailleurs à tous les actes de la vie
quotidienne. L'histoire, quand elle remonte aux origines d'une
famille ou d'une cité, rencontre au delà d'un petit nombre de
générations les dieux et les héros ; elle est désormais en plein
merveilleux ; elle a passé de la réalité historique au mythe
sans interruption, sans secousse et souvent sans s'en apercevoir. Les États grecs, dans leurs différends, recouraient aux

1. Fragm. 53 (Bergk).
2. Fragm 57 (Bergk).

vieilles légendes pour y trouver les fondements de leurs droits historiques. L'orateur Eschine racontait à Philippe, qui s'en souciait peu, l'histoire des enfants de Thésée, pour justifier les revendications d'Athènes sur certains territoires de la Thrace [1]. Les Lysias et les Isocrate, dans leurs éloges d'un peuple ou d'une cité, dans leurs *Olympiques* et leurs *Panégyriques*, s'appuient volontiers sur les vieux récits pour faire honneur à leurs contemporains d'une antique et légendaire illustration. Le philosophe même et l'historien ne dédaignent pas d'y avoir recours. Aux yeux d'un Parménide, d'un Prodicus, d'un Socrate, d'un Platon, ils sont comme un voile transparent qui peut servir à revêtir et à orner la vérité. Le poète lyrique n'avait donc en quelque sorte qu'à se baisser pour cueillir sur sa route une quantité de belles légendes.

Or, c'était là pour lui plus qu'une faculté précieuse ; c'était un devoir de sa profession, une obligation de son métier de poète. On peut dire qu'il n'y a pas en Grèce de véritable poésie qui ne soit mythique. Car la poésie en Grèce est idéaliste, et l'idéal grec est essentiellement mythique. Pendant de longs siècles, la pensée des Hellènes s'était nourrie d'histoires merveilleuses où elle trouvait, sous une forme appropriée à ses instincts et à ses goûts, une réponse aux éternelles questions que toute religion et toute métaphysique essaient sans cesse de résoudre. Cette religion d'artistes et de poètes avait enfanté une poésie sans rivale. Celle-ci, à son tour, par sa beauté, avait fixé, pour ainsi dire, les conceptions primitives de l'esprit grec et leur avait donné une vie impérissable. La pensée des Hellènes avait ainsi pris son pli et sa forme définitive. Après Homère, après Hésiode, la poésie put créer d'autres genres que l'épopée héroïque ou théogonique, mais elle ne descendit plus jamais [2] de ces hautes régions où vivaient les dieux de l'Olympe, et où les héros étaient plus grands, plus forts, plus braves que les hommes du monde réel. Pour le poète et pour l'artiste, le

---

1. Eschine, *De falsa legat.*, p. 215-215 (Reiske).
2. Du moins avant la comédie nouvelle.

mythe resta toujours le miroir idéal de la vie humaine. Il fut
la matière propre de l'art ; car il avait l'incomparable mérite
d'offrir à l'imagination des types divins et héroïques où l'humanité sans doute se reconnaissait, mais agrandie et embellie,
dégagée de toute particularité mesquine, idéalisée sans chimère et vivante sans vulgarité.

L'ode triomphale ne pouvait donc hésiter à mettre en œuvre
tous ces beaux mythes qui venaient comme d'eux-mêmes s'offrir à elle. Par là, bien loin de sortir du droit chemin, elle ren-
trait, pour ainsi dire, dans son domaine propre, dans le domaine
par excellence de toute poésie.

Ainsi, derrière ce fait particulier et peu fécond en apparence
d'une victoire aux jeux, le regard du poète sait en découvrir
une foule d'autres plus grands et plus nobles, qui forment comme
l'arrière-plan de sa composition et qui lui donnent l'ampleur
des lignes, la majesté des lointains horizons. Comme toute
grande poésie grecque, l'ode triomphale présente le double caractère de s'élever au-dessus de l'individu et au-dessus de la
réalité. Elle se nourrit d'idées et de sentiments qui s'adressent
aux plus profonds instincts de la race tout entière, et elle met
en œuvre des mythes brillants qui enchantent l'imagination de
tous les Hellènes. Ce n'est donc pas la matière qui manquait au
poète lyrique. Quand Pindare va chanter, mille pensées l'ob-
sèdent : « De toutes parts, dit-il, des routes s'ouvrent devant
moi[1]. » Des avenues sans nombre le sollicitent[2]. Les flèches
ailées de sa parole sont assez nombreuses pour voler dans toutes
les directions où il lui plaira de les prodiguer[3].

Il y avait pourtant quelques précautions à prendre, malgré le
lien qui unissait ensemble tous ces groupes d'idées lyriques, pour
que l'occasion particulière de l'ode ne disparût pas sous l'infinie
diversité des circonstances environnantes, et pour que la réalité

1. Μυρία παντᾷ κέλευθος (Ném. III, 19).
2. Πλατεῖαι πρόσοδοι (Ném. VI, 45).
3. Πολλά μοι ὑπ' ἀγκῶνος ὠκέα βέλη ἔνδον ἐντὶ φαρέτρας φωνάεντα συνετοῖσιν
(Olymp. II, 83-85). Cf. Isthm. IV (V), 46-48.

même ne finit pas par être tout à fait oubliée dans l'épanouissement de tant de récits mythiques. C'était là une question de
tact et de prudence. Nous verrons comment Pindare triomphait
de cette difficulté.

IV

Ici se présente un nouveau problème. L'ode triomphale n'est
pas seulement une œuvre de circonstance; c'est aussi une œuvre
de composition savante et de style. Suivant quelles lois va-t-elle
mettre en œuvre les matériaux que les circonstances lui fournissent?

§ 1

La première loi de la composition lyrique est une loi de
variété. « Les hymnes élogieux, dit Pindare, volent comme
l'abeille d'un sujet à l'autre [1]. » Sans cesse il compare ses
hymnes à des couronnes de fleurs variées. Une de ses odes est
appelée par lui un diadème lydien brodé avec des sons de toutes
nuances [2].

En outre, cette variété oblige le poète à être bref. Les lois de
son art et le temps qui s'écoule le forcent de se hâter [3], car dans
des limites si étroites il doit faire entrer beaucoup de choses [4].
« Toutes les grandes vertus peuvent inspirer de longs discours;
mais bien choisir quelques traits entre beaucoup est un art
digne des habiles [5]. » Il faut savoir s'arrêter à temps. L'excès
des plus agréables choses fatigue; « même le miel et les doux
plaisirs d'Aphrodite engendrent la satiété [6] ». Le comble de
l'habileté, c'est de rester dans la mesure juste et dans l'à-

1. Pyth. x, 53. Cf. Pyth. xi, 42.
2. Ném. viii, 15 (un diadème *lydien* parce que la mélodie est composée
sans doute dans le mode lydien).
3. Ném. iv, 33-34. Cf. Olymp. xiii, 47-49; Isthm. i, 62; v (vi), 59.
4. Olymp. xiii, 98.
5. Pyth. ix, 76-78.
6. Ném. vii, 52. Cf. Pyth. i, 81.

propos[1]. Répéter trois et quatre fois la même chose, c'est pauvreté[2]. Le poète lyrique doit connaître les sentiers qui abrègent
la route[3], et aimer, selon la méthode des Argiens, à dire beaucoup en peu de mots[4]. Brièveté et variété sont choses inséparables.

Si la variété était pour le poète lyrique une conséquence nécessaire de la nature même des sujets qu'il avait à traiter, est-il
besoin d'ajouter que nulle forme littéraire n'était plus capable
de s'y prêter que cette poésie essentiellement musicale du
lyrisme, la plus « ailée », pour employer le mot de Platon, la
plus libre de toute tyrannie logique que l'art puisse créer?

Il n'y a pourtant pas d'œuvre d'art qui n'ait une certaine
sorte d'unité. Selon les vues admirables des Grecs, maintes
fois exprimées par Platon et par Aristote, qui ne faisaient en
cela qu'interpréter fidèlement le sentiment national, une œuvre
d'art est comme un être vivant. Elle se compose de parties distinctes, mais unies par une force secrète qui les rend nécessaires les unes aux autres, et qui empêche, soit de détacher, soit
même de déplacer aucune d'elles sans dommage pour l'ensemble.
L'inspiration lyrique, en Grèce, aurait-elle eu le rare privilège
d'arriver à l'harmonie par le désordre? Ou faudra-t-il croire
que l'art tant vanté des lyriques anciens était au-dessous de
sa réputation, et que dans la Grèce antique, dans cette patrie du
cosmos et de la beauté harmonieuse, des improvisateurs témé-
raires aient pu passer pour de grands artistes? Ni l'une ni l'autre
de ces suppositions n'est admissible. Pindare, il est vrai, a
quelquefois l'air de s'égarer. Il feint de se reprendre, de s'arrêter brusquement dans sa route, de revenir sur ses pas, comme
s'il s'était trompé de chemin. Faut-il conclure de là qu'il ne

1. ‘Ο δὲ καιρὸς ὁμοίως παντὸς ἔχει κορυφάν (Pyth. IX, 78-79).
2. Ταὐτὰ τρὶς τετράκι τ'ἀμπολεῖν ἀπορία τελέθει (Nem. VII, 104). On reconnaît ici la *stérilité abondante* raillée par Platon dans le *Phèdre*, et l'a-
bondance stérile blâmée par Boileau.
3. Pyth. IV, 247-248.
4. Isthm. V (VI), 58.

sache réellement pas où il va et que son poème manque d'unité?
En aucune façon. Ce poétique désordre a trop conscience de
lui-même pour n'être pas quelque peu prémédité. Les aveux
du poète prouvent seulement deux choses : d'abord que l'enthousiasme, même accompagné d'une certaine apparence d'éga-
rement, sied au lyrisme; mais aussi que ce désordre et cet enthousiasme ont une règle, puisque le poète parle de la route à
suivre, s'aperçoit des faux pas qu'il pourrait faire, ou s'accuse par
coquetterie d'en avoir déjà fait. Il faut donc chercher en quoi
consiste cette sorte d'unité lyrique si souple et si variée. Il faut
étudier suivant quelles lois d'harmonie supérieure les divers éléments d'une ode triomphale pouvaient s'appeler les uns les
autres et s'ordonner entre eux. Je dis d'une ode triomphale;
mais il est clair que la même question pourrait se poser à propos de tout autre genre lyrique, et que la réponse à y faire serait
à peu près le même.

Nous ne pouvons donner ici, sur la nature de l'unité lyrique,
que de très rapides indications. Concilier autant que possible la
variété des éléments nécessaires avec l'unité ess tielle de
l'inspiration, la multiplicité des idées accessoires avec la prédominance d'un motif principal, le riche épanouissement des récits
mythiques avec la belle ordonnance d'un plan intelligible, c'était
là un problème très délicat, très complexe, dont la solution appartenait avant tout au goût de chacun. Y réussir était une affaire de tact et d'inspiration personnelle, bien plus que le
résultat d'aucune loi positive. Nous essaierons de faire voir quel
était en cela le goût de Pindare. Tout ce que nous pouvons dire
dès à présent, et cette règle est surtout négative, c'est qu'il
ne faut pas chercher, dans une poésie musicale, comme était
celle du lyrisme grec, trop d'intentions subtiles, trop de méthode et de rigueur dans le développement des idées et des allégories. Il ne faut pas lui attribuer un genre d'unité où la logique
domine, où les idées s'enchaînent comme les termes successifs
d'une déduction régulière, où le poète poursuive la démons-
tration d'une thèse. Il faut se représenter cette unité comme

une association brillante de sons, de couleurs, de mots qui
s'appellent les uns les autres par des rapports plus sensibles
que rationnels, par des impressions rapides et légères, par des
convenances difficiles à analyser, mais dont la variété laisse
pourtant dans l'âme de l'auditeur ou du lecteur, pour peu que
celui-ci ait su se replacer par l'étude au point de vue convenable
pour en bien juger, une émotion dominante et nette. Nous reviendrons sur ces idées en parlant de Pindare, et nous les éclair-
cirons alors tout à notre aise.

Une autre question, que je crois assez simple, mais dont il
est nécessaire aussi de dire un mot, parce qu'elle n'a pas toujours été résolue par les modernes d'une façon satisfaisante, est
celle de la disposition des parties dans les œuvres du lyrisme
grec, et en particulier dans les odes triomphales. Y a-t-il, dans
les odes d'un Pindare ou d'un Simonide, des divisions constantes,
fixes, essentiellement réglées d'avance par la poétique de l'ode
triomphale ? En d'autres termes, tout le monde sait ce que la rhétorique ancienne appelait des *partitions oratoires* : on distinguait dans un discours l'*exorde*, la *proposition*, la *narration*,
la *confirmation*, la *réfutation*, la *péroraison*, bref un certain
nombre de parties traditionnelles, imposées par la nature des
choses et par la coutume à la liberté de l'orateur. Y avait-il pareillement des *partitions lyriques* ? Oui, répond tout d'abord
un des plus anciens et des plus méritants éditeurs de Pindare,
Érasme Schmid[1] ; et non seulement elles existent, mais encore
ce sont les mêmes que celles de la rhétorique ; dans une ode
triomphale, il y a, comme dans un discours bien fait, un exorde,
une proposition, une narration, qui est le mythe, etc. Dans
son utile édition, Érasme Schmid indiquait selon ces principes le plan des odes de Pindare, et, tant bien que mal, les for-
çait à se conformer aux règles de la rhétorique. Le défaut de
cette manière de voir est évident. Pourquoi l'allure de la poésie,
et surtout de la poésie lyrique, serait-elle nécessairement celle

1. Son édition de Pindare est de l'année 1620.

de l'éloquence? Il y a quelque chose de bizarrement naïf à vouloir imposer de force à l'un de ces deux arts des lois qui ont été faites pour l'autre. Érasme Schmid ne pouvait, cela va sans dire, passer de la théorie à l'application qu'en infligeant à la Muse de Pindare les plus cruelles tortures.

Les savants qui de nos jours ont cru qu'une ode triomphale avait des divisions nécessaires et consacrées, se sont bien gardés de tomber dans cette confusion. Ils ont mieux compris la diversité des procédés de l'esprit humain. Ce n'est pas à la rhétorique qu'ils ont été demander des cadres pour le lyrisme, c'est au lyrisme lui-même. Westphal s'est souvenu que le nome pythien, selon le grammairien Pollux, se divisait en sept parties dont chacune avait son nom traditionnel. Il a eu l'idée de transporter cette division dans l'ode triomphale. M. Moriz Schmidt, qui a publié en 1869 une édition et une traduction en vers des odes de Pindare, s'est inspiré de ce système et l'a mis en pratique. On peut voir dans son édition, outre la division en strophes et en triades, chaque poème découpé en un certain nombre de parties d'une tout autre nature, et qui visent à reproduire la constitution spéciale (et d'ailleurs fort obscure à bien des égards) du nome pythien. Si ces vues étaient justes, s'il y avait réellement, dans toute ode triomphale, une première partie appelée ἐπαρχά, une autre μεταρχά, une troisième κατατροπά, une quatrième μετακατατροπά, et ainsi de suite jusqu'à l'ἐπίλογος, en passant par l'ὀμφαλός et la σφραγίς, il y aurait beaucoup d'intérêt à rechercher quels groupes d'idées, quels éléments de l'invention lyrique se rangeaient dans chacun de ces compartiments, et à quel enchaînement régulier de sentiments, d'images ou d'idées répondait cette régularité traditionnelle du cadre lyrique. Mais tout cela est arbitraire et faux. Ce n'est qu'à force de complaisance qu'on arrive à retrouver dans certaines odes quelque chose qui ressemble à une division de cette espèce. Encore est-ce à la condition de ne tenir aucun compte, pour cette répartition, ni du rythme, ni des strophes, ni des triades, faisant commencer une partie nouvelle au milieu d'un

vers, presque au milieu d'une phrase, la terminant parfois au
vers suivant, d'autres fois après des développements qui égalent
ceux de toutes les autres ensemble, sans avoir aucun égard aux
conditions les plus certaines de symétrie et de régularité qu'implique le déroulement ample et grave de la triade de Stésichore.
Bien souvent d'ailleurs, malgré toutes ces licences, quelqu'une
des sept parties nécessaires manque à l'appel, et il faut se contenter d'en distinguer six, ou cinq, ou quatre, ou moins encore.
C'est ce que fait M. Schmidt, sans songer que cette irrégularité
est la condamnation de tout le système.

Thiersch voyait dans les odes triomphales une division
beaucoup plus simple. Il n'y trouvait que trois parties essentielles, qu'il appelait προλογος ou προκωμιον, ὑπόθεσις, et ἐπίλογος
ou ἔξοδος. Cette division répond beaucoup mieux que la précédente à la réalité des choses et aux nécessités essentielles de
toute composition. Ce qu'on est en droit de lui reprocher, c'est
d'introduire une apparence trompeuse de précision dans un sujet qui n'en comporte pas. Il ne faut pas en effet que ces mots
techniques fassent illusion. Προκωμιον est un terme pindarique,
mais les trois autres mots ne se trouvent pas dans Pindare; ils
appartiennent à la langue courante de la rhétorique et de la
poétique théâtrale. Thiersch lui-même avoue que toutes les odes
ne sont pas soumises à cette division; elle n'est qu'ordinaire,
sans être de règle. J'ai peur que ces trois mots grecs ne soient
que la traduction ambitieuse de trois mots français beaucoup
plus modestes, et que la théorie de Thiersch ne revienne à dire
qu'il y a généralement dans les odes de Pindare un début, un
milieu et une fin. Dans ce cas, mieux vaut employer tout simplement ces mots sans prétention, qui ont au moins l'avantage
de ne pas paraître plus savants qu'ils ne sont en réalité.

Laissons donc de côté tous ces cadres artificiels et vains. La
vérité, c'est qu'il n'y avait pas, autant que nous en pouvons
juger, de lois nécessaires réglant une fois pour toutes la disposition des idées dans une ode triomphale. Nous verrons, en étudiant
Pindare, quels étaient en ce point les procédés ordinaires de son

art; nous signalerons, dans l'emploi de ces procédés, certaines
habitudes assez fréquentes pour mériter d'être mises en lumière,
mais qu'on ne saurait considérer pourtant comme fondées sur
des règles proprement dites; ou du moins, s'il y a dans ces habitudes quelque chose qu'on puisse rapporter à des règles, ces
règles sont si simples et si générales qu'il est plus à propos d'en
réserver l'exposition pour le moment où nous aurons à voir
comment le plus grand poète lyrique de la Grèce a su les appliquer.

§ 2

Les idées une fois trouvées et disposées, il reste à les exprimer.
Dans le lyrisme grec, ce n'est pas la musique qui domine, ce
sont les paroles. La mélodie n'a donc pas pour rôle d'y *réchauf-
fer*, selon le mot de Boileau[1], un poème froidement écrit.
Celui-ci doit se défendre tout seul. S'il est tenu de faire des
concessions à la musique, il ne saurait du moins compter sur
elle pour réparer ses propres faiblesses. C'est lui qui supporte
le principal fardeau de la lutte et qui est toujours au premier
rang. Il faut qu'il réponde pour sa part (c'est-à-dire pour la plus
large part) à tout ce que les circonstances exigent de l'œuvre
lyrique en fait d'éclat, de force, de magnificence.

Ces exigences, on le comprend, varient quelque peu pour
chaque genre lyrique. Un hymne à Zeus ou à Apollon, un hyporchème, un dithyrambe, un scolie n'étaient pas écrits du même
ton. Même parmi les odes triomphales, il y en avait, nous l'avons
vu, qui se rapprochaient davantage des genres les plus graves
et les plus calmes, et d'autres au contraire qui inclinaient vers
les genres opposés. Néanmoins les ressemblances en cette
matière sont beaucoup plus importantes que les différences, et
il y a certaines nécessités essentielles et permanentes qui s'ap-

1.   Et tous ces lieux communs de morale lubrique
    Que Lulli réchauffa des sons de sa musique.
                       Satire X.

pliquent à toutes les formes du lyrisme. Il y a par conséquent aussi des règles générales pour le style lyrique, malgré les variétés inévitables.

Le lyrisme est destiné à animer des fêtes brillantes; il faut donc que le style lyrique soit pompeux et éclatant, ce qui n'exclut pas d'ailleurs la délicatesse, lorsque ces fêtes magnifiques sont en même temps des fêtes mondaines où le poète doit faire preuve de tact.

De plus, le fond des sujets lyriques, malgré la ressource des mythes, n'est pas exempt de quelque monotonie. L'inspiration du poète est forcément renfermée dans un cercle d'idées et de sentiments qui ne saurait être ni très étendu ni très neuf, et où la banalité est à craindre. Le style lyrique doit donc les rajeunir. C'est la forme surtout qui peut faire valoir le fond. Il faut qu'elle soit originale et neuve quand le fond ne l'est pas. Toutes les hardiesses lui seront permises. Le poète aura pleine licence d'étaler tout le luxe des mots et des images, tous les prestiges d'un art consommé, soutenu par une inspiration puissante et par une invention inépuisable.

Enfin, cette poésie est chantée. Or la musique a un double effet : elle néglige les liaisons logiques, qu'elle ne peut exprimer, et par conséquent dénoue, pour ainsi dire, le faisceau de la phrase; mais en même temps elle donne une plus grande valeur au mot, qu'elle détache et qu'elle isole [1]. Il faut donc que le style lyrique soit riche en beaux mots, en mots sonores et pittoresques, capables de remplir à la fois l'oreille et l'imagination; et qu'il déroule des phrases d'un mouvement libre, souple, hardi, selon les inspirations d'un sentiment qui, s'affranchissant de toute entrave logique, tantôt s'élance à son but avec impétuosité, tantôt s'abandonne et rêve.

1. Chabanon, dans son *Discours sur Pindare* (Mém. de l'Acad. des Inscript. et Belles-Lettres, anc. série, t. XXXII, p. 152), a très justement signalé ce fait. Il note que les mots, dans un poème chanté, « prennent plus de corps et de consistance », et « semblent porter sur une base solide », ce qui est d'ailleurs mieux pensé que dit. Beaucoup d'académiciens du XVIII⁰ siècle écrivent bien; Chabanon est du petit nombre de ceux qui écrivent mal.

Quelles sont, pour satisfaire à ces nécessités, les ressource
que la langue grecque met à la disposition du poète ? Elles sont
plus nombreuses que dans aucune autre littérature. Le poète
grec peut choisir et presque créer son dialecte ; il manie hardiment le vocabulaire, qui ne lui est guère moins soumis ; enfin la souplesse des phrases, que la syntaxe grecque lui permet
de plier et de façonner de mille manières différentes, lui obéit
avec docilité.

Les dialectes lyriques par excellence sont le dorien et l'éo-
ien. La raison en est évidente : c'est dans les pays doriens
et éoliens que le lyrisme s'est produit d'abord avec éclat. Il a
donc parlé d'abord la langue de ces pays, de même à peu près
que l'épopée, surtout ionienne, avait parlé une langue dont
l'ionien formait le fond. Il y a d'ailleurs une convenance évidente entre la nature essentiellement musicale du lyrisme,
c'est-à-dire de la poésie chantée, et les formes pleines, sonores,
éclatantes de ces deux dialectes. Cette convenance n'est pas due
au hasard ; elle résulte de ce que l'inspiration lyrique et la
langue lyrique sont sorties de la même source, c'est-à-dire de
l'esprit même de ces races doriennes et éoliennes, créatrices
à la fois de leur dialecte et de leur littérature.

Cependant cette influence des dialectes locaux sur la poésie
chantée ne fut pas exclusive ni tyrannique. A l'époque où le lyrisme parvint à sa maturité, l'épopée était déjà illustre. Homère
et Hésiode étaient depuis des siècles en possession de charmer
tous les esprits, et leurs chants étaient devenus comme le patrimoine commun de tout le monde grec. Il était impossible que
leur influence ne se fît pas sentir sur le lyrisme. De même que
leurs récits déterminaient de plus en plus, selon le mot d'Hérodote [1], la théologie nationale de la Grèce, leur langue aussi
devenait comme le fond et le modèle de toute langue poétique
digne de ce nom. En outre les races elles-mêmes n'étaient pas
sans avoir des relations les unes avec les autres. Les Éoliens,

1. Hérodote, II, 53.

les Doriens, les Ioniens se fréquentaient et pouvaient se faire des emprunts. Les idées, les sentiments, les formes littéraires, les dialectes même allaient se mêlant dans une certaine mesure, et faisaient de féconds échanges.

Il résulta de là qu'il y eut en Grèce une variété presque infinie de dialectes lyriques, depuis les plus rapprochés des dialectes strictement locaux, jusqu'à ceux qui, bannissant au contraire les accidents trop particuliers de la langue locale, s'inspiraient le plus de la langue épique. Par une association d'idées toute naturelle, l'emploi d'un dialecte étroitement local donnait à un poème un air plus populaire et plus naïf; le lyrisme se rapprochait par là de ses origines; il se faisait modeste et simple. Au contraire l'emploi d'un dialecte plus général, plus voisin de la langue épique, convenait davantage à une inspiration plus relevée, plus impersonnelle, plus semblable par la grandeur des tableaux et la gravité noble des sentiments à l'inspiration même de l'épopée. Ahrens a très bien vu le caractère de ces divers mélanges [1], et les conséquences qui en résultaient quant à la langue écrite par chaque poète.

C'était le caractère même de son inspiration qui déterminait en grande partie le choix de son dialecte; il y avait une convenance à saisir entre le fond et la forme, aussi bien dans le choix de la langue que dans celui du rythme ou de la mélodie. De même que les rythmiciens signalaient dans la composition rythmique (ou *rythmopée*) ce qu'ils appelaient χρῆσις et μίξις τῆς ῥυθμοποιίας, c'est-à-dire la manière d'employer et de mélanger les rythmes, il y avait aussi une χρῆσις et une μίξις τῆς διαλέκτου, c'est-à-dire un art de choisir et de mélanger les dialectes de manière à produire un effet exactement conforme aux sentiments que le poète voulait rendre.

On comprend aussi que la nature du public, le genre traité, le lieu de la récitation, la nature même des mélodies sur les-

---

1. *Ueber die Mischung der Dialecten in der Griechischen Lyrik*, p. 77 (Congrès des philologues allemands, tenu à Gœttingen en 1853).

quelles les paroles étaient chantées (selon qu'elles étaient
éoliennes ou doriennes) dussent exercer quelque influence sur
le choix du dialecte. Il y avait une harmonie délicate à saisir
entre toutes ces choses. Les lois générales de cette harmonie
étaient fixées par la tradition, et la volonté propre du poète ne
pouvait pas les changer arbitrairement; mais il appartenait à la
finesse de son goût de savoir reconnaître la nuance précise qui
convenait à chaque occasion.

Il y a pour nous, modernes, quelque chose d'étrange dans
cette part de liberté laissée au poète quant au choix même de
son dialecte. Nos habitudes tendent à nous faire voir dans le
dialecte parlé par chaque écrivain une matière nécessaire, imposée à son talent par les circonstances extérieures et sur
laquelle son choix ne peut rien. Plein de cette idée, M. H.
Schmidt a voulu la transporter dans le monde grec [1]. Réduisant
le plus possible la part de création du poète, il ne veut voir dans
le dialecte des odes de Pindare, par exemple, que le dialecte
attique tel qu'on le parlait à Thèbes dans la bonne société, dans
le groupe de ceux qui, par mode ou par l'effet de leur éducation, *atticisaient*. Pindare, dans cette hypothèse, aurait écrit
tout simplement la langue qui se parlait autour de lui. Comment
expliquer alors que les tragiques d'Athènes fissent usage dans
la même pièce, tantôt du dialecte attique pur, tantôt d'une espèce
de dialecte dorien? Il est évident, il est absolument certain que
la loi de l'appropriation du dialecte à la nature du genre traité
primait de beaucoup dans la poésie grecque les influences purement géographiques, et que le choix d'un dialecte était affaire
de tact et de goût beaucoup plus que de latitude. Il faut reconnaître hautement ce fait, sans lequel toute la poésie grecque est
inintelligible. On rencontre d'ailleurs, même dans les littératures modernes, des exemples analogues, sinon tout à fait semblables. L'italien de Dante est le plus remarquable de ces exemples et le plus célèbre. Plus près de nous, la langue des félibres

1. *Metrik*, p. 183.

en est un autre; ces poètes n'écrivent en effet le dialecte exact
d'aucune des villes ni d'aucun des pays du midi de la France;
Ils se servent d'un dialecte composite et en partie artificiel, qui
forme une véritable langue littéraire. L'imitation du style maro-
tique, telle qu'on la rencontre dans certaines pièces de la Fontaine ou de Racine (pour ne citer que ces deux noms), est encore
un fait du même genre, et d'autant plus curieux, qu'il nous
est fourni par la plus strictement régulière des littératures
classiques [1]. En Grèce, les faits de ce genre sont innombrables.
Il est aujourd'hui certain pour tout le monde que le dialecte
d'Homère n'a jamais été exactement un dialecte parlé. On peut
en dire autant de celui des plus grands poètes de la Grèce. C'est
presque la première loi de toute poésie grecque, que le poète
choisit et façonne lui-même, en dehors de l'usage vulgaire, le
dialecte dont il doit se servir [2]. On s'expliquera mieux ce phénomène si l'on songe à deux circonstances particulières de la
vie littéraire dans la Grèce antique : la première est la popula-
rité immense de la poésie, qui maintint en honneur, sinon en
usage, les formes consacrées jadis par l'art, et qui permit ainsi
aux époques plus récentes de les remettre en circulation pour
donner à leurs propres œuvres plus de noblesse; la seconde
est la fréquence des relations entre les différentes parties de la
Grèce, relations amenées soit par le commerce, soit par les
grands jeux publics, soit par toute autre cause, et d'où résultait
que les qualités littéraires propres à chaque dialecte étaient
saisies et goûtées avec une grande finesse par toutes les cités
grecques indistinctement.

Le vocabulaire en Grèce n'était pas moins que le dialecte capable de rehausser l'éclat d'un poème lyrique.

D'abord la littérature grecque est la seule des littératures classiques qui possède à proprement parler une langue poétique, je

---

1. Les archaïsmes de Virgile pourraient également être rapprochés des
exemples qui précèdent.

2. Aristote le dit en propres termes : δὸ δεῖ ποιεῖν ξένην τὴν διάλεκτον·
θαυμασταὶ γὰρ τῶν ἀπόντων εἰσίν· ἡδὺ δὲ τὸ θαυμαστόν ἐστι (*Rhét.*, III, 2, 3).

veux dire un trésor de mots qui soit à l'usage exclusif des poètes
et dont l'idée se traduise en prose par une série parallèle de synonymes ou d'équivalents. Prenez une phrase de Virgile ou
d'un poète français quelconque, et brisez le rythme des vers en
changeant l'ordre des mots : vous aurez (quant à la langue),
une phrase d'excellente prose, à quelques rares détails près.
Les mots avec lesquels Virgile, Horace, Corneille, Racine, la
Fontaine expriment la poésie dont leur âme est pleine sont les
mots de la langue journalière, et ils n'arrivent à la poésie dans
l'expression que par le choix et l'arrangement des matériaux
usuels. Écoutons Virgile nous parler de Camille :

> Illa vel intactæ segetis per summa volaret
> Culmina nec teneras cursu læsisset aristas, etc.

Voilà d'admirables vers. Or il n'y a pas un seul de ces dix ou
douze mots qui n'appartienne à l'usage le plus ordinaire. Qu'on
ouvre Corneille au hasard, on verra le même fait se produire :

> Saintes douceurs du ciel, adorables idées,
> Vous remplissez un cœur qui vous peut recevoir ;
> De vos sacrés attraits les âmes possédées
> Ne conçoivent plus rien qui les puisse émouvoir.

Toute cette poésie sublime se sert des mots de la prose. En
Grèce, au contraire, il y a pour ainsi dire deux langues jux-
taposées : d'une part la langue usuelle, qui est celle des prosateurs, et de l'autre la langue des poètes, composée de vocables
antiques ou rares, qui ont par eux-mêmes, indépendamment de
tout choix et de tout arrangement, un air particulier de noblesse
et de grandeur, et qui ne paraissent jamais en prose. Les anciens se rendaient compte très nettement de cette différence.
Aristote déjà y insiste à plusieurs reprises, dans sa *Poétique* et
dans sa *Rhétorique*[1]. Les mots usuels s'appellent τὰ κύρια ὀνό-
ματα; les mots poétiques portent le nom de γλῶτται. Le vocabulaire de la prose est clair, mais en poésie il rendrait le style

---

1. *Poét.*, ch. XXII; *Rhét.* III, 2.

plat. Le vocabulaire poétique a naturellement de l'élévation et de
la beauté. Aussi tous les poètes, pendant de longs siècles, s'en sont
servis exclusivement. C'est Euripide, novateur par tant de côtés, et
qu'on pourrait appeler en plus d'un sens le précurseur des poètes
modernes, qui a renoncé le premier à l'usage de ce vocabulaire,
pour faire sortir presque toujours la beauté poétique de son style,
comme feront plus tard les Latins et les Français, du choix et
de l'arrangement des mots usuels[1]. Avant lui la langue des
poètes se sépare de celle de la prose à peu près comme la langue des dieux, suivant Homère, se distingue de celle des
hommes : le même fleuve s'appelle Scamandre dans la langue
des hommes et Xanthe dans celle des dieux[2]; de même, la gloire
s'appelle δόξα en prose et κλέος en poésie, et ainsi de suite. Aristote en cite plusieurs exemples. Voici un vers de l'*Odyssée*[3] :

Νῦν δέ μ᾽ ἐὼν ὀλίγος τε καὶ οὐτιδανὸς καὶ ἄκικυς.

Ces trois adjectifs sont du vocabulaire poétique, ce sont des
γλῶτται; ils donnent à l'expression de la noblesse; qu'on les traduise, dit Aristote, par des synonymes usuels :

Νῦν δέ μ᾽ ἐὼν μικρός τε καὶ ἀσθενικὸς καὶ ἀειδής.

la grâce du vers disparaît, et ce qui était noble devient plat[4].
Il va de soi que la poésie lyrique, qui est la poésie par excellence, devait faire grand usage de ces γλῶτται.

Les poètes Grecs ont encore une autre ressource : c'est de créer
des mots. Rien de pareil n'existe, à ce degré du moins, à Rome
dans l'antiquité, ni aujourd'hui en France. Quintilien signalait
déjà cette supériorité du grec sur le latin; il portait envie à la
liberté créatrice des Simonide et des Pindare, refusée aux Horace et aux Virgile presque autant qu'elle l'est en France à un

1. Aristote, *Rhét.*, III, 2, 4.
2. Ὃν Ξάνθον καλέουσι θεοὶ ἄνδρες δὲ Σκάμανδρον (*Iliade*, XX, 74). Cf. Pla
ton, *Cratyle*, p. 391 E.
3. IX, 515.
4. *Poét.*, ch. XXII.

Corneille, à un Racine, à un Molière[1]. Ronsard a revendiqué
cette liberté; on sait que le succès a fait défaut à son entreprise.
Ce qu'il voulait faire, et ce qui parut en France (surtout au XVIIe
siècle) si extraordinaire, n'était pourtant que ce que tout poète,
en Grèce, et principalement tout poète lyrique, avait le droit de
faire sans choquer personne : c'était de former des mots composés, des mots *doubles*, comme disaient les Grecs[2], capables d'offrir un beau sens uni à un beau son, et de condenser une peinture magnifique dans un seul terme. Ce droit de créer des mots
doubles est formellement reconnu au poète par Aristote en
maint passage[3]. C'étaient surtout les genres de poésie les plus
passionnés et les plus brillants qui jouissaient de ce privilège;
les divers genres lyriques par conséquent, et parmi eux le dithyrambe, étaient à cet égard au premier rang[4]. Les derniers
vers du beau fragment de Pratinas que nous avons cité dans le
précédent chapitre renferment de curieux exemples de cette liberté créatrice, commune d'ailleurs à tous les poètes lyriques[5].
Du lyrisme, cette liberté passa ensuite à la tragédie, au moins
dans les chœurs. On se rappelle les vers d'Aristophane sur les
grands mots à panache de la poésie d'Eschyle[6]. Un autre poète
comique, aujourd'hui perdu, Ariphradès, s'était moqué de ce
style peu naturel; mais Aristote, qui rapporte ce jugement, le ré-
fute en quelques mots sommaires et péremptoires[7]. Ces beaux
mots convenaient d'autant mieux au lyrisme que la musique,
comme nous le disions tout à l'heure, avait pour effet de les
mettre en relief et de les détacher[8].

---

1. « Res tota magis Græcos decet, nobis minus succedit;... quum κυρτκύ-
χενα mirati sumus, *incurvicervicum* vix a risu defendimu » (*Instit. orat.*, I, v,
70). Et plus loin : « Minime nobis concessa est ὀνοματοποιία » (*ibid.*, 72).

2. Διπλαῖ λέξεις.

3. *Poét.*, ch. XXII; *Rhét.*, III, 2.

4. *Poét.*, ch. XXII (vers la fin).

5. Cf. p. 86.

6. Aristophane, *Grenouilles*, v. 925, éd. Meineke.

7. *Poét.*, ch. XXII.

8. Cette observation est surtout vraie de ce que Denys d'Halicarnasse appelle le lyrisme *austère* (*de Comp. Verb.*, ch. XXI), de celui de Pindare, par

Non seulement les poètes lyriques créent des mots, mais en outre ils rajeunissent ceux qu'ils empruntent à la langue courante par la manière hardie et nouvelle dont ils s'en servent. Leur style est plein de métaphores, de figures de toute espèce.

Même liberté, même hardiesse dans le mouvement de leurs phrases. Bien avant les Lysias et les Isocrate, le lyrisme employait à profusion toutes les figures de mots et de pensées que la rhétorique devait cataloguer, et que l'éloquence même évita longtemps avec une sorte de pudeur. L'apostrophe, l'interrogation, la subjection, la correction sont des formes de style qui abondent chez les poètes lyriques. Rien n'est trop luxuriant pour ces pompeuses panégyries où tous les arts se réunissent dans un magnifique concert[1].

On voit d'ailleurs combien, pour les mots et pour le style, comme pour le choix du dialecte, cette richesse admet de nuances, combien chaque poète peut aisément trouver, dans cette nécessité générale d'une hardiesse brillante, la mesure et la nuance précises qui correspondent à son tour d'esprit, à l'originalité propre de son âme et de son talent. Tous les poètes lyriques usent de ces ressources communes, mais ils en usent selon leur génie et selon leur goût. Il y a place, dans cette gamme brillante, pour la gravité d'un Pindare, pour la grâce d'un Simonide, et pour vingt autres talents qui différeront plus ou moins de tous deux.

V

Cette observation s'applique également à ce que nous avons à dire maintenant de l'esprit lyrique. Ici comme partout, en traçant les limites, pour ainsi dire, du domaine lyrique, nous som-

---

exemple, qui, au lieu de donner à ses phrases un mouvement coulant et facile, marche d'un pas heurté, arrête fortement l'attention sur chaque détail et offre à l'esprit une suite lentement déroulée de mots qui renferment un sens profond.

1. Cf. ce que Bergk (*Gr. Litt.*, I, p. 843-844) dit de l'emploi si parcimonieux des figures de rhétorique dans Homère.

mes aussitôt amenés à signaler quelle est l'étendue de l'espace circonscrit par ces limites, et quelle part considérable reste encore à la diversité des nuances individuelles.

Il y a pourtant un esprit lyrique, je veux dire un certain ensemble de tendances qui, dans la manière de juger les choses et les personnes, dans l'expression des sentiments et des idées, s'imposent en quelque sorte au poète lyrique, et maintiennent la liberté de sa pensée et de son langage entre des bornes qu'il lui est interdit de franchir. Tous les poètes lyriques n'ont pas absolument la même manière de penser et de sentir sur tous les points; mais il y a certaines manières de sentir et de dire qui ne peuvent appartenir à un poète lyrique, et il y a au contraire certaines habitudes générales de pensée qui se rencontrent plus ou moins chez tous. L'ensemble de ces habitudes forme ce que j'appelle l'esprit lyrique.

§ 1

Nous avons vu, par l'énumération des sources d'invention offertes au poète lyrique, qu'il peut être amené à parler de tout. Il peut et doit toucher à toutes les idées religieuses et morales, à toutes les circonstances de la vie publique et privée. Voyons d'abord ce qu'est l'esprit lyrique en matière de religion et de morale.

Mais il y a ici une remarque préliminaire qu'il est indispensable de présenter très nettement, parce que trop souvent, dans la pratique, les savants modernes ont négligé d'en tenir compte, et qu'elle a pourtant la plus grande importance si l'on veut apprécier Pindare avec justesse.

Les idées philosophiques, morales, théologiques tiennent assurément une très grande place dans les œuvres des poètes lyriques. Mais un Simonide ou un Pindare n'est pour cela ni un philosophe, ni même, au sens moderne du mot, un théologien: c'est un poète lyrique. Il peut sembler superflu d'insister sur une vérité si évidente; mais cette vérité si évidente est en même temps très facile à oublier quand on passe de la théorie à l'application. Le philosophe et le théologien sont des hommes qui cherchent le vrai, qui tiennent à leurs doctrines, qui essaient de les démontrer, et qui font grande attention à ne pas changer d'opinion légèrement. Un poète lyrique grec est tout autre chose. Je dis poète lyrique, et grec. Il y a en effet tel pays, telle civilisation, où le poète, même le poète lyrique, peut être un philosophe ou un penseur s'exprimant en vers avec la plus entière sincérité et la plus parfaite exactitude. En Grèce au contraire il n'en est pas de même, du moins au temps de Pindare. Le poète lyrique y est soumis à deux lois qui sont tout l'opposé des conditions nécessaires au philosophe ou au théologien. La première, c'est de chanter pour la foule, et d'être en grande partie l'interprète de ses idées et de ses sentiments. La seconde, c'est de se plier aux habitudes, aux traditions, aux exigences de son art. Or, voici ce qui en résulte.

Vers la fin du sixième siècle, deux courants d'idées très différents se partageaient les esprits dans la société grecque. L'un se précipitait vers l'avenir ; l'autre, d'une marche plus lente, presque immobile, se tenait aussi près que possible du passé. Le peuple (et ce mot n'implique ici aucune distinction entre l'aristocratie et la démocratie) croyait aux dieux d'Homère et d'Hésiode, admirait les victoires agonistiques, était fermement attaché à son culte traditionnel et à ses fêtes locales. Les philosophes, au contraire, par la bouche des Héraclite et des Xénophane, lançaient un éclatant défi à ces deux choses si admirées et si aimées : la religion populaire et le stade. Ce double idéal du peuple grec, l'un qui enchante son âme, l'autre qui charme ses yeux, n'est pour le philosophe que superstition et grossièreté. « Homère et Hésiode, dit Xénophane, ont attribué à leurs dieux tous les crimes [1]. »

La prostitution, l'adultère, l'inceste,
Le vol, l'assassinat et tout ce qu'on déteste,
C'est l'exemple qu'à suivre offrent vos immortels.

1. Fragm. 7, éd. Didot (πάντα θεοῖς ἀνέθηκαν Ὅμηρός ὁ Ἡσίοδός τε).

Nous n'avons qu'à citer *Polyeucte* pour traduire ce Grec du sixième siècle. Héraclite en disait à peu près autant que Xénophane, et les Pythagoriciens étaient d'accord avec eux. Tous ces grands esprits jugent le passé avec une raideur qui sent encore la lutte, et avec un dédain presque choquant pour notre impartialité curieuse et bienveillante. Même mépris des athlètes : c'est encore Xénophane qui raillait dans une élégie leur estomac vorace et leur esprit obtus[1].

Entre ces deux courants, le choix du poète lyrique ne pouvait être douteux. Ce qui excite la colère ou le mépris des philosophes, c'est ce qu'il doit lui-même célébrer dans tous ses chants. Par métier, pour ainsi dire, il est tenu de partager la foi de la foule. Prophète de la Muse, il n'a pas le droit de la renier. Il est la voix de ce passé, de ces traditions religieuses et morales que le philosophe désavoue. Il est le ministre obligé de ces fêtes que Xénophane déteste. Il faut donc qu'il croie aux vieilles légendes, à la gloire des athlètes, à la vertu des vainqueurs, à la beauté de la jeunesse et de la force physique, à celle des richesses et du luxe. Il faut qu'il y croie, ou du moins qu'il ait l'air d'y croire. Il n'est pas absolument nécessaire en effet que l'auteur d'un dithyrambe pense de Bacchus, dans le fond de son âme, ce que le plus naïf de ses auditeurs en pouvait penser. Il y a une croyance d'imagination qui peut suppléer parfois chez le poète à la croyance naïve et profonde, et il est difficile de déterminer quelle mesure de scepticisme réel peut se concilier avec cette foi apparente. Le poète dithyrambique Diagoras de Mélos, contemporain de Pindare, quoique un peu plus jeune que lui, était surnommé l'*Athée*. Voilà, pour un poète lyrique, un singulier surnom. Mais un témoignage bien curieux nous avertit que son impiété ne se montrait pas dans ses odes : là, comme poète, il était respectueux envers les dieux et *orthodoxe*, s'il est permis d'employer ce mot[2]. On cite de lui des vers que le poète le plus religieux

---

1. Fragm. 19, éd. Didot.

2. Ἀλλ' ἐστὶν εὔφημος, ὡς ποιητής, εἰς τὸ δαιμόνιον (Phædr. epicur., éd. Pétersb., p. 23).

n'aurait pas désavoués. Il parle de la puissance divine et de la
faiblesse de la sagesse humaine privée du secours divin, avec
une éloquence qui rappelle Pindare[1]. Il est impossible de saisir
sur le fait, par un exemple plus frappant, cette première loi de
l'esprit lyrique, en vertu de laquelle le poète, quelles que fussent d'ailleurs ses opinions personnelles, était obligé dans son
rôle public d'exprimer à peu près les idées de tout le monde.

Il ne faudrait pas exagérer d'ailleurs la rigidité de ces croyances nationales. Il n'y a jamais eu dans la Grèce ancienne de
corps sacerdotal fortement organisé, chargé de veiller sur la
pureté des traditions, d'en déterminer le sens précis, d'en
maintenir l'ensemble et les détails. La théologie grecque n'a
jamais été comme un livre fermé et scellé, au texte duquel il fût
interdit de changer la moindre lettre ; c'est une science ouverte,
dont nul ne défend les abords, et que la Muse à toutes les é-
poques peut élargir et compléter. Car c'est la Muse, ne l'oublions
pas, que ce soin regarde particulièrement. Les grands théolo-
giens de la Grèce primitive sont des poètes. Homère et Hésiode
sont les fondateurs de la théologie grecque. Or les poètes peuvent se tromper. La Muse enseigne tantôt la vérité et tantôt l'erreur ; c'est Hésiode lui-même qui l'affirme[2]. Pindare dit nettement à plusieurs reprises que souvent les poètes accréditent le
mensonge. Aussi leur autorité n'a rien de tyrannique ni d'absolu. L'infaillibilité n'apparaît nulle part dans la mythologie
grecque[3]. La foi aux mythes, dans cette brillante patrie des
beaux mensonges, n'a rien d'étroit ni d'impérieux. C'est une
croyance qui se donne librement et qui garde toujours le droit
de se reprendre. Le poète se contredit et contredit ses devanciers sans hésiter. Stésichore, après avoir accusé Hélène conformément à la tradition, chante la *Palinodie*. Pindare, en plus

---

1. Voy. les Fragments de Diagoras, dans Bergk, *Lyr. gr.*, p. 1222.
2. Au début des Ἔργα καὶ Ἡμέραι.
3. On peut lire sur ce sujet une belle page de Fréret (Mém. de l'Acad.
des Inscr., anc. série, t. XXIII, p. 19), déjà citée par Schœmann, *Griech.
Alterth.*, t. II, p. 135 (en note).

d'un endroit, déclare qu'il modifie la tradition. Pourquoi? c'est
tantôt une raison morale, tantôt une autre qui le détermine. Il
n'en doit compte à personne. La Muse qui l'inspire est souveraine. S'il se trompe, d'autres à leur tour le corrigeront. Ainsi,
quand nous disons que le poète lyrique doit être orthodoxe, nous
ne prétendons pas enchaîner sa liberté sur tous les détails ; car
son orthodoxie ne pouvait être plus précise que ne l'était celle
de la nation elle-même. Mais ce qu'il devait faire évidemment,
c'était de ne pas choquer son auditoire par des idées religieuses
ou morales qui fussent en opposition violente avec celles que la
foule admettait généralement [1].

Cette nécessité où était le poète de se conformer aux idées de
son auditoire avait encore une autre conséquence: c'était de
l'amener à faire de fréquents emprunts aux légendes locales.
Ces légendes, étrangères à la grande tradition homérique et
hésiodique, privées par conséquent de l'autorité qui s'attachait
dans toute la Grèce aux récits des deux grands poètes épiques,
n'en étaient pas moins très vivantes chacune dans leur patrie.
C'était pour le poète lyrique un sûr moyen de plaire à son auditoire que d'enchâsser les légendes locales dans une œuvre
poétique destinée à une vaste publicité, et de leur communiquer
ainsi, avec la beauté de la forme lyrique, le relief, l'éclat, la
durée que les chants d'Homère ou d'Hésiode avaient assurés dès
l'origine à des légendes primitivement égales à celles-là. Car
Homère et Hésiode n'avaient pas fait autre chose. Dans le nombre
presque infini des traditions locales, ils en avaient recueilli
quelques-unes, qu'ils avaient associées à l'immortalité et à l'uni-
versalité de leur propre gloire. La plupart des autres étaient
restées confinées dans les limites d'une notoriété restreinte.

---

1. Il y a eu d'ailleurs de tout temps en Grèce, à côté des mythes traditionnels auxquels on pouvait croire, des mythes purement fictifs et poétiques qui n'étaient manifestement que des jeux d'imagination ou des allégories, et qui n'entraînaient aucune croyance, du moins au début (p. ex. le
mythe du *Protagoras* de Platon, ch. XI, qui n'est qu'une *fable*). Homère savait parfois fort bien qu'il créait des mythes fictifs, et ses contemporains
aussi (cf. Bergk, *Griech. Litt.*, I, p. 316-317 et 604).

Mais ce qu'Homère et Hésiode avaient fait, d'autres pouvaient le refaire dans la mesure de leurs forces. Personne n'avait plus que les lyriques qualité pour cette tâche, puisque les nécessités mêmes de leur rôle les mettaient en de perpétuelles relations avec toutes les parties de la Grèce, où ils pouvaient recueillir de la bouche même du peuple les *dires antiques*[1], les chants nationaux, les souvenirs pieusement conservés à travers les âges. Dans un hymne de Pindare[2], Amphiaraüs recommandait à son fils Amphiloque de s'accommoder aux usages et aux mœurs des pays qu'il visiterait: le conseil d'Amphiaraüs pourrait servir de devise au lyrisme grec.

Les poèmes lyriques gagnaient à cela l'attrait de la nouveauté. Les Grecs se prêtaient peut-être plus volontiers que les modernes à entendre toujours parler des mêmes mythes, à voir célébrer des fêtes à peu près identiques[3]. Cela tient aux racines profondes que ces mythes et ces fêtes avaient dans l'âme même de la nation. Encore était-il à propos de rafraichir dans les détails ce qu'on ne pouvait entièrement renouveler. « Vantons les vieux vins et la fleur brillante des chansons nouvelles, » dit Pindare dans une de ses odes[4]. Il célèbre souvent lui-même la nouveauté de ses propres chants. Il apporte à Théron un hymne à la fraîche parure[5]. La route où il entre, il est vrai, a été parcourue déjà par le char de ses devanciers, et beaucoup de choses ont été dites[6]; il trouvera pourtant du nouveau, dût-il offrir ses inventions en pâture à la calomnie, qui attaque toujours le mérite et ne querelle jamais la médiocrité[7]. Bacchylide se vante quelque part d'avoir ouvert des routes nouvelles[8]. La nouveauté est un mérite qu'Alcman, avant Pindare et Bacchylide, se glori-

1. Παλαιαὶ ῥήσιες (Olymp. VII, 54-55).
2. Fragm. 19 (Bergk).
3. Voy. sur ce point J. Girard, *Études sur l'Éloquence Attique*, p. 196.
4. Olymp. IX, 48-49.
5. Olymp. III, 4 (νεοσίγαλον τρόπον).
6. Ném. VI, 53-54; Ném. VIII, 20.
7. Ném. VIII, 20-22.
8. Fragm. 14 (Bergk).

fiait aussi de posséder [1]. Plus de deux mille ans avant la Bruyère,
on se plaignait déjà que tout fût dit, et qu'il fallût pourtant du
nouveau. C'est à quoi pouvaient servir les légendes locales.
Chaque poète lyrique avait à cœur d'introduire dans la tradition générale de la Grèce des mythes inconnus, des mythes dont
personne avant lui n'eût parlé. Aussi voyons-nous les scoliastes,
les écrivains érudits de l'antiquité, citer à maintes reprises tel
ou tel poète lyrique comme ayant enrichi la mythologie d'une
nouvelle légende [2]. On appelle souvent les poètes lyriques des
faiseurs de mythes [3]. Stésichore fut un des mythologues les
plus féconds, à en juger par le nombre de fois que les anciens
le citent à ce propos. Il en est de même de Pindare. Tantôt les
scoliastes, tantôt ses propres indications nous avertissent de
certaines nouveautés dont la mythologie grecque lui fut rede-
vable [4].

Ceci nous amène au second caractère de l'esprit lyrique, je
veux dire à ces habitudes de pensée qui résultent pour l'artiste,
non plus seulement des convenances extérieures auxquelles il
doit satisfaire, mais de ce fait même qu'il est artiste, c'est-à-dire
homme d'imagination plus que de raison froide, épris du beau
plus que du vrai, mené par ses admirations plus que par ses
convictions, soumis aux lois de son art comme le savant ou le
philosophe sont soumis aux règles d'une saine méthode. Le
goût du nouveau, dont nous parlions tout à l'heure, est justement une des formes de cet esprit poétique et artiste. Ce n'est
pas comme étant plus vrai que le nouveau plaît au poète lyrique; c'est comme plus agréable et plus brillant. Entre deux
légendes qui s'offriront à son choix, ce n'est pas nécessairement
celle qu'il croira la plus vraisemblable que le poète choisira; ce
sera la plus belle. Y croit-il véritablement? Peut-être ne s'est-

1. Fragm. 1 (Bergk) : νεοχμὸν μέλος.
2. Parmi les lecteurs des poètes lyriques, dit Plutarque, ceux qui aiment
les mythes s'attachent de préférence à ce qu'il y a dans leurs récits de *neuf*
et de brillant, τὰ καινῶς ἱστορούμενα καὶ περισσῶς (*de Lect. poet.*, ch. xi).
3. Μυθοποιοί.
4. Nous reviendrons sur ce sujet dans la seconde partie de cette étude.

il jamais interrogé lui-même à ce sujet, car il est poète et non
philosophe. Mais s'il réfléchit à ce qu'il chante, s'il veut être
penseur en même temps qu'artiste, il est à peu près inévitable
qu'il arrive à une sorte d'éclectisme large, hospitalier presque
jusqu'à l'indifférence pour un bon nombre de ces récits qu'il
met en œuvre, et où il verra plutôt de beaux motifs poétiques
que des vérités certaines. L'habitude même de chanter successivement pour tous les sanctuaires, de se plier à la diversité des
traditions locales, de complaire tour à tour à la légende dorienne et à la légende ionienne, devait, ce semble, le détacher
presque nécessairement de la lettre même des traditions. Si la
foi grecque est de sa nature très libre et un peu flottante, celle
des poètes lyriques devait l'être davantage encore. Au temps de
Pindare, il est évident qu'un scepticisme complet ne pouvait pas
être ordinaire ; mais entre la foi aveugle et l'extrême liberté
d'esprit, il y a bien des degrés, et on peut croire que les poètes
lyriques les ont maintes fois parcourus. A toutes les époques ils
ont dû chanter comme s'ils croyaient ; mais à toutes les époques
aussi, ce respect extérieur, cette décence poétique, pour ainsi
dire, ont pu recouvrir des diversités notables dans l'interprétation
des choses que le poète répétait. Il était même impossible que
ces diversités ne parussent pas en quelque mesure dans l'expression. Elles s'y bornaient, il est vrai, à de simples nuances,
mais elles ne pouvaient disparaître entièrement. C'était la part
laissée à l'originalité de chacun.

D'autre part, le poète lyrique était obligé de se conformer à
l'esprit et au ton de chaque genre. Quelles que fussent, en matière de morale, les idées personnelles d'un Simonide ou d'un
Pindare, ils étaient obligés, dans un scolie, de chanter le vin et
les plaisirs ; dans un épinicie, de chanter la vertu qui donne la
gloire ; dans un thrène, d'être graves et tristes. La piété, dans un
dithyrambe, avait une autre allure que dans un hymne. Les obligations techniques du poète, ici encore, dominent donc en
quelque manière les sentiments de l'homme. Ceux-ci se réfu-
gient dans les détails ; s'ils s'expriment, c'est avec discrétion ;

10

mais le métier parle plus haut qu'eux; il est au premier rang.

Sainte-Beuve, dans une fine étude sur l'amusant et un peu léger récit des *Grands jours d'Auvergne* de Fléchier, rappelant la contradiction qui existe entre la dignité du caractère épiscopal, dont le souvenir de Fléchier ne saurait guère se séparer aujourd'hui, et la vivacité passablement juvénile de ce badinage, fait à ce propos cette remarque qu'il n'y a rien à conclure du ton de ce piquant récit contre le sérieux ordinaire de la vie et même des pensées de Fléchier. Fléchier, suivant l'ingénieux et profond critique, a pris tout simplement le ton du genre; des règles toutes littéraires ont modifié dans ce cas, au moins en apparence, jusqu'à la gravité sacerdotale, chez un homme qui fut plus tard un très bon évêque. La Fontaine (un peu plus suspect, il est vrai) s'excusait aussi de la liberté de ses contes en alléguant les lois du genre : « La nature du conte, dit-il, le voulait ainsi [1]. » On sait que Pline le Jeune avait déjà dit quelque chose de semblable pour s'excuser d'avoir écrit des vers peu réservés [2]. Cette sorte de nécessité littéraire pèse également sur le lyrisme.

On voit ce qui ressort de ces faits : c'est qu'il ne faut pas trop prendre au pied de la lettre tout ce que le poète semble dire, et se hâter de voir dans chacune de ses paroles l'expression fidèle de sa conviction propre, lorsque bien souvent c'est ou le métier, ou la situation qui parlent, pour ainsi dire, par sa bouche. Il est d'autant plus facile de s'y tromper que le lyrisme abonde en maximes générales; les odes triomphales de Pindare en sont pleines. Un poète qui parle ainsi a l'air d'un dogmatique; mais ce n'est là qu'une apparence : c'est l'occasion bien souvent qui lui dicte ces prétendues lois, et c'est son style qui est dogmatique, non son esprit.

Une autre conclusion à tirer de tout ce qui précède, c'est qu'il ne faut pas non plus s'étonner de ce qu'on pourrait appe-

---

1. Préface de la 2e édition des *Contes et Nouvelles*, 1665.
2. *Epist.*, v, 3.

ler les *variations* des poètes lyriques, c'est-à-dire de la facilité
avec laquelle ils admettent tour à tour des légendes qui se contredisent. On sait que Bossuet se scandalisait fort de voir Virgile successivement épicurien dans les *Géorgiques* et stoïcien
dans l'*Énéide*, selon les besoins poétiques de sa Muse, ou tout
au moins selon les époques [1]. Rien ne montre mieux la différence
du poète et du théologien. Mais un poète lyrique grec pourrait,
bien plus justement encore que Virgile, scandaliser un Bossuet;
car les contradictions de Virgile sont en somme assez rares, au
lieu que celles des poètes lyriques sont innombrables. Comme ils
chantent successivement pour toutes les parties du monde grec,
et que partout ils rencontrent des traditions indépendantes les
unes des autres, ils prennent de toutes mains, sans se croire le
moins du monde obligés d'introduire dans la diversité de ces
éléments la cohésion qui leur manque.

Cela ne veut pourtant pas dire, répétons-le, qu'un poète lyrique ne pût pas avoir, en matière de religion et de morale, ses
idées propres, ni même qu'il lui fût interdit d'en rien montrer.
Un habile écrivain, et qui tient à ses opinions, n'est jamais
embarrassé de les laisser paraître sous le vêtement d'apparat
que son métier l'oblige à prendre. Il y a des nuances significa-
tives et des insinuations éloquentes dans un art aussi discret que l'était le lyrisme grec. La réserve délicate habituelle à
ce genre de poésie y donne aux distinctions les plus fines une
importance qu'elles n'auraient pas ailleurs. Chaque mot a sa
valeur dans un ensemble si concerté. Ce sont ces détails qu'il
s'agit de recueillir et de peser, pour apprécier l'originalité de
chaque poète. On peut y réussir, mais il faut sans cesse se préoccuper de ne pas prendre pour la marque distinctive de l'homme
ce qui n'est peut-être que le costume du rôle.

1. *Traité de la Concupiscence*, ch. XVIII. Il s'agit surtout dans ce passage
des idées exprimées par Virgile sur le système du monde, d'abord dans le
IIe chant des *Géorgiques* (490-492) : *Felix qui potuit*, etc., ensuite dans le
VIe chant de l'*Énéide* (724-27) : *Principio cælum ac terras*, etc., et aussi
des théories cosmogoniques de la VIe *Églogue*.

§ 2

Nous avons rencontré tout à l'heure, chez un écrivain grec, un mot qui désigne à merveille un trait essentiel de l'esprit lyrique : c'est le mot εὐφημία, qui exprime le contraire de la médisance. L'*euphémie* est l'art de ne prononcer aucune parole qui puisse blesser qui que ce soit. Pratiquer l'euphémie est une des lois fondamentales du lyrisme. Un athée tel que Diagoras devait l'observer, comme poète lyrique, envers les dieux, auxquels il ne croyait pas. Il en était de même, et pour des raisons semblables, à l'égard des choses contemporaines, des questions politiques irritantes, des relations du poète avec les personnes.

Un poète lyrique pouvait être, comme citoyen, partisan de l'aristocratie ou de la démocratie, ami d'Athènes ou de Lacédémone; mais, comme poète lyrique, il devait se tenir le plus possible dans une région calme et sereine, loin des partis et des disputes. Sur ce point encore, l'originalité propre de sa manière de voir ne pouvait se manifester que par des nuances. Le poète lyrique ne sait que louer, et ne médit jamais. Il aime à raconter les belles actions; il évite de parler des mauvaises. Il se détourne du mal et ne veut pas le voir. S'il est contraint d'en parler, il le fait le plus rapidement possible, et s'en excuse presque toujours. Les médisances à la façon d'Archiloque ne lui inspirent que de l'horreur [1]. Même dans le domaine de la mythologie, il évite de donner tort à personne. Les vainqueurs obtiennent ses éloges, mais les vaincus ne sont pas l'objet de ses attaques: qui sait s'il n'aura pas, un autre jour, à louer quelque personnage qui fasse remonter jusqu'à eux son origine, et qui s'en glorifie? On avait un jour accusé Pindare, à Égine, d'avoir, dans un péan destiné au temple de Delphes, sacrifié quelque peu

---

1. Pyth. ii, 52-56. Voy. également Olymp. vi, 19; vii, 31; xiii, 91; Pyth. 54; Ném. iii, ix, 27; etc.

la mémoire d'un héros éginète à l'honneur des Delphiens. Il
faut voir avec quelle énergie il s'en défend dans une ode écrite
peu après pour un vainqueur d'Égine [1]. Il invoque le témoignage de ses compatriotes : ceux qui habitent au delà de la mer,
et qui le connaissent, savent s'il respecte l'hospitalité, s'il marche la tête haute parmi les siens, et si jamais son vers s'est
souillé d'une parole de blâme. « Je m'arrête, dit-il ailleurs
(après avoir mentionné incidemment le crime d'un héros mythique); toute vérité n'est pas utile à produire. Le silence est
quelquefois l'habileté suprême des sages. Mais que j'aie à chanter la richesse, ou la force d'un bras vainqueur, ou les triomphes de la guerre, en vain des fossés profonds emprisonneraient
mon élan; d'un effort léger, je sais les franchir : les aigles s'é-
lancent par delà les mers [2]. » Pindare a exprimé très souvent
cette idée, qui ne lui était évidemment pas particulière. Simonide
disait aussi qu'il n'aimait pas à blâmer [3]. C'est là pour le lyrisme
une nécessité ; c'est une conséquence inévitable des conditions
dans lesquelles il se produit. Le poète lyrique ne pouvait blâmer ni ses hôtes d'aujourd'hui, qui l'appelaient pour chanter
leur gloire, ni ses hôtes de la veille ou du lendemain. La vérité
sans doute y perdait un peu, mais non pas autant qu'on pourrait
le croire. Pour bien apprécier jusqu'où pouvait aller, dans
cette *euphémie* nécessaire, l'indépendance de paroles du poète
lyrique, il faut se rappeler quelle était sa situation dans la société grecque, et la nature de ses relations avec les personnages
qu'il célébrait.

A l'époque de Pindare, c'était fort souvent la perspective d'un

1. Ném. vii, 64-69.
2. Ném. v, 16-21.
3. Οὐκ εἰμι φιλόμωμος. Il n'est pas certain que ces paroles, attribuées par
Platon à Simonide (*Protagoras*, p. 346 C), soient textuellement tirées de
l'ode aux Scopades, longuement analysée en cet endroit du *Protagoras;*
mais si ce ne sont pas les paroles mêmes de Simonide, c'est au moins un
commentaire très exact de sa pensée. Schneidewin, dans son essai de restitution du morceau de Simonide, conserve ces trois mots; Bergk, au contraire,
les rejette, peut-être avec raison.

salaire, probablement convenu d'avance [1], qui déterminait les
poètes lyriques à chanter [2]. Lui-même s'en plaint, et regrette le
temps où la Muse était désintéressée : « Autrefois, Thrasybule, les
mortels qui montaient sur le char des Muses aux tresses d'or,
tenant en main la lyre glorieuse, faisaient voler partout, en
l'honneur des héros, leurs hymnes à la douce voix, toutes les
fois qu'une belle jeunesse avait pour messager auprès d'Aphrodite l'agréable éclat de son printemps. Car la Muse alors n'était
pas avare ni mercenaire ; et les belles chansons, filles de l'harmonieuse Terpsichore, ne coloraient pas encore leur front vénal
du honteux éclat de l'argent [3]. » Mais depuis tout est changé ;
on ne célèbre plus que les riches ; c'est l'argent qui fait les héros.
Anacréon, au siècle précédent, regrettait déjà l'âge heureux où
la voix de la persuasion se distinguait encore du son de l'argent [4]. Mais c'est Simonide surtout qu'on accusait d'avoir changé l'antique usage [5]. Quoi qu'il en soit, d'autres poètes l'imi-
tèrent, et nous voyons un peu plus tard la vénalité des
poètes lyriques fournir un amusant sujet de raillerie à la verve

1. Εἰ μισθοῖο συνέθευ παρέχειν φωνὰν ὑπάργυρον (Pyth. XI, 41). Cf. Olymp. X
(XI), au début, les mots ἐκ̀ τοῦ χρέος, ὀφείλων κοινὸν λόγον, qui indiquent
peut-être une convention du même genre. Bippart (Pindar's Leben, Weltanschauung und Kunst, Iéna, 1848, p. 13, note) croit que le salaire des poètes
n'était pas réglé d'avance, et que le héros d'une ode offrait au poète ce
qu'il jugeait convenable. Rien ne prouve qu'il en fût toujours ainsi : une
anecdote racontée par le scoliaste de la Vᵉ Néméenne (ad v. 1) prouverait
même le contraire, si elle était tout à fait digne de foi.

2. Il pouvait arriver que ce fût parfois un but plus noble, par exemple, le
désir de vaincre dans un de ces concours alors si nombreux pour tous les
genres de poésie lyrique, ou même un sentiment tout désintéressé, tel que
la reconnaissance, l'amitié pour un hôte, le patriotisme ou la piété. Pindare
semble avoir offert gratuitement ses hymnes à divers sanctuaires. L'amitié
lui inspira sans doute aussi plus d'une de ses odes triomphales ; et quant
aux concours, nous avons déjà dit qu'il y prit part assez fréquemment. Il
est cependant probable que la plupart de ses odes lui furent payées.

3. Isthm. II, 1 et suiv.

4. Οὐδ' ἀργυρέη κω τότ' ἔλαμπε Πειθώ (cité par le scol. de Pindare,
ad Isthm. II, 9) ; Bergk, Lyr. gr., p. 1020, fragm. 33 d'Anacréon.

5. Aristophane, Paix, v. 697-699, éd. Meineke. Cf. Bergk, Griech. Litter.,
t. I, p. 179.

d'Aristophane [1]. Ne nous y trompons pas cependant. Pindare
lui-même se fit ou se laissa payer fort cher certaines de ses
pièces [2], et sa renommée n'en souffrit nullement [3]. Malgré des
abus inévitables, malgré les plaintes ou les railleries qui en résultaient, les poètes lyriques, au temps de Pindare, jouissaient
d'une très grande considération. Il était naturel, après tout, selon
la juste remarque de Bergk [4], qu'on les payât de leurs œuvres,
comme on faisait pour les sculpteurs et pour les peintres, et le
prix élevé qu'on leur en donnait marque l'estime où leur art
était tenu. Ce n'étaient pas seulement les riches personnages, les
princes et les tyrans, qui les attiraient et les protégeaient. Les
cités leur accordaient aussi les honneurs les plus enviés ; elles
leur donnaient la proxénie ; elles leur prodiguaient les couronnes.
Les concours littéraires avaient une importance considérable. Les
dieux eux-mêmes s'associaient à cette faveur universelle, et les
poètes lyriques étaient les bienvenus dans leurs sanctuaires. En
échange de leurs péans et de leurs hyporchèmes, on leur donnait
des sièges d'honneur et des distinctions de toutes sortes.

Pourquoi cette faveur si générale ? Elle a plusieurs causes :
d'abord le mérite personnel de ces poètes, qui ne pouvait manquer, en Grèce, d'être apprécié à sa valeur. Aucun pays peut-
être n'a eu autant que la Grèce ancienne le respect du mérite
personnel en quelque genre que ce fût. Depuis la sagesse et la
piété jusqu'à la force corporelle, toutes les qualités qui peuvent
distinguer un homme entre les autres étaient estimées et ho-
norées. Les qualités de l'intelligence, celles surtout qui font les
grands artistes, ravissaient un peuple admirablement doué et cultivé. Les poètes en particulier étaient populaires [5]. L'habileté qui

1. Voy. dans les *Oiseaux* tout le rôle du poète dithyrambique.
2. Scol. Ném. v, 1.
3. Les scoliastes lui reprochent quelquefois d'avoir été trop ami de l'argent; mais presque toujours ces reproches sont fondés sur de fausses interprétations de quelques-uns de ses vers.
4. *Op. cit.*, p. 179. Cf. L. Schmidt, p. 43.
5. Voy. à ce sujet une curieuse citation d'Alcidamas dans Aristote (*Rhét.*,
II, 23, 10).

vient des Muses, sous quelque forme qu'elle se manifestât, semblait à tout le monde un des plus beaux présents que les immortels pussent faire à un homme. Un Simonide, un Pindare
étaient les héritiers des Homère et des Hésiode, des Terpandre
et des Stésichore. Ils avaient la science, et l'illustration qui en
résulte. Il y joignaient souvent la piété, la dignité de la vie, le
respect de leur art.

Au mérite personnel de ces poètes s'ajoutait la grandeur de
leur rôle. Soit qu'il célèbre les dieux, soit qu'il chante les louanges d'un homme, le poète lyrique s'élève, pour ainsi dire, au-
dessus de lui-même. Il est le prophète de la Muse[1]. Il est, selon
l'expression grecque, un homme divin[2]. S'il chante un vainqueur, ce n'est pas par un sentiment de basse et servile flatterie. C'est avec l'idée très nette qu'il est le principal dispensa-
teur de la gloire légitime, qu'il donne aux belles actions leur
récompense, qu'il défend le bien et le beau contre l'injurieux
oubli, contre le silence immérité[3]. Il remplit une fonction élevée; il aide à sa manière au triomphe de la vérité sur l'erreur
et de la vertu sur le vice. S'il célèbre les dieux, il est l'interprète
de la cité tout entière, la voix qui exprime mélodieusement
la secrète pensée de tous les hommes. Il est même, dans une
certaine mesure, l'éducateur et le maître du peuple; il lui
enseigne à prier et à penser[4]. Il raconte et il interprète les

---

1. Πιερίδων προφάτας, dit Pindare (fragm. 67, Bergk). Cf. fragm. 127
(μαντεύεο, Μοῖσα, προφατεύσω δ'ἐγώ).

2. Καὶ Πίνδαρος καὶ ἄλλοι πολλοὶ τῶν ποιητῶν ὅσοι θεῖοί εἰσι (Platon, *Ménon*,
p. 81 B). Cf. *Sophiste*, p. 216 B-C, et surtout *Ménon*, p. 99 C, où Platon définit
(non sans ironie d'ailleurs) ce mot θεῖος appliqué aux poètes; il est synonyme
d'*inspiré*, et implique l'absence de toute méthode scientifique. Comparez le
rôle des aèdes dans les poèmes homériques; ils y sont déjà, comme les
hérauts, bien au-dessus de la foule obscure; ce sont des mortels privilégiés
en qui réside une force divine; de là ces épithètes θεῖοι et δῖοι qui leur sont
si fréquemment appliquées. Cf. Schœmann, *Gr. Alterth.*, t. I, 59-60.

3. Pindare, fragm. 98 (Bergk). Cf. Ném. vii, 11-16, et beaucoup d'autres
passages.

4. N'oublions pas, en effet, que du viiie au ve siècle, entre l'âge de l'épopée et celui de la prose, dans cette période troublée où la Grèce acquérait,

beaux mythes que la tradition et les Muses lui ont appris. Il donne aux maximes de la sagesse populaire plus d'éclat et d'autorité. La morale, l'expérience pratique de la vie, la religion lui fournissent à l'envi la matière de ses chants.

Dans cette situation, le poète lyrique pouvait être, même à l'égard des plus grands personnages de son temps, tout autre chose qu'un flatteur à gages. Il était en réalité souvent leur ami et leur égal. Avec de la prudence et du bon goût, il pouvait faire entendre de sages conseils aux particuliers et aux États. Il ne dépendait que de lui de préserver sa propre dignité. S'il en négligeait le soin, c'est qu'il le voulait bien. Il n'avait pas besoin de crier pour se faire entendre, ni d'être grossier pour être sincère. La leçon particulière peut se déguiser en maxime générale, parfois même en éloge, et rester intelligible. Un honnête homme habile sait dire à demi-voix bien des choses, et les exprimer sans blesser. Il y avait donc à cet égard, dans la courtoisie lyrique nécessaire, des diversités individuelles très appréciables. On rencontrait parmi les poètes lyriques, selon l'expression de Pindare lui-même, des *renards* et des *lions*, c'est-à-dire des flatteurs et des hommes sincères. Seulement le langage des uns n'était pas séparé de celui des autres par un abîme; c'est dans un ton général de discrétion et de réserve que se produisaient ces différences, et le poète lyrique le plus sincère n'avait évidemment rien d'un Archiloque.

VI

On voit suffisamment par tout ce qui précède quelle fausse idée on se ferait du lyrisme grec si l'on imaginait de le considérer, sur la foi de certains préjugés modernes, comme l'œuvre d'un entraînement irréfléchi et d'une inspiration presque aveugle. Rien n'est moins naïf à certains égards que l'enthousiasme du

par la fréquence de ses vicissitudes politiques, une précoce et profonde expérience, c'est le lyrisme qui a été le principal moyen d'expression de l'esprit grec.

lyrisme grec. Dans cette poésie d'apparat, le poète ne prend
aux choses dont il parle qu'un intérêt général et éloigné. C'est
par l'imagination seule, et d'une manière tout artificielle, qu'il
peut arriver à l'émotion. L'amitié, la reconnaissance d'une hospitalité généreuse, la piété même, dans ses manifestations régulières et solennelles, ne sont pas des sentiments qui puissent
enlever au poète la possession de lui-même ; il en est ainsi, à
plus forte raison, du salaire stipulé, qui était souvent la cause
immédiate de ses chants. Il a mille convenances à ménager. Il a
besoin d'un tact, d'une souplesse d'esprit à toute épreuve. Rien
n'est plus difficile que de louer avec grâce. Or c'est là tout l'art
du poète lyrique. Qu'il s'agisse des dieux ou des hommes, son
rôle est de louer toujours. C'est donc par une méditation attentive, et non par aucune espèce de transports, qu'il arrivera au
succès. Si les transports ont leur place dans son œuvre, c'est
surtout dans la mise en œuvre des matériaux, après qu'un art
savant a tout prévu, tout calculé, tout ordonné en vue de l'effet
qu'il s'agit de produire.

Les poètes lyriques s'en rendaient parfaitement compte. On a
déjà vu, dans les pages précédentes, un assez grand nombre de
vers de Pindare où il est question de règles auxquelles il doit se
soumettre. Ailleurs il feint de s'égarer; il se reprend, se corrige ; il ramène son char dans le bon chemin; c'est la preuve
que son enthousiasme même ne cesse pas de se surveiller. Il est
souvent question d'écueils dans les poètes lyriques[1]. Il faut
qu'ils évitent d'y briser leur barque. Tantôt c'est le trop de longueur, tantôt l'excès dans les éloges, tantôt la banalité, tantôt
la monotonie qui sont à craindre. Une habileté extrême est
nécessaire pour les éviter. Rien ne ressemble moins à une
course impétueuse et désordonnée que cette marche prudente,
si attentive à tous ses pas jusque dans sa fière allure et sa brillante rapidité. Le poète lyrique s'appelle lui-même un *habile*[2],

---

1. Χοιράδος ἄλκαρ πέτρας (Pyth. x, 52). Cf. Ibycus, fragm. 24 (Bergk).

2. Σοφός. C'est là, après ἀοιδός, le terme le plus ordinaire pour désigner
en style lyrique un *poète*.

un *sophiste*[1], suivant l'expression grecque. Il parle de son talent aussi volontiers que de sa Muse. Il a pleinement conscience de son art et s'en glorifie. Ce n'est pas le hasard de l'inspiration qui lui fait trouver tant de merveilles; c'est une science sûre d'elle-même, un art qui réunit en perfection aux dons des Grâces et des Muses, compagnes d'Apollon, l'expérience et l'habileté[2]. Son inspiration obéit à des lois, à des règles fixes[3]. Il faut qu'il les connaisse et qu'il s'y soumette.

Puisqu'il y avait des lois lyriques, il est naturel de se demander comment elles se perpétuaient. Était-ce l'effet d'une tradition proprement dite, ou d'une nécessité dont l'évidence éclatait tour à tour aux yeux de chaque génération et de chaque poète?

Cette dernière explication serait insuffisante. Rien n'est plus clair que le développement suivi du lyrisme depuis Alcman jusqu'à Pindare. Nous avons déjà dit plusieurs fois d'ailleurs que les grands poètes lyriques faisaient école et qu'ils avaient des disciples. Toute la question est donc de savoir si la poétique du lyrisme se transmettait dans ces espèces d'écoles par un enseignement formel, ayant sa théorie et ses lois clairement déduites, ou par une imitation toute pratique et instinctive des œuvres que le maître exécutait devant ses disciples. Westphal se prononce nettement contre l'hypothèse d'un enseignement théorique. Il croit qu'on n'enseignait théoriquement dans les écoles que la musique et l'orchestique, mais que l'enseignement de la composition et du style ne s'est jamais donné autrement que par l'exemple[4]. Il fait remarquer à ce propos que les musiciens et

---

1. Σοφιστής (Isthm. ιv (v), 28).

2. Ἐμπειρία, σοφία, μηχανή. Ce point a été bien développé par Welcker (*Rheinisches Museum*, 1833, p. 364 et suiv.)

3. Τέθμιον σαφέστατον (Isthm. v [vι], 20). Cf. Ném. ιv, 33 (ἐρόλχει με τεθμός). Le substantif τεθμός et l'adjectif τέθμιος se trouvent encore plusieurs fois dans Pindare appliqués, soit aux chants lyriques, soit aux jeux qui les motivent, mais avec des nuances différentes que Welcker (*op. cit.*) ne me semble pas avoir suffisamment distinguées, et qui ne permettent pas d'invoquer ces divers passages à côté des deux que je viens de rappeler.

4. T. I, p. 11-12.

les poètes lyriques de l'antiquité avaient parfois écrit des traités
sur la musique et sur la danse, mais jamais sur la composition
poétique, et que cette branche de la théorie des arts n'a été cultivée que par les rhéteurs. Cette affirmation appelle quelques
réserves. Quand la rhétorique fut née, on s'explique sans peine
que les poètes lyriques lui aient abandonné le soin de traiter par
écrit de toute cette partie de leur art et se soient réservé l'autre; à ce moment, les conditions générales de l'enseignement
lyrique n'étaient plus les mêmes qu'avant la naissance de la rhétorique. Mais que se passait-il avant cette époque? Avons-nous la
preuve que dès le sixième siècle, par exemple, l'art de la musique
et celui de la danse aient produit des traités écrits, tandis que la
poétique au contraire n'en faisait naître aucun? Non. Le premier
qui écrivit sur la musique fut, dit-on, Lasus d'Hermione. Lasus
était poète dithyrambique, mais plus musicien que poète, et
même novateur en musique. On comprend qu'il ait écrit sur ses
propres innovations musicales, et n'ait rien dit de la composition poétique. Mais avant Lasus d'Hermione, ni la musique, ni la
danse n'avaient encore suscité d'écrivains théoriciens. Elles en
étaient à cet égard au même point que la poésie. Il ne résulte
pourtant pas de là qu'on négligeât dans les écoles lyriques d'enseigner la musique et la danse; le contraire est même évident.
Pourquoi n'en aurait-il pas été de même de la poésie? Ce qui est
vrai, c'est qu'on ne saurait imaginer qu'il y eût dès lors dans les
écoles lyriques un enseignement de la composition et du style
aussi précis, aussi exact, aussi nettement codifié qu'il le fut plus
tard dans les écoles des rhéteurs. Il est parfaitement clair que
ce degré d'analyse et de netteté didactique est inséparable du
développement complet de la prose, et que la prose grecque n'est
arrivée à sa perfection qu'à la fin du cinquième siècle, à Athènes.
Mais ce serait une exagération non moins choquante de supposer qu'un grand poète lyrique, entouré de disciples curieux de bien faire, pût se borner à leur donner de beaux
exemples, sans jamais commenter devant eux ses propres œuvres
et les expliquer à leur usage. Un biographe de Pindare nous

apprend que Corinne lui apprit les *règles des mythes*[1]. Un autre
nous parle de la vive critique qu'elle lui adressa sur la composition de deux de ses premières odes[2]. Voilà la vraisemblance et
la vérité. Ce que fit alors Corinne devait se faire partout, dans
toutes les écoles. On produisait et l'on critiquait. L'enseignement était de la sorte à la fois théorique et pratique. La théorie
sans doute restait vague et flottante sur bien des points; mais
elle se dégageait peu à peu des préceptes particuliers et des remarques isolées; elle sortait à la fois de l'exemple et du commentaire. Cet enseignement lyrique devait ressembler beaucoup
à celui qui se donne dans les ateliers des peintres et des sculpteurs, où les traditions se transmettent non seulement par
l'exemple muet des œuvres, mais aussi par la parole, par la
critique, par les discussions. Ce n'est pas là, il est vrai, de la
théorie pure; mais c'est en même temps tout autre chose qu'une
imitation strictement personnelle qui, à chaque fois, réinvente-
rait l'art, pour ainsi dire, et le créerait de toutes pièces. On
peut affirmer qu'au temps de Pindare c'était à peu près ainsi
que se transmettaient les règles du lyrisme, aussi bien en matière de poétique que pour la musique et pour la danse.

VII

Le lyrisme se place historiquement entre l'épopée et le drame.
L'épopée avait charmé les premiers siècles de la Grèce par
ses longs et naïfs récits, remplis d'héroïsme et de merveilleux.
Le lyrisme, aussi ancien sous sa forme populaire que l'épopée
elle-même, et peut-être plus ancien, n'arrive pourtant à la
perfection littéraire qu'après elle. Il est à la fois plus passionné et plus réfléchi. C'est d'ailleurs un art plus complexe,
puisque la musique et la danse s'y ajoutent à la poésie. Un dernier progrès restait à faire : c'était d'associer la grandeur de

1. Θεμείλιά τ'ώπασε μύθων (*Vit. metr.*).
2. Voy. plus haut, p. 8.

l'épopée avec la force pathétique du lyrisme. Ce fut l'œuvre du drame, qui est la dernière grande création de l'imagination poétique en Grèce et qui résume en soi presque toutes les beautés des deux autres genres de poésie, avec quelque chose encore de plus éclatant, de plus fort et de plus concentré. Les chœurs des poètes dramatiques, comme ceux des Stésichore et des Pindare, présentent l'alliance lyrique de la poésie, de la musique et de la danse; et quant au dialogue de la tragédie, c'est l'épopée elle-même mise en action et en scène.

L'apparition du drame devait entraîner la décadence du lyrisme. Aussi Pindare, contemporain d'Eschyle, c'est-à-dire du premier des grands poètes tragiques, est le dernier des grands poètes lyriques. Le lyrisme des derniers siècles de la poésie grecque, comme celui des poètes romains, n'est qu'une imitation imparfaite de l'ancien lyrisme. En réalité, la poésie lyrique change de caractère après Pindare. Tantôt elle tend à se confondre avec le drame : c'est le sort du nome et du dithyrambe à partir de la fin du cinquième siècle. Tantôt, au contraire, elle perd ce qui faisait sa puissance et son originalité, le concours d'un chœur chantant et dansant, et s'adresse surtout à des lecteurs : c'est ce qui arrive à Alexandrie d'abord, puis à Rome.

Quant à ce qui était le rôle propre du lyrisme d'apparat, je veux dire le soin d'embellir les fêtes publiques ou privées, de leur donner une âme et une voix, à partir du quatrième siècle, c'est une rivale toute nouvelle, l'éloquence, qui le lui dispute. Des trois grandes formes de la poésie grecque, l'épopée, le lyrisme et le drame, il est remarquable que le drame seul a pu vivre et se développer concurremment avec la prose. Il a sauvé des deux autres formes tout ce qui pouvait en être sauvé, en l'accommodant à l'inspiration et au goût d'un âge plus mûr. En Grèce, la véritable épopée des âges critiques et analytiques, c'est l'histoire. De même, leur vrai lyrisme d'apparat, c'est l'éloquence *épidictique*. Les discours *panégyriques* remplacent les odes. Simonide et Pindare ont pour légitimes successeurs les Lysias et les Isocrate. Ce que ceux-là faisaient avec l'aide des flûtes, des cithares, des chants, ceux-ci le feront avec la seule parole. C'est Denys d'Halicarnasse [1], un rhéteur, qui le proclame, non sans fierté, et qui fait lui-même cette comparaison. Si l'on veut comprendre à quel point elle est juste, il suffit de lire les premiers chapitres de sa *Rhétorique*. Il y donne les règles de l'éloquence épidictique ou d'apparat. Il enseigne à composer un discours pour une réunion solennelle, pour un mariage, pour un jour de naissance, pour un épithalame, pour une mort, pour exhorter des athlètes, pour toutes sortes de fêtes et d'éloges. Ce sont tous les emplois, tous les genres du lyrisme. Aussi, quand il trace les règles de ces divers genres oratoires, la poésie lyrique est toujours présente à sa pensée. C'est de l'éloquence qu'il parle, mais il a sans cesse Sappho et Pindare devant les yeux. Il emprunte à Pindare des expressions brillantes et des préceptes [2]; à Sappho, des points de comparaison et des exemples. Le détail même de ses règles est entièrement conforme à celles qui dirigent la composition lyrique. Les sources d'invention lyrique sont identiques aux *lieux* (τόποι) de l'éloquence épidictique. Nous en avons esquissé le tableau d'après Pindare surtout; nous aurions presque pu nous borner à traduire Denys d'Halicarnasse. Il parle des *encomia* comme un poète lyrique aurait pu le faire. Il faut se rappeler que c'est un rhéteur qui disserte sur son art, pour ne pas s'imaginer que c'est du lyrisme qu'il est question [3].

Il me semble que cette comparaison est instructive. Elle nous aide à mieux pénétrer dans l'esprit du lyrisme, si loin de nous à

---

1. Denys d'Halicarnasse, ou l'auteur quel qu'il soit du *Traité de rhétorique* publié parmi les œuvres de cet écrivain (voy. ch. IV, 1).

2. Il lui prend presque textuellement (I, 2) le χρή θέμεν τηλαυγὲς πρόσωπον de la VIᵉ Olympique (3-4).

3. Il y avait pourtant, bien entendu, des différences aussi nombreuses qu'évidentes entre l'art du poète lyrique et celui du rhéteur; Denys a raison de dire quelque part à ce propos : ὥσπερ τοῖς μέτροις, οὑτωσὶ δὴ καὶ τοῖς ἐννοήμασι διενήνοχε ταῦτα (*ibid.*, IV, 1). Mais c'est aller beaucoup trop loin que de voir surtout les différences, comme le fait L. Schmidt (p. 36), et de négliger les ressemblances, non moins réelles et plus curieuses.

tant d'égards. J'oserais même rappeler ici le souvenir de notre
éloquence d'apparat, de l'éloquence qui a produit l'oraison
funèbre telle qu'on la pratiquait au xviie siècle, et le discours
académique [1]. Il ne faut pas, sans doute, abuser de ces rapprochements. On imagine sans peine quel abîme sépare un discours académique moderne d'une ode de Pindare chantée et
dansée dans la Grèce du cinquième siècle, et il serait tout à fait
superflu d'y insister. Il n'en est pas moins vrai que certains
des caractères de l'ode pindarique se retrouvent dans cette éloquence toute contemporaine. Qu'est-ce que cette habitude d'effleurer une foule de sujets, de faire, comme on l'a dit, des excur-
sions dans tous les domaines, sinon l'un des traits les plus frappants de l'invention et de la composition lyriques? Que dire aussi
de cet art des allusions, de cette réserve discrète et fine, de ces
sous-entendus, de ce soin curieux du style qui rend les banalités
piquantes et presque nouvelles? Il faut transporter par la pensée
tout cet art et tout cet esprit dans les fêtes brillantes de la Grèce,
y ajouter l'éclat des vers, de la musique, de la danse, la richesse
d'une mythologie admirable, le génie d'un Pindare; il faut tout
transformer, tout agrandir, répandre à flots l'air et la lumière,
pour retrouver, sous la lointaine imitation moderne, le modèle
antique. Et malgré tout quelque chose subsiste qui est commun
à ces deux formes si différentes de l'esprit littéraire. Il y a dans
le lyrisme grec je ne sais quoi de savant, de raffiné, d'académique; avec cette différence pourtant que cet art savant du lyrisme
charmait la foule, et que la merveilleuse culture poétique de la
race grecque, en supprimant toute démarcation entre l'art des
lettrés et celui du peuple, laissait à la délicatesse la plus exquise
une sève et une vigueur qui échappent souvent aujourd'hui aux
délicats et aux raffinés.

Nous avons essayé, dans ce chapitre, d'esquisser la poétique
du lyrisme grec, c'est-à-dire de montrer quelles règles tradi-

1. On sait que M. Villemain a beaucoup parlé de Bossuet à propos de
Pindare.

tionnelles, résultant de la nature même des choses, bornaient
et dirigeaient la liberté du poète lyrique quant au choix de ses
idées et quant à la manière de les exprimer. Nous avons en
même temps fait voir quelle part d'indépendance lui restait
encore, soit pour le fond, soit pour la forme. Arrivons maintenant à Pindare lui-même, à son esprit et à son art.

DEUXIÈME PARTIE

LA POÉSIE DE PINDARE

———

LIVRE PREMIER

L'ESPRIT DE LA POÉSIE PINDARIQUE.

Pour étudier l'esprit de la poésie pindarique, ou, en d'autres termes, les idées et les sentiments qui en forment le fond, il ne s'agit pas de faire un catalogue minutieux de toutes ces idées et de tous ces sentiments. Ce genre de travail a été fait, une première fois par Bippart [1], ensuite par M. Buchholtz [2], dont l'ouvrage est plus complet [3], plus exact et mieux ordonné que celui de son prédécesseur. Un inventaire de cette sorte est très utile ; ce n'est pourtant là qu'un travail préparatoire. Connaître véritablement l'esprit de la poésie pindarique, c'est savoir distinguer, dans cette foule d'idées et de sentiments que le poète a exprimés, ce qui est de son métier, pour ainsi dire, et ce qui est au contraire du poète lui-même ; ce qui le rapproche des autres poètes lyriques de son temps et de son pays, et ce qui l'en sépare.

Établir cette classification le plus nettement possible doit être le principal objet d'une étude sur l'esprit de Pindare. C'est ce que nous allons essayer de faire, en examinant tour à tour ce

1. *Pindar's Leben, Weltanschauung und Kunst.;* Iéna, 1848.
2. *Die sittliche Weltanschauung des Pindaros und Æschylos;* Leipzig, 1869.
3. Plus complet du moins sur la morale et la psychologie, car il laisse de côté tout le reste.

que ses poésies nous disent des dieux et des héros, de la destinée humaine en général, de la politique de son temps, enfin des personnes avec lesquelles il s'est trouvé en relation[1].

1. En disant l'*esprit de Pindare*, c'est toujours du poète, et non de l'homme, que nous entendons parler. On ne connaît véritablement un homme que si l'on a pénétré dans le sanctuaire intime de sa conscience, soit par l'étude de ses actes, soit par celle des principes qui ont dirigé sa vie. Or, s'il y a des œuvres d'art qui sont des actes, il y en a beaucoup plus qui ne sont que des combinaisons purement spéculatives de l'imagination créatrice, et qui n'engagent que très faiblement le fond même de la personne humaine. Parmi les vers de Pindare, il y en a fort peu qui puissent être considérés comme des actes manifestant la personne même de l'écrivain. La plupart ne manifestent que le poète, c'est-à-dire une partie seulement de son être moral, et non pas la plus profonde. Chaque fois que ses odes nous paraîtront de nature à nous livrer quelque chose des secrets de sa vie ou de son âme, nous essaierons d'en profiter; mais ce sera seulement par exception; dans l'ensemble, je le répète, c'est surtout le tour particulier de son imagination que nous essaierons de faire connaître; c'est l'esprit de la poésie pindarique que nous chercherons à caractériser, bien plutôt que celui de Pindare lui-même; ou du moins, nous ne conclurons de l'un à l'autre que dans la mesure stricte ou une induction de cette sorte est inévitable.

CHAPITRE PREMIER

Comme poète lyrique, Pindare donne une grande place dans ses odes à la mythologie. Tous les poètes grecs sont des mythologues. Les histoires des dieux et des héros sont la matière principale de leurs chants. Nous l'avons déjà dit précédemment; nous n'avons pas à y revenir. Pindare, en cela, ne fait que se conformer à une des lois fondamentales de son art.

Il en est de même de la fidélité avec laquelle il reproduit les traditions générales, les grandes lignes de la mythologie panhellénique. Ces traditions se retrouvent chez tous les poètes et n'appartiennent à aucun. Nous n'avons pas à signaler chez Pindare en particulier la croyance aux dieux de l'Olympe, aux dieux des enfers, aux Nymphes, aux Muses, aux héros. Toutes ces traditions, consacrées par l'épopée, étaient devenues depuis des siècles, au temps de Pindare, vraiment nationales pour toute la Grèce. Les âges qui suivirent purent les modifier, les corriger, les épurer. Le fond néanmoins en subsista. Il était sorti des entrailles mêmes de la nation, et la forme qu'il avait reçue des premiers grands poètes était si belle qu'elle fut à peu près définitive. Les traits principaux de la religion grecque étaient arrêtés pour jamais.

Au-dessus de la race humaine il existe, selon les Grecs, des dieux et des héros. Ces dieux ont commencé; les plus anciens sont

nés de forces primordiales qui ont tout enfanté ; les plus récents
sont fils des autres. Mais tous également sont immortels. Ils gouvernent le monde, qu'ils n'ont pas créé ; ils administrent chacun
une province de l'univers. Quelques-uns sont plus grands que
les autres. Sur la hiérarchie des divinités, toutes les parties de
la Grèce n'étaient pas d'accord, mais personne ne doutait qu'elle
n'existât. Les dieux jouissent d'un bonheur inaltérable, et cependant, par une contradiction qui ne choquait pas l'esprit populaire, ils sont soumis dans leurs légendes particulières à toutes
sortes de vicissitudes. Ils sont sages, justes, puissants, amis des
bons et redoutables aux méchants, qu'ils poursuivent de leur
haine (φθόνος), de leur Némésis. Ils sont capables de se laisser flé-
chir par les prières des hommes, et réclament de ceux-ci, qui
sont, pour ainsi dire, leurs sujets, un culte et des hommages.

La nature des héros est moins nettement définie que celle
des dieux. Quelques-uns sont nés d'un dieu et d'une femme ;
après une vie terrestre déjà presque divine par les exploits merveilleux dont elle est remplie, ils ont gagné l'immortalité à laquelle leur naissance même semblait les destiner. D'autres, au
contraire, sont des hommes divinisés, des ancêtres, des fondateurs
de races ou de cités, que la mémoire de leurs descendants en-
toure d'un culte pieux. Ceux-ci, du reste, comme les premiers,
veillent sur les hommes et les protègent. Dieux et héros sont à la
fois des maîtres, des protecteurs et des modèles. L'homme doit
se les rendre favorables par ses hommages et tâcher par ses
vertus de s'élever jusqu'à eux.

Toute cette théologie se retrouve chez Pindare. Zeus, Posidôn,
Pluton, Hêrè, Athênè, Apollon, les Muses y figurent avec leurs
attributs traditionnels et leur légende consacrée. Il en est de
même des héros. L'épopée avait déjà fait entrer dans la tradition
commune du monde grec les noms, si fréquents chez Pindare,
des Éacides, des Atrides, des Labdacides, ainsi que ceux des
Hercule, des Castor, des Tantale, des Ixion, et de tant d'autres.
Pindare, en les recueillant, ne fait qu'obéir à une des nécessités de sa profession.

C'est encore un trait de l'esprit lyrique (mais beaucoup plus
intéressant que le précédent) que la souplesse avec laquelle, en
dehors de cette tradition commune, il recherche les traditions
particulières, les mythes locaux et inédits. Sur quarante-quatre odes triomphales qui nous restent de Pindare [1], quatorze
sont adressées à des Siciliens, onze à des Éginètes, quatre à des
Thébains, trois à des Cyrénéens, deux à des Athéniens, deux à
des Locriens ; les dix autres se répartissent entre six pays différents : Rhodes, Corinthe, Orchomène (des Minyens), Pélinnæon
(en Thessalie), Argos et Ténédos. Or une statistique aisée à
faire nous montre que, sur le nombre des mythes racontés avec
plus ou moins de détails par Pindare dans ces poèmes, les
mythes qui se rapportent à la patrie du vainqueur sont de
beaucoup les plus nombreux. C'est le cas onze fois sur onze
dans les odes éginétiques, trois fois sur quatre dans les odes
thébaines, trois fois sur trois dans les Cyrénéennes, et ainsi
de suite. Il n'y a d'exception, et une exception très frappante
quoique rarement signalée, que pour les odes adressées à
des Siciliens. Ici, sur quatorze poèmes, aucun ne présente
de mythes qui se lient vraiment à l'histoire de la patrie du
vainqueur. Mais cette exception même est loin d'infirmer la
règle que nous avons établie. Elle tient à ce que les villes de
Sicile, qui sont toutes des colonies, présentent déjà le caractère moderne, positif, nullement légendaire que l'on a relevé en
général dans la civilisation de la Grande-Grèce et de l'Italie. Partout ailleurs, le poète recherche avec empressement les histoires
merveilleuses des dieux et des héros particuliers à chaque cité.
Les mythes de famille ne lui sont pas moins précieux, mais c'est
là une matière moins riche. Toutes les familles n'ont pas de légendes. En avoir est le privilège d'une très antique et très rare
noblesse [2]. Aussi la plupart des vainqueurs chantés par Pindare

1. Quarante-quatre ou quarante-cinq, selon que l'on compte comme une
seule ode ou comme deux les strophes adressées à Mélissus pour une victoire
isthmique (Isthm. III, ou III-IV).
2. Elles ont du moins souvent un dieu familier, un Zeus domestique, que

doivent se contenter de voir associer à leur éloge le passé légendaire de leur patrie. C'est particulièrement le sort des Éginètes,
qui sont en général des athlètes, non de riches vainqueurs aux
courses de chars et de chevaux, et qui sont tous des particuliers,
non des princes de race illustre. S'il s'agit au contraire d'un
Théron, descendant des Labdacides, d'un Arcésilas, le dernier
rejeton des Battides, d'un Agésias, du sang d'Iamos, les légendes
de la famille s'offrent d'elles-mêmes au poète, qui en fait le plus
bel ornement de son ode. Cinq ou six familles ont fourni à Pindare des mythes de cette espèce. Dans d'autres circonstances, ce
sont les divinités dont on célèbre la fête, ou celles qui président
aux jeux, que le poète associe au vainqueur dans ses éloges.
Quoi qu'il en soit, il est aisé de voir qu'une grande partie des
légendes puisées à ces différentes sources devaient être des
légendes étroitement locales, étrangères par conséquent à la
grande tradition épique de la Grèce.

A côté de Zeus et d'Apollon, il adore des divinités particulières aux différentes villes : Thia, par exemple, mère du Soleil et source de la richesse, ou Dicé, la compagne d'Éaque,
qu'on adorait à Égine [1]. Il y a chez Pindare beaucoup de divinités abstraites : la Paix, la Victoire, la Fortune, etc. Quelques-
unes ne sont peut-être que des formes de style. Mais d'autres
sont de vraies divinités, et des divinités locales principalement.
Ces divinités locales étaient nombreuses en Grèce. La Justice,
la Concorde, la Fortune, la Santé avaient des temples à Égine,
à Olympie, à Athènes, à Sparte [2].

Dans la septième Olympique [3], Pindare raconte que, la terre
entière étant déjà partagée entre Zeus et les autres dieux, l'île de
Rhodes n'avait pas encore paru à la surface de la mer, mais

Pindare ne manque pas d'invoquer (ὁ χίμων ou Ζεὺς γενέθλιος, Olymp. XIII,
105, et ailleurs).

1. Cf. les odes adressées à des Éginètes. — Thia et Dicé figurent d'ailleurs
déjà, comme plusieurs des divinités dont les noms suivent, dans la *Théogonie* d'Hésiode (voy. v. 135 et 902).

2. Cf. Schœmann, *Griech. Alterth.*, t. II, p. 150 et suiv.

3. Vers 54 et suiv.

qu'elle était cachée au sein des flots. Au moment du partage,
Hélios était absent, et il n'avait point reçu sa part. Quand Zeus
s'en aperçut, il voulut que le sort prononçât une seconde fois.
Mais Hélios s'y refusa, disant qu'il apercevait, « s'élevant du fond
de la mer blanchissante, une terre féconde, riche en hommes
et en troupeaux ». C'était l'île de Rhodes, qui devint aussitôt la
part d'Hélios. Le scoliaste, commentant à ce propos une indication rapide de Pindare lui-même, nous avertit que le poète
s'était inspiré ici des traditions particulières à l'île de Rhodes et
qu'il les avait puisées dans les souvenirs populaires et dans les
récits des vieillards[1]. Nous possédons des informations analogues
sur d'autres récits encore des odes de Pindare.

Dans la quatrième Pythique, il raconte le premier l'histoire
merveilleuse d'Euphémus et de la prophétie qui lui est faite dans
les déserts de la Libye au sujet de la fondation future de Cyrène[2].
— Il en est de même, dans la septième Isthmique, de la prédic-
diction que Thémis fait entendre à Zeus et à Posidôn tandis
qu'ils se disputent l'hymen de Thétis[3]. — Lui-même semble faire
allusion, dans d'autres odes[4], à la nouveauté des mythes qu'il
rapporte, sans que nous puissions dire au juste en quoi consiste,
dans ses récits, la part de l'innovation. — Citons encore, dans les
fragments, quelques vers sur la présence de Pélée devant Troie[5],
et surtout l'important passage sur l'origine flottante de Délos[6],
avec l'affirmation d'un scoliaste[7] que Pindare avait le premier
publié cette tradition : « A l'origine, Délos errait sur les flots au
gré des vents capricieux ; mais quand la fille de Cœos, tour-
mentée par les douleurs pressantes de l'enfantement, mit le pied

1. Cf. Schol. ad v. 54 (100).
2. Schol. ad v. 21 (37).
3. C'est du moins probable. Cf. Donner, traduction allemande des odes de
Pindare (Leipzig, 1860), note au v. 39 de la VIIe Isthmique.
4. Par exemple, Ném. VIII, 20.
5. Fragm. 149 (Bergk), avec la citation du scol. d'Euripide, *Androm.*, 781,
dont le témoignage est confirmé par le scol. de la VIIe Olympique, v. 45 (90).
6. Fragm. 64, 65 (Bergk).
7. Ad Homer., *Odyss.*, x, 3.

sur son rivage, alors se dressèrent du fond des abîmes de la terre, soutenant la roche de leur front, quatre colonnes iné-branlables ; et là, déposant son fardeau, la déesse contempla son heureuse progéniture. » Il avait pareillement chanté Glaucus à Anthédon d'après des traditions particulières aux Anthédo-niens ; Pausanias dit qu'il avait été en personne les chercher dans le pays[1].

Voilà quelques exemples à peu près sûrs des innovations my-thologiques de Pindare. Il y a sans doute beaucoup d'autres in-novations analogues dans ce qui nous reste de ses odes, même sans parler de ses œuvres perdues. Mais nous ne pouvons plus les reconnaître avec certitude. De toute l'ancienne poésie grecque, il ne subsiste, on peut le dire, que des épaves. Dans cet irrépa-rable naufrage, nous ne pouvons plus, sans le secours des an-ciens, distinguer sûrement ce qui, dans chaque poète, en fait d'inventions mythologiques, appartient en propre à ses devan-ciers ou à lui-même. Ce serait donc une entreprise absolument vaine que de faire le compte des récits pindariques dont nous ne voyons aucune trace dans la poésie antérieure. Nous connaissons celle-ci trop imparfaitement pour qu'une comparaison de ce genre puisse aboutir à une conclusion solide. Mais, d'une manière géné-rale, on peut affirmer à priori, sans crainte de se tromper, que ces inventions étaient nombreuses. Il y a même certains récits des odes triomphales dont le caractère local est tellement frappant qu'on oserait presque affirmer qu'il faut les ranger, avec les six ou sept légendes que nous venons de citer, parmi les mythes nouveaux mis en circulation par Pindare. Je citerai seulement, à titre d'exemple, la belle histoire d'Iamos, si poé-tiquement racontée par Pindare dans la sixième Olympique. Il est à peu près évident que c'est là une de ces anciennes légendes de famille qu'il avait directement puisées aux sources obscures de la tradition orale, pour leur donner l'éclat et la célébrité de la grande poésie.

1. Pausanias, IX, 22.

Le goût si vif des poètes lyriques pour les légendes nouvelles et locales ne reculait pas trop devant les contradictions. Pindare est loin d'être toujours conséquent avec lui-même. Il semble bien, malgré sa longue apologie de la huitième Néméenne, qu'il avait raconté aux Delphiens l'histoire de Néoptolème un peu autrement qu'il ne la raconta plus tard aux Éginètes : à Delphes, il avait eu plus à cœur la gloire d'Apollon ; à Égine, celle du héros dont ses auditeurs étaient les compatriotes. Les Grâces étaient rangées à Orchomène parmi les principales divinités, et on leur rendait un culte particulier. Pindare écrivit, à ce qu'il semble, sa quatorzième Olympique pour une de leurs fêtes, où l'on célébrait en même temps la victoire d'un enfant vainqueur à la course ; en composant son ode, il ne se préoccupe nullement de savoir si, dans une autre cité et dans des circonstances différentes, il ne sera pas obligé de retirer aux Grâces le haut rang qu'il leur accordait à Orchomène. En tout cela, par conséquent, il y a de sa part beaucoup plus de curiosité érudite et poétique que de foi religieuse et de préférence personnelle. Il se plie sans effort à la diversité des traditions. Loin d'y résister, il s'y complaît. C'est la nouveauté brillante qu'il recherche, non la vérité rigoureuse et conséquente. Parmi ses auditeurs, beaucoup peut-être, plusieurs certainement, croyaient de toute leur âme à ces légendes. Lui-même a l'esprit plus libre. Par métier, pour ainsi dire, il est indépendant des croyances populaires alors même qu'il leur rend hommage. Il s'habitue insensiblement, sans peut-être y songer, à les considérer plutôt comme une belle matière pour ses chants que comme des opinions qui réclament l'assentiment de son intelligence. Qu'un Bacchylide ou un Simonide, poètes sceptiques et mondains, fissent ainsi, cela se comprend. Mais que le grave et religieux Pindare ait fait en cela comme les autres, voilà qui est plus curieux [1].

---

1. Dans le chapitre suivant, sur la destinée humaine, nous rencontrerons chez Pindare des contradictions mythiques frappantes et nombreuses ; je ne puis ici que les annoncer. Mais je signalerai tout de suite, en un sujet dif-

II

Cette souplesse lyrique se montre non seulement dans la mythologie de Pindare, mais aussi, chose plus singulière, jusque
dans le ton de son langage à l'égard des dieux. De même
qu'il s'accommode pour le fond de ses récits à l'opinion des
pays pour lesquels il chante, il obéit aussi, quant à la manière
dont il les traite, aux convenances spéciales du genre auquel
son œuvre appartient. Pindare, qui a fait des dithyrambes et des
scolies aussi bien que des parthénies et des péans, a dû se plier
tour à tour au ton de ces divers genres. Malheureusement nous
n'avons plus de lui, en fait d'œuvres complètement intactes,
que des odes triomphales. Malgré la diversité de ton que présentent ces odes quand on les compare entre elles, il est certain
que si l'on s'en tenait, pour juger Pindare, au recueil des Olympiques, des Pythiques, des Néméennes et des Isthmiques, on
courrait risque de se faire de lui une image incomplète et
inexacte. On serait entraîné presque forcément à ne voir en lui
qu'un poète grave, tandis que la réalité pourrait avoir été quelque
peu différente. Ce côté grave et sérieux est peut-être chez Pindare le plus important; c'est du moins le plus connu. Mais il
ne faut pas s'en tenir à ce premier coup d'œil. Qu'on parcoure
avec soin les fragments, et on verra aussitôt, de ces admirables
débris, se dégager un nouvel aspect de son esprit.

férent, les trois opinions successivement exprimées par Pindare sur le lieu
d'origine du dithyrambe. Dans la xiii⁰ Olympique, il le fait naître à Corinthe;
mais le scoliaste nous apprend à ce propos (ad v. 18 [25]) qu'il désignait Naxos
dans ses hyporchèmes et Thèbes dans ses dithyrambes. Il est évident que
son opinion à cet égard dépendait des villes pour lesquelles il chantait.
De même, il faisait naître Homère tantôt à Smyrne, tantôt à Chios
(fragm. 248, Bergk), selon qu'il composait une ode pour l'une ou l'autre de
ces deux villes. De même aussi, à Stymphale, il reconnaît la prééminence de
cette cité sur les autres villes de l'Arcadie, sauf à être ailleurs d'un avis
différent (Cf. la note de Bœckh, Olymp. vi, 100). On pourait allonger encore
cette liste des variations complaisantes de Pindare. Cf. dans Bergk., *Lyr. gr.*,
p. 1227-1228, au fragm. 5 de Bacchylide, une curieuse indication d'un scoliaste sur ce sujet des *variations* lyriques; il s'agit là de l'invention des chars.

Xénophon de Corinthe, vainqueur à Olympie, avait imaginé
de faire figurer dans son triomphe de nombreuses hétaïres.
Pindare fut chargé de faire d'abord en son honneur un encomion (c'est la treizième Olympique), puis un scolie dont il nous
reste quelques fragments. Dans ce scolie, Pindare chantait précisément les hétaïres de Xénophon[1] : « Jeunes filles hospita-
lières, disait-il au début de son ode, servantes de la Persuasion dans la riche Corinthe, etc. » Quelques vers plus bas, il
s'arrêtait pour exprimer sa surprise de ce rôle, si différent de sa
gravité accoutumée : « Que vont dire de moi les dieux de
l'Isthme, quand j'imagine un tel début à un agréable scolie,
associant à mes vers des femmes publiques? » La postérité serait à cet égard dans le même embarras que les divins maîtres
de l'Isthme, si elle s'était imaginé d'avance un Pindare d'une
religion trop sévère. Il est vrai qu'Aphrodite, dont ces hétaïres sont les prêtresses, était une des principales divinités de
l'Olympe hellénique, et que Pindare, poète religieux, lui doit
ses chants comme aux autres. Pourtant la liberté de ce langage, dans la bouche du poète qui a fait entendre tant de graves
paroles, avait assurément de quoi surprendre, puisque c'est Pindare lui-même qui se demande ce que Zeus et Posidôn vont penser de lui[2].

Ailleurs, dans un dithyrambe, parlant de la vaillance d'Orion,
Pindare, à ce qu'il semble, mettait en œuvre une tradition locale si grossière qu'elle égale les plus naïves de la théogonie
hésiodique[3]. Nous n'avons, il est vrai, de ce poème qu'une analyse très imparfaite. On peut donc supposer que Pindare y
adoucissait par l'expression ce que le mythe lui-même avait de
choquant pour un âge plus éclairé. Il serait téméraire pour-

---

1. Fragm. 99 (Bergk) ; dans Athénée, XIII, 573, E.
2. Ajoutons bien vite que cette surprise même est un hommage indirect
à sa gravité habituelle, et que le ton de ce scolie ne pouvait paraître
étrange que s'il formait contraste avec le ton ordinaire des poèmes de
Pindare.
3. Fragm. 51 (Bergk) ; dans Hygin, *Poet. astron.*, II, 34.

tant de se montrer à cet égard trop affirmatif. Le dithyrambe comportait des libertés auxquelles Pindare, dans ce genre de poèmes, se prêtait peut-être sans scrupules. C'est encore dans un dithyrambe qu'il mêlait d'une façon curieuse ses protestations habituelles de respect pour Zeus avec l'expression indépendante de sa critique[1]. Il s'agissait de Géryon, à qui Hercule avait ravi de force ses bœufs, et qui avait tenté de les défendre : « Je te donne raison, ô Géryon; mais je veux taire absolument ce qui déplaît à Zeus; et cependant tu n'avais pas tort, devant le ravisseur qui t'enlevait ton bien, de ne pas rester immobile chez toi, et de montrer ton courage. »

Que faut-il penser de tout cela ? Pindare est-il dévot à Zeus, ou à Aphrodite? Croit-il au bon droit d'Hercule, ou à celui de Géryon? Est-il grave ou léger? — Il n'est ni l'un ni l'autre exclusivement : il est poète lyrique. Le poète a ses heures de sérieux, mais souvent aussi il se déride. Quand c'est la Muse sévère de l'hymne ou de l'ode triomphale qui l'inspire, son imagination trouve aussitôt, pour parler des dieux, le plus noble et le plus pur langage; mais dans un scolie, il ne fait nulle difficulté de baisser le ton.

III

Il valait peut-être la peine d'insister sur ces faits, parce que cette souplesse lyrique n'a pas été jusqu'ici le côté le plus étudié de l'esprit de Pindare. N'allons pas trop loin cependant. Pindare, ainsi que toute nature vraiment originale devait le faire, a su se conformer aux règles de son art sans sacrifier son caractère propre, et rester lui-même tout en faisant parfois comme les autres. Dans cette flexibilité nécessaire, il garde des tendances persistantes ou prédominantes. Ce sont elles qui le caractérisent et qu'il faut surtout mettre en évidence.

Un trait déjà intéressant, quoique secondaire encore, de l'ori-

---

1. Fragm. 58 (Bergk) ; dans Aristide, II, 70.

ginalité de Pindare, c'est la préférence visible qu'il manifeste,
au milieu de cette abondante variété de légendes locales, pour
celles qui se rattachent à la tradition dorienne et à celle de
Thèbes. Pindare est plus près par la pensée d'Hésiode que
d'Homère [1]. Thébain (c'est-à-dire Éolien) par la naissance, et
étroitement allié aux Doriens par les souvenirs mêmes de sa
famille, il confond volontiers dans une même prédilection les
traditions héroïques et religieuses des deux races. Il n'est Ionien
d'esprit et homérique que dans la mesure stricte où il était impossible qu'un Grec, un poète surtout, ne le fût pas. En dehors
de cette limite, il revient de lui-même où l'inclinent ses habitudes et ses souvenirs domestiques.

Mais sur ce point une distinction est nécessaire. Tantôt, nous
l'avons vu, le poète emprunte ses récits mythiques aux légendes
que lui fournissent la famille du vainqueur, sa patrie, le lieu
de sa victoire, la fête pour laquelle il chante; ses mythes alors
sont de l'histoire. Tantôt, au contraire (et ce nouvel emploi des
mythes n'est pas inconciliable avec le précédent), c'est la signification morale des mythes qui le préoccupe; il s'en sert comme
d'une image, parfois comme d'un terme de comparaison. Dans
le premier cas, il n'a évidemment qu'une liberté restreinte quant
au choix de ses récits; il faut qu'il accepte ce que les traditions
lui donnent. Sa mythologie est alors une mythologie imposée et
de commande sur laquelle il n'a qu'un droit de contrôle et de
correction. A Égine, il faut qu'il chante les Éacides; à Salamine,
Ajax, fils de Télamon, et ainsi de suite. Mais quand le mythe
n'a dans ses poèmes qu'un intérêt allégorique, qu'une portée
purement philosophique ou morale, ou quand une légende,
même historique à certains égards, n'est pourtant pas désignée
à son choix par des circonstances tout à fait impérieuses,
la nature de ce mythe ou de cette légende est alors bien
plus instructive pour le lecteur qui y cherche des indications

---

1. Rappelons à ce propos qu'il avait composé une inscription métrique
pour le tombeau d'Hésiode à Orchomène (Bergk, *Lyr. gr.*, p. 383). Cette
épigramme est même la seule qui nous reste de Pindare.

sur l'originalité propre du poète et sur l'esprit de sa poésie.

J'hésiterais, par exemple, à noter, comme une marque de sa prédilection pour le héros Thébain Hercule, la mention qu'il en pourrait faire dans une Néméenne, parce que le souvenir du vainqueur de Némée, en vertu des règles mêmes du lyrisme, doit dans ce cas se présenter naturellement au poète. Même si cette mention se retrouve dans une Olympique avec de longs détails, dans la troisième, par exemple, ou dans la dixième, je me souviendrai qu'Hercule est aux yeux du poète le fondateur des jeux Olympiques, et j'éviterai de tirer de ce fait une conclusion précipitée[1]. C'est pour cela aussi qu'il ne faut insister qu'avec prudence sur la prédilection que Pindare, dans ses odes pythiques, montre à tant de reprises pour le dieu dorien Apollon; Pindare, célébrant des victoires pythiques, devait chanter Apollon, le maître de Delphes[2]. Il n'y a rien à conclure de ces faits, quant à l'objet qui nous occupe en ce moment.

Mais en voici d'autres qui sont au contraire dignes d'attention. Cadmus, le fondateur de Thèbes, Amphiaraüs, le devin thébain, sont de grands exemples sans cesse présents à sa pensée. Il parle d'Amphiaraüs à un Éginète[3], à un Sicilien[4]; de Cadmus au roi de Syracuse Hiéron[5]. Il a été nourri de ces histoires, et il s'y complaît. Même au sujet d'Hercule et d'Apollon, ce qui reste vrai, c'est qu'il en parle avec une piété visible, avec plus d'effusion et d'abondance de cœur qu'il n'était strictement nécessaire. Dans la huitième Olympique[6], où Apol-

---

1. Il me semble que L. Schmidt ne tient pas toujours assez de compte de ces faits; voy. notamment p. 459.

2. Cela vient encore à l'appui de ce que nous disions un peu plus haut sur le caractère si souvent *local* de la mythologie pindarique.

3. Pyth. VIII.

4. Olymp. VI. Agésias, né à Stymphale, était en même temps citoyen de Syracuse.

5. Pyth. III. Il cite encore Cadmus dans la IIIe Olympique, adressée à Théron d'Agrigente; mais Théron lui-même était de la race de Cadmus.

6. Vers 41 et suiv.

Ion et Posidôn paraissent ensemble, c'est Apollon qui a le
rôle prépondérant; c'est presque toujours à propos d'Apollon
que Pindare est arrivé à faire sur la nature de la divinité
les religieuses déclarations dont nous aurons tout à l'heure
à nous occuper. On ne peut manquer de se rappeler, en présence de ces faits, les récits des biographes qui nous racontent
les honneurs exceptionnels attribués à Pindare par les prêtres
de Delphes, puis son attachement bien connu aux fêtes carnéennes, enfin le rôle même de son fils Daïphante dans la
procession des Daphnéphores. M. T. Mommsen a également
relevé[1] la mention de Zeus Hellénios (c'est-à-dire Dorien)
dans la cinquième Néméenne, et sa prépondérance sur Posidôn, dieu ionien. En ce qui concerne Hercule particulièrement, comment ne pas remarquer avec quelle complaisance il
s'étend sur tous ses exploits, et avec quel empressement il
semble saisir les occasions qui lui sont offertes d'en parler tout
à son aise[2]? Cette préférence est encore plus visible si l'on songe
que Thésée, l'Hercule ionien, n'apparaît nulle part dans ses
poèmes. Au reste, ce sentiment de plaisir, qui se manifeste par
l'abondance et la plénitude de l'inspiration, Pindare le laisse
voir toutes les fois qu'il revient aux légendes thébaines. C'étaient
des légendes thébaines que Corinne lui reprochait de semer non
« à pleines mains », mais « à plein sac[3] », et au début encore
de la sixième Isthmique[4], quand il se demande quelle est,
parmi toutes les gloires mythologiques de sa patrie, celle qui
enchante le plus son âme, on voit que les souvenirs et les paroles montent en foule de son cœur à ses lèvres, et que le flot
de l'inspiration déborde. Les héros doriens ne lui sont guère
moins chers. Le nom du Thébain Iolas appelle celui du Lacé-

1. *Pindaros*, p. 47.
2. A propos de la ve Isthmique, M. T. Mommsen fait observer que c'est
l'Héraclès thébain, archer et prophète, et non le serviteur d'Eurysthée, que
Pindare met en scène (p. 48-49).
3. Voy. plus haut, p. 8.
4. La viie dans l'édition de Bergk.

12

démonien Castor. Castor et Pollux, les Héraclides doriens
Hyllus et Égimius sont également vénérés de lui. Entre deux
traditions, l'une ionienne et l'autre dorienne, ce n'est pas la
première qu'il préfère. L'olivier, selon la troisième Olympique,
a été introduit en Grèce par Hercule, qui l'a planté à Olympie;
Pindare semble oublier les prétentions de la cité de Pallas. Il
cite Homère plus souvent qu'Hésiode, mais c'est quelquefois
pour le combattre : il n'accepte pas, par exemple, qu'Ulysse
soit plus glorieux qu'Ajax, et il accuse Homère de mensonge[1].
Au contraire, c'est Hésiode qu'il suit, sans le nommer, quand
il écrit, au début de la sixième Néméenne, ces beaux vers sur
l'origine commune des hommes et des dieux : « Unique est la
race des dieux et des hommes; une seule mère nous a donné le
souffle aux uns et aux autres; mais nous sommes séparés par la
différence profonde de nos forces : l'homme n'est que néant,
tandis que le ciel d'airain s'appuie sur un fondement inébranlable[2]. »

IV

De même, dans la fidélité générale de Pindare à suivre la
tradition épique et populaire, il n'est pas difficile de saisir des
traits qui n'ont plus rien d'épique, des idées qui sont nouvelles et originales. Il faudrait lire Pindare d'une manière singulièrement superficielle pour être plus frappé de la similitude
extérieure de ses dieux et de ceux d'Homère, que de la différence
intime et profonde qui existe en réalité entre sa religion et
celle de l'âge épique. Les ressemblances portent avant tout sur
les noms, sur les faits principaux, sur le corps, pour ainsi dire,
de la théologie; mais l'âme de cette théologie, les conceptions
fondamentales qui caractérisent dans les poèmes de Pindare la

---

1. C'est à Égine, il est vrai, qu'il parle ainsi, et Ajax est un de ces Éacides
chers à Égine. Mais dans la XIᵉ Pythique, sur un point assez indifférent,
il s'écarte encore de la tradition homérique pour suivre Stésichore. Il fait
habiter Oreste à Sparte et non à Mycènes. Cf. scol. Euripid., *Orest.*, v. 46.
2. Voy. le scoliaste de la VIᵉ Néméenne (ad v. 1).

notion même de la divinité, tout cela peu à peu s'est transformé.
Cette théologie est pénétrée de philosophie ; elle s'inspire d'une
moralité toute moderne ; elle a rejeté mille grossièretés, mille
naïvetés qu'Homère admettait[1]. Elle est traditionnelle par son
cadre extérieur et par son dessin général ; elle est en grande
partie nouvelle par l'esprit[2].

Ce qui frappe d'abord, à la lecture de Pindare, c'est combien
le monde divin où le poète nous introduit est plus *spirituel* que
celui d'Homère, combien les dieux y sont plus parfaits, la moralité plus pure, l'intelligence plus souveraine. Non que toutes
ces qualités manquent aux dieux d'Homère, tant s'en faut. Il
serait facile d'opposer, à quelques-unes des plus belles pensées
de Pindare sur les dieux, des paroles d'Homère presque semblables. Mais, chez Pindare, ces hautes pensées sont plus conti-
nues ; elles règnent presque seules dans ses poèmes graves,
dans ses odes triomphales ; elles ont peu à peu éliminé par
leur vertu propre l'alliage naïf que la poésie des vieux âges y
associait encore. De plus, il y a çà et là chez Pindare quelques
passages d'une inspiration particulièrement philosophique, où se
manifestent le progrès des temps et la maturité croissante de la
réflexion.

Même les qualités physiques des dieux, la rapidité, la force,
la finesse des perceptions, tous les attributs que Pindare leur
donne d'après Homère, prennent souvent, chez lui, un aspect
nouveau. Ils s'expriment d'une manière moins sensible et plus
abstraite. On est tenté dans Homère d'entendre au sens lit-
téral les images qu'il nous en donne. Dans Pindare, on sent
clairement que ce ne sont que des images, et que la réalité

1. Je ne parle ici que des œuvres graves de Pindare, du côté sérieux de
son inspiration. Cela ne détruit nullement les réserves précédemment exprimées sur certains scolies ou certains dithyrambes.

2. Ce sujet a été déjà touché par M. J. Girard, dans son histoire du *Sentiment religieux en Grèce d'Homère à Eschyle*, de manière à me dispenser
d'y insister longuement. Je ne dirai que ce que je me trouve absolument
forcé de dire pour éviter une solution de continuité dans l'ensemble de mon
exposition des idées de Pindare.

divine, inaccessible aux sens humains, supérieure à toutes les mesures de l'œil et de l'imagination humaine, ne trouve dans les comparaisons matérielles qu'une expression insuffisante et indigne d'elle.

On se rappelle l'élan admirable de ces dieux d'Homère qui en trois pas arrivent au terme de leur course [1]. Apollon, dans Pindare, atteint plus vite encore le bûcher de Coronis mourante : « Ainsi dit Apollon, et du premier pas atteignant le but, il ravit l'enfant du sein de sa mère [2]. » Il semble que chez Homère le compte soit plus précis, et qu'il faille l'accepter pour vrai ; chez Pindare, l'expression n'a plus que le sens d'une métaphore hyperbolique destinée à traduire tant bien que mal l'intraduisible, et à désigner, sans la mesurer, la vitesse incalculable de la pensée divine.

On sait aussi avec quelle force, dans l'*Iliade*, Junon et Mars poussent leur cri de guerre. Junon crie aussi fort que cinquante guerriers, et Mars à lui seul en vaut dix mille. Il y a de la naïveté dans cette précision, d'ailleurs si poétique. Écoutons maintenant Pindare : il parle aussi du cri que pousse Athênè à sa naissance, quand elle sort du front de Jupiter. Mais toute comparaison naïvement précise a disparu. Ce cri d'Athênè qui remplit l'immensité de l'espace n'a rien d'humain. Il est surnaturel comme la divinité, et ne peut se comparer à rien de sensible. C'est à la fin d'une ample et magnifique phrase, suivant un procédé familier à Pindare, que le poète le fait brusquement retentir : « Le dieu à la blonde chevelure, du fond de son sanctuaire parfumé, ordonna à Tlépolème d'aller des rivages Lernéens droit au pays entouré par la mer, où jadis le roi suprême, le père des dieux, avait répandu sur la terre une pluie d'or,

---

1. *Iliade*, XIII, 20.
2. Pyth. III, 43-44. Je lis βάματι δ'ἐν πρώτῳ, avec tous les manuscrits et avec le scoliaste. Bergk (après Hartung) écrit τρίτῳ, sur la foi d'une leçon (τριτάτῳ) attribuée par le scoliaste à Aristarque ; mais ni τριτάτῳ, ni même τρίτῳ, n'ont exactement la valeur prosodique exigée par le mètre : c'est probablement le souvenir d'Homère qui a fait changer πρώτῳ en τρίτῳ ; Christ rétablit πρώτῳ.

lorsque, grâce à l'art d'Héphæstos, sous les coups de sa hache
puissante, Athênè, s'élançant du front élevé de son père, jeta de
sa voix terrible un long cri, dont tremblèrent et le Ciel et la
Terre, mère des hommes » :

> ..... ἀνορούσαισ' ἀλάλαξεν ὑπερμάκει βοᾷ,
> Οὐρανὸς δ'ἔφριξέ νιν καὶ Γαῖα μάτηρ [1].

Les divinités d'Homère sont souvent enchaînées d'une manière
étroite aux phénomènes de la nature. La naïveté des âges primitifs croit sentir dans chaque phénomène l'action visible,
directe, immédiate d'un dieu qui s'y manifeste. L'étoile filante
qui s'abaisse vers la terre, c'est Iris, messagère des dieux.
Thétis s'élève au-dessus de la mer pareille aux vapeurs blanches et légères qui flottent parfois à la surface des eaux. Quand
le Simoïs, poursuivant Achille, inonde la plaine de Troie, le
dieu et le fleuve se confondent de la manière la plus intime et
la plus frappante [2]. Il n'en est pas de même chez Pindare. La
divinité, chez lui, est bien plus loin de la nature visible. Son
Olympe est plus haut et plus abstrait. Il ne divinise pas la nature; il se borne à la décrire en traits magnifiques et éclatants,
comme le brillant théâtre du bonheur des dieux et du labeur des
hommes. Il y a dans Pindare d'admirables descriptions de la
nature. Il sent la grandeur de ses lois immuables, la beauté de
ses divers aspects. Il les marque d'un trait rapide et profond [3].
Mais nulle part il ne lui prête une âme divine. L'imagination de

---

1. Olymp. vii, 32-38. — Je ne saurais trop répéter que ces différences
n'ont rien d'absolu. Il y a aussi chez Homère plus d'une peinture en
quelque sorte *immatérielle* de la puissance physique des dieux (voy. J. Girard, *Sentiment religieux*, p. 46). Ce qui est vrai pourtant, c'est que, tout
compte fait, l'anthropomorphisme de Pindare, même à ce point de vue particulier, est certainement beaucoup plus spiritualiste que celui d'Homère.

2. *Iliade*, xxi. Bergk, après bien d'autres critiques, conteste l'authenticité
du xxiᵉ chant de l'*Iliade* (*Gr. Litt.*, t. I, p. 634). Sans entrer dans cette discussion, bornons-nous à dire que le xxiᵉ chant est du moins un monument
incontestable de l'âge épique ancien, et que c'est tout ce qui nous importe
relativement à la thèse développée dans cette partie de notre étude.

3. Nous y reviendrons en étudiant l'art de Pindare, et surtout son imagination et son style.

l'âge homérique est surtout frappée de la puissance des forces physiques. Pindare met plus haut celle de la pensée. Homère animait et divinisait l'éclair ou la vague soulevée. Pindare, avec ses contemporains, divinisait des idées. De là, dans ses poèmes, tant de divinités abstraites, dont nous avons déjà parlé : la Justice, la Fortune, la Paix, la Concorde, l'Harmonie, et d'autres encore[1].

L'idée de la perfection divine y éclate partout. Le bonheur des dieux est sans mesure; il les appelle souvent les bienheureux[2]. La Divinité est toute-puissante. « Dieu seul, dit Pindare, achève tout présage selon son espérance : Dieu, qui atteint l'aigle à l'aile rapide et devance le dauphin au fond des mers; Dieu, qui abaisse l'esprit orgueilleux des mortels et transporte à d'autres la gloire qui préserve de vieillir[3]. » Et ailleurs : « Dieu peut, du sein de la sombre nuit, susciter une impérissable lumière et cacher sous d'obscures ténèbres la pure clarté du jour[4]. » Aucune merveille, venant de la Divinité, ne lui paraît difficile à croire[5], car il ne peut assigner de limites à sa puissance. Aucune misère, aucune laideur physique ou morale n'approche des dieux. Homère montre encore sans scrupule Vulcain boiteux; mais cette difformité répugne à Pindare, et « l'illustre boiteux[6] » n'apparaît nulle part dans ses vers. Est-ce un hasard? C'est du moins un hasard singulièrement conforme à l'esprit général de la théologie pindarique. Les œuvres des dieux sont parfaites. Ce qui sort de leurs mains est indestructible. Quand Apollon et Neptune travaillèrent ensemble aux murailles de Troie, ils s'associèrent un mortel, Éaque; celui-ci,

---

1. On peut ajouter notamment à cette liste Ἀλαλά, le Cri de guerre, fragm. 56 (Bergk), et Ἀγγελία, fille d'Hermès (Olymp. viii, 82).

2. Οἱ μάκαρες. Cf. Pyth. x, 21-22 : θεὸς αἰεὶ ἀπήμων κέαρ (αἰεὶ est une bonne correction de Schneidewin; les ms. donnent εἴη).

3. Pyth. ii, 49 et suiv.

4. Fragm. 119 (Bergk). Cf. fragm. 85.

5. Pyth. x, 49-50. Remarquons en passant combien cette déclaration est d'une époque qui a cessé d'être naïve.

6. Περίκλυτος ἀμφιγυήεις.

malgré son habileté, laissa dans la muraille un endroit faible par
où la ruine un jour pût venir ; mais les murailles construites par
la main des dieux eussent à jamais défié la Destinée [1]. Pindare
parle souvent de la Destinée [2] ; le Destin est tout-puissant, quelque faibles que soient les instruments qu'il emploie [3] ; ni le
feu, ni les murailles ne l'arrêtent [4]. Il parle aussi de la Fortune [5].
Mais la Fortune et la Destinée ne sont chez lui que l'action
même des dieux. Nulle part le poète ne limite la puissance de
la Divinité par l'intervention d'aucune force étrangère ou supérieure. C'est Zeus qui fixe le cours fatal des événements [6]. C'est
de lui que relève la Destinée [7] ; elle est son œuvre et l'émana-
tion directe de sa volonté toute-puissante.

De même les dieux savent tout. Ils n'ont besoin pour cela
d'aucun intermédiaire, d'aucun messager. Une vieille légende
racontait qu'Apollon avait appris par un corbeau l'infidélité de
Coronis [8]. Pindare rejette ce récit, qui lui paraît indigne des
dieux. Apollon n'a pas besoin qu'un corbeau vienne l'avertir ;
le regard des dieux franchit toutes les distances : « Coronis
n'évita pas son regard ; le dieu se trouvait dans la fertile Pytho,
mais il connut aussitôt le crime, le divin Loxias, roi du temple,
instruit en son âme par le plus rapide des messagers, par son
intelligence qui sait toutes choses ; car le mensonge ne l'approche pas, et ni mortel ni dieu ne saurait par ses œuvres ou
par ses pensées tromper son regard infaillible [9]. » Ailleurs, à

---

1. Olymp. viii, 42.

2. Il l'appelle Μοῖρα. Les Parques, qui président au cours des choses, s'appellent Μοῖραι.

3. Cf. Pyth. i, 55 (ἀσθενεῖ μὲν χρωτὶ βαίνων, ἀλλὰ μοιρίδιον ἦν).

4. Fragm. 217 (Bergk).

5. Τύχη était pour Pindare, selon Pausanias, une des trois Μοῖραι. Les
deux autres étaient Lachésis et Clotho. Voy. fragm. 17 (Bergk) ; Pausanias,
vii, 26, 8.

6. De là l'expression τὸ μόρσιμον Διόθεν πεπρωμένον (Ném. iv, 61).

7. Μοῖρα θεοῦ, Αἶσα Διός. Ces expressions d'ailleurs appartiennent déjà à
la langue théologique d'Homère.

8. Schol. ad Pyth. iii, 28 (48).

9. Pyth. iii, 27 et suiv.

la vue de la nymphe Cyrène, sentant son cœur brûler d'amour,
il interroge Chiron sur ce qu'il doit faire. Mais le Centaure
n'est pas dupe de cette feinte ignorance. Il sourit, et prononce
ces paroles magnifiques, où le poète évoque, pour ainsi dire,
toutes les forces de la nature vivante, pour nous les montrer
toutes à la fois sous le regard infaillible de la Divinité [1] : « Pour
toi, que ne saurait effleurer l'erreur, c'est sans doute quelque
souriante fantaisie qui te fait parler ainsi [2] ; me demandes-tu
donc la race de cette vierge, ô roi, toi qui sais le terme où
aboutissent toutes choses, et qui connais toutes les voies ; combien la terre au printemps fait jaillir de feuilles, combien de
cailloux dans la mer et dans les fleuves sont agités par les ca-
resses des vagues [3], et ce qui doit être, et les causes de ce qui
sera [4]. »

Les mythes traditionnels étaient pleins de querelles entre les
dieux, de violences de toutes sortes, d'amours incestueux, de
mutilations dénaturées. C'étaient les restes des antiques traditions cosmologiques peu à peu détournées de leur sens et
défigurées par l'anthropomorphisme. A l'époque d'Homère et
à celle d'Hésiode, soit que le sens primitif de ces vieux mythes
ne fût pas encore perdu, soit plutôt que la naïveté de l'âge
épique s'accommodât sans trop de peine de ces récits étranges,
on ne songeait pas à s'en offenser. Mais Pindare est plus exi-

---

1. Pyth. ix, 42 et suiv.

2. Achille, dans Homère (*Iliade*, i, 365), disait déjà à Thétis, qui l'inter-
rogeait : Τίη τοι ταῦτα ἰδυίη πάντ᾽ἀγορεύω ; — Cette fois encore, le germe de
ces hautes idées est dans Homère, mais Pindare le développe.

3. Cf. dans Hérodote (I, 47) la réponse de la Pythie aux Lydiens de
Crésus : Οἶδα δ᾽ἐγὼ ψάμμου τ᾽ἀριθμὸν καὶ μέτρα θαλάσσης, etc.

4. La réponse de Chiron est comme une explication pieuse des invraisem-
blances de la légende sacrée : il ne faut pas croire que les dieux ignorent
quoi que ce soit ; c'est une feinte de leur part, en vue d'amener des explications utiles aux hommes. Le centaure expose ici, par un artifice ingénieux,
ce qui est la vraie pensée de Pindare relativement à mainte légende. On
peut appliquer au poète racontant ces mythes ce que lui-même dit de
Chiron, quand celui-ci va répondre à Apollon : il « éclaire son sourcil d'un
doux sourire » (ἀγανᾷ χλαρὸν γελάσαις ὀφρύι).

geant. L'idéal divin conçu par sa raison est plus pur et mieux
défini. De même qu'il croit à des dieux qui peuvent et qui savent tout, il les veut d'une moralité irréprochable. Ces vieilles
histoires scandalisent son sens moral, plus délicat, plus conséquent avec lui-même que celui des vieux poètes. Il faut que
ses dieux soient toujours justes, toujours sages et bons, toujours dignes de servir de modèles à l'humanité. Il n'y a chez
lui aucun vestige des traditions hésiodiques sur les générations
successives des dieux ennemies les unes des autres; rien qui
puisse, dans une époque morale et cultivée, ou choquer, ou
prêter à rire. C'est principalement en matière de moralité que
Pindare se croit tenu dans les récits mythiques à la réserve et
à la prudence; c'est là surtout qu'il corrige et qu'il purifie la
tradition. On a déjà remarqué qu'il ne fait jamais la moindre
allusion aux querelles conjugales de Zeus et d'Hèrè, si fréquentes chez Homère. De même, il dit qu'Achille est le fils
unique de Thétis, et rejette implicitement par là le mythe vulgaire suivant lequel Thétis, ayant eu plusieurs fils, les avait
tués [1]. Une autre légende racontait qu'Hercule avait lutté un
jour à lui seul contre trois dieux. Pindare y fait quelque part
allusion. Mais à peine a-t-il mentionné cet exploit du héros qu'il
en écarte le souvenir comme une pensée impie et blasphéma-
toire : « Écarte ce langage, ô ma bouche! Blasphémer les dieux
est une mauvaise sagesse, et se vanter hors de propos est folie.
Point de bavardages insensés. Que la guerre ni les combats
n'approchent des immortels [2]. » - - « O fils de Tantale, dit-il
ailleurs [3], je parlerai de toi autrement que nos pères. » Pourquoi? C'est que la légende transmise par les vieux poètes est
révoltante. « Parler magnifiquement des dieux convient mieux
à l'homme; s'il se trompe, la faute est moindre. » Les dieux,
disait-on, avaient coupé en morceaux les membres de Pélops,

1. Pyth. iii, 100. Cf. Buchholtz (p. 71), qui cite aussi Bœckh (ad Pyth.
iii, 100) et Bippart (p. 30, note 2).
2. Olymp. ix, 35 et suiv.
3. Olymp. i, 36 et suiv.

fils de Tantale, et les avaient mangés après les avoir fait bouil-
lir. C'est ce que Pindare ne peut admettre : « Pour moi, je ne
puis dire d'aucun dieu qu'il soit glouton. Je rejette cette fable.
Il en coûte souvent à qui médit [1]. » Et, par piété, il raconte
l'histoire de Pélops tout différemment. On pourrait multiplier
les exemples du même genre. Dans la neuvième Pythique,
Apollon aime Cyrène; mais, malgré l'ardeur de sa passion,
il n'en cherche la satisfaction que dans un juste hymen. Rien de
plus saint que cet hyménée : « Aphrodite aux pieds d'argent
aida l'étranger de Délos à descendre de son char, en lui offrant l'appui de sa main divine; et sur leur couche délicieuse
elle répandit l'aimable pudeur, ménageant un doux hymen au
dieu et à la fille du vaillant Hypséus [2]. » Dans une autre ode,
Zeus et Posidôn se disputent l'amour de Thétis [3]. Mais Thémis
leur prophétise qu'un danger les attend s'ils donnent suite à
leur projet. Aussitôt ils obéissent à la voix de la raison, et au
lieu de garder un mutuel ressentiment de leur courte rivalité,
ils s'emploient tous les deux de concert à rendre plus brillantes
les noces du héros Pélée, qui doit devenir l'époux de Thétis.
Les dieux primitifs sont moins raisonnables [4].

Ainsi, dans les odes triomphales, les grossièretés de la mythologie primitive disparaissent devant une morale plus pure.
Au contraire, toutes les notions élevées qu'Homère et Hésiode
avaient déjà de la divinité se complètent et s'achèvent. Les
poètes de l'âge épique croyaient déjà à la justice des dieux, à
leur providence, mais d'une manière souvent confuse et inconséquente. Les héros de l'*Iliade* parlent aux dieux avec respect
d'abord, comme on parle à un supérieur qu'on veut ménager;
puis, si leur prière reste vaine, avec colère et presque avec
menaces, comme à des maîtres injustes qui abusent mécham-
ment d'une puissance plus grande sans doute que celle des

1. *Ibid.*, 52 et suiv.
2. Pyth. ix, 9 et suiv.
3. Isthm. vii (viii), 26 et suiv.
4. Cf. L. Schmidt, p. 163.

hommes, mais non pas assez pourtant pour que la révolte et la lutte soient tout d'abord sans espérance. S'ils invoquent les dieux, c'est aussi souvent à leurs passions et à des relations antérieures d'un caractère tout accidentel, qu'à leur justice égale pour tous et à leur providence infaillible qu'ils s'adressent; ce n'est pas toujours l'idée même du bien moral, de la justice suprême, de la Providence, en un mot, que leur raison et leur cœur adorent dans les divinités. Chez Pindare, au contraire, la Providence est impeccable et incorruptible. Les dieux surveillent le monde, pour récompenser les bons et punir les coupables. Tous les biens viennent des dieux : la force, la gloire, le bonheur, le génie, la sagesse même [1]. La divinité est secourable; elle nous protège [2]. La terre est l'empire de Zeus [3]. Zeus distribue le bien et le mal; il est le maître de tout [4]. « Si quelque homme pense dérober ses actions à la vue des dieux, il se trompe [5]. » Si l'on est avec les dieux, on a beaucoup de moyens d'arriver au bonheur [6]; car les dieux peuvent tout, et les hommes ne peuvent rien que par eux [7]. Ce que les dieux promettent, ils l'exécutent [8]; tout homme les trouve fidèles [9]. Avec leur aide rien n'est impossible [10]; ils facilitent la tâche des héros [11]. Mais il faut se confier à eux et les invoquer [12]. il faut leur plaire [13]. L'impie au contraire se brise contre leur justice et succombe;

---

1. Olymp. xi (x), 10. Cf. Isthm. iii, 4-5. De là ces épithètes si fréquemment attribuées par Pindare à toutes sortes de qualités ou d'avantages : θεόμορος, θεόσδοτος, θέορτος, θεόδματος, etc.

2. Θεὸς ἐπίτροπος, ἐπίσκοπος.

3. Ἐν τᾷδε Διὸς ἀρχᾷ (Olymp. ii, 58).

4. Isthm. iv (v), 52-53, et ailleurs.

5. Olymp. i, 64.

6. Olymp. viii, 13-14.

7. Pyth. i, 41.

8. Olymp. vii, 68-69.

9. Ném. x, 54.

10. Olymp. xiii, 83; Pyth. x, 10.

11. Pyth. ix, 67-68.

12. Olymp. iii, 39-41.

13. Εὖ τιν ἁνδάνειν (Pyth. i, 29).

la colère des dieux n'est jamais vaine[1]. Juges sévères, les
dieux pourtant ne sont pas cruels; ils savent châtier et pardonner[2].

L'idée de la perfection divine devait, par un dernier effort, amener naturellement l'esprit de Pindare à celle de l'unité fondamentale et essentielle de la divinité. A mesure que chacun des
dieux s'élève vers l'idéal, tout ce qui n'est pas cet idéal tend à
s'effacer en lui. Les divers individus de la famille olympienne
se rapprochent dans une perfection commune. Les êtres sont
séparés les uns des autres par leur imperfection; celle-ci venant
à disparaître, les différences aussi s'évanouissent dans la plénitude de la beauté intellectuelle et morale. Il en est ainsi dans la
théologie de Pindare. Quoiqu'elle soit pleine de dieux distincts,
l'unité divine y éclate à toutes les pages. Les divinités homériques sont séparées les unes des autres par des caractères souvent opposés, par des passions ou des intérêts qui s'entrechoc-
quent. Chacun a sa physionomie propre; chacun est lui-même
avant d'être dieu. Les luttes n'étonnent pas dans cet Olympe.
On serait aussi surpris de ne pas les y trouver qu'entre Achille
et Agamemnon, rivaux dans le camp des Grecs. Comment
découvrir, au contraire, entre les dieux de Pindare, des différences essentielles, profondes, capables de les opposer les uns
aux autres?

Il n'y en a pas. La diversité de leurs noms et de leurs attributs, celle même de leur sexe, de leur rôle, de leur histoire est
tout extérieur, pour ainsi dire, et ne détruit pas leur unité
essentielle et fondamentale[3]. Sous les noms et les formes les

---

1. Pyth. III, 11-12.

2. Λῦσε δὲ Ζεὺς ἄφθιτος Τιτᾶνας (Pyth. IV, 291). Cf. *Iliade*, IX, 497 (Στρεπτοὶ
δέ τε καὶ θεοὶ αὐτοί).

3. Peut-être est-il permis de dire que Zeus, par exemple, personnifie
aux yeux de Pindare la loi et l'harmonie souveraines du monde (voy. notamment le début de la Iʳᵉ Pythique), et Apollon la science divine; et
qu'ainsi chaque divinité représente spécialement un des aspects particuliers
de l'idée de Dieu. Mais tous les dieux, au fond, ne sont qu'une seule âme,
un seul esprit, une seule puissance.

plus multiples, les plus variés en apparence, c'est toujours la même divinité qui agit, puissante, raisonnable, juste, vraiment souveraine. Cette divinité a beau se déguiser en quelque sorte et s'accommoder à la variété des phénomènes, la raison et la piété du poète ne s'y trompent pas ; il la reconnaît et il la sent toujours la même à travers ses mille transformations. La langue même de la poésie pindarique proclame sans cesse l'unité divine. Ces expressions impersonnelles θεός, δαίμων, le dieu, la divinité, y sont fréquentes pour exprimer l'essence de la nature divine en dehors de toute détermination de personne [1]. Dans les admirables vers que nous avons cités plus haut, où Pindare célèbre la rapidité d'action et l'omniscience de la Divinité, c'est Apollon qui lui fournit l'occasion de cette profession de foi ; mais Apollon lui-même est moins grand que l'idée de Dieu dans sa nudité. Aussi l'image de la divinité particulière s'anéantit dans l'idée générale de Dieu, et Pindare écrit, d'un style déjà tout philosophique, des vers où les images sensibles elles-mêmes ne sont plus qu'un voile transparent derrière lequel apparaît la plus sévère notion de la nature divine.

Mais nous pouvons faire un pas de plus. Dans un fragment d'origine inconnue, cité par Clément d'Alexandrie, Pindare se demande ce que c'est que Dieu : « Qu'est-ce que Dieu ? que n'est-il pas ? » Et il répond, sans image cette fois, ni méta-

---

1. Cf. L. Schmidt, p. 365, note 2. Le mot δαίμων, dans Homère, se dit d'un dieu en particulier. D'Hésiode à Pindare, ce mot prend une acception nouvelle, et sert à désigner d'une manière générique les divinités abstraites, telles que la Fortune, la Paix, etc., dont le nombre alors se multiplie. (Cf. Schœmann, *Greich. Alterth.*, t. II, p. 149.) Dans Pindare, le sens de ce mot est plus étendu encore et plus indéterminé. Il signifie souvent, comme θεός, la divinité en général, sans restriction ni limitation d'aucune sorte. Néanmoins Pindare dit aussi, dans le même sens qu'Homère, δαίμων Ὑπεριονίδας (Olymp. VII, 39). D'autre part, Homère lui-même emploie quelquefois θεός au singulier pour dire la divinité en général. D'Homère à Pindare, il n'y a donc pas rupture dans la tradition ; il y a développement et progrès continu dans une direction spiritualiste. Sur l'emploi particulier de δαίμων pour désigner un génie familier attaché à chaque mortel, voy. plus bas, p. 194.

phore, mais avec une concision profonde et énergique : « Dieu, c'est le Tout [1]. »

De ces hautes idées sur les dieux dérive naturellement chez Pindare l'habitude d'adorer et de prier. Les odes triomphales sont sans cesse animées d'un sentiment pieux. Les dieux y tiennent une place prééminente; non seulement par le récit de leurs aventures mythologiques, ce qui n'aurait rien de remarquable dans une œuvre de poésie grecque, mais aussi par le sentiment sans cesse présent de cette grandeur et de cette justice que Pindare proclame parfois avec tant de force. Il y a bien peu de ses odes qui ne renferment quelque prière. Il met la force de ses héros sous la protection des dieux. Il implore en leur faveur ce rayon divin qui éclaire la destinée de l'homme [2]. Quelquefois ses prières ont un accent particulièrement pénétrant. Au début de la première Pythique, après le magnifique tableau des châtiments réservés aux ennemis des dieux, le poète s'écrie tout à coup : « Puissions-nous, ô Zeus, puissions-nous te plaire toujours, à toi qui protèges Etna [3], etc. » Dans l'ode à Aristomène d'Égine, il invoque Apollon de la même manière, en un langage tout spirituel, pour demander non des avantages matériels, mais des grâces morales : il demande à se gouverner toujours selon les lois mêmes du dieu, à être son serviteur obéissant [4]. Ailleurs même, il rend témoignage de sa piété pratique. Il est dévot à Cybèle; il lui adresse des sacrifices et des prières pour la santé de ceux qu'il aime [5]. Avant de se rendre aux jeux Pythiens, il a invoqué en faveur d'un de ses hôtes le héros Alcméon [6]. Les biographes nous parlent aussi de sa dévotion à Apollon, à Zeus Ammon; il fait des pèlerinages à leur sanc-

---

1. Fragm. 117 (Bergk); dans Clém. d'Alexandrie, *Strom.*, v, 726 : Τί θεός; τί δ'οὔ; τὸ πᾶν (suivant la correction ingénieuse de Bergk, qui d'ailleurs ne modifie pas le sens de la vulgate : τί θεός; ὅτι τὸ πᾶν).

2. Διόσδοτος αἴγλα.

3. Pyth. i, 29.

4. Pyth. viii, 67.

5. Pyth. iii, 77 et suiv.

6. Pyth. viii, 56 et suiv.

tuaire; il leur consacre des hymnes. Même dans les vers d'un
ton plus libre que nous avons empruntés tout à l'heure aux
débris de ses scolies et de ses dithyrambes, on a pu remarquer
des traces curieuses du même esprit. Il ne se demanderait pas
avec un sourire ce que vont dire de lui les « dieux augustes de
l'Isthme » s'il n'avait l'habitude d'un ton plus grave. Et dans le
morceau sur Géryon, avant de hasarder au sujet des droits res-
pectifs de Géryon et d'Hercule une opinion peu orthodoxe, il
prend soin de protester encore une fois de son respect pour
Zeus [1].

Ce caractère religieux et grave est parfois si marqué dans
les odes triomphales que M. Villemain, dans son *Essai sur Pindare*, n'a pas cru pouvoir mieux définir à des lecteurs français le
génie du grand lyrique thébain qu'en le comparant avec Bossuet.
Il est certain qu'il y a parfois du Bossuet dans Pindare. Le rapprochement de ces deux noms peut faire comprendre en partie,
à qui n'aurait pas lu les odes triomphales, ce qu'il y a chez le
poète grec de hauteur sereine et d'éclat, ainsi que la gravité religieuse de son fier génie. Mais de telles comparaisons, par delà
tant de siècles et tant de révolutions, cessent d'être justes si l'on
y insiste trop. Il faut se borner à entrechoquer les deux noms,
et aussitôt qu'on a fait jaillir la lueur de vérité qu'une comparaison de ce genre peut renfermer, se hâter de passer outre, de
peur de rencontrer l'inexactitude et l'erreur. Quand on prononce,
à propos de Pindare, le nom de Bossuet, il y a deux ou trois réserves capitales qu'il faut faire tout de suite, même au risque de
dire des choses trop connues ou trop évidentes. Je ne parle pas
seulement de la différence de forme qui existe entre des ser-
mons, des oraisons funèbres, des compositions oratoires, et des
poèmes destinés à être chantés. Mais, en dehors de cela,
quelle différence entre la piété d'un chrétien du xviie siècle,
et celle d'un poète grec du cinquième siècle avant notre ère!

---

1. On peut ajouter à cela ce qu'il dit en maint passage du devoir qu'ont
les hommes d'être pieux envers les dieux. Mais nous reviendrons sur ce
point dans le chapitre suivant.

La piété du premier est essenciellement sérieuse et sévère;
Boileau avait mille fois raison, dans son *Art poétique*, de dire
que le christianisme de son temps n'offrait au poète rien de
divertissant. Au moyen âge, quand la foi était plus naïve, plus
inconséquente, mais plus vivante aussi, le christianisme offrait
au poète une très belle matière. Mais au temps de Boileau et
de Bossuet, tout cela était changé. La foi alors ne souffrait plus
d'inconséquences; elle n'admettait plus cette belle liberté de la
fantaisie qui est nécessaire au poète. En Grèce, au contraire,
Pindare, dévot à Apollon, n'est pas emprisonné dans sa dévotion; mythologue, il se contredit sans embarras et façonne de
nouveaux mythes à son gré. Il est pieux pourtant, même dans
sa vie pratique; mais c'est que la piété pratique, en Grèce, est
un peu comme la mythologie : c'est surtout une forme extérieure, un voile uniforme qui peut couvrir de grandes diversités
intellectuelles. Socrate sacrifiait aux dieux d'Athènes, et ne
croyait pas que sa liberté d'esprit en fût diminuée. Le dieu
auquel un Grec sacrifie change de nature suivant l'intelligence
du dévot. La foule ignorante croit qu'il existe autant d'Apollons
distincts qu'Apollon compte de sanctuaires [1]; un esprit plus
éclairé se sert des rites consacrés par la tradition pour rendre
hommage à la divinité une et toute-puissante dont il a conçu
l'idée. Dans l'attachement aux cultes de la cité, il y a parfois
moins de dévotion, au sens étroit du mot, que de patriotisme
religieux et poétique. Il n'est pas douteux que Pindare ne sentit
avec autant de force qu'aucun Grec de son temps cette beauté
vénérable des cultes nationaux. Poète lyrique, il avait pour rôle
de la chanter. Son imagination en était pleine. Il était pieux
comme il était sublime, par une tendance naturelle de son âme
de poète, éprise de toute grandeur et de toute beauté; mais il
l'était sans scrupules étroits et sans aucune timidité d'orthodoxie; cette piété de Pindare reste avant tout poétique et libre.
Elle n'est ni l'esclave de la lettre, ni la dupe de ses propres

---

1. Cf. Schœmann, *Gr. Alterth.*, t. II, p. 138.

conceptions. Pindare a sans effort, comme Bossuet, l'ampleur magnifique de la pensée et du style; mais, à la différence de l'orateur chrétien, il y déroge sans hésiter quand les lois de sa poésie l'exigent. Il y a de la philosophie sans doute dans sa poésie, mais c'est toujours la poésie qui est la maîtresse, et la philosophie n'est que la servante. L'antiquité attribuait à Pindare un mot caractéristique. Un jour qu'il s'était rendu à Delphes, le dieu lui demanda quelle offrande il apportait : — « Un péan, » répondit Pindare. Comme la foule de ses compatriotes, Pindare sacrifie aux dieux de son pays ; mais il le fait à sa manière, avec une poétique indépendance.

Quoi qu'il en soit, la rencontre assez fréquente chez Pindare d'une inspiration religieuse supérieure amène le lecteur à se demander quelle en est la source, et s'il ne faudrait pas la chercher dans l'influence spéciale et directe, soit des doctrines orphico-pythagoriciennes, soit des mystères, si importants alors en Grèce, et auxquels Pindare aurait pu être initié.

On sait, par exemple, le rang qu'avaient pris dans les conceptions orphiques certaines abstractions divinisées, telles que le Temps (Χρόνος). Or, le Temps joue dans Pindare un rôle assez remarquable. Les commentateurs, les interprètes, les historiens de la littérature ont déjà relevé de nombreux passages où Pindare le mentionne. Dissen fait observer[1] que le Temps, chez Pindare, n'est pas une simple abstraction, mais que c'est une véritable divinité. La remarque est juste, à la condition pourtant de ne pas en faire une règle trop invariable, et de ne pas en forcer les conséquences. On a eu tort, je crois, de relever parfois comme dignes d'intérêt tous les passages de Pindare où il est question du Temps. Beaucoup de ces passages n'ont en réalité rien d'orphique et ne contiennent que l'expression des vérités les plus usuelles. Quand je lis dans Pindare que le Temps seul découvre la vérité[2], ou que l'avenir est le plus sûr témoin[3],

1. Dans le *Pindare* de Boeckh *ad Fragm. incert. gen.*, p. 657).
2. Olymp. x, 53 (ό τ' ἐξελέγχων μόνος ἀλάθειαν ἐτήτυμον χρόνος).
3. Olymp. i, 33 (ἁμέραι δ' ἐπίλοιποι μάρτυρες σοφώτατοι).

il m'est impossible de voir là autre chose que des vérités cou-
rantes et banales, aussi peu propres à Pindare et à l'orphisme
qu'à tout autre poète ou orateur qui ait jamais ouvert la bouche
ou écrit une ligne [1]. Voici, en revanche, un texte plus intéressant : c'est un fragment d'un hymne où Pindare appelle le Temps
« le plus puissant des bienheureux [2] ». Ici l'influence orphique
paraît manifeste : voilà bien le Temps divinisé, et mis à la place
où l'orphisme le mettait, avant les dieux de la théologie vulgaire, à l'origine même des choses, dont le développement ne se
fait que par lui.

Il y a également chez Pindare un emploi du mot δαίμων pour
désigner le génie familier de chaque homme (au sens du mot
latin *genius*) qui paraît, selon la remarque de Dissen, venir en
droite ligne des écoles de philosophie mystique : « Envoie, ô
Zeus, au génie de Xénophon un favorable zéphyr [3]. » Et ailleurs :
« La pensée souveraine de Zeus guide le génie des mortels qu'il
aime [4]. » L'idée de ce *génie* est incontestablement d'origine
pythagoricienne ou orphique.

Reste à savoir quelle est la portée exacte de ces emprunts
faits par Pindare à certaines doctrines particulières de son
époque, et de quelle manière ces idées sont arrivées jusqu'à lui.
Y a-t-il là quelque signe d'une initiation personnelle et directe,
ou bien s'est-il borné, dans ces différents passages, à recueillir
des idées qui, de son temps déjà, avaient passé de l'école ou du
sanctuaire dans le domaine public ? Cette dernière hypothèse
est de beaucoup la plus vraisemblable [5]. La manière en effet
dont Pindare, dans les vers que nous venons de citer, parle du
démon de chaque homme, en passant et sans y insister, prouve

---

1. Il me semble que M. Buchholtz (p. 10) donne à ces passages trop d'importance.

2. Fragm. 10 (Bergk) : ἄνακτα τὸν πάντων ὑπερβάλλοντα Χρόνον μακάρων
(Plutarch. *Quæst. Platon.*, VIII, 4).

3. Olymp. XIII, 28.

4. Pyth. V, 122.

5. C'est l'opinion la plus généralement adoptée, malgré l'affirmation de
Clément d'Alexandrie que Pindare était pythagoricien (*Strom.*, V, 14).

que l'idée et l'expression étaient familières à ses auditeurs[1]; et
d'autre part les passages sur le Temps ne contredisent en rien
cette explication. Au reste nous retrouverons cette question
dans le prochain chapitre, à propos de certaines idées de Pindare sur la vie future. Pour le moment, bornons-nous à constater que la théologie de Pindare, même dans ces vers où l'on
peut saisir quelque trace d'orphisme ou de pythagorisme, n'a
nullement un air de secte ni d'école, qu'elle n'a rien de secret
ni d'*ésotérique*. M. Jules Girard l'a dit avec beaucoup de force et
de justesse : « Pindare avait bien pu, sous la forme complai-
sante de l'ode, qui autorisait l'expression personnelle des pensées religieuses ou morales, s'arrêter parfois sur la solution que
l'orphisme donnait aux grandes questions dont il était occupé.
Mais pour cela il n'était point un orphique. Sa vie brillante et le
libre mouvement de son génie ne permettent pas un seul instant qu'on se le représente comme enchaîné aux pratiques d'une
dévotion ascétique et voué à une propagande exclusive[2]. »

Cependant, si l'on ne peut dire que les idées de Pindare sur
les dieux portent la marque distinctive de telle secte ou de telle
école en particulier, il y a un fait qu'on ne saurait méconnaître :
c'est l'influence générale exercée sur son esprit par toutes ces
sectes et toutes ces écoles, ou, si l'on veut, par le mouvement
d'esprit d'où elles-mêmes sont issues. Cette influence n'est
exclusivement l'œuvre d'aucun groupe spécial de penseurs, mais
elle résulte de leur action commune; elle n'est proprement ni
pythagoricienne, ni orphique, ni ionienne, ni éléate; mais elle
est un peu tout cela ensemble, car elle appartient à ce progrès
général de la pensée grecque dont le point de départ, dans es
siècles classiques, est marqué par les recherches de l'Asie
Mineure et de la Grande-Grèce, et le point d'arrivée par celles
de Platon et d'Aristote. Au temps de Pindare, le sentiment reli-

---

1. Sans qu'on ait d'ailleurs aucune raison de voir dans ceux-ci des initiés :
les deux odes en question sont adressées à Arcésilas de Cyrène et à Xénophon de Corinthe.

2. *Sentiment religieux*, p. 412-413.

gieux en Grèce subissait très sensiblement le contre-coup de tout
ce travail intellectuel. Le caractère plus philosophique, plus
spirituel, que nous avons signalé dans la théologie poétique de
Pindare comparée à celle d'Homère, en était la conséquence
manifeste. Il était d'ailleurs dans la nature de la religion grecque de se modifier ainsi. Il était logique qu'un peuple artiste,
après avoir donné une âme, ou plutôt des âmes, à la nature
considérée successivement dans ses diverses manifestations,
achevât ce travail inconscient de la pensée religieuse en prêtant
peu à peu à ces âmes divines des sentiments de plus en plus
purs, de plus en plus moraux. Le siècle de Pindare, en modifiant
la tradition théologique, restait fidèle à l'esprit même de la tradition. Il y avait déjà dans Homère et dans Hésiode beaucoup de
philosophie et de moralité [1]. C'était la tâche naturelle des âges
suivants de dégager et d'épurer les éléments supérieurs mêlés
à d'autres moins durables, et de continuer l'œuvre que les grands
poètes épiques eux-mêmes avaient certainement accomplie déjà
à l'égard de leurs devanciers, en marchant plus loin qu'eux
dans la même voie. Pindare n'est donc, en fait de théologie, ni
un inventeur d'idées nouvelles, ni l'adepte d'aucune doctrine
plus ou moins secrète : il est de son temps. Mais s'il n'invente
pas, il choisit; s'il est de son temps, c'est avec les qualités propres de son esprit, avec sa gravité fière et naturellement réfléchie, avec son sentiment vif du beau moral, avec son sérieux et
sa force. Parmi les idées de ses contemporains, celles qu'il
adopte, ce sont les plus conformes à sa nature, les plus hautes et
les plus nobles. Et par là, du moins, il reste original.

Il est à peu près certain que si nous pouvions aujourd'hui
comparer Pindare avec Alcman, avec Stésichore, nous aurions à
signaler, d'eux à lui, un progrès dans la sévérité des concep-

1. J. Girard, Sentiment religieux, p. 61. Cf. le début du poème des Ἔργα
καὶ Ἡμέραι, où la notion de Zeus est si haute et si pure. Zeus, Athéné, Apollon présentent déjà dans Homère, plus que tous les autres dieux, quelques
caractères des dieux de Pindare: c'est ce qu'a bien montré M. Gladstone,
dans son livre parfois si étrange sur Homère.

tions théologiques. Mais cette comparaison est aujourd'hui impossible à faire. Directement d'abord, elle est rendue impraticable par la perte presque complète des œuvres des anciens poètes lyriques grecs ; et quant aux informations transmises par l'antiquité, elles sont elles-mêmes trop vagues et trop rares pour nous permettre d'en tirer des conclusions tout à fait précises. On peut pourtant entrevoir quelque chose de la vérité. Les débris d'Alcman, par exemple, avec leur caractère de simplicité gracieuse et familière, nous conduisent presque forcément, aussi bien que les dates mêmes de sa vie, à supposer dans la mythologie de ce vieux poète plus de goût naïf pour les légendes strictement locales et spartiates que de réflexion originale et pénétrante sur les grands problèmes de la religion grecque. Il y aurait une sorte de contradiction à imaginer qu'Alcman eût parlé des choses divines à la manière de Pindare. — Chez Stésichore, ce n'est pas la noblesse du langage qui fait défaut : de l'aveu de tous les anciens, il y avait chez lui quelque chose d'homérique, et les fragments de ses poèmes en font foi. Mais justement parce qu'il était homérique, il devait se préoccuper de la tradition plus peut-être que ne le faisait Pindare, et mettre un accent moins personnel, moins moderne, moins philosophique dans sa piété. Stésichore était homérique et Ionien d'esprit[1], comme Pindare était hésiodique et Dorien. Il y a dans ses fragments de belles et brillantes images, mais rien absolument qui donne l'idée d'une pensée religieusement philosophique telle qu'était celle de Pindare.

Même parmi les contemporains du grand lyrique, il s'en faut, je le répète, que le tour d'esprit qui nous a frappés dans sa théologie fût tout à fait général. Celui qui à cet égard lui ressemble le plus n'est même pas un poète lyrique : c'est le grand tragique Eschyle. Eschyle et Pindare sont par certains côtés des esprits de même famille. Tous deux se préoccupent de l'invisible et du divin ; tous deux sont graves et fiers. Eschyle,

1. Cf. Bernhardy, *Grundriss der Griech. Litt.*, II, p. 660-661.

comme Pindare, non content de mettre fidèlement en œuvre les
antiques légendes, les critique et les corrige, ou du moins s'applique à en dégager la signification morale, qu'il rend plus pure
à la fois et plus précise. Il n'est pas, en matière de mythologie,
un simple virtuose indifférent aux idées ; c'est un penseur en
même temps qu'un grand poète, et un penseur que le souffle de
la philosophie naissante a effleuré. Tout en recueillant avec piété
les reliefs du festin d'Homère, il ne se croit pas obligé de s'en
tenir aux naïvetés de l'âge épique. Mais s'il épure la mythologie
traditionnelle, il ne la dédaigne pas. Ses corrections mêmes
sont réservées et respectueuses, comme celles de Pindare.
Comme Pindare, il adore Zeus et lui donne en même temps
une grandeur toute nouvelle. On pourrait rapprocher du dernier
fragment que j'ai cité de Pindare celui-ci, qui est d'Eschyle, et
dont le sentiment est tout semblable : « Zeus, c'est l'espace
éthéré, c'est la terre, c'est le ciel, c'est toutes choses [1]. »

Simonide au contraire est surtout un bel-esprit. Les ravages
du temps, il est vrai, ne nous ont laissé qu'une minime partie
de ses œuvres, quelques vers sans ordre et sans liaison.
Mais le ton général de son inspiration nous est à peu près connu,
et quelques passages justifieraient au besoin ce que les anciens
nous ont dit de sa grâce brillante et légère. Dans une ode triomphale, dans un poème par conséquent du même genre que ceux
de Pindare, il comparait la vigueur de son héros, Glaucus de Ca-
rystos, à celle de Pollux et d'Hercule ; non seulement il comparait un mortel à des dieux, mais encore, selon la juste remarque
de Lucien lui-même, qui nous a conservé ce fragment de Simonide, c'était le mortel qu'il mettait au premier rang, et les
dieux ne venaient qu'après : « Ni le robuste Pollux n'aurait
pu de son bras vigoureux soutenir son effort, ni le fils d'Alcmène, le héros aux muscles de fer, n'eût osé lui résister [2]. »

---

1.   Ζεύς ἐστιν αἰθήρ, Ζεὺς δὲ γῆ, Ζεὺς οὐρανὸς,
            Ζεύς τοι τὰ πάντα. (Fragm. 295.)

2. Fragm. 8 (Bergk) ; dans Lucien, pro Imagin., ch. XIX.

Lucien, en rapportant cette hyperbole, la loue beaucoup, et défend sur ce point Simonide du reproche d'impiété. Soit ; mais il y a au moins bien de la légèreté mondaine dans la bonne grâce spirituelle avec laquelle Simonide fait à son héros les honneurs de son Panthéon poétique. Ce n'est pas ainsi que s'exprime Pindare. On dirait plutôt un de nos élégants complimenteurs du XVIIᵉ siècle, un Molière ou un la Fontaine, par exemple, en une épître préliminaire, introduisant quelque déité de l'Olympe de Versailles dans la société des grands dieux, et faisant lever ces derniers devant leurs modernes successeurs. Il est clair que Simonide a perdu, je ne dis pas seulement la foi à Pollux (car il n'est pas bien certain que Pindare l'eût davantage), mais jusqu'à ce grave sentiment de respect qui est parfois dans une âme d'artiste comme un dernier reflet de la foi déclinante. Ailleurs encore, dans le célèbre fragment de l'ode aux Scopades, le même ton reparaît : les dieux mêmes, dit Simonide, cèdent à la nécessité, et il en fait une excuse pour les défaillances accidentelles de l'homme [1]. Tout cela est spirituel, aimable, élégant; mais cela ne ressemble pas à l'esprit de Pindare [2].

L'originalité de Pindare est d'avoir mêlé à toutes les traditions, que les lois mêmes de son art l'obligeaient à recueillir et à chanter, je ne sais quel souffle d'idées nouvelles, à la fois hautes et libres, où la réflexion philosophique a sa part. Non qu'il ait lui-même été philosophe comme le fut plus tard par exemple un Euripide. Il paraît même avoir lancé quelque part des traits méprisants sur les recherches des philosophes, ou, selon l'expression grecque, des physiologues. On citait de lui un vers où il disait que ces savants « cueillaient le fruit d'une sagesse imparfaite [3] ». C'était sans doute l'habitude des poètes lyriques de mépriser les philosophes, qui, à leur tour, méprisaient les poètes

---

1. Fragm. 5, v. 21 Bergk.

2. Je ne parle pas de Bacchylide, que nous ne connaissons pas suffisamment, mais qui paraît s'être rattaché à l'école de Simonide.

3. Fragm. 193 (Bergk); dans Stobée, *Florileg.*, 80, 4 (cf. Eustathe. *Procem.* 33). — Cf. Platon, *Rép.*, v, 457 B

lyriques. Mais, sans s'attacher à aucune école, un esprit naturellement élevé, une imagination éprise du grand en toutes choses
devait recueillir, presque à son insu, les nobles idées que les mé-
ditations des sages ou l'enthousiasme des mystiques faisaient entrer peu à peu dans l'habitude de la pensée grecque. Pindare était
justement un esprit de cette sorte. Dorien de pensée, d'éducation, de race peut-être, il incline naturellement, à la différence
de l'Ionien Simonide, vers une conception grave et sévère de la
religion. Ami des prêtres de Delphes, en relations fréquentes et
prolongées avec le temple d'où se sont répandus sur la Grèce tant
d'oracles pleins du sentiment de la puissance divine[1], il s'est ac-
coutumé de bonne heure à entendre parler de la Divinité avec
cette force et cette gravité qui conviennent à une religion déjà
philosophique et à une philosophie encore religieuse. Et cependant, le lion sait sourire. Disciple de la Muse avant tout, religieux
plutôt par l'élan d'une imagination sublime que par l'asservisse-
ment d'une raison docile, il s'accommode aux circonstances; il
s'abaisse quand il le faut; il sait composer un scolie après un
hymne, et les dieux qui président aux doux plaisirs ne trouvent
pas sa lyre moins mélodieuse en leur faveur que s'il s'agit de
chanter Hercule, le protecteur des athlètes, ou Apollon, le dieu
de la pure sagesse. Il s'accommode de même à la diversité des
légendes, et distingue la lettre de l'esprit avec une souplesse
d'intelligence presque aussi philosophique que poétique.

---

1 On sait qu'Hérodote surtout en a reproduit un certain nombre.

CHAPITRE II

L'étude des vues de Pindare sur l'homme et sur sa destinée confirme les conclusions qui précèdent. Dans ce nouveau chapitre, nous suivrons la même méthode, qui nous conduira aux mêmes conclusions. D'où vient l'homme d'abord, et où va-t-il? Ensuite, à ne considérer que la vie présente, que vaut cette vie? Quels en sont les biens et les maux? Quelles lois président à la répartition des uns et des autres? Quels sont les agents de notre bonheur ou de notre malheur? Enfin, parmi ces agents, quelle est la place de la loi morale, et quelles en sont les prescriptions? Sur chacun de ces points nous écouterons les réponses de Pindare; puis nous tâcherons de distinguer, dans ces réponses, ce qui est amené par le rôle même du poète lyrique, obligé de se conformer soit à la tradition commune de la Grèce, soit à certaines idées particulières que les circonstances locales ou les règles de sa poésie lui imposent, et ce qui peut, au contraire, sembler original, ce qui est marqué d'un accent personnel et distinctif.

I

La question des origines de la race humaine appartient essentiellement au domaine de la mythologie. Dénuée d'intérêt pratique, elle était du nombre de ces questions que la curiosité spéculative de l'esprit humain, à toutes les époques, aime pour-

tant à se poser, et auxquelles, dans les âges de poésie, le mythe
se charge de répondre. Nous avons déjà vu comment Pindare
traitait les mythes. Poète lyrique, il suit en général l'opinion
commune, à moins qu'une tradition locale, plus neuve, plus
brillante, plus agréable à ses auditeurs, ne l'attire de préférence,
ou que la légende vulgaire, léguée par la naïveté des âges primitifs, ne présente certains traits choquants et ne réclame de sa
part quelque correction. Au reste, nulle fixité scrupuleuse dans
le détail de ses récits; nul souci d'éviter les contradictions. S'il
manifeste quelque originalité persistante, c'est seulement d'une
manière très générale et très souple. Il en est justement ainsi de
ce que dit Pindare sur les origines de la race humaine.

Il y avait en Grèce sur ce sujet plusieurs traditions. Hésiode,
dans un vers célèbre[1], semble faire naître l'homme de la Terre,
comme les dieux, comme tous les êtres. Les hommes étaient
ainsi les frères des dieux et des Titans ; frères moindres en force
et en dignité, mais nés pourtant de la même mère.

Ce n'était pas là, à ce qu'il semble, la tradition la plus répandue. Hésiode lui-même, dans son récit mythique des cinq âges
de l'humanité, fait créer successivement toutes les races humaines par la main de Zeus et des Olympiens[2]. Dans la Grèce du
Nord, on croyait que la race humaine actuelle était née des
pierres jetées par Deucalion et par Pyrrha, sa femme, après un
déluge qui avait fait périr la génération antérieure. Ailleurs on
faisait de Prométhée une sorte de divin sculpteur qui avait formé
l'homme du limon de la terre; Zeus ensuite avait animé l'œuvre
du Titan. Un assez grand nombre d'autres légendes, plus ou
moins locales pour la plupart, multipliaient encore les explications différentes du même fait[3].

1. *Op. et Dies*, v. 108.
2. *Ibid.*, 109-201.
3. Pour plus de détails sur les croyances grecques relatives aux origines de
l'humanité, cf. surtout Bouché-Leclercq, *Placita Græcorum de origine generis
humani* (Paris, 1871), et P. Decharme, *Mythologie de la Grèce antique*,
p. 268 et suiv. (Paris, 1879).

Cette diversité de croyances a laissé des traces dans la poésie de Pindare. Dans une ode à Épharmostus d'Opunte, il raconte l'histoire des pierres de Deucalion [1]; c'est-à-dire qu'en Locride il met en œuvre des mythes locriens. A Égine, au contraire, il fait des hommes les frères des dieux : « Les dieux et les hommes sont fils d'une même race ; une même mère leur a donné le jour [2]. » C'est encore la même idée qu'il développait dans un poème aujourd'hui perdu, mais dont un assez long fragment nous a été conservé par Origène [3] : « L'homme, disait-il tout d'abord, est né de la terre [4]. » Sur ce premier point, l'affirmation du poète était formelle ; mais aussitôt après, dans une énumération brillante, il rappelait les diverses légendes qui s'étaient formées sur ce thème relativement au nom du pays où le fait s'était produit, et semblait hésiter à choisir entre elles : « Il est difficile de se prononcer, » disait-il [5]. Que lui importait, en effet, à lui poète, une solution plutôt qu'une autre ? Nous retrouvons Pindare, ici comme partout, curieux des belles légendes, se décidant parfois d'après les circonstances entre des mythes contradictoires, mais parfois aussi ne se décidant pas, et libre, en tout cas, de tout dogme fixe et de tout système.

La destinée de l'individu est un problème d'un intérêt plus pressant pour chaque homme que n'est celui des origines communes de la race. Qu'est-ce que ce souffle qui vit et pense en chacun de nous ? Qu'arrive-t-il de l'âme après la mort, quand l'homme, couché dans sa tombe, est devenu, selon la forte expression de Théognis, « pareil à une pierre inerte et sans voix [6] » ?

La Grèce a cru de tout temps à une certaine persistance de

1. Olymp. IX, 42-46.
2. Ném. VI, 1 et suiv.
3. Origène, adv. Hæret., V, p. 96, éd. Miller (dans les Lyrici Græci de Bergk, Fragmenta adespota, fragm. 84, p. 1338). Ce fragment est anonyme, ais il est à peu près certain qu'il est de Pindare.
4. Ἄνθρωπον ἔνδωκε γαῖα πρώτα (selon le texte de Bergk).
5. Χαλεπὸν ἐξευρεῖν.
6. Théognis, v. 568-569 (κείσομαι ὥστε λίθος — ἄφθογγος).

l'être humain après la mort. Mais rien n'est plus difficile que de
se rendre exactement compte de ses plus anciennes croyances
à ce sujet ; ou, pour mieux dire, s'il est impossible d'arriver sur
ce point à un ensemble d'idées nettement coordonnées, c'est que
les croyances de ces temps antiques, formées de traditions, de
rêveries, d'imaginations indépendantes les unes des autres et
en partie disparates, manquèrent de cette cohésion qui ne peut
être que le produit de la réflexion.

De toute antiquité, par exemple, les ancêtres en Grèce ont été
l'objet d'un culte. On leur faisait des offrandes, on les invoquait,
on célébrait des jeux autour de leur tombeau pour leur faire
honneur. Quelle était donc, aux yeux des hommes de ce temps,
la condition de ces morts ? On les regardait quelquefois comme
des êtres semi-divins. On les appelait demi-dieux, héros, démons. Les fondateurs mythiques des cités, les héros éponymes
des tribus ou des phratries, les anciens rois légendaires des
petits États grecs appartenaient à cette catégorie. Les savants
modernes inclinent parfois à voir dans ces demi-dieux de la
Grèce ancienne non des hommes divinisés, mais des dieux dé-
chus, des divinités locales forcées plus tard de céder le premier
rang à des dieux plus forts et plus puissants. Quelle que soit la
valeur historique de cette manière de voir, il est certain qu'aux
yeux des Grecs (et c'est ici le seul point qui nous importe) les
choses s'étaient passées tout autrement. C'est de l'humanité, dans
leur opinion, que ces êtres supérieurs étaient sortis. Ils s'étaient
donc élevés au lieu de descendre. Les vers où Hésiode raconte
la transformation des hommes de l'âge d'or en démons ou génies[1]
et ceux où il dépeint le séjour des héros épiques dans les îles
des bienheureux[2], sont un témoignage formel, entre beaucoup
d'autres, de cette croyance générale et constante. C'était là une
sorte d'apothéose qui consacrait de grandes illustrations.

Mais tous ceux qui mouraient ne devenaient pas des héros. Il

1. *Op. et Dies*, v. 121-126.
2. *Ibid.*, 170-173.

y avait une hiérarchie dans la mort comme dans la vie, et la foule des vivants obscurs n'était pas mise, par le seul fait de la mort, sur le rang des rois illustres et des chefs de race. A côté des demi-dieux, il y avait la foule des ombres inconnues, qui se pressaient dans les demeures sombres d'Hadès. L'enfer de l'Odyssée, si morne et si triste, est sans doute une fidèle représentation de l'état des morts ordinaires tel que les croyances populaires se le figuraient [1]. Aucune idée d'une sanction morale ne s'y manifeste. Quelques ennemis des dieux, vaincus dans une lutte inégale et poursuivis jusque dans la mort par la vengeance des Olympiens, y souffrent divers supplices; mais c'est là une exception. On peut dire qu'il n'y a en général, dans cette autre vie, ni peines pour les coupables, ni récompenses pour les justes. Chacun continue d'y traîner languissamment une ombre de vie où il reproduit sans force, sans activité, sans joie, les occupations de son existence antérieure : Orion chasse, Minos rend la justice, Achille nourrit dans son cœur un reste de colère impuissante et vaine. Rien de plus lugubre que ce semblant de vie, où les ombres ne gardent de sentiment que ce qu'il leur en faut pour regretter l'existence qu'elles ont perdue.

Ces anciennes et naïves croyances devaient évidemment subir, dans des siècles plus réfléchis, d'importantes transformations. C'est ce qui arriva entre l'âge d'Homère et celui de Pindare. Le grand travail d'esprit, à la fois religieux et philosophique, d'où sortirent, du huitième au dixième siècle, le pythagorisme, l'orphisme et les mystères, sans compter les diverses écoles de philosophie proprement dite, compléta, corrigea toutes ces idées devenues insuffisantes ou choquantes pour des intelligences déjà plus exercées.

Les transformations portèrent sur deux points principaux : d'abord l'idée de l'indépendance de l'âme à l'égard du corps,

---

1. Homère y met en scène des chefs et des rois illustres, il est vrai, mais qui viennent de périr, et que son imagination replace dans les conditions ordinaires de l'humanité. Cf. sur ces croyances primitives les pages si intéressantes de M. Fustel de Coulanges dans la *Cité antique*, liv. I, ch. I.

cultivée peut-être et développée par des influences orientales,
produisit la croyance à la métempsycose, c'est-à-dire la théorie
des existences multiples successivement traversées par une même
âme, laquelle reste essentiellement indépendante des formes
corporelles et périssables auxquelles elle est tour à tour associée;
ensuite les progrès de la moralité consciente et réfléchie con-
duisirent la pensée grecque à unir l'idée de la vie future avec
celle de la justice et de la sanction. L'existence actuelle n'offrant
pas toujours un spectacle de nature à satisfaire des esprits préoccupés de l'idée d'une justice divine absolue, la vie future dut réparer à cet égard ce que la vie présente laissait à désirer, et les
lois morales trouvèrent dans le royaume d'Hadès la satisfaction
définitive que le monde terrestre leur refusait si souvent.

Une fois engagée dans cette double voie, l'imagination se
donna libre carrière quant aux détails, et les systèmes particuliers purent se multiplier à l'aise, au gré de la riche fantaisie
grecque.

Il est très curieux de rechercher dans Pindare les vestiges de
toutes ces idées. On voit une fois de plus par cette étude avec
quel respect général de la tradition, avec quel goût aussi des
nouveautés les plus nobles, et en même temps avec quelle
poétique liberté Pindare se meut dans ces hautes régions de
la spéculation philosophique et religieuse. Il prend son bien de
toutes mains, mais il ne prend rien que d'élevé et de magnifique.

Il croit que les ancêtres morts continuent de s'intéresser à la
fortune de leurs enfants. L'aïeul, du fond de sa tombe, entend
le bruit des chants de victoire et s'en réjouit. Si cet aïeul a été
un roi glorieux, le chef d'une grande famille, il est maintenant
un héros, une sorte de demi-dieu. Battus, l'ancêtre d'Arcésilas,
est devenu un de ces héros vénérés à qui leur peuple rend hommage [1]; enseveli à Cyrène, dans la ville qu'il a fondée, il reste,
quoique mort, au milieu de son peuple, avec les « rois sacrés »
dont il fut le père, et tous ces morts augustes « entendent sous

---

1. Pyth. v, 95 (ἥρως λαοσεβής).

leurs monuments, du sein de la terre que désormais leur âme habite, la grande vertu de leur descendant rafraîchie par la douce rosée des hymnes flatteurs [1] ». Les hommes illustres par leur naissance, par leur force ou par leur sagesse deviennent seuls après leur mort des héros de ce genre [2]. Mais les simples particuliers eux-mêmes continuent de sentir, de voir, de connaître, de s'intéresser aux choses humaines, à celles de leur famille surtout. « Les morts mêmes prennent part aux belles actions de leurs descendants ; la poussière de la tombe ne leur dérobe pas l'honneur brillant de leur race ; instruit par Angélia, fille d'Hermès, qu'Iphion redise à Callimaque la gloire éclatante qu'en la plaine d'Olympie Zeus accorde à leur postérité [3]. » Et ailleurs [4] : « Va, maintenant, Écho, gagne la demeure de Perséphone, porte au père d'Épharmostus la glorieuse nouvelle, parle-lui de son fils ; dis-lui que, dans les vallons de l'illustre Pise, il a mis sur sa jeune chevelure la couronne ailée des nobles combats. »

On reconnaît, dans tous ces passages, les croyances traditionnelles de la Grèce, telles qu'elles se manifestaient dans le culte des héros et dans celui des ancêtres. Mais on y sent aussi, ce semble, une netteté d'affirmation qui dépasse un peu l'opinion ancienne et populaire. La philosophie a passé par là. Car ces allusions si positives à la persistance de la vie intellectuelle et morale ne sont pas, comme on pourrait être tenté de le croire, des formes simplement poétiques de style. Il y a là une doctrine expresse, persistante, et qui, tout en s'appuyant sur la tradition, la corrige et la complète, ou lui donne du moins plus de précision. Pindare a sur la nature de l'âme certaines affirmations remarquables : « Le corps de tous les hommes obéit à la mort puissante ; mais une image de vie subsiste ; seule, en effet, cette image vient des dieux ; elle dort tandis que les

1. *Ibid.*, 98-101.
2. Fragm. 110 (Bergk).
3. Olymp. viii, 77-84.
4. Olymp. xiv, 18 et suiv.

membres agissent; mais souvent, dans le sommeil, au moyen
des songes, elle montre la destinée bonne ou mauvaise qui
approche [1]. » Voilà l'âme, quelque nom que Pindare lui
donne, clairement distinguée du corps. Celui-ci est périssable ;
celle-là est immortelle. Quand le corps disparaît, l'âme subsiste ;
elle a sa vie propre, entièrement indépendante de celle du
corps.

Qu'est-ce donc que cette vie de l'âme ? Pindare l'avait plusieurs fois décrite. Ces descriptions devaient faire, on le comprend, un des lieux communs du genre des *thrènes*. Il s'en
trouve, en effet, plusieurs dans les fragments de thrènes qui
nous restent de Pindare. Ce qui est plus singulier, c'est que la
plus longue se rencontre dans une Olympique. Nous ne pouvons déterminer aujourd'hui avec certitude la raison de cette
singularité apparente, qui avait très certainement sa cause dans
quelque circonstance, aujourd'hui inconnue, de la fête pour laquelle l'ode de Pindare fut composée. Quoi qu'il en soit, ces
divers morceaux nous permettent de nous faire une idée assez
précise des vues de Pindare sur ce sujet, et de constater la
très remarquable influence des doctrines mystico-philosophiques sur sa poésie.

Il y a deux parts à faire dans ces tableaux de Pindare. On y
trouve, en effet, d'abord la description proprement dite des enfers ; ensuite des théories sur la métempsycose. Ce sont là
deux groupes d'idées qui doivent être considérés séparément.

La description des enfers se rencontre d'une part dans le mythe
de la seconde Olympique, et de l'autre dans un beau fragment
conservé par Plutarque et qui semble avoir appartenu à un
thrène [2]. Les principaux traits de cette description sont communs
aux deux passages. Les justes, dans les enfers, sont séparés des
méchants. Le séjour des justes est une campagne délicieuse où le
soleil ne cesse de luire, où de frais zéphyrs soufflent parmi de

---

1. Fragm. 108 (Bergk).
2. Plut., *Consol. Apoll.*, 35 (fragm. 106-107 de Bergk).

beaux arbres, au milieu des fleurs brillantes et des fruits d'or ;
ils se livrent à des jeux de toutes sortes ; une douce musique les
enchante[1] ; l'air est rempli de parfums. Les méchants, au contraire, souffrent des maux affreux dans les ténèbres[2]. Les redoutables fleuves de la nuit vomissent autour d'eux une perpétuelle obscurité[3]. C'est là, sans doute, que souffrent les Tantale, les Ixion et les autres grands criminels de la Fable, dont
Pindare a quelquefois rappelé les noms et le châtiment.

La plupart de ces traits sont bien connus du lecteur moderne,
qui ne peut lire ces descriptions sans songer aussitôt à l'enfer
de l'Énéide, ou même, dans la littérature française, à celui du
Télémaque. Aussi la première impression qu'on éprouve en
lisant ce passage, si l'on ne tient compte ni de sa date, ni de son
auteur, est que cette peinture semble assez banale, et qu'à considérer seulement le fond des choses, en laissant de côté l'éclat
du style et la beauté poétique de certains détails, l'enfer de
Pindare n'a rien qui le distingue particulièrement entre tous les
autres. C'est là pourtant une impression très inexacte. Pour apprécier l'enfer de Pindare, il faut le comparer avec celui d'Homère[4] : aussitôt on s'apercevra du chemin qu'a parcouru la
pensée grecque depuis l'*Odyssée*, et de la curiosité sympathique
avec laquelle Pindare a fait accueil aux innovations; la description de Pindare est la plus ancienne de celles où la vie
future est présentée à l'homme non comme un affaiblissement
de la vie présente, mais au contraire comme une vie supérieure
à quelques égards. Il est permis de croire que, même au temps
de Pindare, la foule était loin de penser ainsi.

C'est l'idée des récompenses et des peines qui a transformé
peu à peu l'image de l'autre vie. Les bons y sont devenus plus

1. Fragm. 106 (Bergk), v. 5.
2. Olymp. ii, 67.
3. Fragm. 107 (Bergk).
4. Je passe rapidement sur toute cette comparaison, déjà présentée avec
plus de développements et plus de citations par M. J. Girard *Sentiment religieux*, p. 325 et suivantes).

heureux et les méchants plus malheureux; les uns y subissent de
cruels tourments; les autres y goûtent des plaisirs de toute espèce
sous les rayons d'un soleil plus beau, plus constant surtout que
celui qui éclaire la terre. Tandis que, dans Homère, le royaume
d'Hadès est également redoutable pour tous les hommes, chez
Pindare, au contraire, tout en devenant plus terrible pour les
méchants, il est presque désirable pour les amis des dieux, pour
les hommes « fidèles à leurs serments », pour les justes, en un
mot. Hésiode, il est vrai, avait déjà fait des îles Fortunées, en
quatre vers, une esquisse qui a dû inspirer l'ample peinture de
Pindare[1]. Il y a pourtant cette grande différence entre Hésiode et
Pindare que, dans les *Travaux et les Jours*, les îles Fortunées
semblent réservées aux héros épiques, et n'ont aucun rapport
avec l'humanité actuelle; au lieu que, dans la seconde Olympique,
le séjour des bienheureux est proposé à Théron comme l'objet
d'une espérance positive [2].

À côté de ces peintures des enfers, il y a, dans les idées de
Pindare sur la vie des âmes, quelque chose de plus curieux encore et de plus important : c'est la doctrine de la métempsycose, que Pindare avait développée à plusieurs reprises. Il
nous reste aujourd'hui, de ses vues à ce sujet, deux monuments
d'un grand intérêt. L'un est ce passage même de la seconde
Olympique d'où nous avons tiré les principaux traits de la description précédente; l'autre est un fragment de thrène conservé
par Plutarque.

Voici d'abord le fragment [3] : « Quant à ceux que Proserpine
a lavés de leur antique souillure, au bout de neuf ans, elle
renvoie leurs âmes au soleil d'en haut; de ces âmes naissent
des rois illustres, des hommes invincibles par leur vigueur

---

1. *Op. et Dies*, v. 170-173.

2. À propos de ce rapprochement avec la courte description d'Hésiode, je
ferai aussi remarquer que dans Pindare les plaisirs des justes ne sont pas
d'un ordre purement matériel; les plaisirs de l'art contribuent à leur félicité : ils écoutent les sons de la phorminx. Virgile lui-même, dans l'*Énéide*,
n'a pu trouver mieux.

3. Fragm. 110 (Bergk).

ou excellents par leur sagesse; après leur mort, ils sont honorés par les hommes comme des héros. » Nous voyons dans ce
passage, pour le dire en passant, l'idée de la migration des
âmes conciliée tant bien que mal avec le culte populaire des
héros.

Dans la deuxième Olympique, la même doctrine est présentée avec de nouveaux détails qui la modifient sur plusieurs
points. Il n'est plus question des neuf ans de séjour dans les
enfers, ni d'une résurrection unique. La vie des âmes, dans
ce nouveau texte, est beaucoup plus compliquée. Il y a d'abord
une période d'épreuves qui consiste en une série d'existences
alternativement passées sur la terre et dans les enfers. Les
âmes sont heureuses ou malheureuses dans chacun de ces
deux séjours selon qu'elles ont été dans l'autre justes ou
coupables. C'est seulement après trois existences complètes
dans chacun d'eux que le temps de l'épreuve est terminé. Alors
les âmes des justes, celles qui ont traversé à leur honneur cette
série d'existences destinées à les éprouver, arrivent au repos
définitif et au bonheur immuable. Un jugement de Rhadamante
et du fils de la Terre, Kronos, époux de Rhéa, les envoie vers la
tour de Zeus, dans les îles Océanides, où les bienheureux
séjournent éternellement. C'est là que vivent Cadmus et Pélée,
et tous les héros. Pindare ne dit rien ici du sort final des coupables. Le plan de son poème lui interdisait sans doute d'en
parler. Mais il est aisé de conjecturer ce qu'il en pouvait dire :
un jugement de Rhadamante les envoyait au châtiment.

On n'a pas de peine à reconnaître dans toutes ces idées l'influence des doctrines de Pythagore et d'Empédocle, ainsi que
celle des mystères. Sur les mystères mêmes d'Éleusis, Pindare
s'exprimait ainsi quelque part : « Bienheureux, disait-il, celui
qui a vu ces choses avant de descendre sous la terre : celui-
là sait la fin de la vie; il en sait aussi le divin principe [1]. »
Un autre fragment, rapporté par Clément d'Alexandrie, ren-

---

1. Fragm. 114 (Bergk).

ferme des expressions d'un mysticisme plus frappant encore
que ceux qui précèdent : « Les âmes des impies sont retenues
dans le ciel et volent au-dessus de la terre, invinciblement
attelées à des douleurs sanglantes ; les âmes pieuses, habitant
au-dessus du ciel, célèbrent par la mélodie de leurs hymnes
le grand Bienheureux [1]. » Cette dernière expression en particulier présente un caractère si particulier, si étrange, que la
plupart des critiques se refusent à admettre l'authenticité du
morceau. M. Buchholtz toutefois, l'un des plus récents, le défend
avec chaleur. Nous connaissons si mal les doctrines et la langue du mysticisme grec de ce temps qu'il est bien difficile aujourd'hui de se prononcer formellement à ce sujet. Il faut cependant remarquer, avec M. J. Girard, que l'idée générale de cette
peinture présente un rapport frappant avec le grand mythe du
Phèdre de Platon. Il n'est nullement impossible que Platon ait
emprunté les éléments de sa description à quelque doctrine mystique antérieure, et que Pindare en ait à l'avance, dans un de
ses poèmes, donné comme une rapide esquisse.

Ici se représente la question déjà posée à la fin du précédent
chapitre : Pindare était-il donc, sur ce sujet de la vie des âmes,
un adepte des sectes ou des écoles mystico-philosophiques de
son temps ? Non, encore une fois. Pindare n'est ni philosophe,
ni initié : il n'est que poète.

Ces beaux vers sur Éleusis, que nous citions tout à l'heure, appartiennent à un thrène dont le héros était un Athénien ; il est
possible que l'Athénien en question fût initié, et que Pindare,
fidèle à son rôle, chantât les croyances mystiques de son héros
comme ailleurs il chante les dieux ou les personnages mythiques particulièrement honorés dans la cité qui l'appelle et qui
l'accueille. De même, la belle peinture de la seconde Olympique
est adressée à Théron d'Agrigente, c'est-à-dire à un compatriote
de cet Empédocle qui a été l'un des principaux interprètes de la

---

1. Fragm. 109 (Bergk) ; dans Clément d'Alexandrie, *Strom.*, IV, 640. —
J'emprunte la traduction de M. J. Girard, *op. cit.*, p. 332.

croyance aux migrations des âmes; Théron était pieux, et préoccupé sans doute des graves problèmes relatifs à la destinée de l'homme; il était naturel que Pindare, en traçant le tableau de la vie future, entrât dans les idées de son hôte et se conformât aux tendances de son esprit.

Quoi qu'il en soit d'ailleurs de ces hypothèses, il y a deux choses qu'on ne saurait trop remarquer : la première, c'est que ces brillants passages sur la vie future sont loin de concorder entre eux dans tous les détails. Ils varient sur des points qui, poétiquement, sont secondaires, mais qui, pour un croyant, sont de grande importance. Pindare évidemment ne se soucie pas plus de ces contradictions que de celles dont ses mythes héroïques sont remplis. La conclusion qui ressort de là, c'est qu'il y a, aux yeux de Pindare, des mythes philosophiques et mystiques comme il y a des légendes épiques et populaires de toute sorte ; et que toutes ces légendes, tous ces mythes, quelles qu'en soient l'origine et la nature, qu'ils viennent de l'épopée, ou de la tradition populaire, ou des écoles et des sectes, ont à son sens le même genre de valeur et d'autorité : ce sont sans doute de vénérables traditions, car les anciens et les sages sont dignes de respect; mais c'est surtout une belle matière de poésie, que le poète lyrique manie à son tour souverainement, comme il lui plaît, sans avoir de comptes à rendre qu'à la Muse, sa seule inspiratrice.

Le second point à observer, c'est le peu de place que tient en somme, dans l'ensemble de ses idées sur la destinée humaine, la considération de la vie future. Je sais qu'on pourrait être tenté, en présence des fragments qui nous restent, et surtout de cette grande peinture de la deuxième Olympique, de faire une observation toute contraire. Il ne faut pourtant pas s'y tromper : en dehors des thrènes, dont nous dirons quelques mots tout à l'heure, on ne voit guère, dans tout ce qui subsiste de Pindare, que la seconde Olympique où l'image de l'autre monde soit présentée comme une raison sérieuse et efficace de faire le bien, de se consoler des maux de la vie, d'envisager la mort avec sérénité. Le fait est curieux : quelle en est la cause?

Est-ce l'esprit de la Grèce en général, ou celui de la poésie lyrique, ou le génie propre de Pindare? Il y a eu certainement en Grèce, du septième au cinquième siècle, un grand mouvement religieux dont nous entrevoyons les principales lignes plutôt que nous n'en connaissons le détail avec précision. De là sont sorties ces sectes, ces écoles, ces initiations plus ou moins mystérieuses dont l'écho arrive jusqu'à Pindare. L'importance qu'avaient prise, dans toutes ces sectes religieuses ou philosophiques, la question de la nature des âmes et celle de la vie future, fait assez voir que beaucoup d'hommes s'en préoccupaient, et probablement, parmi les initiés d'Éleusis comme parmi les adeptes de l'orphisme, il y avait bon nombre d'âmes enthousiastes et simples pour lesquelles les promesses relatives à la vie future avaient toute la solidité d'une réalité présente et tangible. Il est cependant certain que si la Grèce du sixième siècle a connu ce qu'on pouvait appeler l'enthousiasme de la vie future, ce sentiment y a toujours été un peu exceptionnel. Il était étranger à l'antique tradition religieuse ; il n'avait pas dû pénétrer par conséquent dans les profondeurs de la nation. C'est pourquoi la littérature elle-même l'avait en général négligé. Justement parce qu'elle est populaire, parce qu'elle tient étroitement à la vie publique et s'adresse à tous, la poésie grecque s'adresse peu aux sentiments d'exception. Ce qu'elle met en œuvre, c'est surtout (du moins jusqu'à Euripide) le fonds des idées communes à toute la nation ou à toute la cité. Pindare se conforme en cela à l'usage des poètes grecs. Il parle quelquefois de la croyance à la vie future ; il l'invoque, à certaines heures, à titre de poétique consolation, de grave et fortifiante peinture ; mais elle n'est pas, même chez lui, dominante et souveraine. Ce n'est pas la mort, c'est la vie présente qui remplit sa poésie.

Ce qui reste vrai pourtant, même après les observations qui précèdent, c'est que si Pindare, sur cette question de la vie future, ne s'attache rigoureusement à un aucun système minutieusement défini, il manifeste du moins une préférence persistante pour les plus nobles et les plus profondes doctrines. Ce

qui est vrai aussi, c'est que, sans exalter la vie future au point
d'en faire pour l'homme la seule réalité, dont la vie présente ne
serait plus qu'une ombre, il ne craint pourtant pas d'y arrêter
ses regards. Sinon dans ses odes triomphales, du moins dans ses
thrènes, il aimait à la décrire. Or on ne cite rien de semblable
de Simonide. Il semble que le grand rival de Pindare, en face
de la mort, cherchât plutôt à produire l'attendrissement par des
peintures émouvantes de l'existence disparue, par les pleurs,
pour ainsi dire, de sa poésie et de sa musique ; et que Pindare,
au contraire, s'attachant davantage à relever les âmes, se soit
plu à redire les plus sublimes enseignements des sages de
toutes les écoles, poètes, philosophes, orphiques, pythagoriciens,
prêtres de Delphes ou d'Éleusis. Pindare, ici encore, sans être
l'esclave d'aucun système, se dirige d'emblée vers les idées les
plus hautes ; il prend plaisir à les contempler, à les peindre,
à les embellir de tout l'éclat de son imagination ; sans aliéner
jamais sa poétique indépendance, il aime à traverser d'un rapide essor les plus beaux systèmes de son temps et à rapporter
de ses explorations quelques nobles idées qui servent à sa poésie
de parure et de soutien.

II

Quel que soit l'intérêt de ces vues sur la nature de l'âme, sur
l'origine et sur la fin de la vie humaine, ce ne sont pourtant là,
relativement au principal sujet des chants lyriques, que de
brillants hors-d'œuvre. Ce qui inspire avant tout le poète lyrique,
répétons-le, c'est la vie présente, avec ses biens et ses maux,
avec ses luttes et ses devoirs. Écoutons ce que Pindare nous en
dit ; nous essaierons ensuite de caractériser sa manière de voir.

§ 1

« Êtres éphémères, que sommes-nous, que ne sommes-nous

pas ? L'homme est le rêve d'une ombre[1]; mais quand les
dieux dirigent sur lui un rayon, un éclat brillant l'environne,
et son existence est douce[2]. » Ces paroles résument bien la
pensée de Pindare sur la vie humaine. La faiblesse de
l'homme est grande; elle n'est point sans espérance. Le bonheur peut luire, avec l'aide des dieux, sur ces êtres fragiles et
éphémères.

Les odes triomphales de Pindare sont pleines de fortes paroles
sur les misères de l'homme. Par un contraste inattendu, ce n'est
pas seulement dans des thrènes, dans des lamentations funèbres,
qu'il a dit la fragilité de la vie humaine; c'est aussi dans
des chants de victoire. La huitième Pythique présente ce contraste d'une manière frappante. C'est bien là, selon la belle expression d'un scoliaste, une sorte de « thrène de la vie humaine ». Rien de plus mélancolique par endroits que ce chant
de triomphe. Sans doute quelque circonstance particulière,
aujourd'hui oubliée, motivait la mélancolie paradoxale de cet
hymne. Mais la huitième Pythique n'est pas une exception dans
l'œuvre du poète. Avec des différences de degré, cette gravité
sévère l'inspire sans cesse. Elle se mêle naturellement chez lui
à l'éclat des fêtes, et n'en est que plus pénétrante.

La vie de l'homme est pleine de maux. Suivant une vieille
maxime, pour un bien, Zeus envoie aux hommes deux maux[3].
Le bonheur est inconstant. Nulle félicité n'est solide. La prospérité des races humaines est sujette aux mêmes vicissitudes
que la fécondité du sol : « La terre tour à tour fait naître de ses
plaines une nourriture abondante pour les hommes, puis, se re-
posant, renferme en elle-même sa fécondité[4]. » Ainsi une génération brille davantage, une autre s'éclipse. Les dieux transpor-

---

1. Cf. Eschyle, *Prom. vinct.*, v. 546 et suiv.
2. Pyth. VIII, 95-97 (ἐπάμεροι; τί δέ τις; τί δ'οὔ τις; σκιᾶς ὄναρ — ἄνθρω-
πος· ἀλλ' ὅταν αἴγλα διόσδοτος ἔλθῃ, — λαμπρὸν φέγγος ἔπεστιν ἀνδρῶν καὶ
μείλιχος αἰών).
3. Pyth. III, 81-82.
4. Ném. VI, 10 et suiv. Cf. Ném. XI, 39.

tent leurs présents d'un mortel à un autre [1]. « Dans l'espace
d'un moment, les souffles inconstants de la fortune tournent
d'un pôle au pôle opposé [2]... Lorsqu'un homme, sans trop de
peine, a obtenu quelque avantage, il paraît habile, et on appelle
les autres insensés au prix de lui ; il semble qu'il ait cuirassé sa
vie par la prudence de ses desseins. Mais cela n'est pas au pouvoir de l'homme ; Dieu seul nous donne ce que nous avons,
élevant un jour celui-ci, et tenant celui-là sous sa main puissante [3]... La prospérité des mortels s'élève en peu de temps ;
mais de même aussi elle tombe par terre, renversée par une
pensée contraire [4]. » Le mal se cache tout près du bien et sur-
git à l'improviste. Quand un dieu veut donner à l'homme quelque joie, il commence par plonger son âme dans les ténèbres
du malheur [5]. Les plaisirs mêmes produisent la satiété [6]. L'envie suit de près la gloire pour la mordre et pour la flétrir. La
mention de l'envie est perpétuelle chez Pindare : c'est un trait de
mœurs de l'antiquité grecque ; nous pouvons imaginer, en lisant
les odes triomphales, ces petites cités grecques turbulentes, agitées, où les clients de Pindare en particulier, appartenant presque tous à l'aristocratie, devaient être fréquemment l'objet de
l'envie populaire. — Aussi l'avenir est obscur. Nul ne peut prévoir quelle entreprise finira bien, laquelle finira mal [7]. Le corps
de l'homme est sujet aux maladies, qui courbent les têtes les plus
hautes Son intelligence est la proie de l'erreur. « O dieux ! Com-

---

1. Pyth. II, 52.

2. Olymp. VII, 94-95.

3. Pyth. VIII, 73-77. Je lis ainsi la fin de la phrase (avec Bergk) : ἄλλοτ'
ἄλλον ὕπερθε βάλλων, ἄλλον δ' ὑπὸ χειρῶν. — Μέτρῳ κατάβαιν' ἐν Μεγά-
ροις, etc.

4. Ibid., 92-94. Cf. Corneille, Polyeucte, acte IV, sc. II :

> Toute votre félicité,
> Sujette à l'instabilité,
> En moins de rien tombe par terre ;
> Et comme elle a l'éclat du verre,
> Elle en a la fragilité.

5. Fragm. 210 (Bergk).

6. Ném. VII, 52-53

7. Olymp. VII, 25-26.

bien s'égare l'esprit de ces êtres d'un jour, dans son aveuglement[1]! ... Autour de la pensée de l'homme, mille erreurs sont
suspendues[2]. » Vainement l'homme s'enorgueillit de ce qu'il
sait : « Qu'est-ce que cette sagesse qui élève à peine l'homme
au-dessus de l'homme? Non, la pensée humaine ne saurait son-
der les conseils des dieux? Tout homme est né d'une mère mortelle[3]. » Puis, heureux ou malheureux, tous finissent par mourir.
Au bout de la carrière, vainqueurs ou vaincus, la mort nous
attend : « Qu'un homme, ayant la richesse, l'emporte en beauté
sur tous les autres ; que vainqueur dans les combats il ait
donné la preuve de sa force, c'est d'un corps mortel que
son âme est revêtue, et, à la fin, la terre l'enfermera[4]. »
Le « flot d'Hadès » arrive égal pour tous, et frappe souvent
qui ne le prévoit pas[5]. Le riche ne l'évite pas plus que le
pauvre[6].

On pourrait multiplier indéfiniment les citations de ce genre.
Il n'y a guère d' odes triomphales, sans parler des fragments, où
ces idées ne reparaissent. C'est la plainte éternelle de l'humanité souffrante (*mortales ægri*) qui ne cesse de se faire entendre à travers les siècles.

Mais Pindare, malgré tout, est le chantre de la vie heureuse ;
il exprime en poète, avec force, avec éclat, tout ce qu'il y a
encore, dans cette vie éphémère, d'harmonie, de joie et de
beauté. Les biens qu'il chante n'ont d'ailleurs rien de mystique
ni de raffiné. Ce qu'il célèbre, c'est la jeunesse, qu'escortent
la beauté et l'amour; c'est la richesse, la puissance, la gloire.
Il forme son idéal des brillants spectacles que la réalité lui

---

1. Fr. 163 (Bergk).
2. Olymp. VII, 24-25. Cf. Théognis, 133-142, et bien d'autres.
3. Fragm. 39 (Bergk). Rappelons cependant tout de suite, pour faire compensation à ces plaintes, qu'il parlait magnifiquement quelque part de la
vigueur de l'esprit, qui parcourt le monde en tous sens et le mesure du
faîte à la racine. (Fragm. 277 ; dans Platon, *Théétète*, p. 173 D.)
4. Ném. XI, 13 et suiv.
5. Ném. VII, 30 et suiv. (κῦμ' Ἀίδα).
6. *Ibid.*, 19-20.

offre. C'est à Olympie, à Delphes, à Némée qu'il en trouve les éléments, dans « l'armée » glorieuse des robustes athlètes et des riches possesseurs de chars rapides. Ajoutons tout de suite qu'à la fois par l'effet des circonstances et par la tendance propre de son imagination, c'est surtout le côté vigoureux et grand de toutes ces choses qu'il met en lumière.

La jeunesse qu'il célèbre, c'est la jeunesse robuste et bouillonnante de sève [1]! Il aime la force des athlètes et leur vigueur indomptable. Les héros d'Homère ont la « cuisse forte » ($\pi\alpha\chi\grave{\upsilon}\varsigma$ $\mu\eta\rho\acute{o}\varsigma$); ceux de Pindare ont la vitesse de l'aigle et la force des lions rugissants [2]; ils ont les membres drus ($\theta\rho\alpha\sigma\acute{\upsilon}\gamma\upsilon\iota\circ\varsigma$) et la main pesante [3].

Il chante aussi la beauté, cet autre privilège de la jeunesse; mais il la veut forte et active. Il loue un de ses héros d'être beau, et d'avoir agi d'une manière digne de sa beauté [4]; un autre d'avoir justifié par sa vertu la beauté de ses traits [5]. Le courage de ceux qu'il préfère éclate dans leurs regards [6]; leur beauté n'est que le signe glorieux de leur vertu; elle annonce leurs exploits et rehausse leur triomphe. C'est la beauté d'Achille, non celle de Pâris; elle est toute dorienne et énergique; elle n'a rien d'asiatique et d'efféminé. Même la beauté de la nymphe Cyrène, qui enflamme d'amour Apollon, est une beauté vaillante et presque virile: Cyrène lutte sans armes contre un lion, et sa force est si grande, son âme est si haute, qu'elle n'éprouve nulle défaillance; elle a l'habitude de triompher des bêtes fauves [7]. Hippodamie est une héroïne du même genre: elle triomphe à la course de tous ses rivaux [8].

---

1. Κεχλάδοντες ἥβᾳ (Pyth. IV, 179). Cf. Ibid., 158 : σὺν δ'ἄνθος ἥβας ἄρτι κυμαίνει.
2. Isthm. III (III-IV), 64.
3. Συμπεσεῖν δ᾽ ἀκμᾷ βαρύς (Ibid., 69).
4. Ném. III, 19.
5. Olymp. VIII, 19. Cf. Isthm. VI (VII), 22, et beaucoup d'autres passages.
6. Olymp. IX, 111 (ὀρῶντ᾽ ἀλκάν).
7. Pyth. IX, 18 et suiv.
8. Olymp. I, 67 et suiv.

Avec la beauté, il célèbre l'amour qui en est la suite. « Heureuse jeunesse, messagère des divines amours chères à Aphrodite, quand tu brilles dans les yeux des jeunes filles et des enfants, tu soumets les uns et les autres aux lois capricieuses d'une douce nécessité [1]. » Le vainqueur qui traverse l'arène après son triomphe est admiré des jeunes filles et devient l'objet de leurs soucis [2]. « Je t'ai vu, ô Télésicrate, souvent victorieux dans les fêtes solennelles de Pallas, alors que les jeunes filles, dans le silence de leur pensée, souhaitaient d'avoir un époux ou un fils tel que toi [3]. »

Mais l'amour chez Pindare est, comme la beauté, chaste et noble en général. — Dans les odes triomphales, il est toujours mêlé d'une généreuse admiration. Ce qu'Apollon aime dans Cyrène, c'est moins encore sa beauté physique que sa grande âme et son cœur indomptable. Cet amour est passionné pourtant; car le dieu, à la vue de la nymphe, brûle de cueillir, suivant la poétique expression de Pindare, la douce fleur de sa jeunesse [4]. Mais la raison le maîtrise, et il attend l'hymen auquel préside Aphrodite. — Le poète était-il aussi sévère dans ses scolies? C'est peu probable. Le jour où il chanta les cinquante courtisanes du Corinthien Xénophon, il faut bien croire que son idéal était moins haut. Lui-même l'avait senti, puisqu'il s'en excuse. « La nécessité, dit-il, justifie tout [5]. » Elle justifie les prêtresses de Vénus, et sans doute aussi le poète qui les célèbre. Notons du moins que la peinture de l'amour dans ces fragments reste chaste, même quand l'amour auquel songe le poète ne l'est pas. — Un autre beau fragment nous a conservé l'expression de ses sentiments personnels à l'égard du jeune Théoxène de Ténédos. « Celui-là, dit Pindare, aurait un cœur de fer, qui n'aimerait l'éclat d'un si beau visage. » Lui-même avait

1. Ném. VIII, 1-3. Cf. Isthm. II, 4-5.
2. Νέαισιν τε παρθένοισι μέλημα (Pyth. X, 59).
3. Pyth. IX, 98-100.
4. Ἐκ λεχέων κεῖραι μελιαδέα ποίαν (Ibid., 37).
5. Σὺν δ'ἀνάγκα πᾶν καλόν (fragm. 90, v. 9).

passé l'âge d'aimer. « Et cependant, dit-il, par la puissance
d'Aphrodite, comme la cire des abeilles sacrées quand le soleil
la mord, je sens tout mon être se fondre lorsque je vois la vive
jeunesse de cet enfant[1]. » On peut dire que Pindare ne serait
pas Grec, s'il n'avait jamais exprimé ce sentiment étrange qui
parle le langage de l'amour le plus violent, et qui n'était souvent qu'une amitié exaltée mêlée d'une poétique admiration.
Platon lui-même, on le sait, l'admet et le préconise sous la
forme pudique que la sévérité dorienne lui laissait souvent et
qu'il voulait épurer encore. Thèbes pratiquait à cet égard les
mêmes maximes que la race dorienne. Pindare exprime ici en
poète, en imitateur de Sappho, des transports dont personne en
Grèce ne songeait même à s'étonner[2].

Beaucoup des prédécesseurs de Pindare, sans excepter les
plus graves, avaient chanté le vin. Qu'en pense Pindare? Bien
que la perte presque complète de ses scolies diminue sur ce point
nos informations, .'est pas douteux qu'il n'ait fait souvent
comme les autres poètes lyriques. « La voix, dit-il quelque part,
est plus hardie près des cratères; qu'on verse le vin, doux prélude du cômos, et que dans les coupes d'argent se répande la
vivifiante liqueur fille de la vigne. » Ce passage est tiré d'une
ode triomphale[3]; la joie du banquet y résonne encore, malgré
le sérieux ordinaire du genre. On croira pourtant sans peine que
Pindare sur ce sujet n'avait pas la verve intarissable du poète
Alcée. La rareté de ce genre de passages, soit dans ses odes entières, soit dans ses fragments, en est une preuve, aussi bien que
l'opinion générale de l'antiquité sur la sévérité de son génie.

Mais surtout il chante sans cesse la puissance des rois, l'éclat
d'une grande fortune ou d'une grande naissance, la gloire enfin,
ce bien suprême, qui prolonge la brièveté de la vie humaine.

---

1. Fragm. 100 (Bergk).
2. Il semble qu'il avait exprimé les mêmes sentiments à l'égard de Thrasybule, fils de Xénocrate d'Agrigente. Cf. sur Théoxène les légendes rapportées par les biographes.
3. Ném. IX, 48 et suiv. — Cf. fragm. 203 (Bergk).

Sur tous ces sujets, son inspiration est inépuisable. L'éclat de
l'or, des sceptres, des couronnes, resplendit partout dans ses
odes. Être riche, c'est le plus beau fruit de la sagesse unie au
bonheur [1]. La richesse agrandit l'homme : il l'appelle μεγάνωρ,
ἀνωχὴς πλοῦτος. C'était aussi l'avis de Théognis, qui se plaignait si amèrement de la pauvreté, source d'abaissement et de
dégradation. Le faîte le plus haut de toute grandeur humaine,
c'est le trône des rois [2]. « Leur sort est heureux, ô Hiéron ; car
s'il est un homme pour qui la destinée brille d'un plus vif éclat,
c'est le roi pasteur des peuples [3]. » Beaucoup des héros de Pindare sont de grands personnages. Il fallait avoir une ample fortune pour envoyer à Olympie des chevaux ou des quadriges.
Même parmi les athlètes, beaucoup, à cette époque, appartenaient encore à de riches familles. Pindare célèbre toutes ces
grandeurs. Il les célèbre d'abord parce qu'elles sont brillantes
et belles; c'est son rôle de poète lyrique, et sans doute aussi
son inclination d'artiste. En outre, il les célèbre pour le noble
usage qu'on en peut faire, et qui leur donne un nouveau prix.
Si à de grands biens s'ajoute une renommée glorieuse, un
mortel ne saurait atteindre plus haut [4]. « Pour moi, s'écrie le
poète, si un dieu me donnait la douce richesse, j'aurais l'espérance d'arriver à la gloire [5]. » De quelle manière ? En provoquant
les chants des poètes par sa munificence, en prodiguant l'or dans
les jeux, en usant libéralement de sa fortune. Car celui qui
garde sa richesse enfouie dans son coffre et se moque des autres,
celui-là ne songe pas qu'il réserve à Pluton une âme sans
gloire [6]. Les richesses, la puissance même, sont les servantes de

---

1. Pyth. 11, 56. — Je lis ainsi : τὸ πλουτεῖν δὲ σὺν τύχᾳ πότμου σοφίας
τ᾽ ἄριστον, c'est-à-dire que j'intercale τ᾽ entre σοφίας et ἄριστον; j'ai proposé et expliqué cette correction dans l'*Annuaire de l'Association pour l'Encouragement des Études grecques en France*, année 1876.

2. Olymp. 1, 113.

3. Pyth. 111, 85-86. — Je lis au vers 86 : εἰ τις᾽ ἀνθρώπων, ὁ μέγας πότμος
(Bergk écrit, je ne sais trop pourquoi, σ᾽ ὁ μέγας πότμος).

4. Ném. 1x, 46.

5. Pyth. 111, 110 et suiv.

6. Isthm. 1, 67-68.

la gloire. La gloire élève les rois au comble de la félicité et met les particuliers au rang des rois[1]. La passion de la gloire a été celle de toute l'antiquité, mais nulle part assurément plus que dans ce cercle de la vie grecque qui avait Olympie pour centre. L'imagination de Pindare s'enflamme d'une sympathique admiration pour les heureux vainqueurs au front de qui brille ce triomphant rayon. La gloire achève la beauté. Toutes deux ensemble enchantent son âme. Parlant d'un jeune vainqueur : « Que de cris s'élevèrent, dit le poète, tandis qu'il traversait le cercle de la foule, jeune, beau et victorieux[2] ! » Ces cris, ces acclamations, Pindare nous force à les entendre encore. « La gloire, même après la mort, couronne encore ceux de qui les dieux répandent au loin la renommée[3]. » Rien n'est plus doux que la gloire[4] ; elle guérit tous les maux ; elle apporte, après le succès, l'oubli des fatigues par lesquelles on l'a conquis ; elle est le charme enivrant qui affranchit l'âme de toute crainte. « Le grand médecin qui guérit tous les maux, c'est la joie de la victoire[5]... Elle est un remède à la vieillesse même[6]... Les belles chansons, filles des Muses, apaisent les blessures par leur contact ; la douceur de l'eau tiédie ne repose pas autant les membres que ne fait l'éloge retentissant sur la phorminx[7]. » Les chants sont « le brillant cortège des couronnes et de la vertu[8]. » — « Le bouvier, le laboureur, l'oiseleur, celui que nourrit la mer poursuivent un même but : ils s'efforcent d'écarter la faim douloureuse. Mais celui qui, dans les jeux ou dans la guerre, remporte le succès brillant, celui-là, quand la renommée

---

1. Ném. iv, 83-85.

2. Olymp. ix, 93-94.

3. Ném. vii, 31-32. — Je lis au vers 32 : ὃν θεὸς ἁβρὸν αὔξῃ λόγον τεθνα- κότων. Et, au commencement du vers suivant : βοαθόον γάρ...

4. Elle est aussi douce que la naissance inespérée d'un fils dans la mai- son d'un père déjà vieux (Olymp. xi (x), 86-90).

5. Ném. iv, 1-2.

6. Olymp. viii, 70-71.

7. Ném. iv, 3-5.

8. Ném. iii, 8.

répète son nom, obtient le seul profit qu'il désire, le doux bruit
que lui fait entendre l'admiration de ses concitoyens et des
étrangers[1]. » Il est inutile de prolonger ces citations. On peut
dire que toutes les odes triomphales de Pindare sont consacrées
à chanter la gloire, à l'appeler sur la tête de ses héros, à
l'exalter comme le premier des biens[2]. Depuis les Achéens
de l'épopée primitive jusqu'aux Athéniens dont Périclès a loué le
courage, le mobile qui fait les héros, la passion toute-puissante
qui les pousse au sacrifice de leur vie, c'est surtout l'amour
de la gloire, cette prolongation toute terrestre de la vie présente.
Achille, dans Homère, aime mieux mourir jeune et laisser un
nom glorieux que de traîner sans honneur une longue existence.
Pélops, dans Pindare, répète le même vœu : « Puisqu'il faut mourir, à quoi bon désirer une odieuse vieillesse et végéter dans les
ténèbres loin de tout ce qui est beau[3] ? » Tous les biens que
l'homme peut goûter ici-bas méritent d'être recherchés ; tous
peuvent être en quelque mesure le but des efforts de l'homme ;
mais tous aussi le cèdent à la gloire, qui est vraiment le phare de
la vie humaine[4], et le plus haut sommet où l'homme puisse atteindre. Voilà dans toute sa netteté la pensée de la Grèce et
celle de Pindare ; pensée poétique et populaire, très claire à la
fois et très brillante, capable d'inspirer des actes héroïques et
de fournir aux poètes et aux historiens (λογίοις καὶ ἀοιδοῖς), aux
artistes de toute sorte, une inspiration féconde et généreuse.

§ 2

Telle est donc la destinée de l'homme : mélange de maux et
de biens dans la vie présente, entre une origine obscure et de
poétiques espérances au delà du tombeau, mais avec la perspec-

1. Isthm. I, 47 et suiv.
2. On peut voir dans la VIIIᵉ Pythique, v. 86-87, quelle est au contraire
l'humiliation de la défaite. Cf. fragm. 214, Bergk.
3. Olymp. I, 82-84. Cf. Pyth. IV, 186-187.
4. Βιότῳ φάος (Olymp. XI (X), 23).

tive radieuse de la gloire pour les privilégiés qui la méritent.
Comment l'homme peut-il y parvenir? Quelle puissance nous
fait notre destinée? Est-ce le hasard, est-ce une force divine,
est-ce la liberté humaine qui assigne à chaque mortel sa part de
biens et de maux ?

Le bonheur de l'homme n'est pas le fruit du hasard. La destinée aveugle n'a pas de place dans la philosophie de Pindare.
C'est à la fois la valeur personnelle de chacun de nous et surtout la Providence divine qui déterminent notre destinée. L'idée
que Pindare se fait des dieux excluait de sa pensée la notion
d'un hasard inintelligent.

La destinée de chaque homme est en partie son œuvre propre.
Elle résulte de son intelligence et de sa vertu. La sagesse et la
vertu sont les deux instruments qui donnent à l'homme la victoire sur les difficultés qu'il rencontre [1]. L'une est un flambeau,
l'autre une arme. La première lui montre le but où il doit parvenir ; la seconde lui donne le courage d'y tendre.

Pindare prise très haut l'habileté [2] ; il la célèbre sans cesse.
Comme toute la Grèce, il en fait le résultat de l'expérience et
le privilège ordinaire de la vieillesse. «Celui qui a traversé les
épreuves avec bon sens en rapporte la prudence [3]. » Il dit d'un
homme jeune encore qu'il est aussi sage qu'un vieillard de cent
ans [4]. C'est l'imprudence qui perd les hommes [5]. Les sages au contraire savent user comme il faut des faveurs que les dieux leur
accordent [6]. Le crime même n'est souvent, comme l'erreur,

1. Cf. le fragm. 216 de Bergk (τόλμα τέ μιν ζαμενὴς καὶ σύνεσις πρόσκοπος
ἐσάωσεν), cité par le scoliaste *ad Nem.* vii, 87 (59) avec cette remarque :
ὅλως ἀποδέχεται ὁ Πίνδαρος τὴν μετὰ συνέσεως τόλμαν).

2. Σοφία, σύνεσις, βουλαί, φρένες, etc.

3. Isthm. 1, 40 (ὁ πονήσαις δὲ νόῳ καὶ προμάθειαν φέρει). Alcman (fragm.
63, Bergk) avait déjà dit : πεῖρα μαθήσιος ἀρχά, et Eschyle répétera dans
l'*Agamemnon*, v. 176-177 (Dindorf), πάθει μάθος. Cf. Olym. viii, 60 ; etc. C'est
l'habileté qui saisit l'occasion (καιρὸς ὅλβου, νίκης, etc.).

4. Pyth. iv, 282.

5. Ἀβουλία (Olymp. xi (x), 41). Homère dit de même ἀτασθαλία. Cf.
aussi Pyth. ii, 37 : ἄϊδρις ἀνήρ, etc.

6. Pyth. v, 12 et suiv.

qu'une suite de l'ignorance. L'homme fait le mal, qui lui est
funeste, en croyant ménager son intérêt propre. Pindare a dit
avant Platon que nul n'est méchant de son plein gré[1].

Quant à la vertu, les odes triomphales en sont un perpétuel
éloge. La vertu que chante Pindare, c'est la vertu dans le sens
antique de ce mot[2], c'est-à-dire l'ensemble des qualités de l'âme
et de celles du corps, avec l'idée prédominante de la force, considérée moralement et physiquement comme le privilège de la
virilité. La vertu de l'homme appelle la faveur des dieux[3]. Peu
d'hommes ont obtenu le bonheur sans peine[4]. La gloire est le prix
de la lutte et de l'effort[5]. Les vertus que le péril n'a pas éprouvées
sont sans honneur[6]. Chez les uns, c'est la vigueur du corps qui
l'emporte ; chez les autres, c'est la prudence habile à prévoir
l'avenir, selon que la nature en a disposé[7]. Quelques-uns, plus
heureux, réunissent les deux sortes de mérites. Dans tous les
cas, « il faut marcher droit, et lutter de toutes ses forces[8] ».

Mais la vertu même et l'intelligence, d'où viennent-elles à
l'homme? Quelle en est l'origine?

Les vertus sans doute s'acquièrent ou s'accroissent par la culture ; l'intelligence grandit par le travail. L'étude, s'ajoutant à la
nature, apprend à s'en mieux servir. L'expérience de ceux qui
savent est une utile maîtresse, et le savoir des anciens, celui
des maîtres, doivent nous guider[9]. Mais ni le travail ni l'étude ne

---

1. Fragm. 211 (Bergk). Théognis et Solon ont dit la même chose presque
dans les mêmes termes.

2. Ἀρετά. Pour le sens d'ἀρετή dans Pindare, voir surtout Isthm. I, 41 et
suiv., où ἀρετά est expliqué par les mots δαπάναι et πόνοι. Comparez
l'emploi du mot ἐσλός, Isthm. III, 17. — La vertu au sens moral s'appelle
souvent αἰδώς (Ném. IX ; 33 ; etc. Cf. ἀναιδής ἐλπίς, Ném. XI, 45-46); τόλμα
est quelquefois aussi mis pour ἀρετά.

3. Ném. X, 30.

4. Olymp. XI (X), 22.

5. Olymp. X (XI), 4-6 ; Ném. IX, 44 ; Isthm. V (VI), 10 ; etc.

6. Olymp. VI, 9-11.

7. Ném. I, 25-28.

8. Ibid.

9. Olymp. VII, 53 et 91 ; etc.

suffisent à l'homme pour arriver à la gloire, si d'autres forces,
plus hautes et plus mystérieuses, n ont mis d'abord en lui les
germes féconds que le travail ensuite développera. Pindare ramène sans cesse l'esprit humain à la pensée de ces forces obscures qui l'enveloppent et dont il dépend.

La *nature* et la *race* sont deux de ces forces.

Nous naissons avec certaines aptitudes ; d'autres nous manquent. La nature propre de chacun de nous, telle que l'a faite
notre naissance, est appelée par Pindare φυά. Il en parle sans
cesse. Il oppose le pouvoir d'un heureux génie à celui qui s'ac-
quiert péniblement. Le premier est puissant, le second est
sans vigueur. Ce que nous apprenons est peu de chose à côté
de ce que la nature nous inspire[1]. Il en est à cet égard des qualités physiques comme de celles de l'esprit. Celui qui doit vaincre un jour, naît vigoureux ; il n'apprend pas à le devenir[2]. C'est
Ilithye, déesse de l'enfantement, qui donne la force[3] ; ce ne sont
pas les maîtres de la palestre. Ni le lion ni le renard ne peuvent changer leur naturel[4]. L'homme demeure durant sa vie tel
que l'a fait sa naissance.

Mais, par cette naissance même, il se relie au passé. La nature de chaque individu a ses racines dans la nature de la race à
laquelle il appartient. Le passé agit sur le présent. Les vertus
et les vices, le succès et l'adversité se transmettent avec le sang
par une filiation obscure, mais certaine. Cette croyance est une
des idées fondamentales de la philosophie de Pindare. Il mentionne sans cesse la destinée héréditaire[5], le génie de la race et

---

1. Τὸ δὲ φυᾷ κράτιστον ἄπαν (Olymp. IX, 100). Cf. Olymp. II, 86-87, etc. —
Théognis exprime exactement la même idée dans quatre vers (435-438,
Bergk) cités par Platon (*Ménon*, p. 95 E).

2. Ném. III, 40-42. Cf. les expressions φύντ' ἀρετᾷ (Olymp. X (XI), 20), et
γνήσιαι ἀρεταί (Olymp. II, 12),

3. Ném. VII, début.

4. Olymp. X (XI), 19-21.

5. Συγγενὴς πότμος (Isthm. I, 39-40). Cf. l'expression συγγενὴς ὄφθαλμος
(Pyth. IV, 17, où Rauchenstein lit συγγενὲς γέρας, qui donnerait d'ailleurs
le même sens).

de la famille [1]. Ce n'est pas seulement pour faire honneur aux vivants qu'il rappelle les victoires de leurs ancêtres morts ; c'est aussi que cette gloire passée est comme l'explication de la gloire présente. La vertu du vainqueur qu'il célèbre est celle même du sang qui coule dans ses veines [2]. Il y a quelquefois dans le nom seul d'une famille une vertu secrète qui fait sentir son influence aux plus lointaines générations. Le nom d'Iamos, ancêtre d'Agésias, préside aux destinées de ses descendants [3]. C'est pour cela que Pindare, comme feront souvent les tragiques, analyse ce nom mystérieux, en cherche l'étymologie, le sens exact et profond, et croit lire ainsi dans le livre même de la destinée [4]. Les générations sont en partie solidaires les unes des autres. Il y a des familles où la prospérité alterne avec la misère [5]. Malheur à ceux qu'un dieu ennemi fait naître aux mauvais jours ; ils sont faibles et sans gloire. Les autres au contraire relèvent l'honneur de leur nom [6].

La race pourtant, comme la naissance, n'est encore qu'une cause secondaire ; c'est en outre une cause inconsciente. Il faut aller plus loin. Il est nécessaire de chercher ailleurs la cause suprême, le principe vraiment actif et intelligent qui gouverne l'enchaînement des causes apparentes. Au delà de nos efforts personnels, au delà des influences supérieures de la naissance et de la race, il y a la volonté toute-puissante de la divinité. Les dieux sont les maîtres souverains de notre vie. Non seulement les événements leur obéissent, mais notre nature elle-même, jusque dans les sources les plus lointaines d'où elle dérive, est sous leur main. Les bons et les mauvais succès sont envoyés à l'homme par Zeus. La maladie et la santé, la pau-

---

1. Olymp. VIII, 16; Olymp. XIII, 105 (Ζεὺς ou δαίμων γενέθλιος).

2. Ἀρετὰν σύμφυτον ἀνδρῶν (Isthm. III, 13); συγγενεῖ δέ τις εὐδοξίᾳ μέγα βρίθει (Ném. III, 40); ἐκ πατέρων παισὶν λῆμα (Pyth. VIII, 45); etc.

3 Olymp. VI (voy. Dissen ad v. 55 et suiv.).

4. Cf. Isthm. V (VI), 53, sur le nom d'Ajax.

5. Ném. VI, 8-11; XI, 39; Isthm. III, 18 et surtout 25-42, où cette idée est admirablement développée (v. 40 : ἐκ λεχέων ἀνάγει φάμαν παλαιάν, etc.)

6. Isthm. III (IV)), 40-42.

vreté et la richesse, la mort et le plaisir, viennent aux mortels par l'effet des résolutions divines. L'industrie humaine n'achève rien sans les Grâces[1], c'est-à-dire sans l'aide des dieux. L'esprit de l'homme se dirige par leurs lumières. La vertu même, pour grandir, a besoin du secours des dieux. Les vertus les plus brillantes sont celles que les dieux ont plantées dans les âmes humaines, et dont leur main puissante a jeté les fondements[2]. Les grandes vertus, aussi bien que les succès ou les richesses, viennent de Zeus[3]. En réalité, la naissance et la race ne sont que des instruments entre les mains des dieux, ou, pour mieux dire, ce sont de simples mots par lesquels nous exprimons leur divine action. L'homme que les dieux n'aiment pas peut obtenir par leur permission un succès éphémère, mais non le vrai bonheur, dont le caractère distinctif est d'être permanent. La langue de Pindare exprime bien cette différence : le succès, qui peut passer, s'appelle εὐπραγία; le bonheur, qui dure, c'est εὐδαιμονία, εὐτυχία[4]. Le démon ou la fortune ne sont ici, comme souvent chez Pindare, que d'autres noms de la divinité[5]. Les amis des dieux sont heureux : leur bonheur est stable[6] : l'harmonie divine les charme; les ennemis de Zeus, au contraire, sont frappés et abattus[7].

---

1. Olymp. xiv, 5-7.
2. Ném. i, 8-9 (de là les expressions ἀρεταὶ δαιμόνιαι, θεόδματοι).
3. Isthm. iii, 4-5.
4. Pyth. vii, 18 et suiv. — L'expression générale pour désigner la prospérité brillante, c'est ὄλβος. — Il est à remarquer que, de Pindare à Platon, le rapport des mots εὐπραγία et εὐτυχία a tout à fait changé : dans le langage des philosophes, c'est εὐπραγία qui se prend surtout en bonne part, et εὐτυχία n'exprime plus que la chance heureuse, le bonheur dont on n'est pas soi-même l'artisan, la prospérité née des circonstances extérieures (voy. par exemple *Euthydème*, p. 281 B). Rien ne montre mieux que ce petit fait, pour le dire en passant, la différence qui existe entre le point de vue tout religieux de Pindare et le point de vue psychologique même d'un Platon.
5. De là les expressions pindariques σὺν τύχᾳ πότμου, σὺν θεῶν (ou χαρίτων) τύχᾳ. Il allait jusqu'à dire quelque part (peut-être dans une ode à la Fortune) : ἐν ἔργμασι δὲ νικᾷ τύχα, οὐ σθένος (fragm. 14, Bergk).
6. Εὐδαιμόνων δραπέτας οὐκ ἔστιν ὄλβος (fragm. 111, Bergk).
7. Voy. notamment le début de la première Pythique.

§ 3

Comment l'homme parvient-il à plaire aux dieux? Quel usage
doit-il faire de cette intelligence et de cette énergie, soit acquises, soit naturelles et héréditaires, que leur bienveillance
met parfois en lui pour lui permettre de vivre heureux et glorieux? Quelles sont en un mot, dans la poésie de Pindare, les
gles de la morale?

Toute la morale de Pindare est dominée par un principe
essentiel qu'il a exprimé de vingt façons différentes. Ce principe
est le suivant : l'homme doit agir en toutes choses avec une
exacte connaissance de sa médiocrité naturelle ; il doit par conséquent se tenir à sa place dans les bornes qui lui sont fixées,
sans franchir les limites imposées par le destin à son activité
légitime. Malheur à qui méconnaît sa propre faiblesse! Celui
qui veut s'élever au-dessus de la condition humaine, celui que
les excès de l'orgueil (ὕβρις) ont rempli de leur enivrement funeste (κόρος), celui-là viole la loi fondamentale de sa nature ; il
attire sur lui la haine des hommes et celle des dieux (κόρος,
φθόνος, νέμεσις), la calamité inévitable (ἄτα), et se perd par sa
folie (ἀβουλία). L'homme sage, au contraire, celui dont les conseils sont sains et qui obéit en toutes choses à la modération
(σωφροσύνη), renferme ses actions dans les bornes fixées par les
lois éternelles. S'il agit dans ces limites conformément aux
règles de la prudence, il peut, avec l'aide des dieux, rencontrer la félicité.

Cette loi de modération revient sans cesse dans Pindare. Il l'a
exprimée tantôt par des maximes, tantôt par des exemples. Tantale, Typhée, Ixion, Coronis, Esculape, Tityos, Bellérophon,
punis pour avoir trop osé; Pélops, Pélée, Cadmus, récompensés
au contraire pour leur sage modération, enseignent aux hommes
ce qu'il faut faire et ce qu'il faut éviter. « Ne cherche pas à de-

venir un dieu, un Zeus [1]... Ne vise pas plus haut que ta félicité présente [2]... Rapporte à ta mesure la grandeur de tes espérances [3]... Mortel, que tes pensées soient d'un mortel [4]... Ne recherche pas les biens qui te sont refusés [5]... L'homme ne peut s'élever jusqu'au ciel d'airain [6]...» Quand on est beau et qu'on a fait de belles choses, quand on est riche et puissant, il ne faut pas demander plus; l'homme qui possède ces biens a touché les colonnes d'Hercule [7], la limite infranchissable marquée par un héros aux entreprises des mortels. Ces pensées remplissent les Odes triomphales. La loi divine qui fait sortir de l'orgueil l'enivrement ou la satiété, et de la satiété la calamité irréparable, cette filiation poétique des fautes et des misères de l'homme est partout dans les poèmes de Pindare [8].

L'homme pourtant doit agir. Cette confiance intelligente qui fait qu'on entreprend ce qu'on sait pouvoir exécuter, cette énergie consciente d'elle-même s'appelle dans la langue de Pindare τόλμα, l'audace. Un cœur sans audace paralyse un corps vigoureux [9]. L'audace est nécessaire pour triompher [10]. C'est elle également qui anime le poète et qui lui permet de produire au jour

---

1. Μή μάτευε Ζεὺς γενέσθαι (Isthm. iv (v), 14). La formule analogue μὴ μάτευε θεὸς γενέσθαι termine la vᵉ Olympique, dont l'authenticité est contestée.

2. Μηκέτι πάπταινε πόρσιον (Olymp. i, 114). Cf. Pyth. iii, 22; etc.

3. Pyth. ii, 34.

4. Isthm. iv (v), 16.

5. Pyth. iii, 16-23; 59-62; Ném. xi, 48 (ἀπρόσικτοι ἔρωτες). Cf. Pyth. iv, 92.

6. Pyth. x, 27. Cf. fragm. 201 (Bergk), où Pindare cite textuellement mot des sages, μηδὲν ἄγαν.

7. Ném. iii, 21.

8. Voy. notamment Olymp. xiii, 10: Ὕβριν Κόρου ματέρα θρασύμυθον. — Au sujet du mot κόρος, remarquons que ce terme chez Pindare sert habituellement à exprimer le sentiment de lassitude que l'orgueilleux inspire aux hommes à son égard et qui amène sa chute par la volonté des dieux; quelquefois aussi, mais plus rarement, il signifie la satiété éprouvée par l'orgueilleux lui-même. (Olymp. i, 56.)

9. Ném. xi, 32. Cf. Pyth. x, 24.

10. Ném. vii, 59; Ném. x, 30.

les pensées qui s'agitent dans son cœur[1]. Sans elle la vie humaine est faible et déshonorée[2].

Voilà, selon Pindare, les principes essentiels de la morale. Les règles particulières ne sont que des applications de cette loi générale de modération active et de sagesse virile.

La première de ces règles est d'honorer les dieux. Quand Achille enfant, confié aux soins du fils de Philyre, habitait les montagnes de la Thessalie, le Centaure lui recommandait avant tout d'honorer le fils de Kronos, le maître terrible de la foudre t des éclairs, le premier des dieux[3]. J'ai déjà dit quelle place tenaient les dieux dans la poésie de Pindare, combien sa piété leur attribuait d'empire sur l'homme. Ses héros de prédilection rendent aux dieux avec exactitude tous les honneurs qui leur sont dus[4]. C'est la piété qui assure aux prières des hommes le succès[5]. Honorer les dieux est le premier commandement, pour ainsi dire, du Décalogue pindarique.

Le second est d'honorer ses parents. C'est encore là un précepte du Centaure à Achille : « Honore d'abord le fils de Kronos, lui disait-il, mais ne refuse pas un respect semblable aux parents que la destinée fait vivre à tes côtés[6]. » Pindare a représenté plus d'une fois aussi l'amour paternel. Il a dit la joie du père qui voit sur ses vieux jours un fils lui naître[7], et surtout la joie du père qui assiste aux victoires de son fils[8]. La gloire du vainqueur est vraiment dans Pindare, nous l'avons déjà fait observer, celle de toute sa race. Si le père a droit au respect de ses enfants, il doit en revanche leur laisser un nom sans tache :

1. Olymp. ix, 82 ; Olymp. xiii, 11.

2. Notez aussi chez Pindare l'emploi fréquent de la locution énergique μάρνασθαι, *lutter*, pour exprimer tout effort et toute action. Voy. à ce sujet Buchholtz, *op. cit.*, p. 89.

3. Pyth. vi, 23-25.

4. Isthm. ii, 39 ; Olymp. iii, 41.

5. Olymp. viii, 3 ; etc.

6. Pyth. vi, 26-27.

7. Olymp. xi (x), 86-90. Cf. Pyth. iv, 120 ; Cf. aussi Homère, *Iliade*, ix, 481-482.

8. Pyth. x, 25-26 ; etc.

« Puissé-je, quand je mourrai, laisser à mes enfants une mémoire honorée [1] ! »

Aux relations des hommes entre eux, c'est la justice qui doit présider ; ensuite la bonté et la bienfaisance, avec ce cortège de vertus plus douces qui sont le charme de la vie sociale.

Pindare est le chantre infatigable de la justice. Je ne parle pas seulement des odes destinées à Égine, où l'éloge de la justice, divinité éginète, était un lieu commun lyrique qui ne tire pas à conséquence. Mais chez tous ses héros, quelle que soit leur patrie, la justice est une des vertus qu'il aime le plus à célébrer. Il loue Damagète de Rhodes cher à la justice [2]. Les chants qu'il prodigue aux victorieux sont fondés sur la justice [3]. « Le bonheur que la justice n'accompagne pas est réservé à une fin funeste [4]. » Quand un homme a vécu dans la pratique de la justice, « son cœur, dit Pindare, est réchauffé par l'espérance, amie et compagne de la vieillesse, qui gouverne souverainement les esprits mobiles des humains [5] ».

Vaut-il la peine, à ce sujet, de s'arrêter longuement sur le fragment célèbre déjà rapporté par Hérodote, puis cité à plusieurs reprises par Platon, où Pindare, avec la majesté ordinaire de son style, semble faire précisément la théorie de l'injustice ? « La coutume, reine des hommes et des dieux, justifie l'empire de la force, qui mène toutes choses de sa puissante main [6]. J'en juge par l'exemple d'Hercule. Près de la demeure

1. Ném. viii, 36-37.
2. Olymp. vii, 17.
3. Pyth. v, 14 ; Ném. ix, 44 ; etc.
4. Isthm. vi (vii), 47.
5. Fragm. 198 (Bergk) ; dans Platon, *Rep.*, i, p. 331 A.
6. Fr. 146 (Bergk) ; Hérodote, iii, 38 ; Platon, *Gorgias*, p. 484 B, et ailleurs. — Je lis ἄγειν δικαιοῖ (i. e. ἡγεμονεύειν ἀξιοῖ), d'après le commentaire donné par Platon dans les *Lois*, iv, p. 715 A ; pour la fin du fragment, je suis le texte de Bergk ; le sens général de ce passage reste d'ailleurs le même quelque leçon qu'on adopte. L'allusion d'Hérodote montre que νόμος a ici le sens de coutume. — On sait que M. Villemain traduisait ces vers tout autrement ; il y voyait une glorification de la justice. Ce n'est là qu'un *lapsus* du célèbre auteur de l'*Essai sur Pindare*.

cyclopéenne d'Eurysthée, il enleva les bœufs de Géryon sans les
demander ni les acheter. » On se rappelle comment un personnage du *Gorgias*, le spirituel et brillant Calliclès, commentant
ce passage, y voit la proclamation du droit de force. Qu'en faut-
il penser? Calliclès a bien de l'esprit; mais son témoignage est
suspect. Pindare n'énonçait-il pas simplement dans ce passage
un fait d'expérience? N'y disait-il pas à sa manière, comme
la Fontaine, que la raison du plus fort est toujours la meilleure [1]?
Je propose d'ailleurs cette explication comme admissible, mais
non comme certaine, tant s'en faut. Il n'est pas impossible,
après tout, que Pindare, qui chante ordinairement la justice, ait
cru devoir une fois par hasard, comme poète lyrique, plaider les
circonstances atténuantes en faveur de quelque entreprise
mythique ou réelle plus facile à justifier par la coutume que par
la morale abstraite, et qu'il se soit relâché de sa sévérité accoutumée. Un ton peu sérieux, un genre plus libre font passer
dans le lyrisme grec bien des hardiesses, et ce ne serait pas la
première fois qu'un poète se serait contredit [2]. Ce qui du moins
reste incontestable, c'est que ce langage serait exceptionnel dans
la poésie de Pindare; et il n'est pas douteux que la pensée dominante de ses odes ne soit, en cette matière, tout l'opposé des
théories de Calliclès.

Une des règles de la justice, c'est d'aimer qui nous aime;
« Quant à mon ennemi, dit le poète, je l'attaque en ennemi,
tantôt avec la violence du loup, tantôt avec la ruse et les voies
obliques du renard [3]. »

Il hait pourtant le mensonge en général. Il vante la franchise
et il blâme toute perfidie. Après avoir raconté comment Ulysse
perdit Ajax, il s'écrie : « Ces temps reculés connaissaient donc
aussi l'odieuse séduction, compagne des discours insidieux, con-
seillère de ruse, injurieuse et malfaisante : elle ternit tout éclat

---

1. Voy. une pensée toute semblable dans le fragm. 197 (Bergk).
2. Ælius Aristide, qui cite aussi ce fragment de Pindare (II, 70), ne
croyait pas que le langage du poète fût sérieux.
3. Pyth. II, 83-85.

légitime et fait briller aux regards, dans le lustre menteur d'une fausse gloire, des mortels indignes. » Il ajoute alors cette prière éloquente : « Père des dieux, ô Zeus, que de tels sentiments ne soient jamais les miens! Puissé-je marcher toute ma vie dans les sentiers de la vérité, pour ne pas laisser après moi à mes enfants un nom flétri [1]! »

Il hait également l'envie, cette autre forme de l'injustice, si fréquente dans les cités grecques, et brûle de la combattre [2]. Il n'y a guère d'ode de Pindare où il n'en soit question. L'envie est comme la rançon du succès et la condition d'un bonheur durable [3]. Elle ne s'attaque qu'aux bons [4]. Mieux vaut en somme exciter l'envie que la pitié, et il ne faut pas redouter à cause d'elle de faire le bien [5].

Il vante la douceur, la bienveillance, le pardon des injures, la haine de la flatterie, l'amour de la vérité. Il a sur Théron des paroles d'un charme pénétrant : « Les grains de sable, dit-il, défient nos calculs; mais les joies que cet homme a procurées aux autres, qui pourrait les compter [6]? » Quoi de plus délicat encore que cette pensée qu'il fait entendre à Hiéron pour l'engager à veiller sur ses paroles : « Un mot insignifiant qui t'échappe est grave venant de toi [7]. » Aussi le loue-t-il ailleurs d'être « doux pour ses concitoyens, sans jalousie à l'égard des bons [8], » ce qui était probablement une autre manière de lui donner un utile conseil. Il recommande à Arcésilas de gouverner avec douceur et de pardonner à Démophile : « Il faut toucher d'une main légère à la plaie d'une blessure; il est aisé même aux hommes sans mé-

---

1. Ném. VIII, 32-37. Cf. Pyth. II, 73 et suivants; fragm. 222; etc. — M. Tycho Mommsen (*Pindaros*, p. 24) signale dans ce langage de Pindare un trait du caractère dorien, ennemi de la στωμυλία.

2. Isthm. II, 43 et suiv. Cf. Ném. VIII, 37-39.

3. Pyth. VI, 19; VII, 18-22.

4. Ném. VIII, 20.

5. Pyth. I, 85-86.

6. Καὶ κεῖνος ὅσα χάρματ' ἄλλοις ἔθηκεν, — τίς ἂν φράσαι δύναιτο (Olymp II, 99-100).

7. Pyth. I, 87-88.

8. Pyth. III, 71.

rite d'ébranler une cité ; la relever au contraire est une tâche
difficile, si un dieu lui-même ne dirige ceux qui commandent[1]. »
Plus loin il l'exhorte à la clémence en invoquant l'exemple de
Zeus, qui a pardonné aux Titans vaincus.

Ailleurs Pindare engage les princes et les riches à user libéralement de leurs trésors. Il offre à l'imitation de Hiéron
l'exemple de Crésus, dont le souvenir est honoré à cause du
généreux emploi qu'il faisait de ses richesses[2]. Les scoliastes
de Pindare, frappés du retour fréquent de ce genre de conseils
dans ses œuvres, en ont rapproché l'éloge de l'or, qui s'y rencontre aussi plusieurs fois, et ils ont accusé le poète d'avoir été
intéressé. C'est une accusation ridicule. L'or est un terme de
comparaison dont Pindare se sert pour exprimer l'idée d'une
supériorité brillante[3]. Quant au conseil d'être généreux, c'était
assurément un des lieux communs du lyrisme ; on ne pouvait
vaincre aux jeux qu'à la condition de dépenser beaucoup d'argent ; l'éloge de la gloire qu'on pouvait acquérir en faisant
courir des chevaux ou des quadriges amenait naturellement
l'idée des grandes dépenses qu'il fallait savoir faire en vue d'obtenir cette gloire tant désirée.

Voici encore, sur l'amitié, des paroles exquises : « Les
amis sont utiles en bien des manières ; ils le sont surtout dans
la peine ; mais la joie elle-même cherche aussi le regard fidèle
d'un ami[4]. »

La bonté envers les autres hommes prend souvent aussi dans
la poésie de Pindare la forme particulière de l'hospitalité. C'est
la conséquence de son métier de poète lyrique. Il est l'hôte des

1. Pyth. IV, 271-274.
2. Pyth. I, 94.
3. Il nomme l'eau exactement de la même manière au début de la première Olympique ; il serait tout aussi juste d'en conclure que Pindare était
un buveur d'eau. L'or, dit Pindare, est fils de Zeus, Διὸς παῖς ὁ χρυσός
(fragm. 207).
4. Ném. VIII, 42-44. Cela rappelle un peu, par le tour de l'expression et
par l'image, la délicate pensée de la Bruyère dans le chapitre *du Cœur* : « Il
y a du plaisir à rencontrer les yeux de celui à qui l'on vient de donner. »

princes, des cités, des particuliers. Il chante cette vertu aimable qui lui assure partout un bon accueil. L'hospitalité doit être bienveillante, exempte d'orgueil[1]. Il aime une demeure dont les portes s'ouvrent largement devant des hôtes nombreux[2]. Il célèbre encore, pour la même raison, ces moindres vertus qui rendent un homme agréable dans un festin, qui le font rechercher de tous par la douceur de son caractère[3]. Ce ne sont pas là de grands mérites, sans doute, et cette morale de société est à peine de la morale. Il est curieux, du moins, de voir la place qu'elle occupe dans cette poésie brillante, amie des réunions et des festins[4].

L'homme a aussi des devoirs envers lui-même. Le plaisir et la douleur sont pour lui des épreuves contraires, mais qu'il doit subir avec une égale modération.

Dans la souffrance, Pindare célèbre l'énergie stoïque, la force patiente et opiniâtre. « Les insensés, dit-il, ne savent pas souffrir comme il faut le mal que les dieux leur envoient; mais les bons ne montrent au dehors qu'un visage heureux[5]. » Ils ressemblent au héros de Virgile, dont le front simule la sécurité, tandis que son cœur est dévoré par l'inquiétude. L'homme doit lutter jusqu'au bout contre les difficultés et s'opiniâtrer dans l'espérance[6].

A l'égard du plaisir, Pindare veut que l'homme en use avec tempérance, mais non qu'il l'évite absolument. Il n'y a pas plus d'ascétisme chez Pindare, malgré sa gravité religieuse, que chez le sage Solon ou l'âpre Théognis. Il range les plaisirs parmi

---

1. Pyth. iii, 71. L'éloge de l'hospitalité était pour le poète lyrique une manière de remercier son hôte.

2. Ném. ix, 2.

3. Pyth. vi, 52-54.

4. Sur la sociabilité des Doriens, sur leur goût pour les gais propos à table, voy. O. Müller, *die Dorier*, ii, p. 390. (Cf. Pindare, Ol. i, 16-17 : οἶα παίζομεν φίλαν ἄνδρες ἀμφὶ θαμὰ τράπεζαν.)

5. Pindare emploie une image intraduisible : τὰ καλὰ τρέψαντες ἔξω (Pyth. iii, 83). Cf. fragm. 18 (Bergk).

6. Isthm. vii (viii), 15.

les biens de la vie. La sagesse commande seulement de n'en
pas abuser. C'est dans une ode triomphale qu'il disait : « Le
miel même et les doux plaisirs d'Aphrodite lassent par la satiété[1]. » Le sage prévient donc la satiété, mais ne redoute pas le
plaisir lui-même[2]. « Qu'il soit permis, disait-il dans un scolie,
d'aimer et d'être aimé tandis qu'il en est temps[3], » c'est-à-dire
dans la jeunesse, quand on a, comme il le dit encore quelque
part, « les traits et l'âge qui, grâce à Cypris, ravirent Ganymède
à la cruelle mort[4] ». « N'ôtons par les plaisirs de la vie : une
existence agréable est un grand bien pour l'homme[5]. » Nous
avons déjà vu que sa Muse sait se plier à la liberté de ton des
scolies. Soit qu'il expose pour son propre compte des sentiments
passionnés, soit qu'il se prête au bizarre et brillant caprice par
lequel un Xénophon de Corinthe imaginait de célébrer son
triomphe, il ne s'enferme pas en un idéal d'austérité raide et ennemie du plaisir. Il reste poète avant tout, et se prend aisément
d'admiration pour toutes les belles choses.

Le sage de Pindare, toujours maître de lui-même, ne se dépense pas en vaines paroles. Toute vérité n'est pas bonne à dire,
et le silence est la plus grande preuve de l'habileté[6]. Soumis à
la destinée, qu'il sait inévitable[7], pieusement résigné à la volonté divine, qu'il sait toujours présente, le sage ne s'agite ni
ne se plaint. Patient dans la souffrance, il se hâte, aussitôt
qu'elle n'est plus, d'en effacer l'image de sa mémoire : les
maux passés ont disparu sans laisser de traces[8]. Prenant plaisir
aux biens de l'heure présente, il ne se repaît d'aucune chimère[9].
Exempt d'illusions et de vains désirs, il marche d'un pas tran-

---

1. Ném. vii, 52-53.
2. Fragm. 202.
3. Fragm. 104.
4. Olymp. xi (x), 103-105.
5. Fragm. 103.
6. Ném. v, 16-18; Cf. Isthm. i, 63; Olymp. xiii, 91; fragm. 161, etc.
7. Τὸ μόρσιμον οὐ παρφυκτόν (Pyth. xii), 30.
8. Pyth. i, 47; et sans cesse ailleurs.
9. Isthm. vii, (viii) 6-8; etc.

quille vers la vieillesse, sans regrets stériles, sans lâches ap-
préhensions, mais avec la facile douceur d'une âme bien équi-
librée [1].

La destinée que Pindare imagine comme un idéal pour un
homme bien né, riche et aimé des dieux, c'est d'avoir d'abord
une jeunesse active, à la fois sage et vigoureuse, ensuite une
vieillesse paisible, environnée de gloire et de repos [2]. Après la
mort de cet homme, son nom est respecté sur la terre; lui-
même sans doute, dans les îles des Bienheureux, obtient les récompenses que les dieux réservent à la vertu.

Quelques-uns des traits de cet idéal se rencontrent épars dans
les images que Pindare nous a laissées çà et là des héros de ses
odes. Théron d'Agrigente est pieux et juste [3]. Hiéron et Arcésilas
sont riches et habiles [4]. Xénocrate est vertueux, désireux de la
gloire, plein de piété envers les dieux, généreux et hospitalier.
D'autres sont sages, d'autres beaux et vigoureux; d'autres encore
joignent la force et la sagesse. Parmi les héros de la mythologie,
Éaque, grand à la fois par ses conseils et par la force de son
bras [5], Pélée, Achille, Cadmus, Jason, si modéré dans sa force
et si beau [6], sont des exemples de vertu plus achevés encore.
Mais le modèle incomparable, le type par excellence de l'humanité, c'est le héros de Thèbes et des fêtes Néméennes, Hercule,
dont la destinée tout entière se déroule dans les odes de Pindare
comme une leçon et un encouragement pour les mortels. Hercule
débute dès l'enfance par des exploits surhumains; toute sa vie
sur la terre se passe au milieu de luttes glorieuses, mais difficiles. S'il faiblit parfois (et un héros peut faiblir [7]), jamais il
ne perd courage : un nouvel et plus puissant effort lui donne la

---

1. Isthm. vi (vii), 40-51. Tout ce passage est admirable de modération et
de sérénité.
2. Ném. ix, 44. Cf. fragm. 212.
3. Olymp. ii et iii.
4. Pyth. ii, 60 et suiv. ; Pyth. v, 103 et suiv. Cf. Isthm. vii (viii), 70.
5. Χερσὶ καὶ βουλαῖς ἄριστος (Ném. viii, 8).
6. Pyth. iv, 81, 101, 123, etc.
7. Olymp. xi (x), 15. Cf. Ném. iv, 30-32.

victoire. Le terme de ses exploits est aussi le terme que nul
homme ne peut franchir : les colonnes d'Hercule marquent les
limites de la puissance humaine. A la fin de sa carrière mortelle,
il a triomphé des haines les plus redoutables, de celle même de
Héra. Pour prix de sa vertu, il est reçu dans l'Olympe parmi
les dieux. « En repos alors pour l'éternité, il goûte dans les demeures bienheureuses la paix divine, précieuse récompense de
ses travaux ; il reçoit pour épouse la jeune Hébé, et dans les douceurs de l'hymen, assis auprès de Zeus, fils de Kronos, il glorifie
l'auguste loi des Immortels [1]. »

§ 4

Si nous essayons, en terminant cet exposé, d'apprécier les
idées de Pindare et d'en dégager le caractère dominant, il
est impossible de ne pas remarquer d'abord combien elles
portent l'empreinte de la clientèle spéciale du lyrisme, je
veux dire de ces familles nobles et riches, aristocratiques en
un mot, nourries dans le goût des jeux, amies de la force
corporelle et de l'habileté qui donnent la victoire à Olympie,
éprises enfin de cet idéal à la fois poétique et populaire que les
grands jeux de la Grèce avaient pour objet de réaliser. L'éloge de
la jeunesse, de la beauté, de la richesse, de la puissance, de la
gloire, l'idée que toute vertu vient des qualités innées en
chaque homme, et que ces qualités elles-mêmes sont un legs de
la race ; puis, en matière de morale, ce souci constant de la
modération nécessaire, ces perpétuels avertissements de ne pas
oublier la médiocrité inhérente à la condition même de l'homme,
tout cela est pénétré, pour ainsi dire, de préoccupations aristocratiques et *agonistiques*. Ce n'est pas aux petits et aux hum-
bles que s'adresse Pindare : c'est à des rois et à des victorieux.
Il en résulte qu'il y a forcément dans cette morale quelque
chose d'un peu étroit et spécial.

1. Ném. I, 69-72. J'adopte, pour le dernier vers, le texte de Bergk.

Mais, cette réserve faite, il faut bien se garder d'en exagérer les conséquences. D'abord, en effet, aucune partie de l'humanité n'est tellement isolée et à part des autres que ce qui la touche profondément ne touche pas aussi plus ou moins celles-là. Ensuite, dans la Grèce particulièrement, ce lien entre la vie aristocratique et athlétique d'une part, et de l'autre la vie générale et populaire, est plus resserré peut-être que partout ailleurs. L'aristocratie grecque a ses racines dans la tradition, dans le mythe, dans la religion de la race. Il en est de même des jeux gymniques, qui sont sortis des instincts de la Grèce comme un fruit naturel et non greffé. Il en résulte que cette double influence a laissé dans la vie grecque des traces durables et profondes. Même après l'hégémonie spartiate, la Grèce de la démocratie, de la philosophie et de l'atticisme ne s'en est jamais complètement affranchie. Non seulement dans le monde dorien, moins accessible aux idées nouvelles, mais jusque dans la démocratique Athènes du ve siècle, où l'individu est si actif, si mobile, si détaché du passé à certains égards, si tourné vers l'avenir, les mêmes idées plaisaient et paraissaient justes. Ce sont elles que les Eschyle et les Sophocle mettent en scène : elles dominent toutes les légendes des familles tragiques. Elles assurent pendant de longues années, dans cette société si jalouse d'égalité, une supériorité extraordinaire aux hommes des anciennes races sur les parvenus de naissance obscure.

Aussi Pindare, tout en se soumettant, comme poëte lyrique, aux exigences spéciales du genre littéraire qu'il devait traiter, a pu rester néanmoins parfaitement fidèle aux traditions essentielles de son pays, et sa physionomie morale, en même temps qu'elle est aristocratique, est foncièrement grecque. D'un bout à l'autre, c'est le plus pur esprit hellénique qui l'inspire. Pindare s'attache, pour ainsi dire, au sol de son pays et aux idées nées de ce sol. Que sont, par exemple, ces opinions si anciennes sur les rapports de la science et de la vertu, sur l'unité morale de chaque race, sur la puissance du nom, sur la nécessité de la modération, sur l'usage réglé des plaisirs, sinon des idées grec-

16

ques par excellence, qu'on rencontre plus ou moins clairement,
dans l'histoire de la pensée hellénique, au fond de toute poésie,
de toute philosophie et de toute éloquence? On ne saurait parcourir un résumé des idées morales de Pindare sans qu'à chaque
instant des souvenirs, des rapprochements de toute sorte ne
jaillissent, pour ainsi dire, de cet exposé, et ne rappellent à la
mémoire des vers de Solon, de Théognis, d'Eschyle, des pensées
d'Hérodote ou de Platon.

Il y avait déjà bien longtemps, par exemple, à l'époque de
Pindare, que la sagesse pratique de la Grèce avait prononcé
son célèbre μηδὲν ἄγαν. Pindare, qui répète ce mot après bien
d'autres, avoue expressément qu'il suit en cela l'exemple des
sages [1]. Il aurait pu dire qu'il suivait aussi l'ordre même des
dieux; car la célèbre devise du temple de Delphes (γνῶθι σεαυτόν)
ne disait pas autre chose : « Connais-toi toi-même », c'est-à-
dire, dans le langage théologique (et non psychologique) de
l'ancienne Grèce : « Connais, ô homme, ta faiblesse naturelle, et
les bornes étroites imposées par les dieux à ton ambition ; ne
vise pas plus haut que ta condition ne t'y autorise, si tu veux
éviter les catastrophes irréparables amenées par la haine des
dieux [2]. » C'est aussi dans un oracle de Delphes que nous
voyons déjà, suivant Hérodote [3], Hybris (l'Orgueil) enfanter Koros,
et celui-ci amener à sa suite les misères dont Atè est l'instrument. Ces principes sont ceux d'une race vigoureuse, naturellement portée à déployer son énergie, et plus exposée au péril
d'une activité excessive qu'à celui de l'inertie ; mais assez clair-
voyante d'autre part pour pressentir ce danger, et pour s'imposer prudemment à elle-même un frein et une discipline.

Comme Pindare, toute la Grèce honore la piété envers les

---

1. Fragment 201.

2. C'est encore en ce sens qu'Eschyle emploie cette expression dans le
Prométhée (v. 309) : γίγνωσκε σαυτόν καὶ μεθαρμόσαι τρόπους — νέους. Ce
que le scoliaste explique par cette citation d'Homère (*Iliade*, v, 440) :
Φράζεο, Τυδείδη, καὶ χάζεο.

3. Hérodote, viii. 77. Cf. la filiation inverse dans Solon (fragm. 8,
Bergk) : τίκτει γὰρ Κόρος Ὕβριν ὅταν πολὺς ὄλβος ἕπηται.

dieux, le respect envers les parents, la justice, l'hospitalité, et cet esprit de douceur et de bonté qu'elle appelle, d'un mot bien grec, la *philanthropie*. La chose est grecque comme le mot : on se rappelle ce personnage de l'Iliade qui, ayant mis sa demeure sur la grande route, recevait chez lui tous les voyageurs ; c'était, dit Homère, un ami des hommes, ou plus brièvement un *philanthrope* [1].

Comme Pindare encore, toute la Grèce tient à honneur de ne se laisser vaincre ni par le plaisir ni par la douleur ; mais elle écoute sans scrupule l'instinct qui lui dit que le plaisir est un bien et que la douleur est un mal. Elle fuit celle-ci sans lâcheté, et recherche celui-là sans intempérance. Ni ascétisme ni mollesse, telle est la règle tout humaine, toute pratique et modérée qu'elle proclame et à laquelle elle se conforme.

Il ne suit pas de là pourtant que la morale de Pindare manque de toute originalité. En s'attachant au fonds d'idées que son pays lui a transmis, il leur imprime sa marque particulière. Ce qui est surtout remarquable dans la philosophie morale de Pindare, c'est, outre la grande place qu'elle occupe dans ses poèmes, un caractère d'élévation religieuse et idéale qui paraît avoir été le privilège le plus caractéristique de son génie.

D'abord cette morale vient des dieux, ou, ce qui revient au même, de l'antique tradition, laquelle se rattache aux mythes et aux dieux. En matière de morale, Pindare ne discute pas ; il ne parle pas en son propre nom. C'est la sagesse divine des anciens âges dont il se borne à reproduire les leçons. Il loue quelque part Diagoras de suivre dans sa conduite les enseignements des ancêtres, la sagesse des siècles passés [2]. Il garde lui-même, suivant une autre de ses expressions, la parole des anciens [3]. Dans la sixième Pythique, ce sont les préceptes du Centaure qu'il ré-

---

1. Ἀφνειὸς βιότοιο, φίλος δ'ἦν ἀνθρώποισιν, — πάντας γὰρ φιλέεσκεν , ὁδῷ ἔπι οἴκια ναίων (*Iliade*, vi, 4-5).
2. Olymp. vii, 91.
3. Ném. ii., 52-53. Cf. fragm. 201.

pète[1]. Il est le disciple des générations antérieures; il écoute avec
respect leur expérience, rendue plus vénérable par leur antiquité.

La sanction morale est aussi de source divine; car le bonheur,
dès cette vie, est un présent que Zeus accorde à ceux qu'il aime
pour leurs vertus. C'était, il est vrai, une doctrine généralement
reçue en Grèce que le bonheur des hommes vient des dieux et
qu'il est la récompense de la vertu. Mais la Grèce y pensait plus
ou moins souvent. L'originalité morale de chacun de nous n'est
pas seulement dans nos principes : elle est encore (et surtout,
peut-être) dans l'emploi que nous en faisons. Les heureux et les
puissants n'avaient pas plus en Grèce qu'ailleurs l'idée des
dieux toujours présente à la pensée, et les poètes qui les chantaient pouvaient être sujets au même oubli. Mais Pindare y songe
sans cesse. Son imagination a naturellement le ton religieux. Un
homme vraiment heureux est à ses yeux un homme ami de
Zeus; chanter sa gloire, célébrer ses triomphes, c'est adorer en
lui l'effet des conseils de la Divinité. Notons que le bonheur
ainsi entendu est un sujet d'éloge digne de l'inspiration la plus
élevée. Il n'est pas nécessaire que Pindare, comme quelques
interprètes l'ont imaginé, ajoute à l'éloge de ce bonheur l'éloge
de quelque vertu particulière, pour contre-balancer, pour ainsi
dire, l'immoralité d'une louange donnée au simple succès. Le
bonheur en effet, nous l'avons dit plus haut, n'est pas le succès
passager que le vice même peut obtenir : le vrai bonheur, celui
qui est durable, est la récompense que Zeus donne à ses amis.
C'est ce bonheur divin que chante Pindare; c'est lui qu'il reconnaît, qu'il salue dans la fortune prospère de ses héros; c'est
lui qu'il leur souhaite, qu'il demande pour eux à Zeus[2]. Il n'a pas
besoin d'agrandir son sujet en y ajoutant la mention d'aucune
vertu. Ce bonheur même suppose les vertus, les implique; il
ne va pas sans elles, parce que l'amitié des dieux ne se donne
qu'à ceux qui la méritent, et qu'il est la conséquence de cette

____

1. Comp. Eschyle, *Suppliantes*, 707-709 (Dindorf), où ces mêmes préceptes
sont appelés θέσμια Δίκας μεγιστοτίμου.

2. Pyth. I, Pyth. VIII, etc.

amitié. Cela ne veut pas dire assurément que tous les héros de Pindare fussent en réalité de grands amis des dieux, que leurs succès ne fussent jamais de ceux que la justice divine à la fin se refuse à ratifier. Mais le poète a le droit de supposer ce qu'il souhaite. Il peut louer son héros de ce que celui-ci ne possède pas encore pour lui inspirer le désir de le posséder. C'est son droit de remonter de la réalité à l'idéal, de l'image imparfaite au type divin. Ce que Pindare célèbre dans le triomphe d'un vainqueur, ce n'est pas seulement une supériorité physique et matérielle : c'est la faveur des dieux éclairant le front d'un mortel, c'est le « rayon de Zeus » qui perce la nuit où l'humanité livrée à sa propre faiblesse lutte et se débat.

Le même caractère se montre dans ses idées sur l'origine de la vertu. Nous avons dit qu'il fait de la vertu un don des dieux. Il restreint donc, au moins pour la meilleure part, la liberté de l'homme. Il la subordonne à la volonté divine s'exerçant soit directement sur la nature de chacun, soit par l'intermédiaire de la race. C'est encore la marque de son esprit religieux. En présence de l'éternelle antinomie de la liberté humaine et de la toute-puissance divine, l'esprit humain, selon les temps, donne davantage tantôt à l'homme, tantôt à Dieu : la piété des âges surtout religieux accorde beaucoup à la *grâce* divine (de quelque nom qu'on l'appelle), et peu à la liberté humaine ; la science psychologique naissante incline d'abord, avec plus ou moins de décision, dans le sens opposé. Pindare, sur ce point, reste fidèle à la tradition. Lui qui corrige les vieilles légendes quand elles lui paraissent contraires à l'idée plus pure qu'il se fait des dieux, il ne voit en cette matière rien à y reprendre. Il n'a pas les étonnements passionnés et les interrogations hardies de Théognis s'adressant au maître même de l'Olympe, pour le sommer en quelque sorte de lui expliquer cet étrange mystère de la solidarité des races[1]. Pindare adore et se tait. Ce n'est pas lui qui dirait de Jupiter, comme Horace :

Det vitam, det opes, animum mi æquum ipse parabo.

1. Théognis, v. 373 et suivants

Pindare demande aux dieux la vie et la richesse sans doute, mais plus encore une âme droite et vertueuse, une intelligence saine et éclairée.

De même que sa morale est divine par son origine, par sa sanction, et en partie aussi par les forces qui la réalisent, elle est idéale dans ses lois. L'esprit général de la philosophie que nous venons d'esquisser est généreux et fortifiant. Pindare vise le plus haut possible. Il songe moins à entrer dans d'ingénieux accommodements avec les nécessités variables de la vie pratique qu'à présenter un idéal noble et constant. Il semble qu'il ait moins aimé à fixer ses regards sur les innombrables nuances de la réalité que sur un petit nombre de règles immuables qu'il regardait comme nécessaires à tout homme et qu'il trouvait dans le trésor des traditions nationales. Il n'a même pas cherché à étendre ce fonds par des découvertes de détail. Son originalité est plutôt de l'avoir concentré qu'étendu, élevé qu'agrandi. Il a choisi dans ce patrimoine intellectuel de la Grèce ce qu'il y avait de plus beau, de plus énergique, de plus brillant, de plus conforme aux tendances sévères de sa propre nature, de mieux approprié aux lois de la poésie lyrique, pour le revêtir de cette magnificence grave qui lui est propre.

Cette hauteur de vues produit chez lui la sérénité. Non qu'il tombe dans un optimisme banal; nous avons vu plus haut avec quelle force il dit les misères humaines. Mais il ne s'abandonne pas davantage au découragement, parce qu'il embrasse sans cesse d'un même regard les deux extrémités de toutes choses. Il célèbre sans ivresse tout ce qui rend la vie heureuse et belle, et il chante sans amertume les maux qui l'assombrissent. Il évite tout excès. Ni l'enivrement ni le désespoir n'étourdissent ou n'ébranlent son imagination. Devant l'éclat de la gloire et la douceur des plaisirs, il songe à la vanité de tout ce qui est. Devant les misères de l'humanité, il songe à ce qui la relève. Sa mélancolie n'est ni faible ni passionnée. Il connait cette mâle tristesse qui résulte d'une expérience profonde de la vie, d'une clairvoyance capable de mesurer exactement les réalités et d'en

saisir les bornes inévitables; mais il ignore absolument cette
tristesse découragée qui décolore la vie humaine et qui énerve
la volonté. C'est là, il est vrai, une maladie qui est rare dans la
Grèce antique. Si le génie grec a connu la mélancolie beaucoup plus qu'on ne l'a dit souvent, il ne s'est guère du moins
laissé vaincre par elle; il y a chez l'Hellène trop d'équilibre,
trop de santé intellectuelle et morale pour que ce mal du désespoir ait chance de le dominer; il n'est pas tourmenté de
rêves infinis; il voit net et juste; il lutte jusqu'au bout contre
la destinée et ne perd pas courage; le goût de la mesure, le
sens pratique et positif qu'il porte jusque dans l'amour de
l'idéal le préserve des vagues et mortelles tristesses. Pourtant,
de Solon à Ménandre, c'est une parole plusieurs fois répétée
par les poètes que celui qui meurt jeune est aimé des dieux.
Mais Pindare ne semble pas avoir été atteint par cette sorte de
tristesse : mieux qu'Hésiode, mieux que Théognis il sait élever
sa pensée au-dessus des accidents particuliers; son imagination magnifique reste sereine dans ses plus hardis efforts,
et on peut dire qu'une des qualités qui le caractérisent le
mieux, c'est un ferme équilibre dans une sublimité majestueuse.

Pour apprécier complètement l'originalité de Pindare en ces
matières, il faudrait connaître beaucoup moins mal que nous
ne les connaissons les œuvres des lyriques ses prédécesseurs
ou ses contemporains.

On peut cependant, *à priori*, dans cet ensemble de caractères
que nous venons de signaler, reconnaître une physionomie originale. Car tous ces traits ne sont pas nécessairement amenés
par des conditions générales de nature à dominer toutes les diversités de génie ou d'inspiration particulières à chaque poète.

Il semble aussi, quand on interroge les fragments des rivaux
de Pindare, qu'on entrevoit dans certains vers échappés au naufrage une confirmation probable de ce premier jugement. Le
document le plus précieux que nous ayons pour arriver sur ce
point à quelque lumière, c'est le long et curieux morceau adressé
par Simonide aux Scopades, et que Platon nous a conservé dans

le *Protagoras*. Malgré toutes les obscurités de ces citations à
demi textuelles, et malgré les fantaisies du commentaire de Platon, on peut dire pourtant que le sens de ce texte se dégage
avec une suffisante netteté[1]. Simonide y déclare que la vertu
parfaite, inébranlable, « carrée des pieds et des mains », est
une chimère. Une vertu moyenne suffit. Mais celle-là, quoi qu'en
dise Pittacus, n'est nullement irréalisable. Tout ce qu'il faut lui
demander, c'est de n'admettre rien de honteux; c'est de ne flé-
chir que devant la nécessité inéluctable. M. J. Girard a fait ressortir avec beaucoup de force[2] le caractère pratique et accommodant de cette morale si différente des inspirations idéales de
Pindare. Cette dialectique habile, cet art déjà presque sophis-
tique de diviser et de distinguer n'est pas moins contraire à la
netteté dogmatique et simple de Pindare. M. Girard, s'autori-
sant de ce contraste, en a tiré des conclusions intéressantes et
vraisemblables sur les différences générales qui devaient séparer la philosophie morale de Pindare et celle de Simonide. Il
est en effet à peu près certain qu'il y avait chez Simonide, en
morale comme en tout, plus d'agréable laisser-aller, et chez
Pindare au contraire plus de force et de hauteur. Mais il nous
est aujourd'hui bien difficile d'apporter sur ce point des affirmations tout à fait précises. Un grand nombre des vers qui nous
restent de Simonide expriment sur la puissance des dieux et
sur la misère de l'homme, sur la nécessité de l'effort, sur la
difficulté d'aviser au bien, des pensées qu'on pourrait croire de
Pindare[3]. Et chez Pindare en revanche il y a telle pensée,
notamment dans le scolie à Xénophon, qu'on pourrait croire de
Simonide. N'est-ce pas Pindare qui, presque dans les mêmes
termes que celui-ci, affirme que la nécessité excuse les défaillances? Il est vrai que Simonide le dit des dieux; Pindare, plus

---

1. La meilleure restitution de ce texte est celle que Bergk en a donnée
dans ses *Lyrici graeci* (fragm. 5 de Simonide, p. 1114).

2. *Sentiment religieux*, p. 338-339.

3. Cf. par exemple le fragm. 58 (Bergk) sur la Vertu qui habite des
rochers inaccessibles (δυσαμβάτοις ἐπὶ πέτραις).

réservé, ne le dit que des hommes. La ressemblance est pourtant curieuse. Il y avait sans doute entre les deux poètes des différences de degré plus que des oppositions absolues. Les lois générales du lyrisme, en les gouvernant l'un et l'autre, imposaient des limites à la diversité de leurs deux génies. Ce qu'il faut dire aussi, c'est que Simonide parlait aux Scopades, de la façon que nous venons de rappeler, dans une ode triomphale ; et que c'était au contraire dans un scolie que Pindare adressait à Xénophon de Corinthe les vers auxquels nous avons fait allusion. Dans ses odes triomphales, Pindare n'a jamais parlé de la même manière. Simonide disait encore, dans un autre endroit de ses poèmes, qu'il faut dans la vie ne rien prendre au sérieux[1]. Pour bien juger cette maxime, il conviendrait de savoir exactement ce qu'il entendait par là, si c'était dans une œuvre grave qu'il parlait ainsi, ou au contraire dans une chanson de table. Il est certain du moins que cette parole est singulièrement différente de celles qui tombent ordinairement des lèvres de Pindare.

---

1. Ce mot est rapporté par le rhéteur Théon dans ses *Progymnasmata* (t. I, p. 215, des *Rhetores græci* de Waltz ; fragm. 192 de Simonide, dans Bergk).

CHAPITRE III

Nous avons à étudier maintenant la politique de Pindare. La première chose à faire en ce nouveau sujet, c'est de n'en pas exagérer l'importance; car la politique en somme tient peu de place dans la poésie de Pindare.

Il y avait à cela plusieurs raisons.

D'abord un poète lyrique, en Grèce, quand il se tenait renfermé dans son domaine propre, ne pouvait guère se mêler étroitement aux luttes des partis. Ayant le regard habituellement tourné vers le passé mythique, vers l'idéal, vers les pures régions d'une poésie sereine, il n'avait pas à descendre dans l'arène où les passions politiques de ses contemporains s'entrechoquaient. Pindare en particulier, d'une imagination si haute et si magnifique, devait avoir peu de goût pour les violences de la politique.

En outre, si par hasard quelque circonstance obligeait poète à descendre de son Olympe sur la terre et à effleurer les questions qui divisaient ses concitoyens, son art même lui faisait une loi de n'y toucher qu'avec une extrême réserve, avec autant de brièveté que de modération. De même qu'il était tenu de fuir la médisance, de respecter toutes les légendes, de concilier de son mieux les fables parfois contradictoires que l'orgueil des différentes villes mettait en circulation, de même en politique il était obligé à des ménagements, à une *euphémie* que les circonstances lui rendaient plus facile qu'à personne. C'est ainsi que Simonide avait été l'ami des Pisistratides avant d'être celui du roi de Sparte Pausanias et de l'Athénien Thémistocle, et qu'il fut à un moment tout à la fois ami de Hiéron, tyran de Syracuse, de Théron, tyran d'Agrigente, et d'Anaxilas, tyran de Rhégium, bien que ces princes aient été séparés les uns des autres par des rivalités d'où la guerre faillit sortir. On sait que cette situation permit même une fois à Simonide de jouer avec succès le rôle de conciliateur entre deux de ces personnages au moment où ils allaient en venir aux mains.

Dans cette modération nécessaire, il y avait pourtant des nuances distinctes. Pindare et Simonide en sont eux-mêmes la preuve. Ces deux grands poètes pouvaient bien se rencontrer à la même fête et autour de la même table; mais leurs tendances au fond n'étaient pas les mêmes. Pour arriver à ce terrain neutre où leurs accents semblaient près de se confondre, chacun d'eux avait suivi une route qui n'était pas celle de son émule. La ressemblance était à la surface; elle cachait en réalité deux manières dissemblables de juger le présent et l'avenir, les hommes et les événements. Il était bien difficile que ces nuances ne parussent jamais. Il y avait des circonstances où la neutralité même que l'art prescrivait en général devenait impossible à maintenir et où le poète était obligé de se souvenir qu'il était citoyen. D'ailleurs, quoique le domaine du poète lyrique soit placé d'ordinaire au-dessus des choses passagères de la politique, celles-ci pourtant peuvent s'y faire sentir parfois par contre-coup; la manière dont le poète, comme citoyen, les juge, l'émotion qu'il en ressent, ne peuvent guère manquer de se réfléchir çà et là dans l'accent même de ses hymnes. C'est à ce titre que la politique de Pindare mérite de faire l'objet d'un chapitre dans l'étude que nous consacrons à l'esprit de sa poésie.

La politique de Pindare ressemble à sa religion et à sa morale. Elle sort de la même source haute et pure. C'est la politique d'une âme dorienne, nourrie d'antiques souvenirs et de traditions respectées, amie du bon ordre, de la loi, de la règle en

toutes choses, mais sans fanatisme, avec la belle modération
qui convient au sage et au poète lyrique.

L'état des esprits en Grèce, au temps des guerres médiques,
était assurément, en ce qui concerne les problèmes de la politique, l'un des plus troublés, l'un des plus complexes qui se
puissent imaginer. Querelles intérieures, oppositions de cités
contre cités et de races contre races, guerres extérieures, toutes
les difficultés s'enchevêtraient de telle sorte que les devoirs ordinairement les plus clairs du patriotisme devenaient incertains,
et que les intelligences les plus droites, les consciences les plus
honnêtes pouvaient, dans certaines circonstances, hésiter très
loyalement sur la voie qu'il convenait de suivre.

Au dedans chaque cité était divisée entre deux grands partis,
le parti de l'aristocratie et celui de la démocratie, qui comprenaient souvent eux-mêmes des subdivisions très variées. Depuis
deux siècles déjà la lutte était ouverte dans toute la Grèce entre
les défenseurs de la tradition politique et les partisans des innovations. Cette lutte était, selon les lieux, plus ou moins violente,
mais elle existait partout. Les partis étaient irréconciliables. De
fréquentes révolutions leur arrachaient ou leur donnaient le
pouvoir, et ces révolutions étaient souvent cruelles. Parfois aussi
un troisième parti, celui du despotisme, celui des tyrans ou re-
grettés ou désirés, existait à côté des deux premiers, tantôt s'appuyant sur l'un d'eux, tantôt les combattant tous les deux à la fois.
A ces querelles intérieures s'ajoutait, par suite du morcelle-
ment politique de la Grèce, la rivalité des cités entre elles. C'était
quelquefois simplement le voisinage, une opposition fortuite
d'intérêts, qui mettait les cités aux prises ; d'autres fois c'étaient
les rapports toujours difficiles qui unissaient les colonies et les
métropoles ; ou bien encore la vieille antipathie des races sœurs
et rivales, comme celles des Ioniens et des Doriens; ou enfin,
chose de plus en plus ordinaire, c'étaient les querelles intérieures de l'aristocratie et de la démocratie, qui, dépassant l'en-
ceinte de chaque cité, créaient des hostilités entre les villes : les
cités aristocratiques défendaient chez leurs voisins l'aristocratie ;

les cités démocratiques au contraire la combattaient. Ce qu'il y avait de particulièrement funeste dans ces conflits, c'est que le patriotisme local, celui qui attache l'homme au coin de terre où il est né, en souffrait de profondes blessures, sans aucun profit pour la patrie commune. De là ces trahisons sans nombre des partis vaincus, qui sont presque toujours, dans l'histoire des cités grecques, les alliés secrets ou déclarés de l'ennemi extérieur. Dans les luttes entre Grecs, ces défaillances du patriotisme local avaient encore une excuse : si la petite patrie, la cité, était sacrifiée à la passion politique, au moins la grande patrie grecque n'était pas atteinte par là directement. Mais l'esprit de parti ne pouvait s'arrêter à moitié chemin ; après la cité, il sacrifia la patrie commune. Les Romains, plus tard, s'en servirent pour dompter la Grèce. Déjà au temps des guerres médiques, ce fléau faillit la perdre. L'indépendance hellénique triompha cette fois, mais ce ne fut pas sans avoir couru d'immenses dangers.

C'est au milieu de ces conflits douloureux qu'a vécu Pindare, et il est nécessaire de s'en souvenir pour s'expliquer à la fois les difficultés qu'il eut à vaincre et la dignité de sa conduite.

On peut dire, je crois, que l'honneur de Pindare fut, à une époque où l'esprit de parti fit commettre tant de fautes et tant de crimes (surtout à Thèbes), d'avoir eu sur les questions alors discutées des vues théoriques assez modérées, assez exemptes de passion, pour que les lois essentielles du patriotisme aient gardé à ses yeux, même dans la pratique, toute leur clarté et toute leur force. Cela ne l'empêcha pas d'ailleurs d'incliner visiblement, en politique comme en tout le reste, vers les idées doriennes et aristocratiques.

I

Ce que demande avant tout Pindare, ce qu'il loue d'abord dans le gouvernement des États, ce n'est pas cette égalité absolue de tous les citoyens, cette liberté jalouse qui était si chère en tout temps à la démocratie, et dont le nom même, dans les écrivains d'Athènes, est devenu synonyme de gouvernement démocratique. L'*Isonomie*, selon Pindare, est subordonnée à l'*Eunomie*, c'est-à-dire au bel ordre de la cité, au concert des volontés harmonieusement associées pour commander et pour obéir, sous l'empire souverain de la loi. L'*Eunomie* est une divinité bienfaisante. Elle donne aux cités qu'elle habite la richesse [1], la gloire et le salut [2]. Elle a pour sœur la paix publique [3], la concorde au brillant visage, qui fait croître les cités [4]. Elle éloigne les dissensions funestes, la guerre entre les citoyens [5]. La guerre civile est odieuse à Pindare : elle est l'ennemie des hommes ; elle produit la pauvreté ; elle est une mauvaise nourrice pour la jeunesse, qu'elle conduit au trépas avant le temps [6]. La discorde est exactement le contraire de l'*Eunomie* : elle fait autant de mal aux cités que celle-ci leur fait de bien. Qu'est-ce que cette *Eunomie*, qu'est-ce que cet ordre légal et harmonieux, sinon l'idéal même du dorisme, ou plutôt encore le seul idéal que la Grèce ait connu jusqu'au Ve siècle ? Les anciens Athéniens, ceux d'avant Marathon et les guerres médiques, ceux surtout d'avant Pisistrate, n'avaient pas une autre manière de penser. Solon parle sur ces sujets comme Pindare : « L'Eunomie, dit-il, met toutes choses en bon ordre et à la place convenable : elle adoucit les aspérités, supprime l'orgueilleux vertige (Κόρον), écarte l'insolence (Ὕβριν), sèche la calamité dans sa fleur (αὐαίνει δ'ἄτης ἄνθεα φυόμενα) ; elle redresse les voies obliques, met fin à l'orgueil, aux œuvres de discorde (ἔργα διχοστασίης), à la colère et aux querelles funestes [7]. »

Cet ordre harmonieux est fondé sur le respect de la loi, d'où

1. Olymp. xiii, 4-8.
2. Olymp. ix, 15-16.
3. Olymp. xiii, 8.
4. Fragm. 86.
5. Pyth. v, 66-67.
6. Fragm. 86. Cf. fragm. 131, 194, et dans les *Fragmenta adespota* de Bergk (p. 1342) le fragm. 89, qu'on attribue à Pindare avec vraisemblance.
7. Solon, fragm. 4 (Bergk).

résulte le droit. Pindare exprime poétiquement ces idées abstraites en disant qu'Eunomia est fille de Thémis et sœur de
Diké [1]. Elle éloigne, dit-il encore, l'Insolence au dur langage,
mère de l'orgueilleuse Ivresse [2]. L'ordre qu'il désire repose sur
la modération de tous les citoyens, aussi bien de ceux qui gouvernent que de ceux qui obéissent. Aussi la liberté l'accompagne-
t-elle ; mais c'est une liberté façonnée par les dieux eux-mêmes [3],
une liberté tranquille, pieuse, soumise aux règles éternelles de
Zeus, appuyée sur la tradition et le respect, sans secousses et
sans changement, tout autre chose, en un mot, que ce qu'A-
thènes entend par la liberté. La liberté de Pindare, c'est le règne
accepté d'une loi respectueuse sans doute de la personne humaine, mais considérée comme divine et à peu près indiscu-
table ; la liberté athénienne au contraire cherche virilement sa
propre loi et la fait elle-même avant de s'y soumettre, toujours
prête à la changer si l'expérience la condamne.

L'idéal politique de Pindare exclut certaines formes de gouvernement. Cette liberté sereine, cette *Eunomie* divine ne saurait
être à ses yeux l'œuvre ni de la démocratie pure ni de la tyrannie.
La tyrannie usurpatrice et violente est évidemment contraire
à cette modération, à ce respect des lois divines et humaines
qui sont pour Pindare l'âme d'un bon gouvernement. Il a représenté l'usurpation et la perfidie, dans la ıvᵉ Pythique, sous les
traits de Pélias, de manière à faire voir clairement ce qu'il en
pense. Les conseils de clémence et de sagesse qui remplissent la
fin de ce poème vont au même but. C'est ce qui ressort aussi
de la xiiᵉ Pythique, évidemment consacrée à détourner Thrasy-
dæos soit de rechercher pour lui-même, soit d'appuyer un pouvoir
despotique que Pindare appelle tyrannie, et qui était probablement celui d'une oligarchie élevée au-dessus des lois [4]. Mais le

1. Olymp. xiii, 7-8.
2. *Ibid.*, 9-10.
3. Θεόδματος ἐλευθερία (Pyth. i, 61).
4. Voy. Thucydide (iii, 62) sur l'oligarchie tyrannique qui précisément vers
cette époque opprima la ville de Thèbes.

gouvernement de la multitude ne lui plaît pas davantage ; la foule
est, selon Pindare, une force aveugle et violente [1]. L'autorité
qu'il préfère est évidemment celle des habiles et des sages [2],
c'est-à-dire sans aucun doute celle d'une aristocratie, ou (selon
la force du mot grec) celle des *meilleurs*, mais à la condition
que ces *meilleurs* soient dignes de leur nom, et que cette aristocratie évite les violences despotiques familières à la foule et
aux tyrans. Sa préférence pour le gouvernement aristocratique
n'a d'ailleurs rien d'absolu. Comme la plupart des grands poètes
et des grands philosophes de la Grèce, il est sensible à la grandeur de la royauté. Il distingue le roi du tyran [3]. Ce qui l'of-
fense, dans le pouvoir tyrannique, c'est moins la souveraineté
que la violence du pouvoir personnel. Mais un roi pieux et juste,
« doux pour ses sujets et véritable père pour ses hôtes, » lui
offre une attrayante image. Sous un maître de cette sorte il y
a place encore pour la liberté qu'il imagine. C'est à l'occasion
d'un gouvernement monarchique de ce genre qu'il la loue [4]. Il
a dit à maintes reprises les qualités qu'il demandait à un roi.
La piété, la justice, la douceur, la prudence, la modération sont
au premier rang. Le courage s'y ajoute, et aussi le goût des arts
auxquels président les muses. Tandis que Pélias est le type
du tyran, Jason, dans le même poème, est une des images les
plus brillantes que Pindare ait tracées d'un bon roi. Cette alliance de la douceur et de la force, que Pindare demande à
ses héros, se manifeste avec éclat dans Jason. Il ne faut pas

1. Λάβρος στατός (Pyth. II, 87).

2. Οἱ σοφοί (Pyth. II, 88).

3. Je prends ici ces mots dans le sens qu'ils ont en français. Quant aux
termes βασιλεύς et τύραννος, ils semblent dans les odes triomphales être mis
à peu près indifféremment l'un pour l'autre. Hiéron, qui est un tyran au
sens grec du mot, est appelé tour à tour de ces deux manières. Il est vrai
que c'est peut-être par flatterie que Pindare l'appelle βασιλεύς comme un roi
d'origine ancienne : car Arcésilas (véritable βασιλεύς) n'est jamais appelé
τύραννος. Le mot τυραννίς est pris en mauvaise part dans la XIᵉ Pythique
(v. 53).

4. Il s'agit du gouvernement de la ville d'Etna, où règne le fils de Hiéron
(Pyth. I, 61 et suiv.).

trop s'étonner de cette sympathie d'imagination pour une forme
de gouvernement que Thèbes ne lui offrait pas, et qu'il ne
désirait nullement, selon toute vraisemblance, voir s'introduire
dans sa patrie. Eschyle, vers la même époque, traçait dans
les *Suppliantes*, sous les traits du vieux Pélasgus, l'image toute
semblable d'une royauté libérale et douce, ou plutôt patriarcale [1].
Cette royauté soumise aux lois n'était certainement pas de tout
point celle des despotes plus ou moins intelligents et plus ou
moins habiles que la Grèce avait vus depuis deux siècles s'é-
lever dans plusieurs cités. Ce n'était pas non plus celle des rois
de Lacédémone, antiques et vénérés sans doute, mais dont la
puissance était réduite à peu de chose par la vigilance soup-
çonneuse des éphores et du sénat. C'était une conception surtout idéale, créée par le souvenir des royautés légendaires du
passé, et souvent aussi peut-être par les déceptions de la réalité.

La cité que Pindare admire entre toutes pour ses mœurs et
pour son esprit, c'est Sparte, la cité dorienne par excellence.
« Heureuse Lacédémone! » s'écrie-t-il quelque part [2]. Là, sous
le sceptre de ses rois issus d'Hercule, les vieillards sont sages
et les jeunes gens sont braves plus que partout ailleurs ; là
règnent les chœurs de danse et les fêtes gracieuses [3]. Sagesse et
vaillance, telle est la perfection des États comme des individus ;
cette perfection brille dans Lacédémone, et la Muse y ajoute
un nouvel éclat. Poète lyrique, Pindare ne pouvait oublier que la
grande poésie chorale est née à Sparte et s'est développée sous
l'influence de son esprit. — La législation dorienne de Sparte
excite son admiration. C'est la législation d'Hyllus et d'Egi-
mius, la pure tradition des fils d'Hercule. Elle assure à ceux qui
s'y soumettent la divine liberté. Elle règne sans violence et se
maintient par l'assentiment pieux de tous les fils de Sparte :
« De leur plein gré, les descendants de Pamphylos et des Héra-

---

1. Voy. surtout v. 368 (Dindorf) et suivants.
2. Pyth. x, 1 et suivants.
3. Fragm. 182.

clides, au pied du Taygète, demeurent éternellement sous la
loi dorienne d'Ægimius[1]. » Aussi Pindare ne laisse échapper
aucune occasion de glorifier Sparte, de redire ses exploits anciens ou récents. Il célèbre dans une ode la prise d'Amycles par
les Héraclides[2], et ailleurs la victoire de Pausanias à Platées[3],
sans que son sujet lui en fît une loi. Tout prétexte lui suffit pour
épancher les sentiments dont son âme déborde. Le sang spartiate coulait dans les veines d'un de ses héros, citoyen de
Ténédos : Pindare a soin de lui en faire honneur[4]. Il vante un
roi de Cyrène de remonter à la même origine, et du même coup
s'en glorifie aussi lui-même[5]. Les cités les plus semblables à
Sparte par leur gouvernement et par leurs mœurs, celles par
exemple qui lui ont emprunté leurs lois, obtiennent de lui
des hommages particuliers. Il en est ainsi à plusieurs reprises
de la ville d'Etna[6]. La Thessalie est célébrée pour avoir,
comme Sparte, des rois issus d'Hercule[7]. Là d'ailleurs, à Pélinnæon, sous l'autorité des Aleuades, ce sont vraiment (s'il faut
en croire Pindare) des sages et des justes qui gouvernent,
rendant vénérable le sceptre héréditaire[8]. Égine aussi ressemble
à Sparte et mérite le même honneur. C'est le peuple d'Hyllus et
d'Ægimius qui l'a fondé ; ce sont leurs lois qui y règnent ; l'injustice et la violence en sont exclues ; la vertu y domine, avec
l'amour des jeux consacrés aux Muses[9]. Il est très remarquable
que Pindare, qui a plusieurs fois chanté Athènes, qui l'a célébrée pour sa richesse, pour son courage, pour sa puissance,
pour sa piété, n'a jamais vanté son gouvernement. Même dans
l'éloge le plus vif, Pindare conserve la liberté de son jugement.

1. Pyth. i, 62-65.
2. *Ibid.*, 65; Cf. Ném. xi, 34.
3. Pyth. i, 77.
4. Ném. xi, 34.
5. Pyth. v, 72 et suiv.
6. Pyth. i, 61 et suiv. ; Ném. ix, 29-30.
7. Pyth. x, 1-3.
8. Pyth. x, 71-72.
9. Fragm. 1 (Bergk).

Il admire trop les lois de Lycurgue pour admirer beaucoup celles de Solon. Ne pouvant les louer, il s'est tu. Cela ne l'empêche nullement d'ailleurs d'entretenir avec Athènes des relations d'une courtoisie toute lyrique, et de la chanter même à plusieurs reprises avec éclat. Quelles que soient ses préférences politiques, Pindare est tout le contraire d'un homme de parti.

La même modération se retrouve, avec les mêmes préférences, dans ses jugements sur les personnes. Ses amis, ses clients habituels sont les membres des grandes familles aristocratiques de la Grèce, les Iamides de Stymphale, les Alcméonides d'Athènes, les Ératides de Rhodes, les Oligaéthides de Corinthe, les Aleuades de Pélinnæon, et bien d'autres encore dont les noms illustres remplissent ses odes. Il ignore les chefs de la démocratie : pas un d'eux ne figure dans ses poèmes ni dans ses fragments. Parmi les princes, ceux qu'il préfère, ce ne sont pas les plus riches ou les plus puissants, les Arcésilas ou les Hiéron : leur illustration ne l'aveugle pas, dans les poèmes magnifiques qu'il leur consacre, sur le danger où il les croit d'incliner vers la tyrannie. Le pieux Théron, le sage Chromios, Xénocrate et son fils Thrasybule sont bien mieux selon son cœur. Et cependant il a l'esprit assez libre pour goûter en poète et en artiste, chez ceux-là, tout ce qui mérite d'être goûté, et pour admirer leur gloire sans encourager leurs défauts.

II

Exempt des passions de l'esprit de parti, Pindare a pu aimer sa cité natale et la Grèce entière mieux que ne l'ont fait beaucoup de ses compatriotes.

Son amour pour Thèbes se montre sans cesse dans ses odes. Il est facile de voir, quand son sujet l'amène à parler de sa patrie, à chanter les luttes, la gloire, parfois les souffrances de Thèbes, que les accents du poète n'ont rien de banal, mais qu'il a dans son orgueil ou dans sa tristesse une véritable ferveur de patriotisme. Thèbes est sa patrie, et il en est fier. C'est à l'eau sacrée de ses sources qu'il s'abreuve et qu'il puise son inspiration [1]. « Je ne suis pas un étranger dans l'illustre Thèbes, » dit-il quelque part [2]. Il l'appelle sa mère, et il a pour elle une piété toute filiale : « O ma mère, ô Thèbes armée d'un bouclier d'or, à toi mes premières pensées, à toi mes premiers travaux. » Que Délos ne lui en veuille pas s'il tarde à terminer l'hyporchème qu'elle attend de lui; même l'île d'Apollon doit céder à Thèbes le premier rang dans les affections du poète thébain : « Quoi de plus cher en effet au cœur des bons que des parents vénérables [3] ? » Thèbes est glorieuse, elle est sainte, elle est riche, son armure est d'or, et son char de guerre est terrible [4]. Mais si glorieuse qu'elle soit déjà, le poète veut ajouter encore à sa gloire parmi les hommes et parmi les dieux [5]. Nous avons dit déjà avec quelle abondance les souvenirs mythiques se pressent dans le souvenir de Pindare quand il s'agit de célébrer Thèbes. « De toutes les gloires qui ont illustré ton sol, ô Thèbes bienheureuse, laquelle charme le plus ton cœur? » Est-ce la naissance de Dionysos? ou celle d'Hercule? ou la sagesse de Tirésias? ou l'habile cavalier Iolaos? ou la naissance des Cadmides? ou la défaite d'Adraste? ou la prise d'Amycles par les Égides? L'énumération est longue, on le voit [6]. Pindare s'arrête comme à regret. Sur ce chapitre, il est inépuisable. Il n'est jamais si éloquent que quand il parle de ceux qui sont morts pour cette patrie bien-aimée : « Les frimas cruels de la guerre, dit-il, ont en un seul jour rendu vides quatre heureux foyers dans une seule famille [7]. » Pindare ici sent et exprime avec force la tris-

---

1. Olymp. vi, 85-86. Cf. fragm. 181.
2. Fragm. 180.
3. Isthm. i, 1-5.
4. Fragm. 177-180. Cf. Pyth. ii, 3.
5. Fragm. 176.
6. Isthm. vi (vii), 1-15.
7. Isthm. iii (iv), 34-35.

tesse de cette quadruple désolation. Il chante ailleurs, avec la
mâle énergie d'un Tyrtée, le sort de ceux qui sont tombés sur le
champ de bataille pour écarter de Thèbes, leur patrie, « le nuage
chargé d'une grêle sanglante » ; « ils ont souffert des maux in-
dicibles, mais le soleil, grâce à eux, a lui de nouveau sur leur
cité natale[1] ». On accusait les Thébains de grossièreté ; on parlait avec dédain, dans certaines parties de la Grèce, des « pourceaux de la Béotie ». Pindare relève hardiment ce proverbe
injurieux, avec la fierté d'un homme qui se sent de force à le
faire mentir[2] ; son patriotisme est courageux ; il aime Thèbes de
toutes ses forces, et quand on insulte sa patrie, loin de rougir
d'elle, il la glorifie plus hautement encore qu'auparavant.

C'est aussi son amour pour Thèbes qui lui fait aimer les villes
unies à Thèbes par les liens d'une origine commune et d'une
sorte de parenté mythologique. Lacédémone à ses yeux n'est pas
seulement la grande cité dorienne, elle est encore la seconde
patrie des Égides thébains[3]. Stymphale est l'aïeule de Thèbes,
car elle est la mère de Métope, dont Thèbes est la fille[4]. C'est
pourquoi le poète, qui boit les eaux de la fontaine thébaine de
Dircé, lui doit le tribut de ses chants. De même Égine est pour
Thèbes une ville amie, une ville sœur[5] : « C'est le devoir d'un
poète né à Thèbes de tresser pour Égine les couronnes des
Grâces, car Thèbes et Égine sont toutes deux filles du même
père ; elles sont les plus jeunes d'entre les Asopides, et toutes
deux ont plu à Zeus[6]. »

Arrivons à ce qui est, quand il s'agit de la politique de Pindare, la question capitale : quels furent ses sentiments et sa
conduite durant les guerres médiques ? S'il fallait en croire certaines traditions, au moment de la guerre contre les Perses,

---

1. Isthm. vi (vii), 27 et suiv.
2. Olymp. vi, 90. Cf. fragm. 60.
3. Pyth. v, 72 ; Isthm. vi (vii), 15.
4. Olymp. vi, 84 (ματρομάτωρ ἐμὰ Στυμφαλίς).
5. Ném. iv, 22-23.
6. Isthm. vii (viii), 15-18. Cf. Hérodote, v, 80.

Pindare aurait été de cœur avec les barbares, avec les envahis-
seurs de la Grèce. L'accusation est assez grave et les témoignages sur lesquels elle se fonde sont assez spécieux pour qu'il
vaille la peine d'examiner de près ce qui en est.

Il faut avouer d'abord que, dans ces conjonctures, la situation d'un Thébain dévoué à sa cité natale, et en outre attaché au
parti aristocratique (même modéré), était cruelle. Ces sentiments si légitimes ou si honorables pouvaient devenir un piège
pour la conscience la plus droite. On se rappelle en effet
quel fut dans les guerres médiques le rôle des Thébains.
Darius et Xerxès n'eurent pas d'alliés plus fidèles. Entre
toutes les cités qui trahirent la cause nationale, Thèbes se
distingua tristement par la persistance et l'éclat de son *mé-
disme*. Tout d'abord, quand Darius envoya demander aux villes
grecques le feu et l'eau, les Thébains reçurent ses ambassa-
deurs sans hésiter; et, depuis ce moment jusqu'à la complète
disparition de l'armée de Xerxès, ils ne cessèrent d'appuyer les
barbares soit de leurs vœux, soit même, toutes les fois qu'ils le
purent, de leurs armes. A Marathon, ils laissèrent les Pla-
téens combattre seuls dans les rangs de l'armée athénienne ; aux
Thermopyles, Léonidas en avait quelques centaines à côté de
lui, mais plutôt à titre d'otages que d'auxiliaires ; et, aussitôt
les Spartiates détruits, ces prétendus alliés s'empressèrent de
justifier la défiance du roi de Sparte en allant porter au Grand
Roi, avec l'offre de leur concours, leurs regrets de n'avoir pu
se déclarer plus promptement en sa faveur, dans la crainte
d'être accablés par leurs compatriotes [1]. A partir de ce moment,
ils restèrent ouvertement les alliés de Xerxès : ils furent au
nombre des peuples qui vinrent combler dans son armée les
lacunes causées par les premiers combats [2]; à la bataille de
Platées, ils se signalèrent par un courage digne d'une meilleure
cause : trois cents d'entre eux, après une lutte acharnée contre

1. Hérodote, VII, 233.
2. Id., VIII, 66.

les Athéniens, restèrent morts sur le champ de bataille; c'était
la fleur de l'aristocratie thébaine. Après le combat, ce fut encore leur cavalerie qui fit la meilleure figure, tenant tête aux
vainqueurs, et protégeant, dans la déroute générale, la fière
retraite du contingent thébain [1]. Le prix de leur trahison ne se
fit pas attendre. Le premier acte de l'armée grecque victorieuse
fut d'aller assiéger Thèbes et de se faire livrer les chefs du
parti mède, qui furent mis à mort quelque temps après [2]. Ce
n'était pas seulement la cité de Thèbes, si chère à Pindare, qui
était coupable; c'étaient en particulier les chefs de la noblesse,
les aristocrates, les descendants peut être des Égides, en tout
cas les amis du grand poète lyrique. A Thèbes en effet, comme
partout ailleurs, c'est l'oligarchie qui, dans l'espoir d'affermir
sa domination par la victoire des Mèdes, contient le peuple et
appelle les barbares [3].

Quelle fut, dans ces circonstances, la conduite de Pindare?

Le grave Polybe, dans un passage du quatrième livre de son
histoire [4], l'accuse formellement d'avoir partagé la faute de l'aristocratie thébaine. Il ne se borne pas à une accusation vague qui,
venant d'une telle bouche, aurait déjà de l'importance : il donne
ses preuves, et il les tire de Pindare lui-même; c'est avec deux
vers d'un de ses hyporchèmes qu'il l'attaque. C'est par lâcheté,
selon Polybe, et par crainte de la guerre, que les nobles thébains,
ainsi que leur parti, ont trahi la cause grecque : « Puisse un
homme, disait Pindare [5], assurant le calme de la cité, nous
ramener le visage brillant de la paix bienfaisante ! » Et il ajoutait,
selon Stobée [6] : « Qu'ainsi s'éloigne de nos pensées la noire sédition, ruine des États et perte de la jeunesse ! » Voilà des témoignages et des textes [7]. Qu'en faut-il conclure?

1. Hérodote, IX, 67-68.
2. Id. IX, 87-88.
3. Thucydide, III, 62.
4. Polybe, IV, 31.
5. Fragm. 86.
6. *Florileg.*, 58, 9.
7. J'écarte, ainsi que le fait L. Schmidt, le fragm. 87 de Bergk, tiré aussi

M. Tycho Mommsen [1] n'hésite pas à faire de Pindare, sur la foi de Polybe, un partisan déclaré de l'alliance médique. Ce qui ne l'empêche pas d'ailleurs de trouver que les reproches de Polybe sont injustes, en ce sens que la conduite des nobles, si répréhensible qu'elle nous paraisse, serait néanmoins explicable, selon lui, et pourrait se justifier moralement (sinon politiquement) par la sincérité des convictions aristocratiques dont elle était la conséquence. Quant à révoquer en doute l'autorité même du témoignage de Polybe; quant à dire, pour la défense de Pindare, que Polybe l'a mal compris, que le poète parle de la guerre civile (στάσις) et non de la guerre extérieure, que la paix dont il vante les charmes est celle qui doit régner entre les partis et non celle qui fut faite avec les Mèdes [2], c'est là, selon M. Mommsen, une entreprise vaine et téméraire ; Polybe est un historien trop grave pour avoir commis, sur un texte qu'il allègue, une aussi grossière méprise, et ce n'est pas aux modernes, qui ne lisent pas le poème de Pindare dans son intégrité, qu'il appartient de corriger Polybe.

Quelle que soit la force de ces raisons (et je les admets en partie), il y a des faits très certains dont M. Mommsen ne tient nul compte, et qu'il n'est pas facile de concilier avec l'accusation de Polybe. Si Pindare est un partisan déclaré, un promoteur de l'alliance de Thèbes avec le Grand Roi, comment expliquer qu'il ait chanté à plusieurs reprises la défaite des barbares, la victoire de Salamine, le grand rôle d'Athènes dans la lutte pour l'indépendance? L'invasion mède, à ses yeux, c'est le rocher de Tantale suspendu sur la Grèce comme un intolérable fléau [3]. Après qu'un dieu l'a détournée, quelques maux qui restent

d'un hyporchème par Stobée (50, 3), mais que rien absolument ne nous autorise (quoi qu'en dise Bergk) à rattacher au même poème, et qui n'est par conséquent d'aucun poids dans la question qui nous occupe.

1. *Pindaros*, p. 51-52.

2. Tel est le sens de l'apologie présentée en faveur de Pindare par Schneidewin (dans le *Pindare* de Dissen, t. I, p. 88 et 89) d'après Bœckh, Schweighæuser et Wachsmuth, auxquels il renvoie pour plus de détails.

3. Isthm. VII (VIII), 10-11.

encore, il est permis de revenir à de moins sombres pensées.
Avec la liberté, tous les maux peuvent se guérir. L'espérance
est un devoir pour l'homme [1]. Aussi les défenseurs de la cause
nationale, les héros de Salamine et de Platées, ceux des champs
de bataille de la Sicile, où les Carthaginois, alliés des Perses,
vinrent se briser presque en même temps contre une résistance
invincible, tous les efforts du patriotisme, toutes ses souffrances
et toutes ses victoires obtiennent de lui des chants et des éloges.
Il vante dans une Isthmique la gloire d'Égine, illustrée tout
récemment par le courage de ses matelots à la bataille de Salamine [2]. On sait que les Éginètes y avaient remporté le prix de la
valeur [3]. Ailleurs, il chante Hiéron, vainqueur des Carthaginois
et des Tyrrhéniens, ces antiques ennemis de la civilisation
grecque en Occident : grâce à lui et à ses frères, l'Hellénisme avait
été sauvé en Sicile, en même temps que d'autres exploits le sau-
vaient dans la Grèce propre ; « la lourde servitude, comme dit
Pindare, était écartée de l'Hellade [4] ». Ce grand service rendu
à la patrie commune par les tyrans de Sicile éveille aussitôt
dans l'âme du poète le souvenir des deux mémorables journées
où les Grecs du continent avaient pour leur part combattu et
triomphé : « J'obtiendrai, en rappelant le nom de Salamine, dit-il,
la reconnaissance des Athéniens ; celle de Sparte, en disant le
combat du Cithéron, funeste à l'armée mède, aux arcs recourbés,
et celle des fils de Dinomène en leur offrant, près des rives
fraîches de l'Himère, l'hymne mérité par leur vertu [5]. » Mais
c'est Athènes surtout, la grande triomphatrice de ces luttes
héroïques, qu'il a célébrée magnifiquement. Il y est revenu à
plusieurs reprises. Il la louait, dans un dithyrambe célèbre,
« d'avoir jeté les fondements glorieux de la liberté grecque » ; il
vantait cette valeur brillante, « plus forte que le diamant, »

1. Isthm. vii (viii), 8 et 15.
2. Isthm. iv (v), 49-50.
3. Hérodote, viii, 93 et 122.
4. Pyth. i, 75.
5. Ibid., 75-80.

dont les coups répétés, à Marathon, à Artémisium, à Salamine,
à Mycale, à Platées, avaient sauvé la patrie commune : « O puissante cité, au front couronné de violettes, glorieuse Athènes,
rempart de la Grèce, ville illustre et vraiment divine [1] ! » Nous
n'avons plus de ce dithyrambe que quelques fragments, quelques
mots épars. Et cependant, qui ne sent dans ce cri, dans ces
hyperboles accumulées, une véritable effusion d'admiration éloquente? Aussi ces vers étaient célèbres. Athènes, sans doute,
n'avait jamais été louée avec plus d'ardeur, ni d'une manière
plus glorieuse pour elle; car lorsque Aristophane veut se mo-
quer des adulations qu'on lui prodigue, c'est précisément ce
début de Pindare qu'il rappelle en le parodiant [2]. Non seulement
les comiques le parodient, ce qui est leur manière de rendre
hommage aux choses célèbres, mais les orateurs de toutes les
époques, les moralistes, les rhéteurs, les lexicographes en conservent le souvenir comme à l'envi [3]. Aussi quand Plutarque
veut glorifier Athènes, Pindare est un des premiers dont il
invoque le témoignage. N'est-il pas piquant de voir le grand
poète thébain, l'ami des Doriens et des aristocrates, le citoyen
d'une ville infidèle à la cause nationale, cité en première ligne
par un autre Thébain non moins rempli d'admiration pour
Athènes, dans un ouvrage consacré précisément à glorifier le
patriotisme de la démocratie athénienne ?

Voilà donc des traits nombreux, clairs, décisifs, où l'amour
de la liberté grecque, l'horreur de la domination barbare, l'admiration pour les héros de la lutte nationale retentissent avec
éclat. Croirons-nous que cet enthousiasme n'est qu'une apparence, une attitude de commande, une conséquence du scepticisme et de l'indifférence où le métier de poète lyrique réduisait
les esprits qui s'y livraient? Cette explication serait peut-être
spécieuse si du moins Pindare n'avait chanté la bataille de Sala-

---

1. Fragm. 54 et 55. Cf. Plut. de Glor. Athen., 7.
2. Aristophane, Acharn., v. 636-640 (Meineke).
3. Voy. Bergk (fragm. 54).

mine qu'à Égine ou à Athènes, et celle de Platées qu'à Sparte.
Mais quand on le voit à Syracuse, à la cour de Hiéron, sans que
rien l'y oblige, redire ces noms héroïques et réveiller tous les
souvenirs qui s'y rattachent, qu'en faut-il conclure, sinon que
ces glorieuses images n'offensent pas sa pensée, et que, lorsqu'il
songe à la guerre contre les Perses, la défaite du parti oligar-
chique thébain ne voile pas pour lui le triomphe de la Grèce?
Il serait d'ailleurs contraire à toute raison d'exagérer le scepticisme et la souplesse lyriques au point de croire que le même
homme pût tour à tour, dans un hyporchème, engager Thèbes à
trahir la Grèce, puis, dans un dithyrambe, louer Athènes de
l'avoir sauvée. Ces contradictions n'étaient pas plus admissibles
en Grèce qu'elles ne le seraient partout ailleurs. Il y a des limites
que la dignité de l'homme ne peut franchir sans dommage pour
l'autorité nécessaire du poète. Quel eût été, pour les moins
délicats, le prix d'une pareille louange? L'estime qui entourait
les grands poètes lyriques serait une réfutation suffisante de
cette hypothèse, quand même l'étude déjà presque achevée de
l'esprit de Pindare, de ses sentiments sur les sujets les plus variés et les plus graves, ne nous aurait pas fait reconnaître en lui
avec évidence, à côté d'une flexibilité nécessaire, un fond vraiment personnel et fixe de doctrines et de sentiments.

Devons-nous supposer que les opinions de Pindare sur tous
ces points aient varié, et qu'après avoir été, vers le temps de
Marathon, par exemple, favorable aux Mèdes, il ait subi, après
les Thermopyles, après Salamine et Platées, comme une conta-
gion d'enthousiasme et de patriotisme? M. L. Schmidt ne semble
pas très éloigné de recourir à cette explication [1]. Il croit saisir
la trace, dans les poèmes de Pindare, d'un progrès de sa pensée en
ce sens. Il trouve dans les odes postérieures aux guerres médiques
un reflet de cette énergie active et confiante, de ces sentiments
surtout athéniens et démocratiques qui prirent après la défaite
des barbares une si rapide et si vaste extension dans le monde

1. Pages 22 et 356.

grec. Quoi qu'il en soit de ce fait, il ne suffirait pas à expliquer
un changement d'attitude aussi complet que celui qu'il faudrait,
dans cette hypothèse, attribuer à Pindare. M. Schmidt, d'ailleurs,
n'estime pas que cette explication soit suffisante; car il cherche
à atténuer l'importance de ce prétendu changement d'opinion en
montrant Pindare, dès l'origine, plutôt indécis que contraire à
la liberté grecque. Je crois qu'il faut faire un pas de plus.

Le fragment même que cite Polybe nous montre que Pindare
craignait une guerre civile. Le parti national, à Thèbes, voulait
secouer le joug de l'oligarchie. Une révolution, quels qu'en
fussent les auteurs, entraînait toujours la proscription d'un
grand nombre de citoyens; mais à Thèbes, en outre, le parti
national était alors le plus faible. On le vit bien après Platées,
quand les Lacédémoniens vinrent mettre le siège devant Thèbes;
il fallut un assez long siège pour réduire l'oligarchie, et, même
avec l'alliance de Lacédémone victorieuse des Perses, les ennemis intérieurs du parti prépondérant ne purent se débarrasser
de leurs adversaires dès le début des hostilités. A quoi donc
pouvaient aboutir, au temps de l'invasion perse, des discordes in-
testines? Il n'y avait rien d'utile à en attendre. Essayer une révolution, c'était ajouter, sans profit pour la cause nationale, les
maux de la guerre civile à l'humiliation d'une politique antipa-
triotique, puisqu'on ne pouvait par là que fortifier l'oligarchie
dans ses craintes, et par conséquent dans ses résolutions de
trahir la Grèce. Est-il téméraire de penser que Pindare, en dé-
conseillant toute révolte, obéissait à des considérations de ce
genre? De ce qu'il était opposé à une entreprise violente contre
le pouvoir des nobles, il ne résulte nullement qu'il approuvât
de tout point la politique de ceux-ci. Entre la révolte stérile et
la complicité, il y a bien des degrés. Nous ne savons pas exactement ce que fit Pindare pendant les événements qui suivirent.
Il semble pourtant qu'il ait passé hors de Thèbes presque tout le
temps de la seconde guerre médique. On peut conjecturer
d'après ses odes qu'il en passa la plus grande partie à Égine,
c'est-à-dire dans un des pays les plus dévoués à la cause natio-

nale. C'est l'opinion de M. Schmidt[1] et de plusieurs autres savants. Qui ne voit la dignité de cette conduite? Et que pouvai faire de plus un Thébain dévoué à Thèbes, mais pénétré de sentiments vraiment grecs?

Nous ne pouvons former sur tous ces problèmes que des conjectures. Celle-ci du moins me paraît la plus probable. Elle se concilie d'abord avec le texte de Polybe. On comprend en effet qu'à cette distance des faits, et quand les conséquences du triomphe de l'oligarchie thébaine, enregistrées par l'histoire depuis trois siècles, n'étaient plus obscures pour personne, Polybe, peu favorable en général aux aristocraties grecques de son temps, ait pu dire d'une manière un peu trop tranchante que celui qui avait combattu le renversement des aristocrates de Thèbes avait été avec eux l'allié des Perses, surtout si ce personnage était un poète manifestement animé durant toute sa vie de sentiments aristocratiques. Ce ne serait pas manquer de respect au grave et judicieux Polybe que de soupçonner dans son jugement, fondé d'ailleurs sur des faits certains, une interprétation trop sommaire de ces faits, et une simplification de l'histoire que l'éloignement explique sans doute, qu'il justifie même dans une certaine mesure, mais qui n'est pas à l'abri de toute critique et de toute réserve. D'autre part, si l'on admet notre hypothèse, tout se tient dans la vie du poète, et son hyporchème thébain se concilie sans difficulté avec ses dithyrambes en l'honneur d'Athènes; tandis que si l'on prend à la lettre l'affirmation de Polybe, la suite des faits devient inintelligible.

Ajoutons que les contemporains de Pindare ne l'ont nullement jugé comme un ennemi de la cause nationale. Le témoignage le plus ancien sur ce sujet est celui d'Isocrate, qui affirme que les Athéniens, en récompense de ces vers où Pindare appelait Athènes le rempart de la Grèce, lui accordèrent la proxénie et lui firent présent de dix mille drachmes[2]. Chez les écrivains posté-

---

1. *Op. cit.*, p. 154.
2. Isocrate, *Antidosis*, 166.

rieurs, de nouvelles circonstances s'ajoutent à ce récit pour
l'embellir. Les uns parlent d'une amende que Thèbes aurait in-
fligée à Pindare et qu'Athènes aurait payée [1]; les autres d'une
statue dressée en son honneur par Athènes, tandis que Thèbes
lui en refusait une [2]. Un sophiste allait jusqu'à le faire lapider
par ses concitoyens [3]. Il y a évidemment beaucoup à retrancher
de toutes ces histoires. Que Pindare eût une statue à Athènes, il
n'est pas possible d'en douter, puisque Pausanias déclare l'avoir
vue; mais il n'en résulte pas qu'elle fût contemporaine du poète
et des guerres médiques; au temps de Pindare, la Grèce n'était
pas prodigue de statues envers les particuliers; si Pindare avait
été l'objet d'un pareil honneur, Isocrate n'aurait eu garde de s'en
taire [4]. L'amende n'est pas plus certaine [5]. Il faut voir là sans
doute un des premiers embellissements ajoutés par la légende
à l'histoire. Ce qui ressort pourtant de tous ces récits, malgré
les exagérations auxquelles la rhétorique grecque s'est toujours
complue, c'est qu'Athènes a rendu de grands honneurs à Pindare,
et que ces honneurs étaient le prix des éloges dont il avait lui-
même comblé Athènes pour son rôle dans les guerres médiques [6].
Il est difficile de croire, on l'avouera, qu'Athènes eût demandé

1. Eustathe, *Proœm.* p. 20; Pseudo-Eschine, *Epist.* 4, p. 165 (Dindorf).
2. Pseudo-Eschine, *ibid.*; Pausanias, I, 8, 5.
3. Libanius. Voy. Doxopater, dans les *Anecdota* de Cramer, Oxford,
t. IV, p. 155 et suiv.
4. L. Schmidt, p. 23.
5. Pindare, quoique noble, aurait fort bien pu, quoi qu'en dise Schneidewin,
être frappé d'une amende par les nobles thébains; car il ne résulte pas nécessairement du fait de sa noblesse qu'il fût d'accord en tout avec le parti des
nobles; c'est même le contraire qui me paraît certain. Mais ce qui fait que
tous ces récits sont peu croyables, c'est le manque d'autorité des témoignages. Les récits de ce genre, même quand ils renferment quelques
parcelles de vérité, prouvent surtout le goût des rhéteurs de la décadence
pour les histoires pathétiques et frappantes.
6. Le fait même que des honneurs ont été rendus à Pindare par Athènes
semble confirmé également par Aristophane, qui, après avoir parodié les
expressions les plus célèbres du dithyrambe de Pindare, ajoute qu'Athènes
ne sait rien refuser à qui lui parle de ce style (*Acharniens,* v. 636-640, édit.
Meineke).

un dithyrambe à un poète notoirement ennemi de la cause patriotique dont elle était le plus ferme appui, et que ce poète eût
profité de cette occasion pour louer Athènes de ce qu'il aimait le
moins en elle. Ce n'est donc pas seulement le langage de Pindare
que nous pouvons opposer à une interprétation trop littérale du
texte de Polybe ; c'est le jugement même de ses contemporains,
et celui d'Athènes en particulier, qui nous avertit que ce langage
de Pindare avait produit sur son siècle la même impression
qu'il produit sur nous.

Il est facile d'imaginer avec quelle tristesse Pindare dut assis-
ter à ces luttes dans lesquelles la Grèce était d'un côté et sa cité
natale de l'autre. Il fut obligé de se séparer de ses concitoyens. Il
ne pouvait faire de vœux pour leur cause, et il était cruel d'en
faire contre elle. Si l'on veut comprendre combien ce déchire-
ment dut lui être pénible, qu'on se rappelle le beau fragment
d'un hyporchème composé à l'occasion d'une éclipse de soleil[1],
où Pindare demande d'abord au dieu d'épargner Thèbes, et qui
se termine par cette pensée touchante que, si pourtant quelque
fléau vient à frapper sa patrie, lui-même ne se plaindra pas des
souffrances qu'il éprouvera en compagnie de tous ses concitoyens.
Souffrir seul, sans avoir la sympathie de ceux qu'il aimait, tel fut
alors le sort de Pindare. De là cette mélancolie si profonde qui
se mêle dans la septième Isthmique à la pensée même du triomphe de la Grèce. La Grèce est heureuse, mais le poète thébain
est triste[2]. Comment ne le serait-il pas? La Perse vient d'être
écrasée; mais quel va être le sort de Thèbes? Soit que la vengeance des Grecs fût alors un fait accompli, soit qu'elle fût seulement menaçante, l'angoisse de Pindare devait être vive. C'est
dans ces circonstances qu'un Éginète, un des vainqueurs de Salamine, lui demande un chant lyrique. Pindare invite sa Muse à
chanter; il s'encourage à espérer; il veut être Grec avant tout;
mais il se souvient toujours qu'il est Thébain, et il exprime

1. Fragm. 84.
2. Καίπερ ἀχνύμενος θυμόν (Isthm. VII (VIII), 5).

avec noblesse ce douloureux conflit de sentiments opposés[1].

Simonide, son brillant rival, fut alors plus heureux que lui. Ionien des îles, il était tout entier et sans aucun partage pénible avec ceux dont l'héroïsme devait surtout profiter aux Grecs insulaires. En relation d'amitié personnelle avec les chefs de la démocratie athénienne, et probablement assez favorable en somme à leurs idées (ce qui ne l'empêchait pas de cultiver, comme poète, la faveur des rois et des princes), il n'avait à redouter, dans le triomphe de l'hellénisme, ni l'amoindrissement de sa propre cité, ni la ruine du parti politique dont les principes et les hommes lui étaient le plus chers. Aussi sa verve poétique put-elle se donner libre carrière pour célébrer les hauts faits de la Grèce. Il chanta les morts d'Artémisium; il écrivit des vers sublimes sur les héros des Thermopyles; il composa une foule d'épigrammes sur les événements et sur les hommes de cette époque. Il y a à cet égard dans le rôle poétique de Simonide une clarté, une netteté simple et franche qui font un frappant contraste avec la réserve douloureuse de Pindare. Faut-il pourtant que l'un fasse tort à l'autre dans l'opinion de la postérité? Je crois que la conduite de Pindare, même en se plaçant au point de vue du patriotisme hellénique, est à l'abri de toute condamnation. Mais j'ajoute que la question est plus haute. Il ne s'agit plus aujourd'hui pour nous de prendre parti dans ces événements. Nous essayons de déterminer avec précision quel a été l'esprit de la poésie pindarique. Ce sont des faits que nous cherchons à établir, quel que soit le jugement qu'on en porte d'ailleurs au nom de l'histoire ou de la morale. Or il est impossible d'étudier les vues de Pindare sur la politique sans remarquer à ce sujet dans sa poésie des traits qui s'accordent à merveille avec tout ce que nous avons déjà vu de son esprit. Comme poète et comme

---

1. Telle est du moins, selon moi, l'interprétation la plus naturelle de la septième Isthmique. On explique quelquefois aussi la tristesse de Pindare par la mort d'un parent de son héros, tué dans la guerre. Je ne crois pas que tous les détails du début s'accordent bien avec cette hypothèse. Cf. L. Schmidt, p. 156 et suivantes.

Thébain, il s'occupe le moins possible de la politique de son temps; il n'y touche qu'incidemment, par des allusions rapides; mais quand il y touche, c'est dans l'esprit du pur dorisme, avec respect pour les choses anciennes, avec peu de goût pour les nouveautés, et surtout avec la haine de toute violence et de tout excès.

CHAPITRE IV

Si la politique avait peu d'accès dans le lyrisme, il n'en était pas de même des questions de personnes. Le poète lyrique avait sans cesse à louer. C'était tantôt des morts et tantôt des vivants; mais dans les deux cas il avait à parler de chacun selon la diversité des convenances les plus délicates, avec un juste sentiment de ce qu'il devait aux autres et de ce qu'il se devait à lui-même. C'est dans l'appréciation de cette mesure que le caractère de chaque poète se montrait.

Nous avons dit précédemment quelle était en général la situation personnelle du poète lyrique dans la société pour laquelle il chantait. Son rôle était honorable et honoré, et lui-même en avait conscience. Les textes que nous avons cités pour caractériser cet état de choses étaient presque tous empruntés à Pindare. Nous aurions pu en grossir le nombre de beaucoup; car Pindare a maintes fois exprimé les mêmes idées. Il a autant que personne le sentiment de l'importance et de la dignité de son art.

Il n'a pas moins conscience de son propre génie. En cela, du reste, il est fidèle à l'usage des poètes, et surtout sans doute des poètes lyriques grecs. On sait que c'est surtout dans ses odes qu'Horace, à l'imitation des Grecs, se promet l'immortalité. Il était naturel que le lyrisme fût prodigue d'assurances de ce genre. Comme les poètes lyriques louaient toujours quelque chose ou quelqu'un, promettre à leurs propres chants l'immortalité, c'était la promettre aussi à leurs éloges, et par conséquent à la gloire de ceux mêmes qu'ils célébraient. Leurs auditeurs n'avaient donc nulle raison de s'en offenser, au contraire. Comme en outre beaucoup de poèmes lyriques étaient composés pour des concours, il était également inévitable que chaque concurrent, dans l'enthousiasme de la lutte, cherchât à se faire valoir, ou même défiât ses adversaires. La bonne opinion de soi-même, la conscience hautement avouée de sa propre force devait donc être dans les habitudes du lyrisme, et il n'y a pas lieu de signaler ce sentiment chez Pindare comme un trait de caractère. Ce qu'on peut dire de lui pourtant, c'est qu'il paraît l'avoir porté aussi loin que personne, et qu'il l'a exprimé avec une fierté de ton et d'accent qui est bien conforme à la hauteur ordinaire de son inspiration.

Il défie l'ingratitude de l'avenir. Sa voix est plus douce que le miel [1]. Ses chants brillent de l'éclat des fleurs nouvelles [2]. Il brave l'envie, qui ne s'attaque d'ailleurs qu'aux rares vertus [3]. Pour rendre la beauté de ses propres chants, il a une foule d'expressions brillantes, d'images nouvelles et magnifiques. Il se compare dans une ode à un sculpteur qui immortalise par l'airain les traits de son héros, et il se donne l'avantage : la statue en effet est immobile et muette; elle est clouée sur son piédestal ; le poète au contraire crée une image ailée, que ne retiennent ni les vagues de la mer blanchissante ni les hautes montagnes, et qui porte jusqu'aux extrémités du monde la gloire de la vertu [4]. Un coursier généreux, un navire aux ailes rapides sont moins prompts que ses chants à répandre une renommée glorieuse [5]. Le monument qu'il élève est plus brillant qu'une blanche colonne faite en marbre de Paros [6]. Ses hymnes réveillent la

1. Fragm. 129.
2. Olymp. III, 4; etc.
3. Ném. VIII, 20 et suiv.
4. Ném. V, 1 et suiv
5. Olymp. IX, 23-24.
6. Ném. IV, 81.

gloire endormie des générations disparues [1]. Il tresse des couronnes qui éloignent la vieillesse et le souci de la mort [2]. Les
bons poètes sont rares [3]; le nombre est petit de ceux qui peuvent donner la gloire, transformer une vie périssable en une
vie immortelle, élever l'homme jusqu'aux dieux, et lui verser
dès maintenant la consolation, la lumière et la joie. Mais les
Grâces lui ont donné dans leur parterre un coin privilégié à
cultiver [4]. Pour lui, cette tâche difficile n'est qu'un jeu : il est
aisé pour l'homme habile de rendre un nom à jamais glorieux [5].
Pindare est de ceux qui donnent aux autres des exemples et des
leçons [6]; il ne redoute pas les outrages; il est en état de faire
taire les insulteurs et de les accabler par l'admiration qu'il excite [7]. Son mérite n'a rien à craindre du temps [8]. Ce n'est
pas une vaine étude qui lui a enseigné son art. Il le tient de
sa propre nature, de son génie [9], de la destinée souveraine [10],
ou, pour mieux dire, d'Apollon, qui donne aux uns le sceptre
des rois, aux autres la cithare et la poésie [11]; il le tient de
la Muse, sa mère, dont il est le messager et le prophète [12].
Ceux qui ne savent que ce qu'ils ont appris à grand'peine font
entendre, tout près du sol, des cris assourdissants et un vain
babil, comme des corbeaux et comme des geais; pour lui, pareil

---

1. Fragm. 98. Cf. Olymp. vii, 9; etc.

2. Olymp. viii, 70-73 (*Qui gardent les noms de vieillir*, comme disait
Malherbe).

3. Pyth. iii, 115. Cf. Malherbe encore :

> Et trois ou quatre seulement,
> Au nombre desquels on me range,
> Savent donner une louange
> Qui demeure éternellement.

4. Olymp. ix, 27.

5. Ném. vii, 77; etc.

6. Pyth. iv, 247-248.

7 Olymp. vi, 85-90.

8. Ném. iv, 41-43.

9. Φυά (Olymp. ii, 86).

10. Πότμος ἄναξ (Ném. iv, 42).

11. Pyth. i, 41-42; Pyth. v, 65. Cf. *Iliade*, xiii, 731.

12. Fragm. 67, 127, 128.

à l'aigle de Zeus, il franchit d'un vol impétueux l'espace immense, et d'un coup d'aile monte jusqu'au ciel[1]. C'est de lui-
même aussi sans doute qu'il disait ce mot appliqué par Quintilien à Cicéron, qu il ne recueillait pas laborieusement « les eaux
de la pluie, mais que son génie était pareil à une source vive et
débordante[2] ».

Dans la neuvième Pythique, il énumère un certain nombre
de victoires qu'il a remportées dans des concours poétiques[3].
Ailleurs il exprime des vœux et des espérances[4]. Les scoliastes
nous avertissent qu'il a lancé à ce propos contre ses rivaux, dans
ses odes elles-mêmes, des traits nombreux. Sans prendre à la
lettre tout ce qu'ils nous en disent, on peut croire qu'ils ont
plus d'une fois raison : cette fière confiance en soi-même ne va
guère, chez les poètes surtout, sans quelque dédain d'autrui.
Quand Pindare par exemple s'exprime avec le mépris que nous
venons de voir sur le compte des geais et des corbeaux, il est
difficile de ne pas croire qu'il eût en vue quelques-uns de ses
contemporains. Songeait-il à Simonide ou à Bacchylide, comme
le veulent les scoliastes? C'est fort possible. Pindare, si majestueux et si sublime, a parfois des paroles véhémentes : nous
avons déjà cité ces vers de la deuxième Pythique : « Je veux
aimer qui m'aime ; mais pour celui qui me hait, je veux le haïr
à mon tour, et l'attaquer soit avec la violence du loup, soit par
les ruses obliques du renard[5]. » Quel que soit le sens de cette
parole, qu'on l'applique aux sentiments propres de Pindare,
comme on le fait habituellement, ou qu'on y voie de préférence,
comme j'y serais disposé pour mon compte, une pensée générale et un conseil à Hiéron (le héros de l'ode), elle n'en est pas
moins pleine d'âpreté. On ne serait pas surpris qu'un poète si
fier, si sûr de son génie, eût été un rival chatouilleux et redou-

---

1. Olymp. ii, 88 et suiv.
2. Quintil. x, 1, 109 (fragm. 258 de Bergk).
3. Pyth. ix, 90. (Le sens de ce passage est d'ailleurs controversé.)
4. Olymp. i, 116 ; ix, 80 ; Pyth. i, 45 ; Ném., ix, 54 ; Isthm. ii, 35.
5. Pyth. ii, 83-85.

table. Le mot qu'on lui prête sur Corinne, et que des biographes
soucieux de sa bonne renommée rejettent avec indignation
comme apocryphe, confirmerait, s'il était authentique, cette
manière de voir : il appliqua, dit-on, un jour à sa grande rivale
le proverbe βοιωτία ὗς, parce qu'elle l'avait vaincu dans un concours.

Mais que devenait cette fierté du poète en face de ses héros,
en face de ceux qui lui payaient ses chants? Ici, la situation devenait délicate : comment flatter sans perdre son indépendance?
comment rester indépendant sans blesser les convenances imposées à son art? Pindare a le sentiment très net de ce double
devoir. S'il a usé plus que personne du droit qu'ont les poètes
de se vanter, il n'a pas moins hautement reconnu la responsa-
bilité que lui impose cette merveilleuse puissance de faire
vivre ce qui mourrait sans lui.

Le poète, aux yeux de Pindare, n'est pas un mercenaire qui
se vende au plus offrant sans rien réserver de sa dignité. Le
salaire qu'il reçoit est le prix légitime de ses chants, mais n'est
pas celui de ses complaisances [1]. L'attrait de l'argent n'est pas
la véritable source de son inspiration ; il obéit à des sentiments
plus nobles, à l'appel de l'hospitalité ou même de l'amitié.
S'il est tenu comme poète d'être courtois, il n'est pas moins
obligé de rendre hommage à la justice et à la vérité ; l'amitié
même, entendue dans le sens le plus noble du mot, lui donne
le droit de mêler à la douceur des éloges la gravité des conseils, parfois la sévérité des avertissements. Il ne demande
qu'à louer, mais à la condition que la justice elle-même l'assiste dans ses chants [2]. Les seuls éloges qui aient du prix
sont ceux qui viennent d'un poète habile d'abord, ensuite ami
de la justice [3]. Un poète habile et juste aime la vérité ; Pindare

---

1 Le poète peut se faire payer (Pyth. xi, 41), mais il ne doit pas être
φιλοκερδής (Isthm. ii, 6).

2. Pyth. vii, 71.

3. Ném. viii, 41.

affirme souvent la vérité de ses paroles, la sincérité qui inspire sa Muse [1]. « O Vérité, s'écriait-il dans un poème aujourd'hui perdu presque en entier, Vérité, principe de toute grande vertu, ne laisse pas ma pensée s'égarer dans le mensonge [2] ! » Il a horreur de la flatterie. Les singes et les renards ne lui inspirent que mépris [3]. Il aime le courage des lions fauves [4] et la franchise d'un langage honnête. L'homme dont la parole est sincère et droite est le plus solide appui de tous les gouvernements quels qu'ils soient, et le meilleur ami des princes [5]. Comme on lui demandait, suivant Eustathe, pourquoi il tardait à se rendre à Syracuse, où Hiéron l'appelait avec instance : « C'est, répondit-il, parce que je veux vivre à mon gré, et non à celui des autres. » Je sais que dans ces déclarations il faut faire la part de la situation. Le poète d'éloges loue son héros et proteste qu'il ne dit que la vérité ; ce n'est pas à lui de s'accuser de mensonge. Tous ces passages pourtant ne sont pas de simples formules poétiques d'une valeur banale. Le mot du biographe est un trait de caractère ; vrai ou faux, il montre l'idée que l'antiquité s'est faite de Pindare. Les passages de la deuxième Pythique sur la franchise et sur la flatterie ne sont pas moins significatifs. Qu'on accorde autant qu'on voudra aux nécessités du rôle, il n'en reste pas moins un accent propre incontestable, où se reconnaît un goût de franchise qui perce sous la courtoisie obligatoire des formes de langage consacrées.

Mais comment concilier cette franchise qu'il aime et qu'il vante avec ses devoirs de poète d'éloges? Ce ne peut être qu'à force de tact, de prudence, de ménagements. Il faut que le poète lance avec adresse ces « flèches parlantes » que la foule ne comprend pas, mais qui vont sans erreur à leur but [6]. Il faut

1. Olymp. ii, 92 ; iv, 19 ; Ném. vii, 66-68 ; etc.
2. Fragm. 188.
3. Pyth. ii, 72-77.
4. Fragm. 222.
5. Pyth. ii, 86.
6. Βέλη φωνάεντα συνετοῖσιν (Olymp. ii, 85). Cf. Pyth. iv, 263 (Οἰδιπόδα σοφίαν), et fragm. 82 (Σύνες ὅ τοι λέγω...)

que la vérité pénètre sans déchirer. Il faut enfin que la vanité
la plus délicate ne puisse s'offenser de ses avertissements, tant
la mesure en sera judicieuse et l'assaisonnement agréable.
Pindare y réussit de différentes manières. Tantôt c'est une
vérité abstraite, une loi de tous les temps et de tous les pays
que le poète proclame en général, soit directement, soit à l'aide
d'un mythe, comme s'il ne songeait point à son héros : libre à
celui-ci de s'en faire l'application à lui-même. D'autres fois, le
poète donne un conseil, mais si impersonnel encore qu'il n'a
rien de blessant ; ici l'avertissement prend la forme de la prière,
de l'exhortation, de l'éloge même ; là il s'entrelace si subtilement avec les louanges qu'il devient difficile de l'en distinguer ;
ou bien encore le poète semble viser un autre personnage que
son héros ; parfois même il prend tout le premier sa part des
vérités qu'il exprime. Bref il y a vingt manières d'avertir sans
blesser et d'instruire sans inconvenance ; la seule règle qui ne
souffre aucune exception, c'est la nécessité de la mesure et du
tact, sans lesquels le rôle du poète lyrique serait impossible à
remplir.

Les odes adressées par Pindare à Hiéron permettent de bien
juger sa manière d'agir à cet égard : on y voit clairement ce qu'il
croyait avoir le droit de dire, et à quelles conditions.

On sait que Pindare avait composé un certain nombre de
poèmes en l'honneur du tyran de Syracuse. Plusieurs sont per-
dus, mais le recueil des odes triomphales nous en a conservé
quatre, qui ont d'autant plus d'intérêt que les circonstances
dans lesquelles ils ont été composés sont plus différentes. Trois
de ces poèmes sont des épinicies proprement dits, mais très
dissemblables par les occasions qui les ont fait naître. L'un est
plus spécialement consacré à célébrer la gloire olympique en
général ; un autre vante l'éclat des arts qui embellissent et relèvent les hauts faits de Hiéron ; un troisième rappelle surtout un
récent succès diplomatique du tyran de Syracuse ; le quatrième
enfin est plutôt une consolation qu'une ode triomphale à proprement parler. Voilà quatre poèmes, par conséquent, voisins par

le sujet, puisqu'ils sont tous consacrés à l'éloge du même personnage, et néanmoins séparés les uns des autres par des
nuances bien tranchées. Or, si on les lit tous quatre sans se
perdre dans le détail des problèmes particuliers que leur interprétation peut soulever, il est extrêmement remarquable que tous,
malgré leurs différences, ramènent sans cesse l'esprit du lecteur
à la même vérité morale, à ce grand précepte de sagesse, de
modération, de prudence, que l'expérience populaire condensait
sous cette forme, μηδὲν ἄγαν. Récits mythiques et conseils directs,
tout, dans ces quatre poèmes, à travers les plus brillants détails,
va au même but.

Dans la première Olympique, le héros du mythe principal est
le glorieux Pélops, dont les hauts faits remplissent la plus
grande partie du poème : mais, à côté de ces brillantes images,
le souvenir de Tantale apparaît, cet autre Ixion, qui n'a pas su,
lui non plus, dans une haute fortune, *digérer son bonheur*
(καταπέψαι μέγαν ὄλβον), et qui, par sa faute, s'est perdu dans un
abîme d'orgueil (ἕλεν ἄταν ὑπέροπλον). Ce n'est là, je le sais, qu'une
note dans ce concert de louanges, mais une note qui a son
écho significatif dans la conclusion du poème, dans la morale
directe que Pindare y ajoute : μὴ πάπταινε πόρσιον « Ne vise pas
plus haut que ta fortune présente ».

Même pensée dans la première Pythique, même opposition
instructive entre les héros du vice et ceux de la vertu. Sois un
Crésus et non un Phalaris, dit Pindare en terminant. Les
Phalaris et les Crésus sont en effet les Tantales et les Pélops de
l'histoire. Sois doux dans ton langage, lui dit-il encore, évite
les paroles qui blessent. Et au début déjà, dans quatre strophes
magnifiques, il opposait aux amis des dieux, que charment les
accords tout-puissants de la phorminx, l'ennemi de Jupiter,
l'impie et audacieux Typhée, écrasé maintenant sous la colonne
neigeuse de l'Etna, du fond de laquelle il fait jaillir en vain les
torrents d'une flamme redoutable. « Puissions-nous, ô Jupiter !
s'écrie alors le poète, puissions-nous te plaire, à toi qui règnes
sur ces sommets, front puissant d'une terre féconde ! »

L'Ixion de la deuxième Pythique ne joue pas un autre rôle que
le Tantale, le Typhée et le Phalaris des odes précédentes. Ixion
est un grand exemple d'orgueil, d'orgueil impie et châtié. Son
histoire est une leçon pour l'humanité. Son supplice enseigne
aux hommes que les dieux abaissent la présomption sacrilège.
Mais le poëte ne veut pas s'attarder à ces tristes récits. Il aime
mieux vanter Hiéron, dont il loue alors la sagesse (toute contraire à l'imprudente folie d'Ixion) et les exploits guerriers. Il
termine par des conseils. Ce qu'il demande à Hiéron, c'est
d'être lui-même, et de ne pas se laisser tromper par les
flatteurs; c'est d'écouter les conseils de ses vrais amis, des
hommes droits et sincères, qui lui diront de ne pas se révolter
contre les dieux, mais de se soumettre à leur volonté et de se
tenir pour heureux de son sort. Déjà, dans le récit des infor-
tunes d'Ixion, Pindare n'avait cessé de répéter sous toutes les
formes que chacun doit rapporter toutes choses à sa mesure,
qu'il faut savoir supporter son bonheur, que l'aveuglement
orgueilleux et les pensées démesurées sont une cause de ruine,
que Dieu seul achève toutes choses selon ses vues, Dieu « qui
atteint l'aigle dans son vol, qui devance le dauphin au fond
des mers, qui abaisse l'orgueil des mortels superbes, et qui
remet en d'autres mains la gloire et l'immortalité. »

Dans la troisième Pythique également, plusieurs récits
mythiques sont consacrés à d'autres victimes de ce délire impie
(ὠάτα, v. 24). Voici d'abord Coronis, punie pour avoir désiré
des biens absents (ἀλλά τοι ἤρατο τῶν ἀπεόντων, v. 20), malheur
commun à beaucoup de mortels, ajoute tristement le poëte
(οἷα καὶ πολλοὶ πάθον). Et pour éclaircir davantage encore sa
pensée : « Car il est le plus insensé des mortels, celui qui, dé-
daignant les biens présents, vise au delà (παπταίνει τὸ πόρσω), et,
de ses frivoles espérances, poursuit des chimères (v. 21-23) ».
Esculape, le fils même de Coronis, n'a pas été plus sage malgré
son habileté; présomptueux à l'excès, il a été foudroyé par
Zeus. « La pensée des mortels doit demander aux dieux seulement ce qui lui convient (τὰ ἐοικότα, v. 59), connaissant sa con-

dition présente et quelle destinée est la sienne. » Ce sont toujours les mêmes idées, souvent les mêmes mots, qui reviennent avec persistance sur les lèvres du poète. Plus loin, il loue Hiéron d'être doux à ses concitoyens, sans haine pour les bons, père admirable pour ses hôtes (v. 71). Sous forme d'éloges, cette fois, nous reconnaissons tous les conseils des autres odes. Quoi de plus clair, je le répète, quoi de plus suivi que le sens de ces quatre poèmes?

Que faut-il conclure de ces rapprochements? Ces conseils de modération ne sont-ils qu'un lieu commun, une exhortation banale et traditionnelle que Pindare adresse sans choix, sans intention particulière, à tous les rois, à tous les grands personnages dont il fait l'éloge? Dans ce cas, cela n'intéresserait que la philosophie morale de Pindare, et non son caractère. Mais il n'en est rien. Beaucoup d'odes de Pindare adressées à des princes sont purement laudatives, par exemple les deux odes à Théron, celle à Chromios, celle à Xénocrate. Ce n'est donc pas en vertu d'une loi générale, d'une règle sans exception, que Pindare ici moralise. Est-ce un hasard, un caprice de son imagination? C'est peu probable. Nous voyons en effet que les princes loués sans réserve par Pindare paraissent avoir été des hommes sages et pieux, aimés de leurs peuples. Théron notamment fut après sa mort honoré comme un héros. Nous savons au contraire par les historiens que Hiéron joignait à des qualités brillantes les défauts ordinaires des tyrans grecs, l'orgueil, l'insolence, la cruauté [1]. Il avait donc grand besoin de conseils, et précisément du genre de conseils que les odes de Pindare répètent sous toutes les formes. Comment ne pas voir là autre chose qu'une coïncidence fortuite? Hiéron d'ailleurs n'est pas le seul à qui Pindare adresse des éloges tempérés par des conseils analogues. D'autres personnages sont à la fois loués et avertis par lui de la même façon. Or toutes les fois que l'histoire vient à notre aide pour nous faire connaître ces personnages, il

---

1. Voy. les textes dans le *Pindare* de Bœckh (*Procem. ad Olymp.* ı).

arrive comme pour Hiéron que la morale que Pindare leur
adresse, quoique très générale de forme, se trouve nous app a
raître comme parfaitement appropriée à leur situation, à leur
caractère. Arcésilas de Cyrène, par exemple, est l'un d'eux. La
quatrième Pythique, qui lui est adressée, est un des poèmes
de Pindare où cette espèce de louange avertissante se montre
le mieux, de l'aveu de tous les interprètes, même les moins
disposés à tomber à cet égard dans les subtilités d'une interprétation indiscrète. Dans la fin de cette ode, Pindare dit au
prince, en propres termes, qu'il est facile de mettre le désordre
dans les cités et difficile de les bien conduire ; il lui présente
sous le voile transparent d'une énigme « digne de la sagesse
d'Œdipe » cette vérité que l'honnête homme exilé se reconnaît
toujours jusque dans la misère de l'exil, et, en terminant, il lui
adresse une supplique éloquente en faveur d'un de ces innocents
persécutés, Démophile, qui avait encouru, à ce qu'il semble,
la haine ou la défiance d'Arcésilas. Au milieu des beaux mythes
qui forment la partie principale de l'ode, rien ne ressort avec plus
d'éclat que le frappant contraste du bon et du mauvais roi, de
Jason et de Pélias, celui-ci usurpateur, fourbe et lâche, celui-là
brave, désintéressé, généreux et doux, ami des hommes et des
dieux. Est-ce encore un hasard si cette opposition du bon et du
mauvais roi, si ces conseils, si toute cette morale se trouvent dans
une ode à Arcésilas plutôt que dans une ode à Théron ? Comment
le croire, si l'on se rappelle que, peu de temps après le jour où
Pindare faisait exécuter cette ode à Cyrène sous les yeux d'un
prince vainement averti, une révolution provoquée par ses
violences renversait son trône et proscrivait sa dynastie ? Nous
n'avons pas la même certitude à l'égard des autres odes où se
présentent des avertissements du même genre ; cependant plus
d'un indice nous permet de croire que ni le Thébain Thasydæos
ni le Thessalien Hippoclès, ni deux ou trois autres encore à qui
Pindare dit des choses semblables, n'étaient exempts de quelque
tendance qui justifiât cette forme particulière de l'éloge et qui lui
donnât sa véritable portée.

Il est donc impossible de méconnaître que Pindare appropriait souvent (je ne dis pas toujours) la morale de ses odes aux besoins particuliers de ceux à qui il s'adressait. C'est en cela que consiste son indépendance. Mais on voit en même temps dans quelle mesure il se renfermait. Cette morale qu'il adresse à ses héros reste générale dans la forme, même quand elle est particulière par l'intention. Elle est pleine d'éloges, de respect, de gravité. Ce n'est pas au nom d'un homme, au nom de la sagesse propre d'un poète, si grand qu'il soit, qu'elle s'exprime. C'est d'une manière impersonnelle en quelque sorte, au nom des dieux, au nom de la sagesse traditionnelle dont le poète n'est que l'écho mesuré. Elle s'abstient d'allusions ; elle évite l'anecdote maligne et l'épigramme. Tandis que les éloges sont directs, amples, magnifiques, elle reste brève et générale, et elle échappe par sa généralité même au risque d'offenser. Elle est respectueuse et réservée. Elle n'est pas plus blessante pour l'orgueil le plus chatouilleux que ne l'étaient au xviie siècle, par exemple, dans un sermon prononcé devant le roi, des conseils enveloppés d'éloges, des avertissements dont l'orateur, parlant au nom de la religion, prenait le premier sa part, des leçons enfin qui, semblant s'adresser à tout le monde, ne heurtaient personne. On connaît le mot de Louis XIV à un prédicateur indiscret : « Mon Père, j'aime à prendre ma part d'un sermon ; je n'aime pas qu'on me la fasse. » Il en est de même à plus forte raison des leçons morales que peut donner la poésie lyrique, car le poème lyrique n'est pas même un sermon, c'est avant tout un éloge [1].

Bœckh n'a pas tenu un compte suffisant de cette nécessité. Dans son commentaire sur la deuxième Pythique en particulier,

1. Les libertés épigrammatiques de l'éloge académique moderne n'ont rien à y voir ; car le poète est lié à son héros par des convenances d'une tout autre nature que celles qui rattachent le récipiendaire à son prédécesseur : il est obligé par la gratitude que lui impose soit un salaire magnifique, soit l'hospitalité qu'il reçoit, et en outre par le respect dû à une situation royale ou princière.

à propos du mythe d'Ixion, il veut retrouver sous la légende
tous les détails de l'histoire vraie; dans les crimes du héros
mythique il voit une représentation fidèle et transparente de
ceux du tyran de Syracuse. S'il arrive qu'il ignore ceux-ci, il
les suppose ou les invente, tant il est sûr de son principe. La
légende d'Ixion, dans cette hypothèse, n'est pas seulement un
exemple poétique destiné à illustrer cette vérité toute générale
(bien que parfaitement appropriée à Hiéron) que la première
règle pour être heureux consiste à savoir régler ses désirs ; aux
yeux de Bœckh, cette légende n'est, dans ses moindres détails,
qu'une longue et minutieuse allusion à tous les méfaits de
Hiéron. L'éloge se tourne ainsi en satire, en épigramme ; le
poète n'aurait que trop de motifs, dans ce cas, de se reprendre
et de s'écrier qu'il ne veut pas médire comme Archiloque. Cette
explication choquait G. Hermann, avec beaucoup de raison :
il estimait que des allusions de ce genre seraient très offen-
santes et très grossières ; il ajoutait que s'accuser ensuite soi-
même de médisance, comme fait Pindare, et s'avertir de ne pas
imiter Archiloque, malheureux toute sa vie pour avoir voulu
se repaître de haines et d'outrages, c'eût été souligner, pour
ainsi dire, l'inconvenance des allusions précédentes et porter
la maladresse jusqu'au comble. Cette critique de G. Hermann
est parfaitement juste. Le grand érudit a eu seulement le tort
d'en tirer des conséquences fausses en cherchant à retrouver
dans Ixion l'image d'un ennemi de Hiéron, Anaxilas, tyran de
Rhégium. C'était tomber d'un excès dans un autre. Il suffit,
pour que le récit mythique de Pindare soit conforme aux exigences de la courtoisie lyrique, de lui laisser son sens le plus
général, sans nier d'ailleurs que l'avertissement ne s'adresse,
ici comme dans toutes les autres odes analogues, au héros même
du poème. Cela suffit, mais cela est nécessaire. Bœckh n'a pas
vu que c'était nécessaire ; Hermann de son côté n'a pas que
cela suffisait. La nécessité de cette courtoisie est pourtant si
évidente qu'on peut se demander comment un esprit de la valeur
de celui de Bœckh a pu la méconnaître. Il y aurait lieu de s'en

étonner si Bœckh était arrivé à ces conclusions sur la deuxième Pythique par l'étude particulière de ce poëme; mais il ne fait qu'appliquer ici une théorie beaucoup plus générale. Or sa théorie générale est spécieuse[1]. Dominé par son système, Bœckh a essayé d'y plier de force la morale de la deuxième Pythique. Il est arrivé à des résultats choquants. Cela seul, à défaut d'autres preuves, ruinerait le système tout entier. Mais dans ces conditions on s'explique son erreur sur l'ode qui nous occupe. Si l'explication de Bœckh, au lieu de sortir d'un système général souvent spécieux, était le fruit d'une étude particulière de la deuxième Pythique, il serait vraiment impossible de s'en rendre compte.

On voit clairement, ce semble, par les exemples qui précèdent, en quoi consiste l'indépendance de Pindare, et comment il pratique son métier de poète lyrique. Il ne faut pas faire de lui un Nathan ou un Jonas dont le devoir serait de réveiller par des avertissements et des menaces la conscience engourdie des grands de la terre. C'est un poète lyrique, c'est-à-dire un poète d'éloges, qui vient à la cour d'un Hiéron ou d'un Anaxilas, non pour le traduire en quelque sorte devant je ne sais quel tribunal et l'exposer devant toute sa cour à des remontrances irrévérencieuses, mais pour chanter sa gloire, ses hauts faits, sa richesse, sa puissance, en un mot tout cet éclat qui l'environne, et que le poète, avec toute la Grèce, considère comme un reflet de la divinité. Il n'est pourtant pas davantage un flatteur. D'autres peut-être, en présence d'un prince orgueilleux, seraient éblouis ou feindraient de l'être; ils seraient uniquement soucieux de faire leur cour par des éloges immodérés. Pindare, sans affecter le zèle d'un moraliste intempérant, mêle à l'éclat des louanges la pensée grave des lois éternelles et divines qui régissent le monde. Sans tomber dans la malignité des allusions, dans l'impertinence des épigrammes, il approprie en poète, par un sentiment exquis de l'art, ces pensées morales aux besoins généraux de

---

1. Nous discuterons cette théorie dans un des chapitres suivants.

ceux qui l'écoutent. Non qu'il croie remplir en cela une fonction
sacerdotale. Il ne prêche pas plus qu'il ne fait de la satire. Il
n'est le prêtre que de la Muse. Mais la Muse elle-même l'a instruit : elle a déroulé sous ses regards l'expérience des siècles
passés ; elle a éclairé son intelligence par les leçons poétiques
des grands aèdes, des grands poètes d'autrefois ; elle a nourri
son âme des maximes fécondes et pleines de sens que les générations se transmettent les unes aux autres comme un résumé
de la sagesse. Libre et hardi à ses heures, capable de chanter
dans un scolie le vin ou l'amour, il aime aussi la belle tempérance
qui relève tous les plaisirs, et cette harmonie divine sans laquelle
son âme dorienne ne conçoit pas de bonheur durable. Il sait
porter sur les choses humaines un regard ferme et expérimenté.
Il n'est pas dupe des apparences. Comme poète, comme ami, il
a le droit de rappeler avec discrétion les règles essentielles de
la piété ou (ce qui revient au même) de la prudence à ceux
qu'il voit, non seulement par leur situation, mais plus encore
par leur caractère, en danger de les oublier. Il ne parle pas tout
à fait de la même manière à un Arcésilas et à un Théron. Il reste
indépendant et digne jusque dans ses éloges par la manière dont
il les ménage et les tempère. Il est toujours courtois, parce que
c'est la première obligation du poète d'éloges ; mais il l'est avec
une souplesse de ton qui n'exclut pas plus la gravité sévère des
pensées morales que le vif élan d'une admiration toute poétique
et brillante.

Il serait très intéressant de pouvoir comparer Pindare à ce
propos avec les autres poètes lyriques de son temps ou de la période immédiatement antérieure. Malheureusement nous sommes
réduits à un si petit nombre de fragments de la poésie lyrique
grecque, et surtout ces fragments sont si courts, qu'il est bien
difficile de se former directement et en pleine connaissance de
cause une idée précise de l'attitude d'un Simonide ou d'un Bacchylide à l'égard de leurs héros. Ce n'est pas en effet sur un
mot isolé qu'on peut juger de l'effet d'une ode entière. Des fragments peuvent apporter d'utiles informations à l'histoire du

style, de la langue, et même des idées. Ils nous instruisent peu sur cette chose fugitive et délicate qui résulte de mille détails et n'est tout entière dans aucun, qui est faite de tempéraments, de reflets, de corrections, et qui s'appelle l'*esprit* d'un écrit moral. La tradition n'est pas davantage un guide infaillible en pareille matière.

Il est cependant évident que certains poètes lyriques devaient être plus flatteurs, plus complaisants que Pindare. La tentation de la flatterie était bien grande pour un poète lyrique. Louer et flatter se touchent de bien près. On peut croire qu'un moraliste accommodant, un homme du monde élégant et souple, comme Simonide, un habile arrangeur de phrases et de mélodies comme Bacchylide, devaient être, plus que Pindare peut-être, disposés à dépasser quelquefois la mesure de la louange obligée. S'il fallait en croire les scoliastes, Pindare les aurait lui-même accusés de flatterie à plusieurs reprises. C'est d'eux, et de Bacchylide surtout, qu'il serait question dans la première et dans la seconde Pythique, lorsque Pindare, sans nommer personne, traite de si haut la race des adulateurs. Ces allusions ne sont pas impossibles, mais elles ne sont pas prouvées non plus. Les scoliastes interprètent souvent Pindare d'une manière fausse et arbitraire. Fussent-elles prouvées d'ailleurs, elles ne sauraient être admises sans réserve : s'il est vrai que Pindare ait eu le dessein, dans ces passages, d'attaquer des poètes rivaux de sa gloire et de son influence, son témoignage est suspect. On ne peut donc rien affirmer. Il y a même, au moins pour ce qui concerne Simonide, un fait qui doit nous avertir d'être prudents et de ne pas l'accuser à la légère : c'est l'histoire de cette réconciliation qu'il accomplit entre les deux tyrans de Syracuse et d'Agrigente, Hiéron et Théron, au moment même où ils allaient en venir aux mains [1]. Un poète assez influent pour exercer une médiation si utile, et assez hardi pour l'entreprendre, ne pouvait être un flatteur vulgaire. Platon dit quelque part que Simo-

1. Schol. Pind., Olymp. II, 15 (29).

19

nide a chanté plus d'un héros malgré lui et parce qu'il était forcé
de le faire [1] ; mais tous les poètes lyriques en faisaient autant, à
peu de chose près ; il n'y avait entre eux à cet égard que des
différences de degré, des nuances. Or ces nuances, je le répète,
nous échappent ; nous n'avons aucun moyen de les connaître
avec certitude. Quant à Bacchylide, la morale qui paraît dans
ses fragments n'a ni les mérites ni les inconvénients de l'originalité. C'est une morale honnête, un peu banale, qui nous apprend peu de chose sur son caractère. Il faut donc nous résigner
à ne point comparer Pindare sur ce point avec ses rivaux. C'est
là une lacune que nous ne devons ni méconnaître, ni exagérer.
Nous saurions mieux jusqu'à quel point Pindare a été hardi dans
sa franchise si nous connaissions avec précision la limite exacte
jusqu'où certains autres avaient porté l'adulation dans l'éloge ;
mais cette ignorance partielle où nous sommes ne nous empêche
pas d'avoir reconnu très nettement dans Pindare, à côté de la
courtoisie et des louanges obligées, une fierté d'accent, un ton
grave et noble qui dénotent quelque chose de plus que le désir
de plaire : c'est là, en somme, ce qu'il y a pour nous de plus
important à savoir. Ce qui ressort de nos études, c'est qu'en
tout sujet, en religion, en morale, en politique, Pindare, avec
a modération inspirée au poète lyrique par son rôle, et avec
'originalité d'une pensée haute et noble, est un représentant
de l'esprit dorien, de l'esprit hellénique traditionnel, celui
d'avant la révolution intellectuelle du cinquième siècle. Il est
Grec et Dorien par son respect du passé, par son goût pour les
vieilles croyances et les vieilles mœurs. Il l'est aussi non seulement par la gravité ordinaire de ses vues sur toutes choses,
mais encore par la liberté familière et souriante qui se mêle
parfois à cette gravité, et par une certaine veine de morale
poétique et populaire, amie des plaisirs modérés, éprise du beau
sous toutes les formes. Ajoutons à cela un tour d'esprit indépendant, un caractère ferme et libre, avec courtoisie pourtant

1. *Protagoras*, p. 346 B.

et avec discrétion. Tel nous a paru être Pindare considéré surtout comme penseur. L'unité morale de son inspiration n'a rien
d'étroit ; mais elle n'est pas davantage flottante ou indécise :
tout s'y ramène sans violence au grand, au brillant, au hardi.

LIVRE SECOND

L'ART DE PINDARE

Nous venons d'étudier l'esprit de Pindare. Il nous reste à étudier son art, c'est-à-dire ses qualités d'invention, de disposition, de style ; car cette vieille division de la rhétorique est encore la plus profonde et la plus simple.

Jusqu'ici, sans oublier jamais que nous avions affaire à un poète, et que ces pensées magnifiques qui jaillissaient des lèvres de Pindare n'étaient pas seulement le cri de son cœur, mais qu'elles avaient subi le contrôle attentif de son tact et de sa prudence, nous les avons pourtant examinées en nous attachant surtout au fond des choses, je veux dire à leur signification morale, religieuse ou politique ; nous les avons en outre considérées isolément, à l'état de matériaux épars en quelque sorte, avant leur mise en place dans l'édifice poétique construit par son génie. Il nous reste à voir comment ces matériaux, dont la substance même a été choisie par le poète avec tant de soin, se disposent et s'ajustent en vue de former l'œuvre harmonieuse que son art a pour fin de réaliser. Nous sommes ici plus que jamais dans l'essentiel de notre étude. Ce qui caractérise un Pindare , en effet, c'est bien moins l'opinion qu'il exprime sur les dieux et sur l'homme que l'harmonie même de ses paroles sur tous ces sujets ; ce qui le met au premier rang, c'est moins la beauté du marbre dont il se sert (même quand ce marbre est le plus pur, le plus solide et le plus brillant que pussent fournir à un artiste les entrailles du sol national), que les nobles et harmonieux contours grâce auxquels cette précieuse matière est par lui revêtue de beauté.

CHAPITRE PREMIER

L'INVENTION DES IDÉES DANS PINDARE

I

La première loi de l'invention lyrique, avons-nous dit, est une loi de variété. C'est du moins la plus apparente. La variété chez Pindare saute aux yeux. Comme tous les poètes lyriques, il effleure successivement tous ces groupes d'idées que nous avons énumérés plus haut en étudiant la Poétique du lyrisme, et que nous avons appelés les *lieux communs* de l'ode triomphale. A moins de quelque circonstance particulière qu'il est ordinairement facile de découvrir, Pindare passe tour à tour de l'un à l'autre jusqu'à ce qu'il les ait tous abordés. Il cueille, suivant une des images qui lui sont familières, ici une fleur seulement, et là plusieurs ; ici une courte maxime, un nom glorieux, un mot brillant ; là un récit, une ample et poétique légende, pour en composer sa couronne (στεφάνων ἄωτον). Tantôt le poète attache son regard sur la réalité contemporaine ; tantôt, à l'aide des mythes, il entraîne l'imagination de ses auditeurs dans le lointain du passé légendaire et merveilleux. Éloges, conseils, tableaux, récits s'entrelacent et se succèdent. Le premier trait qui frappe quand on lit une ode de Pindare, c'est la variété extrême des idées associées par le poète dans les limites étroites d'un seul poème. Sur ce point, nulle difficulté.

Mais ici deux questions nouvelles se présentent. Comment toutes ces idées, si variées, se rapportent-elles à l'occasion particulière qui a donné naissance au poème ? Comment, en outre, se lient-elles ensemble de manière à former un tout har-

monieux, un corps vivant, pour ainsi dire, et une œuvre d'art?
Ces deux questions, parfaitement distinctes, ont été quelquefois
confondues. Nous allons essayer d'y répondre tour à tour, et le
plus nettement possible. Nous ferons d'ailleurs à ce sujet l'histoire abrégée des opinions en même temps que nous exposerons
notre propre manière de voir. On a tant écrit depuis trois siècles
sur ces problèmes qu'il est impossible aujourd'hui d'en aborder
l'étude sans tenir le plus grand compte des opinions déjà émises.
De plus, cette histoire est instructive. A première vue, sans
doute, il semble que ce soit un chaos : le terrain est encombré de systèmes, et, parmi les plus récents interprètes de
Pindare, quelques-uns, qui ne sont pas des moins considérables, réclament un surcroît de lumière : Tycho Mommsen,
dans son Étude avant tout historique sur Pindare, Bernhardy
jusque dans la dernière édition de son livre sur la littérature
grecque, se plaignent de l'obscurité qui enveloppe encore ces
problèmes. Cependant, quand on y regarde avec plus d'attention, quand on essaie surtout de s'élever au-dessus des
détails pour saisir l'ensemble, on s'aperçoit que ce chaos apparent recèle un certain ordre. La critique a fait lentement, pour
ainsi dire, et peu à peu, le tour de la question qu'elle avait à
examiner. Les systèmes successifs en ont éclairé les différentes
faces. C'est là que nous en sommes aujourd'hui. Il faut tâcher
de refaire plus vite, avec une connaissance plus claire du but
à atteindre, le chemin que nos prédécesseurs ont fait les premiers en tâtonnant; il faut prendre dans chaque opinion ce
qu'elle paraît renfermer de vrai et fuir les excès qui l'ont com-
promise.

II

La première question que nous avons à résoudre est celle de
savoir quels rapports existent entre les riches développements
d'une ode de Pindare et l'occasion particulière d'où cette ode
est sortie.

§ 1

A ce propos, nous avons d'abord à rappeler simplement quelques vérités déjà acquises. Nous avons montré en effet, dans la première partie de notre étude, ce qu'était en réalité aux yeux des Grecs le sujet d'une ode triomphale, quelle abondance d'idées variées sortaient naturellement de cette donnée en apparence sèche et maigre, quelles sources d'invention, en relation directe avec les circonstances, s'offraient au poète. Or la variété si riche qui éclate dans les odes de Pindare est précisément tirée des sources traditionnelles de l'invention lyrique. C'est assez dire que les idées de toute sorte dont les odes de Pindare sont remplies n'étaient pas, malgré leur variété, aussi étrangères à l'occasion du poème qu'elles peuvent le paraître à des lecteurs modernes, peu au courant des habitudes intellectuelles de la Grèce ancienne. Chanter l'origine merveilleuse des jeux de Delphes ou d'Olympie, ce n'était pas, pour le poète lyrique, s'écarter de son sujet propre, l'éloge d'une victoire olympique ou pythique. Célébrer la famille de son héros, glorifier sa patrie, raconter les légendes mythologiques dont le souvenir se mêlait à l'histoire de sa cité natale ou de sa race, ce n'était pas non plus s'écarter de ce héros lui-même ni de la fête célébrée en l'honneur de son triomphe. Je n'insiste pas sur ces idées, qui ont été mises plus haut dans tout leur jour ; mais il ne sera pas sans utilité d'examiner brièvement par quelles vicissitudes l'opinion de la critique a passé avant d'arriver sur ce point à la vraie solution.

C'est au XVIIe siècle que l'on commence à raisonner sur Pindare soit pour l'attaquer, soit pour le défendre. Au XVIe siècle, dans le feu de la Renaissance, la critique n'était pas née. Entre la ferveur des savants (poètes comme Ronsard ou érudits comme Henri Estienne) et l'indifférence des ignorants, il n'y avait guère de milieu. Cent ans plus tard, au contraire, les Anciens avaient rendu à l'esprit français le service qu'un bon maître, dit-on, doit rendre à ses disciples : ils lui avaient appris à se passer

d'eux. Déjà la réaction contre Ronsard avait ébranlé le crédit
de Pindare. Malherbe, qui préférait en général les Latins aux
Grecs [1], prononça le premier au sujet du grand lyrique thébain
ce mot de *galimatias*, que tous ses adversaires se sont ensuite
religieusement transmis. Puis, quand la révolte contre les Anciens éclata, Pindare fut naturellement un des plus attaqués.
Comme il était, parmi les écrivains grecs, le plus éloigné peut-
être, avec Homère, de l'esprit et du goût modernes, c'est sur
Homère et sur lui que tombèrent les premiers coups.

　　Boileau avait écrit en parlant de l'ode, et notamment de
l'ode pindarique, que

　　　Chez elle un beau désordre est un effet de l'art [2].

Beau désordre a fait fortune. L'épithète a trouvé grâce devant
les railleurs en faveur du substantif; ou plutôt, passant à l'état
de correctif ironique, elle a donné plus de sel encore à l'épigramme et plus d'essor à la médisance, qui désormais, contre
la pensée de Boileau, a volé de bouche en bouche. — Perrault fut au premier rang des adversaires de Pindare. Mais on
chercherait vainement dans Perrault aucune attaque précise
contre la composition des odes pindariques. Il n'entre pas
dans ce détail; c'est Pindare tout entier qu'il condamne
en bloc [3]. Ceux qui prétendent admirer Pindare l'admirent
sur parole, selon Perrault, ou pour s'en faire accroire; en
réalité personne ne l'entend [4]. — La Motte n'alla pas si loin.
Ce n'était pas sa manière de biffer ainsi d'un trait de plume
tout un poète. Il préférait corriger ce qui lui semblait répréhensible. Il ramenait à la mesure de ses alexandrins
prosaïques les vers de l'*Iliade*; il en réduisait les vingt-
quatre chants à douze. Sa manière de traiter Pindare est toute
semblable. Il cherche à séparer dans les œuvres du grand lyri-

1. *Vie de Malherbe*, par Racan.
2. *Art Poétique*, chant II, v. 72.
3. *Parallèle des Anciens et des Modernes* (1688-1696), t. I, p. 28.
4. *Ibid.*, t. III, p. 160-161.

que le bien du mal; il en donne des imitations qu'il croit supérieures à l'original. Ce qu'il blâme dans Pindare, c'est précisément ce qu'il appelle ses digressions, ses écarts, c'est-à-dire les
poétiques récits qui forment la partie la plus brillante de ses
odes, mais qui ne sont pour la Motte que des hors-d'œuvre.
Il veut bien condescendre, pour imiter Pindare, à « affecter
quelque désordre [1] », mais il condamne sans détour cette habitude de se jeter sur les louanges des dieux et des héros qui
éloigne le poète de son sujet [2]. Tout au plus consent-il à y voir
« un inconvénient inévitable ».

Il faut avouer que même les admirateurs de Pindare le
défendaient faiblement sur la composition de ses odes, ou pas-
saient condamnation de trop bonne grâce sur les prétendus
écarts de son inspiration. Boileau, qui a relevé avec vigueur
certaines impertinences de Perrault [3], et qui sentait avec âme,
en poète, la grandeur du style de Pindare [4], accordait néanmoins à la théorie du désordre pindarique un peu plus qu'il
n'était juste. Il aimait mieux le justifier sur le détail de son
langage que sur l'ensemble de ses compositions. Au siècle suivant, un membre de l'Académie des inscriptions, l'abbé Massieu,
qui avait entrepris de traduire Pindare, examinant les reproches
dont il avait été l'objet, avouait qu'il y avait chez lui des écarts
inexcusables; il le justifiait pourtant de louer la patrie de son
héros; mais il se hâtait aussitôt d'y ajouter cette restriction
singulière, que malheureusement le poète thébain, non content
de louer la cité à laquelle appartient le vainqueur, « loue encore
les grands hommes qu'elle a produits, » et qu'alors « il s'écarte
véritablement [5] ». On ne sera pas surpris de trouver à peu près

1. Voy. l'*Avis* qui précède l'ode intitulée : *Pindare aux Enfers.*
2. *Discours sur la poésie.*
3. Dans la huitième des *Réflexions critiques sur quelques passages du
rhéteur Longin,* 1693.
4. Il a parfaitement défendu à ce point de vue le début de la 1re Olympique, tourné en ridicule (d'une manière assez amusante d'ailleurs) par
Perrault, dans son *Parallèle des Anciens et des Modernes* (1er dialogue).
5. *Histoire de l'Académie des Inscriptions et Belles-Lettres,* t. V, p. 95.

la même manière de voir chez Marmontel. Dans son *Traité de la Poésie* [1], où il essaie visiblement d'être juste envers Pindare, où il exprime une admiration sincère et judicieuse pour les grandes images qui éclatent sans cesse dans sa poésie, il revient à maintes reprises sur ce manque de liaison, qui est, dit-il, le défaut essentiel de Pindare. Il consent bien qu'on fasse son apologie en alléguant la stérilité des sujets (ceci est presque du la Motte) et la beauté de son inspiration; mais il déclare très nettement, en abusant d'un vers d'Horace, que les ailes du poète thébain sont des ailes de cire, et qu'il ne faut pas s'y fier. C'est la première Pythique qui lui sert d'exemple pour prouver son dire. Là comme partout il ne voit qu'incohérence : « Dans la plupart des odes de Pindare, dit-il, ses sujets sont de faibles ruisseaux qui se perdent dans de grands fleuves. »

Il y avait eu pourtant des efforts méritoires pour expliquer Pindare. Welcker, dans le *Rheinisches Museum* de 1832, a rappelé quelques-unes de ces tentatives, et n'a pas tout dit. Dès le commencement du xviie siècle, Erasme Schmid, dans son édition de Pindare, avait essayé de marquer la place et l'enchaînement des idées de chaque ode. La tentative, il est vrai, n'avait pas été toujours heureuse; c'était pourtant un utile exemple. Au xviiie siècle, les travaux se multiplient, surtout à l'Académie des Inscriptions. Notons ici, en passant, la part honorable de la France dans ce genre de recherches; la patrie des Perrault, des la Motte, et autres beaux-esprits irrévérencieux envers l'antiquité, se trouva produire, par une sorte de compensation, les plus estimables prédécesseurs des grands érudits du xixe siècle. C'est d'abord, vers 1721, l'abbé Fraguier, qui publie un Mémoire sur le *Caractère de Pindare* [2], c'est-à-dire sur les traits distinctifs de sa poésie. Fraguier, avec une justesse élégante, quoique un peu superficielle, montre comment les mythes

---

1. Ce traité forme, dans le recueil des œuvres critiques de Marmontel intitulé *Éléments de Littérature*, l'article POÉSIE.

2. *Mémoires de l'Académie des Inscriptions et Belles-Lettres*, ancienne série, t. II, p. 34-47.

lyriques sont empruntés à certaines sources déterminées et se
rattachent par là même au héros de l'ode. Viennent ensuite un
Discours sur la poésie lyrique [1], de Gossart; un *Discours sur
Pindare et la poésie lyrique* [2], de Chabanon; puis un travail
beaucoup plus important de Vauvilliers, l'*Essai sur Pindare* [3],
qui offrait pour la première fois une étude déjà pénétrante, quoique trop rapide, de quelques-unes des lois de la composition
dans les odes du grand lyrique. Vauvilliers avait parfaitement
compris l'intérêt qu'offraient aux Grecs des récits mythiques
empruntés à l'histoire des familles ou des cités; et, pour rendre
sa pensée sensible à des Français du XVIIIe siècle, il avait
eu l'idée d'imaginer un exemple tiré d'un sujet moderne et
conçu d'après un plan analogue à celui des odes de Pindare. Il
supposait un éloge du jeune duc de Longueville (celui qui fut
tué au passage du Rhin) composé dans le goût antique, et il
faisait très bien voir que même chez les modernes l'éloge des
aïeux du jeune duc et le récit de leurs exploits, modèle et présage des siens, aurait eu beaucoup de convenance et de grâce.
Ces deux derniers ouvrages sont de 1772. L'Allemagne alors était
loin d'être en avance sur ces travaux. Lessing et Herder avaient
bien pu çà et là, par occasion, parler avec admiration de la composition de Pindare; mais ni l'un ni l'autre n'en avaient analysé
les lois avec précision [4]. Gedicke, dans la préface de sa traduction allemande de Pindare (publiée en 1777-1779), exprimait le
soupçon qu'il doit y avoir toujours un plan dans les odes triomphales; mais il ajoutait que notre ignorance des faits nous
le dérobe presque toujours. Wolf également, dans plusieurs
programmes, parlait de Pindare et jetait en passant quelques

1. Paris, 1761.
2. *Mémoires de l'Académie des Inscriptions et Belles-Lettres*, ancienne
série, t. XXXII, p. 451-463.
3. Paris, 1772. Rappelons encore, parmi les ouvrages où le génie de
Pindare était senti avec assez de vérité, sinon parfaitement analysé, le
Voyage d'Anacharsis, de Barthélemy (1789), au chapitre XXXIV.
4. Voyez, dans les *Lettres* de Lessing sur la *Littérature*, la lettre LI
du 16 août 1759), et les *Fragments sur la littérature allemande*, de Herder.

aperçus ingénieux; mais ce n'étaient là que de très rapides indications, qui n'allaient guère au fond des choses. Il y avait
donc de divers côtés des tentatives, des ébauches plutôt que des
œuvres. Il me semble qu'en ce qui concerne la France en particulier on trouverait même dans la Harpe, si légèrement in-
formé parfois en matière de littérature grecque, la preuve que
les efforts des Vauvilliers et des Fraguier n'avaient pas été
tout à fait stériles. Son chapitre sur Pindare vaut beaucoup
mieux que les jugements de Marmontel, très supérieurs eux-
mêmes à ceux de la Motte et de Perrault. La Harpe n'ose pas
blâmer sans réserves les digressions de Pindare et sa mythologie. Il avoue qu'elles nous étonnent, qu'elles choquent même
notre goût; mais il affirme courageusement qu'on aurait tort
de condamner Pindare sur cette apparence. Il ne dit plus,
comme Marmontel, que ces digressions étouffent le sujet : il dit
qu'elles nous semblent l'étouffer[1]. Il comprend qu'elles devaient avoir leur raison d'être aux yeux des Grecs, et bien qu'il
ne réussisse guère pour son compte à la découvrir, il ne la nie
pas : c'est un progrès[2].

Malgré tout, c'est encore l'opinion des la Motte et des
Perrault qui en réalité prédominait; elle régnait jusque dans
les écoles; les érudits pris dans leur ensemble n'y con-
tredisaient qu'avec mollesse. Le savant Heyne, dans son édition de Pindare, se bornait à donner pour chaque ode une
sorte de table des matières qui n'expliquait nullement le plan
du poème, et il appelait encore les récits mythiques des di-

---

1. T. II, p. 230 et suiv.

2. Vers la fin du siècle aussi, André Chénier, un vrai Grec, fin connaisseur
en ces matières en même temps que poète exquis, avait vu et dit la vérité
sur le rapport des mythes avec le sujet des odes de Pindare; mais l'expression de sa pensée était restée enfouie dans ses papiers, et n'a été publiée
que longtemps après sa mort. Ce jugement d'André Chénier se lit dans une
des notes de son commentaire sur Malherbe (*Ode à la reine Marie de Mé-
dicis sur sa bienvenue en France, présentée à Aix, l'année* 1600), il a été
recueilli à cause de son importance dans le volume des *Œuvres en prose*
d'André Chénier publié par M. Becq de Fouquières en 1872, p. 345-346,
où ne figure pourtant pas l'ensemble du *Commentaire*.

gressions. On peut lire également dans la préface du second
volume de l'édition de Bœckh [1] quelques lignes d'où il résulte
qu'au moment même où ce volume allait paraître l'opinion générale des universités allemandes, au grand scandale de Bœckh,
était toute semblable. Quelques mots de son ami Dissen,
qu'il rapporte au même endroit pour appuyer sa propre manière de voir, achèvent de démontrer quelle était la force du
préjugé. Il faut dire, pour expliquer l'erreur de tant d'hellénistes
laborieux, que les scoliastes eux-mêmes n'étaient à cet égard
que des guides médiocres. Quelquefois, il est vrai, ils indiquent
avec justesse le lien qui rattache un récit mythique à l'occasion
particulière du poème; mais plus souvent leurs explications
sont insuffisantes, et ils signalent comme des hors-d'œuvre ces
récits dont ils ne comprennent plus l'intérêt [2].

C'est seulement depuis la publication du Pindare de Thiersch,
en 1822, que la théorie des écarts pindariques semble avoir définitivement disparu. On put alors, dans la préface du nouvel
éditeur, lire pour la première fois un exposé lumineux et méthodique des sources de développement du lyrisme, indiquées
jusque-là trop sommairement par les travaux français du
XVIIIe siècle. Ajoutons que l'admirable édition de Pindare
publiée par Bœckh de 1816 à 1821 avait singulièrement facilité
la tâche de Thiersch par l'abondance et la profondeur des
recherches érudites dont elle avait mis les résultats à sa disposition. Quoi qu'il en soit, l'étude de Thiersch établissait avec
clarté que la variété si singulière en apparence des inventions
lyriques se renfermait en somme dans un cercle restreint, déterminé par d'impérieuses convenances et par des lois traditionnelles. Personne depuis n'en a douté. Dans le nombre des pro-

---

1. T. II, part. II, p. 6 et 7.

2. Le mythe de Jason dans la IVe Pythique est considéré par le scoliaste de la Ve Pythique (vers 1) comme une παρέκβασις, et le mythe des
Hyperboréens dans la Xe est appelé ἄλογος παρέκβασις (schol. ad v. 47 [30]).
Ces textes ont été cités par Welcker (*Rheinisches Museum*, 1833, p. 371,
note).

blèmes littéraires relatifs à Pindare, on peut dire que c'est là
une des rares questions sur lesquelles la lumière soit faite
entièrement, et de telle sorte que nulle contradiction n'ait plus
désormais la force de l'obscurcir.

§ 2

Voilà donc, entre l'occasion particulière du poème et les
libres développements où s'amuse le génie du poète, une première sorte de liens qui ne sauraient être méconnus. Il y en a
d'autres encore : ce sont les allusions plus ou moins voilées qui
peuvent se cacher soit dans la morale en apparence la plus
générale, soit même dans les récits mythiques, et à l'aide
desquelles une légende d'une forme à demi épique et impersonnelle devient en fait comme un reflet de la réalité contemporaine.

Prenons un exemple. La quatrième Pythique de Pindare est
la plus longue de ses odes : elle comprend, d'après la numéra-
tion de Bœckh, tout près de trois cents vers. Sur ces trois cents
vers, combien y en a-t-il à première vue qui semblent avoir jailli
directement, pour ainsi dire, de la réalité, qui parlent sans
détours et sans voiles des circonstances au milieu desquelles
l'ode a été exécutée? Il y en a moins de cinquante. « O Muse,
dit Pindare au début de son poème, arrête-toi aujourd'hui chez
un mortel qui m'est cher, chez le roi de Cyrène, la ville aux
beaux coursiers, afin de faire retentir en l'honneur des enfants
de Latone, dans le brillant còmos d'Arcésilas, l'éclat mérité d'un
hymne delphien. » Et, sans autre préambule, Pindare se jette
dans le récit des légendes mythiques relatives à la fondation de
Cyrène par Battus. L'entrée en matière que je viens de traduire
forme dans le texte de Pindare trois vers. Puis, tout à la fin de
l'ode, il y en a encore une quarantaine où le poète, abandonnant
Battus, Épharmostus, Pélias et Jason, revient à Arcésilas pour
lui adresser des éloges, des conseils et une prière. Quel rap-

port existe entre tout le reste du poème et la réalité contemporaine, particulière, à l'occasion de laquelle Pindare a écrit son
ode?

D'abord tous les mythes qui remplissent la quatrième Pythique appartiennent à ce qu'on peut appeler le cycle cyrénéen.
Le premier d'entre eux est relatif aux oracles qui ont présidé à
la fondation de Cyrène. Le second, qui est de beaucoup le plus
étendu, est tiré (comme le premier du reste) de la légende des
Argonautes, et présente à ce titre un intérêt particulier aux
Cyrénéens, descendants d'un des compagnons du héros Jason.

Mais ce n'est pas tout. Les interprètes de Pindare sont una-
nimes à reconnaître dans le récit relatif à Pélias et à Jason une
signification morale par où il se trouve approprié d'une manière
spéciale aux circonstances dans lesquelles chantait Pindare.
L'ode en effet se termine par une supplique du poète en faveur
d'un exilé. Or le mythe tout entier est animé d'un esprit de clémence généreuse qui convient à merveille à cet objet particulier
La morale qui suit le récit mythique tend au même but ; sous
une forme générale et impersonnelle, elle se rapporte encore
aux préoccupations spéciales de Pindare. S'il en est ainsi, les
longs récits mythiques du poète, aussi bien que ses digressions
apparentes dans le domaine de la morale abstraite, ne s'écartent
donc pas de la réalité autant qu'on pourrait le croire à première
vue. Voilà un nouveau lien par où l'imagination du poète, dans
son plus libre essor, se rattache encore à la terre, je veux dire
à l'occasion particulière de ses chants ; c'est un lien plus délicat
que le premier, plus mystérieux et plus énigmatique, mais non
moins solide ni moins sûr.

Rien n'était plus naturel, je dirais volontiers plus nécessaire,
que la présence fréquente dans les odes de Pindare de ces allusions ou de ces allégories. Une ode de Pindare n'est pas une
œuvre de pure imagination créée arbitrairement par l'enthousiasme plus ou moins désordonné d'un rêveur ; elle est en relation directe et forcée avec les circonstances au milieu desquelles
elle se produit. Le poète lyrique n'est pas un métaphysicien ou

un géomètre qui se bouche les yeux et les oreilles, comme Des-
cartes, pour s'enfoncer dans la méditation d'une idée pure :
c'est un artiste dont tous les sens s'ouvrent largement à la per-
ception de la réalité. Celle-ci a ses traits propres, son aspect
caractéristique. Le poète, de son côté, la contemple avec ses dispositions personnelles, son tour d'esprit et son humeur, avec le
sentiment des relations particulières où il se trouve à l'égard soit
des événements, soit des personnes. De tout cela naît dans l'âme
du poète une impression générale qui est comme le reflet de la
réalité vivante et qui se traduit ensuite dans son œuvre. Il était
impossible que le poète, quel que fût en général l'amour de la
Muse grecque pour l'idéal, ne rapportât pas de ce contact inévitable avec la réalité concrète des images, des souvenirs, des
sentiments de nature à laisser quelque trace dans ses conceptions les plus hardies et les plus libres. On a pu composer un
livre aussi solide qu'ingénieux sur le rôle que jouent dans la
tragédie grecque les allusions aux événements de la politique
contemporaine[1]. Quoi de plus idéal pourtant, quoi de plus
désintéressé en apparence des choses réelles que la tragédie
grecque? Je ne parle pas de la comédie, où se manifeste perpétuellement le souvenir des polémiques contemporaines. Mais
le monde de la tragédie, cette poétique région où se meuvent
les Prométhée, les Oreste, les Antigone et les Électre, à quelle
distance ne semble-t-il pas être de l'Agora et des tribunaux
d'Athènes? Si pourtant le bruit des affaires contemporaines y
fait parvenir au moins quelques légers échos, combien la poésie
lyrique, qui est par nature une poésie de circonstance, ne de-
vait-elle pas être plus accessible à la réalité jusque dans les
parties de ses créations qui pouvaient sembler les moins su-
jettes à ce genre d'influences et de contre-coups?

Il résultait forcément de là des allusions fines, des sous-entendus délicats qui ne pouvaient manquer de charmer les Grecs.

---

1. H. Weil, *de Tragœdiarum græcarum cum publicis rebus conjunctione*
(Paris, 1844).

Le goût des énigmes, des jeux d'esprit qui provoquent la finesse rapide de l'intelligence, était, ne l'oublions pas, très répandu en Grèce. L'apologue, quelle que soit son origine, avait eu de bonne heure beaucoup de succès parmi les Hellènes. On trouve dans les fragments d'Archiloque des allusions à de véritables fables déjà populaires parmi ses auditeurs. Une foule de mythes ne sont pas autre chose que des fables. L'emploi de ces artifices n'était pas déplacé dans des poèmes brillants, destinés à une société choisie, souvent aux cours les plus spirituelles du monde grec, et qui prenaient par là, malgré la solennité parfois presque religieuse des circonstances, un caractère de politesse agréablement raffinée. Nous avons à cet égard le témoignage de Pindare lui-même. Il parle pour les habiles ; ses discours ont besoin d'interprètes pour le vulgaire ; les paroles empennées que lance son arc atteignent le but où il vise, mais les ignorants ne s'en aperçoivent pas[1] ; la pénétration d'Œdipe est nécessaire à qui veut l'entendre[2]. Pindare disait donc souvent plus qu'il ne semblait dire ; ses auditeurs, qui le comprenaient à demi mot, avaient le plaisir de pénétrer sa pensée et de la compléter. Quand même nous n'aurions pas sur ce point le témoignage ormel de Pindare, nous n'aurions pas le droit d'en douter : c'est la nature même des choses et le génie de son art qui le voulaient ainsi.

Mais autant ce principe est incontestable, autant il importe de ne pas le fausser par des applications indiscrètes. C'est là, osons le reconnaître, un très grand danger, contre lequel la critique ne saurait trop se prémunir. Justement parce que les allusions du genre de celles dont nous parlons renferment une part inévitable d'obscurité, d'incertitude un peu énigmatique, et qu'il n'y a pas de signe absolument fixe à l'aide duquel on puisse reconnaître en pareille matière la limite qui sépare la vérité de l'erreur, il arrive que le trop de pénétration, qu'une curiosité

1. Olymp. ii, 83-86.
2. Pyth. iv, 263.

trop ingénieuse et trop aiguisée devient parfois dans l'interprétation de ces sous-entendus un péril tout aussi grave que le défaut
contraire. C'est un tort assurément que de ne pas voir ces intentions quand elles existent ; mais c'en est un autre non moins
grand que d'en apercevoir où il n'y en a réellement pas. Je ne
sais même si ce second inconvénient n'est pas plus fâcheux que
le premier ; car on peut encore, tout en fermant les yeux à des
intentions pourtant réelles, sentir du moins le charme poétique
d'un beau récit ou d'un beau vers ; tandis qu'à trop subtiliser
sur le chapitre des sous-entendus, on finit par détruire ce
qui fait le plus vif attrait de toute poésie, je veux dire le libre
mouvement d'une imagination naïvement émue : non seulement
on fausse ainsi le sens d'un beau vers, mais encore on le défi-
gure, on en fait une caricature qui n'a rien absolument de poétique. Un lecteur prudent a toujours peur d'expliquer l'inexpli-
cable et de perdre terre. Mais certains interprètes n'ont pas de
ces scrupules. Ils savent la raison cachée de tout, les allusions
que le poète a voulu faire à des circonstances que les maigres
renseignements des historiens, par un hasard vraiment provi-
dentiel, se trouvent toujours nous avoir conservées juste à point
pour la satisfaction des faiseurs de systèmes. Ils connaissent,
ils restituent la chronique de la cour des petits princes grecs
telle qu'aurait pu la faire un Saint-Simon contemporain. Rien
ne leur échappe ; et s'ils consentent parfois à avouer leur ignorance, on est également surpris qu'ayant su tant de choses ils
en ignorent une seule, ou qu'ignorant celle-là ils aient su les
autres.

Bœckh, avec son immense érudition, a beaucoup fait pour
découvrir et signaler les allusions historiques qui peuvent se
rencontrer dans Pindare, et souvent il a vu plus clair à cet
égard que ses prédécesseurs. Mais ni la justesse ordinaire de
son esprit, ni la conscience qu'il avait du danger à éviter (car
il en a lui-même quelque part averti Dissen) n'ont pu le préserver d'y tomber à son tour plus d'une fois. Son interprétation de
la deuxième Pythique offre un frappant exemple de ce défaut.

Le poète, dans cette ode, raconte à Hiéron le mythe d'Ixion puni par les dieux pour son ingratitude envers eux. Comblé de biens par Zeus, Ixion n'a pas su borner ses désirs : il a osé élever ses pensées jusqu'à l'amour de Hèra. Mais le châtiment ne s'est pas fait attendre : attaché désormais sur sa roue, Ixion enseigne aux hommes à respecter leurs bienfaiteurs et à renfermer leurs pensées dans les limites que leur condition mortelle leur impose. Il y a là, sans aucun doute, une grande leçon de reconnaissance envers les dieux et de modération. Bœckh l'applique à Hiéron, et je crois que c'est à bon droit. Mais où il dépasse absolument la limite des interprétations permises, c'est quand il veut que l'histoire de Hiéron ait répondu trait pour trait à celle d'Ixion, et que l'amour impie du héros mythique pour l'épouse de Zeus fasse allusion à quelque amour non moins coupable du roi de Syracuse pour la femme de son frère Polyzêlos. Notons que l'histoire ne sait rien de tout cela, et que c'est par voie de reconstruction systématique *a priori*, en partant de la nécessité de trouver dans les mythes de Pindare des allusions à la réalité contemporaine, que Bœckh arrive à imaginer cette suite de faits. Je n'insiste pas sur ces abus d'interprétation pour le stérile plaisir de trouver en faute un grand esprit; mais il me semble que le meilleur moyen de montrer ce qui est légitime, selon moi, en ce genre de recherches, consiste à faire vivement sentir, par des exemples décisifs, le défaut des interprétations subtiles et abusives.

Les disciples et les successeurs de Bœckh sont quelquefois allés bien plus loin encore dans la même voie : Dissen a fait en ce genre des trouvailles surprenantes, et M. Tycho Mommsen, qui a rendu, comme éditeur, par l'étude des manuscrits, les plus signalés services aux études pindariques, est malheureusement aussi l'un des savants qui ont donné parfois, en fait d'interprétation, les plus étranges exemples de subtilité et de mauvais goût. Sans sortir de la deuxième Pythique, voici une preuve de notre affirmation : Ixion, je viens de le rappeler, avait aimé Hèra; il était entré, selon les mots du poète, dans « la couche

profonde » de Zeus[1]. Pourquoi « la couche profonde » ? C'est
là tout simplement, pensera plus d'un lecteur, une belle épithète, poétiquement expressive dans sa naïveté : les dieux sont
plus grands que les hommes ; la couche de Zeus ne saurait être
à la taille d'Ixion. Non ; cette couche profonde, selon M. Mommsen, a un sens mystérieux. Il faut dire d'abord que tout le
mythe d'Ixion se rapporte, selon lui, non pas à Hiéron, comme
le croyait Bœckh, mais à un tyran de Rhégium, nommé Anaxilas,
que Hiéron venait d'obliger, sans combattre, à laisser en paix
les Locriens, précédemment molestés par lui. Qu'il soit ici question d'Anaxilas, c'est, à vrai dire, plus que douteux ; mais peu
importe : admettons provisoirement cette explication et revenons au point particulier qui nous occupe. La couche profonde
de Zeus est l'endroit où Ixion a trouvé sa perte. Donc ces mots
représentent aussi, selon M. Mommsen, le lieu du combat livré
par Anaxilas aux Locriens, et qui, en amenant l'intervention de
Hiéron, fut cause de l'échec définitif d'Anaxilas. Or le lieu de
ce combat doit être placé dans l'Italie méridionale, probablement dans une vallée ; une vallée, naturellement, est « profonde » ; plus de doute : voilà « la couche profonde » où Anaxilas s'est perdu, et voilà pourquoi le poète, par allégorie, parle
de « la couche profonde » de Zeus[2]. — Faut-il rappeler encore
le commentaire historique du même savant sur la onzième
Pythique ? Dans cette ode, Pindare, pour inspirer à son héros
un salutaire effroi des grandeurs, lui raconte l'histoire d'Agamemnon tué par Clytemnestre. Ce récit amène naturellement
le poète à nommer et à mettre en scène les divers personnages
qui, selon la légende, ont eu part au drame. Rien de plus simple en apparence. Mais M. Mommsen veut que ce récit soit
calqué dans ses moindres détails sur les événements qui se pas-
saient à Thèbes au moment où Pindare composait son poème.
Chacun des personnages de l'antique légende représente donc
un des partis politiques de Thèbes ; mais lequel ? M. Mommsen

---

1. Μεγαλοκευθέεσσιν ἔν ποτε θαλάμοις (Pyth. II, 33).
2. *Pindaros*, p. 91 (Kiel, 1845).

entreprend de le dire, et, après une série d'identifications éton-
nantes, il avoue gravement que, pour Cassandre, il ne sait trop
ce qu'elle peut bien représenter[1].

On ferait un long chapitre des explications analogues échappées à Dissen, si méritant à tant d'égards. Je n'en citerai qu'une
seule. On se rappelle le brillant début de la première Olympique, où Pindare, pour exprimer poétiquement l'idée de la
primauté d'Olympie entre toutes les cités où se célèbrent des
jeux, évoque le souvenir de tout ce que l'univers contient de
plus utile ou de plus magnifique : l'eau, reine des éléments ;
l'or, étincelant comme l'éclat d'une flamme dans la nuit ; le
soleil, dont la lumière incomparable efface dans l'éther, où elle
règne seule, la lueur impuissante des autres astres. L'eau et l'or
sont nommés dès le premier vers. Or la première Olympique
fut célébrée, à ce qu'il semble, pendant un banquet. Dissen,
ayant eu le malheur de s'en souvenir, a osé écrire dans ses
notes que l'eau et l'or étaient mis là par allusion aux coupes
d'or du festin et à l'eau qu'on y versait !

Toutes les explications de Dissen, même quand elles sont
subtiles, arbitraires et fausses, ne sont pas aussi ridicules que
celle-là et que quelques autres du même genre. Beaucoup même
peuvent passer pour ingénieuses. Mais c'est le principe essentiel de ces explications, c'est l'esprit dans lequel elles sont faites
qui est absolument condamnable et qu'il faut rejeter une fois
pour toutes. Dissen et son école voient des allusions partout ; ils
sont convaincus que les odes de Pindare forment une longue suite
d'énigmes et ils entreprennent à chaque fois d'en donner le
mot. Soutenus par une foi robuste en leur principe et par les
illusions toutes-puissantes de l'esprit de système, ils n'hésitent
jamais à aborder les obstacles. Et de toutes ces explications, en
définitive, que reste-t-il fort souvent ? Le souvenir de quelques
chutes mémorables, plus propres à fortifier les sceptiques dans
leur méfiance qu'à les convertir.

1. *Op. cit.*, p. 76.

Le défaut de ces procédés d'interprétation est double.

D'abord, à supposer même que les auditeurs de Pindare aient pu trouver dans ses odes autant d'énigmes que le croit Dissen et qu'ils aient eu la possibilité de les résoudre, il ne s'ensuivrait pas que la même tâche aujourd'hui fût exécutable. Les allusions historiques les plus claires pour les contemporains deviennent souvent pour la postérité des énigmes indéchiffrables. Une idée qui jadis en réveillait d'autres aussitôt dans toutes les âmes, n'éveille plus rien dans nos esprits, où elle retentit solitairement. La chaîne est rompue, et nous cherchons vainement à ressaisir, au delà du dernier anneau qui nous reste, ceux que le temps nous a enlevés. Dans ces conditions, des explications trop précises ne peuvent être qu'arbitraires en très grande partie. C'est là sans doute un vice d'application plus qu'un inconvénient fondamental, et le goût peut l'atténuer dans une certaine mesure. Mais il est à peu près impossible de s'y soustraire complètement. Trop d'obscurités nous environnent; devant ces ignorances nécessaires, il faut se résigner; il ne servirait à rien de les méconnaître ou de se révolter contre elles. Tout ce qu'on doit souhaiter en pareil cas, c'est de retrouver du moins dans l'ode qu'on étudie, à défaut des faits mêmes auxquels elle se rapporte, l'idée que le poète s'en est formée, l'émotion qu'il en a ressentie, le contre-coup, pour ainsi dire, que ses vers en ont reçu. On peut trouver littérairement un vif plaisir à la lecture d'une œuvre ainsi comprise, même quand l'objet précis des allusions échappe au moins partiellement [1]. Ce qui nous intéresse en somme dans l'émotion d'un poète, c'est moins la cause accidentelle de cette émotion que l'image même de son âme ainsi émue. L'historien érudit, le chroniqueur littéraire, ont le légitime désir d'aller plus loin; mais si, dans un poète, on cherche surtout la poésie, on peut à la rigueur se contenter d'entendre ou ses plaintes, ou ses railleries, ou ses conseils, ou ses éloges,

---

1. Ce point de vue a été très bien indiqué par L. Schmidt, p. 462 463.

dût-on ne jamais savoir par le menu quels faits réels ont provoqué chez lui ces sentiments.

C'est d'ailleurs, je le répète, le principe même de ces interprétations excessives qui est faux. Qu'il y ait souvent dans les odes de Pindare des allusions ou des allégories, que le mythe y côtoie parfois la réalité contemporaine par sa signification secrète, on ne saurait le nier. Mais c'est se faire, on l'avouera, une singulière idée de la poésie que de prêter un double sens à chacun des mots qu'emploie Pindare et de voir dans une ode un long rébus à déchiffrer.

Rien n'est plus contraire à l'esprit de toute poésie, mais surtout à l'esprit de la poésie grecque, que de vouloir à toute force maintenir un parallélisme continuel et minutieusement exact entre les deux termes d'une comparaison, ou bien entre une allégorie et la réalité correspondante. Nous parlions tout à l'heure de la comédie grecque, où les allusions abondent : ira-t-on soutenir, parce que le reflet des choses contemporaines s'y laisse voir à chaque instant, que cette comédie soit entièremen allégorique, et que tous les traits de chaque caractère et de chaque situation répondent à quelque trait semblable de la réalité[1]? On sait combien les comparaisons homériques sont librement conduites. Le poète ne s'y embarrasse pas du souci d'une précision méticuleuse et froide. Un trait de ressemblance entre deux objets éveille son imagination, et ce trait d'ordinaire est saisissant : voilà pour l'exactitude de la comparaison et pour la logique. Mais le poète aussitôt après reprend sa liberté. Il ne se borne pas au trait précis qui justifie sa comparaison : la réalité complexe et vivante se développe hardiment dans ses vers, au

1. Quelques-uns l'ont soutenu, même pour la tragédie grecque, et sont arrivés à des résultats aussi bizarres que pour Pindare. Voyez sur ce point, en ce qui concerne la tragédie grecque, la critique judicieuse et pénétrante de M. Weil (op. cit., p. 21 et suiv.). Il y a eu en Allemagne, vers 1830, une manie générale de tout expliquer par le symbolisme : ce fut une sorte d'épidémie intellectuelle. — On peut lire aussi à ce propos, dans la Revue des Deux-Mondes du 1er janvier 1877, un très intéressant article de M. J. Girard sur les diverses interprétations de l'Antigone de Sophocle.

grand regret de quelques logiciens à outrance, mais pour le
plus grand plaisir de tous ceux qui aiment la poésie. Il est curieux de remarquer que ce sont les mêmes hommes au XVIIIe
siècle qui ont blâmé Homère de faire des comparaisons inexactes
et Pindare d'oublier dans ses odes les héros qu'il célèbre. Cela
devait être en effet; car Homère et Pindare sont des poètes, et
leurs critiques (quelque spirituels qu'ils fussent d'ailleurs) n'en
étaient pas. Mais ceux qui, pour défendre Pindare contre ce reproche, veulent démontrer à force d'érudition que ses odes sont
perpétuellement allégoriques, et qu'elles le sont avec une rigoureuse exactitude, ceux-là devraient, pour être conséquents avec
eux-mêmes, essayer de démontrer aussi que toutes les comparaisons d'Homère sont minutieusement exactes. Si l'épopée, plus
calme, admet cette liberté gracieuse dans le déploiement de ses
amples comparaisons, combien plus la poésie lyrique, si musicale, si hardie d'allure, ne doit-elle pas s'affranchir, dans le ma-
niement de ses allusions et de ses allégories, de toute rigueur
et de toute minutie?

Nous terminerons sur ce point en revenant à notre exemple de
la quatrième Pythique. Dans ce poème, je le répète, le mythe
nous a semblé se rapporter d'une manière particulière à la situation d'Arcésilas, aux vœux que formait Pindare en faveur de
Démophile, en un mot à l'ensemble des circonstances au milieu
desquelles l'ode a été composée. Pourquoi? C'est que, si je considère à part le mythe de Pélias et de Jason, si je le prends comme
une belle fable qui nous est contée par le poète, et si je me laisse
aller aux impressions qu'elle éveille naturellement dans mon
esprit, je sens aussitôt qu'il se dégage de tout ce récit comme un
parfum de modération et de sagesse; et quand j'arrive ensuite à
la dernière partie du poème, à ce qui en est proprement la conclusion, je suis également frappé des rapports qui existent
entre les tendances de cette conclusion et la signification générale
du mythe. Mais il ne suit pas de là que chaque détail du mythe
doive renfermer une allusion, et que tous les traits par lesquels
le poète a représenté l'un ou l'autre de ses héros mythiques

conviennent avec une infaillible exactitude soit aux vertus, soit
aux vices du roi de Cyrène. Non seulement ce serait là, de la part
du poète, un procédé inconvenant à l'égard de son hôte, mais
en outre ce serait un oubli complet des franchises de la Muse,
et surtout de la Muse grecque. Lorsque Pindare nous parle,
dans les premiers vers de la première Olympique, de ces chants
que les poètes lyriques, à la table de Hiéron, aiment à épancher
en son honneur [1], il est également permis de voir dans ces
mots une allusion au festin où Pindare sans doute chanta son
ode, et cela pour deux raisons : d'abord parce que la mention,
même faite en général, de la table de Hiéron amène aisément
à cette interprétation; ensuite parce que c'est l'usage des poètes
lyriques d'indiquer en effet d'un mot, par une allusion rapide,
si la fête pour laquelle ils chantent est un *cômos* célébré dans un
festin, ou une fête publique, ou une procession religieuse, ou
une panégyrie assemblée dans un temple. Mais vouloir à toute
force, comme Dissen, ramener à cette interprétation, légitime en
soi et naturelle, chacun des mots du début; voir dans ces belles
similitudes de l'eau et de l'or, par où commence le poète, une
allusion à l'eau qui emplit les coupes et au métal dont les coupes
sont faites, c'est là évidemment passer les bornes et prêter
à rire.

III

La seconde question que nous avons à examiner est plus compliquée, et l'histoire même des opinions qu'elle a suscitées suffirait à montrer combien la solution en est délicate.

Comment les différentes parties d'une ode triomphale tiennent-
elles ensemble? Quelle sorte de convenance réciproque, d'u-
nité intime et profonde, les rapproche et les unit de telle manière que l'œuvre tout entière ait en soi l'harmonie des choses
vivantes et la beauté que l'art réalise dans ses créations les plus
achevées?

---

1. Olymp. I, 16-17 (οἷα παίζομεν φίλαν ἄνδρες ἀμφὶ θαμὰ τράπεζαν).

§ 1

Il ne faut pas, on le conçoit, demander la solution de ce problème au scepticisme un peu léger du dix-septième et du dix-huitième siècle, qui ne voit dans les développements des odes de Pindare que des écarts plus ou moins blâmables, et qui, en dépit de certaines nuances dans l'expression, est toujours au fond d'accord avec lui-même pour les condamner. Les défenseurs de Pindare à cette époque, les Chabanon, les Fraguier, les Vauvilliers, en montrant que l'inspiration du poète se renfermait dans un certain cercle d'idées et de sentiments, et que ses inventions n'étaient pas le fruit d'un pur caprice, acheminaient peu à peu l'opinion savante vers une étude plus approfondie de ces problèmes; mais on ne saurait dire, malgré tout, que les termes précis de la question fussent alors nettement posés [1]. Même les commentaires de Bœckh et les prolégomènes de Thiersch, si intéressants sur la composition des odes considérées comme des œuvres de circonstance, étaient loin d'aborder avec décision la question d'art proprement dite, celle de savoir s'il y avait, oui ou non, dans les odes de Pindare, une autre sorte d'unité, qui en fût l'âme et qui leur donnât la vie.

C'est le grand mérite de Dissen d'avoir fait ce pas important. Il comprit et proclama le premier avec fermeté qu'en dehors de l'unité un peu extérieure et lâche qui rattache entre eux les lieux communs du lyrisme, on peut se demander s'il n'y a pas dans les odes de Pindare une unité plus intime, un enchaînement d'images et de pensées, une harmonie de couleurs qui constituent à proprement parler la beauté vivante du poème. Croire fortement à cette unité malgré les préjugés contraires, la sentir assez vivement dans Pindare pour en chercher avec passion les

---

1. Vauvilliers est celui qui a le plus approché de la vérité sur ce sujet. Il a même une page (p. 23 dans l'édition de 1772) qui effleure avec une rare justesse le point essentiel; par malheur, ce n'est qu'un aperçu tout à fait rapide.

lois obscures, voilà ce qu'il fallait faire après Bœckh et Thiersch.
L'honneur incontestable de Dissen est d'avoir eu cet instinct
sagace, cette conviction opiniàtre. Dans les *Excursus* de son
édition de Pindare publiée en 1830, il proclamait nettement ce
nouveau principe et s'engageait aussitôt dans la recherche des
lois particulières qui en réglaient l'application. Le moment était
favorable aux investigations érudites. Une foule de savants dis-
tingués rivalisaient dans la même carrière. Une idée nouvelle,
soutenue d'un grand savoir, ne pouvait éclore dans cette atmos-
phère sans y provoquer aussitôt un vif mouvement d'esprit. En
quelques années les travaux importants sur Pindare se multiplient d'une manière extraordinaire. Toutes les questions à
résoudre sont soulevées, toutes les vues essentielles indiquées
et discutées. La mêlée, au premier abord, peut sembler confuse;
mais il suffit de la considérer avec un peu de méthode pour distinguer sans peine, et la marche générale de la discussion, et la
part que chacun y prend.

Dissen avait soutenu qu'il y a toujours, dans une ode de Pindare, une idée générale et dominante à laquelle tout le reste se
rapporte, qui crée le poème, pour ainsi dire, et qui en constitue
l'unité indestructible; cette idée générale pouvait d'ailleurs, selon
Dissen, se ramener à une formule abstraite, et il en donnait de
nombreux exemples. La théorie de Dissen fut attaquée aussitôt
par Bœckh et par G. Hermann; Welcker et Ottfried Müller au
contraire la défendirent avec chaleur, sauf certaines réserves ou
atténuations. — L'unité intime du poème lyrique, selon Bœckh,
ne réside nullement dans une idée abstraite et générale : elle est
dans l'unité même du personnage à qui l'ode est consacrée, dans
l'unité de sa vie et de sa personne morale, envisagée par le poète
à un certain point de vue et toujours présente dans son poème,
soit directement soit sous le voile des allégories. — Aux yeux
d'Hermann, l'idée qui engendre une œuvre lyrique n'est pas,
comme le croit Dissen, une idée abstraite : c'est une idée poétique, c'est-à-dire moins logique que sensible, et le mode d'action
en est tout différent. — Examinons de plus près ces théories, qui

résument assez bien les principales directions entre lesquelles
peut hésiter la critique sur ce sujet de l'unité des odes de Pindare.

Dissen avait, à vrai dire, de grandes qualités et de grands
défauts. Érudition étendue, sensibilité vive, pénétration subtile
et ingénieuse, il a tous ces dons, et d'autres encore. Que lui
manque-t-il donc ? Une seule chose, mais capitale : un goût délicat et sûr qui l'eût empêché d'être dupe de ces qualités mêmes.
Ce qui lui manque, c'est l'esprit de finesse, comme dirait Pascal ;
c'est ce sens exquis de la mesure, ce tact toujours en éveil qui
avertit le critique du point précis où le trop de subtilité devient
un piège, où l'érudition crée ce qu'elle croit découvrir, où la
faculté d'admirer tombe à faux et fait sourire par ses exagérations le lecteur non prévenu, où enfin l'amour de la méthode et
de la précision, dégénérant en un pédantisme formaliste, ne
produit plus qu'un vain appareil de classifications vides et stériles. De là vient que les *Excursus* de Dissen et certaines parties de son commentaire sont d'une lecture si laborieuse ; de là
viennent aussi tant d'erreurs et d'exagérations, qui s'y mêlent
pourtant à des vues justes et profondes.

Voici en deux mots quel était le système de Dissen. Il y a toujours, suivant lui, dans une ode de Pindare une idée générale
(*sententia summa*) à laquelle toutes les parties du poème se
ramènent et se subordonnent. Cette idée générale, c'est l'éloge,
soit du courage du héros (ἀνδρία), soit de son bonheur (ὄλβος),
selon que la victoire semble due à l'une ou à l'autre de ces deux
causes. L'idée générale forme le sujet du poème. Mais le sujet
s'élargit ordinairement et s'enrichit par l'introduction d'une idée
secondaire qui s'ajoute à la principale : à l'éloge du courage,
Pindare ajoute presque toujours celui de quelque vertu plus
douce ; à l'éloge du bonheur, il joint celui des dieux qui en
sont la source ou celui des vertus qui l'ont mérité. Une fois
le sujet ainsi déterminé, le poète le traite de deux manières :
directement d'abord, par des louanges formelles, mêlées parfois d'avertissements ou de prières ; puis allégoriquement, par
des récits mythiques qui servent d'illustration, pour ainsi dire,

aux éloges directs et aux conseils. Dissen appuyait sa théorie
sur une interminable analyse des quarante-quatre odes triomphales de Pindare. Quant à la concordance entre la partie
allégorique et la partie directe des odes, il la voulait complète,
absolue; chaque mot avait un sens apparent et un sens caché;
le commentaire de Dissen était inépuisable en découvertes de
détail fondées sur ce principe.

C'est rendre service au système de Dissen que de le résumer;
car de cette façon, tout en laissant à ses conceptions cette netteté spécieuse, cette apparence de rigueur et de solidité qui peuvent séduire au premier abord, on en fait disparaître beaucoup
de subtilités et de minuties, et surtout ces abus d'application,
cet appareil d'exposition scolastique et pédantesque qui ajoutent à certains défauts réels du fond d'autres défauts de forme
plus choquants peut-être encore. En réalité, les défauts du
système de Dissen peuvent se résumer en deux mots : trop de
logique, trop de symbolisme. L'idée fondamentale du poème
n'est pour lui rien de sensible et de concret. Il n'est question
dans sa théorie que de vertus abstraites qui se combinent et se
mêlent ensemble de la manière la plus compliquée. Les quatre
vertus principales de la morale grecque y sont à la place d'honneur. Le bonheur y est analysé de la même manière. On croit
lire un moraliste, le plus abstrait et le plus sec de tous. On est
à une infinie distance de Pindare. Tout se raidit et se dessèche
sous la plume de ce logicien. L'idée poétique, à l'entendre, ne
jaillit pas du fond même de la réalité immédiatement saisie par
une imagination vive et puissante. Elle n'est plus le reflet direct
du spectacle changeant des choses. C'est une formule à la fois
monotone et compliquée, laborieusement construite par le calcul et appliquée de force à la diversité infinie des circonstances.
S'il est incontestable que Pindare associe en effet souvent l'éloge
du courage par exemple avec celui de la piété, ou l'éloge de la
richesse avec celui de la justice, et ainsi de suite, c'est tout
simplement qu'il lui était à peu près impossible de faire autrement. Le nombre des vertus n'est pas illimité. Quand la victoire

du héros de l'ode était surtout la manifestation brillante de sa
richesse et du bon emploi qu'il en savait faire (comme c'é-
tait le cas pour les victoires remportées à l'aide de chars ou
de chevaux de course), il était naturel que Pindare vantât
d'abord les richesses du personnage; de même, quand il célébrait un athlète, c'était d'abord sa force qu'il chantait. Mais
l'éloge aurait paru maigre s'il en était resté là; il fallait donc
aller plus loin. Or, après les vertus plus fortes, que restait-il à
célébrer, sinon les vertus plus douces? Et après la richesse, que
vanter, sinon la sagesse qui sait s'en bien servir? Il n'y a dans
tout cela rien de systématique, rien qui vaille la peine d'être
réduit en théorie; c'est là un fait sans importance; ce procédé
inévitablement monotone n'explique en aucune façon la création
d'une ode de Pindare. Même le mythe, cet asile sacré de la
fantaisie, est défiguré par Dissen au moyen d'un symbolisme
impitoyable. Que devient la poésie, au milieu de ces prédications
morales en deux ou trois points et de ces allégories mythologiques bizarrement adaptées à toutes les subtilités d'une scolastique rebutante? Mais ce qu'il y avait de pire, c'est que Dissen,
loin d'atténuer les défauts de sa manière de voir par cette délicatesse instinctive du goût qui corrige parfois dans la pratique
les exagérations de la théorie, abondait au contraire dans son
propre sens avec une sorte de passion; il s'enivrait, pour ainsi
dire, de ses propres subtilités; il se plongeait avec délices dans
ces abstractions fatigantes; et, pour comble, il ne cessait de se
récrier d'admiration devant toutes les belles choses que son
commentaire découvrait sans cesse dans Pindare : rien, à l'en
croire, n'était plus *suave* que ce laborieux casse-tête.

Bœckh sentit à merveille ce que les abstractions de Dissen
avaient de choquant; et, tout en observant dans sa discussion
les ménagements de forme qu'il devait à un ancien collaborateur
et à un ami, il fit ressortir ce défaut avec beaucoup de force[1].

1. L'article consacré par Bœckh à l'examen du *Pindare* de Dissen et à la
critique des théories que je viens d'analyser a été recueilli au tome VII de
ses *Opuscules* (p. 369-404).

Malheureusement il fut moins sensible aux inconvénients du
symbolisme subtil qui s'ajoutait chez Dissen aux abstractions, et
il tomba pour sa part dans d'autres défauts encore.

Un ode de Pindare était avant tout, selon Bœckh, la peinture
soit directe, soit mythique et allégorique, du héros que le
poète avait à célébrer. C'était là, à vrai dire, la théorie qu'on
devait attendre du célèbre éditeur de Pindare. Celui qui avait
tant fait, par l'étendue de son érudition, pour élucider les problèmes historiques qui se rattachent aux odes de Pindare, devait être entraîné par son érudition même à tout ramener à ce
point de vue. Il y avait d'ailleurs dans cette conception un côté
pittoresque et brillant qui devait séduire l'imagination d'un véritable admirateur de Pindare; et cette hypothèse enfin cadrait
assez souvent avec certaines apparences de la réalité pour pouvoir faire illusion à un aussi bon esprit que celui de Bœckh.
Bœckh avait d'ailleurs très bien compris que la vie d'un héros
ne saurait être par elle-même un principe suffisant d'unité.
Aristote a finement remarqué en effet dans sa *Poétique* qu'une
Héracléide ou une Théséide pouvait manquer d'unité, bien qu'elle
se rapportât tout entière aux exploits d'un seul personnage. L'u-
nité lyrique n'est sans doute pas de même nature que l'unité
épique : celle-ci est une unité d'action ; celle-là est plutôt une
unité d'émotion et d'harmonie; mais elle ne se trouve, comme
l'autre, dans la réalité complexe que si l'art sait l'en dégager;
la vie d'un personnage ne la fournit pas par elle-même. Il faut
que le poète sache l'y faire naître. Or cet art du poète, cette habileté caractéristique de l'artiste qui donne à la matière sa
forme, ne s'explique pas par la vie du héros, laquelle n'est que
la matière inerte et passive destinée à subir l'action du talent
et à recevoir son empreinte. Aussi Bœckh ajoutait à cette unité de
composition fondée sur l'unité même de la vie du héros, et qu'il
appelait *objective*, une autre espèce d'unité, dite *subjective*, qui
résultait selon lui de ce que le poète, dans l'ensemble de son
œuvre, poursuivait une certaine fin[1] : telle ode de Pindare, par

1. *Op. cit.*, p. 383.

exemple, a surtout pour but de consoler le personnage auquel elle est adressée ; telle autre est un avertissement ; le but d'avertissement ou de consolation est, selon Bœckh, une source nouvelle d'unité qui s'ajoute à l'unité objective et qui la fortifie. Cette observation de Bœckh est juste ; et, à la condition qu'on l'étende un peu, qu'on entre dans la pensée de son auteur comme il convient de le faire chaque fois qu'on veut juger avec équité les opinions des autres, elle suffit pour le défendre contre le reproche qu'on lui a quelquefois adressé de donner trop d'importance dans la composition des odes de Pindare à des intentions morales d'une nature accidentelle ou exceptionnelle, et qui ne sauraient figurer par conséquent au nombre des principes nécessaires de l'art lyrique. C'est le reproche que lui adressent Welcker et L. Schmidt. Je ne le crois pas parfaitement fondé. Bœckh n'a parlé que du dessein d'avertir et du dessein de consoler, parce que ce sont les exemples les plus frappants qu'il pût invoquer ; mais cela n'exclut en aucune façon les autres intentions que le poète a pu se proposer dans chaque circonstance particulière, et par exemple toutes les nuances de l'éloge plus ou moins exempt de réserves. Bœckh a donc très bien vu qu'il fallait ajouter à l'unité qu'il appelle *objective* un autre principe, une idée *subjective*, sans laquelle la première sorte d'unité risquait de se dissiper et de s'évanouir ; il n'y a rien à lui reprocher à cet égard. Mais son système a un autre défaut, qui le ruine dans ses parties essentielles : c'est de vouloir enfermer arbitrairement l'imagination du poète dans la contemplation d'un individu. Pourquoi le poète d'éloges se croirait-il obligé de consacrer tout son poème à tracer le portrait complet du personnage dont il fait l'éloge ? Il peut fort bien arriver qu'il ne songe nullement à cela. Le vainqueur, si grand qu'il soit, ne tient souvent qu'une place restreinte dans l'immense matière offerte au poète par les circonstances : sa famille, sa patrie, les événements contemporains réclament aussi leur part dans l'attention de l'artiste et dans son œuvre ; rien n'oblige celui-ci à concentrer tous ses efforts sur la reproduction d'une ressemblance individuelle. Et même à sup-

poser que le héros du poème occupe dans l'œuvre d'art la place
d'honneur, n'y a-t-il pas d'autre manière de lui rendre hommage
que de fixer sa ressemblance dans un portrait, que de représenter
dans une image idéale et impérissable non seulement ses vertus,
mais aussi, comme le croyait Bœckh, ses défauts ou ses vices? En
principe, la théorie de Bœckh est tout à fait arbitraire; en fait,
elle ne peut se justifier dans bien des cas que par des prodiges
d'interprétation. C'était d'ailleurs un inconvénient nécessaire
de ce système que d'encourager outre mesure tous les excès du
symbolisme le plus hasardeux. Bœckh avait reproché quelque part
à Dissen de prêter à Pindare des intentions qu'il n'avait pas eues;
mais lui-même en faisait tout autant. La principale différence
entre eux consistait en ce que les allégories de Dissen tradui-
saient des idées abstraites, tandis que celles de Bœckh représentaient des individus : il n'est pas bien certain que l'un valût
mieux que l'autre. Dans Bœckh comme dans Dissen, le symbolisme était partout; puisque la vie du héros, son histoire réelle
et authentique était le sujet du poème, tout devait s'y rapporter.
Il fallait donc à tout prix, sous peine de ne rien comprendre à
l'unité de l'œuvre, c'est-à-dire à sa beauté littéraire, retrouver
la réalité dans le mythe et l'histoire dans la poésie. La carrière
était ouverte à toutes les aventures.

La critique que G. Hermann dirigea contre l'opinion de Dissen,
plus mordante dans la forme que celle de Bœckh, s'appuie sur
une théorie personnelle bien plus juste, bien plus complètement
exempte des défauts qu'il reprochait à son adversaire[1].

G. Hermann avait tout ce qu'il fallait pour saisir d'emblée les
côtés faibles de Dissen et pour y insister sans ménagements.
Dissen avait un tour d'esprit subtilement pédantesque, et pro-
fessait à Gœttingue : c'étaient là deux graves défauts pour G. Hermann. Le grand helléniste de Leipzig, bien que systématique
parfois pour son propre compte, avait peu de goût pour les
systèmes des autres, et surtout pour ceux qui sortaient de Gœt-

1. *Opuscules* de G. Hermann, t. VI, p. 1-70.

tingue. Il possédait d'ailleurs à un haut degré, comme critique
littéraire, ce don supérieur dont nous parlions tout à l'heure :
la délicatesse rapide et sûre du goût naturel cultivé par l'étude.
On peut aisément s'imaginer l'effet que la lecture des *Excursus*
de Dissen dut produire sur lui. Sa critique fait effort pour
rester polie, mais l'effort est visible, et la politesse y devient
parfois impertinente. Dissen évidemment l'impatiente, l'irrite.
Hermann a souffert à le lire ; à parler de lui, il soulage sa bile.
Comment avoir le courage de l'en blâmer, quand on a soi-même
lu plusieurs fois Dissen d'un bout à l'autre?

Aux yeux d'Hermann, Dissen s'est lourdement trompé [1]. Il
n'est pas vrai que l'idée fondamentale de chaque poème soit
l'éloge de quelqu'une des vertus du vainqueur ou de sa félicité.
Il n'est pas vrai que les mythes, chez un poète grec, puissent se
réduire au rôle d'une allégorie, d'un symbole puérilement et
fastidieusement conforme à son objet. La vertu du vainqueur et
sa félicité ne sont que des thèmes secondaires, quoique inévitables ; des motifs de circonstance, qui dérivent de l'occasion
même de l'ode, et n'en forment pas le vrai sujet (rappelons en
passant que ces idées sont déjà en partie celles de Vauvilliers).
Ce sont là des matériaux qui entrent dans l'édifice définitif, mais
qui n'en déterminent ni le caractère, ni le plan, ni l'unité.
Quant au mythe, loin d'être l'accessoire, il est en Grèce le principal et se développe largement dans sa pleine et poétique
indépendance. Qu'est-ce donc qui fait l'unité d'une ode de
Pindare? Ce n'est pas une idée froidement abstraite, c'est une
idée poétique, c'est-à-dire « capable d'agir sur la sensibilité de
quelque côté qu'on l'envisage [2] ». Enfin il reproche à Dissen de
n'avoir pas su reconnaître que Pindare a souvent quelque peine
à fondre dans un ensemble vraiment harmonieux les données

---

1. Je laisse de côté le reproche qu'Hermann lui adresse de n'avoir pas
traité son sujet tout entier. Dissen avait à la rigueur le droit de limiter
l objet de ses recherches, et d'ailleurs le sujet qu'il a traité est précisément
le seul qui nous occupe dans ce chapitre.

2. « Eine poetische Idee aber ist eine Gedanke der von irgend einer Seite
das Gefühl in Anspruch nimmt. » (P. 31.)

fournies par les circonstances et l'idée poétique qui préside à toute son œuvre.

Il est évident que cette critique de G. Hermann ne rend pas suffisamment hommage aux mérites de Dissen. Hermann est d'accord avec lui sur la nécessité de chercher dans chaque ode un thème prédominant, et pourrait en convenir de meilleure grâce. Sur un autre point sa critique n'est pas tout à fait juste. Il raille volontiers les fastidieuses analyses données par Dissen des quarante-quatre odes de Pindare, et il est certain que ces analyses sont d'une lecture plus que pénible. Il est certain aussi, comme le dit Hermann, que ce genre de *tableaux* du plan des odes, quel qu'en fût le nombre, ne sauraient épuiser l'infinie diversité des plans possibles, et que tout ce travail de Dissen serait plus nuisible qu'utile si l'auteur avait prétendu limiter par là en quelque manière la puissance de création du poète. Une seule ode de plus échappée au naufrage aurait exigé un nouveau tableau pour elle seule, sans qu'aucune des quarante-quatre autres permît de la décrire d'avance. Il n'y a point de formule générale qui puisse rendre complètement raison d'un être vivant : on ne peut que constater ce qu'il est, et le décrire *a posteriori*. Or toute œuvre d'art est un être vivant. Chaque ode de Pindare a sa physionomie propre, qui ne rentre exactement dans aucune formule tracée *a priori*, et qu'on ne saurait connaître pour avoir étudié celle de toutes les autres. Rien de plus vrai; mais où Hermann n'est pas parfaitement équitable, c'est quand il semble attribuer à Dissen l'erreur qu'il combat ainsi. Dissen, en analysant tour à tour chaque ode de Pindare, faisait une œuvre dont le défaut général était d'être fastidieuse et qui renfermait en outre beaucoup d'erreurs de détail; mais il n'avait pas tort de chercher à découvrir, par la comparaison des différentes odes, ce qu'il y avait dans les lois de leur composition de générique et d'essentiel. Même les individus vivants ont des ressemblances. Ceux d'une même espèce reproduisent tous le type commun de l'espèce, qui est une sorte de moyenne entre les différences individuelles. Il en est de même des odes de Pindare. Le genre d'unité de l'une quelconque d'entre elles ressemble plus à celle de toutes les autres qu'à celle d'une épopée par exemple ou d'un discours. Dissen avait donc raison de chercher à dégager de l'ensemble des odes de Pindare le trait commun qui les rapproche les unes des autres quant à l'art de la composition. Son tort était seulement d'avoir mal exécuté ce qu'il avait bien conçu et de s'être perdu dans un labyrinthe d'abstractions là où quelques principes rapides et simples auraient suffi. La critique d'Hermann à cet égard était exagérée.

Il faut ajouter que ses propres vues sur l'*idée poétique* auraient gagné à être éclaircies et développées; il a été trop bref sur ce point; la demi-page qu'il y consacre dans son étude n'est pas aussi claire qu'elle devrait l'être; on est obligé d'achever sa pensée, parfois de la deviner. Il semble qu'il ait eu hâte d'en venir à la seconde partie de son travail, à la critique du commentaire de Dissen sur la première Olympique, qu'il choisit à titre d'exemple, et où il s'amuse des imprudences de son adversaire. J'ai déjà cité quelques-unes des naïvetés de ce commentaire: on devine avec quelle malice G. Hermann s'en empara. C'était de bonne guerre, en somme, et Hermann n'eut pas de peine à en triompher.

Welcker et O. Müller, collègues de Dissen à Gœttingue et dévoués à sa personne, entreprirent de le défendre contre cette rude attaque. Welcker a exposé trois fois ses vues à ce sujet : d'abord dans deux articles du *Rheinisches Museum*[1], puis dans une notice qu'il fit pour le volume des *Opuscules* de Dissen[2]; O. Müller, deux fois : dans une préface composée pour ce même volume des *Opuscules*, et ensuite dans son *Histoire de la Littérature grecque*. Tous deux ont pris chaudement la défense de Dissen; mais ils ont fait ce qu'on fait souvent en pareil cas : en défendant Dissen, ils l'ont corrigé; ils ont atténué ce qu'il y avait de trop absolu dans sa théorie; ils l'ont surtout débarrassée de

1. Années 1832 et 1833.
2. Göttingen, 1842.

l'affreux costume pédantesque dont elle avait été d'abord affublée. En combattant Hermann, ils ont profité de ses leçons. Les deux apologistes de Dissen étaient d'ailleurs de trop fins lettrés pour ne pas mêler à leur défense nombre d'observations excellentes. Tous deux en somme sont des modérés et des hommes de goût. Welcker en particulier, qui a donné quelques études spéciales sur des odes de Pindare, y a fait preuve d'une finesse et d'une liberté d'interprétation beaucoup plus semblables à la largeur d'esprit d'Hermann qu'aux subtilités pénibles de Dissen.

L'influence d'Hermann n'est pas moins sensible dans les travaux qui ont suivi. Je ne reviendrai pas sur la dissertation de M. Tycho Mommsen, qui me paraît être, au point de vue littéraire, l'erreur d'un très savant homme. Mais, excepté M. Mommsen, tous les interprètes récents de Pindare sont à des degrés divers des disciples de G. Hermann, même quand ils le combattent sur certains points. Rauchenstein, le plus ancien de tous, est aussi, relativement à l'objet qui nous occupe en ce moment, celui dont le travail est à mon sens le plus achevé de tous points, le plus complet et le plus précis. Rauchenstein a d'ailleurs un rare mérite : c'est d'avoir donné de plusieurs odes de Pindare des interprétations neuves, simples, poétiques, qui confirment souvent ses théories, et que ses successeurs auraient bien fait parfois de ne pas oublier. Bippart ne fait guère que reproduire la demi-page de Hermann. Bernhardy, dans la mesure de développement qu'autorisait le plan de son livre, est judicieux et net, avec une pointe de scepticisme qui ne déplaît pas à rencontrer après tant d'affirmations hasardeuses. Léopold Schmidt enfin, venu le dernier, a profité avec beaucoup de goût et de sagacité des recherches antérieures.

On remarquera peut-être que tous les noms que je viens de citer sont des noms allemands. Ce n'est pas que la France, depuis une trentaine d'années, ait manqué d'hellénistes qui se soient ocupés de Pindare. Mais sur le sujet particulier qui nous occupe je ne vois guère que des indications éparses. Je voudrais précisément, dans ce chapitre, suppléer à cette lacune. J'ai fait l'histoire des opinions; je vais essayer maintenant de dire la mienne. On a pu voir, d'après l'exposé historique qui précède, que j'étais d'accord sur l'essentiel avec Hermann. Ce sont donc en partie ses idées que je vais reprendre à mon tour dans les pages suivantes. J'aurai parfois à les corriger, plus souvent à les compléter; mais on s'apercevra sans peine que je dois beaucoup à Hermann. Je dois beaucoup aussi aux derniers interprètes, principalement à Rauchenstein, et je me plais à le reconnaître une fois pour toutes, en laissant aux lecteurs compétents ce soin de distinguer, s'ils en sont curieux, les points de détail sur lesquels je me sépare de mes devanciers. Peut-être me trouvera-t-on moins préoccupé que plusieurs d'entre eux de trouver à tout prix dans Pindare une composition rigoureusement logique.

§ 2

Toute œuvre d'art, quelle qu'elle soit, renferme une certaine idée fondamentale qu'elle a pour objet d'exprimer et qui en relie toutes les parties par sa propre force. Mais on comprend que cette idée peut varier beaucoup, soit quant à sa nature, soit quant à son mode d'action, selon les conditions propres à chaque art; et par conséquent aussi l'unité qui en résulte dans chaque circonstance doit être loin de présenter toujours les mêmes caractères. On ne saurait évidemment imaginer un type unique d'harmonie et d'unité, et l'appliquer à toute œuvre littéraire indistinctement. Qu'il s'agisse de l'unité d'un discours, de celle d'un drame ou de celle d'une ode triomphale, c'est bien toujours l'esprit humain qui la crée, mais l'esprit humain agissant dans des conditions différentes et disposant de moyens d'exécution qui ne se ressemblent pas. Il y a des idées oratoires, des idées épiques, des idées dramatiques, des idées lyriques; et chaque sorte d'idée engendre une sorte d'unité particulière. Une idée oratoire est une idée capable de donner naissance à une suite de déductions et de raisonnements animés par la passion.

Une idée épique ou dramatique consiste essentiellement dans
l'invention d'une action qui, avec plus ou moins de rapidité,
par des récits ou par des scènes, avec ou sans épisodes, se prépare, se noue et se dénoue. La question est donc de savoir ce
que c'est qu'une idée lyrique, quelle mesure de logique, d'abstraction, de rigueur elle comporte, et ce qui la distingue d'une
idée oratoire ou simplement poétique [1].

Il n'y a dans le lyrisme ni déductions qui se développent avec
suite comme dans un discours, ni action qui, poussée par la
logique des faits ou des passions, coure d'un point de départ à
un dénouement, comme dans un drame ou une épopée. Rien de
plus difficile à définir, rien de plus insaisissable qu'une idée
lyrique, tour à tour idée abstraite ou image sensible, ou simple
impression librement exprimée par un souple enchaînement de
maximes, de peintures, de cris d'émotion, qui se succèdent en
dehors de toute gradation logique ou pathétique régulière, mais
plutôt dans l'unité harmonieuse et immobile d'une certaine
teinte fondamentale et prédominante.

Cette souplesse particulière de l'idée lyrique tient à la double
nature du lyrisme, composé à la fois de discours et de musique.
Étant un discours, le lyrisme est capable d'exprimer des idées
abstraites et de les lier logiquement ensemble; mais étant une
musique, il est capable aussi de se passer de liaison logique et
d'abstraction, et de s'adresser à l'imagination d'une manière
toute sensible. Il en résulte qu'une idée lyrique tantôt se rap-
prochera davantage d'un jugement de la raison, et tantôt sera
plus semblable à une idée musicale. Qu'est-ce qu'une idée musicale? C'est une certaine forme mélodique qui est excitée dans
l'imagination du musicien par une disposition particulière de
son âme à laquelle elle semble correspondre. On n'ira pas y

---

1. Je rappelle que Bœckh avait déjà posé très nettement le principe de ces
distinctions. Quant à l'expression *idée lyrique,* que je substitue à celle d'*idée
poétique,* employée par G. Hermann, le mot, à vrai dire, importe peu ; cependant
il n'est jamais inutile d'être aussi précis que possible, et l'expression d'Hermann laisse évidemment à désirer à cet égard. Celle de Dissen (*idée générale)* présente le même défaut d'une manière plus sensible encore.

chercher une proposition proprement dite, avec un sujet, un verbe et un attribut. Il en est quelquefois de même de l'idée lyrique. Un certain entrelacement d'images et de pensées qui s'appellent les unes les autres comme les notes d'un chant, qui se complètent et se corrigent entre elles, peut laisser dans l'âme de l'auditeur ou du lecteur une impression difficile peut-être à formuler avec précision par les procédés logiques et abstraits de la prose, mais néanmoins nette et profonde.

D'autres fois, au contraire, cet enchaînement d'images et de pensées est la traduction d'une idée abstraite précise; il peut arriver que le poète, fixant son regard sur l'ensemble des circonstances dont l'idée de son poème doit jaillir, ne se borne pas à y découvrir une harmonie purement sensible de couleurs tour à tour brillantes ou sombres, de motifs qui s'adressent à la seule imagination : c'est quelquefois aussi une pensée abstraite qui s'en dégage; non seulement il sent et il voit, mais encore il juge; la pensée du poète tire des faits réels une conclusion; il en dégage une morale. Par exemple, plusieurs odes de Pindare, sept ou huit environ, aboutissent à cette idée que l'homme doit savoir se modérer. D'autres sont inspirées dans leur ensemble par l'idée que l'homme ignore ses véritables intérêts, ou que l'avenir est incertain, ou que les œuvres humaines sont nécessairement imparfaites, ou que le mal se mêle au bien dans la destinée de tous les mortels. Dans ce cas l'idée lyrique ressemble, quant au fond des choses, à une idée oratoire ou philosophique. Mais voici où le lyrisme reprend ses droits : par la manière dont elle s'exprime, par la manière surtout dont elle agit sur l'œuvre d'art et dont elle en pénètre les diverses parties, elle se sépare complètement de tout ce qui n'est pas elle-même et accuse avec netteté son caractère original.

Il n'est pas rare, par exemple, que cette idée centrale du poème, cette idée génératrice d'où tout le reste est sorti, ne soit nulle part exprimée dans l'ode en termes explicites; ou, si elle l'est, c'est comme par hasard et en passant; c'est quelquefois à la fin de l'ode, en quelques mots, d'autres fois au milieu d'un dé-

veloppement, en un vers rapide qui semble échapper à la pensée
du poète comme malgré elle. A part ces courtes échappées, le
poète insinue son idée plus qu'il ne l'explique. Il se garde de
prêcher et de démontrer. Sa pensée secrète se trahit par l'influence qu'elle répand sur le détail de ses inventions, par de
soudains et fugitifs reflets. On la sent au fond de l'esprit du
poète : son œuvre y ramène sans cesse ; elle est comme le pôle
invisible vers lequel le mouvement de l'inspiration entraîne l'artiste et ses auditeurs; mais jamais, ou presque jamais, elle ne
s'offre clairement aux regards dans la nudité sévère que la prose
préfère à toutes les parures. La matière propre du lyrisme, ce
sont de beaux mots et de belles phrases où s'épanchent, en flots
larges et sonores, des sentiments, des images, des mythes. C'est
à l'aide de cette matière que le poète doit exprimer son idée.
S'il juge à propos de la formuler d'une manière plus ou moins
complète en une proposition proprement dite, il est libre de le
faire ; mais rien ne l'y oblige ; ce n'est pas son affaire d'amener sa
pensée à ce degré d'analyse et de rigueur qui exige une expression méthodiquement abstraite : il se sert des idées et des paroles comme un musicien se sert des notes ; il en compose une
mélodie d'une espèce particulière, d'où sa pensée fondamentale
se dégage, en dehors même de toute énonciation directe, par le
seul mouvement de l'ensemble [1].

Il ne faut pas croire non plus que cette pensée fondamentale
se développe d'un bout à l'autre du poème avec une exactitude
inflexible, ramenant à soi tous les détails, tenant les regards du
poète obstinément fixés dans une contemplation sans relâche,
sans oubli, sans distraction. On peut dire, il est vrai, d'une manière générale que les différentes parties de l'ode concourent à
l'exprimer. Le poète l'énonce plus ou moins formellement

---

1. Dans le prochain chapitre, en parlant de la *disposition* des idées chez
Pindare, nous aurons à faire ressortir certains caractères importants de ce
mouvement de l'ensemble, et par conséquent aussi de l'idée lyrique, dont
il n'est que la traduction. Mais nous ne pouvons en ce moment nous arrêter à cet aspect de notre sujet.

dans les parties gnomiques ou élogieuses de son œuvre ; il l'insinue ensuite sous le voile des mythes, dont la signification générale contribue à la faire entendre du lecteur. Souvent même, pour plus de clarté, le poète se sert, dans la partie mythique de son ode, d'un artifice qui consiste à multiplier ses récits : au lieu d'un seul, il en donne deux ou trois, qui se confirment les uns les autres de manière à rendre son intention plus manifeste. Tantôt ces mythes se font contraste : ils présentent alors la même idée sous deux aspects opposés ; si le poète par exemple veut montrer l'utilité de la modération, il exposera tour à tour, par deux exemples contraires, la gloire de ceux qui ont eu cette vertu et le malheur de ceux qui en ont été privés. D'autres fois il remplace ces contrastes par des concordances : il réunit dans une même ode plusieurs légendes qui toutes, en suivant des routes parallèles, pour ainsi dire, amènent le lecteur au même but. Il y a donc là en un sens un développement suivi de l'idée principale. Mais il ne faut pas en exagérer la rigueur. C'est un travail aussi vain que contraire à l'esprit même du lyrisme de vouloir retrouver à toute force dans chaque partie du poème lyrique, sans la moindre exception, la préoccupation constante de l'idée principale. Cette idée domine ; cela suffit. Toutes sortes d'idées accessoires, d'images brillantes, peuvent se grouper autour d'elle et lui faire cortége. Il faut seulement que ces idées accessoires ne détruisent pas l'impression générale que le poète a voulu rendre.

Cette impression générale est comme le *mode poétique* de sa pensée. De même que l'ode, au point de vue musical, est écrite dans le mode dorien, ou dans le mode lydien, ou dans tout autre, et que la diversité des motifs mélodiques s'y fond, pour ainsi dire, et s'y rapproche dans l'harmonie d'une certaine convenance générale, de même aussi, tandis qu'il écrivait les paroles de son ode, le poète voyait flotter devant son regard, au-dessus de la diversité des détails, une certaine couleur générale tantôt plus lumineuse et tantôt plus sombre, qui était comme le résumé des nuances particulières propres aux divers détails.

A la seule condition de ne pas briser par quelque ton trop criard
l'harmonie de cette teinte générale, le poète ne craint pas de
mêler librement à son idée dominante une agréable variété
d'idées accessoires. La poésie lyrique ne saurait avoir l'allure
régulière de la prose qui marche droit devant elle et pas à pas.
Elle vole d'une aile hardie, capricieuse et libre. Elle se plaît aux
détours et aux épisodes. Elle laisse ses beaux récits se développer en végétations luxuriantes et ne se soucie pas de les émonder.
Elle aime les vives couleurs pour elles-mêmes, pour leur éclat et
leur beauté propres. Il en est de même, à vrai dire, de bien des
œuvres de poésie. Qu'on prenne, par exemple, une fable de la
Fontaine : chaque fable porte en elle-même sa conclusion et sa
morale ; mais qui prétendra que le poète ne cesse de s'en préoccuper, que ses moindres paroles courent au but, et que jamais il
ne s'attarde, dans le cours de son récit, à cueillir quelque brin
d'herbe ou quelque fleur dont la grâce l'aura charmé ? Une fable
ainsi construite ne serait plus une fable de la Fontaine, ce
serait une fable de Lessing. Mais du même coup ce serait de la
prose, et non de la poésie.

IV

Cherchons maintenant, dans le texte même de Pindare, l'application des lois générales que nous venons d'esquisser. Tâchons
de saisir dans les faits d'abord cette variété brillante, ensuite
cette unité harmonieuse et souple que nous avons signalées
comme essentielles à l'art de Pindare.

La première Olympique, consacrée à célébrer une victoire
équestre de Hiéron, nous fournira notre premier exemple.

Voici le début de l'ode. Je ne donne pas, bien entendu, cette
traduction comme une image fidèle de l'original. Toute cette
poésie, par la richesse de ses épithètes et le mouvement de
ses phrases, est absolument intraduisible ; on peut essayer de
faire voir comment s'y déroulent les idées et les images, mais

on ne saurait nullement en reproduire l'effet poétique ; nous
en verrons la cause quand nous étudierons de plus près le style
de Pindare. Quoi qu'il en soit, voici un calque à peu près exact
de ce morceau :

« L'eau est le premier des éléments ; l'or, pareil à la flamme
qui étincelle dans la nuit, est le roi de ces biens dont la possession grandit l'homme ; durant le jour, dans la solitude brillante de l'éther, nul astre n'est plus éclatant que le soleil :
ainsi, ô mon cœur, si tu veux chanter les combats, ne cherche
pas hors d'Olympie un objet plus digne de tes chants ; Olympie,
d'où l'hymne retentissant, grâce à l'art des habiles, est venu
chanter le fils de Kronos dans la bienheureuse et riche demeure
de Hiéron, de qui le sceptre royal gouverne l'opulente Sicile ;
Hiéron, que toutes les vertus couronnent à l'envi, et dont la
gloire est rehaussée par les sons éclatants de la musique sans
cesse répétés autour de sa table hospitalière. Allons, mon âme,
détachons de son appui la phorminx dorienne, s'il est vrai que
le coursier Phérénicus, victorieux à Pise, t'inspire d'agréables
pensées, alors que, sans aiguillon, il s'élance dans la carrière et
donne la gloire à son maître, au roi belliqueux de Syracuse.
La renommée de Hiéron brille dans la colonie illustre de Pélops, aimé jadis du redoutable Posidôn, depuis le jour où Clotho
à sa naissance le tira du bassin brillant, gracieux enfant à la
blanche épaule d'ivoire. »

Après ces vers où se pressent en foule des images éclatantes
et des noms illustres, Pindare consacre trois strophes à raconter comment Pélops avait été ravi par les dieux dans l'Olympe
à cause de sa beauté. Il combat en passant la légende populaire
qui faisait de lui la victime de leur voracité. Pélops avait donc
parmi les dieux la place qui devait être occupée plus tard par
Ganymède. Mais le crime de Tantale son père l'en précipita. Celui-ci se perdit par son orgueil. Sa chute est un de ces exemples redoutables par lesquels les dieux instruisent les hommes.
Pélops alors revint sur la terre.

Trois strophes ont montré successivement l'élévation de Pélops,

puis sa chute. Trois autres strophes vont montrer sa grandeur
renaissant parmi les hommes, grâce à l'appui de Posidòn, que
Pélops, héros pieux, invoque dès le début de sa vie nouvelle,
quand il songe à épouser la fille d'Œnomaüs. Il aime la gloire,
même au prix du péril, et demande aux dieux leur appui. Cet
appui ne lui fait pas défaut, et sa gloire remplit la plaine
d'Olympie. Le nom d'Olympie ramène la mention des combats
où Hiéron a triomphé, et l'éloge de Hiéron.

Cet éloge, mêlé de conseils, est le sujet des trois dernières
strophes : « Celui qui triomphe dans les combats jouit durant
le reste de sa vie d'une douce félicité, pour prix de ses luttes.
Pour moi, sur un mode éolien, je dois offrir à Hiéron, en guise
de couronne, un hymne Castoréen. Nul mortel, je l'affirme, n'est
aujourd'hui plus épris de toute sagesse et plus puissant à la fois
que celui à qui nous offrons les tresses flexibles de nos hymnes.
La divinité écoute tes vœux et prend soin de ton bonheur. Si
elle te continue son appui, j'ose espérer qu'une plus belle victoire encore, à l'aide d'un char rapide, offrant une nouvelle
matière aux chants des poètes, te couronnera près du temple
illustre de Zeus. Pour moi, la Muse me donne des flèches puissantes. A chacun sa gloire. Mais la plus haute est celle des rois.
Ne vise pas plus haut. Puisses-tu, ô Hiéron, marcher au faîte
de la gloire tout le temps de ta vie ; puissé-je moi-même, aussi
longtemps, vivre parmi les victorieux. »

Il n'y a pas besoin de faire ressortir la variété des idées tou-
chées par le poète; elle est manifeste. Mais quelle est, au
milieu de cette richesse de tableaux et de récits, l'idée dominante de Pindare? N'y a-t-il pas là quelque obscurité? Dans le
début de l'ode, cette extrême diversité s'explique encore assez
facilement. Toutes les idées que le poète y effleure devaient y
figurer : éloge d'Olympie, c'est-à-dire du lieu de la victoire ;
éloge rapide de Zeus (le dieu d'Olympie), touché d'un mot en
passant; mention brève du cheval vainqueur; allusion probable
aux circonstances dans lesquelles l'ode est chantée (c'est-à-dire
à table sans doute, et peut-être dans un concours musical);

éloge direct de Hiéron jusqu'à ces trois mots sonores et magnifiques

$$\Sigma \upsilon \rho \alpha \kappa o \sigma \acute{\iota} \omega \nu \ \acute{\iota} \pi \pi o \chi \acute{\alpha} \rho \mu \alpha \nu \ \beta \alpha \sigma \iota \lambda \tilde{\eta} \alpha,$$

placés en rejet au début de l'épode, et vers lesquels il semble
que s'élance par un mouvement superbe toute cette immense
phrase de début : voilà l'entrée en matière. On comprend que
le poète dût toucher à toutes ces idées. Cette variété d'ailleurs
a un centre, qui est le héros même de l'ode, le personnage de
Hiéron. C'est à lui que tout vient aboutir ; c'est son nom et la
gloire qui servent de lien à toutes ces idées. — La mention de
Pélops se conçoit encore : Pélops est le héros éponyme du Péloponnèse ; il se rattache ainsi à la fois à Syracuse, colonie du Péloponnèse, et à Olympie, dont il reste un des protecteurs ; la nature même de l'exploit qui lui a valu l'hymen d'Hippodamie,
cette course rapide et triomphante, fait de lui le patron naturel
des victoires agonistiques. — Mais voici la difficulté : le nom de
Pélops amène l'histoire de ce héros ; non seulement la sienne,
mais en partie aussi celle de son père. Ce récit mythique va
remplir, outre les derniers vers de la première épode, deux
triades entières, c'est-à-dire la moitié d'un poème qui en compte
quatre. Quel rapport y a-t-il entre cet ample récit et le début
du poème ? Plus tard, il est vrai, dans les trois dernières strophes, Pindare revient à Hiéron par des éloges et par des conseils ; mais cela n'explique pas la place si grande donnée à l'histoire de Pélops. Que signifient ces longs récits ? Sont-ce des
digressions, des hors-d'œuvre ; ou bien le poète, jusque dans ces
brillantes variations exécutées par sa fantaisie, reste-t-il fidèle à
une intention générale et prédominante ?

Il est certain que s'il y a quelque intention générale dans l'ode
de Pindare, elle doit se trouver exprimée dans le mythe qui en
forme la partie la plus étendue, la plus ornée, la plus considérable à tous égards. Examinons donc ce mythe de Pélops isolément, et voyons s'il n'y a pas quelque conclusion, quelque mo-

ralité, pour ainsi dire, qui s'en dégage d'elle-même, sans nulle violence et sans subtilité d'interprétation.

Pélops est un brillant exemple de la gloire réservée aux rois lorsqu'ils unissent à la piété envers les dieux un courage à la fois modeste et intrépide. Tantale au contraire se perd par son orgueil impie. La vie de l'un et de l'autre est une leçon pour tous, mais principalement pour un prince de leur race, pour un vainqueur à Olympie, où Pélops a jadis régné. Cette leçon sort naturellement du contraste entre la destinée des deux héros; elle sort aussi des réflexions pieuses que le poète y entremêle et du caractère religieux très marqué qu'il donne à l'ensemble de son récit; un peu de réflexion suffit pour l'y faire apercevoir; cette leçon d'ailleurs est simple et claire, et répond à l'une des préoccupations les plus communes de la pensée grecque. C'est là, par conséquent, l'idée dominante de tout le poème. Il pourrait se faire que le poète ne l'exprimât explicitement ni dans le début ni dans la fin de son ode, sans que pour cela cette conclusion fût douteuse. Dans une fable de la Fontaine, il arrive souvent que la *moralité* proprement dite manque. La fable du *Chêne et du Roseau* n'est qu'un récit; qui croira que le sens en soit moins clair? La fable des *Animaux malades de la peste* aurait-elle une signification moins évidente si le poète n'avait pris soin de nous dire en propres termes :

> Selon que vous serez puissant ou misérable
> Les jugements de cour vous rendront blanc ou noir?

Mais Pindare ne s'est pas borné à mettre un sens clair dans son récit; il a exprimé formellement sa pensée dans la fin de son poème : « La condition des rois, dit-il à Hiéron, est la condition suprême; ne vise pas plus haut. » Ce rapide avertissement, mêlé aux derniers éloges, fait écho, pour ainsi dire, dans la fin de l'ode, à l'histoire de l'imprudent Tantale et aux réflexions précédentes du poète sur l'orgueilleux délire qui ne sait pas se contenter du bonheur présent.

Le sens général du poème n'est donc pas douteux. Pindare

mêle un avis discret, un conseil de modération, aux éloges qu'il
accorde à la gloire de Hiéron. L'unité de l'ensemble vient avant
tout de cette idée morale qui relie entre elles les différentes
parties du poème. C'est cette idée qui a créé le poème en quelque mesure; car c'est elle qui, dans la multitude de faits,
d'idées, d'images que les différentes sources d'invention lyrique
pouvaient fournir à Pindare, lui a fait choisir le mythe de
Pélops et de Tantale, comme particulièrement propre à l'exprimer, à la mettre en lumière. Dans la première Olympique, par
conséquent, l'idée lyrique, l'idée génératrice du poème se ramène aisément à un conseil qu'on peut exprimer par cette proposition : « Unis à ta gloire, ô Hiéron, une modération pieuse. »
Hâtons-nous d'ajouter que la pensée de Pindare ne prend
pas cette forme abstraite (excepté à la fin, dans un seul vers), et
qu'il y a, dans l'idée lyrique, tout autre chose qu'une proposition logiquement développée. A part ces trois mots μὴ πάπταινε
πόρσιον, il n'y a dans toute l'ode, pour en exprimer l'idée générale, qu'une suite de brillantes peintures déroulées avec grâce
et liberté. L'impression ressentie par le poète en présence des
faits sort directement de ses tableaux. S'il y a une idée abstraite dans le sujet de la première Olympique, c'est d'une manière latente, pour ainsi dire ; c'est nous qui l'y rendons visible
en traduisant à notre façon la poésie de Pindare. Pindare, au
contraire, a senti et rendu en poète, pour le plaisir de notre
imagination, ce que notre critique et nos analyses, pour plus de
clarté, ramènent à une forme abstraite.

Il faut dire aussi que, si chaque partie concourt à l'effet d
l'ensemble, c'est avec une souplesse toute poétique. On chercherait vainement, par exemple, dans le début de l'ode une
expression même indirecte de l'idée que nous avons considérée
comme dominante. Ce début est plein de lumière et d'allégresse. C'est un chant de triomphe où les comparaisons les
plus magnifiques, les mots les plus sonores, les images les plus
éclatantes se pressent en foule. Il n'y est pas question de la
modération. Cette introduction pourtant s'accorde à merveille

avec le reste de l'œuvre; car elle donne tout d'abord une impression de gloire et d'éclat qui doit sans doute, dans la suite,
être doucement tempérée par des notes plus graves, mais qui
reste en définitive, même dans les parties où ces notes sombres
se font entendre, le ton principal de l'œuvre entière. Dans les
derniers vers aussi, les conseils sont exprimés avec une brièveté
discrète. C'est l'idée de la gloire qui l'emporte. Cela ne résulte
pas d'une proposition logique, d'une thèse abstraite énoncée
formellement par le poète; cela ressort d'une manière plus
poétique, plus délicate, mais tout aussi sûre et précise, de la
proportion habile avec laquelle Pindare a mélangé ses couleurs
en vue de l'effet total qu'il voulait produire.

Nous ne croirons pas davantage que, dans les parties même de
l'ode où l'intention d'avertir se montre le plus clairement,
chaque détail soit minutieusement calculé en vue de rendre
l'avertissement plus direct, et que cette préoccupation tyrannique pèse sans relâche sur la pensée de Pindare. Sans sortir
par exemple du mythe, qui est pourtant (nous l'avons vu) le
centre du poème, que vient faire ici le nom de Ganymède?
Pourquoi Pélops adresse-t-il un discours à Neptune? Pourquoi
veut-il épouser Hippodamie? Nous n'en savons et n'en voulons
savoir qu'une raison, c'est que la fantaisie du poète en a décidé
ainsi. La Motte aurait sans doute abrégé tout cela, sous prétexte que l'idée générale en était obscurcie: mais cela prouve
simplement une fois de plus que l'imagination d'un poète
lyrique n'obéit pas aux mêmes lois que la raison d'un logicien;
nous n'irons pas, de peur d'en convenir, nous jeter avec l'école
de Bœckh dans le dédale des interprétations symboliques, ni
croire que tous ces détails doivent s'expliquer par je ne sais
quelles allégories mystérieuses.

Des formes analogues de composition se retrouvent dans
quelques-unes des plus belles odes de Pindare. J'ai déjà parlé
de la quatrième Pythique, par exemple, où l'opposition entre
Pélias et Jason, jointe aux conseils et aux éloges de la fin,
forme un ensemble construit tout à fait de la même manière

que la première Olympique. Dans ces poèmes, la pensée générale se dégage d'un contraste. Dans la troisième Pythique, elle
sort d'une concordance. Pindare veut consoler Hiéron malade et
lui recommande la résignation : deux mythes successifs adroi-
tement rattachés l'un à l'autre vont lui inspirer cette résignation par des tableaux analogues et parallèles : c'est d'abord
l'histoire de la nymphe Coronis, ensuite celle d'Esculape, tous
deux victimes de leur présomption. Il serait facile de multiplier
les exemples, mais ceux-là suffisent. Je ne veux pas non plus,
par de longues analyses, faire voir dans chacun d'eux comment
la liberté du poète se concilie avec l'unité de l'inspiration :
cette étude nous amènerait à répéter les observations que nous
venons de faire à propos de la première Olympique.

Mais il y a d'autres odes de Pindare où l'idée lyrique, comme
je le disais plus haut, est d'une nature assez différente ; où l'on
serait fort en peine de la traduire par une proposition logique,
par un jugement de l'esprit ; où elle se réduit à une impression,
à une harmonie de ton et de couleur qui échappe aux prises de
la raison abstraite.

Telle est la quatorzième Olympique, si gracieuse dans sa brièveté :
« Souveraines des ondes du Céphise, déesses de ces rives
riches en coursiers, ô Grâces, divines maîtresses de l'opulente
Orchomène, protectrices des antiques Minyens, écoutez mon
appel. C'est de vous que tout plaisir et toute douceur viennent
aux mortels : sagesse, beauté, honneur, nul bien sans vous ne
s'épanouit. Les dieux mêmes soumettent aux lois des Grâces
leurs chœurs et leurs festins. Inspiratrices des œuvres divines,
elles ont leur siège auprès de l'archer à l'arc d'or, Apollon Pythien, et honorent avec lui l'éternelle gloire du roi de l'Olympe,
père des dieux. — O divine Aglaé, ô harmonieuse Euphrosine,
filles du roi des dieux, écoutez-moi ! Et que Thalie aussi, la
déesse aux douces chansons, tourne ses regards vers ce chœur
joyeux, vers cette troupe dansante et légère ; car, sur le mode
de la Lydie, l'art de mes chants célèbre Asopichos, parce que la
ville des Minyens, grâce à toi, ô enfant, brille de la gloire olym-

pique. Va maintenant, Écho, va dans la noire demeure de
Perséphone porter au père de cet enfant un glorieux message;
ayant vu Cléodème, dis-lui que son fils, dans le vallon illustre
de Pise, a ombragé sa jeune chevelure de la couronne ailée des
combats victorieux. »

Le poète a touché, dans cette pièce si courte, tous les groupes
d'idées que les lois de son art lui offraient : éloge du vainqueur
lui-même, mention de son père, parce que le vainqueur est un
enfant, éloge de sa patrie, actions de grâces et vœux aux divinités
principales d'Orchomène, louange rapide au père des dieux (que
l'on honore aux jeux Olympiques), tous les lieux communs nécessaires de la poésie lyrique sont abordés. Au milieu de cette
variété, l'éloge des Grâces, dans son aimable éclat, domine
évidemment. C'est cet éloge qui donne au poème sa couleur
générale. Deux nuances s'y ajoutent : l'une, doucement mélancolique, ramène le souvenir des auditeurs vers ceux qui ne sont
plus; l'autre, de nouveau gracieuse et riante, associe ensemble
dans les derniers vers de charmantes images d'enfance et de
gloire. Toute l'ode d'ailleurs est si courte que l'esprit n'a aucune
peine à l'embrasser tout entière; aucun sentiment d'obscurité ne
gâte le plaisir que donnent les détails. Mais il est clair que l'on
ne saurait résumer la pensée générale de ce délicieux poème en
une idée abstraite du genre de celle que nous avons trouvée
dans la première Olympique.

Il en est de même de la première Pythique, si pleine de traits
admirables, si claire en apparence dans la plupart de ses allusions historiques, et dont l'idée générale, l'unité intime, a provoqué tant de discussions.

On connaît ce magnifique début où le poète, invoquant la phorminx d'or, reine des chants et des danses, montre les amis des
dieux (ainsi que les dieux eux-mêmes) charmés par la puissance
de l'harmonie, et leurs ennemis au contraire abattus et brisés
par elle : tel Typhée, gémissant sous l'Etna, effraie parfois la
Sicile des mugissements de sa colère.

De là, par une transition rapide, le poète revient à son héros,

le roi de Syracuse, Hiéron, couronné à Olympie comme citoyen
de la ville d'Etna. — Il chantera Hiéron. Il dira, mieux peut-
être que les autres poètes ses rivaux, par quelles luttes et quels
labeurs le roi de Syracuse a acheté sa gloire présente ; comment,
malgré la maladie, il a, pareil à Philoctète, porté secours à des
alliés en péril ; comment il a fondé la ville d'Etna, où règnent les
lois doriennes d'Ægimius ; comment enfin, en vue du rivage de
Cumes, il a brisé l'orgueil des Tyrrhéniens.

Ici le poète s'avertit lui-même qu'il est temps de s'arrêter.
Il finit par des conseils. Il recommande à son héros, outre la
douceur et la sincérité, le bon emploi des richesses, qui, avec
l'aide des poètes habiles, lui assureront dans l'avenir la gloire
aimable d'un Crésus, si supérieure à l'odieuse renommée d'un
Phalaris.

Tel est dans ses grandes lignes ce beau poème. Quelle en est
la pensée dominante ? Comment l'invocation brillante adressée
à la phorminx d'or, si douce aux amis des dieux et si redoutée
de leurs ennemis, se rattache-t-elle à l'éloge de Hiéron, qui vient
ensuite ? Il y a six ou sept réponses à cette question, presque
autant que d'interprètes. Sans entrer ici dans des discussions
interminables, je vais exposer en deux mots celle que j'adopte
pour mon compte ; c'est d'ailleurs à peu de chose près celle de
Rauchenstein ; car ce savant me paraît, cette fois comme presque
toujours, avoir fait preuve de beaucoup de goût et de pénétration.

Il faut avant tout se représenter les circonstances où la première Pythique fut composée. Hiéron, après des succès de tout
genre, vient d'appeler autour de lui les poètes lyriques les plus
célèbres du monde grec. Chacun d'eux le chantera tour à tour ;
une sorte de joûte s'ouvre entre eux. Pindare est parmi ceux
qui vont y prendre part. L'éclat même de cette fête musicale lui
fournit le point de départ de ses chants, l'invocation à la Musique.
Mais cette circonstance particulière ne se présente pas simplement à lui sous sa forme accidentelle et pour ainsi dire anecdotique : suivant une habitude constante de son génie, il s'élève

au-dessus du fait extérieur et particulier pour atteindre à l'idée
générale ; ce qu'il voit dans cette fête brillante, c'est l'idée même
de l'harmonie, non seulement de l'harmonie sensible, mais aussi
de l'harmonie morale, dont l'autre n'est qu'un reflet. De là,
dans l'invocation qu'il adresse d'abord à la phorminx, l'introduction d'une pensée morale. Vient ensuite l'énumération nécessaire des divers succès de Hiéron. Mais, tandis qu'il parle de
la vie de son héros, cette idée de l'harmonie morale est encore
présente à son esprit : il demande à Zeus la piété pour lui-même
et pour Hiéron ; dans l'éloge du roi de Syracuse, c'est le côté
moral de ses hauts faits qu'il met surtout en lumière : il vante
son énergie, qui a triomphé de la maladie elle-même ; il célèbre les lois doriennes, lois sages et viriles données par lui
à la ville d'Etna. Même accent encore dans fin de l'ode : il conseille ouvertement à Hiéron de s'avancer de plus en plus dans
les voies de la vertu, et lui promet en récompense les chants
de la phorminx ; il revient ainsi en finissant à la Musique, qui
lui a servi de point de départ.

Faire sentir cet enchaînement d'idées, c'est dire quelle est la
pensée générale de la première Pythique. Cette pensée n'est
nulle part, et elle est partout ; elle n'est nulle part formulée
d'une manière abstraite, et ne pouvait guère l'être : mais elle
inspire tout le poème, car elle consiste essentiellement dans ce
parallélisme, si profondément senti et rendu, entre l'harmonie
sensible de la musique et l'harmonie supérieure de la vie
morale ; ou plutôt elle est dans la superposition de celle-ci à
celle-là et dans l'aisance avec laquelle Pindare passe de l'éclat
de la fête visible à la beauté invisible de la vertu, déjà grande
dans l'âme de Hiéron, mais que ce prince doit accroître en lui
chaque jour davantage.

Il semble que l'esprit moderne, élevé pendant des siècles à
la dure école du syllogisme, ait contracté dans ces rudes exer-
cices un pli dont il ait peine à se défaire. La préoccupation
de l'ordre logique, de la méthode, de la raison analytique est
devenue parfois, dans l'ordre littéraire, presque tyrannique.

L'amour de la clarté peut être un péril. Les modernes, en lisant Pindare, risquent ou de se rebuter tout d'abord et de n'y
trouver aucun sens, ou au contraire de lui prêter plus de régularité logique qu'il n'en a et que son art n'en pouvait admettre. Il
faut s'habituer à ce poétique mouvement d'une imagination rapide et hardie. Le cœur, disait Pascal, a ses raisons, que la raison ne connaît pas. Le lyrisme aussi a sa logique, que la logique
ordinaire ne comprend pas. Il a ses liaisons que le discours
ignore. Les idées s'y enchaînent non seulement par leur filiation logique et abstraite, mais par tout ce qu'il y a en elles de
sensible et de poétique, par leur éclat brillant ou sombre, par la
musique même des mots et des syllabes.

Bien qu'on ait proposé beaucoup d'interprétations différentes
de la première Pythique, et notamment de l'invocation à la phorminx, je ne crois pas qu'en somme la question soit insoluble, ni
même vraiment obscure. Mais il faut avouer qu'il n'en est pas de
même de toutes les odes de Pindare, et que le plus sage, pour
quelques-unes d'entre elles, semble être de renoncer à chercher
une interprétation tout à fait certaine. La septième Olympique,
qui est à coup sûr une des plus brillantes, nous fournit un curieux exemple de ces obscurités à peu près insurmontables.

Pindare l'avait composée pour le Rhodien Diagoras, un des
plus fameux athlètes de son temps. Les compatriotes de Diagoras
rendirent au vainqueur et au poète de grands hommages. L'ode
fut inscrite en lettres d'or, dit-on, dans le temple d'Athènè à
Lindos. Elle avait sans doute été exécutée dans une fête publique ; car elle célèbre la patrie du vainqueur encore plus que sa
famille et que sa personne, et les trois mythes qui s'y déroulent
sont tirés des vieilles légendes de l'île de Rhodes. Sur l'éclat de
ces récits, sur le mouvement magnifique de la pensée de Pindare qui, d'un triple coup d'aile, en quelque sorte, s'élève jusqu'au plus lointain passé de l'île, pour revenir ensuite, avec une
admirable aisance, à la fête même et au personnage qu'il célèbre, sur la beauté de cet ensemble tout le monde est d'accord.
Mais voici le point en litige. Ces trois mythes, très différents

d'ailleurs, ont tous un trait commun : il y a dans chacun d'eux le récit d'une aventure qui commence mal pour ceux qui en sont les héros et qui se termine pourtant à leur avantage. Faut-il croire que ces trois récits ont été choisis par le poète précisément en raison de ce trait commun, et qu'il y a dans cette répétition une intention particulière qui donne à l'ode son véritable sens et son unité?

Dissen, qui est de cet avis, s'empresse de nous dire à quel fait particulier Pindare a dû faire allusion; on reconnaît là sa manie ordinaire de tout expliquer. Rauchenstein, plus prudent, se borne à croire que l'allusion existe, et ne se charge pas de la déterminer davantage. L'opinion de Rauchenstein est toujours d'un grand poids; mais Welcker, non moins habile connaisseur, n'admet rien de tout cela : à ses yeux, cette répétition est purement accidentelle; Pindare n'en est pas l'auteur; il n'a fait que raconter des mythes rhodiens dont les traits essentiels lui étaient imposés par la tradition; ou plutôt cette répétition n'existe même pas : c'est l'imagination des commentateurs qui l'a découverte dans des aventures en somme fort différentes les unes des autres, puisqu'il s'agit tantôt de l'auteur d'un crime, tantôt de l'auteur d'un oubli, tantôt enfin de la victime d'un autre oubli. Si Welcker a raison (et je serais pour mon compte assez tenté de le croire), il n'y a dans la septième Olympique aucune idée abstraite dominante au sens de Dissen : il n'y a plus là qu'un bel enchaînement de motifs lyriques sur ce thème très simple que Diagoras est le plus glorieux des athlètes, et Rhodes, sa patrie, la plus glorieuse des îles. Quoi qu'il en soit, il est permis de conserver quelque doute sur le sens général de ce poème. C'est là un exemple, entre plusieurs autres, d'un genre de difficultés qui nous arrête parfois dans la lecture de Pindare, et dont il n'est pas toujours possible de triompher.

V

Dans les pages qui précèdent, nous avons essayé d'exposer les lois générales de l'invention dans Pindare. Nous nous sommes appliqués par conséquent à dégager de ses odes ce qu'elles ont de commun, les traits qui font qu'elles se ressemblent entre elles et qu'elles reproduisent un même type. Mais on pourrait étudier les poèmes de Pindare à un autre point de vue encore. On pourrait considérer en eux non plus ce qui les rapproche, mais ce qui les distingue les uns des autres, la diversité des idées que chacun d'eux met en œuvre; montrer par exemple comment des odes qui sembleraient, par l'occasion même où elles se sont produites ou par certaines circonstances de leur composition, devoir être presque semblables, trouvent pourtant dans la souplesse de ces lois générales des moyens de se diversifier. Il ne s'agirait plus ici de théories ni de lois : on ne fait pas la théorie de ce qui est accidentel ou individuel; mais il s'agirait de choisir quelques exemples capables de donner une idée de la diversité que comporte dans le lyrisme grec la reproduction d'un type commun.

Quelques mots seulement nous suffiront sur ce point; rien ne saurait en effet remplacer en cette matière la lecture même du texte, qui ne présente d'ailleurs à cet égard aucune difficulté. Autant il est malaisé de saisir, dans la variété changeante des odes, les lois essentielles et permanentes de leur composition, autant il est facile de s'apercevoir qu'elles diffèrent les unes des autres. Il faut seulement rendre cette comparaison aussi précise et aussi instructive que possible. Pour cela, on peut comparer successivement entre elles des odes consacrées soit à des vainqueurs d'un même pays, soit à un même personnage. Il est évident qu'en pareil cas les sources d'invention où le poète pouvait puiser restaient en partie les mêmes quand il passait d'une ode à une autre; mais il est curieux de voir comment la diversité infiniment mobile des circonstances, parfois même un détail en apparence secondaire, souvent aussi la libre fantaisie du poète, lui faisaient varier les motifs qu'il tirait en deux occasions différentes d'une même source d'invention.

Pour éviter de multiplier les analyses, je me bornerai sur ce point à un seul exemple, et je n'entrerai même dans aucun détail. Je l'emprunte au groupe peu nombreux des odes composées par Pindare pour des Cyrénéens.

Ces odes sont au nombre de trois, et toutes trois sont des Pythiques. Dans toutes, par conséquent, le poète doit introduire des mythes cyrénéens et mentionner Apollon, le dieu de Delphes et des jeux Pythiques. En outre, deux de ces poèmes sont adressés à un même personnage, le roi de Cyrène Arcésilas, de telle sorte qu'entre ces deux odes encore il y a un trait commun de plus, la nécessité de rappeler l'illustration légendaire des ancêtres d'Arcésilas, fondateurs et souverains de Cyrène. Voilà par où ces poèmes se ressemblent quant au fond des choses. Mais une rapide étude de chacun d'eux va nous montrer tout de suite combien, pour tout le reste, ils diffèrent les uns des autres.

Un trait qui frappe d'abord quand on lit l'ode à Télésicrate (neuvième Pythique), c'est que tout le poème est rempli d'images et de sentiments évidemment inspirés par l'idée de l'hymen. Il y a deux récits mythiques dans cette ode : le premier est emprunté au cycle cyrénéen; le second, puisé dans l'histoire de la famille même de Télésicrate, met en scène le mariage d'un de ses ancêtres, Alexidamos, avec une fille de la Libye, dont il obtint la main pour prix de son agilité à la course. En dehors de ces deux mythes si caractéristiques, les éloges donnés à Télésicrate vont au même but et produisent la même impression : Télésicrate est beau et jeune; quand il triomphe aux jeux de Pallas, toutes les vierges et toutes les mères souhaitent d'avoir un époux ou un fils tel que lui; Cyrène même, la patrie du vainqueur, est appelée par le poète la ville « aux belles femmes[1] ».

1. Καλλιγύναικι πάτρᾳ (v. 74).

Il y a donc, d'un bout à l'autre de cette ode, une certaine préoccupation dominante qui ne saurait être méconnue et qui constitue sa physionomie propre, son caractère distinctif. Quel en est au juste le sens? C'est probablement l'hymen de Télésicrate qui a conduit Pindare à l'idée principale de son ode. Quant à savoir si cet hymen était fait ou à faire, s'il devait se célébrer à Thèbes ou à Cyrène, toutes questions que certains interprètes ont longuement discutées, nous ne les examinerons pas, pour plusieurs raisons: d'abord parce qu'elles me semblent à peu près insolubles dans l'état de nos connaissances; ensuite parce qu'elles n'ont aucun intérêt au point de vue purement poétique ou littéraire. Tout ce que je voulais établir, c'est que ce poème présente un caractère particulier par où il se sépare très nettement des deux autre odes composées aussi pour une victoire Pythique et pour un Cyrénéen.

Mais ces deux autres odes elles-mêmes, adressées à un même personnage à l'occasion d'une seule victoire, ne se ressemblent pas. L'une, la cinquième Pythique, au milieu de brillants éloges donnés par le poète à la puissance et à la sagesse d'Arcésilas, lui rappelle un double devoir de reconnaissance, envers Carrhotos d'abord, qui a conduit son char victorieux au bout de la carrière de Crisa; ensuite et surtout envers les dieux, envers Apollon notamment, l'antique protecteur de la dynastie des Battides, le dieu des fêtes Carnéennes apportées jadis de Théra à Cyrène par la race illustre des Égides. Dans l'autre poème consacré par Pindare à la même victoire (c'est la quatrième Pythique, la plus étendue des Odes triomphales), il est au contraire à peine question de la victoire elle-même. Après deux longues histoires mythiques, l'ode se termine par des conseils de modération et par une prière de Pindare en faveur d'un exilé. On voit que les deux odes à Arcésilas sont assez différentes l'une de l'autre. Ici encore il est naturel de se demander d'où vient cette différence dans l'inspiration fondamentale du poète. Il est probable que la cinquième Pythique, où la victoire tient plus de place, fut exécutée la première, et en outre qu'elle fut exécutée à l'occa-

sion de quelque fête d'Apollon Carnéen. La quatrième Pythique,
au contraire, paraît avoir été destinée plutôt à un *cômos* proprement dit, à quelque fête célébrée un peu plus tard par le roi de
Cyrène en dehors de tout anniversaire religieux. Dans tous les
cas, voilà encore un exemple de la diversité de couleurs et d'invention que Pindare savait répandre sur un fond d'apparence
assez monotone.

On pourrait grouper et comparer d'une manière analogue beaucoup d'autres odes de Pindare. On arriverait toujours à reconnaître, dans l'emploi de certains matériaux inévitables, la souplesse d'invention dont nous venons de voir quelques effets. Dans
les odes, par exemple, qui sont adressées à des Éginètes, l'é-
loge des Éacides ne manque jamais. Chaque fois pourtant il est
présenté d'une manière différente, soit que des convenances
particulières amènent Pindare à détacher de ce cycle éginétique
quelque trait approprié aux circonstances, soit simplement que
sa fantaisie se plaise davantage à quelque aspect nouveau de ce
sujet traditionnel.

VI

Pour étudier complètement les caractères de l'invention lyrique dans Pindare, il resterait à le comparer sur ce point d'abord
avec lui-même, en le prenant aux différentes époques de sa vie;
puis surtout avec ses prédécesseurs et ses rivaux. Malheureusement la chronologie des œuvres de Pindare est très incomplète-
ment connue, et quant aux autres poètes lyriques grecs, il n'y
en a aucun dont il nous reste un seul poème complet. Ces difficultés n'ont pourtant pas effrayé M. Léopold Schmidt, qui, dans
son livre très ingénieux sur Pindare, a essayé tantôt de les sur-
monter, tantôt de les tourner. Je ne crois pas que sa tentative
ait été toujours heureuse, mais il est intéressant d'en dire
quelques mots.

M. Schmidt d'abord réunit les deux problèmes en un seul : il

estime que si l'on pouvait avoir une connaissance exacte des progrès du talent de Pindare, on serait bien près de savoir au juste
ce que valaient ses prédécesseurs : « Si l'on arrive à établir,
dit-il[1], que les odes de sa maturité se distinguent par certains caractères déterminés de celles de sa jeunesse, on pourra tenir pour
vraisemblable que ces caractères constituent proprement l'art
pindarique, et que dans les œuvres de sa jeunesse au contraire
on trouve plutôt les traits généraux de la poésie triomphale ou
l'imitation de quelques-uns de ses prédécesseurs. » Ce principe
une fois posé, M. Schmidt, par une longue suite d'études pa-
tientes et minutieuses appliquées à celles des odes de Pindare
dont la date est à peu près fixée, essaie d'en dégager la connaissance des caractères généraux propres aux différentes
époques de sa vie poétique[2]. — Tout cela est-il bien convain-
cant? Je ne le crois pas.

En premier lieu, le principe même de M. Schmidt est singulièrement contestable. On ne saurait juger les œuvres perdues
d'un maître d'après les imitations imparfaites de ses élèves.
Même si nous pouvions savoir quelque chose de certain des caractères particuliers aux premières œuvres poétiques de Pindare, nous ne serions pas autorisés pour cela à reconstituer en
imagination, d'après les essais d'un jeune homme, les œuvres
composées à la même époque par Simonide, qui était plus âgé
que Pindare d'environ quarante années.

En outre, l'histoire du talent de Pindare, telle que M. Schmidt
l'a présentée, me paraît de nature à soulever encore bien des
doutes.

M. Schmidt a divisé la vie de Pindare en trois périodes, dont
la première comprend les quarante premières années de la vie

---

1. *Op. cit.*, p. 47.

2. M. L. Schmidt a appliqué ce genre de recherches non seulement à
l'art de Pindare, mais aussi à l'esprit de sa poésie. Je n'en ai rien dit précédemment, parce que des distinctions chronologiques, à supposer même
qu'elles fussent solidement établies (ce que je ne crois pas), n'auraient pas à
beaucoup près en cette autre matière la même importance ni le même intérêt.

du poète, la seconde les vingt suivantes et la troisième les quinze
ou vingt années qu'il vécut encore. Sur les quarante-trois odes
authentiques de Pindare, trente et une sont datées; douze ne le
sont pas, ou le sont d'une manière contestable, comme la huitième Pythique. Parmi les trente et une odes datées, sept appartiennent à la première période, vingt et une à la seconde et
trois seulement à la dernière. M. Schmidt attribue à ces trois
périodes de la vie de Pindare des caractères littéraires différents.
En ce qui touche particulièrement l'art de la composition, il
signale durant la première quelque inhabileté dans l'emploi des
mythes, qui ne se rattachent pas au reste du poème aussi harmonieusement que dans les plus belles odes de Pindare. La
seconde période est l'époque de la pleine maturité : c'est le
temps où Pindare produit ses plus importants ouvrages, les odes
à Hiéron de Syracuse, à Théron d'Agrigente, à Arcésilas de Cyrène, et tant d'autres créations admirables où la vie réelle et le
mythe, la vérité et la poésie s'associent avec une aisance et une
grâce souveraines. Dans la dernière période enfin, M. Schmidt
croit remarquer chez Pindare un certain affaiblissement de
l'imagination, un emploi moindre des mythes, une prédominance toute nouvelle des sentiments doux et mélancoliques.

Ces vues ne manquent pas par elles-mêmes d'une certaine
vraisemblance. Il est naturel en effet qu'un art aussi délicat que
celui qui consiste à fondre en un tout harmonieux des éléments
très nombreux et très divers ne se révèle pas dès le premier
jour même à un Pindare, et que ses premières œuvres soient
encore éloignées de la perfection. Il peut sembler naturel aussi
qu'après quarante années de ce travail l'imagination du poète
lyrique finisse par ressentir quelque lassitude [1]. En fait, si les
anciens ne nous disent rien qui puisse faire croire à une décadence de ce genre chez Pindare, en ce qui touche ses débuts,

---

1. Notons pourtant que ce phénomène de décadence poétique, qu'on a
signalé quelquefois chez les modernes, n'apparaît guère dans l'histoire des
lettres grecques.

au contraire, une anecdote rapportée par Plutarque [1], et que j'ai
déjà citée, nous montre la poétesse Corinne lui reprochant
l'abus indiscret qu'il s'était mis à faire des mythes. Cette critique
est assez bien d'accord avec le genre de reproches que
M. Schmidt adresse aux premières odes de Pindare. Il m'est
cependant impossible d'admettre sans réserve l'ensemble des
vues de ce savant ; non qu'elles me semblent improbables *a
priori*, mais parce qu'elles ne reposent pas sur des faits assez
certains et assez nombreux.

N'y a-t-il pas tout d'abord quelque singularité à prolonger
jusqu'à l'âge de quarante ans la période de début d'un poète
lyrique qui a fait sa première ode à vingt ans ? M. Schmidt place
dans cette période d'imperfection relative la onzième Olympique
(avec la dixième qui ne s'en sépare pas) et la cinquième Néméenne :
Pindare avait, au moment où il les écrivit, de trente à trente-
six ans. Je dois avouer que je n'aperçois pour ma part aucune
différence entre l'art qui se révèle dans les trois odes en question et celui que nous montrent, je ne dis pas les plus belles
odes de la maturité de Pindare, mais la moyenne de ces
poèmes. Je rangerais donc sans hésiter ces trois poèmes
parmi ceux de la plus belle période. Mais voici ce qui en résulte :
si nous laissons également de côté la septième et la douzième
Pythique, à cause de leur peu d'étendue, nous n'avons plus que
deux poèmes (la sixième et la dixième Pythique) où nous puissions étudier ce que j'appellerais volontiers la première manière de Pindare ; c'est bien peu, on en conviendra, pour édifier
sur ce fondement une théorie, d'autant plus que l'art de la composition n'a nullement les mêmes caractères dans ces deux
odes : dans l'une, M. Schmidt estime que le mythe se rattache
au sujet d'une manière trop peu solide ; dans l'autre, au contraire, il trouve trop de logique.

J'en dirai à peu près autant des odes de la vieillesse. Elles

---

1. *De Glor. Athen.*, cap. XVI. Le mot même de Corinne fait voir que les
maîtres de Pindare ne se reconnaissaient pas dans les inexpériences de ses
débuts.

sont au nombre de trois, dont une (la quatrième Olympique) comprend vingt-cinq vers, et ne peut par conséquent rien nous apprendre sur le sujet qui nous occupe. Quant aux deux autres (neuvième Olympique et sixième Isthmique), elles sont dans le même cas que les deux odes de la jeunesse de Pindare : elles n'ont entre elles aucun trait de ressemblance bien marqué : si l'une, par exemple, n'a pas de récit mythique, l'autre en a un. M. Schmidt signale cette absence de mythe et y attache beaucoup d'importance : mais un fait isolé, que la brièveté seule de l'ode (à défaut d'autres raisons) suffirait presque à expliquer, ne saurait être considéré comme absolument caractéristique : c'est peut-être là un hasard qui ne tire pas à conséquence.

Je ne puis donc voir dans les odes de Pindare que les créations d'un même art et d'un même génie; non qu'elles soient également belles, tant s'en faut; mais il me paraît impossible de démontrer que la chronologie soit pour rien dans ces inégalités. Faire l'histoire des progrès de Pindare était une entreprise séduisante pour un esprit pénétrant et fin comme l'est celui de M. Schmidt; mais j'ai peur que ce ne soit une tâche irréalisable.

Pour comparer Pindare avec ses rivaux, les documents nous manquent bien plus encore. S'il était prouvé que la cinquième Olympique, adressée à Psaumis de Camarine, fût d'un autre que de Pindare, l'étude de cette ode offrirait quelque intérêt; ce serait la seule ode triomphale complète que nous eussions en dehors de celles de Pindare. Il y aurait là un point de comparaison digne d'attention, quoique bien éloigné de suffire à notre curiosité. Les scoliastes nous avertissent que la cinquième Olympique ne se trouvait pas rangée parmi les odes de Pindare dans ce qu'on pourrait appeler les éditions-types[1] de la bibliothèque d'Alexandrie, mais que Didyme, dans ses commentaires, l'attribuait au grand lyrique. La plupart des modernes rejettent l'opinion de Didyme. Le fait est que cette ode,

1. Ἐν τοῖς ἐδαφίοις.

comparée aux poèmes authentiques de Pindare, s'en distingue
par plusieurs différences assez tranchées. Le mètre d'abord y
présente un caractère tout à fait à part. La composition n'en est
pas moins singulière : l'ode se compose de trois triades très
courtes, nettement détachées, et dont chacune est adressée à
une divinité différente : la première à la nymphe Camarine, la
seconde à Pallas, la troisième à Zeus. Rien n'est moins conforme aux habitudes de Pindare. Le style au contraire paraît
assez semblable à celui des Odes triomphales : on y retrouve
beaucoup d'expressions pindariques. Faut-il expliquer cela en
attribuant cette ode à Bacchylide, qui me paraît avoir été pour
le style un imitateur de Pindare presque autant que de Simonide? Quoi qu'il en soit, la composition de ce poème est
curieuse. Il faudrait d'ailleurs se garder de tirer de ce fait des
conséquences hâtives, même en admettant comme certain que
Pindare n'en fût pas l'auteur ; car la singularité même de ce
plan peut faire croire qu'il était l'effet de quelque circonstance
exceptionnelle plutôt que d'un art différent de celui de Pindare.
La question reste donc obscure, et la cinquième Olympique ne
l'éclaire pas sensiblement; nous en sommes réduits à étudier la
composition des odes de Pindare en elle-même, sans nous aider
du secours d'aucune comparaison.

CHAPITRE II

LA DISPOSITION DES PARTIES DANS PINDARE

Il est nécessaire, au sujet de la disposition des parties dans les odes de Pindare, d'entrer dans quelques détails minutieux et techniques ; nous ne pouvons cependant nous dérober à cette question ; car, sur ce point encore, il y a certains préjugés à écarter et plus d'un fait instructif à recueillir.

Nous avons dû nous demander au début de nos recherches s'il y avait dans les odes du genre de celles de Pindare des divisions constantes et régulières, capables de déterminer à l'avance la marche de la pensée. Nous avons employé l'expression de *partitions lyriques*, en souvenir des *partitions oratoires* de l'ancienne rhétorique, et nous avons cherché s'il y avait rien de pareil dans le lyrisme. Les systèmes d'Erasme Schmid, de Westphal, de Thiersch n'ont pu nous convaincre. L'examen de toutes ces théories nous a conduits à cette conclusion qu'une ode triomphale se compose simplement d'une suite de *triades*, semblables entre elles pour le rythme et pour la mélodie, et dont le nombre n'a rien de fixe ; puis d'une série d'idées ou de groupes d'idées qui se distribuent entre ces triades.

Voilà les principes ; nous avons maintenant à étudier comment Pindare les a appliqués, comment sa pensée s'accommode au développement des strophes et des triades, et par quelles routes plus ou moins capricieuses et entrelacées il aime à dérouler ses fantaisies.

I

Un premier fait à considérer, c'est la concordance qui existe dans la poésie de Pindare entre les divisions naturelles de la pensée et les groupes rythmiques appelés strophes et triades. Cette concordance n'a guère été signalée jusqu'ici. G. Hermann en a dit un mot dans son article sur Dissen, mais un mot seulement, et qui n'est même pas tout à fait juste : car il prétend donner à ce fait (que d'ailleurs il n'étudie pas) une importance exagérée : à ses yeux, il semble qu'il n'y ait pas d'autre règle de disposition dans Pindare que cette distribution de la pensée dans les cadres des strophes et des triades. C'est inexact ; il y a d'autres faits à considérer. Celui-ci pourtant mérite de nous retenir quelques instants, d'autant plus, je le répète, qu'il n'a guère obtenu jusqu'ici l'attention à laquelle il avait droit.

Ce qu'on peut dire sans exagération, c'est que cet accord entre le mouvement du rythme et celui de la pensée est presque toujours observé dans les odes de Pindare. Le groupe essentiellement rythmique et mélodique de la triade est en même temps dans Pindare une unité poétique ; par un effet très naturel, le mouvement de la pensée s'est adapté aux cadres du rythme et de la mélodie. Les exceptions à cette loi sont peu importantes [1]. Elles sont d'ailleurs compensées par un fait curieux : c'est que, même dans les odes où il n'entre que des strophes d'une seule sorte (sans épodes), ces strophes, rythmiquement semblables entre elles et par conséquent isolées, se groupent souvent encore, quant au développement de la pensée, trois par

---

1. Je ne parle pas des exceptions apparentes, qui ne sont guère plus nombreuses, et qu'un peu d'attention fait disparaître. Quand aux exceptions véritables, le nombre en est insignifiant : sur deux cents triades environ que renferment les odes de Pindare, je n'en vois guère plus de trois ou quatre qui échappent à la règle : les principales de ces exceptions sont fournies par le début de la première Pythique et par celui de la quatrième.

trois ; il semble que l'usage ordinaire de la triade avait imposé
à l'esprit du poète une sorte de pli et lui avait donné l'habitude
d'une certaine allure à laquelle il revenait toujours [1].

Il faut seulement ajouter, pour ôter à cette règle tout caractère d'exagération, que, même à la limite de deux triades
consécutives, la séparation entre les deux groupes poétiques
correspondants n'est pas toujours absolument nette et tranchée ;
bien que la concordance existe en général et dans l'ensemble,
elle n'est pas rigoureuse. Il se produit à cet égard quelque
chose d'analogue à ce qu'on observe dans la versification antique
au sujet de la concordance entre le vers et la phrase. On sait
que la versification, en Grèce et à Rome, admet l'usage fréquent
des rejets ou enjambements ; c'est-à-dire que la phrase poétique,
au lieu de finir avec un vers, se prolonge souvent jusque dans
les premières mesures du vers suivant. Il y a aussi dans le grou-
pement des idées par strophes et triades ce que j'oserai appeler
une sorte d'*enjambement* de la pensée. L'enjambement ordinaire, celui dont parlent tous les traités de versification, n'est
pas rare chez Pindare entre deux triades : la première ne se
termine pas toujours avec un sens complet ; un ou plusieurs
mots appartenant à la même phrase peuvent être rejetés au
début du vers qui commence la strophe suivante. Cette sorte de
rejet se manifeste par l'absence d'une ponctuation forte à la fin
du vers. Ce n'est pas celui dont nous nous occupons. Mais

---

1. Les odes de Pindare où il n'entre pas d'épodes sont au nombre de six
(Olymp. XIV ; Pyth. XII ; Ném. II, IV, IX ; Isthm. VII). Sur ces six odes, trois
sont trop courtes pour qu'on puisse en grouper les strophes trois par trois
une autre est à peine plus longue : elle contient sept strophes (Isthm. VII).
Deux seulement présentent un nombre de strophes à peu près égal à
celui des autres odes de Pindare. Or il se trouve que dans l'une de ces;
deux odes (Ném. IV) la pensée, sinon le rythme, réunit les strophes trois
par trois exactement comme il arrive pour les odes ordinaires ; et que dans
l'autre (Ném. IX), si le fait ne se produit pas avec la même exactitude, il ne
s'en faut guère cependant, puisque, sur onze strophes, neuf se groupent de
cette façon, laissant à part seulement les deux dernières, dont le caractère
est d'ailleurs assez différent. C'est là, ce me semble, une confirmation indirecte, mais assez curieuse, de la règle précédente.

d'autres fois voici ce qui arrive : la triade finit avec une phrase ;
une ponctuation forte termine le dernier vers ; mais une ou
plusieurs des phrases qui commencent la triade suivante, bien
que séparées de celles qui précèdent par la ponctuation et par
la grammaire, se rapportent néanmoins au même groupe d'idées
et appartiennent logiquement, en dépit du rythme et de la mélodie, au même ensemble. C'est là ce que j'appelle l'enjambement de pensée, ou l'enjambement logique d'une triade sur
l'autre. Dans le cas que je viens d'indiquer, la pensée excède
un peu le cadre des strophes ; il peut arriver au contraire qu'elle
ne le remplisse pas ; les derniers vers de la triade appartiennent
alors pour le sens, sinon pour le rythme, à la triade suivante.

On voit l'effet de ce procédé : c'est de lier plus étroitement
ensemble les parties mélodiques successives entre lesquelles la
pensée du poète se distribue. Au lieu d'une coupure, il y a une
véritable soudure poétique. Cette sorte d'amalgame ne s'étend
d'ailleurs qu'à quelques mots, tout au plus à quelques vers. Cela
ne détruit pas la règle de la concordance ; c'est seulement une
atténuation à ce qu'elle aurait d'excessif si on la prenait tout
à fait au pied de la lettre.

Les conséquences de ce fait ne sont pas sans intérêt. Pour
comprendre Pindare, il n'est pas inutile de posséder un système
de divisions peu nombreuses, très claires, très simples, nullement arbitraires, qui aide l'esprit à se guider au milieu des difficultés du texte et des détours de la pensée. Les triades présentent ce caractère. Elles partagent naturellement une ode de
Pindare en quatre ou cinq parties, rarement plus et rarement
moins. S'il est vrai, comme nous le croyons, que la pensée du
poète s'ajuste presque toujours à ces divisions, on voit l'avantage
qui en résulte pour l'intelligence des odes : l'attention, au lieu
de se disperser sur des détails nombreux et variés, peut se concentrer sur des groupes plus importants, plus faciles à saisir et
dont la liaison est plus claire.

C'est la liaison de ces groupes que nous avons maintenant à

étudier : suivant quel ordre se distribuent, dans ces triades, les
idées et les sentiments ? quel est, en un mot, le dessin général
d'une ode de Pindare?

II

Lorsqu'on croyait au désordre de Pindare, il va sans dire que
la question était vite résolue : le même enthousiasme à demi
égaré qui lui suggérait ses digressions inutiles et ce qu'on appelait ses écarts, se chargeait probablement aussi de régler pour
lui, sans réflexion et sans calcul, la place de chaque détail. Au
contraire, lorsqu'un examen plus attentif eut conduit à reconnaître dans ses poèmes un art très habile et très conscient, il
fallut expliquer par d'autres causes que le hasard la place donnée
à chaque idée. C'est ce que Dissen, pour la première fois, en-
treprit de faire avec méthode. A la suite de ses deux *Excursus*
intitulés *de Sententiarum ratione quæ epiniciis subjectæ*, et
de Tractatione argumenti, il y en a un troisième, *de Disposi-
tione partium*. On peut ajouter que son exemple n'a guère été
suivi. Ses successeurs en général se sont bornés à le louer ou
à le blâmer brièvement, sans apporter dans le débat ni vues
nouvelles (sauf G. Hermann), ni précision supérieure.

Dissen commence par établir [1], contrairement au préjugé
vulgaire, que la disposition des idées dans les odes de Pindare
est soumise à des principes assurés. Ces principes se traduisent
par deux faits essentiels, qu'il appelle la *préparation* et l'*entrelacement* des parties [2]. Ces deux termes signifient que le poète
a soin, dès la première partie, par exemple, de prononcer quelques mots qui fassent désirer à l'auditeur une explication ; cette
explication viendra ; une partie subséquente, *préparée* ainsi
d'avance par la première, la fournira. Voilà pour la préparation.
Mais cette partie ainsi annoncée peut ne pas venir tout de suite
après la préparation. Elle peut ne venir qu'après une ou plu-

1. Pages xlvii et suivantes.
2. Præparationem et implicationem partium.

sieurs autres qui intercalent ainsi entre elles et la première
une nouvelle idée, destinée elle-même à en préparer peut-
être une quatrième ou une cinquième que le poète réserve
pour la fin. C'est ce que Dissen appelle l'entrelacement des
parties.

Quelles sont les lois particulières suivant lesquelles agissent
ces deux principes? Quelles sont, dans Pindare, les formes diverses de la préparation et de l'entrelacement? Dissen l'a re-
cherché avec sa patience et sa subtilité habituelles. Il désigne
algébriquement par des lettres semblables les parties corres-
pondantes, et il les rattache les unes aux autres d'une manière
plus sensible encore au moyen d'un appareil bizarre d'arcs de
cercle qui se coupent et se croisent de mille façons. Dissen a fait
ce travail pour toutes les odes de Pindare, et suivant les dessins
qu'il a trouvés pour chacune d'elles, il les a rangées dans une
des huit ou dix catégories que son relevé minutieux l'a conduit
à distinguer. Pour qui connaît un peu Dissen, il est aisé d'imaginer combien il a dû mettre en toutes ces recherches de subtilité intempestive, parfois aussi d'arbitraire, et surtout combien
il a dû rendre pédantesque et rebutante une étude nécessairement ingrate.

G. Hermann, très mal disposé pour l'ensemble des théories
de Dissen, fut du nombre de ceux que ces lettres algébriques et
ces arcs de cercle choquèrent absolument. Tout cet appareil lui
sembla bizarre et artificiel [1]. Il déclara sommairement que
ces cadres compliqués ne répondaient nullement à celui des
triades, ce qui était vrai en grande partie, et ne daigna pas
s'arrêter à discuter en détail les plans du nouvel éditeur de
Pindare.

Il y avait pourtant beaucoup de vérité dans les principes de
Dissen, sinon toujours dans les applications qu'il en avait faites.
C'est ce que Welcker et Otfried Müller, dans les répliques que
j'ai déjà citées, maintinrent avec force contre son adversaire; et

1. *Op. cit.*, p. 30.

on ne peut, je crois, que leur donner pleinement raison sur cette partie de leur apologie.

Quoi qu'il en soit, l'exposé de Dissen est obscur et comme encombré; les faits contestables y nuisent aux faits certains; on se perd dans cet inextricable taillis où il n'y a ni larges routes ni clairières. Il faut donc, à tout hasard, essayer de faire mieux, et surtout d'être plus clair.

Disons d'abord que, parmi les odes de Pindare, il y en a dont le dessin est plus simple, et d'autres au contraire qui sont construites sur un plan plus compliqué. Nous commencerons naturellement par les premières.

Le dessin de ces odes simples peut se ramener à un type ainsi construit : au début, la mention de la victoire remportée et l'indication plus ou moins rapide du sujet de l'ode, c'est-à-dire de l'aspect particulier sous lequel le poète envisage la gloire de son héros; — ensuite, dans une partie centrale, le développement presque toujours mythique de ce sujet; — enfin, dans une dernière partie, de nouveaux éloges du vainqueur, accompagnés souvent de vœux et de conseils. Ce n'est là d'ailleurs qu'une esquisse : on sait que les convenances lyriques imposent souvent au poète l'obligation d'effleurer d'autres idées que nous n'avons pas mentionnées dans les lignes précédentes; il va de soi que tous ces détails ont leur place ordinaire, soit dans la première, soit dans la dernière partie, où l'habileté du poète n'a pas de peine à les grouper autour des idées que nous venons de donner comme essentielles.

Quant au rapport de ces trois parties avec les triades, il est très clair; chacune d'elles en remplit une ou plusieurs suivant son importance relative et suivant la longueur totale de l'ode. Habituellement c'est la partie mythique qui est la plus étendue. Quelquefois, très rarement, il arrive que l'une ou l'autre de ces trois parties (surtout la dernière) se réduit à quelques vers, et se confond presque avec une des deux autres. Mais dans le plus grand nombre des odes le début comprend une triade, la partie centrale deux ou trois et la conclusion une.

En voici un exemple. Je l'emprunte à la plus longue des deux odes que Pindare a composées pour Agésidamos de Locres[1].

Pindare débute par un éloge général d'Agésidamos, vainqueur à Olympie, et de la Locride Épizéphyrienne, patrie du vainqueur. Deux idées secondaires s'ajoutent à ces motifs principaux : d'abord Pindare s'excuse du retard qu'il a mis à s'acquitter de sa dette envers Agésidamos; ensuite il fait l'éloge du maître de palestre qui a instruit son héros, celui-ci étant un enfant ou du moins un éphèbe[2]. Tout ce début occupe une triade. — Les trois suivantes sont remplies par des récits mythiques. Pindare raconte l'origine des jeux d'Olympie, fondés par Hercule. On voit par là que le sujet de son ode, c'est la gloire *olympique* d'Agésidamos. Trois strophes sont d'abord consacrées aux victoires par lesquelles Hercule prélude à la fondation des jeux; trois autres, au récit de cette fondation; enfin les trois dernières de ce groupe à l'énumération des premiers vainqueurs et à la description des fêtes qui célébrèrent leurs succès, premiers modèles des fêtes qui ont suivi sans interruption. — Pindare revient ainsi à son héros. La cinquième et dernière triade du poème est remplie par deux idées principales : 1° les chants qui assurent aux victorieux une gloire durable ne manqueront pas à Agésidamos; 2° Pindare dira sa force et sa beauté[3].

Ce que Dissen appelle la *préparation* des parties les unes par es autres est avant tout à ses yeux une préparation logique ou

---

1. C'est la x⁰ Olympique des manuscrits, mais la xi⁰ de Dissen. Bœckh avait déjà très bien montré que les deux odes qui portent les numéros x et xi dans les manuscrits devraient être interverties si on les classait plus méthodiquement.

2. Ilas (v. 17) ne peut être que le maître d'Agésidamos. Telle est l'interprétation de Dissen, vainement combattue par L. Schmidt. Agésidamos, en effet, d'après le titre de l'ode, est un enfant : or le nom du maître, presque toujours mentionné en pareil cas, n'apparaît nulle part ailleurs dans le poème, tandis que dans ce même passage, aux vers 20-21, Pindare vante l'homme qui sait former à la victoire une nature généreuse.

3. Dissen a donné (p. LX) une analyse très différente et très compliquée de cette ode. Je crois inutile de reproduire ici son analyse; mais je la signale aux lecteurs curieux de faire la comparaison.

oratoire, l'indication formelle ou explicite, dès le début, d'une
idée que le poète reprendra plus tard. Je ne nierai pas que Pindare n'annonce ainsi quelquefois les développements ultérieurs;
mais il ne faut pas faire de cela une règle invariable. Il me
paraît impossible de trouver rien de semblable dans l'ode que
nous venons d'analyser. Dissen, que sa théorie oblige à rencontrer
dès le début de ce poème l'annonce plus ou moins directe des
mythes qui en forment le centre, fait de vains efforts pour y
réussir : il s'appuie pour cela sur un contresens[1]. Sans entrer
à ce sujet dans une discussion fastidieuse, je me bornerai à dire
en général que ces subtilités logiques ne sont pas moins péril-
leuses quand il s'agit de la disposition des parties dans une ode
de Pindare que lorsqu'on s'occupe de l'invention des idées.

Il y a au contraire, dans le dessin de l'ode qui nous occupe,
un caractère frappant, incontestable, et qui arrive précisément
à produire cette liaison des parties que Dissen cherche avec tant
de peine où elle n'est pas. Ce caractère, c'est la symétrie même
du dessin : le poème s'ouvre par des éloges, continue par des
récits mythiques et se termine, comme il a commencé, par des
éloges. Un poème ainsi composé, avec ce retour final du poète
vers son point de départ, est comme un cercle fermé de toutes
parts. Ce contour net et symétrique donne l'impression de quelque chose d'achevé. Les idées ainsi disposées tiennent mieux
ensemble. Elles forment un faisceau que l'art du poète a noué
solidement, et que nulle digression, nul écart d'inspiration ne
peut rompre tout à fait. Le début, en ce sens, *prépare* la fin.

---

1. Ὅπα τε κοινὸν λόγον φίλαν τίσομεν ἐς χάριν (11-12). L'expression κοινὸς
λόγος, selon Dissen, signifie un discours où Pindare traitera à la fois d'Agésidamos, de sa patrie, et d'Olympie. Il y a du vrai et du faux dans cette
traduction. Λόγος κοινός ou ξυνός est en effet fréquent chez Pindare pour
annoncer que l'éloge général de la race ou de la patrie du vainqueur va
s'ajouter à l'éloge particulier de sa personne; mais il n'en résulte pas que
ces mots puissent s'appliquer à l'éloge des jeux où la victoire a été remportée : c'est tout autre chose. D'autres interprètes entendent κοινὸν λόγον
dans le sens d'une *convention* faite entre Pindare et Agésidamos : c'est, je
crois, à tort; il faut laisser à cette locution son sens ordinaire et la rapporter à l'éloge des Locriens, que Pindare ajoute aussitôt à celui d'Agésidamos.

Voilà la véritable préparation lyrique, toute sensible, toute musicale, et qui n'a nul besoin de vaines et laborieuses interprétations. Ce n'est pas tout; cet ordre rattache mieux aussi à la personne même du héros, et à ce que nous avons précédemment appelé l'occasion actuelle de la fête, les riches et souvent capricieuses inventions que le poète épanche dans ses récits mythiques.

C'est ce que Fraguier, sans y insister, avait déjà fait observer avec finesse, avec goût. Les mythes choquaient beaucoup de son temps : c'était là, en ce siècle de composition rigoureuse et de méthode littéraire presque géométrique, la grosse difficulté pour les lecteurs de Pindare et la véritable pierre d'achoppement. Fraguier essaie d'abord de justifier Pindare par l'exemple des autres poètes. Il rappelle Horace, qui, dans une de ses odes les plus célèbres, celle qui commence par le portrait de l'homme juste toujours ferme en son propos, enlace de la même manière autour de son idée principale des motifs variés et brillants, destinés surtout à charmer l'esprit par de belles images. Il rappelle aussi l'ode à Virgile et l'ode à Galatée, où l'imitation des digressions de Pindare est peut-être plus visible encore. Après avoir loué dans ces imitations l'habileté d'un élève qui est lui-même un maître, il exprime cette pensée remarquable que, malgré tout l'art d'Horace, il y a néanmoins dans Pindare « plus de rapport des digressions au sujet ». Et un peu plus loin : « Il faut convenir, dit-il[1], que Pindare donne quelquefois une grande étendue à ses digressions; mais aussi ne finit-il pas tout court comme Horace dans les odes dont je viens de parler; il se ressouvient toujours de l'endroit d'où il est parti, et dans ce labyrinthe sa Muse sait par quels chemins il faut le ramener. » Chabanon a repris cette idée, et il l'a, selon son usage, ornée d'une comparaison; ses expressions méritent d'être citées, parce que sa comparaison, un peu emphatique, exprime pourtant une pensée juste : il dit donc que les louanges du vainqueur, au

---

1. *Mém. de l'Acad. des Inscr. et Belles-Lettres,* anc. série, t. II, p. 40.

commencement et à la fin de chaque ode de Pindare, « sont
comme deux points fixes qui marquent le lieu d'où il part et celui
où il arrive..... S'il décrit cette route, c'est par un circuit
majestueux que l'on pourrait comparer avec vérité au contour
que décrit le soleil pour arriver aux deux points de l'horizon[1]. »

Le plan que nous venons d'étudier se retrouve, à peu d'exceptions près, dans toutes les odes de Pindare. Il subit, il est vrai,
certaines altérations; il n'est pas toujours aussi simple que dans
la onzième Olympique; des variations enrichissent parfois le
thème élémentaire; il se complique un peu davantage. Mais
toujours il garde ce double caractère distinctif, de commencer
et de finir par des éloges (ou, pour employer un terme plus
compréhensif, par des *actualités*) et de réserver une place centrale aux récits mythiques. Les deux points fixes dont parlait
Chabanon demeurent immobiles au début et à la fin de chaque
poème, et marquent, comme deux colonnes, les extrémités de
la route à parcourir.

Sur les quarante-quatre odes complètes qui nous restent de
Pindare[2], je n'en vois que quatre qui fassent plus ou moins
exception à cet égard; trois d'une manière partielle, une seule
plus complètement, mais avec une grâce singulièrement originale. La neuvième Pythique, adressée à Télésicrate de Cyrène,
et la première Néméenne, adressée à Chromios d'Etna, finissent
par des récits mythiques; la sixième Isthmique, au contraire[3],
adressée à Strepsiade de Thèbes, s'ouvre par une énumération
mythologique qui est la seule part faite au mythe dans tout le
poème. Encore faut-il ajouter que ces exceptions s'expliquent
aisément: dans les deux premières de ces odes, les mythes ont
un sens en partie allégorique[4], si bien que Pindare, à la fin de

1. *Ibid.*, t. XXXII, p. 458.
2. En y comprenant la v⁰ Olympique, dont l'authenticité, nous l'avons
vu, est douteuse.
3. C'est la vii⁰ des manuscrits, qui font à tort de la iii⁰ Isthmique deux
odes différentes.
4. Welcker l'a nié pour la ix⁰ Pythique, mais sans réussir à convaincre
personne.

son poème, est plus près de son héros qu'on ne serait tenté de le croire à première vue. La symétrie ordinaire n'est donc pas tout à fait détruite. Il en est à peu près de même de l'ode à Strepsiade, où les mythes du début ont si peu d'ampleur qu'ils peuvent passer pour une simple introduction à la mention des victoires du héros. La dixième Néméenne, adressée à l'Argien Theæos, constitue, au contraire, une exception manifeste. Mais il n'en est que plus curieux de remarquer que le dessin de cette ode est néanmoins symétrique, grâce à une double innovation du poète : elle commence, en effet, et finit par des mythes, et les éloges sont au milieu ; c'est exactement le contraire de ce qui arrive habituellement ; nous voyons là, pour ainsi dire, la symétrie ordinaire retournée [1].

Quant aux complications du dessin primitif, elles sont dans Pindare nombreuses et variées. Nous n'en ferons pas ici un relevé complet. Nous n'essaierons pas surtout de les diviser rigoureusement en catégories, comme l'a fait Dissen : il n'y a pas de catégories à établir. La variété des combinaisons possibles est indéfinie, et ce n'est jamais sans quelque violence qu'on rapproche, pour les faire entrer dans des catégories trop étroites et trop nettement circonscrites, des odes composées indépendamment les unes des autres, d'après certaines règles très simples que la liberté du génie et la diversité des circonstances ont modifiées de mille manières. Le seul point qui nous intéresse en pareille matière, c'est de découvrir le principe général de ces combinaisons nécessairement illimitées en nombre et d'étudier

---

1. Voici le plan de ce poème : — au début, gloire mythique d'Argos, patrie de Theæos (1re triade) ; — au milieu, victoires de Theæos (2e triade), et victoires de sa famille, constamment heureuse sous la protection fidèle des Dioscures (3e triade) ; — à la fin, histoire mythique du dévouement de Castor à son frère Pollux, le récit du danger de Pollux occupant la 4e triade, et celui du dévouement de Castor la 5e. — (L. Schmidt a très bien montré le sens de ce récit mythique : la fidélité de Castor envers Pollux justifie la confiance de Theæos et des siens en la protection de ces divinités). — Ainsi la seule ode de Pindare qui soit construite sur un plan tout à fait différent de celui qu'il a ordinairement suivi confirme du moins la nécessité d'une disposition symétrique.

quelques exemples qui nous fassent sentir et deviner plus de
choses encore qu'une théorie n'en peut embrasser.

Le principe de ces combinaisons peut s'énoncer en peu de
mots. Les points extrêmes de l'ode, nous l'avons dit, restent
fixes ; mais la route qui mène de l'un à l'autre présente diverses
sinuosités ; elle a des retours et des enlacements. Il y a déjà
quelque chose de ce genre dans le plan des odes les plus simples,
puisque les actualités et les mythes, ces deux éléments nécessaires de toute ode triomphale, s'y divisent en trois groupes, et
que deux d'entre eux encadrent pour ainsi dire le troisième.
C'est le même principe qui préside aux combinaisons plus compliquées : cette sorte d'enlacement s'y répète et s'y multiplie au
gré du poète. Que les actualités, par exemple, au lieu de former deux groupes, en forment trois : voilà le mythe central qui
devra s'ouvrir, en quelque sorte, pour recevoir entre ses deux
parties le groupe nouveau. Ou bien encore c'est le premier
groupe d'éloges et d'actualités qui se divisera de la même manière pour laisser place à un mythe secondaire, indépendant de
ceux qui constituent le centre et le cœur du poème. Il serait
aisé de citer encore d'autres combinaisons ; mais quelques
exemples nous donneront une idée plus agréable et plus juste de
la variété de ces dessins et de leur relation avec le type étudié
plus haut, que ne pourrait le faire une longue liste d'analyses
abstraites et de figures plus ou moins géométriques.

La deuxième Olympique, adressée à Théron, nous montre précisément un bel exemple d'une des deux combinaisons qui viennent d'être indiquées, je veux dire un premier groupe d'éloges
ou d'actualités coupé en deux par un mythe secondaire. « Rois
de la phorminx, s'écrie Pindare, ô mes hymnes, quel dieu,
quel héros, quel mortel chanterons-nous ? » Le poète chantera
Théron, vainqueur à Olympie ; Théron, fils d'une race glorieuse,
éprouvée jadis par le malheur, mais qui a relevé sa fortune par
l'aide des dieux et par sa vertu (1re triade). — Ainsi les filles
de Cadmus, si malheureuses d'abord, sont désormais abritées
contre l'infortune par l'Olympe divin, qui les a reçues après leur

vie mortelle. La race de Théron a subi le même sort depuis le
jour où Œdipe tua son père (2ᵉ triade). — Le poète raconte
alors les malheurs de la race d'Œdipe, à laquelle appartient
Théron, puis le relèvement des Labdacides par la gloire même
de leur descendant, victorieux, riche, vertueux et sage entre
tous (3ᵉ triade).

Voilà, en trois triades, un enlacement régulier d'actualités et
de récits mythiques tout à fait conforme au dessin des odes les
plus simples : on dirait presque une ode entière, si les derniers
mots du poète, en annonçant un développement nouveau, ne
nous avertissaient que ces trois premières triades ne sont que
l'extension du début proprement dit, c'est-à-dire de ce groupe
d'éloges qui, dans d'autres poèmes moins vastes ou moins compliqués, se réduit à une seule triade.

En effet, Pindare ne se borne pas à nous dire que Théron est
sage en général : il vante sa croyance à la vie future ; de là un
nouveau mythe, la description de la vie future, qui remplit
encore une triade, et qui rend nécessaire, pour terminer l'ode,
un dernier retour aux circonstances actuelles de la fête : c'est
l'objet de la cinquième et dernière triade.

Ce plan si harmonieux a été très bien montré par Rauchenstein. Dissen, au contraire, n'a pas su le voir. Il y avait là
cependant pour lui une précieuse application de sa théorie des
préparations ; car tous les genres d'unité se rencontrent dans
cette belle ode, unité de préparation logique, unité de symétrie,
unité de couleur, sans que pourtant la libre allure du poète paraisse jamais embarrassée et gênée de suivre une route tracée
d'avance. Dès les premiers vers, Pindare indique nettement le
sujet de son poème : il chante le bonheur divin qui vient compenser
tôt ou tard, pour les sages et pour les forts, l'inclémence de la
destinée ; l'histoire des filles de Cadmus ainsi que celle des
Labdacides en fournissent la preuve ; il arrive alors à la compensation suprême, la vie future, dont il puise évidemment
l'idée dans les sentiments et les croyances mêmes de Théron. La
description de la vie future forme le point culminant de son ode,

au point de vue de la logique comme au point de vue de la poésie pure. Il rattache enfin avec aisance au groupe final d'éloges quelques mots sur ses rivaux et sur le sens caché de ses poèmes. On voit comment s'enchaînent toutes ces pensées ; je n'ai pas besoin d'en faire ressortir la symétrie : des groupes d'idées de nature différente alternent par triade avec une régularité qu'assouplissent, mais que n'altèrent pas ces sortes d'enjambements de pensée dont nous avons parlé plus haut.

La treizième Olympique n'offre pas une moins belle disposition. C'est une des odes les plus étendues et les plus brillantes de Pindare. Elle est adressée au Corinthien Xénophon, trois fois victorieux à Olympie, et qui triompha avec faste [1]. L'ode comprend cinq triades. La quatrième est remplie par l'histoire mythique de Bellérophon. Les trois premières, par conséquent, et la dernière sont consacrées aux éloges. D'où vient cette étendue de deux parties ordinairement plus courtes? C'est que Pindare veut associer dans une louange commune le vainqueur, né de la grande famille corinthienne des Oligaéthides, et Corinthe, sa patrie. Ce sont là deux motifs qui vont se trouver réunis dans le poème : ils se croisent et s'entrelacent avec une symétrie et une souplesse infiniment gracieuses. Le poète passe alternativement de l'un à l'autre, et le mythe même de Bellérophon n'est qu'un des anneaux de cette chaîne brillante. Voici la suite des idées.

La première triade, après quelques mots d'introduction sur le double éloge que va célébrer Pindare, est consacrée aux principaux sujets de gloire de Corinthe, rapidement énumérés. — Cette énumération ramène le poète à la victoire de Xénophon, inséparable du bonheur même de sa patrie [2], mais qui forme le sujet particulier de la seconde triade. — La troisième réunit plus étroitement Xénophon et Corinthe ; Pindare y revient sur

---

1. Athénée (XIII, 573 E) raconte qu'avant son départ il avait fait un vœu à Aphrodite. C'est pour s'acquitter de ce vœu qu'à son retour il fit paraître cinquante hétaïres dans un sacrifice solennel.

2. Vers 27-28 (τόνδε λαὸν ἀθλαῖϛ νέμων — Ξενοφῶντος εὔθυνε δαίμονοϛ οὖρον).

24

cette idée que chanter Corinthe, c'est chanter Xénophon[1]; il
dira donc les exemples illustres de sagesse et de bravoure que
Corinthe peut montrer dans son passé : Sisyphe et Médée, types
d'habileté, et les braves qui combattirent devant Troie, entre
autres Glaucus, fils de Bellérophon. — Il arrive alors au principal
mythe de l'ode, à l'histoire de Bellérophon, dont il est facile de
s'expliquer le choix de préférence à d'autres récits mythiques :
d'abord c'est un des plus brillants qui se puissent souhaiter[2];
ensuite la fin de l'histoire, la chute de Bellérophon et de Pégase,
si légèrement effleurée par Pindare, contient un avertissemen
discret qu'il n'était pas inutile de faire entendre au fastueux
Xénophon, et qui aura son écho dans les derniers vers du poème.
— Pindare, en finissant, revient aux Oligaéthides; il énumère
leurs nombreuses victoires, et termine par des vœux et des
éloges où l'on croit sentir un prudent conseil de modération[3].

La quatrième Pythique, dont nous avons déjà parlé plusieurs
fois, nous fournira un dernier exemple[4]. Elle contient deux
longs récits mythiques, et c'est ce qui en fait l'intérêt pour nous
en ce moment : l'un de ces récits se rattache directement aux
éloges du début, dont il est comme le prolongement mythologique, tandis que le second forme le centre véritable de l'ode
et se lie étroitement à la conclusion, où l'on voit apparaître
clairement la signification morale de tout le poème. Je rappelle
brièvement le plan de cette ode : — Pindare se contente au début d'une très rapide allusion à la victoire pythique d'Arcésilas,
roi de Cyrène, auquel l'ode est adressée, et aussitôt il raconte

1. J'ai déjà expliqué les mots ἴδιος ἐν κοινῷ σταλείς (v. 19), et rappelé que
telle en était la signification.

2. Ce mythe donnait notamment à Pindare, suivant une fine remarque de
L. Schmidt (p. 331-332), l'occasion de peindre une de ces scènes nocturnes
qu'il aime à représenter. Cf. Dissen, ad v. 106.

3. Comparez avec ces vers du début (9-10) : ἐθέλοντι δ'ἀλέξειν — Ὕβριν
Κόρου ματέρα θρασύμυθον.

4. On sait qu'elle est fort longue, car elle contient treize triades, c'est-
dire à peu près trois fois autant que les plus longues parmi les autres odes
e Pindare; mais il est facile de la résumer en très peu de mots.

l'origine de la race royale de Cyrène : Arcésilas descend de
Battus, lequel est lui-même le quatorzième rejeton de l'Argo-
naute Euphémus, à qui Médée avait prophétisé la gloire de sa
race ; c'est cette prophétie que raconte Pindare. Ce récit remplit trois triades, qu'il est impossible, par exception, de séparer
les unes des autres d'une manière satisfaisante ; elles forment
un tout indivisible, comme si, dans cette ode immense, les
groupes rythmiques eux-mêmes s'agrandissaient en proportion
de l'ensemble. A la fin de la troisième triade, Pindare revient à
Arcésilas, si bien qu'ici encore, comme dans l'ode à Théron
(IIe Olympique), le début a l'apparence d'une ode entière. Ce
n'est pourtant qu'un début, et le poète arrive alors seulement
au grand mythe de Jason, qui remplit huit triades. Les deux
dernières nous ramènent à Arcésilas et à ce qu'on peut appeler
la *morale* du poème tout entier, je veux dire la prière en faveur
de Démophile exilé.

Le mythe de Jason *prépare*, au sens où Dissen emploie ce
mot, la conclusion ; car nous avons déjà vu que la peinture des
deux caractères opposés de Jason et de Pélias était à elle seule
une leçon morale, et qu'il ne restait ensuite qu'à en faire l'application. Mais on aurait, je crois, de la peine à trouver une
liaison du même genre entre le début et le mythe central ; de
l'un à l'autre il n'y a vraiment aucune *préparation* logique ;
car je ne saurais en voir une dans ce fait que le nom de Médée
se retrouve dans les deux mythes, empruntés tous deux à la
légende des Argonautes. Au contraire, il est aisé de voir la symétrie de tout cet ensemble, et comment ce plan si vaste se
tire du type simple que nous avons commencé par étudier : il y
a dans la quatrième Pythique une sorte de multiplication de ce
dessin élémentaire qui se trouve déjà tout entier dans le début, et qui devient ainsi partie intégrante d'un nouvel ensemble plus étendu, mais toujours semblable au premier par
son économie générale.

III

Nous n'avons plus, pour terminer ce que nous avions à dire
de la disposition dans Pindare, qu'une observation à présenter
sur le degré d'éclat relatif que Pindare donne habituellement
aux différentes parties de ses poèmes.

Un caractère remarquable de la composition dans Pindare,
c'est que ses débuts sont pour la plupart éclatants et magnifiques, tandis que la fin de ses odes est fréquemment plus simple,
plus grave, plus brève. Horace et Boileau recommandent

> Que le début soit simple et n'ait rien d'affecté.

Une sorte de gradation dans le pathétique et dans l'éclat du style
nous semble être, presque dans tous les genres, une des règles
les plus nécessaires de la composition. Or on peut dire que cette
loi de la gradation est étrangère à l'art de Pindare; ou du moins
elle y subit une modification curieuse : il semble que le point
culminant de sa course soit vers le centre de son poème, ou un
peu avant la fin. Ce n'est pas là sans doute l'effet d'un hasard : cet arrangement répond à l'un des caractères essentiels
du lyrisme choral tel que Pindare l'a pratiqué. Le lyrisme choral des hymnes, nous l'avons déjà dit, malgré l'éclat des voix
et des instruments, n'exprime pas la passion; il est essentiellement calme, ou, comme disaient les Grecs, *hésychastique;* il se
propose moins d'agiter les âmes que de les calmer. Rien n'est
donc plus conforme à la nature de cet art qu'une suite d'idées
et de sentiments où l'on passe d'un début éclatant à d'amples
récits pleins d'images, de couleurs, de magnificences de toute
sorte, pour arriver en finissant à des expressions plus calmes, à
des morceaux dont la gravité modeste et simple devait paraître
à des Grecs doriens la conclusion naturelle d'une poésie vraiment virile. Leur musique d'ailleurs faisait ainsi : leurs airs

finissaient comme une voix qui s'éloigne et s'éteint; tandis que
nos musiciens modernes nous préviennent bruyamment qu'ils
terminent, ceux de la Grèce antique finissaient doucement et
avec discrétion. Il serait peut-être subtil de vouloir étendre trop
loin la comparaison; il est cependant certain que cette espèce
de dégradation finale des tons et des couleurs était fort loin d'être
contraire aux instincts ordinaires de la Grèce en fait d'art. On
pourrait sans peine en trouver des traces dans l'épopée, dans la
tragédie (bien plus pathétique pourtant), et même dans certaines pièces d'éloquence. Mais revenons à Pindare.

Lui-même a plusieurs fois parlé de cette loi des beaux débuts.
Le début d'une ode s'appelle proprement dans la langue de
Pindare προοίμιον [1], προκώμιον [2]; par métaphore, c'est « le fronton
du temple », « les colonnes du vestibule, » « la base » sur laquelle
le poète édifie ses chants. Le début doit être beau. Des noms
illustres, des épithètes riches et sonores, des images brillantes
conviennent aux premiers vers d'une ode. « Le nom éclatant de
la glorieuse Athènes, dit-il quelque part [3], forme un digne début aux chants que je dois élever à la gloire des Alcméonides,
race puissante, victorieuse dans les combats équestres. » Et
ailleurs [4] : « Je veux élever, comme en un palais admirable, de
hautes colonnes d'or pour soutenir le riche vestibule : en tout
début, qu'une façade brillante attire de loin les regards. » Il est
à peine besoin de faire remarquer que Pindare donne ici
l'exemple en même temps que le précepte. Plusieurs des débuts
de Pindare sont admirables; tous, ou presque tous, sont ornés
et brillants. La neuvième Pythique, qui est d'ailleurs une des
plus belles odes de Pindare, est la seule, selon la juste remarque
de Dissen, qui débute par cette expression directe et tout unie
de sa pensée : « Je veux chanter Télésicrate. » Encore faut-il
ajouter que la simplicité de ce tour de phrase est singulièrement

1. Pyth. vii, 2.
2. Ném. iv, 11.
3. Pyth. vii, 1-4.
4. Olymp. vi, 1-4.

rehaussée dès le premier vers par l'éclat des épithètes et la
beauté du style :

> Ἐθέλω χαλκάσπιδα Πυθιονίκαν
> σὺν βαθυζώνοισιν ἀγγέλλων
> Τελεσικράτη Χαρίτεσσι γεγωνεῖν,
> ὄλβιον ἄνδρα, διωξίππου στεφάνωμα Κυράνας.

Quelquefois, Pindare se borne à renouveler par un tour ingénieux l'idée essentielle de tous ces débuts, celle qu'il exprimait tout à l'heure en disant : « Je veux chanter Télésicrate. »
— « Écoutez : c'est Aphrodite aux doux regards, ce sont les
Grâces qui me mènent aujourd'hui, docile laboureur de leurs
guérets, vers le temple qui s'élève au centre mugissant de la
terre, où désormais pour la race heureuse des Emménides,
pour Agrigente au beau fleuve et pour Xénocrate, se dresse dans
la riche vallée d'Apollon un trésor d'hymnes glorieux, un monument que ni l'élan terrible des pluies d'hiver, redoutable mi-
lice, fille des nuées retentissantes, ni les tourbillons dévastateurs
des tempêtes ne précipiteront jamais dans les flots de la mer [1]. »
Il y a dans ces admirables vers des traits qui s'expliquent par
certaines circonstances particulières et qui appelleraient un
commentaire; nous n'avons pas à nous en occuper en ce moment. J'ai voulu seulement, par cette citation, donner un
exemple de ces formes de langage qui ne sont que la paraphrase
brillante de l'idée nécessaire Ἐθέλω γεγωνεῖν. Ces manières de
parler se modifient selon les circonstances. Plus du quart des
odes de Pindare présentent des débuts de ce genre [2]. — D'autres, plus nombreuses encore, s'ouvrent par des invocations :
cette entrée en matière vive et hardie est la plus fréquente [3].
— Deux odes débutent par des interrogations oratoires [4] :
le poète se demande ce qu'il va chanter. On sait qu'Horace,

---

1. Pyth. vi, 1-14.
2. Olymp. iii, iv, ix, xi, (x), xiii; Pyth. ii, iv, vii; Ném. ix; Isthm. vii (viii).
3. Olymp. viii, v, xii, xiv; Pyth. viii, xi, xii; Ném. i, iii, vii, viii, x,
xi; Isthm. i, iv.
4. Olymp. ii; Isthm. vi (vii).

dans une de ses odes, a imité ce procédé [1]. — Trois Olympiques, toutes fort belles, commencent par des comparaisons [2];
ces comparaisons sont admirables. La plus connue est celle de
la première Olympique, qui choquait si fort Perrault et que
Boileau défendait avec tant de raison. Deux Néméennes et une
Isthmique commencent de la même manière [3]. — Enfin, dans
huit de ses poèmes, Pindare a employé une forme de style grave
et ample qui est tout à fait conforme à la majesté de son inspiration et qui donne à ces débuts une grandeur imposante : au
lieu d'entrer rapidement en matière comme dans ses autres
odes, le poète achemine pour ainsi dire le lecteur jusqu'à son
sujet comme par une suite de superbes portiques. Il débute par
une pensée générale; sa phrase se développe avec lenteur et
souvent avec magnificence; de grandes images enchantent l'esprit; l'objet spécial de son chant semble oublié, lorsque tout à
coup le poète, rattachant à la loi générale l'application particulière, cesse de planer et nous ramène d'un seul élan du ciel
sur la terre; avec une parfaite aisance, il revient à son héros,
à la victoire qu'il doit célébrer, à la cité que cette victoire honore [4]. Quelques-uns de ces débuts sont relativement simples;
d'autres sont vastes et complexes. Je rappellerai seulement, sans
m'y arrêter, celui de la première Pythique, que j'ai déjà analysé.

La partie centrale dans les odes de Pindare est de toute façon
la plus importante. Il y prodigue par conséquent toutes les
ressources de son style. Mais nous n'avons pas pour le moment
à étudier le style de Pindare : ce sera l'objet du prochain chapitre. Il faut donc nous borner à constater simplement ce fait,
dont les exemples viendront plus tard.

Quant à la partie finale des odes, j'ai dit qu'elle était ordinairement la plus simple. Pindare aime à terminer par un proverbe,
par une phrase brève. M. Mommsen, qui en a fait quelque part

1. *Carm.* I, 12.
2. Olymp. I, VI, VII.
3. Ném. II, v; Isthm. v (VI).
4. Olymp. X, XI; Pyth. I, v, X; Ném. IV, VI; Isthm. II. III.

la remarque[1], ajoute avec raison que parfois même, pour mieux détacher cette petite phrase dans sa netteté courte et rapide, il omet de la lier avec la précédente par une particule, s'écartant ainsi des habitudes de la langue grecque[2].

En résumé, la disposition des parties, dans une ode de Pindare, concourt tout autant que le choix même des matériaux à produire cette impression de liberté brillante et d'harmonieuse souplesse qui se dégage de toute cette poésie. L'allure de la poésie lyrique n'est nullement déréglée; mais les règles qu'elle suit ne sont pas celles des autres genres. Le drame court vers le dénouement d'une action; l'épopée, plus calme, y marche avec noblesse; le lyrisme ne court ni ne marche vers un but : son allure est proprement celle des chœurs de danse; il décrit d'élégantes sinuosités qui le ramènent à son point de départ; il achève son cercle harmonieux par de belles évolutions, capricieuses en apparence, mais gouvernées cependant par un art savant et délicat. Il serait plus près du discours *épidictique* que du drame ou de l'épopée, s'il n'avait horreur des transitions logiques; car il aime les apparences du caprice et du hasard, même quand il sait à merveille ce qu'il veut faire. Pindare emploie souvent, pour désigner ses hymnes, des métaphores tirées des fleurs et des bouquets. C'est une comparaison d'une frappante justesse. Les peintures des odes triomphales ressemblent en effet à des fleurs brillantes, choisies et disposées de manière à former un bouquet magnifique et retenues ensemble par un fil invisible. Les couleurs en sont si heureusement combinées pour se faire valoir réciproquement et l'ordonnance en est si harmonieuse, qu'il est impossible de ne pas voir dans leur réunion l'œuvre d'un goût exquis; mais on n'aperçoit ni la main qui les a rapprochées, ni le lien qui les rattache encore les unes aux autres.

1. *Adnotationis criticæ supplementum*, ad Ol. IX, 112 (p. 137).
2. Voy. Olymp. III, XIII; Pyth. V; Isthm. III, V (odes citées par M. Tycho Mommsen).

CHAPITRE III

I

On a vu quelles étaient les qualités générales du style lyrique en Grèce : la richesse des formes dialectales, l'éclat des mots hardiment créés et pleins de sens, l'imprévu des figures, la liberté vive et souple d'une phrase qui exprime moins des jugements que des émotions.

Toutes ces qualités d'abord, Pindare les possède, car elles sont le bien commun de tous les poètes lyriques ; mais ce qui le distingue entre tous les autres, c'est un certain air d'austérité jusque dans l'éclat le plus magnifique, c'est une fermeté sereine jusque dans l'essor le plus puissant et le plus sublime.

Je n'ai pas besoin de dire que Pindare est idéaliste, qu'il voit les choses comme grandes et belles, qu'il les transfigure en quelque sorte à son insu, et qu'on ne trouve jamais chez lui, à côté de l'image harmonieuse du beau, la crudité d'une imitation brutalement exacte. Je n'insiste pas sur ce caractère, qui est celui de presque toute la poésie grecque, et qui n'appartient pas plus à Pindare en particulier qu'à Homère, ou à Sophocle, ou même à Aristophane.

Mais ce qui est proprement la marque de Pindare, c'est que, plus que personne, il voit les choses de haut et d'ensemble, d'un regard pénétrant, mais synthétique et sommaire, et qu'il en jouit avec l'imagination d'un grand artiste, sans jamais perdre l'équilibre de sa majestueuse raison.

Il n'analyse pas; il ne s'attarde pas aux nuances et aux détails pour les distinguer et les classer. En ce sens, il n'a rien d'attique. La qualité attique par excellence, c'est cette netteté de pensée et d'expression que les Grecs appellent σαφήνεια et qu'on admirait si fort, par exemple, dans Lysias. La netteté attique est avant tout une merveilleuse faculté d'analyse; elle décompose un objet complexe en ses parties élémentaires; elle divise, elle classe, elle abstrait; elle oppose les idées deux à deux pour rendre chacune d'elles plus précise et plus claire; elle les subordonne les unes aux autres selon les exigences d'une logique déliée; elle crée en un mot l'antithèse et la période. Parmi les écrivains attiques, quelques-uns ont davantage cette qualité, d'autres l'ont moins, selon les genres et selon les temps; mais on peut dire que tous, et Eschyle lui-même, la possèdent à un haut degré en comparaison de Pindare. Chez lui, rien de pareil : dans la peinture d'un objet ou d'un individu, dans l'expression d'une idée, il dédaigne les nuances : il va droit à l'impression dominante (qu'elle soit d'ailleurs simple ou complexe), et il la rend comme il l'a reçue, avec une vigueur concentrée et brève. Un trait, un mot lui suffisent. Tantôt c'est le côté général et abstrait, tantôt le côté sensible et plastique de la réalité que son regard saisit ; souvent c'est à la fois l'un et l'autre, et il les amalgame ensemble, par la toute-puissance de son imagination, avec une si grande force que, dans l'expression même, il ne les distingue pas, et qu'il contraint la langue grecque à toutes les hardiesses pour qu'elle ne sépare pas ce que lui-même a si étroitement uni.

La vivacité de ses impressions ressemble parfois à l'émotion d'une sensibilité profonde : il se récrie, il s'exclame, il s'interroge, il s'apostrophe. Il ne faut pas s'y tromper pourtant : toutes ces émotions sont à la surface; elles se jouent dans la région supérieure de son âme, où s'agitent les idées générales et les belles images, cette matière épurée d'une poésie tout idéale; elles ne pénètrent presque jamais dans ces régions douloureuses et passionnées d'où la tragédie, au contraire, malgré la modération du génie grec, a su tirer tant de terreur et tant de pitié.

Même dans ses thrènes, nous dit-on, Pindare évitait l'attendrissement. Les plaintes n'arrivent pas jusqu'aux cîmes qu'il habite. De si haut, il voit l'universel plus que l'accident; au-dessus des discordances et des passions de la vie mortelle, il aperçoit l'harmonie de l'éternelle beauté. Il ne nous livre pas le fond de son âme; il n'en montre guère que ce que chacun peut en laisser voir aux indifférents, et il ne nous fait pas de confidences. Il est la voix impersonnelle de la Muse, et il en a conscience. Le devoir du poète, aux yeux d'un moderne illustre, consiste à « écouter dans son cœur l'écho de son génie [1] »; Pindare l'entend tout autrement : son rôle semble être de concentrer dans son imagination toute la beauté de la nature visible et de la pensée abstraite, et de la condenser en traits de feu qu'il lance ensuite d'une main sûre, avec une vigueur calme et une justesse réfléchie.

Il se produit chez Pindare, grâce à cette imagination puissante, mais synthétique et sereine, une harmonieuse alliance entre des qualités qui, au premier abord, sembleraient presque inconciliables. Comme son regard descend de haut sur les choses et qu'il ne s'attarde pas à les analyser, il enferme en peu de mots beaucoup d'images et beaucoup d'idées; aussi, à ne considérer que la quantité de ces idées et de ces images comparée à celle des mots, on peut dire que son style est rapide. En même temps, comme il n'a nulle passion qui l'entraîne, comme il n'éprouve aucune hâte impatiente et fiévreuse d'arriver au but, il a, dans l'ensemble de son style, dans le mouvement général de sa pensée, une ampleur noble et magnifique. Il a de vifs élans, de sommets en sommets, mais sans efforts, sans violence, d'un coup d'aile puissant et sûr; avec cela une grâce parfois charmante, la grâce de la force qui se modère et se maîtrise elle-même.

C'est ce que Pindare exprime par une foule de belles images; car il a pleinement conscience de ce qu'il peut et de ce qu'il veut

---

1. Alfred de Musset, *Poésies*. (*Impromptu en réponse à cette question : Qu'est-ce que la Poésie?*)

faire. L'une des plus frappantes est celle de l'aigle, auquel il aime à se comparer. Il méprise les corbeaux bavards et enroués, les geais à la voix glapissante, au vol bas et court[1]. Pour lui, il est semblable à l'oiseau divin de Zeus[2], à l'aigle aux ailes étendues[3], le plus rapide des oiseaux, qui, d'un seul élan, malgré la distance, saisit entre ses serres la proie sanglante[4]; vainement l'abîme s'ouvre devant lui : l'aigle s'élance d'un bond même au-delà des mers[5]. Horace compare Pindare au cygne, dont l'aile se gonfle et se soulève aux souffles de la brise[6]. L'image est belle aussi, et exprime avec justesse le beau vol sublime du poète lyrique; peut-être rend-elle moins bien sa hardiesse souveraine et la vigueur de son essor vers les plus hautes cimes. L'autre comparaison d'Horace, la principale et la plus célèbre, est juste et expressive :

Monte decurrens velut amnis, imbres
Quem super notas aluere ripas,
Fervet immensusque ruit profundo
Pindarus ore[7].

Ce fleuve débordé, aux eaux vastes, agitées et profondes, représente à merveille l'immense déroulement de ce style synthétique, tumultueux parfois dans le détail, mais animé dans l'ensemble d'un seul mouvement large et imposant.

Pindare lui-même mentionne encore les flèches de ses paroles, qui savent voler au but avec précision[8]. Il parle du quadrige des Muses, sur lequel il est monté, et qu'il dirige d'une main sûre[9]. Il parle aussi des rayons qui s'échappent de ses

1. Olymp. ii, 86-87 ; Ném. iii, 82..
2. Olymp. ii, 88.
3. Τανύπτερος (Pyth. v, 111).
4. Ném. iii. 80-81.
5. Ném. v, 21.
6. Multa Dircæum levat aura cycnum (Carm. iv, 2, 25).
7. Ibid., 5-8.
8. Olymp. ii, 83-85.
9. Il ne faut pas dire avec Dissen (ad Olymp. vi, 22; et ad Olymp. ix, 81) que les métaphores empruntées par Pindare aux jeux du stade rappellent toujours l'espèce particulière de victoire que son héros a remportée. C'est

hymnes et de la flamme éclatante qu'il sait allumer [1]. Ajoutez
à ces images celles qu'il tire des fleurs, des couronnes, du
marbre et de l'or, de l'ivoire et du corail [2], de l'eau limpide et
féconde [3]. Ce que signifient toutes ces images, c'est la vivacité
rapide et étincelante, c'est la grandeur, l'éclat, la force.

Il faut avouer cependant que ce style est souvent obscur pour
nous; il l'est pour plusieurs raisons : d'abord à cause des allusions nombreuses que fait le poète à des événements peu connus
de nous; mais c'est là une cause extérieure, pour ainsi dire, au
style lui-même; ensuite, et ceci nous ramène à notre sujet, il
l'est à cause de son allure même, si éloignée de nos habitudes.
Nous sommes les disciples des prosateurs attiques; nous avons
appris à leur école cette netteté analytique, cette précision fine
qui répondent si bien aux instincts de l'esprit français; nous
avons eu pendant deux siècles le génie de la prose nette et limpide, et notre poésie même a été surtout logique et raisonnable.
Quand nous abordons Pindare, au contraire, nous nous trouvons
brusquement placés en face de l'imagination la plus hardie, du
style le moins analytique dont les littératures de l'antiquité classique nous offrent l'exemple; ces façons de dire nous déroutent.
Il n'est personne qui ne sente au moins par intervalles l'éclat de
certains détails, mais d'autres étonnent au premier abord plus
qu'ils ne charment, et la suite des idées semble brisée.

Le style de Pindare choquait au XVII° siècle les partisans des
modernes au moins autant que sa composition. Perrault, qui
traduit le début de la première Olympique, n'y voit que du
galimatias [4]. Sait-on pourquoi? C'est qu'avec son esprit logique,

là une de ces subtilités fréquentes chez Dissen et qui ne sont ni vraies, ni
poétiques : dans la VII° (VIII°) Isthmique, Pindare attelle aussi le char des
Muses (Μοισαῖον ἄρμα) pour un simple pugiliste (πύγμαχος), et non pour le
héros d'une victoire curule. Mais il est certain qu'il y a là une sorte de concordance souvent observée par le poète.

1. Isthm. III, 60.
2. Ném. VII, 78-79.
3. *Ibid.*, 62.
4. *Parallèle des anciens et des modernes*, 1er dialogue (1688), p. 28-29.

il veut trouver dans les premiers vers un raisonnement en forme,
une affirmation suivie de sa preuve ; il prête à Pindare un
« car » qui est absurde, et dont il n'y a pas trace dans le texte,
mais qui trahit d'une manière bien curieuse ces habitudes rai-
sonneuses de l'esprit moderne ; Perrault ne comprend pas un
poète lyrique qui oublie de faire des syllogismes. « Si les savants,
dit-il ailleurs [1], lisaient Pindare avec la résolution de bien
comprendre ce qu'il dit, ils s'en rebuteraient bien vite, et ils en
parleraient encore plus mal que nous. Mais ils passent légèrement sur tout ce qu'ils n'entendent pas et ne s'arrêtent qu'aux
beaux traits, qu'ils transcrivent dans leurs recueils. » Perrault
concluait de là que le meilleur moyen de bien apprécier le style
de Pindare, c'était de le lire dans une traduction : la conclusion du moins était originale.

La Motte semble avoir hésité dans son jugement sur le style
de Pindare. Dans son *Ode sur la puissance des vers*, il va
jusqu'à trouver *charmante* l'obscurité de Pindare :

> Ces images ensemble obscures et brillantes
> Où Pindare aime à s'égarer
> Sont encore aujourd'hui des énigmes charmantes
> Qu'on s'intéresse à pénétrer.

Au contraire, dans le discours sur *la Poésie en général et sur
l'Ode en particulier*, il n'a pas l'air trop *charmé* du style de
Pindare : « Ces figures quelquefois si excessives, ces manières
de parler aussi obscures qu'emphatiques étaient du goût de
son siècle, » dit-il pour l'excuser : nous sommes loin, on le voit,
des éloges de tout à l'heure. A vrai dire, la Motte prosateur me
paraît être plus sincère que la Motte poète ; dans son ode il se
croit tenu à des égards pour Pindare (un confrère) ; en prose il
est plus libre ; au fond, il était de l'avis de Perrault, et aussi
de Voltaire, peu respectueux, comme on sait, pour

> Des vers que personne n'entend,
> Et qu'il faut pourtant qu'on admire [1].

1. 4ᵉ dialogue (1692).

Revenons à notre étude. D'où vient au juste le caractère propre du style de Pindare? De quels faits précis se forme cette impression générale que tout lecteur suffisamment initié éprouve à la lecture des Odes triomphales et que nous venons d'esquisser en quelques mots? Ici encore nous sommes obligés d'examiner les choses de près et dans le détail parfois le plus technique. Cette étude pourtant est indispensable si l'on veut comprendre Pindare. Peut-être, d'ailleurs, à la poursuivre attentivement, se trouvera-t-elle plus capable d'intéresser qu'on ne le croirait à première vue.

Étudier le style de Pindare, c'est chercher d'abord l'empreinte originale de son génie dans les éléments généraux du langage, c'est-à-dire dans l'emploi qu'il fait des mots, dans la tournure de ses phrases, dans « l'ordre et le mouvement » de tout son discours, dans la manière dont ses pensées se lient, s'enchaînent, se précipitent ou se ralentissent, se condensent ou s'étendent; c'est ensuite poursuivre la même étude dans les applications particulières qu'il fait de ces lois générales à la diversité des sujets, selon par exemple qu'il conseille ou qu'il raconte, qu'il exhorte ou qu'il décrit, qu'il fait agir ou parler ses personnages. Nous examinerons successivement l'élocution de Pindare sous ces deux aspects.

II

Et d'abord quels sont, chez Pindare, les caractères essentiels du dialecte, du vocabulaire, de la phrase, du mouvement enfin qui anime l'ensemble de son discours?

1. *Galimatias Pindarique*, éd. Beuchot, t. XII, p. 189. — J'ai déjà dit que Boileau sentait vivement la beauté du style de Pindare; il est juste d'ajouter qu'au XVIIIᵉ siècle, en dehors même des érudits de l'Académie des Inscriptions, l'éclat de ce style avait trouvé chez les purs littérateurs, chez Marmontel par exemple et chez la Harpe, plus de faveur et plus d'approbation que la composition des Odes.

§ 1

On sait quelle variété de dialectes régnait dans les poèmes lyriques de la Grèce et quelles lois historiques ou poétiques gouvernaient cette variété; nous avons rappelé ces faits dans un précédent chapitre. Les poètes grecs n'écrivent pas purement et simplement la langue de leur cité ou de leur canton; leur langue est un composé où se mêlent l'influence du dialecte natal et celle de l'imitation littéraire dans des proportions qui varient indéfiniment suivant une foule de circonstances, soit personnelles au poète, soit propres au genre traité par lui. Il en résulte que la nature du dialecte employé dans un poème lyrique grec, au lieu d'être comme chez nous l'effet d'un simple hasard de naissance, est déjà un fait qui a sa portée et un indice littéraire digne d'attention.

Quand on essaie de fixer avec rigueur et mot par mot les véritables formes dialectales de Pindare, on rencontre bien des difficultés. Certaines formes sont douteuses[1]. D'autres, sans doute, dont les manuscrits ne nous ont conservé aucune trace, devraient être restituées; il est en effet fort probable que les premiers copistes attiques des odes de Pindare ont dû faire disparaître de ses poèmes, par mégarde, beaucoup de formes étrangères à l'atticisme et peu connues d'eux. Ce travail inconscient n'a pu manquer de se continuer de siècle en siècle. M. Tycho Mommsen fait observer[2] que les plus anciens manuscrits sont toujours ceux qui conservent le plus grand nombre de ces particularités de langage, sans d'ailleurs s'accorder constamment

---

1. Par exemple l'éolisme ὑπερόχος pour ὑπερόχους (Ném. III, 24), rejeté par Aristarque malgré les manuscrits; la leçon ἐσλός pour ἐσλούς (Ném. I, 24), rejetée par la plupart des éditeurs et conservée par Ahrens; φρεσίν ou φρασίν en maint passage; la curieuse orthographe Ἐρχομενοῦ pour Ὀρχομενοῦ (Olymp. XIV, 3), conforme à l'usage des inscriptions orchoméniennes, et que deux manuscrits nous ont seuls conservée. (Ahrens, *Dial. Æol.*, p. 178; Cf. Mommsen, *Adnot. critic. supplem.*, p. 190.)

2. *Adnotationis criticæ supplementum*, ad Olymp. VII, 25.

entre eux. Cependant, malgré ces difficultés de détail, le caractère général du dialecte pindarique n'est pas contestable, et il
a été très bien déterminé d'abord par G. Hermann[1], ensuite
par Ahrens[2]. C'est un mélange harmonieux du dialecte épique,
du dialecte éolien et du dialecte dorien. Le trait saillant de
ce mélange, c'est le goût avec lequel Pindare, en vue d'une
harmonie supérieure, a rejeté de tous ces dialectes les éléments
trop particuliers; il ne prend que la fleur de chacun d'eux. Le
fond de son langage est formé par le dialecte épique; mais il
laisse à Homère certaines formes trop spéciales à ses yeux et que
d'autres lyriques, ses prédécesseurs, avaient pourtant admises.
De même, bien que son style ait une couleur éolienne plus pro-
noncée que celui d'Alcman, il y a de certains éolismes admis par
celui-ci et que Pindare au contraire rejette comme réfractaires
apparemment à l'harmonie qu'il a en vue[3]. Il fait du dialecte
dorien un usage semblable : plus dorien que les Ibycus, les
Simonide, les Bacchylide, il n'emploie pourtant qu'un dorien
choisi et tempéré, une variété de ce qu'on pourrait appeler le
dorien littéraire[4].

1. *De Dialecto Pindari*, au tome I de ses *Opuscules*, p. 245-268.
2. *Ueber die Mischung der Dial. in d. Griech. Lyrik* (dans la collection
des Mémoires composés pour les Congrès des Philologues allemands, année
1853, Göttingen). Cf. les deux volumes du même savant, *De græcæ linguæ
dialectis*, Gölting., 1839-1843.
3. On peut affirmer avec beaucoup de chance d'être dans le vrai que
telle forme d'Alcman n'est pas pindarique : car nous avons environ 1 000 vers
de Pindare. Mais il faut être beaucoup plus réservé dans l'affirmation
qu'une forme pindarique était étrangère à Alcman, à cause du petit nombre
de vers qui nous restent de celui-ci; il faut éviter des affirmations que la découverte d'un seul vers risque de renverser. Par exemple, Ahrens avait
signalé l'emploi fréquent chez Pindare de la terminaison ενός pour ενός
dans les adjectifs, et il en signalait l'absence chez Alcman; or le fragment
sur papyrus d'un parthénie d'Alcman, découvert par M. Mariette en 1855 et
publié ensuite pour la première fois par M. Egger dans ses *Mémoires d'Histoire ancienne et de Philologie*, contient un exemple de κλεννά pour κλεινά.
4. Ahrens, *Ueber die Mischung* etc., p. 71-80. — Je laisse de côté ce que
dit Ahrens des rapports qui existent, selon lui, entre le dialecte de Pindare
et celui d'Hésiode, de même qu'entre le dialecte de ces deux poètes et celui
de Delphes; toute cette partie de sa dissertation est intéressante et ingé-

Hermann signale en outre dans la langue de Pindare quelques formes attiques[1]; ce serait la conséquence naturelle de son
long séjour à Athènes et des études lyriques qu'il y avait faites.
Un mot de Corinne, assez obscurément rapporté il est vrai,
semble confirmer cette opinion : Corinne paraît avoir reproché
un jour à Pindare d'*atticiser* dans son langage[2].

Y avait-il d'ailleurs quelque lien, quelque rapport à peu près
constant entre l'emploi que Pindare faisait de ces différentes
formes et le genre de rythme ou de mode musical dont il se
servait? Son dialecte n'était-il pas plus nuancé d'éolisme par
exemple quand il composait une ode dans le rythme et dans
le mode éoliens que lorsqu'il écrivait un poème accompagné
d'une mélodie dorienne? G. Hermann a le premier soulevé
cette question, et il y a répondu affirmativement : il croit
qu'outre l'éolisme général dont toutes les odes présentent des
traces évidentes, il y avait dans les odes éoliennes de Pindare
plus d'éolisme, ou des éolismes plus caractérisés, que dans ses
autres odes; et de même pour les autres dialectes. Les preuves
positives en ces matières sont si rares et si légères qu'on ne saurait être tout à fait affirmatif. Cette opinion pourtant est vraisemblable. De même qu'un poète tragique à Athènes écrivait en
dialecte attique le dialogue, et en dorien tempéré les parties
chorales de ses drames; de même que les poètes lyriques associaient de préférence à une harmonie dorienne un rythme
dorien et à une harmonie éolienne un rythme éolien, il est
permis de croire que les formes dialectales pouvaient aussi,
selon des lois analogues, se mélanger les unes aux autres dans
des proportions variables.

Quoi qu'il en soit de ce détail, le caractère général du dialecte

nieuse (p. 75-76; cf. *Dial. Dor.*, p. 410), mais me paraît reposer sur des
faits trop peu nombreux et trop peu certains pour que les conclusions qu'il
en tire soient solides.

1. Cf. Hermann, p. 254.

2. Scol. Aristoph., *Acharn.* 720 (avec la correction de Pierson ou celle
de Geel, dans Bergk, ad fragm. Pind. 80).

de Pindare ne saurait en être altéré : c'est toujours un mélange
de plusieurs dialectes, mélange si harmonieux, si discret, si habilement opéré, que la part de chacun est difficile à établir. Les
anciens avaient déjà signalé ce fait [1]. Un grammairien va jusqu'à
dire que le dialecte de Pindare est le dialecte commun [2] ; exagération manifeste, mais qui s'explique soit, comme le dit Ahrens,
par l'équitable proportion des dialectes dans le mélange qu'en
fait Pindare, soit plutôt peut-être par cette attention scrupuleuse à les passer au crible, pour ainsi dire, de manière à en
rejeter les formes trop particulières, et à n'en retenir que la
partie la plus générale, la plus noble, la plus belle.

Ce ne sont pas des préférences arbitraires qui ont amené
Pindare à ces résultats. On sait que chaque dialecte en Grèce
avait son caractère propre, déterminé par une longue tradition
littéraire aussi bien que par la nature intellectuelle et morale
de la race qui le parlait. Le dialecte de Pindare est composé par
lui à l'image de sa poésie ; il en est comme le vêtement, comme
le signe visible et approprié. Les différents dialectes s'y mêlent
dans la proportion où les sentiments mêmes qu'ils étaient le
plus capables d'exprimer entrent dans l'ensemble des conceptions du poète. Si Pindare emprunte à Homère le fond de son
langage, c'est qu'il n'y a pas en Grèce de haute poésie qui ne
relève d'abord, par le fond des idées et par les mythes, du poète
par excellence, du créateur de l'épopée grecque. Mais il évite,
avec certaines douceurs ioniennes, mainte forme trop antique
et trop curieuse pour convenir à ses propres chants, mêlés de si
près à la vie réelle. En revanche, il y ajoute un peu de la fierté
d'accent des Éoliens et beaucoup de la majesté dorienne ; quelques notes rares, empruntées les unes à l'atticisme, les autres à
la langue d'Hésiode, achèvent de marquer avec discrétion les influences subies par son esprit. De tous ces éléments il forme un
ensemble harmonieux, un dialecte poétique, vigoureux, grave,

---

1. Eustathe, p. 1702, 3 (cité par Hermann et par Ahrens).
2. Κοινὴ διάλεκτος (Greg. Corinth., p. 12, cité par Ahrens, p. 71).

assez moderne pour convenir à des poèmes de circonstance, assez parfumé d'antiquité pour répondre dignement à la grandeur ordinaire de son inspiration ; une langue qui exprime dans une parfaite mesure ce qu'il y a d'actuel dans l'occasion nécessaire de ses chants et ce qu'il y a de général, d'impersonnel dans la libre conception de ses sujets.

On peut rattacher à ces observations sur le dialecte de Pindare la mention de certaines particularités grammaticales étrangères à la langue ordinaire. Il modifie le genre des mots [1]. Il construit des verbes au singulier, ou même au duel, avec un sujet au pluriel, et d'autres au pluriel avec un sujet neutre [2]. Il met le régime d'un verbe passif au génitif sans ὑπό [3]. Il altère légèrement le sens vulgaire de certaines prépositions [4], ou bien il les déplace dans la phrase par des *hyperbates* aussi fréquentes que hardies [5]. Il ne serait sans doute pas impossible d'allonger cette énumération ; mais on voit déjà suffisamment le caractère littéraire de ces diverses particularités de langage : elles ont toutes pour objet, par leur ancienneté ou leur rareté, de donner à l'esprit une impression inattendue, par conséquent plus grande et plus forte. Ces « braves manières de s'exprimer », comme dirait Montaigne, ont un air plus vénérable que le parler de tous les jours ; elles inspirent d'avance une sorte de respect pour l'idée qu'elles traduisent ; elles contribuent pour leur part à répandre sur le discours cette espèce de hâle, ce vernis d'antiquité que Denys d'Halicarnasse admire chez Pindare [6] et que les années mettent sur le style comme sur les statues et sur les temples.

---

1. Par exemple, ἐρήμα αἰθήρ (Olymp. I, 6), pour ἔρημος αἰθήρ.

2. Pyth. IV, 57 ; Cf. Scol. ad Isthm. I, 43 (60) ; fragm. 53, v. 19-20 (leçon de Bergk) ; Ném. IX, 23 (leçon du scoliaste) ; Olymp. II, 87 ; fragm. 224 ; fragm. 230. — L'emploi d'un verbe au singulier avec un sujet au pluriel s'appelait même, dans la langue des grammariens grecs, σχῆμα Πινδαρικόν.

3 Par exemple, Ném. I, 8 ; Ném. IX, 2.

4. Par exemple, ὑπό mis pour ὑπέκ, Pyth. XI, 18 ; Cf. Ném. I, 35.

5. Comme dans cette phrase : ἑβδόμα καὶ σὺν δεκάτα γενεᾷ (Pyth. IV, 10).

6. Ὁ πίνος, ὁ ἀρχαισμός (Dion. Halic., *de Comp. Verb.*, cap. XXII).

§ 2

Le vocabulaire de Pindare n'est pas moins original. Quelquefois
il reprend de vieux mots expressifs et les remet en circulation [1].
D'autres fois il en crée de nouveaux. Sur ce point, il est vrai,
nous nous trouvons en présence d'une difficulté analogue à celle
qui tout à l'heure nous embarrassait au début de nos observations
sur le dialecte de Pindare. Ce n'est plus la leçon véritable qui
nous manque ; mais c'est, dans une certaine mesure du moins,
le texte des prédécesseurs de Pindare. Il nous est impossible
aujourd'hui, dans la ruine presque totale de la poésie lyrique
grecque antérieure à Pindare, d'affirmer qu'il ait créé tous les
mots dont nous trouvons chez lui le plus ancien exemple. Plus
d'un de ceux-là, sans aucun doute, lui venait de ses devanciers.
Cependant si ces mots sont très fréquents dans ses poèmes, on
peut en conclure, étant données les habitudes créatrices du
lyrisme grec en cette matière, qu'un bon nombre d'entre eux
lui appartiennent en propre. Or on ne saurait lire avec attention
les poésies de Pindare sans être frappé de la quantité de ces
mots nouveaux. Dans un seul fragment de dithyrambe, conservé
par Denys d'Halicarnasse [2] et qui contient moins de vingt vers
assez courts, voici quatre, peut-être cinq mots dont la langue
grecque ne nous offre aucun exemple antérieur [3]. Ce sont des épithètes ; ce sont de ces mots composés (διπλαῖ λέξεις καὶ πεποιημέναι)
qu'Aristote blâme dans la prose oratoire et qu'il veut réserver
aux poètes lyriques. Horace sans aucun doute avait donc raison

---

1. Par exemple, le mot αἰθύσσειν et ses composés. Cf. à ce sujet Tycho
Mommsen, *Adnot. crit. suppl.*, ad Olymp. VII, 100.

2. *De Comp. Verb.*, cap. XXII ; fragm. 53 de Pindare dans l'édition de
Bergk.

3. Πολύβατος, πανδαίδαλος, ἐαρίδρεπτος, ἑλικάμπυξ, et peut-être φοινικο-
εάνων si l'on admet la restitution très vraisemblable de Bergk (φοινικο-
κεάνων selon Christ). Ces cinq mots sont même, à ce qu'il semble, des
ἅπαξ εἰρημένα, sauf un exemple post-classique de πανδαίδαλος (voy. le
Thesaurus).

de dire que Pindare, dans ses dithyrambes, déroulait hardiment
les nouveautés brillantes de son vocabulaire[1]. Mais les odes
triomphales elles-mêmes ne sont pas à cet égard essentiellement
différentes des fragments dithyrambiques; les mots inconnus à
Homère s'y pressent en foule, et ce sont presque toujours des
épithètes, des adjectifs composés.

Ce n'est pas seulement pour la beauté du sens que Pindare
aime ces grands mots : c'est aussi pour la musique de leurs syllabes; il est constamment attentif à la qualité mélodieuse des
sons. Nous avons sur ce point un témoignage bien curieux et
qu'on ne récusera pas, car il est de Pindare lui-même : dans un
de ses fragments, nous trouvons la preuve que ces minuties de
la diction poétique n'étaient pas considérées par lui comme
indifférentes. Il parlait dans un dithyrambe d'une lettre qu'il
appelle σὰν κίβδαλον (un σάν de mauvais aloi) et de son emploi
dans la poésie dithyrambique[2]. Le passage, à vrai dire, est
obscur : on discute sur la nature exacte de cette lettre et sur
ce qu'en veut dire Pindare. Peu importe : ce qu'il y a d'intéressant et de curieux, c'est de voir Pindare, quelle que soit d'ailleurs
la nature exacte de la question qu'il agite, introduire la phoné-
tique dans un dithyrambe. Il vaut donc la peine de remarquer
l'abondance des beaux sons, des sons pleins et ouverts, dans la
poésie de Pindare. Il aime les mots éclatants, τιμά, χάρις, ἀλκά,
τύχα; les épithètes magnifiques, simples ou composées, mais surtout ces dernières, χρυσάρματος, μεγαλοπόλιες, ἱπποχαρμᾶν, μεγάνο-
ρος, etc. Il a l'art, admiré par Denys, de les détacher, de les faire
valoir en les isolant, en mettant pour ainsi dire entre chaque
mot un très court silence causé par la rencontre des consonnes
et qui force d'appuyer davantage sur la voyelle[3]. Il a aussi l'art,

---

1. *Carm.* IV, 2, 10-11 :

> Seu per audaces nova dithyrambos
> Verba devolvit....

2. Frag. 57. Cf. dans l'éd. de Bergk les textes anciens cités à propos de
ce fragment.

3. Voy. à ce sujet tout le chapitre XXII du Traité de Denys : Περὶ συνθέσεως
ὀνομάτων.

non moins curieux et peu remarqué jusqu'ici, de les mettre en
saillie par le rythme. Grâce au rythme, une voyelle longue et
sonore peut s'allonger encore davantage et résonner plus fortement. Il y a là une source très importante d'effets poétiques.
L'habileté du poète est de faire que ces surcroîts de lumière
tombent où il faut. Il y a chez Pindare de frappants exemples de
ce genre. On voit souvent chez lui les beaux mots dont nous parlions tout à l'heure rendus par quelque artifice de cette sorte
plus sonores encore et plus éclatants. Dès le début de la première Olympique, le mot ἄριστον en est la preuve : ce n'est pas un
simple hasard qui fait tomber deux temps forts sur les deux
dernières syllabes de ce mot et qui allonge d'un temps l'avant-
dernière. Ce n'est pas un hasard non plus qui reproduit un effet
analogue au début de l'épode, dans chacun des deux premiers
vers, sur les mots Συρακο'σιον et Ε'ΥΑ'νορι; de ces deux mots,
l'un fait connaître la patrie de Hiéron vainqueur et l'autre est
une de ces épithètes composées, nobles à la fois par le son et
par le sens, dont la poésie de Pindare est si prodigue.

Mais arrivons à ce qui est proprement le style, je veux dire à
l'emploi du vocabulaire en vue d'exprimer certaines idées.

Le philosophe Arcésilas, qui était un amateur de poésie, disait
de Pindare qu'il pouvait donner mieux que personne à ceux qui
le pratiquaient un style sonore et leur fournir une ample pro-
vision de mots[1]. Sur ce point il faut s'entendre. Il y a peut-être
chez Pindare moins de mots que chez Homère, moins de termes
précis servant à désigner proprement certains objets et empruntés aux arts, aux métiers, à la vie pratique. Mais ce qui abonde
dans ses odes, ce sont les termes nobles et généraux; ce sont les
termes savamment composés, comme nous venons de le voir,
ou encore ceux que des rapprochements imprévus, des combinaisons habiles ont comme rajeunis et renouvelés. Bref, ce qui
abonde chez Pindare encore plus que les mots, ce sont les figures
de style grâce auxquelles les mots même usuels semblent autres

---

1. Diog. Laert., IV, § 31 : τόν τε Πίνδαρον ἔφασκε δεινὸν εἶναι φωνῆς
ἐμπλῆσαι, καὶ ὀνομάτων καὶ ῥημάτων εὐπορίαν παρασχεῖν.

qu'ils n'étaient. Les rhéteurs grecs ont signalé cette profusion
de figures dans le style de Pindare : Hermogène, pour cette
raison, recommande aux orateurs de s'en défier[1]. Un scoliaste
d'Hermogène, Maxime Planude, fait remarquer avec justesse
(après Aristote) qu'Euripide le premier simplifia le style lyrique, et il l'en loue, ce qui montre à quel point l'art de Pindare était devenu difficile à comprendre et à goûter pour les
Grecs du Bas-Empire[2]. Un autre scoliaste dit également avec
raison[3] qu'Homère est beaucoup moins hardi que Pindare et
que son style est bien plus exactement modelé sur la réalité.
L'abondance des figures, voilà le caractère le plus saillant de
la langue de Pindare. Qu'on prenne une de ses odes au hasard,
qu'on essaie d'y noter les locutions éloignées de l'usage ordinaire, les hardiesses de style, les figures de toute sorte, on sera
surpris de voir que l'ode tout entière est à noter ; depuis le premier mot jusqu'au dernier, il faut tout relever ; métaphores brillantes et continuelles, périphrases, épithètes, alliances de mots,
tout est neuf et poétique : c'est comme une langue particulière
que parle le poète, une langue qu'il a façonnée pour son usage
et qui est bien à lui.

Nous allons essayer d'analyser avec quelque précision ces formes de style ; mais il est on ne peut plus difficile de les citer en
français. Pour faire d'un mot admirable un trait choquant, il
suffit quelquefois de l'isoler et plus souvent de le traduire. Il
y a dans le génie et dans l'usage de chaque langue mille particularités délicates qui établissent entre les mots et les idées de
fugitives convenances rebelles à toute traduction. Il faut lire ces
choses dans le texte. Il faut d'abord, par une étude analytique et
patiente, les bien comprendre ; puis, par une lecture répétée, par
l'accumulation des souvenirs semblables et des termes de comparaison, arriver peu à peu au point d'en sentir la délicatesse.
Je voudrais ne rien détacher du texte, ne rien citer, ne rien

1. Dans les *Rhetores græci* de Walz, t. III, p. 226.
2. *Ibid.*, t. V, p. 487.
3. *Ibid.*, t. VI, p. 229.

traduire surtout. S'il est nécessaire pourtant de donner quelques exemples, que ce soient du moins quelques très rares échan-
tillons destinés uniquement à éclaircir une difficulté et à faire
bien entendre de quoi nous parlons; le lecteur ensuite, pour
retrouver l'impression vraie, pour saisir sur le vif la proportion, la mesure, la place heureuse et choisie qui fait valoir
chaque détail et qui lui communique sa physionomie vivante,
devra revenir autant que possible au texte et à l'ensemble.

Pour avoir la clef, en quelque sorte, des images et des métaphores de Pindare, c'est-à-dire d'une des parties les plus
essentielles de son style poétique, il ne suffit pas d'en faire un
relevé; il faut tâcher de pénétrer jusqu'à la source même où
elles prennent naissance, c'est-à-dire jusque dans son imagination,
et d'étudier celle-ci dans ses habitudes les plus constantes. Or
l'imagination de Pindare présente ce caractère remarquable
d'être à la fois très ouverte aux impressions vives, fortes, éclatantes du monde visible et très attentive aux idées abstraites.

La lumière étincelante du soleil, les tempêtes de l'air et celles
des eaux, la vie charmante et variée des plantes, tour à tour
semées, arrosées, grandissantes, puis couvertes de fleurs et de
fruits, celle des animaux, avec leur souplesse et leur force, la
dureté de l'airain, l'éclat superbe de l'or, la beauté des jeux
du stade, celle des œuvres d'art : tous les spectacles en un
mot qui peuvent se refléchir dans l'œil d'un Grec remplissent
l'imagination de Pindare. Mais Pindare ne se borne pas, comme
Homère et comme les poètes primitifs, à recevoir du monde extérieur une impression purement sensible, une image fidèle, bien
qu'agrandie. Ce reflet du monde extérieur tombe non pas sur une
imagination naïvement passive, mais sur une intelligence pénétrante, active, déjà philosophique, qui voit l'abstrait dans le
concret, l'esprit dans la matière, l'universel dans le particulier,
et qui, au lieu de se borner à réfléchir docilement les impressions reçues du dehors, les transforme, les spiritualise, les
pénètre de sa propre substance.

De là un double effet dans le style de Pindare : — d'une part les idées abstraites y sont ordinairement représentées par des images sensibles; — de l'autre les objets concrets y sont peints à la fois aux yeux et à l'esprit, dans leur individualité pittoresque et dans leur rapport avec la loi générale et abstraite dont ils sont une application. Grâce à cet incessant échange entre l'idée et la forme, entre le sensible et l'intelligible, toute la langue de Pindare est une création; elle est à la fois plastique et abstraite, imagée et générale; les banalités mêmes s'y rajeunissent; la marque personnelle du poète est imprimée sur chaque détail!

Faut-il citer des exemples d'idées abstraites rendues sensibles par des métaphores? — La race d'Arcésilas, selon le poète, a été *plantée* par la main des dieux [1]; non seulement sa race, mais encore la *gloire* de ses ancêtres [2]. Ailleurs, ce sont les villes de la Cyrénaïque dont la *racine*, selon l'expression du poète, a été *plantée dans le sol de Zeus Ammon*, c'est-à-dire dans la Libye [3]. Ces métaphores tirées de la croissance des plantes sont fréquentes chez Pindare; Arcésilas lui-même *fleurit*, grâce à sa gloire, « comme une plante, dans le frais éclat du printemps empourpré [4] ». On voit en quoi consiste ce procédé. Sans sortir de la quatrième Pythique, les premiers mots que Médée adresse aux Argonautes sont appelés par Pindare la *première assise* de ses sages paroles, et celle qui parle *pose* cette assise comme on pose la première pierre d'un édifice [5]. Voici plus loin les *clous de diamant* à l'aide desquels le danger retient enchaînés et maîtrise ceux qui le bravent [6]; puis les *bouillonnements* de la jeunesse [7]; puis le *fouet* des désirs inassouvis [8]. On pourrait, je le répète, avec la quatrième Pythique

1. Pyth. IV, 256.
2. *Ibid.*, 69.
3. *Ibid.*, 15-16.
4. *Ibid.*, 64-65.
5. *Ibid.*, 138.
6. *Ibid.*, 71.
7. *Ibid.*, 179.
8. *Ibid.*, 219.

seule, multiplier indéfiniment ce genre d'exemples, si cela offrait
la moindre utilité. Je ne ferai plus sur ce point qu'une seule
remarque : c'est que la plupart des métaphores de Pindare sont
extrêmement brillantes; il aime les mots qui expriment l'éclat,
qui donnent une sensation lumineuse. Le verbe φλέγειν, par
exemple, qui signifie *enflammer*, et par suite *éclairer*, *illu-
miner*, est sans cesse employé par lui d'une manière métaphorique pour exprimer le reflet d'honneur que les vertus, les
Grâces, les Muses, les chants des poètes peuvent jeter sur un
vainqueur [1]. Le verbe διαΐσσειν, dont j'ai déjà parlé, et qui
exprime la lueur étincelante d'un mouvement rapide (*emicare*),
est encore un des mots favoris de Pindare, un de ceux dont il
aime à se servir par métaphore [2].

Il est à remarquer que Pindare, qui se sert si souvent de la
métaphore, fait rarement usage des comparaisons; ou du moins,
s'il en fait une par hasard, elle est ordinairement très courte.
On en a un exemple dans les lignes qui précèdent : Arcésilas
fleurit, disait le poète, « comme [une plante] dans l'éclat du
printemps empourpré »; voilà une comparaison pindarique,
c'est-à-dire brève et frappante. Les comparaisons à la manière
d'Homère, avec un long et tranquille déroulement de circonstances pittoresques, ne conviennent pas à la vivacité lyrique.
L'épopée raconte; le lyrisme, au contraire, exprime des émotions : la métaphore, naturellement brève, lui convient; la comparaison, plus lente, est moins conforme à son génie. Il y a

1. Olymp. ix, 22; Pyth. v, 45; Ném. x, 2; Isthm. vi (vii), 23.
2. Bacchylide, qui paraît avoir imité souvent Pindare, emploie ce mot de
la même manière (fragm. 27 Bergk, str. 1). Sur les métaphores de Pindare,
on peut consulter soit le relevé consciencieux et complet, mais un peu
confus, de Goram, dans le *Philologus* (t. XIV, p. 241-280 et 478-498; soit la
dissertation de Michel Ring *Zur Tropik Pindars* (Pesth, 1873), qui est
beaucoup plus intéressante. Goram classe les métaphores de Pindare d'après
les objets d'où elles sont tirées; M. Ring, au contraire, montre comment
une idée abstraite est tour à tour revêtue par Pindare d'une foule de métaphores différentes. Cf. aussi Lübbert, *de Elocutione Pindari* (Halle, 1853),
p. 9-12 et 39-57.

pourtant plusieurs odes de Pindare, nous l'avons vu, qui débutent par des comparaisons : c'est qu'en effet le début de l'ode,
souvent magnifique et calme chez Pindare, est la place la mieux
appropriée à cette sorte de figure ; même là, d'ailleurs, elles sont,
par le détail de l'expression et par le mouvement de la phrase,
bien plus hardies, bien plus rapides et brillantes que celles
qu'on trouve dans Homère.

L'imagination de Pindare personnifie sans cesse les choses
inanimées d'une manière très hardie aussi, et parfois étrange.
Non seulement Délos, ou Thèbes, ou Agrigente, représentent
indifféremment, dans ses odes, soit la ville de ce nom, soit la
divinité éponyme de la cité ; mais cette confusion s'opère de la
manière la plus insaisissable, le poète passant d'une signification à l'autre à l'improviste, ou même les associant ensemble
simultanément. Et cette hardiesse ne se borne pas à des noms
de villes : il n'y a pas d'objet que l'imagination du poète ne
puisse personnifier : ἡμέρα (le jour) devient fille du soleil [1] ; le
vin est fils de la vigne [2] ; et ainsi de suite ; et cela dans la
phrase même où le poète mentionne le vin ou le jour au sens
concret, lorsqu'il parle du vin qui brille dans la coupe, du jour
heureux ou malheureux que l'homme passe sur la terre.

L'expression abstraite des idées concrètes est un trait non
moins curieux du style de Pindare. Voici un exemple de ce que
j'entends par là. Dans la grande ode à Arcésilas, d'où j'ai tiré
la plupart des citations qui précèdent, les Argonautes prient
Jason d'éviter les Symplégades, ces rochers qui se resserrent
l'un vers l'autre pour étouffer les navigateurs : « Exposés à
l'affreux péril, ils priaient le chef des navires de fuir *l'inexpu-
gnable mobilité des pierres qui se rapprochent* (συνδρόμων
κινηθμὸν ἀμαιμάκετον ἐκφυγεῖν πετρᾶν) [3]. » Un peu plus haut, Jason, au
lieu d'invoquer prosaïquement les flots et les vents, appelle à
son aide les « *élans, rapides conducteurs,* des vents et des flots »

1. Olymp. II, 32.
2. Ném. IX, 52.
3. Pyth. IV, 208-209.

(ὠκυπόρους κυμάτων ῥιπὰς ἀνέμων τ'ἐκάλει) [1]. Ailleurs, pour désigner les taureaux d'Éétès, Pindare emploie cette expression si pittoresquement abstraite, et non moins intraduisible que la précédente : ἐρίπλευρος φυά [2], qui forme à la fois périphrase, métonymie, alliance des mots, et je ne sais quoi encore. Pour dire qu'un navire est achevé par le marteau des travailleurs, ce qui serait déjà une métonymie, il emploie cette locution plus abstraite à la fois et plus imagée : « façonné par les chocs du fer [3] ». Pour dire « le tonnerre bruyant », il dit « la voix du tonnerre » ; pour l'eau qui s'écoule, « l'écoulement de l'eau » ; pour le soleil qui brille et qui brûle, « la force, brillante comme l'or, du soleil » ; et ainsi de suite. Le substantif concret et son adjectif sont remplacés par une locution complexe et abstraite ; un substantif abstrait remplace l'adjectif concret de la langue vulgaire : δείπνου τέρψις équivaut à ἡδέα δεῖπνα, σθένος ἀελίου à εὐρωσθενὴς ἥλιος, etc. Homère disait déjà « la force de Patrocle » pour « le fort Patrocle » ; mais ces locutions chez lui sont rares ou du moins peu variées. On peut dire qu'elles n'appartiennent pas à la naïveté de l'imagination épique. Dans les époques de poésie plus savante, au contraire, et de pensée plus raffinée, elles se multiplient. La tragédie grecque s'en est souvent servie, même dans le dialogue. Cependant c'est surtout le lyrisme, et surtout peut-être Pindare, qui en ont fait le plus fréquent usage. Le nombre en est extraordinaire chez Pindare ; elles donnent à tout son style un caractère particulier de concentration rapide et profonde.

On remarquera aussi que, dans plusieurs de ces locutions, les noms abstraits sont mis au pluriel : c'est encore là un trait du style de Pindare, qui dit par exemple φρενῶν ταραχαί, ἀνέμων ῥιπαί, etc. Ces pluriels sont étrangers à l'usage vulgaire, et par conséquent

---

1. *Ibid.*, 195. Homère a dit déjà ῥιπὴ Βορέαο (*Iliade*, XV, 171 et XIX, 358), mais au singulier, et dans un sens plus concret, pour indiquer expressément la violence du vent du nord. — Cf. Ném. VII, 29 : εὐθυπνόου Ζεφύροιο πομπαί (= εὐθύπνους Ζέφυρος πόμπιμος).

2. *Ibid.*, 235 (littéralement : *Nature aux larges flancs*).

3. *Ibid.*, 246 (τέλεσεν ἂν πλαγαὶ σιδήρου).

frappants ; ils sont en outre précis, car ils marquent une habitude,
une qualité permanente, comme ferait un adjectif. Mais surtout
ils agrandissent l'expression d'une manière toute lyrique. Pindare
aime le pluriel ; il l'emploie d'une manière hyperbolique là où la
prose mettrait le singulier ; son imagination multiplie les objets
de ses chants ; l'individu fait place à l'espèce. Pour dire par
exemple que les rois d'Opunte sont fils de Protogénie et de
Zeus, il emploiera ce pluriel étrange : « fils des vierges et des
enfants de Kronos [1] ». Dans la septième Olympique il dit qu'il
va chanter des vainqueurs illustres, bien qu'il ne soit question
que du seul Diagoras [2]. Dans la quatrième Pythique il dit
qu'Aphrodite enlève à Médée le respect de « ses pères [3] », bien
qu'il ne songe qu'au seul Éétès [4]. Les scoliastes ont maintes
fois noté ces manières de dire, si singulièrement hyperboliques
aux yeux d'un lecteur moderne, mais si conformes à la *grandi-
loquence* du lyrisme [5] : Aristote déjà, dans sa *Rhétorique*, en
avait déterminé avec précision l'effet et l'emploi [6].

De même encore, Pindare aime, comme Buffon, le mot « le
plus général ». On a souvent blâmé l'auteur du *Discours sur le
style* de ce qu'on appelait son goût académique ; il est curieux de
voir le lyrisme grec et Pindare pratiquer sur ce point les mêmes
théories. Très souvent Pindare préfère au mot précis, mais vulgaire, qui désigne un objet comme par son nom, un terme plus
général qui le laisse voir sans le montrer, qui le débarrasse du
cortège des notions accessoires et communes pour n'en faire
connaître que l'essence et qui le rattache au genre abstrait dont
il fait partie. De là cet usage si fréquent des mots τιμά, γέρας,
χάρις, par lesquels Pindare désigne tantôt le prix de la victoire
(ce qu'on appelle proprement τὸ ἄθλον), tantôt le succès d'un roi

---

1. Olymp. ix, 56.
2. Olymp. vii, 10.
3. Pyth. iv, 218 (τοκέων).
4. Cf. encore fragm. 53, v. 11 et 12.
5. Par exemple, *ad Olymp.* ix, 56 [79].
6. *Rhét.*, iii, 6, 4.

victorieux de ses ennemis, ou toute autre chose semblable. De là
aussi tant de périphrases, aussi riches pour la plupart en mots
abstraits qu'en termes qui font image. Tout cela ennoblit
l'expression, l'idéalise, pour ainsi dire. Le prix remporté à la
course des chars (et par métonymie la victoire elle-même)
s'appelle en deux mots qui n'ont pas d'équivalents français,
ἀριστάρμαπον γέρας : expression abstraite et périphrase. Pindare
désigne ailleurs les jeux, les combats gymniques propres à la
cité de son héros, et où se donnent des prix, par cette expression
du même genre : ἐγχωρίων χαλῶν ἔσοδοι, littéralement « l'accès à
l'illustration qui vient des jeux locaux »; encore cette traduction
ne rend-elle ni l'effet du pluriel ἔσοδοι, ni celui de cette expression si générale ἐγχώρια χαλά, ni surtout la brièveté forte de l'ensemble; mais je ne sais comment on pourrait donner en français
un équivalent exact de toutes ces manières de dire. Quoi qu'il
en soit, on peut comprendre, par ces deux exemples pris au hasard entre une infinité d'autres semblables, en quoi consistent
au juste cette hardiesse d'abstraction, cette généralité dans les
termes, cette nouveauté aussi, qui sont si remarquables chez
Pindare.

Ses épithètes ne méritent pas moins d'attention : elles ont
dans son style une importance extrême. D'abord elles y sont
très abondantes; la poésie grecque a toujours aimé les épithètes,
et elle en a fait un admirable usage, grâce à la richesse d'une
langue merveilleusement créatrice et féconde; mais aucun poète
n'en a plus usé que Pindare. Ensuite, elles présentent des particularités très curieuses, soit par leur nature même, soit par
l'emploi que Pindare en a fait.

Elles sont chez lui de deux sortes. Il y a d'abord les épithètes
traditionnelles et simples, qui sont comme un legs fait par
l'épopée au lyrisme; c'est ce qu'il y a de plus homérique dans le
style de Pindare. Telles sont en général les épithètes qui accompagnent dans ses odes les noms des cités auxquelles ses héros
appartiennent; ce sont le plus souvent des épithètes consacrées.
Elles semblent faire partie intégrante du nom poétique de la cité :

Thèbes est par excellence la cité aux chars d'or (χρυσάρματος);
Athènes, la cité couronnée de violettes (ἰοστέφανος), ou la riche,
l'opulente Athènes (λιπαρά). L'*île sacrée*, les *chevaux rapides*, la
erre divine sont également des souvenirs de l'épopée. De toutes
ces épithètes, nous n'avons qu'une chose à dire, c'est que Pindare les choisit d'ordinaires belles et sonores quant à la forme,
grandes et nobles quant au sens. Elles sont d'ailleurs assez
nombreuses dans toutes ses odes. Elles ouvrent pour ainsi dire
l'esprit des perspectives vastes et tranquilles; elles reposent
nos regards par je ne sais quelle sérénité épique, dans le mouvement et l'éclat lyrique des expressions environnantes. Il faut
pourtant ajouter que même ces épithètes homériques ne produisent plus dans Pindare tout à fait la même impression que
dans Homère : elles y prennent un air de hardiesse qui semblerait devoir leur être bien étranger. Cela tient en partie au
dialecte, qui les rend plus sonores et plus fières, et sans doute
aussi au contraste que produit leur air d'antiquité au milieu
d'un style plus animé et plus moderne : n'étant plus d'un usage
aussi ordinaire que dans l'épopée, le libre choix qu'en fait le
poète leur donne par là même plus de prix et plus de relief.

A côté de ces épithètes plus ou moins homériques il y a
celles qu'on peut appeler proprement pindariques : ce sont celles
qui, au lieu de marquer avec naïveté le trait essentiel et permanent des choses, en font ressortir d'une manière soudaine,
imprévue, raffinée, un caractère ou accidentel, ou curieux et
rare, ou profondément enveloppé sous les apparences superficielles, ou savamment complexe et dessiné avec hardiesse par
des associations d'idées inattendues.

Il ne suffit pas, en effet, pour qu'une épithète soit épique,
qu'elle mette en lumière quelque caractère permanent de l'objet auquel elle s'applique. Si cette peinture est le fruit d'une
observation personnelle et neuve, elle se distingue profondément des épithètes consacrées de l'épopée. Par exemple, au
début de la première Olympique, quand Pindare appelle la
richesse : μεγάνωρ πλοῦτος, « la richesse qui grandit les hommes, »

il fait œuvre de créateur et de poète ; cette épithète, sans
doute, exprime une qualité permanente et générale, mais elle
est neuve, elle est imprévue ; elle concentre en elle-même
une observation morale lentement accumulée ; elle n'était pas
dans le bagage traditionnel des locutions épiques. Pindare a
trouvé une foule d'épithètes admirables en ce genre. Quelques
vers plus bas il nous montre le soleil éblouissant au milieu des
solitudes de l'éther, ἐρήμας δι' αἰθέρος : qui ne voit que cette
épithète, qui exprime l'aspect ordinaire de l'espace éclairé par
le soleil, est néanmoins une trouvaille poétique de la plus
grande beauté ? Pourquoi ? C'est qu'elle rend avec une puissance toute nouvelle une impression que tout le monde avait pu
ressentir, mais que personne jusqu'alors n'avait exprimée avec
cette précision. Pindare, au reste, l'a lui-même trouvée si belle,
qu'il l'a répétée une autre fois encore en parlant de l'espace
céleste d'où Bellérophon se précipite sur les Amazones [1]. L'épithète alors pourra devenir à son tour traditionnelle, mais c'est
en vertu d'une tradition qui datera de Pindare et dont lui-
même sera l'auteur.

Quelle que soit la hardiesse ou la beauté de ces épithètes,
si l'on veut se rendre complètement compte de l'originalité
du style de Pindare il faut aller plus loin encore : on arrivera
aux associations d'idées et de mots les plus éloignées de l'usage
ordinaire, aux accumulations et aux appositions les plus im-
prévues.

La mort que Persée apporte aux habitants de Sériphe, pétrifiés
par la tête de Méduse, devient pour Pindare λίθινος θάνατος, « une
mort de pierre [2] ». Les rayons de la gloire qu'un homme a obtenue
par la vitesse de ses chevaux gardent une trace de leur origine : ils
s'appellent, par une confusion hardie, « des rayons rapides [3] ». Un

1. Olymp. XIII, 88.
2. Pyth. x, 48.
3. Θοὰν ἀκτῖνα (Pyth. XI, 48). On a quelquefois vu un effet semblable dans
ὠκύτατος γάμος (Pyth. IX, 114) ; mais je crois que cette épithète s'explique
plus naturellement par ce qui précède immédiatement (πρὶν μέσον ἆμαρ
ἐλεῖν) que par le récit de la course qui vient après.

combat où les lutteurs sont revêtus de fer s'appelle dans une ode
« un combat d'airain » (ἀγὼν χάλκεος) [1]. Plusieurs épithètes s'ajoutent à un même mot et expriment d'une manière complexe, in-
distincte, mais grande et hardie, l'effet complexe aussi et rapide
que l'objet a produit sur l'imagination de Pindare [2]. Rien de
plus fréquent encore chez Pindare que les appositions, ces
épithètes agrandies, pour ainsi dire, et d'autant plus frappantes
qu'elles se lient moins étroitement par la grammaire et par le
mouvement de la phrase au mot qu'elles caractérisent ou qu'elles
déterminent. Il en a de nobles et magnifiques : « Là, *doux remède
à ses maux cruels*, se préparent pour Tlépolème le Tyrinthien,
comme pour un dieu, les processions de grasses brebis [3] et les
luttes des jeux [4]. » D'autres sont d'une hardiesse surprenante.
Il appelle Médée « la mort » ou « le meurtre » de son père [5].
Quelquefois, par une sorte de syllepse, l'apposition se rattache
moins à un mot qu'à l'idée même de ce mot, auquel la grammaire ne permettrait pas de le rattacher : on trouve par exemple
dans Pindare des appositions à un verbe ou même à un adverbe [6].

Mais ce qui donne surtout au style de Pindare son éclat
extraordinaire, c'est que toutes ces figures, toutes ces hardiesses, au lieu d'être distinctes et séparées dans ses poèmes
comme elles le sont dans nos essais de classification, s'y
superposent pour ainsi dire les unes aux autres, et que leurs
rayons s'y entrecroisent en jetant mille feux à la fois. Voici, par
exemple, une phrase de la quatrième Pythique. Il s'agit de
Médée, à qui Aphrodite, au moyen d'un philtre, inspire un

1. Ném. x, 22. Cf. scol. *ad loc.*
2. Voy. par exemple Pyth. IX, 8 : ῥίζαν ἀπείρου τρίταν εὐήρατον θάλλοισαν.
La prose, plus analytique, éclaircirait ces rapports d'idées par des particules,
par des adverbes mis à la place de certains adjectifs, etc.
3. Pindare dit en réalité : *les grasses processions de brebis.*
4. Olymp. VII, 77-80.
5. Pyth. IV, 250.
6. Comme exemples d'apposition à un verbe, voy. Olymp. VII, 16 ; Pyth. XI,
9-12, etc. Et comme exemple d'apposition à un adverbe, Olymp. VII, 27
(ματρόθεν Ἀστυδαμείας = ἐκ ματρὸς Ἀστυδαμείας).

violent désir de suivre Jason en Grèce, au mépris de toutes les
lois de la piété filiale. Aphrodite, dit le poète, apprit à l'habile
Jason des prières et des chants magiques, afin que Médée perdît
le respect filial, et que « la Grèce ardemment souhaitée (je tra-
duis littéralement) tourmentât par le fouet de la persuasion son
cœur brûlé de désir [1] ». Il est clair que cette traduction nous
donne une phrase française intolérable : c'est ce que Perrault,
la Motte et Voltaire, après Malherbe, appellent avec raison du
galimatias. Aussi n'est-ce pas dans une traduction française
littérale qu'il faut lire cela pour le goûter : c'est dans le texte
grec, ou bien, à défaut du texte, dans une traduction qui rende
moins la lettre des mots que leur esprit et leur effet. Mais je
n'ai voulu ici montrer qu'une chose pour laquelle une exactitude scrupuleuse était indispensable : je veux dire quelles associations rapides, étranges, de mots et d'idées, la langue
grecque permettait au lyrisme, et quel usage un Pindare pouvait
faire de cette liberté. — Voici une autre phrase de la même ode
Pindare vient de dire à Arcésilas qu'il est facile aux fous
d'ébranler et de ruiner une cité, mais que l'aide des dieux est
nécessaire pour la relever; il veut exprimer ensuite cette idée,
qu'Arcésilas est de ceux à qui les dieux peuvent accorder un
tel honneur; qu'on me permette cette fois de citer seulement le
texte grec; Pindare s'exprime ainsi :

τῶν δὲ τούτων ἐξυφαίνονται χάριτες [2].

On voit la métaphore empruntée au tissage, l'emploi au pluriel
de ce mot abstrait et général, cher à Pindare, χάρις, et la périphrase pindarique τούτων χάριτες; mais je ne veux ni traduire,
ni pousser jusqu'au bout cette analyse : j'aime mieux laisser au
lecteur l'impression vive et directe de cette locution si hardiment
figurée, où se voit en raccourci toute la manière d'écrire de
Pindare.

---

1. Ὄφρα Μηδείας τοκέων ἀφέλοιτ' αἰδῶ, ποθεινὰ δ' Ἑλλὰς αὐτὰν — ἐν φρασὶ
καιομέναν δονέοι μάστιγι Πειθοῦς (Pyth. iv, 218-219).

2. *Ibid.*, 275.

§ 3

Jamais poète d'ailleurs n'a su mieux que Pindare la place du
mot mis en sa place. Chaque membre de phrase, dans ses odes,
présente une suite d'images nettes et brillantes, de tableaux
sommaires qui s'appellent les uns les autres et se font valoir.
Ceci demande quelques explications. Au premier abord, en
effet, le style de Pindare peut sembler parfois embarrassé et
surchargé ; non seulement les inversions les plus fortes y sont
fréquentes, mais encore les compléments circonstanciels, les
participes, les adjectifs s'y accumulent souvent avec une sorte de
profusion. Il y a tel membre de phrase de Pindare où l on trouve
jusqu'à trois compléments circonstanciels amenés tous par une
même préposition, sans compter les adjectifs et les participes [1].
Une phrase ainsi construite serait inadmissible en français. Aux
yeux d'un lecteur inexpérimenté, il peut résulter de là d'abord
quelque obscurité, ensuite quelque semblant de désordre et de
confusion. Ce n'est là pourtant qu'une fausse apparence. Chaque
langue a son style propre, qui dérive à la fois des caractères de
sa syntaxe et du tour d'esprit de ceux qui la parlent. Or, en grec,
c'est un fait bien connu (et facile à vérifier même chez les
prosateurs attiques de la plus belle époque), que les compléments
circonstanciels et les participes explicatifs s'accumulent souvent
ainsi dans le style, d'une manière toute contraire à nos habitudes ;
cela est surtout vrai des plus anciens écrivains attiques. On comprend que la poésie, que le lyrisme en particulier, eussent à
cet égard des privilèges plus étendus encore. Aussi voyons-
nous chez les tragiques, et principalement dans les chœurs, des
exemples nombreux de ce genre de style. Pour en revenir à
Pindare, il suffit d'y regarder avec un peu d'attention pour s'a-
percevoir que cet apparent désordre cache une habileté merveilleuse à ranger les mots (et par conséquent les images ou les

1. Αὐτὸν μὲν ἘΝ εἰράνα τὸν ἅπαντα χρόνον ἘΝ σχερῷ — ἀσυχίαν καμάτων
μεγάλων ποινὰν λαχόντ᾽ ἐξαίρετον — ὀλβίοις ἘΝ δώμασι δεξάμενον θαλερὰν
Ἥβαν ἄκοιτιν καὶ γάμον δαίσαντα, ει (Ném. 1, 69-72).

idées que ces mots représentent) dans l'ordre qui est poétiquement le plus vrai, le plus sensible, le plus conforme au mouvement naturel de l'imagination, sinon de la logique.

Voici un commencement de phrase où ce caractère est saisissant. Coronis est aimée d'Apollon et lui devient infidèle ; le poète veut nous montrer la fragilité de son amour. Un homme arrive, elle s'en éprend, elle entre dans sa couche ; la légende ajoute que c'était un étranger d'Arcadie. Pindare, en trois mots, nous montre la succession rapide des événements dans leur ordre poétique et vrai :

> Ἐλθόντος γὰρ εὐνάσθη ξένου
> λέκτροισιν ἀπ' Ἀρκαδίας [1].

Ἐλθόντος, εὐνάσθη, ξένου, voilà les trois degrés successifs de l'idée dans l'ordre où l'imagination les parcourt. Il y a là comme un pendant poétique du célèbre *veni, vidi, vici*, de César ; avec cette différence pourtant que la phrase de César est une phrase analytique, où chaque idée se détache sans peine, tandis que celle de Pindare est synthétique, et qu'il faut à la lecture un léger effort d'attention pour distinguer les uns des autres les moments successifs de l'action. Mais rappelons-nous, ici encore, le caractère musical du lyrisme grec : c'était au rythme, à la mélodie, qu'il appartenait de mettre entre les mots et les idées cet espace nécessaire que la rhétorique demanda plus tard à la construction analytique de la période.

Il y a de même dans Pindare des rejets admirables. S'il peint un héros, il aime à rappeler d'abord en une ample phrase ce qu'il a fait ou dit, et à garder pour la fin le nom illustre qui éclate brusquement comme dans un cri de triomphe :

> Καίτοι ποτ' Ἀνταίου δόμους
> Θηβᾶν ἀπὸ Καδμειᾶν μορφὰν βραχύς, ψυχὰν δ'ἄκαμπτος,
> [προσπαλαίσων ἦλθ' ἀνὴρ
> τὰν πυροφόρον Λιβύαν, κρανίοις ὄφρα ξένων ναὸν Ποσειδάωνος
> [ἐρέφοντα σχέθοι
> υἱὸς Ἀλκμάνας [2].

1. Pyth. III, 25-26. Cf. la note de Dissen au v. 84 de la VIIe Olympique.
2. Isthm. III, 70-73.

« Il vint pourtant de Thèbes la Cadméenne vers la demeure
d'Antée, dans la féconde Libye, petit de taille, mais d'un cœur
indomptable, héros prêt à la lutte, afin de vaincre celui qui
couvrait des têtes de ses hôtes le temple de Posidòn ; il vint, le
fils d'Alcmène. » Et la phrase, reprenant sur ce mot de la manière ordinaire à Pindare, se continue en ces termes magnifiques :

υἱὸς ᾿Αλκμάνας· ὃς Οὐλυμπόνδ᾽ ἔβα, γαίας τε πάσας
καὶ βαθυκρήμνου πολιᾶς ἁλὸς ἐξευρὼν θέναρ,
ναυτιλίαισί τε πορθμὸν ἁμερώσαις.

« Le fils d'Alcmène, qui parvint à l'Olympe après avoir vu
toutes les terres, tous les abîmes sans fond de la mer blanchissante lui révéler leurs secrets, et la course des navigateurs
devenir grâce à lui moins cruelle. » Dans ce passage, les mots
υἱὸς ᾿Αλκμάνας ne sont pas seulement au début d'un vers, ni même
d'une strophe : ils commencent une triade nouvelle ; l'effet
devait en être d'autant plus vif. Pindare a plusieurs fois employé des rejets analogues[1].

Faisons maintenant un pas de plus ; des mots isolés ou
groupés en un membre de phrase arrivons à la phrase elle-
même considérée dans son ensemble. Je ne parle pas de son
plus ou moins d'étendue : c'est là un caractère de peu d'importance. A ce point de vue, d'ailleurs, rien n'est plus varié que le
style de Pindare ; certaines de ses phrases sont courtes, d'autres
sont immenses ; les unes remplissent à peine un vers, d'autres
se déroulent à travers une strophe entière ou même davantage.
Avant tout, le poète fuit la monotonie ; par conséquent il se
garde bien de jeter toujours sa pensée dans un moule de même
forme et de même dimension ; il est inutile d'insister sur un
fait aussi simple. Mais ce qui est plus curieux et plus délicat à
étudier, c'est la structure intime de ces phrases plus ou moins
longues ; c'est la manière dont les membres qui les composent

---

1. Par ex., υἱὸς Δανάας (Pyth. xii, 17) ; Γαίας θυγάτηρ (Pyth. ix, 17) ; νηλὴς
γυνά (Pyth. xi, 22). Cf. dans la phrase par laquelle débute la ive Pythique
(v. 1-11) les mots δέσποινα Κόλχων à la fin, et dans la iiie Néméenne
(v. 36) le rejet ἐγκονητί.

se lient et s'ordonnent entre eux. A cet égard il y a dans le
style de Pindare des particularités très éloignées de nos habitudes et qui méritent quelque attention.

Souvent la phrase de Pindare est d'un tour vif et brillant. Ce
n'est pas là ce qui peut nous étonner : rien ne nous paraît plus
naturel, dans une poésie avant tout musicale, que des mouvements de pensée et de phrase rapides et hardis. Il y a, par
exemple, des figures de phrase d'un usage rare en grec dont
Pindare tire de beaux effets. Je citerai notamment celle qui
consiste à supprimer toute conjonction, soit entre deux phrases
consécutives, soit entre plusieurs parties successives d'une
même phrase (ἀσύνδετον); ou encore celle qui consiste à répéter
un même mot à plusieurs reprises en tête de différents membres
de phrase (ἀναφορά). Voici un vers de la quatorzième Olympique
qui contient un exemple de ces deux figures : Pindare invoque
les Grâces : « C'est par vous, dit-il, que tous les biens arrivent
aux hommes » (τὰ γλυκέ' ἄνεται πάντα βροτοῖς), et il ajoute, faisant
l'énumération de ces biens,

εἰ σοφός, εἰ καλός, εἴ τις ἀγλαὸς ἀνήρ [1].

Dans ce vers, toute liaison manque, et le mot εἰ est répété trois
fois de la même manière [2]. Souvent aussi Pindare interroge, il
apostrophe, il s'étonne. Ces formes de style, si rares dans la
poésie impersonnelle d'Homère, sont très fréquentes dans les
Odes triomphales. « Quel mortel chanterons-nous, quel dieu,
ou quel héros? » dit Pindare au début d'un de ses poèmes [3]. Il se
sert quelquefois de l'interrogation pour donner à une énuméra-

---

1. Olymp. XIV, 6. Sur l'*asyndeton* dans Pindare, on peut lire d'intéressantes remarques de T. Mommsen (*Adnot. crit. suppl.*, p. 192) : je n'ad-
mettrais pourtant les affirmations et les restitutions de ce savant qu'avec
quelques réserves.

2. On peut observer, comme Dissen en a fait la remarque (*ad Pyth.* v,
86), que l'emploi du présent historique est rare dans les récits de Pindare ;
fait grammatical d'autant plus singulier que cet emploi du présent, si vif,
semblerait convenir à la nature du lyrisme.

3. Olymp. II, 2.

tion plus de vivacité. Célébrant Corinthe, qui avait inventé,
disait-on, le dithyrambe, l'art de dresser les chevaux, et l'architecture : « Où vit-on d'abord, s'écrie-t-il, les louanges de
Bacchus animer le bruyant dithyrambe ? Quelle cité imposa la
première aux coursiers un frein modérateur et attacha au fronton des temples divins la double image du roi des oiseaux[1] ? »
Il interpelle soit sa Muse, soit son propre esprit, à la deuxième
personne, de la manière la plus imprévue et la plus hardie[2].

Il n'y a pas lieu de nous arrêter à ces formes vives et brillantes, qui ne présentent aucune difficulté. J'en dirai autant des
phrases courtes où Pindare ne réunit qu'un très petit nombre
de parties distinctes. Dans tout cela, rien d'obscur ni de sur-
prenant. Ce qui demande plutôt quelque attention pour être bien
compris et bien apprécié, ce sont les longues phrases des Odes
triomphales. Il y a en effet chez Pindare, comme je le disais tout
à l'heure, de très longues phrases qui égalent ou dépassent en
étendue une strophe entière et qui arrivent, par une série de
liaisons et de conjonctions, à dérouler d'un seul mouvement
huit, dix, douze vers lyriques ou même davantage. Or la structure
de ces phrases est curieuse à analyser.

Ce qui les distingue pour la plupart, c'est de n'être nullement
périodiques. On sait comment Aristote définissait la période :
une phrase qui a par elle-même, en vertu de sa structure intime, un commencement, un milieu et une fin[3]. On peut dire au
contraire de la plupart de ces longues phrases de Pindare
que, si elles ont à la rigueur un commencement, elles n'ont aucune fin nécessaire, aucune limite qui leur soit imposée par le
plan même suivant lequel elles se développent : leur plan
consiste précisément à n'avoir par elles-mêmes aucun terme. Je
m'explique.

Il n'est pas rare de trouver chez les orateurs, chez Isocrate
par exemple, des périodes qui remplissent une page entière. Ces

1. Olymp. XIII, 18 et suiv.
3. Olymp. IX, 109; Ném. III, 26; IV, 69; etc.
3. *Rhét.*, III, 9, 3.

phrases immenses ont pourtant une unité logique rigoureuse : l'esprit n'a aucune peine à en embrasser l'ensemble d'un seul coup d'œil. Pourquoi ? C'est que toutes les parties de ces vastes périodes concourent à une même œuvre et se groupent pour ainsi dire autour d'une idée centrale à laquelle chacune apporte un point d'appui. La phrase tout entière, avec son cortège d'incidences et de parenthèses, marche au but d'un pas ferme et régulier, comme un hoplite qui charge l'ennemi. Dès les premiers mots elle laisse pressentir le terme où elle va ; à mesure qu'elle avance on a le sentiment qu'on se rapproche d'un but fixe ; celui-ci une fois atteint, la phrase se termine, et l'esprit satisfait n'exige rien de plus. D'un bout à l'autre de la période oratoire on sent la contention vigoureuse d'une réflexion forte, d'une pensée consciente d'elle-même, capable d'envisager à la fois des données multiples, de les classer, de les subordonner à une fin commune.

Chez Pindare il n'y a le plus souvent rien de pareil. Ce qui mène son inspiration d'un bout à l'autre de ces longues phrases, c'est un flot toujours renaissant d'images, d'idées, d'émotions qui sortent les unes des autres par de soudaines associations et qui se rattachent entres elles, au point de vue grammatical, par les liaisons les plus simples et les moins logiques. On dirait des souvenirs qui se réveillent l'un l'autre dans la mémoire du poète à mesure que ses chants se déroulent. Un nom prononcé en évoque un autre. Un fait mentionné amène une explication ; et ainsi, de proche en proche, d'explication en explication, de souvenir en souvenir, la phrase du poète s'étend à l'infini, sans que sa structure même oblige jamais à la terminer ici plutôt que là. Ce qui détermine Pindare à finir sa phrase ou à la prolonger, c'est l'élan plus ou moins fort de son imagination, c'est une sorte d'instinct rythmique qui lui fait trouver dans la succession des phrases courtes et des phrases longues le balancement le plus harmonieux ; mais au point de vue logique on peut dire que presque toujours une longue phrase de Pindare pourrait se couper en trois ou quatre plus courtes sans que la pensée en souffrît, ou au contraire s'allonger encore par des procédés analogues à ceux qui la constituent, sans que l'économie en fût le moins du monde altérée.

Voici la première phrase de la quatrième Pythique. Je souligne les relatifs et les conjonctions par lesquels le poète relie ses idées entre elles; on verra du premier coup d'œil avec quelle aisance, avec quel dédain de la logique exacte, par quelles associations rapides et légères l'imagination du poète vole, pour ainsi dire, d'une idée à l'autre, franchissant d'un seul élan chacun de ces intervalles que la logique parcourrait pas à pas : — « Tu dois en ce jour, ô Muse, t'arrêter chez un mortel qui m'est cher, le roi de Cyrène aux beaux coursiers; et là, avec Arcésilas, dans la joie du cômos, donnant l'essor à tes hymnes, payer ta dette aux enfants de Latone et à la cité de Delphes, *où* jadis la compagne sainte des aigles d'or chers à Zeus, la prêtresse pythienne inspirée par Apollon, prophétisant au sujet de Battus, premier colon de la féconde Libye, annonça qu'au sortir d'une île sainte il fonderait sur un blanc promontoire une cité riche en beaux chars, et qu'il accomplirait après dix-sept générations l'antique parole de Médée, *les promesses qu'autrefois*, près de Théra, laissa tomber de sa bouche divine la fille audacieuse d'Éétès, la reine de Colchos[1]. » — On peut saisir, je crois, même dans cette traduction si insuffisante, le caractère lyrique original de cette phrase toujours recommençante, qui semble à chaque instant près de tomber et qui se relève, comme par une suite de bonds et d'élans.

J'ai pris la première phrase de la quatrième Pythique, qui est une des plus connues; j'aurais pu citer n'importe laquelle des longues phrases de Pindare. Sans sortir du début de la quatrième Pythique, il y en a une autre, un peu plus loin, de sept vers (du vers 19 au vers 25), qui présente exactement le même dessin : un relatif et une conjonction (τόν au vers 20, ἀνίκα au vers 24) y jouent tout à fait le même rôle que ἔνθα et τό dans celle que nous venons de citer; il semblait que la phrase

---

1. Pyth. ɪv, 1-11.

allait finir : deux fois elle rebondit en touchant le sol et reprend un essor plus vigoureux.

A la lecture cette ampleur quelquefois semble lâche et un peu flottante; la voix et l'attention, tombant à chaque fois avec la phrase, ne se prêteraient pas sans quelque fatigue à ces efforts sans cesse renouvelés. Quand on veut en prose entraîner sans fatigue le lecteur ou l'auditeur jusqu'au bout d'un vaste « circuit de paroles » (*circuitus verborum*), il faut, par la forme même de la phrase, le prévenir dès le début que la route à parcourir est longue, et, quand il a pris une fois l'élan nécessaire, ménager cet élan jusqu'à la fin. C'est là le mérite de la période, qui est la forme la plus parfaite de la phrase parlée. Mais la poésie de Pindare n'était pas parlée : elle était chantée; c'est ce qu'il ne faut jamais perdre de vue quand on parle du style de Pindare. Il résultait de là en effet que ces liaisons plus ou moins logiques échappaient à l'oreille et à l'esprit et que toute la lumière tombait sur les mots saillants, sur les mots poétiques et brillants qui formaient comme la broderie du discours, tandis que les autres en étaient seulement le canevas invisible. Telle longue phrase de Pindare peut sembler traînante aujourd'hui à la lecture, parce que l'esprit en voit et en compte à loisir les articulations; mais à l'audition musicale elle semblait rapide, parce que les mots essentiels, qui seuls frappaient l'oreille, transportaient l'imagination en deux pas d'un bout du monde à l'autre.

§ 4

Si nous passons maintenant de la forme des phrases à l'enchaînement général des pensées dans Pindare, nous y retrouverons la trace visible du même tour d'esprit, des mêmes habitudes intellectuelles.

Très souvent Pindare prend pour point de départ la réalité présente et, s'éloignant peu à peu, arrive par degrés, par une chaîne plus ou moins longue d'associations, à l'idée, au mythe, au fait le plus éloigné des circonstances d'où il est parti. Sa

pensée remonte de l'effet à la cause, du conséquent à l'antécé-
dent. Nous avons relevé tout à l'heure dans plusieurs de ses
longues phrases un ordre *ascendant* tout à fait semblable; c'est
l'ordre lyrique par excellence, car c'est l'ordre naturel de la
sensibilité et de l'imagination. Celles-ci, en effet, ne vont pas
chercher d'abord les principes éloignés de leurs émotions :
elles disent aussitôt ces émotions mêmes et laissent ensuite
les images les plus lointaines sortir peu à peu des impressions les plus immédiates. Pindare fait souvent ainsi. Dans la
septième Olympique les trois mythes s'enchaînent de cette
manière : le poète commence par le plus récent et remonte
ensuite le cours des âges mythiques; de l'histoire de Tlépolème il passe à la naissance d'Athéné, et de là à l'origine même
de l'île de Rhodes. C'est tout le contraire de ce que ferait un
historien.

Quoique ce mouvement ascendant de la pensée soit fréquent
chez Pindare, ce n'est pourtant pas là son seul procédé. Malgré
sa qualité de poète lyrique, il ne se laisse pas mener uniquement par ses émotions. Son esprit cherche le vrai et le durable;
il aime à se reposer dans l'idée de la loi. En morale il se préoccupe des antiques maximes et les met en pleine lumière.
Dans le choix de son vocabulaire nous avons signalé cette
curieuse tendance de son esprit à rechercher les mots abstraits,
les mots généraux, ceux qui élèvent la pensée au-dessus de
l'accident fugitif, pour offrir à son regard des rapports durables
et permanents. De là aussi, dans l'enchaînement de ses phrases,
cet ordre si fréquent, qu'on peut appeler l'ordre *descendant*, et
qui consiste à exposer d'abord une idée générale, étrangère en
apparence aux faits particuliers qu'il devrait avoir en vue, mais
à laquelle le poète rattache tout d'un coup ces faits comme à leur
cause et à leur principe. C'est là, par opposition à l'ordre sensible et lyrique, un ordre plutôt didactique et gnomique. Il est
néanmoins très ordinaire chez Pindare et contribue à caractériser sa poésie. C'est de là que lui vient en grande partie cette
gravité presque religieuse qui a tant frappé tous ses admirateurs.

On l'a même souvent exagérée, faute de voir assez nettement quel était dans sa poésie le rôle de tant de belles maximes qui ne servent parfois qu'à préparer l'énoncé d'un fait particulier et concret toujours présent à l'esprit du poète.

Il faut ajouter que dans bien des cas cette chaine descendante de causes et d'effets est assez longue, et que Pindare n'arrive à son véritable but, le fait concret et particulier, que par une sorte d'avenue poétique dont le terme n'est pas visible tout d'abord. Il en résulte quelque obscurité pour un lecteur peu au fait des habitudes du poète. Ces maximes générales que rien ne relie à ce qui précède semblent interrompre le progrès de la pensée; quant au lien qu'elles ont avec ce qui suit, il n'est même pas toujours formellement exprimé; le poète dédaigne de le marquer; il s'avance vers son but sans prendre soin de compter ses pas.

Voici un exemple tout à fait simple de cette manière de s'exprimer : « La force dompte à la longue même les présomptueux; Typhée le Cilicien, le monstre aux cent têtes, n'a pu se soustraire à ses coups, non plus que le roi des Géants[1]. » Ici le rapport des idées est parfaitement clair, et, grâce à la brièveté de la phrase, le lecteur n'a pas à rester longtemps dans l'incertitude sur le but où le poète le mène. Mais souvent l'expression s'agrandit et s'étend; plusieurs développements de ce genre se superposent les uns aux autres ou s'entrecroisent; le discours y gagne une majestueuse ampleur, mais l'intention précise du poète peut d'abord sembler obscure. Le début de la cinquième Pythique renferme un bel exemple de cet arrangement. Pindare veut dire qu'Arcésilas, sage et riche, et par conséquent heureux, vient de faire encore, par sa victoire pythique, une nouvelle épreuve de son bonheur. On voit déjà, même dans ce résumé, l'idée la plus générale précédant l'idée particulière; mais Pindare va plus loin : il n'arrive à la richesse et à la sagesse d'Arcésilas qu'en passant par l'idée générale de la richesse et de la

---

1. Pyth. viii, 15-17.

sagesse, la loi précédant ainsi le fait particulier. Voici la traduction de ce début[1] : « La richesse est toute-puissante quand
un mortel, l'unissant par un don du sort à une pure vertu, la
mène à sa suite entourée d'un cortège d'amis. O fortuné Arcésilas! dès le seuil même de ton illustre vie tu l'obtins avec la
gloire, grâce à Castor au char brillant qui fait luire après l'orage
un jour pur et serein sur ton heureuse demeure. — Les sages
soutiennent mieux que d'autres même la puissance que les dieux
leur donnent; pour toi, marchant dans les voies de la justice,
une éclatante prospérité t'environne; car, roi de cités glorieuses, l'éclat de ta race, uni à ta propre sagesse, te revêt
d'honneur et de dignité; heureux encore en ce jour, puisque
par la vitesse de tes chevaux, ayant reçu de l'illustre Delphes un
rayon de gloire, tu vois venir à toi ce chœur aux voix viriles, —
présent aimable d'Apollon. »

On voit par quelles transitions rapides Pindare, dans tous ces
ces morceaux, passe d'une phrase à l'autre. Suivant qu'il va de
l'effet à la cause, du particulier au général, du présent au
passé, ou qu'il suit l'ordre inverse, ses phrases se lient par γάρ
ou par οὖν, ou par un relatif impliquant l'idée de quelqu'une
de ces particules. Souvent aussi toute liaison logique fera défaut, et nous retrouverons dans la suite du discours le même
manque de lien (τὸ ἀσύνδετον) que nous avons déjà signalé dans
l'intérieur de certaines phrases. La vérité est que Pindare tient
peu aux liaisons. Une forme de transition dont il se sert souvent
consiste à feindre qu'il s'égare, qu'il a oublié le but où il va,
qu'il a dit plus qu'il ne voulait dire. « O ma bouche, s'écrie-t-il
quelque part, rejette ce discours[2]. » Et ailleurs, s'adressant à
lui-même : « Tourne de nouveau vers l'Europe les voiles de ton
navire. Comment raconter toute la gloire des fils d'Éaque[3]? »
— « Je me suis égaré, ô mes amis, en ce triple carrefour; j'ai
abandonné la droite voie; quelque vent contraire, comme il

1. Pyth. v, 1-23.
2. Olymp. ix, 35.
3. Ném. iv, 69.

arrive aux navigateurs, m'a jeté hors de ma route [1]. » — Que signifie l'emploi si fréquent de ces figures oratoires, les interrogations, les apostrophes à sa Muse, les erreurs qu'il feint d'avoir
commises, sinon qu'un enchaînement d'idées trop logique et trop
rigoureux serait contraire à la liberté gracieuse, à la vivacité
hardie de son art? Lorsqu'il emploie des particules de liaison,
il s'en sert avec une extrème justesse; mais il semble préférer
celles qui juxtaposent les idées à celles qui les subordonnent
les unes aux autres. De là ces transitions rapides (ὅς, οἷος, ἔνθα,
τότε, etc.) qui font glisser, pour ainsi dire, l'esprit du lecteur ou
de l'auditeur d'une phrase à une autre sans qu'il en ait presque
conscience.

III

Arrivons à la seconde partie de notre tâche, je veux dire à
l'examen des qualités de style propres aux diverses parties des
odes de Pindare. Jusqu'ici c'est une étude générale des éléments essentiels du style de Pindare que nous venons de présenter; nous allons maintenant aborder l'étude comparée, pour
ainsi dire, des différentes formes que prend son talent d'écrivain,
selon la nature des idées qu'il doit exprimer, selon les matières
auxquelles il l'applique. De ces recherches sortira une nouvelle
justification de l'esquisse sommaire que, dès le début de ce chapitre, nous avons brièvement tracée du génie de Pindare considéré comme écrivain.

§ 1

En ce qui concerne les éloges directs, les allusions aux faits
actuels et concrets, nous remarquerons d'abord l'extrème rapi-

---

1. Pyth. XI, 38. M. L. Schmidt fait justement observer (p. 186) que cet
artifice de style est plus naturel dans un poème chanté que dans un ouvrage
destiné à la lecture : un poème chanté donne davantage l'illusion d'une
œuvre improvisée; on y accepte plus volontiers des artifices qui paraîtraient
froids à la lecture.

dité de Pindare. Il ne donne guère de détails, par exemple, sur
la victoire qu'il célèbre; s'il s'agit d'une victoire équestre, le nom
du cheval victorieux, puis, en général, un mot en passant sur
la force ou sur la beauté de son héros, ou sur l'admiration qu'il
a fait naître : voilà tout ce que nous trouvons à cet égard dans les
odes, ou peu s'en faut [1]. Ce n'est pas là pourtant, à ce qu'il
semble, une loi nécessaire du genre lyrique. Il faut plutôt, je
crois, expliquer l'absence de toute description de ce genre dans
ses odes par son impatience de s'élever au-dessus du détail
accidentel et anecdotique pour arriver tout de suite à la région
plus haute des idées générales et nobles : la force, la beauté,
la gloire, la vertu, une descendance illustre, voilà ce qu'il aime
à chanter.

Il a souvent à mentionner plusieurs victoires de son héros;
quelquefois même la liste en est longue. Raison de plus pour se
borner à de brèves indications sur chacune d'elles. Un mot
pittoresque (un seul) met sous les yeux du lecteur l'objet donné
en prix, l'airain d'Argos, les blanches tuniques de Sicyone, et
rappelle le triomphe ainsi récompensé [2]. Souvent une simple
accumulation de noms propres lui suffit [3] : chacun de ces noms,
porté par la renommée aux extrémités du monde grec, est à lui
seul, pour l'oreille du vainqueur et de ceux qui l'entourent, la
plus mélodieuse des musiques; un commentaire en dirait moins
que cette énumération, qui fait passer devant l'imagination de
l'auditoire, dans une poétique vision, la Grèce tout entière avec
ses fêtes et ses gloires. Cette hâte donne l'impression d'une
abondance extrême. Le poète a tant de choses à dire qu'il n'a
pas le temps de s'arrêter longtemps à chacune. Rien de plus
conforme au génie de Pindare que cette brièveté frappante, que

---

1. La vᵉ Pythique fait exception en apparence à cette habitude de Pindare; mais cela tient sans aucun doute au rang élevé du personnage qui
avait conduit le char d'Arcésilas, et qui était le frère même de la reine : Pindare lui devait une mention particulièrement flatteuse.

2. Olymp. vii, etc.

3. Olymp. xiii, etc.

cet élan hardi qui le mène en quelques instants du midi au nord et de l'occident à l'orient.

Veut-il au contraire, tout à côté, exprimer la douceur de cette gloire que tant de succès assurent à son héros : ici tout le luxe des figures et toutes les richesses du style seront mis en usage. Il faut que le poète, à force d'adresse, de bonheur dans l'expression, rende à une idée devenue banale sa vive et pénétrante saveur et en fasse un régal pour les délicats. C'est alors que la nature entière vient à son aide : tout ce qu'il y a sur le sol, dans l'air et dans les eaux de plus vigoureux, de plus brillant ou de plus doux, lui fournit des métaphores en foule; la plante qui élève dans l'air sa tige verdoyante et fraîche, les fleurs, les flèches rapides, les œuvres de la statuaire ou de l'architecture remplissent ses vers d'images éclatantes, dessinées d'un trait hardi, sommaire, imprévu.

Dans l'expression des lois morales il est le plus souvent bref et relativement simple. Il aime à parler par maximes. Sa morale, on l'a vu, ne discute pas : elle répète avec gravité les leçons des ancêtres; ce sont des proverbes, presque des oracles, qu'elle fait entendre : « Ne cherche pas à devenir un dieu; — ne vise pas plus haut; — Zeus distribue à son gré le bien et le mal; — le vent souffle d'un côté, puis d'un autre; » et ainsi de suite. Ce qui est lyrique dans l'expression de ces idées, c'est beaucoup moins l'éclat de la forme que l'absence de liaison logique entre ces phrases, qui jaillissent, rapides et courtes, du fond même de l'âme du poète (ἐκ φρενὸς βαθείας), vérités vivement senties et promptement dites, flèches âpres et pénétrantes que sa main lance au but avec vigueur et sûreté. Les mouvements oratoires sont très rares chez Pindare dans cette sorte de sujets : il se borne à dire ce qui est; il énonce des lois, et ne se plaint ni ne s'étonne; il est la voix austère, inflexible, de la sagesse héréditaire et de la tradition. La huitième Pythique est presque le seul de ses poèmes où la destinée de l'homme, où le néant de la vie aient semblé le faire tressaillir : là, il interroge d'abord l'énigme qui se dresse devant tout homme : « Que sommes-nous, que ne

sommes-nous pas? » Alors seulement arrive la sombre réponse :
« L'homme, être éphémère, n'est que le rêve d'une ombre »;
puis, brusquement, le rayon de lumière dans cette nuit : « A
moins que Zeus ne fasse briller sur lui un rayon de sa gloire[1]. »

§ 2.

Abordons enfin la partie mythique et narrative. Le sujet de
tous ces récits, c'est le monde héroïque et divin. Pindare nous
en fait d'admirables tableaux dans lesquels la nature forme le
fond et l'arrière-plan. Ce qui domine dans ces tableaux, c'est la
grandeur; la grâce y est parfois extrême, mais elle n'en est pas
le caractère ordinaire et saillant.

Il n'y a pas dans Pindare de description de la nature à proprement parler. Une description est une analyse, et rien, nous
l'avons dit, n'est moins analytique que son génie; mais il a
senti avec force toutes les beautés du monde visible. La Grèce,
au reste, a toujours admiré la nature. Elle n'en a pas joui seulement comme d'un séjour agréable, à la façon d'Horace; elle
en a saisi la vie et la beauté propres; elle y a senti le jeu puissant et harmonieux des forces éternelles que son génie se plut à
diviniser. Non seulement les divers aspects de la nature, tour à
tour terribles ou gracieux, se sont réfléchis dans son imagination; mais encore son intelligence en a reconnu et goûté l'ordre,
la régularité, les lois immuables; elle admire, comme la Fontaine,

> Ce train toujours égal dont marche l'univers.

Pindare est Grec en ce point. Mais ce qu'il y a chez lui d'essentiellement lyrique, ou plutôt encore d'original et de personnel,
c'est la vigueur rapide, c'est la hardiesse du dessin, c'est le
don de tout dire (ou, plus exactement, de tout laisser entendre)

1. Pyth. VIII, 95-97.

d un mot. La plupart de ses peintures se réduisent à quelques
traits. Ces tableaux naissent sous sa plume comme par hasard.
Ils sont amenés par le récit. Ils expliquent un fait, ils servent
à rappeler une date, un lieu, une circonstance caractéristique.
S'ils sont éclatants et magnifiques, c'est que le poète ne peut
rien toucher sans le dorer du reflet de son imagination. Mais il
n'a garde de s'y appesantir. Il nous éblouit en passant et court
à de nouveaux sujets.

Voici, parmi ces peintures, une des plus longues et des plus
belles : c'est une éruption de l'Etna que le poète met sous nos
yeux[1]. Il ne la décrit pas pour le seul plaisir de décrire un
phénomène terrible : la colère de l'Etna, dans son poème, est la
colère même de Typhée, l'ennemi vaincu de Zeus, le géant
écrasé sous la montagne. Cette effrayante peinture est animée
d'une pensée toute religieuse et morale : c'est l'image de la
lutte furieuse, mais impuissante, à laquelle sont réduits les
adversaires de la divinité; aussi le poète court à la conclusion,
qui est une prière à Zeus. En quelques mots nous voyons la
montagne imposante, le feu terrible, les convulsions du géant :
« Une colonne égale au ciel l'écrase, l'Etna neigeux, qui nourrit éternellement de piquants frimas. De ces cavernes alors
s'élancent les sources pures d'un feu inaccessible; le jour, des
rivières de flammes s'épanchent en torrents fumeux; dans les
ténèbres, le rouge fleuve, entraînant les roches liquéfiées, les
verse dans le sein des mers profondes, avec un fracas strident. »
— « O Zeus, s'écrie alors Pindare, puissions-nous te plaire
toujours! » Voilà pour lui le but; voilà ce qui amène le tableau
précédent.

Quoi de plus gracieux au contraire que cette peinture de
l'enfance d'Iamos, qui grandit seul parmi les fleurs, au milieu
de leurs parfums et de leurs fraîches couleurs? « Il était caché
parmi les joncs, parmi les ronces inextricables, *et sur ses mem-*
bres délicats se jouaient les ondoyants reflets des violettes em-

1. Pyth. I, 19-24.

pourprées[1]. » Ici encore, on le voit, ce n'est qu'un trait rapide, quelques épithètes exquises. Nous écoutons encore, et le poète est déjà loin.

Pindare a concentré ainsi dans ses vers une incroyable quantité d'impressions vives et profondes. Mais il est très difficile d'en donner des exemples, parce que le plus souvent le parfum de sa poésie est condensé dans un petit nombre de mots intraduisibles et se dissipe dès qu'on les effleure. La mer puissante[2] aux vagues écumeuses; les hautes montagnes aux cimes blanches et glacées, aux vallées pleines d'ombre et de forêts; les champs, avec la belle régularité des lois divines qui gouvernent leur culture; la beauté des animaux sauvages, la force du lion, la vitesse de l'aigle, l'impétuosité du dauphin, lui inspirent une foule de peintures ou grandes ou gracieuses qu'il est malaisé de détacher, parce que ce n'est le plus souvent qu'une fugitive apparition, un reflet qui charme et qui s'évanouit. Mais il y a une chose qu'il a surtout sentie et louée : c'est la beauté du ciel de son pays, soit que le soleil l'inonde de lumière, soit que le disque étincelant de la lune, cette reine brillante des nuits méridionales, semble vouloir rivaliser dans l'espace avec le jour lui-même. Je regrette, ici encore, de ne pouvoir traduire; mais comment rendre littéralement en français ce que ces vers de la première Olympique par exemple disent en quelques mots de la chaleur féconde du soleil, de son éclat, de sa royauté souveraine dans la solitude de l'éther?

μηκέτ' ἀελίου σκόπει
ἄλλο θαλπνότερον ἐν ἁμέρᾳ φαεννὸν ἄστρον ἐρήμας δι'αἰθέρος[3].

Comment reproduire encore, en français, l'image de cette plaine d'Olympie, dont le soleil est le maître ou le tyran avant

1. Olymp. VI, 54 et suiv. — Cf. une image ravissante du printemps dans les derniers vers du fragm. 53.

2. Ἀμαιμάκετος. Pyth. I, 14.

3. J'ai traduit plus haut ces vers (p. 334), mais dans un endroit où j'avais pour unique objet de montrer comment les idées s'y enchaînaient dans leur ensemble.

qu'Hercule y apporte l'olivier [1] ? J'aime mieux citer cette brève
peinture de la lune dans son plein, telle qu'elle se montre à
l'époque des jeux olympiques : c'est « Mêna au char d'or, la
déesse des mois, qui illumine son disque entier, l'œil brillant
de la nuit [2] ». Pindare aime à donner la nuit pour fond à ses
peintures : ἐννύχιος, παννύχιος, ἑσπέριος, sont de beaux mots et
qui éveillent de mystérieuses images. La Grèce célébrait de nuit
un assez grand nombre de ses fêtes religieuses. Pindare a saisi
d'emblée, à son ordinaire, ce trait grandiose et l'a maintes fois
reproduit. C'est durant la nuit que Pélops, « seul dans l'ombre, » οἶος ἐν ὄρφνᾳ, invoque Posidôn au début de son héroïque
carrière [3]. La nuit, près de la demeure de Pindare, les nymphes
avec Pan célèbrent la Mère des dieux [4]. La nuit aussi, ou dans
les fêtes du soir, les jeunes filles font entendre de doux chants
auxquels Coronis eut le tort de ne pas se mêler [5]. Tout cela est
saisissant et bref : c'est le caractère constant de toutes ces
peintures de Pindare.

Dans celles où il met en scène des hommes, des actions
héroïques ou divines, le même caractère persiste. Il n'analyse
pas plus l'homme que la nature. Il voit toute chose d'une in-
tuition prompte et synthétique, et en même temps profonde :
car c'est l'âme, c'est la vertu agissante qu'il voit dans la beauté
sensible ; et sans rien ôter à cette beauté de son éclat et de sa
perfection plastiques, il l'anime d'une vie supérieure. Mais, soit
qu'il fasse agir ses personnages, soit qu'il les fasse penser et
parler, c'est toujours avec la même rapidité lyrique et originale,
en quelques mots brefs, tantôt pittoresques et tantôt profonds,
qu'il met une scène sous nos yeux ou nous fait pénétrer dans
une âme.

Dans l'ode à Télésicrate de Cyrène (neuvième Pythique),

1. Olymp. iii, 24.
2. Olymp. iii, 19-20.
3. Olymp. i, 71.
4. Pyth. iii, 77 et suiv.
5. Pyth. iii, 18-19.

Pindare retrace l'histoire d'Apollon et de la vierge Cyrène, devenue plus tard mère de la cité qui a donné naissance à Télésicrate. Apollon mène la jeune fille en Libye et l'épouse. Pindare représente Aphrodite recevant les deux amants à leur descente du char qui les a portés des montagnes du Pinde jusqu'aux déserts de la Libye : « elle effleure le dieu de sa main légère » et verse ensuite sur leur couche l'aimable pudeur. Ce thème poétique est charmant, et on peut imaginer quelle description exquise un poète épique ou un poète d'idylles, un Théocrite par exemple ou un Virgile (sans parler d'un Homère) en aurait sans doute tirée. Mais Pindare est un poète lyrique; mieux encore, c'est un Dorien, ami de la brièveté; c'est un des plus hardis et rapides génies qu'ait produits l'antiquité grecque. Aussi la double scène tient-elle en cinq vers très courts et qui ne sont même qu'une introduction, dans le goût ordinaire de Pindare, à une ample phrase par où le poète nous ramène au récit des événements antérieurs. Il est vrai que ces cinq vers sont délicieux avec leur douce musique d'épithètes alternativement gracieuses et fières :

> Ὑπέδεκτο δ'ἀργυρόπεζ ' Ἀφροδίτα
> Δάλιον ξένον θεοδμάτων
> ὀχέων ἐφαπτομένα χερὶ κούρᾳ.
> Καὶ σφιν ἐπὶ γλυκεραῖς εὐναῖς ἐράταν βάλεν αἰδῶ,
> ξυνὸν ἁρμόζοισα θεῷ τε γάμον μιχθέντα κούρᾳ θ' Ὑψέος εὐρυβία[1].

La phrase semble finie; elle ne l'est pas : sur le nom d'Hypséus elle reprend un nouvel élan et recommence, mais cette fois avec un caractère tout autre de force et de grandeur :

> ὃς Λαπιθᾶν ὑπερόπλων τουτάκις ἦν βασιλεύς, etc.

Un peu plus loin Pindare arrive, en suivant l'ordre ascendant selon lequel ses idées s'associent d'habitude, à l'origine de ces amours entre le dieu et la jeune fille. C'était dans les montagnes de la Thessalie. Cyrène dédaignait les travaux des

---

1. Pyth. ix, 9-13. Je suis, pour ces vers, le texte de Christ.

femmes [1]; le fer en main, elle défendait contre les bêtes fauves
les troupeaux de son père et goûtait à peine au matin quelques
instants d'un court sommeil. Un jour le dieu la voit lutter contre
un lion; il l'admire et il l'aime. Cette lutte héroïque est en soi
un admirable sujet de tableau; c'est là, d'ailleurs, dans la suite
des faits racontés par Pindare, un événement considérable,
puisque l'amour du dieu vient de là. Le poète pourtant se borne
à quelques mots : la jeune fille est seule et sans armes; le lion
est terrible; elle lutte corps à corps avec lui, sous le regard
étonné de l'archer divin : voilà toute la description de Pindare.
Rien de plus bref, et rien de plus inoubliable; le choc des mots
qui opposent l'un à l'autre les deux adversaires est saisissant [2] :

> Κίχε νιν λέοντί ποτ' εὐρυφαρέτρας
> ὁμθρίμῳ μούναν παλαίοισαν
> ἄτερ ἐγχέων ἑκάεργος Ἀπόλλων.

Est-ce tout pourtant? Non; le poète nous montre maintenant
le cœur et la pensée d'Apollon; le combat s'y reflète, pour ainsi
dire, et la grandeur de cette lutte éclate dans la nature des
sentiments qu'elle inspire au dieu. Il interpelle le Centaure :
« Sors de ton antre, ô fils de Philyre; viens admirer de quelle
âme inébranlable elle soutient sa querelle, et comme dans ce
péril, malgré sa jeunesse, son cœur reste haut : la crainte glacé
n'approche point de son courage. Quel mortel lui a donné le
jour? De quelle famille s'est-elle arrachée pour venir habiter
les retraites des montagnes ombreuses et tremper son âme dans
ces rudes labeurs [3]? » Apollon aime la chasseresse. Son amour
s'exprime aussitôt avec une soudaineté impétueuse, sans fines
analyses et sans réticences : « M'est-il permis de porter sur elle
mes mains divines et de cueillir dans sa couche la douce fleur
de sa jeunesse? » Le Centaure, personnification de l'antique

---

1. *Ibid.*, 18. L'expression ici est métaphorique et d'une singulière hardiesse : Ἁ μὲν οὖ' ἱστῶν παλιμθάμους ἐφίλησεν ὁδούς, etc.

2. *Ibid.*, 26-28.

3. *Ibid.*, 30-35.

sagesse, lui répond avec un tranquille sourire qui éclaire son épais sourcil (ἀγανᾷ χλαρὸν γελάσσαις ὀφρύι) : « Phébus, la clef discrète de l'adroite persuasion ouvre seule l'accès des chastes amours, et ni les dieux ni les hommes n'osent entrer sans mystère dans une couche encore vierge ; mais sans doute (car l'erreur ne saurait t'effleurer) c'est quelque feinte agréable qui te fait parler de la sorte [1]. » Apollon en effet sait tout et n'a besoin d'aucun secours pour connaître l'avenir [2]. « S'il faut pourtant que je rivalise avec ta science divine, je parlerai. » Le Centaure alors, dans une prophétie qui remplit deux strophes, annonce à Apollon son hymen avec Cyrène et la naissance de son fils Aristée, qui doit être élevé par les Heures et par Géa (la Terre), pour être le protecteur des troupeaux et le bienfaiteur des humains.

Cette scène entre Apollon et le Centaure nous montre en raccourci, dans un bel exemple, tout l'art de Pindare, quant à la peinture des sentiments et des caractères.

L'amour d'Apollon pour Cyrène est un sentiment puissant et simple qui s'exprime avec franchise. Pindare ne raffine jamais davantage : soit qu'il exprime ses sentiments propres, soit qu'il dépeigne ceux de ses héros, il reste fidèle, ici comme dans ses peintures du monde extérieur, à ses habitudes de brièveté vigoureuse, éclatante, synthétique.

Il ne faut pas s'attendre à trouver dans ses héros des caractères originaux et distincts. Les passions, à vrai dire, sont très peu variées dans ses odes et ne pouvaient guère l'être davantage. Cela tient en grande partie à ce que tous les poèmes qui nous restent de Pindare se rapportent à un même ordre de faits et par conséquent d'émotions : aux jeux agonistiques et à la gloire qui en résulte ; les sentiments que Pindare avait à peindre étaient forcément en rapport avec l'occasion de ses chants. L'amour, par exemple, ne pouvait y tenir que peu de

---

1. *Ibid.*, 40-43.
2. *Ibid.* 44-49. J'ai traduit plus haut (p. 184) cet admirable passage, qu'il suffit ici d'analyser.

place. Si, dans la neuvième Pythique, l'amour est par exception
au premier plan, c'est qu'évidemment la fête où l'ode fut chantée
tenait par quelque lien ignoré de nous à un hyménée. Mais
c'est là un fait accidentel ; les odes triomphales devaient lui
donner sujet de peindre surtout le courage, la piété inséparable
de toute vertu, l'amour de la gloire et l'ambition, qui est le
même sentiment poussé à l'excès. Néanmoins, même dans ces
limites un peu étroites, un poète épique ou dramatique trouverait encore une riche matière d'études ; il y a bien des sortes
d'ambition, il y a bien des nuances dans le courage ou dans la
piété. Mais Pindare est un poète lyrique, et surtout un poète qui
voit avec grandeur plutôt qu'avec finesse. Avec son goût de l'universel, du grand, il s'arrête peu aux nuances. Ce qui l'attire,
c'est la loi générale qui rapproche les individus et non l'accident
particulier qui les sépare. Son génie semble avoir toujours hâte
de se reposer dans une région haute et calme. Il cherche l'idéal,
qui est simple, et délaisse la réalité, qui est multiple. Aussi
chacun de ses personnages est plutôt pour lui un échantillon
brillant d'un type général qu'une variété distincte de ce type.
Les circonstances des passions peuvent différer dans ses peintures, mais le fond des choses est semblable. Tantale, Ixion,
Coronis, Esculape sont tous des ambitieux et ne sont que cela ;
Pindare ne voit en eux qu'un trait, celui qui leur est commun,
leur désir insatiable et funeste des biens qu'ils ne possèdent
pas. Pélops aime la gloire comme Hercule, comme Achille,
comme tous les héros des Odes triomphales. Éaque est juste,
Cadmus est pieux, Castor est fidèle, Iolas est dévoué ; et chacun
d'eux l'est avec un éclat admirable, mais non pas d'une manière
qui lui soit absolument propre, ni avec des traits qui fassent de
son caractère une création neuve et distincte. Leurs sentiments
d'ailleurs sont fermes et graves ; il n'y a ordinairement chez
Pindare nul drame, nul choc de passions contraires, nulle lutte
de sentiments.

Aussi les discours, par lesquels s'expriment les caractères,
sont brefs et rares dans les Odes triomphales de Pindare. Ces

discours, qui sont dans l'épopée homérique si personnels, si
finement appropriés au caractère de ceux qui les prononcent,
sont réduits à peu de chose dans le lyrisme, tel que Pindare l'a
réalisé. Les plus longs, chose curieuse, sont des prophéties,
c'est-à-dire des discours impersonnels. Celui de Chiron, que
nous citions tout à l'heure, en est un exemple. Il y a beaucoup
de prophéties et d'oracles dans Pindare. On peut dire que les
discours de ses odes ont comme une tendance habituelle à se
réfugier dans la gravité sentencieuse du style oraculaire. Mais
la vie intense, passionnée, dramatique des discours de l'*Iliade* ou
de l'*Odyssée* est complètement étrangère à cette poésie subjective et sereine. A quoi bon alors des discours? Aussi sont-ils
très peu nombreux. Pindare, d'ailleurs, n'a pas le temps de s'é-
pancher comme Homère en de longs échanges de paroles : il
effleure des sujets divers et nombreux et ne s'y arrête pas.

La quatrième Pythique, qui nous a déjà fourni tant d'exemples
curieux, fait exception dans une certaine mesure à la règle générale que nous venons d'indiquer. C'est le seul des poèmes de
Pindare aujourd'hui conservés où l'on trouve quelque chose
qui ressemble à l'opposition dramatique de deux caractères et
des discours qui servent à montrer cette opposition. Jason réclame de l'usurpateur Pélias, avec une fermeté grave et douce,
non ses richesses, mais le trône et le sceptre de ses ancêtres.
Pélias, cauteleux et dissimulé, promet de les restituer aussitôt que Jason aura conquis la Toison d'or; deux discours sont
échangés, où les caractères des personnages se manifestent. Il
y a là assurément une inspiration plus épique et plus dramatique que dans aucune des autres odes de Pindare. L'étendue du
poème y est pour quelque chose : le poète peut, en trois cents
vers, se borner moins rigoureusement que d'habitude à de rapides allusions. Il ne faut pourtant pas exagérer, même ici, ce
trait exceptionnel de la poésie de Pindare. Ces deux caractères,
au fond, sont loin d'être des conceptions purement *objectives* ; ce
ne sont guère encore que des personnifications sommaires et
brillantes de ce qui semble être pour Pindare l'idéal moral

et de ce qui est à ses yeux l'opposé de cet idéal. L'esprit de Pindare, nous l'avons vu, a en horreur la duplicité et l'injustice;
il déteste les « renards »; il n'aime que les « lions ». Or, Pélias
est un renard sournois et malfaisant, tandis que Jason a le courage, la magnanimité généreuse que les poètes prêtent au lion.
Même cette douceur qui relève d'une manière si originale la
hardiesse de Jason est un des traits essentiels de l'idéal moral
de Pindare; il y a plus de douceur qu'on ne le croit souvent
dans sa sublimité; ses héros préférés sont forts et doux; le Centaure répond avec un « doux sourire » à Apollon; Théron rend
les hommes heureux; Hiéron est un père pour ses hôtes. Nous
avons cité aussi, dans un précédent chapitre, ces beaux vers si
calmes où il exprime sa résignation tranquille aux lois de la
destinée [1]. Une haute intelligence, qui pacifie l'âme par la contemplation des lois éternelles, voilà son idéal. Tel est aussi le
caractère de Jason. Cela est si vrai que, de l'aveu de tous les
commentateurs, l'histoire de Jason et de Pélias dans la quatrième
Pythique renferme une intention morale très précise : c'est un
exemple à suivre et un exemple à éviter que Pindare offre dans
la personne de ses deux héros au roi de Cyrène Arcésilas.

Ajoutons que, même dans ce poème, toutes les nuances
morales sont très légèrement esquissées, et que les discours des
deux personnages n'ont rien de l'ampleur épique. Jason se
borne à ce qu'il appelle lui-même les « sommets » ou les points
saillants de son sujet [2]. La pensée des deux interlocuteurs
s'exprime avec une brièveté ferme, noble, un peu obscure, qui
est toute lyrique. Jason débute, comme fait souvent Pindare lui-
même, par une maxime [3]; et il continue du même style, bref,
hardi, étrangement condensé. Même Pélias, le menteur insidieux, parle en peu de mots : le poète lui fait dire strictement
ce qui est nécessaire pour que la pensée de son rôle soit comprise; il s'en tient, lui aussi, à l'essentiel; point d'explications,

---

1. Isthm. VI (VII), 41 et suivants.
2. Κεφάλαια λόγων (Pyth. IV, 116).
3. Ibid., 139.

point de parenthèses historiques à la façon d'Homère ; le nom
de Phrixos, qui réclame vengeance, le nom d'Éétès, son meur-
trier, sont introduits brièvement, sans préparation ni commentaires. On devine quels récits, dans Homère, s'y rattacheraient :
Pindare se contente d'une mention.

Cet art de concentrer les faits et les sentiments en quelques
paroles pleines et sonores est aussi ce qui donne à ses narrations, quelle qu'en soit l'étendue, leur caractère original. Il y a
beaucoup de récits dans Pindare. Un mythe, selon le sens étymo-
logique du mot, n'est pas autre chose qu'un récit, et il n'y a
presque pas une ode de Pindare, nous l'avons vu, qui ne contienne quelque mythe. On a quelquefois distingué dans Pindare
une partie *lyrique* proprement dite (en appelant ainsi les éloges
et les moralités, tout ce qu'il y a de personnel et d'actuel), et
une partie *épique*, qui comprend naturellement les mythes [1]. On
peut, si l'on veut, employer ces termes pour abréger, mais à la
condition de ne pas oublier quelles différences profondes séparent un récit de Pindare d'un récit vraiment épique, d'un récit
d'Homère par exemple. En réalité, la différence des deux génies
n'est nulle part plus frappante ni plus facile à mesurer que là
où ils semblent au premier abord se rapprocher davantage l'un
de l'autre. La narration homérique raconte les faits comme si
le lecteur ne les connaissait pas encore ; elle l'instruit, elle le
met au courant. Elle fait cela sans longueur, mais sans préci-
pitation ; bien qu'elle ne soit pas traînante, elle est circonstan-
ciée. La narration pindarique a presque toujours l'air de supposer le lecteur instruit du fond des choses ; elle procède par
allusions vives et brillantes ; elle ne s'occupe en aucune manière
de suivre pas à pas le progrès logique des événements : elle court
d'un tableau à un autre tableau ; elle y entremêle des maximes ;
elle songe moins à exposer les faits qu'à rendre avec éclat, avec
force, les émotions que l'imagination du poète, dans une intui-
tion aussi rapide que pénétrante, reçoit du contact des choses ;

1. C'est la distinction que fait Thiersch.

elle ne cherche jamais à satisfaire la curiosité par un choix abon-
dant de détails, de circonstances précises : elle l'éveille plus
qu'elle ne la satisfait; elle ne trace qu'un résumé, qu'elle écrit,
pour ainsi dire, en lettres d'or. Aussi tandis qu'Homère semble
à tout le monde d'une clarté limpide, Pindare paraît souvent
obscur à ceux qui ne connaissent pas d'avance le sujet de ses
récits aussi bien que les Grecs, ses contemporains, les connaissaient. Homère n'a jamais en vue, dans un récit, que son récit
lui-même; il le raconte pour sa beauté, pour son intérêt propre,
et n'en veut tirer aucune conclusion : il y a de l'historien dans
le poète épique. Dans Pindare, au contraire, il y a quelque chose
de l'orateur ; non le style assurément ni la logique, mais certaines préoccupations, certaines arrière-pensées qui se mêlent
parfois au récit, qui le font dévier de la ligne droite, qui l'abrègent
ou le coupent à l'improviste, qui modifient surtout ses proportions naturelles.

L'exemple le plus frappant de cette manière lyrique de raconter par allusions, par vives images brusquement associées, se
trouverait dans ces mythes nombreux où Pindare se borne à
quelques traits si généraux, si sommaires, qu'on peut à peine
dire qu'il raconte. Or les mythes de ce genre, ne l'oublions pas,
sont chez lui les plus fréquents. Les odes éginétiques en particulier, où il avait à chanter les Éacides, c'est-à-dire avant tout
Achille, Ajax, Télamon, les héros déjà illustres de l'épopée
homérique, nous présentent pour la plupart des mythes ainsi
esquissés. Quelques vers lui suffisent à caractériser la vie d'A-
chille, sinon à la raconter; il n'a pas pour tâche de la faire connaître, il veut en rendre la grandeur, la force triomphante et
divine. Voici ce qu'il dit d'Achille dans le plus long passage qu'il
lui ait consacré : on va voir dans ce brillant morceau toute
une vie résumée en quelques vers, l'imagination du poète ramas-
sant les détails en quelques groupes frappants, les maximes se
mêlant au récit, et l'inspiration gnomique ou morale donnant à
tout l'ensemble une couleur qui n'a rien d'épique[1].

1. Ném. iii, 43-63.

« … Mais le blond Achille, habitant la demeure de Philyre, en ses jeux d'enfant accomplissait de grands exploits : sa main brandissait un court javelot, ou, rapide comme les vents, il combattait les lions farouches et les frappait de mort; il égorgeait les sangliers et rapportait au Centaure fils de Kronos leurs corps palpitants. Il fit ainsi dès sa sixième année, puis durant toute sa vie, admiré d'Artémis et de l'audacieuse Athênè, — tandis qu'il tuait les daims légers sans chiens et sans filets trompeurs, lui, le coureur sans rival. Les antiques paroles nous racontent encore ceci : dans sa demeure rocheuse, Chiron nourrit aussi l'habile Jason, puis Esculape, auquel il enseigna les remèdes que prépare une main bienfaisante; plus tard il donna un époux à la fille de Nérée, la déesse aux beaux bras [1], et nourrit dans les bonnes mœurs son fils robuste, l'animant à toutes les vertus, — tellement que celui-ci, poussé par l'élan des brises marines vers Troie remplie du bruit des lances, affronta le cri de guerre des Lyciens, des Phrygiens, des Dardaniens, et que dans la mêlée, en face des Éthiopiens belliqueux, sa volonté inébranlable ferma à leur chef, le cousin d'Hélénus, le belliqueux Memnon, la route du retour en sa patrie. »

Prenons maintenant des récits qui portent sur des faits plus restreints à la fois et moins connus, et qui appellent davantage par conséquent une exposition du genre de celles que présente l'épopée. Dans l'ode à Diagoras de Rhodes (septième Olympique), il raconte trois légendes rhodiennes. Je choisis la plus longue des trois : c'est celle de la naissance de l'île et de son attribution à Hélios, que les dieux avaient oublié précédemment lorsqu'ils s'étaient partagé le monde. On y remarquera sans difficulté la même sobriété de détails, et aussi le même éclat sévère dans quelques grandes images que le poète rencontre comme par hasard tout en déroulant ses amples périodes si pleines de choses [2].

« … Il est dit, dans les antiques récits des hommes, qu'à

---

1. Ἀγλαόκαρπον dans Christ; ἀγλαόκολπον dans la plupart des éditions. Olymp. VII, 54-76.

l'époque où les immortels se partageaient le monde, Rhodes n'avait pas encore paru à la surface des flots, mais que dans les abîmes amers l'île future était cachée. — D'Hélios alors absent nul ne rappela le nom, et le sort ne lui attribua aucun lot, au dieu pur entre tous. Sur sa plainte, Zeus était prêt à consulter le sort de nouveau. Mais Hélios ne le laissa pas faire, car il dit qu'au sein de la mer écumante il apercevait, s'élevant du fond de l'abîme, une terre féconde en hommes et riche en troupeaux.—Il voulut qu'aussitôt la déesse au diadème d'or, Lachésis, la main levée, prononçât d'un cœur sincère le grand serment des dieux, et qu'avec le fils de Kronos elle jurât que cette terre, après être arrivée à la clarté du jour, serait à jamais son inviolable possession. L'événement confirma jusqu'au bout ses paroles, inspirées par la vérité. — A la surface des flots l'île s'épanouit, royaume du dieu des rayons pénétrants, du maître des coursiers aux narines de feu. Là, s'étant uni à Rhodos, il donna le jour à sept fils, renommés pour leur sagesse dès les temps les plus reculés. L'un d'eux fut père à son tour de Kamiros, de Lindos et d'Ialysos leur aîné. Ceux-ci, ayant fait trois parts de la terre paternelle, habitèrent trois villes distinctes appelées de leurs noms. »

Je ne citerai plus que deux exemples : l'un à cause de la comparaison qui s'offre d'elle-même à ce sujet entre Pindare et Théocrite, l'autre parce qu'il est le plus étendu qu'il y ait dans Pindare et le plus semblable aux narrations de l'épopée. Le premier est le récit de la lutte d'Hercule contre les deux dragons dans la première Néméenne ; l'autre est celui de l'expédition des Argonautes dans la quatrième Pythique, où elle fait suite à la scène entre Jason et Pélias, précédemment étudiée.

« Pour moi, dit Pindare [1], je veux chanter la gloire d'Hercule, et parmi tant d'exploits illustres redire le plus ancien : comment le fils de Zeus, au sortir des flancs douloureux de sa mère, ouvrant avec son frère ses yeux à l'éclat du jour, — ne put échapper

1. Ném. I, 33-59.

au regard attentif d'Héra, la déesse au trône d'or, lorsqu'il
entra dans son berceau aux langes colorées par le safran. Aussitôt en effet la reine des dieux, irritée en son cœur, envoya
deux dragons. Les portes s'ouvrirent devant eux, et ils péné-
trèrent au fond du vaste appartement, impatients de tordre leurs
victimes sous leurs dents avides. Mais Hercule, levant la tête,
engage d'abord la lutte, — et de ses deux mains serrant le cou
des deux monstres dans une étreinte irrésistible, il les tint longtemps enchaînés jusqu'à ce que la vie s'exhalât de leurs membres horribles. Une indicible frayeur avait glacé les femmes
qui se trouvaient auprès d'Alcmène pour la servir; mais elle,
s'élançant à demi nue de sa couche, elle aidait ses fils à re-
pousser l'attaque des reptiles. — Bientôt les chefs des Cadméens, couverts de leurs armes, arrivèrent en foule; Amphitryon,
brandissant son épée, vint aussi, l'âme dévorée d'un cuisant
souci; car nos propres maux nous torturent; nous ne restons
froids qu'à ceux des autres. — Il demeura immobile, frappé à
la fois d'horreur et de joie; car il voyait l'extraordinaire courage
et la force surhumaine de son fils, et les dieux avaient démenti
les tristes messages... » — Pindare raconte alors qu'Amphitryon
fait venir Tirésias, et nous montre celui-ci, dans une belle
prophétie, développant devant les parents émerveillés l'avenir
illustre du héros, ses luttes, ses victoires, enfin son apothéose.

Voilà certainement un admirable récit. Est-il besoin d'insister
sur ce qui le distingue d'un récit épique? Il est d'abord infiniment plus rapide : la naissance d'Hercule, la colère d'Héra,
l'arrivée des serpents et la lutte tiennent en douze vers très
courts, équivalant à sept ou huit vers épiques environ. Rien n'est
minutieusement décrit ni expliqué. Le poète s'occupe moins de
raconter les faits que d'en réveiller l'impression vive par quelques mots rapides et grands. Aussi le style est rempli d'images
et de figures[1]; il exprime l'enthousiasme religieux d'une ima-

---

1. Presque tous les mots seraient à signaler à ce point de vue. Je me
borne à noter ici les expressions ὠδῖνα φεύγειν, τέχνοισιν ὠχείας γνάθους

gination poétlque saisie d'un grand spectacle, et qui en rend
toute la grandeur. Pourquoi ce récit est-il si bref? Ce n'est pas
seulement parce que le temps et la place, ainsi que Pindare le
dit si souvent, lui sont étroitement comptés : c'est aussi qu'il ne
raconte pas uniquement pour raconter, mais que son récit lui-
même est subordonné à certaines intentions qui inspirent son
œuvre, comme il arrive nécessairement dans tout poème de
circonstance.

La lecture du récit de Théocrite rendrait tout de suite sensible la différence des deux genres. Dans Théocrite[1] chacun
des moments de l'action est tour à tour l'objet d'une description; le poète s'y arrête sans aucune hâte de conclure, car les
faits ont par eux-mêmes leur intérêt. Le style est agréable et
clair; la phrase marche d'une allure aisée; l'émotion sort du
récit et le poète se cache. Or c'est précisément tout cela qui
caractérise le style épique. Et qu'on ne s'étonne pas de voir Théocrite figurer ici à titre de poète épique : l'Idylle grecque n'est
en soi qu'un cadre de dimensions restreintes où l'inspiration
d'un Théocrite met tantôt une élégie, tantôt un petit drame,
tantôt une chanson, tantôt enfin, comme ici, une véritable
épopée en miniature. Le récit de Théocrite est trop long pour
être textuellement cité dans son entier; il est d'ailleurs bien
connu. J'en rappellerai seulement les lignes principales.

Hercule, âgé de dix mois, et son frère Iphiclès, plus jeune
d'une nuit, ont été placés par Alcmène, leur mère, dans le grand
bouclier qui leur sert de berceau. Alcmène les berce et les en-
dort : première peinture pleine de charmants détails. Arrivent
les serpents : description des serpents. La lutte va s'engager :
« Lorsque les deux dragons, faisant vibrer leur dard, parvin-
rent près des enfants, ceux-ci s'éveillèrent, grâce à Zeus qui
voit toutes choses, et une vive lumière remplit la demeure.

ἀμφελίξασθαι, les trois épithètes de χερσίν aux vers 44-45, la tournure ἀγχο-
μένοις χρόνος ψυχὰς ἀπέπνευσεν μελέων ἀφάτων. Je m'arrête, car il faudrait tout citer.

1. Idylle xxiv.

Iphiclès pousse un cri, quand il voit les monstres noirs, aux
dents cruelles, penchés sur le bouclier; il repousse du pied la
couverture délicate, et cherche à fuir. Mais Hercule, faisant face
aux serpents, les saisit entre ses bras, qui les enchaînent d'un
nœud terrible; il les tient à la gorge, là où se forme le noir ve-
nin de ces monstres funestes, haïs des dieux eux-mêmes. Ceux-ci
alors enroulent leurs spirales autour de l'enfant, qui, malgré son
âge si tendre, n'avait jamais pourtant versé de larmes entre les
bras de sa nourrice. Mais bientôt ils les déroulèrent, cherchant
dans la douleur qui les torturait à fuir l'étreinte inévitable [1]. »
Alcmène cependant a entendu quelque bruit et vu la lumière
mystérieuse. Aussitôt elle réveille Amphitryon et lui adresse
un discours dans le goût épique. Amphitryon s'arme à la hâte :
description brève des armes. Il appelle ses serviteurs : nouveau
discours. Enfin les serviteurs accourent avec des torches : la
demeure se remplit, et l'on aperçoit Hercule qui de ses mains
délicates serrait les deux monstres vaincus. Ce n'est pas tout
encore : les impressions des divers personnages sont longuement décrites dans les vers suivants, où du reste les traits
charmants abondent. — Je n'ai pas besoin de faire remarquer
combien tout cet art de Théocrite ressemble peu à celui de
Pindare.

Quant à l'histoire de Jason, dans la quatrième Pythique, quoiqu'elle soit fort longue, elle ne nous retiendra pas longtemps :
c'est seulement l'ensemble du récit, la succession des scènes qui
doit nous occuper; un exemple suffira pour donner l'idée des
divers tableaux que renferme cette narration.

Pindare vient de raconter l'arrivée de Jason à Iolcos, l'admiration qu'il y excite, sa rencontre avec Pélias, enfin la proposition
de celui-ci : que Jason aille conquérir la toison d'or, et Pélias
au retour lui restituera le trône auquel il a droit. « Cet arrangement conclu, ils se séparèrent; et Jason déjà lançait de toutes
parts des hérauts pour faire connaître l'expédition. Alors arri-

1. Idylle XXIV, 20-33.

vèrent les trois guerriers invincibles que Zeus fils de Kronos avait
eus d'Alcmène aux beaux yeux et de Léda, etc[1]. » Suit l'énumération des héros; deux vers ont suffi à Pindare pour passer de
la scène précédente à cette énumération : d'un mot, il arrive à
scène du départ. « Lorsqu'ils eurent suspendu les ancres au-
dessus de l'éperon du navire, le chef, debout sur la poupe, une
coupe d'or dans les mains, invoque Zeus, le père des dieux
célestes, celui qui brandit la foudre, et les élans rapides des
vagues et des vents, et les nuits, et les routes de la mer, et les
jours heureux, et la douce destinée du retour[2]... » Une fois
partis, Pindare ne raconte pas leur navigation jour par jour : en
quelques vers il nous montre Jason sacrifiant à Posidòn à
l'entrée de l'Euxin, puis échappant au danger des Symplégades,
puis enfin touchant aux rives du Phase. Cypris y invente un
philtre pour Médée; voilà Jason, grâce à Médée, arrosé d'une
huile mystérieuse qui le rend capable d'affronter tous les combats; et aussitôt, sans autre préparation, Pindare nous transporte au moment de l'épreuve décisive : « Éétès plaça au
milieu des héros une lourde charrue d'acier avec des bœufs
dont les mâchoires fauves soufflaient des flammes ardentes et
dont les sabots d'airain écrasaient le sol sous leurs pas; seul
il les amena et les attela au joug, et d'une main ferme il
trace des sillons en droite ligne : soulevant les mottes, le soc
ouvrait le dos de la terre à la profondeur d'une brasse. Puis
il dit : Que le roi qui commande à votre navire accomplisse ce
travail, et il emportera le prix immortel, — la brillante toison
d'où pendent en flocons des franges d'or. Il parla ainsi. Jason
rejette son manteau de safran, et confiant dans la divinité il
tente l'entreprise; les flammes ne le troublent pas, grâce aux
conseils de l'étrangère pour qui les plantes n'ont pas de secrets.
Il tire à lui la charrue, y assujettit le cou rebelle des bœufs,

---

1. Pyth. ɪv, 168-172.

2. *Ibid.*, 191-196. J'emprunte pour ce passage (comme pour le suivant) la
traduction qu'en a donnée M. J. Girard dans son histoire du *Sentiment religieux en Grèce.*

enfonce l'aiguillon douloureux dans leurs vastes flancs, et, les
tenant domptés sous sa forte main, il achève la tâche fixée :
malgré sa douleur secrète, Éétès cria d'admiration en voyant
cette vigueur merveilleuse [1]. »

Ce n'est là que la première épreuve : Éétès indique alors à
Jason où gît la toison d'or sous la garde de deux dragons aux
dents terribles. Mais ici Pindare est encore plus bref que dans
le précédent épisode : « Il serait long, dit-il lui-même, de suivre
la route des chars ; les heures me pressent, et je sais un sentier
plus court ; car je précède beaucoup d'autres dans mon art [2]. »
En effet, cinq vers lui suffisent pour terminer l'histoire de Jason
et pour la rattacher à celle des ancêtres d'Arcésilas.

Pourquoi le récit finit-il ainsi brusquement? C'est que Pindare n'est pas un poète épique dont le rôle consiste à développer
régulièrement le progrès d'une longue action : il est poète lyrique,
et ne prend d'un récit traditionnel que les traits qui se rapportent à l'idée dominante de son œuvre. Dans la quatrième Pythique il ne se propose pas de faire connaître à ses lecteurs une
histoire ignorée d'eux : il veut dégager d'une histoire déjà connue
quelques traits brillants et en tirer la morale; aussitôt que son
but est atteint, il ne lui reste qu'à finir; de plus longs détails
seraient superflus.

IV.

Nous ne pouvons plus guère étudier aujourd'hui le style de
Pindare que dans ses Odes triomphales : ne serait-il pas imprudent
de trop généraliser, et d'appliquer à l'ensemble de ses œuvres
les conclusions où nous a conduits l'étude spéciale d'un seul
recueil de ses poèmes? Il est permis de supposer que ses parthénies avaient une douceur particulière. Il est d'autre part certain
que ses dithyrambes, conformément aux lois du genre, devaient

1. Pyth., IV, 224-238.
2. Ibid., 247-248.

offrir un caractère frappant de hardiesse, puisque c'est d'eux que parle Horace quand il loue l'habileté de Pindare à créer des mots nouveaux, et qu'il leur donne la qualification de *hardis* [1]. Le style des scolies n'était pas davantage celui des hymnes. Au reste, même dans les Odes triomphales, il y a des différences : les unes sont écrites d'un style plus majestueux, les autres avec plus de simplicité. Bœckh signalait entre les odes de rythme dorien et les odes de rythme éolien une différence de style assez délicate : il trouvait parfois dans les premières un mouvement plus lent de la phrase, un air d'abandon voisin de la prose [2]; et dans les odes éoliennes, au contraire, une allure plus vive, plus brillante [3]. Il y a, je crois, beaucoup de vérité dans cette impression; mais il est difficile de la justifier par des exemples, parce que toutes ces distinctions n'ont rien d'absolu. Il n'y a pas deux types de phrase différents dont l'un soit éolien et l'autre dorien. Les odes éoliennes ont souvent des phrases graves et longues, de même que les odes doriennes en ont qui sont vives et courtes; c'est une question de mesure et de proportion. Il n'est même pas certain que cette différence d'effet tienne uniquement au style; le rythme peut y être pour quelque chose : n'oublions pas, en effet, qu'il y a généralement plus de syllabes brèves dans les odes éoliennes et plus de syllabes longues dans les autres; or cette différence, que nous sentons encore confusément, peut suffire à diversifier parfois l'effet de deux phrases d'ailleurs semblables.

Je ne crois pas qu'il soit non plus bien utile, malgré l'attrait de cette recherche, d'étudier l'histoire du style de Pindare, de

---

1. *Carm.* iv, 2, 10-11.

2. Est-ce là aussi ce que veut dire Longin (*de Subl.*, 33), quand il reproche à Pindare, comme au reste à Sophocle, de tomber parfois après d'admirables élans? — On peut comparer encore avec ce jugement de Longin sur Pindare et sur Sophocle ce que Denys d'Halicarnasse dit quelque part de Sophocle seul : que la hardiesse poétique de son vocabulaire va quelquefois jusqu'à l'emphase, et d'autres fois au contraire fait place à une simplicité excessive. (*Veterum Scriptorum censura*, 11.)

3. *De metris Pindari*, iii, p. 393.

voir s'il est arrivé d'emblée à sa perfection, et s'il l'a gardée
jusqu'à la fin : j'ai déjà dit que nous n'avions pas les documents
nécessaires pour arriver sur ces questions de chronologie à des
résultats suffisamment solides [1].

D'ailleurs, quelles que soient les différences qu'aient pu produire dans le style de Pindare soit la diversité des temps, soit
celle des genres lyriques, il est évident qu'en somme, si nous
avions tout Pindare, ce qui frapperait d'abord le lecteur moderne, ce serait moins cette diversité relative qu'une certaine
uniformité générale, qu'un air de parenté manifeste entre toutes
les productions de son génie. Peut-être même en serait-on
frappé comme d'un défaut. On peut en juger par les seules Odes
triomphales. Quelques-unes assurément tiennent davantage de
l'hymne religieux, d'autres de l'épopée, d'autres encore du thrène,
quelques-unes du scolie. On ne saurait nier pourtant que tout
l'art de Pindare, que toute sa richesse d'imagination ne soient
quelquefois impuissants à dissimuler une certaine monotonie
qui vient du fond des choses et qui se reflète jusque dans le style.
Le nombre de ces mots généraux que Pindare aime à employer
est forcément peu considérable dans un sujet aussi restreint
que celui qui forme le fond des Odes triomphales; les mêmes
associations d'images et d'idées devaient se représenter sans
cesse à son esprit. Que de fois, par exemple, dans Pindare, son
chant de victoire n'est-il pas « le remède aux fatigues subies »,
« l'oubli des dépenses » faites par le vainqueur pour prendre part
à la lutte, ou encore « le couronnement de sa vertu » ? Ce sont là
des idées nécessaires que l'expression ne peut modifier qu'à la
surface. Il en est de même de bien des épithètes qui ne sont
pourtant pas toujours des épithètes homériques, et aussi de certaines combinaisons, de certains groupes de mots qu'il a peut-

---

1. M. L. Schmidt, qui a surtout étudié cet ordre de problèmes, avoue
d'ailleurs qu'il ne trouve pas dans les dernières odes de Pindare un style
sensiblement différent de celui que présentent les poèmes de la meilleure
époque. Dans les plus anciennes, au contraire, il croit découvrir une
hardiesse moins heureuse à créer des métaphores et des images.

être le premier associés ainsi, mais qui forment désormais une formule consacrée. Il n'est pas douteux que le même genre de faits ne se reproduisît très souvent dans les œuvres perdues de Pindare. Un coup d'œil donné aux *Fragments* suffit à le démontrer.

On ne saurait en être surpris : en somme, tous les genres lyriques ont beaucoup de points communs; un péan ou un hyporchème renfermaient des mythes tout comme une ode triomphale, et, comme celle-ci encore, des mythes ordinairement locaux. Comme l'ode triomphale, l'hyporchème et le péan pouvaient contenir des allusions à des faits historiques, l'éloge d'une cité, d'une famille, d'un homme. Je ne parle pas du thrène, qui ne formait, comme l'ode triomphale, qu'une variété des *encomia*. C'était là d'ailleurs dans le lyrisme un assez léger inconvénient. Chacune des fêtes où paraissait un poète lyrique était indépendante de toutes les autres; en général, ses auditeurs n'étaient pas les mêmes; il n'avait donc pas à s'inquiéter chaque fois de ce qu'il avait dit ailleurs, et il n'était pas obligé de renouveler son bagage poétique en passant d'une fête à l'autre. Cela ne veut pas dire que les œuvres d'un poète lyrique n'eussent pas dès lors en Grèce une publicité de lecture très étendue; mais il est certain que chaque ode était surtout faite en vue d'une exécution particulière, et par conséquent en vue d'un effet immédiat, actuel, où la réflexion et les comparaisons avaient peu de place. Raison de plus pour que le poète osât parfois se répéter et pour que, dans la variété de ses inventions, le lecteur moderne puisse signaler quelques redites.

S'il est malaisé, dans l'insuffisance des documents, de comparer Pindare avec lui-même, il n'est pas non plus facile, et pour la même cause, de le comparer avec les autres poètes lyriques de la Grèce. Jusqu'à quel point tous ces caractères que nous venons de relever dans son style, cette hardiesse, cette grandeur d'imagination, cet éclat et cette brièveté lui sont-ils propres? Il serait très curieux de le bien savoir; mais nous ne pouvons malheureusement répondre à ces questions d'une manière tout à fait

précise et complète. Cependant les fragments des lyriques grecs,
étudiés avec soin et constamment éclairés par l'opinion générale
de l'antiquité sur ces auteurs, nous permettent d'arriver à des
résultats qui ne sont pas sans intérêt. Si des fragments, en effet,
ne peuvent rien nous apprendre sur la manière dont un poète
composait, ils peuvent du moins nous livrer quelque chose
de son style, à la condition qu'ils soient nombreux; or nous
possédons un assez grand nombre de débris poétiques empruntés
aux œuvres des prédécesseurs ou des contemporains de Pindare
pour qu'il soit possible d'en tirer quelques inductions légitimes.
Voici, à cet égard, ce qui me paraît être la vérité.

Le nombre des maîtres du lyrisme choral (les seuls dont nous
ayons à nous occuper) est très peu considérable. Si l'on en re-
tranche Arion, dont nous n'avons qu'un fragment plus que suspect, ils se réduisent à trois : Alcman, Stésichore et Simonide;
ajoutons, si l'on veut, Ibycus, imitateur de Stésichore, et Bacchylide, neveu et disciple de Simonide. Alcman a vécu au septième siècle, Stésichore au début du sixième, Simonide à la fin du
sixième et au début du cinquième, c'est-à-dire au temps de Pindare lui-même, à vingt-cinq ans près; Ibycus se place entre Stésichore et Simonide; Bacchylide était exactement le contemporain
de Pindare. Voilà donc, au point de vue chronologique, trois
groupes de poètes qui correspondent à peu près aux septième,
sixième et cinquième siècles; j'insiste sur ces dates, parce qu'elles
ont, au point de vue qui nous occupe, une grande importance.
Tous ces poètes sans doute ont des traits communs, et il y a des
expressions poétiques par exemple dont on pourrait suivre la
trace depuis Alcman jusqu'à Pindare. Mais il y a des ressemblances bien plus étroites entre les poètes d'une même époque,
malgré l'originalité distincte de chacun d'eux.

D'Alcman nous avons peu de chose à dire. C'est celui qui
ressemble le moins à Pindare. Sa phrase est ordinairement
courte, comme son mètre ; elle a plus de vivacité gracieuse
et familière que d'ampleur et de force. Avec son dialecte
foncièrement lacédémonien, il a un air de naïveté populaire

qui est fort éloigné des savantes combinaisons de Pindare.

Stésichore au contraire a de l'ampleur. Sa lyre avait soutenu, dit Quintilien, le fardeau de l'épopée, à laquelle il avait emprunté le sujet de ses chants[1]. Mais, en lui empruntant ses sujets, lui avait pris aussi quelque chose de son esprit et de son style. Il devait être fort différent de Pindare. Denys d'Halicarnasse dit expressément qu'il avait réussi là où Pindare avait échoué, c'est-à-dire dans la conception des caractères[2] : il avait donné à ses héros des traits personnels et accusés, et il avait su les leur conserver[3]. Nous avons vu que Pindare n'avait nullement cette qualité; ce qui ne veut pas dire d'ailleurs que Pindare doive être pour cela mis au-dessous de Stésichore, comme Denys l'insinue : il semble plutôt que Pindare, en restant plus personnel, ait pénétré plus avant dans le génie même du lyrisme. Quintilien reproche à Stésichore une abondance parfois excessive, un peu diffuse et molle. C'est encore tout le contraire de Pindare. Stésichore est un des maîtres du style tempéré[4]; il a de la dignité, mais mélangée de douceur. Pindare, selon l'expression de Denys[5], a jusque dans l'agrément de son style je ne sais quoi d'âpre et d'amer. Les fragments de Stésichore justifient toutes ces appréciations et montrent à merveille par où il différait de Pindare. De même que le mètre de Stésichore, riche en dactyles, rappelle celui de l'épopée, son style a presque l'abondance facile et éloquente, la transparence limpide de celle-ci; c'est du style épique un peu plus orné, un peu plus riche en épithètes, en mouvements, en images, et relevé çà et là de quelques formes doriennes; mais nulle part on n'y rencontre rien de semblable à cette concentration profonde, à ce choc rapide de pensées graves et d'images éclatantes qui caractérise le génie de Pindare.

1. *Inst. Orat.*, x, 1, 62.
2. *Vet. Script. cens.*, 7.
3. *Ibid.* — Cf. Quintil., *loc. cit.*
4. Dion. Halic., *de Comp. Verb.*, c. XXII..
5. Id., *Vet. Script. cens.*, 5 (πικρία μεθ' ἡδονῆς).

Il en est à peu près de même d'Ibycus. Ce qui domine dans les fragments de ce poète, c'est une élégance gracieuse qui n'a rien de pindarique. Il semble se plaire aux comparaisons, rares chez Pindare, et il les développe avec une abondance facile plus voisine du style de l'épopée que de celui des Odes triomphales.

Lorsqu'on passe au contraire de Stésichore et de son école à celle de Simonide, on se trouve tout d'un coup bien plus près de Pindare, malgré les différences tant de fois signalées par les anciens entre les deux grands rivaux. Simonide était surtout, nous dit-on[1], le poète de la grâce brillante, des émotions pénétrantes et douces. Il n'avait pas la fierté de Pindare, ni sa majesté, ni l'amertume ou l'âpreté signalée tout à l'heure dans le style de celui-ci. Simonide était le modèle des poètes élégamment pathétiques. En effet, les plaintes de Danaé, si connues, ne sont pas d'une inspiration pindarique. On trouverait encore, dans plus d'un passage des fragments de Simonide, des morceaux qui ne sont pas dans le goût de Pindare. Ses admirables vers sur les combattants des Thermopyles en sont un exemple : « De ceux qui sont morts aux ¡Thermopyles, illustre est le sort et glorieux le destin; leur tombe est un autel; au lieu de les pleurer, on les chante; en guise de plaintes, ils ont des hymnes; c'est là un sépulcre qui défie à jamais et la rouille des années et le temps destructeur de toutes choses. » L'inspiration de ces vers est sublime, et Pindare n'a rien écrit de plus héroïque; mais ce style vif et coupé qui entrechoque des antithèses, qui aiguise l'idée pour la rendre plus pénétrante, est tout à fait différent de celui de Pindare. C'est que Simonide n'est pas seulement un grand poète lyrique; c'est aussi un grand poète élégiaque; il a manié aussi bien que personne le pentamètre, interprète de la plainte au début, et devenu depuis comme le cadre naturel de l'antithèse. Jusque dans sa poésie lyrique Simonide garde quelque chose du poète élégiaque : il

---

1. Quintil., x, 1, 64; Dion. Halic., *de comp. Verb.*, c. xxiii; id , *de Vet. Script. cens.*, 6.

en a les antithèses aussi bien que le pathétique. Voilà donc entre Pindare et lui de grandes différences; toute l'antiquité les a proclamées, et il ne saurait être ici question de les atténuer. Et pourtant, je reviens à ce que je disais tout à l'heure : en passant de Stésichore et d'Ibycus à Simonide, nous nous rapprochons de Pindare. Nous rencontrons souvent chez Simonide cette rapidité brillante, cet éclat d'expression dont les exemples sont si fréquents dans les Odes triomphales. Il semble qu'entre Pindare et Simonide les différences aient porté sur l'allure générale du style plus que sur les détails; c'est surtout dans les longs fragments, là où peuvent subsister encore les traces d'une analyse subtile et fine, là où le développement reste visible, que ces différences se montrent; quand on lit des fragments plus courts, elles s'effacent en grande partie. Par le choix des mots, par la manière de les associer, Simonide nous fait mainte fois souvenir de Pindare. Cela est si vrai que les érudits, en face de certains fragments lyriques dont l'origine est inconnue, se sont souvent demandé s'ils étaient de Simonide ou de Pindare : ils n'ont jamais hésité, que je sache, entre Stésichore et Pindare. Si nous possédions complètement Simonide, il est très probable que, chacune de ses œuvres s'offrant à nous dans son ensemble, nous serions beaucoup plus frappés que nous le sommes des différences qui existaient entre son talent et celui de Pindare; mais dans l'état où les siècles ont mis ses poèmes, c'est plutôt le contraire qui nous frappe, sans que nous puissions méconnaître, dans les deux ou trois morceaux plus considérables qui nous restent de lui, la justesse des observations que les anciens ont faites à son sujet.

Ce que nous venons de dire de Simonide s'applique également, et peut-être plus encore, à Bacchylide. Bacchylide était le disciple de Simonide, mais il était aussi le contemporain de Pindare; et il était moins défendu que Simonide soit par son âge, soit par la nature de son génie, contre la tentation d'imiter son illustre contemporain. Bacchylide, en effet, n'avait pas l'originalité puissante d'un Pindare ou d'un Simonide; bien qu'attaché par

ses relations de famille, et sans doute aussi par les tendances de
son esprit, au poète de Céos, il était donc assez naturel que le
succès du grand poète thébain ne fût pas sans exercer sur lui
quelque influence. De là viennent sans doute, dans les fragments de Bacchylide, tant de mots et de pensées qui rappellent
aussitôt Pindare et qui semblent un écho affaibli des Odes triomphales; plusieurs fragments anonymes sont attribués tantôt à
Bacchylide, tantôt à Pindare. Il y a cependant, même dans le
peu que nous avons de lui, des traits qui peuvent nous faire
soupçonner en lui un poète plus disert, d'une abondance
moins forte et moins serrée que celle de Pindare[1]. Il n'avait,
au témoignage des scoliastes, ni sa dignité morale, ni sans
doute sa vigueur de style et de pensée. Mais nous sommes
obligés sur tous ces points de nous en tenir à des soupçons,
à des indications très générales, faute de documents assez
positifs.

Nous n'éprouvons pas le même embarras à l'égard des tragiques, et ici les différences comme les ressemblances sont beaucoup plus claires.

La tragédie est sortie du dithyrambe, c'est-à-dire du genre
lyrique le plus hardi et le plus passionné. Les chœurs tragiques,
aux yeux des musiciens de l'antiquité, étaient le type du lyrisme
pathétique. Il est donc naturel que les parties lyriques de la
tragédie présentent au plus haut degré ces caractères de hardiesse dans le vocabulaire, dans les images, dans la phrase, que
nous avons signalés dans le lyrisme grec. Nous voyons en effet
les rhéteurs grecs, parlant de l'audace des figures employées
dans la poésie, citer les tragiques à côté de Pindare. Pindare,
aux yeux d'Hermogène, est un des poètes qui ont incliné vers
le style tragique[2]; il y a entre eux et lui d'étroits rapports. Mais
les différences ne sont guère moindres.

Je ne parle même pas d'Euripide, le maître du style gracieux

---

1. Cf. par exemple le fragment 13 (éd. de Bergk).

2. Ὅσοι τῶν ποιητῶν τραγικώτερόν πως προχιροῦνται, ὥσπερ ὁ Πίνδαρος
(Walz, t. III, p. 226.)

et simple [1], mais en même temps le plus tragique des poètes [2], c'est-à-dire le plus pathétique, le plus capable d'émouvoir et d'attendrir, le plus nerveux et, pour ainsi dire, le plus féminin des écrivains grecs : il est clair que ni les douceurs de ce style ni ses emportements ne le rattachent à l'école de Pindare. Mais Eschyle même et Sophocle, bien plus rapprochés de Pindare à tous égards, s'en séparent encore par certains traits fondamentaux.

Qu'on prenne un chœur d'Eschyle, celui par exemple qui est au début de l'*Agamemnon*, et qui, par les récits qu'il renferme, présente quelques rapports avec les odes des lyriques : hardiesse, éclat, ampleur, magnificence d'images et de style, mouvement superbe de la phrase, voilà toutes les qualités que nous avons signalées chez Pindare; mais la différence essentielle, c'est l'émotion profonde qui soulève toutes ces paroles, et qui les fait jaillir à flots pressés du cœur des personnages [3]. Pindare, au contraire, est essentiellement calme : son imagination ne trouble pas la paix de son âme; sa poésie est à la fois brillante et apaisée. Aussi la hardiesse du vocabulaire et de la langue est plus grande encore chez Eschyle que chez Pindare; les mots créés, les grands mots à panache, comme disait Aristophane [4], s'y pressent en foule; les combinaisons les plus audacieuses, parfois les plus étranges pour notre goût, y forment la trame or-

---

1. Denys d'Halicarnasse, qui distingue trois genres de style, le genre austère, le genre gracieux ou fleuri, et le genre mixte, fait de chacun des trois tragiques le représentant d'un de ces trois genres : Eschyle est dans la catégorie des poètes austères, comme Pindare; Sophocle est dans celle des poètes mixtes, et Euripide est rangé à côté de Sappho et de Simonide, dans celle des poètes dont le style est avant tout gracieux et facile. (*De Comp. Verb.*, ch. XXII-XXIV.)

2. Aristote, *Poét.*, 13 (τραγικώτατος τῶν ποιητῶν).

3. Au lieu de ce long récit lyrique, on pourrait encore étudier à titre d'exemple le second στάσιμον du *Prométhée* (μηδάμ' ὁ πάντα νέμων, etc.), si pindarique par le rythme et à certains égards par l'idée : là encore, dans un chant relativement calme, on aurait à remarquer la véhémence toute tragique des derniers vers, et le mouvement oratoire φέρ' ὅπως ἄχαρις χάρις (au v. 545).

4. *Grenouilles.* 925 (ὀφρῦς ἔχοντα καὶ λόφους).

dinaire du style. En revanche, le lien des phrases y est plus serré, et les idées y sont analysées avec plus de rigueur : les phrases d'Eschyle sont souvent longues, mais par l'accumulation des circonstances qui caractérisent un sentiment ou une émotion, plutôt que par un enchaînement presque fortuit en apparence d'idées et d'images qui s'appellent l'une l'autre et s'étendent de proche en proche au gré d'une fantaisie brillante, ainsi qu'il arrive si fréquemment chez Pindare. Les mots s'y entrechoquent; la phrase est parfois coupée et comme haletante; la passion qui anime l'ensemble emporte les détails d'un mouvement rapide et tumultueux, mais sûr, vers un terme marqué d'avance; l'émotion s'excite elle-même par ses propres chants, ou au contraire s'apaise; mais, de toute façon, il y a un progrès certain, une même direction toujours suivie, au lieu de ces élégants et souples circuits de Pindare qui nous ramènent en finissant au point d'où le poète nous avait fait partir.

Les chants lyriques de Sophocle sont généralement moins passionnés que ceux d'Eschyle. Le chœur dans ses pièces ne se mêle plus à l'action d'une manière aussi directe ; ses chants, par conséquent, sont plus calmes. De là moins d'audace dans la formation du vocabulaire et dans la manière dont les mots s'associent entre eux. A cet égard, Sophocle est assez près de Pindare. Mais il ne lie pas ses idées tout à fait de la même façon. Dans Sophocle, les idées s'opposent ou se rapprochent souvent avec une netteté analytique qui n'est en rien conforme au génie de Pindare. La phrase y est plus ferme, plus carrée, plus pressée de dire ce qu'elle veut et de le dire avec précision. Non seulement le génie du drame, c'est-à-dire de l'action, a passé dans toute cette poésie; mais la rhétorique elle-même, qui commençait alors à charmer la Grèce, et qui a si souvent marqué de son empreinte le dialogue sophocléen, a laissé aussi des traces visibles jusque dans les chants mêlés par le poète à ses drames. L'inspiration lyrique de Sophocle, plus courte d'ailleurs que ne l'est ordinairement celle de Pindare, est surtout plus exactement renfermée dans les limites d'un sujet restreint, et plus rigoureusement soumise à une émotion dominante ; elle n'a pas la libre et flottante allure, l'imprévu, les amples et capricieuses évolutions que nous avons tout à l'heure essayé de décrire d'après l'image que les Odes triomphales nous en offraient.

Au terme de cette étude consacrée à son style, Pindare nous apparaît, si je ne me trompe, dans sa véritable originalité : le plus tragique peut-être des lyriques par l'éclat et la hardiesse de l'imagination, mais calme dans sa hardiesse, austère dans son éclat, toujours maître de son génie et de ses sentiments, admirable interprète de l'antique modération ; ami de la beauté comme tous les Grecs, mais surtout, comme les Doriens, ami d'une beauté noble et bien réglée. Dans ces limites infranchissables et volontairement acceptées, il lance avec une merveilleuse justesse « les flèches de ses paroles ». Soit qu'il raconte, soit qu'il fasse apparaître sous nos yeux une scène, un personnage, il voit grand et il voit de haut. Quelques traits sommaires composent tous ses tableaux ; ces traits se relient les uns aux autres avec une facilité souple qui, sans nulle rigueur géométrique, fait passer rapidement devant nos esprits une suite de pensées profondes et d'images éclatantes, jusqu'à ce que le cercle soit achevé, et que la couronne brillante soit posée sur le front qu'elle doit honorer.

CONCLUSION

Nous n'avons plus à justifier le rang que l'opinion unanime de l'antiquité attribuait à Pindare, quand elle faisait de lui le premier des poètes lyriques et, comme aurait dit Montaigne, « le maître du chœur ». Tout le travail qu'on vient de lire a eu pour objet d'expliquer cette appréciation, d'en donner au lecteur moderne les raisons précises. J'ai essayé de décrire et d'analyser cette magnificence sereine, cette gravité à la fois fière et brillante qui caractérisent la pensée et le style de Pindare. Nous n'avons plus à revenir ici sur ces idées, longuement étudiées dans les chapitres qui précèdent.

Mais une autre idée non moins essentielle, et que j'ai tâché de mettre en pleine lumière, c'est que le génie de Pindare tient par des liens très forts et très nombreux à tout l'ensemble des circonstances de temps et de lieu au milieu desquelles il s'est manifesté. Soit qu'on étudie ses poèmes dans leur esprit, soit qu'on les considère au point de vue de l'art de composer et d'écrire, on y découvre aussitôt l'influence directe et perpétuellement présente du pays où ils sont nés, de la tradition religieuse, sociale, littéraire à laquelle ils se rattachent, des conditions techniques dans lesquelles ils se sont produits.

Il en résulte que les qualités poétiques de Pindare ne sont pas les qualités générales, abstraites, de je ne sais quelle poésie absolue qui n'a jamais existé, mais que ce sont les qualités très particulières d'une certaine espèce de poésie, dans un certain pays et à une certaine date, telles qu'un génie d'une trempe originale a su les réaliser. De là vient aussi qu'une question inévitable se présente : c'est de savoir quel genre d'influence ce génie de Pindare a pu ou peut encore exercer, soit sur la poésie, soit en général sur la culture de l'intelligence. On n'attend pas sans doute que je traite ici tout au long la question de l'imitation de Pindare, ni que j'expose par le menu l'histoire de son influence ; je serais obligé d'ajouter un second volume à celui qui précède. Ce sont seulement quelques principes que je voudrais à ce sujet dégager en très peu de mots de l'étude même que nous venons de faire. Il me semble que c'est la conclusion naturelle de ce long commerce avec Pindare, que d'essayer de répondre en ce qui le concerne à l'une des premières questions que suscite le nom de tout écrivain vraiment supérieur et marquant.

Horace déclare Pindare inimitable :

> Pindarum quisquis studet æmulari,
> Jule, cæratis ope Dædalea
> Nititur pennis, vitreo daturus
> Nomina ponto [1].

Pourquoi? Dans les vers qui suivent, Horace explique sa pensée. Ce qui, chez Pindare, défie toute imitation, ce sont d'abord ses rythmes, liés d'une manière indissoluble à la musique ; c'est en grande partie aussi son style, avec ces mots hardiment créés et ces images qui effrayaient la timidité littéraire du goût latin.

Tel était aussi, en France, l'avis de Malherbe, qui le disait à la gauloise, avec une rudesse assurément malsonnante, mais non pas dépourvue de raison. Quand on voit le réformateur de la poésie française traiter sans façon le style de Pindare de *galimatias* [2], on a sans doute le droit d'estimer que cette boutade triviale ne saurait passer pour une appréciation sérieuse du grand poète thébain ; mais si, au lieu d'appliquer ce mot à Pindare lui-même, on l'applique seulement à l'effet que produirait une imi-

1. *Carm.* IV, 2, 1-4.
2. *Vie de Malherbe*, par Racan.

ation servile de Pindare en français (ce qui était au fond la préoc
cupation dominante de Malherbe), on ne le trouvera plus aussi
injuste. Malherbe n'était pas un critique de profession, tenu
d'entrer historiquement dans l'intelligence des grands génies
dont il parlait : c'était, avec tous ses défauts et ses insuffisances,
un admirable ouvrier en matière de langue française, passion-
nément dévoué à sa tâche, enfermé dans ses préoccupations particulières avec l'opiniâtreté qui fait les vocations fécondes, et
merveilleusement clairvoyant dans le cercle un peu étroit de
ses recherches. Or, à son point de vue, il avait raison. Il ne
faisait que répéter à sa manière, brutalement, ce qu'Horace
avait dit avec noblesse, à savoir, que Pindare est inimitable, et
que sa langue surtout ne saurait se prêter à aucun essai de
transplantation artificielle d'un sol dans un autre. Sur ce point
donc, Malherbe et Horace sont pleinement d'accord. Il est facile
de voir qu'ils ont raison. Récapitulons, en effet.

Sur les rythmes d'abord, nul doute n'est possible : le jugement d'Horace à cet égard est sans appel. Si la langue latine
elle-même, qui fondait son rythme poétique sur la distinction
des brèves et des longues, n'osait aborder les combinaisons
rythmiques de Pindare; si un connaisseur tel que Cicéron a pu
dire que les vers d'un Pindare, séparés de la musique pour laquelle ils étaient faits, ne gardaient presque aucune trace d'un
rythme appréciable, je n'ai pas besoin d'insister sur l'impuis-
sance de la versification française, par exemple, à en reproduire
la vraie nature. L'Allemagne et l'Angleterre, il est vrai, semblent être à cet égard mieux partagées, puisque dans ces deux
pays la versification peut à la rigueur se plier à reproduire tant
bien que mal certaines des particularités de la versification
antique. Il est de fait qu'on voit paraître assez fréquemment en
Allemagne des traductions de Pindare qui annoncent l'intention
de reproduire exactement la forme métrique de l'original.
Passe encore pour la forme métrique ; mais si cette forme métrique, ainsi que cela résulte de nos études, est très sensiblement différente du rythme vrai, si elle n'avait pour Cicéron

même, ainsi que je le rappelais tout à l'heure, à peu près aucun *nombre*, il sera permis, je crois, de n'attribuer à ces essais qu'une valeur littéraire des plus restreintes, et d'y voir bien moins de la poésie que d'estimables témoignages de curiosité philologique.

Le vocabulaire de Pindare appelle à peu près les mêmes observations que ses rythmes. On ne peut imiter, ni en latin, ni en français, la liberté avec laquelle il compose des mots nouveaux, ou l'emploi qu'il fait d'une langue et d'un dialecte archaïques habilement mélangés avec des formes de provenances diverses et d'origine plus récente. Tout cela tient essentiellement au sol sur lequel la poésie de Pindare s'est épanouie. On peut en dire presque autant de ses métaphores et de ses alliances de mots. Même la structure de ses phrases ne saurait passer aisément dans une autre langue. Nos poètes français ont pu apprendre des poètes latins à construire une phrase qui eût du nombre et de l'harmonie; les tragiques grecs également, au moins dans certaines parties de leurs œuvres, ont pu donner sur ce point aux créateurs et aux maîtres de notre littérature d'utiles leçons. Mais il n'y avait presque rien de tel à tirer de Pindare. Ses longues phrases, qui s'enflent pour ainsi dire indéfiniment au souffle de l'inspiration, sont tout le contraire de ce que l'esprit français (après l'esprit latin) appelle une phrase bien faite.

Si, de la forme, nous passons au fond des choses, nous arrivons encore aux mêmes conclusions. Je ne parle pas seulement du cadre de l'ode triomphale ou de l'hymne, si éloigné de nos habitudes, et qui implique toute une série d'idées et de sentiments d'un emploi difficile ou impossible chez les modernes. Je ne parle pas non plus de tout ce qu'il y a, dans les idées religieuses, philosophiques ou morales de Pindare, de strictement grec et spécial. Mais même à ne considérer que le caractère général des sujets qu'il met en œuvre, on est bien obligé de sentir là encore, à une différence fondamentale entre la grande poésie de Pindare et celle de l'homme des modernes, la poésie de Pindare est essentiellement religieuse; elle avait par là même, pour ses auditeurs, un intérêt à la fois religieux et national. A Rome, au contraire, et à plus forte raison chez les modernes, les mythes pindariques sont froids [1].

Transporter dans une ode française, à l'exemple de Pindare, de longs récits mythiques empruntés aux traditions de la Grèce antique, c'est donc bien moins imiter Pindare que le trahir; c'est lui dérober ses couleurs pour en composer une œuvre terne et fastidieuse. Telle a été en France l'erreur de tous les pindariques, depuis Ronsard jusqu'à Lebrun. L'empire exercé par le grand nom de Pindare sur l'opinion des lettrés a souvent entraîné les poètes lyriques à étudier les procédés de son art en vue de s'en servir à leur tour; mais en lui prenant quelques-uns de ses procédés ils n'ont pu lui ravir le secret de sa force, de ses effets hardis et imprévus; ils l'ont copié indiscrètement, sans songer à la différence des temps et des pays. De là, il faut l'avouer, un excessif débordement de poésie pédantesque et froide. On pourrait presque se demander si l'imitation maladroite de Pindare n'a pas fait en somme, dans la littérature française, plus de mal que de bien [2]. Il en était probablement de même à Rome.

1. Je suis loin d'oublier que ces mythes antiques, poétiquement compris dans leur sens profond, peuvent être encore pour la pensée moderne un admirable vêtement. On en trouverait au besoin la preuve dans quelques pièces de la *Légende des siècles*. Mais qui ne voit combien cette sympathie intellectuelle par laquelle une grande imagination du xixᵉ siècle revêt pour quelques instants les pensées de la Grèce antique, est, au fond, chose nouvelle et moderne; et combien cet emploi savant de la mythologie grecque, avec tout ce qui s'y mêle de panthéisme poétique, d'intelligence pénétrante de l'histoire et de tendresse pour les âges primitifs de l'humanité, est étranger par sa nature à la curiosité même la moins naïve qui pût pousser les contemporains de Pindare vers les récits de la mythologie?

2. Sur *Ronsard considéré comme imitateur d'Homère et de Pindare*, on peut voir, pour plus de détails, la thèse solide et intéressante d'Eugène Gandar (Paris, 1854). M. Egger, dans son livre sur l'*Hellénisme en France*, a eu plusieurs fois l'occasion d'aborder ces questions, et de les traiter en passant avec compétence et avec justesse. — Je laisse entièrement de côté l'imitation de Pindare dans les littératures étrangères modernes, qui nous entraînerait beaucoup trop loin; je me borne à signaler à ce propos, dans l'*Étude* de M. Lichtenberger *sur les poésies lyriques de Gœthe* (Paris, 1877),

Et pourtant, qui oserait soutenir qu'Horace ne doive pas
beaucoup à Pindare? Malherbe lui-même, si dur en paroles pour
le poète de Thèbes, n'a-t-il pas retiré de la lecture des Odes
triomphales un peu plus qu'il ne consentait à le reconnaître? Dans
deux ou trois de ses plus belles œuvres, Malherbe est certainement un de nos poètes français classiques qui peuvent le mieux
donner à un lecteur moderne l'idée d'un côté au moins du génie
de Pindare; non de son éclat sans doute, ni de sa hardiesse,
mais de son ampleur noble, de sa gravité fière et sereine. Enfin,
dans le sentiment même qui a poussé tant d'écrivains, y compris
un ennemi des anciens, comme la Motte, à imiter Pindare
(fût-ce le plus malheureusement du monde), ne découvre-t-
on pas l'idée parfois confuse, il est vrai, mais juste au fond,
du profit que l'esprit doit retirer à fréquenter cette poésie
d'un tour si fier et d'une imagination si hardie?

Ne l'oublions pas, en effet: à côté de l'imitation malavisée des
prétendus pindariques, il y a place pour une admiration judicieuse, pour un goût vif, éclairé, discret. Un poète de savoir et
de goût peut emprunter encore à Pindare quelques touches
nouvelles et rares, quelques belles épithètes hardies, quelques images éclatantes [1]; et le simple lettré, par une lecture bien

des observations curieuses sur les dithyrambes où le poète de Weimar a
essayé de faire passer quelque chose de l'inspiration pindarique (ch. III).

1. M. Becq de Fouquières vient justement de signaler, dans les Annales
de la Faculté des lettres de Bordeaux (octobre 1879), un curieux exemple de
l'impression causée par la poésie de Pindare sur l'imagination d'un poète
exquis : c'est une fort belle traduction du début de la VII⁰ Olympique par André Chénier. Ce morceau se trouve au tome II, page 226, de l'édition publiée
en 1874 par M. G. de Chénier. On sera sans doute bien aise de le trouver ici :

> Tel que, tenant en main la coupe étincelante
> Où la vigne bouillonne en rosée odorante,
> Un père triomphant et de fleurs couronné
> Boit, et puis la présente au gendre fortuné
> A qui ce doux présent donne, avec des richesses,
> D'une vierge aux yeux noirs le lit et les caresses
> Ainsi, quand des mortels que la vertu conduit
> Brillent comme une étoile au milieu de la nuit,
> Dans une coupe d'or la chaste poésie
> Leur verse par mes mains l'immortelle ambroisie,
> Boisson qui fait des dieux....

J'ai déjà eu l'occasion (p. 302, note 2) de rappeler un fin jugement

TABLE DES MATIÈRES

DEUXIÈME PARTIE.

LA POÉSIE DE PINDARE.

LIVRE PREMIER.

L'ESPRIT DE LA POÉSIE PINDARIQUE.

FIN DE LA TABLE DES MATIÈRES.

PARIS. — IMPRIMERIE ÉMILE MARTINET, RUE MIGNON, 2.

Imprimé en France
FROC031021140919
22143FR00014B/214/P